reinhardt

Peter Zeindler

Die Ringe des Saturns
Der Zirkel

Friedrich Reinhardt Verlag

© 2013 Friedrich Reinhardt Verlag, Basel
Titelbild: h.o. pinxit editorial design, Heike Ossenkop
Druck: Reinhardt Druck, Basel
ISBN 978-3-7245-1768-9

www.reinhardt.ch

Die Ringe des Saturns

Ich danke H. H. K. für seine Hilfe bei meiner Arbeit an diesem Buch.   Peter Zeindler

Erster Teil
1. Kapitel

Die scharfe Silhouette des Reiters im Gegenlicht liess ihn an Wallenstein denken, obwohl die Haltung des Mannes, der Minuten vorher wie ein Phantom hinter einer Bodenwelle aufgetaucht war und dann genau vor dem feuerroten Ball der untergehenden Wintersonne die lockeren Zügel auf Magenhöhe angezogen hatte, ohne Straffheit, ohne Klasse war. Dass Sembritzki, der vielleicht hundert Meter von diesem fremden Reiter entfernt am östlichen Rand dieses bevorzugten Galoppgeländes der Berner Freizeitreiter seinen Welf zum Stehen gebracht hatte, sich nicht brüsk abwandte, mit einer scharfen Volte den Phantomreiter aus der Sonne drängte, hing damit zusammen, dass ihn gerade die eigenartige Asynchronität des Gemäldes irritierte, das einen Reiter vor untergehender Sonne darstellte. Oder war es Misstrauen? Meldete sich da plötzlich ein längst abgestumpftes Gefühl wieder? Instinkt?

Alles Amateurhafte, Unfertige war Sembritzki schon immer verdächtig gewesen. Und der Mann auf dem Pferd vor der sinkenden Sonne, deren obere Peripherie jetzt die Schulterpartie anschnitt, war kein guter Reiter, dies mindestens nicht nach westeuropäischen Massstäben. Sembritzki zuckte zusammen. Da hatte ihn ein Stichwort mitten ins Herz getroffen.

Er schnalzte mit der Zunge, gab Schenkeldruck, und Welf galoppierte auf den feurigen Sonnenball zu. Sein Atem schoss in weissen Wolken aus seinen Nüstern. Sein Rücken dampfte. Und Sembritzki fühlte die feuchtkalte Luft im Gesicht, die aus dem tiefen Geläuf stieg. Einen Meter vor dem Reiterstandbild brachte er Welf zum Stehen. Dann musterte er den andern mit zusammengekniffenen Augen. Aber der glutrote Abendschein blendete ihn. Da liessen sich die Züge des Fremden nicht präzise ausmachen. Sembritzki war sich trotzdem sicher, dass er den Mann nicht kannte, ihn nie zuvor gesehen hatte.

«Gehen Sie mir aus der Sonne, Kamerad!», sagte Sembritzki lachend.

«Ich stehe Ihnen nicht mehr lange vor der Sonne. Da ist schon der Abendstern!»

Der andere zeigte, ohne sich umzuwenden, über die Schulter, wo Venus im fahlen nebligen Blau glitzerte.

Sembritzki riss Welf scharf nach links, parierte dann dessen Galoppsprung, brachte ihn wieder auf Westkurs und schoss am andern vorbei unter der funkelnden Venus auf das nahe Wäldchen zu.

Abendstern! So drückte sich nur ein Laie aus. Und der Fremde mit viel Sinn für theatralische Auftritte hatte sich in zweifacher Hinsicht als Amateur erwiesen: als Reiter und als Astronom. Doch der Gedanke, dass der Phantomreiter in anderer Hinsicht keineswegs unprofessionell sein mochte, liess Sembritzki nicht los.

Die Irritation verliess ihn erst wieder, als er in der Bibliothek seiner Wohnung sass, unten an der Aare, diesem grün reissenden Fluss, der Bern wie eine Girlande umhalste. In diesem Haus, wo Casanova sich einst in einer völlig verpatzten Liebesnacht mit rotbackigen Bernerinnen herumgequält hatte, lebte er nun schon über drei Jahre. Und hier besann er sich, durch die Begegnung auf dem abendlichen Ausritt in Bewegung gesetzt, auf scheinbar längst versunkene Zeiten. Wenn Sembritzki jetzt auch auf die Kante des gewaltigen Schreibtischs starrte, den er erst nach hartnäckigem Feilschen einem österreichischen Kollegen hatte abkaufen können, gelang es ihm nicht, all das abzuschütteln, was ihn so bedrängte. Im Gegenteil. Da vermengten sich sein Beruf als Antiquar, die Begegnung mit dem Phantomreiter, die Sätze, die vor seinen Augen tanzten, zu einem unentwirrbaren Knäuel. Zum wievielten Male wohl las er:

Geburtsstundenbuch wine eines jetlichen Menschens Natur und Eigenschafft / sampe allerley zufählen / ausz den gewissen Leuffen deren Gestirn / nach rechter warhafftiger und grundtlicher ahrt der Gestirnkunst / mit geringer müh ausgereitet / und derselb vor züfelligem Unfahl gewarnet.

Noch nie hatten ihn die Sätze des mittelalterlichen Geburtsstundenbuchs so getroffen wie gerade heute. Er fühlte sich bedroht. Und die Sterne aus versunkenen Jahrhunderten boten ihm ihre Hilfe an. 1570 hatte der Schweizer Pegius dieses erste astrologische Lehrbuch in deutscher Sprache herausgegeben, und der Gedanke, dass es sich mit grösster Wahrscheinlichkeit in der Bibliothek des sternenhörigen Wallenstein befunden hatte, bedrängte Sembritzki in diesem Augenblick wie nie zuvor. Wallenstein hatte sich im Umweg über die Gestirne über den Charakter seiner Feinde in fernen Landen ins Bild zu setzen versucht, hatte die Zukunft, seine strategischen Überlegungen von der Interpretation seiner Astrologen abhängig gemacht. Da kam ein Satz von ganz weit her zurück, dem Sembritzki schon so oft nachgeträumt hatte: «Die Sterne sind eine Art verkürzter Nachrichtendienst.»

Aber Sembritzki, der Agent, der sich der alten Schule verpflichtet fühlte, wusste auch, dass Wallenstein im Grunde genommen ein rational denkender Mensch gewesen war, der sich zwar von den Sternen lenken liess, sich bei seinen Entscheidungen doch letztlich auf seinen Instinkt, auf seine Erfahrungen, auf den gesunden Menschenverstand verlassen hatte. Und dieser gesunde Menschenverstand, die Schärfe seines geschulten Instinkts, machte jetzt denn auch Sembritzki stutzig. Wo war das kleine lila Buchzeichen, das er am Vormittag dort zwischen die Seiten gelegt hatte, wo Pegius die zu seiner Zeit bekannten sieben Planeten, die sieben Häuser dargestellt hatte? Sembritzki wusste genau, dass er dieses Buchzeichen nicht entfernt hatte. Und er wusste auch, dass er die Lage des gewichtigen Bandes auf seinem Schreibtisch nicht verändert hatte. Als er dann das Buchzeichen zwei Seiten weiter hinten fand, bemerkte er auch die andern kaum wahrnehmbaren Veränderungen an seinem Arbeitsplatz. Da lag sein privates Telefonbuch, mit all den Adressen, die ihm wichtig waren, nicht mehr genau bündig zur linken oberen Schreibtischkante. Seine Bekannten belächelten die pedantische Genauigkeit, mit der er all seine Dinge zu ordnen pflegte, zwar als Tick. Aber es war mehr als das. Im Verlauf der Jahre hatte er sich angewöhnt, alle Dinge, mit denen er lebte, immer am selben Ort und in einer bestimmten Lage zu platzieren, damit ihm sofort auffiel, wenn sich jemand an seinen Sachen zu schaffen gemacht hatte. Sembritzki konnte sich auf sein fotografisches Gedächtnis verlassen. Doch was konnte denn bei ihm überhaupt noch gefunden werden?

Sembritzki lächelte. Seit über drei Jahren wohnte er hier unten am Fluss. Seit über drei Jahren gab es keine Papiere mehr, für die sich jemand interessieren mochte. Sembritzki beschäftigte sich jetzt vor allem mit Astrologie. Und am Abend brütete er oft über dem mittelalterlichen Planetensystem, über den gewaltigen Planeten Merkur, Venus, Mars, Jupiter oder Saturn. Und immer, wenn er so dasass, tauchten hinter den Gestirnen verschwommene Gesichter auf von Männern und Frauen, die in seinem jetzigen Leben nichts mehr zu suchen hatten. Manchmal war da die Erinnerung an ein kleines Stück Papier, das unter der hintersten Bank einer düsteren Kirche steckte. Manchmal kamen zwei, drei Worte zurück, die in tschechischer Sprache geflüstert wurden: eine Ortsbezeichnung, ein Termin. Auf einem Bierdeckel standen sie. Oder auf einer Pissoirwand, auf dem Deckelinnern einer Zigarettenschachtel. Und in solchen Augenblicken kam ihm auch immer der Titel eines Romans von Alexander Kliment in den Sinn: *Die Langeweile in Böhmen.* Er dachte an einen abendlichen Gang über die Prager Karlsbrücke zur Kleinseite hinüber, und immer wieder kamen Sätze in ihm hoch, die er schon auswendig zitieren konnte: «Da ich unsere heimische Landschaft kreuz und quer durchstreift, durchdacht und durchlebt hatte, trat ich für sie ein. Sie wird geschändet. Sie verkommt. Stirbt. Wird gemein und gefühllos ausgeblutet.» Nicht wörtlich mochte er diese Sätze nehmen. Sondern als Ausdruck seiner Sehnsucht nach diesem Stück Erde.

Sembritzki stand auf und ging zum südlichen Fenster seines Arbeitszimmers, von dem aus er auf den dunklen Fluss hinunterschauen konnte. Das Rauschen des Wassers, das sich etwas weiter unten am kleinen Wehr brach, drang durch das geschlossene Fenster bis zu ihm herauf. «Böhmen ist ein kleines Land mitten in Europa, und wer dort wohnt, kann nirgendwohin mehr ausweichen, um neu zu beginnen.» Und wie immer, wenn sich Sembritzki an diese Sätze erinnerte, wurde ihm klar, dass er diesem Land mitten in Europa verfallen war. Dass er sich aus dieser Vergangenheit nie mehr würde lösen können. Und er wusste auch, wenn er den Blick ins Zimmer zurückwarf, wo unter dem scharfen Licht eines Spots der gewaltige Band des Martin Pegius lag, dass gerade dieses Buch gewissermassen Bindeglied zu dieser versunkenen Welt war, zu Prag, zu Böhmen: «Die Landschaft und ich, wir sind ineinander aufgegangen, das ist meine Welt, mein Schicksal, meine Geschichte, meine Sprache, mein Gedanke, mein Projekt, man mag es nennen, wie man will; so ist es, und ich gehöre dazu.»

So hatte Kliement geschrieben. Und vieles von dem konnte Sembritzki, der Wahlschweizer mit masurischen Vorfahren, der mit deutschem Pass in der Schweizer Hauptstadt wohnte und den Beruf des Antiquars mit Überzeugung betrieb, auch für sich beanspruchen. Böhmen war eben doch mehr als nur ein versunkener Traum, als ein Land, das er vor ein paar Jahren gleichsam ausgemessen hatte, wo er jedes Dorf, jeden Hügel, jeden Wald und jedes Gewässer kannte. Und viele Menschen.

Jetzt löschte Sembritzki das Licht. Er ging in die Küche hinaus, von wo aus er auf die Uferstrasse hinunterschauen konnte. Da stand der Mann wieder. Nein, nicht der Phantomreiter. Der Mann, der unter den Arkaden stand, war schlanker, grösser auch. Vor allem fiel er nur jemandem auf, der ein Auge hatte für Männer, die unter der Schirmmütze, mit hochgeschlagenem Mantelkragen, das Halstuch halb vors Gesicht geschlagen, mit den grauen Hauswänden und den schwarzen Schatten zu verschmelzen suchten. Eines vor allem fiel Sembritzki auf: wie sehr die eine Hälfte des Halstuchs nach unten zog. Welcher von beiden war es nun gewesen, der seinen Schreibtisch einer minutiösen Kontrolle unterworfen hatte? Der klägliche Reiter oder der Mann da unten am Fluss? Oder beide zusammen?

Sembritzki nahm seine dreiviertellange dunkelgrüne Jacke aus weichem Leder vom Haken, setzte seine braune Mütze auf und verliess das Haus. Zum ersten Mal seit drei Jahren befestigte er wieder einen hauchdünnen Faden ganz unten an der Schwelle. Und zum ersten Mal seit langer Zeit überhaupt steckte er wieder seine Beretta-Reopordo mit der Bezeichnung BKA-51 A in die Hosentasche. Und dabei schämte er sich ein wenig. Die Pistole brauchen nur Männer, die sich sonst nicht mehr zu wehren wissen.

Als er vor dem Haus über die schmale Brücke ging, die über den Seitenkanal zur schmalen Uferstrasse führte, konnte er seinen Bewacher nicht mehr sehen. Er hatte sich, so machte es den Anschein, ganz in den Schatten der Arkaden zurückgezogen. Ein Profi. Und er würde, das wusste Sembritzki genau, ihm auch nicht unmittelbar folgen, sondern eine andere Art der Beschattung aushecken. Sembritzki wechselte die Strassenseite und ging jetzt seinerseits unter den Arkaden. Als er einen Augenblick lang anhielt, um sich einen Zigarillo in den Mund zu stecken, blieb alles still. Keine Schritte in seinem Rücken, die plötzlich verstummten. Nichts. Stille. Er wandte sich halb um und schaute ins erleuchtete Fenster einer kleinen Buchhandlung. Aber auch so gelang es ihm nicht, seinen Verfolger auszumachen. Hatte er sich getäuscht? Oder ging es dem andern nur darum, ihn loszuwerden und seine Suche in Sembritzkis Wohnung wieder aufzunehmen? Gründlicher?

Aber dann kam er doch. Sembritzki sah das schwankende Licht des Fahrrads im Spiegel seiner Armbanduhr. Und auf dem Fahrrad den völlig verwandelten Mann. Er trug jetzt eine Baskenmütze und einen Rollkragenpullover. Aber als sich Sembritzki schnell ganz umwandte, sah er auch die pralle Aktenmappe auf dem Gepäckträger. Er hörte das saugende Geräusch der zu wenig hart aufgepumpten Reifen auf dem feuchten Asphalt. Und dann pedalte der Mann vorbei, ohne herzuschauen. Aber er fuhr jetzt deutlich langsamer, und Sembritzki konnte sehen, wie er mit blitzschnellem

Griff den unüblichen Rückspiegel richtete, der an der nach oben geschwungenen Lenkstange befestigt war. Jetzt war Sembritzki auf dem kleinen Platz angelangt, unterhalb der steil abfallenden Mauer des Münsterplatzes, wo ein Aufzug die Mattenbewohner, jene Kellerkinder der alten Patrizierstadt, aus dem Orkus hinauf in die lichten und geldschweren Gefilde beförderte. Noch einmal tauchte Sembritzki in den Schatten eines Hauseingangs, spähte hinauf, wo jetzt der Lift langsam und lautlos hinunterglitt, warf dann einen Blick hinüber zur Strasse, wo er seinen Verfolger ausmachen konnte, der das Rad gewendet hatte und, den einen Fuss auf dem Randstein, zu Sembritzki herüberspähte. Im Augenblick, als sich die automatische Türe des Aufzugs öffnete, der alte Gerber mit dem silberglänzenden Münzautomaten auf dem vorstehenden Bauch aus seinem Verschlag blinzelte und einem jungen Paar, das an ihm vorbei aus dem Aufzug drängte, gute Nacht wünschte, trat Sembritzki blitzschnell aus seinem Versteck, überquerte mit ein paar grossen Schritten den kleinen Platz und tauchte auch schon ins fahle Licht der Neonlampe ein.

«Schnell, Gerber. Ich will hinauf!»

Der Alte mit den flinken Äuglein war überhaupt nicht überrascht. Schon drückte er auf den Knopf. Die automatische Türe schloss sich. Gerber schaute Sembritzki von der Seite an, zeigte in einem Anflug von Grosszügigkeit seinen einzigen Zahn und sagte:

«Aha!»

Aber das war auch schon alles. Mehr gab es ja auch nicht zu sagen. Gerber kannte den etwas verschrobenen Antiquar jetzt seit drei Jahren, und in dieser Zeit waren sie so etwas wie stille Freunde geworden. War es die Verschrobenheit, die sie verband? Ihre Schweigsamkeit? Darüber dachte Gerber, der Sembritzki täglich hinauf- und hinunterbeförderte, nie nach. Er hätte auch nie zugegeben, dass ihn dieser Ausländer da überhaupt interessierte, dessen meist verschwommener Blick ganz unmittelbar erschreckend seine Mitpassagiere im Aufzug eiskalt durchbohren konnte. War es dieses eigenartige Zusammengehen von verschiedenen Stimmungslagen, die Gerber immer wieder überrascht registrierte und die ihn faszinierten? Da hatte er doch festgestellt, dass Sembritzki oft wie ein Greis daherschlurfte, dann von einem Augenblick zum andern mit geballter Kraft nach einem spielenden Kind greifen und es durch die Luft wirbeln konnte. Und einmal hatte er ein rostiges Hufeisen, das ihm ein Junge gebracht hatte, in einem einzigen Kraftakt gerade gebogen. Und jetzt schien es dieser eigenartige Herr also eilig zu haben.

«Danke, Gerber», murmelte Sembritzki, als sie oben angekommen waren. Und schon war er in der feuchten Nacht verschwunden, ehe Gerber seinerseits, mit gut bernerischer Verspätung, seinen Gutnachtgruss nachschicken konnte.

Sembritzki tauchte in den Schatten der Bäume, ging eine Weile hörbar auf der Stelle und kehrte dann in einem grossen Bogen zum Aufzug zurück. Er wartete hinter dem Mäuerchen, aus dessen Öffnung sein Verfolger auftauchen musste, dem wohl nichts anderes übriggeblieben war, als über die enge Treppe heraufzuhasten. Und dann hörte er ihn auch schon. Da war ein trainierter Mann unterwegs, das registrierte Sembritzki sofort. Zwar war der stossweise Atem hörbar, doch die Füsse in Schuhen mit weichen Gummisohlen traten gleichmässig und beinahe lautlos auf. Und dann stand er oben. Sein weisser Atem tanzte im Licht der Laterne davon. Der Mann horchte. Er schaute sich um. Dann trat er einen Schritt zurück, um wieder in den Schutz der Dunkelheit zu kommen, griff nach seinem Halstuch, schwang es plötzlich wie ein Lasso über seinem Kopf und zielte mit dem bleibeschwerten Ende auf seinen unsichtbaren Gegner – umsonst. Im Augenblick, als der rotierende Schal an Sembritzki vorbeigesaust war, sprang er blitzschnell vor und hieb mit der Handkante von hinten auf den Nacken des Mannes. Aber der Hieb landete auf Leder. Der Mann trug einen Halsschutz, war eingepackt wie ein mittelalterlicher Ritter. Und schon wirbelte der Recke herum. Doch da traf ihn Sembritzkis Faust im Magen. Und dann, nachdem auch dieser Hieb ohne Wirkung geblieben war, schoss Sembritzkis Fuss zwischen die Beine des andern. Der Radfahrer ging lautlos in die Knie. Aber im Fallen griff er nach Sembritzkis Jacke, verkrallte sich im Ärmel, hätte Sembritzki mit sich zu Boden gezogen, wenn es dem nicht gelungen wäre, sich aus der Jacke zu befreien. Sembritzki registrierte mit leisem Erstaunen, dass er es hier mit einem hochkarätigen Gegner zu tun hatte, der genau über Sembritzkis Kampftechnik informiert war und seinerseits ein mit allen Wassern gewaschener Nahkämpfer war. So griff denn Sembritzki, indem er zurücksprang, nach seiner Pistole. Damit hatte sein Gegner wohl nicht gerechnet, war doch Sembritzki immer bekannt dafür gewesen, sich unbewaffnet zu bewegen. Und wirklich! Als der andere den Lauf der Waffe auf sich gerichtet sah, hob er abwehrend die Hand.

«Damit habe ich nicht gerechnet», sagte er, und Sembritzki war, als ob er dazu grinste.

Er stand auf wie ein Sportler, beinahe gleichgültig, klopfte sich den Schmutz von Hose und Jacke, ohne auch nur einen Blick auf Sembritzki und seine Pistole zu werfen.

«Damit wäre Ihr Auftrag wohl erledigt?»

Der andere zuckte die Schultern.

«Ich habe mit dem Handkantenschlag gerechnet. Mit dem Hieb in den Bauch. Und dem Schlag zwischen die Beine. Die Waffe ist neu, Sembritzki!»

«Die Waffe ist so neu nicht. Sie sind nicht so gut informiert, wie Sie glaubten!»

Dabei verschwieg er natürlich, dass er gerade darum, weil er seine Nahkampfausbildung vernachlässigt hatte, täglich mit der Waffe übte.

«Wo können wir sprechen?»

«Hier!», antwortete Sembritzki. «Doch wozu dieses Präludium?»

Darauf gab der andere keine Antwort. «Können wir nicht in der Kirche – »

Sembritzki lachte.

«Das Berner Münster gehört den Protestanten. Und der protestantische Gott will abends seine Ruhe haben. Das Münster ist geschlossen!»

«Hier nicht, Sembritzki. Ich bin steifgefroren!»

«Sie haben sich doch eben Bewegung verschafft.»

«Die Warterei vor dem Haus hat mir zugesetzt. Sonst hätte ich Sie trotz der Pistole geschafft! – Aber jetzt brauche ich Wärme. Und etwas in den Bauch.»

Der Gedanke, sich mit diesem Nahkämpfer in einer Kneipe zu unterhalten, war Sembritzki wenig sympathisch. Noch immer dachte er an den Phantomreiter. Und mit zwei Gegnern gleichzeitig wollte er es nicht zu tun haben. Da fehlte es ihm an Routine. Trotzdem lenkte er ein.

Als sie sich dann ein paar Minuten später in den blauen Schwaden, die aus Pfeifen und währschaften Berner Stumpen schwelten, gegenübersassen, als der andere geniesserisch die dicke Zwiebelsuppe schlürfte und sofort den schweren Walliser Wein nachgoss, war die Situation offenbar entschärft.

Der Mann war noch jung, kaum über dreissig hinaus. Seine grauen Augen schauten offen, und Sembritzki konnte darin nichts von jener glitzernden Reptilienhaftigkeit erkennen, die jedem Agenten irgendeinmal in seinem Leben zu Eigen wurde, wenn er lange genug an der sogenannten Front im Einsatz gewesen war.

«Also?»

«Ich bin Wellner.»

Sembritzki zuckte die Schultern. «Kein Deckname?»

«Sie haben begriffen?»

«Braucht es da so viel?»

Wellner hob sein Glas und schaute Sembritzki durch den rubinroten Wein hindurch an. «Nichts verlernt?»

Sembritzki antwortete nicht. Er nahm dem andern das Glas aus der Hand und trank es auf einen Zug leer. «Zur Sache!»

«Er will Sie sehen!»

Er! Das Wort blähte sich auf wie ein Luftballon. Sembritzki lachte in sich hinein. Gottvater war wieder persönlich am Werk.

«Sie gehören also zu seinen Jüngern! Darum!»

«Darum was?»

Wellner schlürfte jetzt lauter als notwendig.

«Darum wissen Sie beinahe gut genug Bescheid über meine Kampfmethoden.»

«Sie sind doch ein Fossil, Sembritzki!»

Sembritzki war fünfundvierzig. War das ein Alter? Sicher, er hatte dem Verein über zwanzig Jahre lang angehört, und vor drei Jahren war er ausgetreten. Ausgetreten?

Es war in Bratislava gewesen. Da hatte er in einer Nische des St.-Martin-Doms auf Mars gewartet. Hiess der Mann

Václav oder Stanislav? Sembritzki hatte seinen richtigen Namen nie gekannt. Für ihn war er Mars gewesen, eine feste Grösse in jenem komplizierten System, das er sich damals aufgebaut hatte, in diesem Netz, das er über Böhmen gelegt hatte. Dass Mars, der statische, für einmal aus seinem hermetischen Bereich ausgeschert war, dass Sembritzki den unverrückbaren Planeten dazu gebracht hatte, seinen Platz zu verlassen, um sich mit Sembritzki an der Donau zu treffen, hatte damit zusammengehangen, dass Sembritzki in diesen Tagen mit einem Male von einer unerklärlichen Angst befallen worden war. Er fühlte sich beobachtet. Deshalb hatte er das ungeschriebene Gesetz gebrochen und Mars aus seinem ureigenen Kraftfeld herausgelockt. Sembritzki hatte selbst mehr als einen Tag gebraucht, um nach Bratislava zu gelangen. Er hatte Haken geschlagen, um seine Verfolger abzuschütteln. Er hatte mehrmals das Transportmittel gewechselt. Am Schluss war er auf einem entwendeten Motorrad in Bratislava eingetroffen. Und als er dann in der leeren Kirche den Vorhang des Beichtstuhls zurückschlug, wo er Mars hätte treffen sollen, fand er dort nur noch einen Toten. Mit einer Darmsaite erdrosselt. Sembritzki stürzte aus der Kirche, entgegen allen Verhaltensregeln, die man ihm eingetrichtert hatte. Er schaute sich nicht nach den Männern um, die plötzlich aus den verschiedenen Nischen auftauchten. Dem Mann im Windfang verpasste er einen Schlag in den Nacken, einem zweiten stiess er zwischen die Beine. Dann war er draussen. Das Motorrad war noch da, wo er es aufgebockt hatte, und wie ein Motocross-Fahrer schoss er in die Nacht hinein.

Dass er damals seine Verfolger hatte abschütteln können, war ihm wie ein Wunder vorgekommen. Doch als er später darüber nachgedacht hatte, war ihm klar geworden, dass man ihn nur hatte entkommen lassen, um sich an seine Fersen zu heften, um sein ganzes kompliziertes Agentensystem zu sprengen, das er sich in langen Jahren aufgebaut hatte, in der Zeit, als er in seiner Rolle als Antiquar immer wieder in die Tschechoslowakei eingereist war, um im Auftrag eines arglosen Schweizer Antiquars bedrohte Bände aus tschechischer Vergangenheit vor dem Untergang zu retten. So hatte er, den Deckmantel seines Berufs benutzend, den ganzen böhmischen Bereich in den Griff bekommen. Dass er dann sofort nach Mars' Tod nach Bayern hinübergewechselt und seither nie mehr zurückgekehrt war, hatten seine unmittelbaren Vorgesetzten damals zunächst als Kurzschlusshandlung bezeichnet. Erst später hatten sie sich davon überzeugen lassen, dass es richtig gewesen war, Sembritzkis Netz nicht aufs Spiel zu setzen. Und so hatte Sembritzki den Dienst quittiert. Ein Jahr später hatte ein neuer Mann – nach einem Interregnum – den Bereich der ČSSR in der Zentrale übernommen, hatte ein neues, anscheinend sehr wirksames Netz aufgebaut. Jedenfalls waren die Informationen, die von drüben hereinkamen, immer von brisantem Gehalt. Sembritzki hatte sich in der Zentrale nie mehr sehen lassen. Man hatte ihn vergessen. Man. Sein Chef nicht, der Sembritzki, wie er beim Abschied sagte, in der Reserve behalten wollte. Sein Netz war zwar zum Schweigen verurteilt, aber nicht tot. Und wer weiss –?

Sembritzki war es recht so. Nur manchmal, wenn es sich ergab, wenn er gerade in der Nähe von Pullach zu tun hatte, hatte er einen Sprung an die Isar hinunter getan, hatte beim «Brücken»-Wirt einen Klaren getrunken und von seiner Ecke aus seine ehemaligen Kollegen beobachtet, die ihn aber – das war ein ungeschriebenes Gesetz – nie aufgefordert hatten, sich an ihren Tisch zu setzen. Man hatte ihn ignoriert, und bald waren ja auch neue Männer dazugekommen, die Sembritzki nicht kannte. Er war vergessen. Offiziell vergessen! Aber was sollte diese Herausforderung jetzt? Was war geschehen, dass man ihm diesen jungen Sportler auf den Hals gehetzt hatte? Der kaum dem Kindergarten entwachsen war und ihn – zu Recht wahrscheinlich – als Fossil bezeichnet hatte.

«Sie sind altmodisch, Sembritzki.»

Sembritzki schrak auf.

«Ein Träumer, sagt man drüben in Pullach. Einer von gestern. Und das steht ja auch in der Akte.»

«So, sagt man», brummte Sembritzki. Aber diese Qualifikation traf ihn mehr, als er sich anmerken liess. Er gehörte also zum alten Eisen.

«Sie waren wohl mal Klasse. Das sagt man auch!»

«So, sagt man», brummte Sembritzki wieder. Aber solche Worte taten wohl, selbst wenn ihn die Bedeutung des Wörtchens «mal» empfindlich störte. Trotzdem schwieg er weiterhin. Es war nicht an ihm.

«Trotzdem.»

Sembritzki hob die Augenbrauen. Er wusste, was jetzt kommen würde.

«Trotzdem haben Sie mich geschafft!»

«Weil Sie nicht mit der Pistole gerechnet haben. Das war Ihr Fehler. Ihre Datenbank ist morsch, mein Lieber.»

«Eben.»

Wellner bestellte einen weiteren Halben.

«Warum das Theater, Wellner?»

«Ich sagte es schon: Er will Sie sehen.»

Sembritzki sah *ihn* vor sich: den Mann mit dem ewig geröteten Gesicht und den vielen geplatzten Äderchen auf den Wangen und an den Nasenflügeln. Und mit dem glasklaren Blick der blauen Augen. Der grosse Drahtzieher der Ostabteilung. Der Chef.

«Und weshalb will er mich sehen?»

Sembritzkis Robotbild seines ehemaligen Vorgesetzten blieb unscharf. Obwohl sie zwanzig Jahre zusammengearbeitet hatten. Der Mann hatte ein gerötetes Gesicht. Helle Augen. Und er trug immer graue Flanellanzüge. Auch im Sommer. Aber mehr gab er nicht her. Der Mann hatte kein Privatleben, das irgendjemandem von der Abteilung bekannt gewesen wäre. Er hatte keine Familie, kein Haus, wo er wirklich wohnte. Offiziell wohnte er im Hotel. Seit zwanzig Jahren. Das einzige, was Sembritzki darüber hinaus wusste, war nur, dass er anscheinend eine Schwäche für Originalmanuskripte aus dem Mittelalter hatte, die sich mit dem Einfluss der Gestirne auf Gesundheit und Charakter des Menschen befassten. Und obwohl dem Alten bekannt war, dass sich Sembritzki als Antiquar auf diesem Gebiet gut auskannte, hatte er ihn nicht ein einziges Mal in den zwanzig Jahren nach einem Buchtitel gefragt. Es war denn auch eher ein Zufall gewesen, dass Sembritzki beim Betreten des Chefbüros auf einem Blatt, das unter einem Wust von Daten hervorlugte, ein farbiges Bildchen entdeckt hatte, das ein Tierkreismännchen zeigte, auf dem die Merkstellen im Tierkreis für den mittelalterlichen Arzt eingezeichnet waren. Und obwohl der Chef der Ostabteilung Sembritzkis Blick aufgefangen hatte, verlor er in der Folge kein Wort darüber, räumte das Bildchen weg, rollte die Datenlisten darüber und kam zur Sache. Trotzdem war sich Sembritzki von diesem Tag an bewusst, dass ihn etwas mit dem Chef verband, das nichts mit ihrer Arbeit zu tun hatte.

«Man scheint Sie wieder einsetzen zu wollen, Sembritzki!»

Die saloppe Art und Weise, wie der Jüngere mit ihm umsprang, wie er auch bewusst das Wort Herr vermied, ärgerte Sembritzki.

«Und wenn ich nicht eingesetzt werden will?»

«Aus dem Verein tritt man wohl kaum jemals endgültig aus, Sembritzki. Das wissen auch Sie. Man wird vielleicht auf Eis gelegt, aber nie endgültig begraben.»

Was hätte da Sembritzki antworten können? Natürlich konnte man nicht einfach aussteigen für immer und ewig. Selbst wenn man sich ganz auf einen anderen Beruf zurückzog. Man konnte zwar von verantwortlicher Stelle mit einem Male als unzuverlässig, erpressbar, charakterschwach, unentschlossen eingestuft werden und deshalb von der Front abgezogen werden. Aber ganz draussen war man selbst als offensichtliche Niete nie. Zwar war man mit einem Male zu einem Risikofaktor geworden, aber das bedeutete nur, dass man von jetzt an überwacht werden würde. Dass die Meute der Haremswächter – so nannte man die Männer, die sich nur mit den «Ausgemusterten» zu befassen hatten – einen Mann mehr abzukommandieren hatte. Zwar wuchs so die Meute der Haremswächter immer proportional zu der Zahl der Ausgeschiedenen, aber dem war nicht abzuhelfen, wenn die Fronttruppe ihre Schlagkraft behalten wollte.

Wie viele hatte Sembritzki in den zwanzig Jahren abtreten sehen, hoffnungsvolle, geschulte Agenten, die scheinbar nichts aus der Fassung bringen konnte und die dann mit einem Male müde zu werden schienen, fahrig in den Bewegungen, hastig in der Sprechweise, und die dann oft, aus einem Akt der Verzweiflung heraus, in die Reihe der Kastraten hinüberwechselten, um nicht selbst in die noch niedriger eingestufte Kaste der ausgemusterten, definitiv Überwachten eingegliedert zu werden.

Sembritzki war einer der wenigen gewesen, denen man keinen Haremswächter zugeteilt hatte. Da schien der Alte ein Machtwort gesprochen zu haben. Der Ansatz zu einer menschlichen Regung, für die Sembritzki keine Erklärung hatte. Menschlichkeit war in diesen Kreisen nicht gefragt. Und aus diesen Gründen hatte sich Sembritzki bis jetzt auch nie an eine Frau gebunden. Auch Bindungen waren nicht gefragt. Bindungen machten einen Mann erpressbar. Wenn er allerdings nach Prag hinüberträumte, war da eine Frau, die ihn noch heute beschäftigte. Mehr als alle andern, mit denen er nur immer vorübergehend zu tun gehabt hatte.

«Keine Antwort, Sembritzki?»

Sembritzki nickte. «Die Antwort bekommen nicht Sie, Wellner! Sie sind ja nicht viel anderes als eine Testperson, die zu prüfen hatte, ob Sembritzkis Reflexe noch in Ordnung sind.» Jetzt hatte sich Sembritzki an diesem jungen Schnösel gerächt.

«Konstanz!»

Da war endlich ein Stichwort gefallen. Sembritzki nickte und bestellte beim Kellner ein Steak. Blutig. Dazu Pommes frites. Dann Salat. Und dann ein Vanilleeis mit heisser Schokolade.

Bis der Kellner das Steak brachte, schwiegen beide. Erst als Sembritzki beinahe wütend die Zähne in das blutige Fleisch schlug, gab Wellner weitere Informationen preis.

«Inselhotel!»

Das war so ein Häppchen, das Sembritzki zusammen mit den Pommes frites vertilgte. Aber all das lag ihm schwerer auf dem Magen, als er jetzt zugegeben hätte.

Dann kamen weitere Angaben. Datum. Name, unter dem er sich im Hotel anzumelden hatte. Kleidung. Beruf.

Das alte Spiel. Und indem Sembritzki weiter Pommes frites in sich hineinschaufelte, das zähe Fleisch immer wütender zerfetzte und alles mit Dôle hinunterspülte, dann endlich mit Vanilleeis und Schokoladensosse bepflasterte, speicherte er wie früher alle Informationen in seinem Kopf. Aber auch dann, als er Teller und Dessertkelch ganz ausgeputzt hatte, als er sich einen Zigarillo zwischen die Lippen steckte und den letzten Tropfen austrank, wollte der fade Geschmack im Mund nicht weichen.

«Ciao, Wellner!»

Er stand so brüsk auf, dass der Stuhl umkippte, hielt sich leicht schwankend mit der linken Hand am Tisch, hob die rechte auf Augenhöhe zum militärischen Gruss, schlug die Hacken zusammen und murmelte wütend zwischen den Zähnen, sodass es nur Wellner hören konnte: «Konrad Sembritzki meldet sich zum Dienst!»

Dann drehte er sich um, zerrte seine Jacke vom Kleiderhaken, dass der Aufhänger riss, und schwankte zur Tür.

«Danke fürs Henkersmahl! Nehmen Sie es auf Spesen, mein Freund!»

Dann stand er draussen. Die Kälte fuhr ihm in die Glieder. Der Mond hatte sich in den Himmel geschmuggelt, und wie ein Scherenschnitt zackte der Münsterturm in die helle Nacht. Und ganz im Irdischen verwurzelt stand dort drüben, diesmal nicht hoch zu Ross, der Wallensteinabklatsch vor dem Schaufenster eines Geschäfts für Damenwäsche und starrte scheinbar interessiert auf die luftigen Dessous, die geschäftige und fortschrittliche Diplomaten der Bundeshauptstadt ihren attraktiven Sekretärinnen kauften.

«Nacht muss es sein, wo Friedlands Sterne strahlen», murmelte Sembritzki und ging schwankend nach Hause.

2. Kapitel

Als Sembritzki zehn Tage später durch die enge Katzengasse in unmittelbarer Nähe des Konstanzer Münsters ging, sah er sich, bevor er das Stadtarchiv betrat, noch einmal schnell und unauffällig um. Aber niemand war ihm gefolgt. Das irritierte Sembritzki viel mehr, als wenn seine Berner Reiterbekanntschaft irgendwo in einer Hausnische gelauert hätte. Seit jener ersten Begegnung auf der Berner Allmend war der Fremde immer wieder aufgetaucht. Scheinbar zufällig. Und einmal hatte er Sembritzki auch angesprochen. Er hatte ihn nach einem Tabakwarengeschäft gefragt, und Sembritzki hatte ihn in seinen Lieblingsladen unter dem Käfigturm geschickt. Als Sembritzki später dort seine Zigarillos kaufte und bei seinem Händler und Freund, den er zuvor kurz angerufen hatte, nach dem Ergebnis von dessen Erkundigungen fragte, hatte er zusätzliche Informationen erhalten. Er sei auf Urlaub, habe der Fremde erzählt, den er vorsichtig auszuhorchen versucht hatte. Urlaub und Geschäft sinnvoll verbunden. Er warte hier unter anderem auch auf einen Geschäftspartner, einen Bieler Uhrenfabrikanten. Und weil ihm im Winter, da er nicht Ski laufe, nur das Reiten übrig bliebe, habe er eben seine Freizeit – abgesehen von Exkursionen aufs Jungfraujoch und nach Genf – mit Ausflügen in die Umgebung Berns ausgefüllt.

Diese Informationsfülle war Sembritzki eindeutig zu reich, als dass sie sein Misstrauen besänftigt hätte. Und als er dann seinerseits dem andern aufzulauern begann, ihn beim Verlassen des Hotels «Schweizer Hof» beobachtete, sah, wie er scheinbar interessiert immer wieder in die Schaufenster guckte, oft die Strassenseite wechselte, einmal auch kurz auf die Uhr blickte, dann so tat, als ob er etwas vergessen hätte, blitzschnell umkehrte, die Strasse mit dem Blick absuchte und dann wieder im Hotel verschwand, wurde Sembritzki klar, dass dieser Tourist und Geschäftsmann aus Düsseldorf – das hatte er an der Rezeption des Hotels erfahren – nicht der Mann war, für den er sich ausgab.

Aber in Konstanz hatte er sich nicht blicken lassen. Mindestens bis jetzt nicht. Zwar hatte Sembritzki geglaubt, als er am Vormittag im Berner Hauptbahnhof, dieser feuchtkalten Gruft, den Zug bestiegen hatte, er habe den andern in der Menge gesehen. Aber sicher war er sich nicht.

Und als er jetzt über die Treppe des Gesellschaftshauses der Patrizierzunft «Zur Katz» hinaufstieg, zwang er sich, die zwielichtige Erscheinung des Phantomreiters zu vergessen. Mindestens vorübergehend. Hier kannte man Sembritzki bereits, hatte er sich doch in regelmässigen Abständen immer wieder hier eingefunden, um sich systematisch durch die fast zehntausend Pergamenturkunden zu arbeiten, die ihm manch wichtigen Hinweis im Zusammenhang mit den Büchern lieferten, die er auf- und dann weiterverkaufte.

«Herr Sembritzki! Schön, Sie wiederzusehen!»

Der ältere Herr, der über dieses Stadtarchiv herrschte, freute sich jedes Mal, wenn er mit dem Berner Antiquar fachsimpeln konnte. «Was darf es diesmal sein?»

«Das Dominikanerkloster, bitte!»

«Steigenberger-Hotel!» Dies sagte der Herr mit der randlosen Brille mit bitterem Unterton. Er hatte es den Konstanzer Stadtvätern nie verziehen, dass sie im Jahr 1874 die über sechshundertjährige Geschichte des Klosters so brutal gekappt und es zugelassen hatten, dass sich clevere Hoteliers dieses ehemaligen geistigen Zentrums bemächtigten.

«Heinrich Suso würde sich im Grab umdrehen, Herr Sembritzki!»

«Sei nicht Menge, sei Mensch. Schliess Aug und Ohr, und du bist allein, und du findest den Winkel, tief drinnen im Herzen, wo erdfern ein kleines Fünkchen in dir glimmt!»

Sembritzki zitierte den grossen Mystiker und Ordensbruder, indem er darauf wartete, dass ihm der Majordomus des Staatsarchivs die Unterlagen über das Dominikanerkloster brachte. Und dabei dachte er, als er noch einmal diesen Wahlspruch vor sich hinmurmelte, dass der ehrwürdige Herr Suso eigentlich recht gehabt hatte. War er nicht selbst einer, der sich vom Treiben abgesetzt hatte, ein Erdenferner, der täglich seine Ausflüge ins Universum unternahm, auf Besuch bei Saturn oder Venus, je nachdem, wie ihm zumute war.

«Hier, Herr Sembritzki. Die versunkene Pracht.»

Und der gepflegte Herr legte ihm ein ganzes Paket von Akten auf den Tisch.

Lange musste Sembritzki nicht suchen. Es war gar zu einfach. Da fand er das Gründungsjahr des Klosters, 1236, ganz fein, kaum sichtbar mit Bleistift unterstrichen.

Sembritzki schaute auf die Uhr, kontrollierte das Datum. Es war der 12. März 1983. – Der 12.3. also. Aber was sollte die Sechs? Wohin sollte er morgen gehen? Und zu welcher Uhrzeit?

«Gibt es eine Abteilung sechs hier? Oder einen Folianten mit dieser Nummer?»

Beinahe unhörbar war der Verwalter an den Tisch getreten.

«Herr Sembritzki, Sie sind heute der Zweite, der sich danach erkundigt.»

«Der Zweite? Wer war der Erste?»

«Ein Herr, irgendein Herr. So genau schaue ich mir die

Leute nicht an. Ich betrachte mir ihre Hände, die Fingernägel. Schliesslich kann hier nicht jeder –»

«Trug er einen Flanellanzug? Einen grauen Flanellanzug?» Der soignierte Herr schüttelte den Kopf.

«Nein. Grau war sein Anzug nicht. Das hätte ich mir merken können, weil mein Schwiegersohn immer hellgraue Anzüge trägt. Das war sogar an seiner Hochzeit mit meiner Tochter so! Stellen Sie sich vor: ein hellgrauer Anzug in einer ehemaligen Konzilstadt.»

«Wenn nicht grau, was dann?»

«Schwarz, Herr Sembritzki! Schwarz! Zu einer Hochzeit trägt man doch einen schwarzen Anzug!»

«Was trug der Mann, der sich nach dem Folianten Nummer sechs erkundigte?»

«Ich weiss es wirklich nicht mehr. Vielleicht blau. Vielleicht braun.»

«Wie lange blieb er? Und wann war das?»

«Es war heute kurz vor zwölf. Ich wollte eben schliessen, als er sich zuerst die Akte über das Dominikanerkloster geben liess. Und dann noch den Folianten Nummer sechs.»

Sembritzkis Gedanken begannen zu kreisen. Da hatte sich einer eingeschaltet, der in diesem Kreis nichts zu suchen hatte. Und einer, der anscheinend auf Anhieb die richtige Spur gefunden hatte.

«Ein Herr im grauen Flanellanzug war ebenfalls da. Jetzt erinnere ich mich. Aber vorgestern.»

«Und auch er hat sich die Akte über das Kloster und den sechsten Folianten geben lassen?» Der Bibliothekar nickte.

Einen Augenblick lang überlegte sich Sembritzki, ob er sich die Ausleihzettel geben lassen sollte. Aber was hatte das für einen Sinn. Da würden Namen und Berufsbezeichnungen stehen, die nichts als leere Formeln waren. Und zudem würde er so nur den Argwohn des Bibliothekars wecken, der ohnehin schon besorgt in die Welt schaute.

«Zufall, was?»

«Es gibt eben noch Leute mit Sinn für unsere historische Vergangenheit, Herr Sembritzki. Leute, denen das Inselhotel genauso auf dem Magen liegt wie mir!»

«Recht haben Sie!»

Sembritzki aber hörte schon gar nicht mehr hin. Er hatte sich bereits in den Folianten Nummer sechs vertieft. Da war die Geschichte des Städtchens Meersburg aufgezeichnet, mit dem Konstanz durch eine Fähre verbunden war. Da gab es Pläne vom Schloss, von der Stadt, vom Schlossturm, der sich aus der Merowingerzeit in die Gegenwart hineingerettet hatte. Und da war auch nachzulesen, welche Konstanzer Fürstbischöfe im alten Schloss residiert hatten. Und da fand sich auch der Name Balthasar Neumann, der die fürstbischöfliche Residenz entworfen hatte. Und da stand auch schon die Zahl, die Jahreszahl, die Sembritzki gesucht hatte. 1741–1750. Während dieser Zeit hatte man die Pläne des grossen Barockbaumeisters verwirklicht.

Der feine Bleistiftstrich war kaum zu sehen. Und auch der Pfeil, der auf die alte Schlossmühle zeigte.

Als Sembritzki eine halbe Stunde später den Lesesaal verlassen hatte und am Dom vorbei durch die Altstadt schlenderte und später dann den Weg hinunter zum See, dachte er, dass er jetzt noch die Möglichkeit hatte, sich zurückzuziehen. Morgen würde es zu spät sein. Wenn der Mann im grauen Flanellanzug leise und beharrlich auf ihn einreden würde.

Der See lag wie ein Stück graues Blei zwischen den Ufern. Möwen schrien einen frühen Vorfrühlingsabend herbei. Und von Zeit zu Zeit bewegte sich beinahe lautlos ein Trauerzug von Blesshühnern durch den Bildausschnitt, den Sembritzki anvisierte.

Was wollte man denn von ihm? Seine Zeit war vorbei. Sembritzki war ein kalter Krieger gewesen. Ein Mann veralteter Methoden. Das war sein Zugeständnis an eine Zeit gewesen, der er im Grunde seines Herzens nachtrauerte. Es mochte Verbohrtheit sein, dass er sich kaum je für die modernen Methoden der Geheimdienste interessiert hatte. Da fühlte er sich wie ein Handwerker, dem all das Maschinengefertigte suspekt war. Vielleicht war es auch dieses Bedürfnis nach Anderssein, das ihn zum Rückwärtsgerichteten gemacht hatte. Trauerte er denn wirklich einer versunkenen, besseren Zeit nach? War das die bessere Zeit gewesen, als er unmittelbar nach dem Weltkrieg, als noch alles knapp war, draussen auf der Strasse sein Vesperbrot mit dem Butteraufstrich nach unten hielt, damit seine Spielkameraden nichts von den geheimen Beziehungen seiner Mutter zu Bauern merkten? Schon damals also hatte er wahre Zustände verschleiert. War es die bessere Zeit gewesen, als er die hellblauen, satinglänzenden Unterhosen seiner älteren Schwester austragen musste, die unten mit einem Gummiband zusammengeschnurpft waren, und die er immer sorgsam daran zu hindern suchte, dass sie unter der blauen kurzen Manchesterhose zum Vorschein kamen. Da hatte er sich schon damals vorsichtig bewegt, immer auf der Hut, dass seine Kameraden seine weibische Unterwäsche nicht zu Gesicht bekämen. Und eines Tages war es ihm doch passiert, auf dem Heimweg vom Kindergarten, als er und drei sogenannte Freunde wie immer auf der schmalen Brücke stehen blieben, unter der die Eisenbahnlinie durchführte, als das Elfuhrläuten aller Kirchenglocken, mindestens jener, die noch nicht eingeschmolzen und in den Dienst des Vaterlandes transferiert worden waren, sich über die ganze Stadt ergoss, als dann prustend die schwarze Dampflokomotive mit riesigen roten Rädern, die für den Sieg rollten, ihre grau-weissen Wolken ausstiess, Brücke und kleine Beobachter in ihrem undurchdringlichen Qualm beinahe erstickte, als dann der Rauch sich langsam wieder teilte, in einzelnen Fetzen davonschoss, erstarrte die Szene in einem Bild, das Sembritzki nie mehr vergessen würde und das ihn noch heute mit Scham erfüllte. Er war auf das Geländer der Brücke gestiegen, um das martialische Schauspiel, das die Reichsbahn bot, besser geniessen zu können, und ein paar Augenblicke zu spät, überrascht von einem scharfen Wind, der die Rauchwolken schneller als üblich davontrieb, hatte er noch immer auf dem Geländer gestanden und hatte so den sogenannten Freunden Einblick in sein hellblau ausgelegtes Hosenrohr gewährt.

«Der Koni trägt ja Mädchenunterhosen!» –

Da hatte der raffinierte Maskenspieler Konrad Sembritzki zum ersten Mal versagt. Und seither war er zu einem geworden, der immer mit dem Unvorhergesehenen rechnete, mit dem scharf einfallenden Wind, der ihn demaskieren könnte. War das die gute alte Zeit gewesen, der er nachtrauerte? Aber diese frühe, harte Schule der Verstellung war es gewesen, die ihn zum perfekten Agenten gemacht hatte. Sein Bedürfnis, unerkannt durch die Welt zu gehen. Er war immer schwächer gewesen und kleiner als seine gleichaltrigen Kameraden. Aber irgendwie hatte sich niemand so richtig getraut, sich mit ihm anzulegen. Man hatte seine Geistesgegenwart gefürchtet. Seine Fantasie, die ihm immer einen Ausweg aus der Klemme garantierte. Und so war er beinahe unberührt – wenn man das so sagen konnte – durch seine Jugend hindurchgegangen. Unberührt und unerkannt. Denn mit wem man es eigentlich zu tun hatte, wusste damals nicht einmal seine Mutter. Damals nicht und später nicht. Und nie war eine Frau – auch später nicht – in sein Leben getreten, die ihn so ganz durchschaut hatte. Immer hatte er seinen Freiraum bewahrt, sein ganz persönliches Stück Autonomie. Und je älter er wurde, desto grösser war dieses Bedürfnis nach Unabhängigkeit geworden.

Der unvermutete Zugriff seines ehemaligen Vorgesetzten sollte ihn nun also wieder in ein System einspannen, das er zutiefst ablehnte. Er war ein Aussenseiter der Gesellschaft, und das machte ihn eben auch zum Aussenseiter seiner Zeit, zum Ausgescherten, scheinbar Rückwärtsgewandten. Aber das wusste er im Grunde ganz genau: Er schaute nur aus seiner Zeit hinaus, weil er so glaubte, sich ihrer Enge, ihrem harten Zugriff entziehen zu können. Sollte er jetzt einem Vaterland von neuem Treue schwören, dessen Erde unter seinen Füssen einfach so weggebröckelt war? Er war sein eigenes Vaterland.

Lange lag er dann im Inselhotel mit den Schuhen an den Füssen auf dem Bett in einem Doppelzimmer, mit Bar und Fernseher, ohne das Licht anzuzünden. Draussen hörte er das Gelächter und Geschwätz von Teilnehmern an einem Managerkongress. Ab und zu noch durchschnitt ein greller Möwenschrei die graublaue Dämmerung. Gläser klirrten. Automotoren erstarben. Der Kies knirschte unter den Füssen der Hotelgäste. Und noch ein letztes Mal würgte die Fähre einen heiseren Ruf über den See. Dann war es mit einem Male still, so still beinahe wie in Sembritzkis Wohnung unten am Fluss. Erst nachdem er eine Weile diese Ruhe in sich aufgesogen hatte, fühlte er sich imstande, aufzustehen, ein anderes Hemd anzuziehen und hinunterzugehen, um sich nach einem möglichen Beschatter umzusehen.

Als er unten angelangt war, durch den Kreuzgang, jetzt

hermetisch verglast, um unliebsame Lüftchen abzuhalten, zur Rezeption ging, quollen ihm aus dem grossen Tagungssaal die Manager entgegen, den Diplomatenkoffer in der rechten Hand, die Zeitung unter den rechten Arm geklemmt. Mit erlöstem Gesichtsausdruck strebten sie auf das Buffet zu, wo der Aperitif bereitstand. Sembritzki zog sich in eine Nische zurück. Und erst als sich der grösste Rummel gelegt hatte, als die Manager mit Sherry, Campari und Martini versorgt waren, verliess er seinen Beobachtungsposten und ging langsam auf den Ausgang zu. Allerdings hatte er nicht damit gerechnet, dass in diesem Augenblick ein Fotograf in Aktion treten würde, um den lächelnden Manager zu einer gefrorenen Erinnerung zu verhelfen. Schnell hob Sembritzki die rechte Hand, um sich – scheinbar zufällig – an die Stirn zu greifen, was ihm erlaubte, die exponierte Gesichtshälfte abzudecken. Und als er die weissblitzende Gewitterfront hinter sich gelassen hatte, wurde er von einem zweiten Fotografen überrascht, der von der Gegenseite zum Angriff auf die Manager überging. Oder hatte dieser Blitzüberfall etwa Sembritzki gegolten?

Darüber dachte Sembritzki erst nach, als er über den schmalen Spazierweg zum Hafen hinaufging. Zwar hatte er in der Menge kein einziges bekanntes Gesicht ausgemacht. Dessen war er sich sicher. Nie hatte er ein Gesicht vergessen, sei es auf einem Passfoto, einem Fahndungsbild, in einer Kartei oder in natura gewesen. Gesichter sanken in seinem Innern bis auf den Grund, wurden aber gleichsam auf Abruf wieder an die Oberfläche geschwemmt. Unauffällig sah sich Sembritzki um. Er wurde nicht beschattet. Die Gegenseite schien sich ihrer Sache sehr sicher zu sein. Hatten sie den Treffpunkt von morgen schon ausgemacht? Was dann? Wie konnte Sembritzki den Chef warnen? Oder war das gar nicht nötig? Hatte der Chef absichtlich eine falsche Spur gelegt?

Eine halbe Stunde später sass Sembritzki in der «Krone». Ein Gasthaus oder Hotel dieses Namens gab es in so gut wie jeder Stadt. Das wusste Sembritzki. Und das wusste der Chef. Und wenn ihm Stachow neue Anweisungen geben wollte, würde er sie in der «Krone» finden.

«Ein Pils.»

Der Kellner nickte teilnahmslos. Zu teilnahmslos, wie Sembritzki feststellte. Pilsner Urquell, dachte Sembritzki für sich und träumte sich für einen kurzen Augenblick nach Westböhmen hinüber, sah den Stadtplatz mit den neogotischen Fassaden vor sich – náměsti Republiky –, das prunkvolle Renaissancerathaus und in der Mitte des Platzes die kühne Gotik der Stadtkirche.

«Bitte!»

Der Bierdeckel tanzte aufreizend lange auf dem Tisch, bevor ihn der Kellner resolut mit dem Bierglas anhielt.

«Na zdraví!»

Erstaunt schaute Sembritzki auf. «Bei uns sagt man Prooost!»

«Bei uns?»

Der Kellner verzog den Mund zu einem schiefen Grinsen.

«Bei *uns* nicht!»

Er wechselte die gefaltete Serviette von der rechten Hand auf den linken Vorderarm.

«Spatenbräu. Steht auf dem Bierdeckel. Leider. Wir haben kein Pilsner Urquell. Also: Na zdraví!»

Und indem er tief Luft holte, drehte er sich auf dem Absatz um und verschwand hinter dem Tresen. Sembritzki fuhr mit dem Zeigefinger über das angelaufene Glas. Dann starrte er auf die Zeichnung auf goldgelbem Hintergrund, an deren Rändern langsam die Tropfen herunterrannen.

«Cheb», murmelte plötzlich eine leise Stimme neben Sembritzki. Da stand der Kellner wieder, der das Wappen auf dem Glas auch erkannt hatte.

«Eger», entgegnete Sembritzki, fuhr mit der flachen Hand von oben nach unten über das kühle Glas, als wolle er die Erinnerung an jene altehrwürdige Stadt, wo Wallenstein seinen gewaltsamen Tod gefunden hatte, dem Erdboden gleichmachen.

Der Kellner war verschwunden. Sembritzki sass nachdenklich da, das erhobene Bierglas in der Hand und starrte auf den Bierdeckel, wo im silbernen Spaten das Wort «Ilmen» stand. Und etwas weiter unten, am Hals des Spatens, war von Kugelschreiber eine Zahl hingekritzelt worden: 9.30, so, als ob jemand ganz schnell ein paar Ziffern notiert hätte, das Zwischenresultat eines rechnenden Kellners. Oder eines berechnenden Kellners?

«Eine Weisswurst?» Wieder stand der Kellner neben Sembritzki.

«Sie sind sehr aufmerksam, Herr Ober. Zu aufmerksam!»

«Ein aufmerksamer Kellner ist ein schlechter Kellner. Ich bin neu hier. Seit heute!»

«Noch ein Spatenbräu!»

Sembritzki hielt dem Kellner das leere Glas hin, der es auch sofort mit der linken Hand ergriff, während er mit der rechten den Bierdeckel vom Tisch auf das Tablett wischte, auf das er unterdessen blitzschnell auch das Glas gestellt hatte. Sembritzki steckte einen Zigarillo in den Mund und musterte über die Spitze hinweg die anderen Gäste. Viele Paare, junge und alte, ein paar Geschäftsleute, in der Ecke drei Rentner beim Kartenspiel. Wer unter diesen, wenn überhaupt einer, gehörte ins Lager des Gegners? Denn dass sich ein ehemaliger Agent einfach so aufmachen könnte, unauffällig, ungesehen und unbeobachtet, das nahm Sembritzki nicht an. Und sicher hatte man auch längst Wind davon bekommen, dass sich einer von den BND-Vasallen aus der Pullacher Zentrale nach Süden an den Bodensee aufgemacht hatte, um dort den scheinbar verlorenen Ostagenten Sembritzki wieder zu mobilisieren.

Das Bier kam. Und mit ihm ein neuer Bierdeckel. Unbeschriftet. Ohne Zahlen. Harmlos wie jetzt das Lächeln des Kellners, der Sembritzki diesmal überhaupt nicht zur Kenntnis zu nehmen schien. Sembritzki stürzte das Bier hinunter, klaubte ein paar Münzen aus der Tasche, erhob sich und ging nach einem kurzen Nicken hinaus auf die Strasse.

Im Hotel schloss er sich in seinem Zimmer ein. Lange brauchte er nicht zu suchen, bis er auf der Karte, die er mitgenommen hatte, den Ilmensee fand, der mit etwas Vorstellungsvermögen wirklich die Form eines Spatens hatte. Und dort, wo das Flüsschen, wohl eher ein Bach, in den Ilmensee mündete, würde er also morgen früh um halb zehn sein Wiedersehen mit dem Chef der Ostabteilung feiern. Sembritzki beschloss, noch ein paar Stunden zu schlafen, bevor er sich auf den Weg machte. In seiner Jackentasche klimperten die Motorradschlüssel, die ihm der Kellner in der «Krone» heimlich zugesteckt hatte. Ob die Gegenseite auf das Ablenkungsmanöver im Staatsarchiv wohl hereingefallen war? Sembritzki bezweifelte es. Obwohl raffiniert inszeniert, hatte der Chef seine Duftmarken doch – dies mindestens für einen geschulten Geheimdienstmann zu offensichtlich gesetzt. Doch das war für den Augenblick nicht Sembritzkis Sorge. Manchmal wünschte er sich beinahe, dass das Zusammentreffen auffliegen würde. Er legte sich halb angezogen aufs Bett, und im Halbschlaf flossen die Bilder ineinander über, die Pläne des Schlosses von Meersburg, die Stadtkirche von Pilsen und das imposante Kreuzherrenkloster an der Moldau, wo sich seit zwanzig Jahren schon der STB, der tschechische Geheimdienst, eingenistet hatte.

War Sembritzki gar nie wirklich aus der Welt des Geheimdienstes ausgestiegen? Hatte er im Grunde genommen nur auf dieses Wiederaufgebot gewartet? Die Befreiung jedenfalls, die er fühlte, seit er vor ein paar Tagen diesem eigenartigen Reiter begegnet war, der sein Misstrauen erregt hatte, irritierte ihn. Im Dunkeln tastete er nach dem Whiskyglas. Auf den Ellbogen gestützt schlürfte er das kühle Getränk. Und da wurde es ihm mit einem Male klar, was ihn dazu bewogen hatte, die Herausforderung anzunehmen. Er wollte seine archaische Geheimdienstwelt, seine überholten Methoden, seine scheinbar reaktionäre Haltung, sein Einzelgängertum dem durchorganisierten System der sogenannten Profis entgegenstellen. Aus Trotz. Er wollte das Rad mit Gewalt zurückdrehen.

Ihm ging es nicht um die Interessen seines Vaterlandes. Ihm ging es nicht um Geld. Nicht um das Abenteuer, das ihn früher vor allem gelockt hatte. Ihm ging es darum, sich selbst, sein persönliches Vaterland zu verwirklichen. Die Invasion des Konrad Sembritzki, sein Einbruch in die Welt der gefühllosen Roboter, der Nachrichtenjongleure, Codeknacker, Erpresser, Tabellenverfasser, Briefkastenplünderer, Funkkönige.

Es war noch dunkel, als er sich erhob. Er war aber hellwach. Nur einen Augenblick lang bereute er, seine Pistole nicht mitgenommen zu haben. Die Angst, sich nicht wehren zu können, sass immer noch tief in ihm, ohne dass er sich das eingestanden hätte. Aber heute würde es nicht zu einer körperlichen Konfrontation kommen. Heute musste er sich im verbalen Kampf mit dem Herrn im grauen Flanellanzug behaupten. Kein Mensch war draussen, als er geräuschlos durch den langen Korridor ging und dann über die Treppe hinab, durch den Kreuzgang zur Rezeption, wo der Nachtportier erstaunt aufsah, als Sembritzki ihm einen guten Morgen wünschte.

«Sind Sie zum Frühstück zurück, Herr Sembritzki?»

«Bestimmt. Nur ein kleiner Morgenspaziergang. Am frühen Morgen ist die Luft am reinsten!»

Draussen auf dem Vorplatz blieb Sembritzki einen Augenblick lang stehen und schaute noch einmal zurück zur Rezeption. Doch der Portier griff nicht nach dem Telefonhörer. Er las in seinem Buch weiter. Das Motorrad des Kellners, eine wuchtige BMW-Maschine, war auf dem Parkplatz des Hotels aufgebockt. Und schon fuhr Sembritzki, eingehüllt in seinen Mantel, die Mütze tief ins Gesicht gezogen, das karierte Halstuch um Mund und Kinn gebunden, in die Kälte hinein. Er fuhr den See entlang, surrte durch das verschlafene Radolfzell. Der barocken Wallfahrtskirche Birnau auf der linken Seite hatte er nur einen kurzen Blick gegönnt. Es war nicht die Zeit der Andachten und nicht die Zeit der Kunstbetrachtungen. Die Strasse führte jetzt nördlich den Hügelzug hinauf. Wieder grüsste ihn eine Barockkirche, die Abteikirche Salem, dann erst, als er den Ort Heiligenberg hinter sich gelassen hatte, verliess er, so war ihm, den klerikalen Bereich. Im Osten, dort wo er das Allgäu vermutete, schmuggelten sich fahle Streifen in den Himmel. Dann schoss ein einzelner Sonnenstrahl hinter einer Hügelkuppe hervor. Birnau bekam unten am See seinen Teil davon ab. Die Spitze des Turmes gab sich golden, ein Hoffnungsschimmer für die Gläubigen, gefangen in der Finsternis der irdischen Nacht. Doch zu den Gläubigen zählte Sembritzki sich nicht. Eher galt jetzt seine Aufmerksamkeit einem Fuhrwerk, beladen mit silberglänzenden Milchkannen, das sich durch das Dorf quälte. Echbeck. Am Dorfende würde er den schmalen Feldweg finden, der zum See hinüberführte. Doch vorerst – es war erst sieben Uhr vorbei – mochte er noch einmal eintauchen in diese spiessige Traulichkeit, in eine Wirtsstube, wo noch der kalte Rauch vom Vorabend hockte, den die sich langsam ausbreitende Wärme nur mühsam schluckte. Bei einer Tasse Kaffee und eingehüllt in die ersten noch bettschweren Gespräche der paar Bauern, die, auf dem Weg zum Markt vielleicht, in der Frühe schnell einen kippten, bevor sie wieder in den milchigen Märzmorgen hinaustraten, überlegte er sich zum x-ten Mal, wie er sich im Gespräch mit dem Chef wohl verhalten sollte.

«Sei nicht Menge, sei Mensch. Schliess Aug und Ohr, und du bist allein, und du findest Winkel, tief im Herzen, wo erdfern ein kleines Fünkchen in dir glimmt!»

Wieder hatte ihn Heinrich Suso eingeholt. Doch Versenkung war jetzt nicht gefragt. Sondern Wachheit, Präsenz, Konzentration. Sembritzki schaute sich um. Unter den paar Gästen sass keiner mit städtischem Gehabe. Das waren alles Bauern, Einheimische, die sich kannten. Keine Spur von einem Herrn in grauem Flanellanzug, der sich aus der Festung Pullach hierher verirrt hatte.

Um neun Uhr erhob sich Sembritzki. Keiner schaute auf. Sie sassen da, die schwere Faust auf dem Tisch, darin, wie ein behütetes Kleinod, das Schnapsglas.

In Ilmensee stellte er sein Motorrad auf einem öffentlichen Parkplatz ab und ging dann zu Fuss weiter. Da war kein eigentlicher Weg, sondern nur ein feuchter Pfad. Sembritzki verschwand im Gehölz. Er bewegte sich jetzt beinahe lautlos. Er erinnerte sich an seine jugendlichen Kriegszüge als Winnetou, als die Sacktuchhose, die ihm seine Mutter geschneidert hatte und die ihn als Indianer kennzeichnete, an den nackten Schenkeln raspelte. Wenn sich Winnetou auf dem Kriegspfad befand, waren die Male rot und feucht auf dem weichen weissen Fleisch der Innenseite seiner Beine abzulesen gewesen. Und sonderbarerweise sah Sembritzki jetzt überhaupt keinen Unterschied zwischen damals und heute. Auch in seiner Jugend war er einem eingebildeten Ruf gefolgt, dem Krächzen einer Dohle, hatte sich vorgestellt, dass er im Auftrag einer höheren Idee, um das bedrohte rote Territorium vor den weissen Eindringlingen zu schützen, unterwegs war. Und jetzt war es nicht anders. Wieder steuerte er auf ein Pseudoziel los. Sembritzki, der Retter des Abendlandes! Aber dieser Gedanke entlockte ihm jetzt nicht einmal ein Lächeln. Immer, noch immer, war er auf der Jagd.

Zwischen den Stämmen sah er auf den See hinaus, wo eine verlorene Ente hastig dem Ufer zustrebte, aufgebracht vor sich hinschnatternd. Er befand sich am nördlichen Ufer des Gewässers und spähte hinüber auf die andere Seite. Doch er konnte das Strässchen nicht ausmachen, das dort von Denkingen her nach Deggenhausen führte. Von der anderen Seite des Sees drang das Brummen eines Automotors zu ihm herüber. Er spähte zwischen den Ästen hinaus. Aber da war nur ein dunkelblauer Schatten zu sehen, der gespensterhaft vorbeihuschte. Dann schluckte der bleierne See das Geräusch. Eine Ente schwaderte die Töne endgültig hinweg. Vom Dorf her war jetzt das Bellen eines Hundes zu hören. Und in diesem Augenblick schoss ein fahler Sonnenstrahl über die Seeoberfläche und scheuchte die Ente aus Sembritzkis Blickfeld. Leise ging er weiter. Nichts mehr rührte sich. Da war nur der frische Abdruck eines Schuhabsatzes am lehmigen Rand einer Pfütze, der von Nachbarschaft zeugte. Oder von zu erwartender Nachbarschaft. Dann sah er den beigen Regenmantel zwischen den Bäumen. Burberry. Und darunter graue Flanellhosenbeine. Stachow lehnte mit dem Rücken an einem Baum und schaute auf den See hinaus. Sembritzki war, als glühe der Kopf seines Chefs noch röter als früher. Und geraucht hatte er früher nie. Jetzt aber drehte er eine Zigarette zwischen den Fingern und stiess in kurzen Abständen hastig den Rauch aus, der quirlend im Dunst davontanzte. Stachel, so der Codename für Stachow, drehte sich erst um, als Sembritzki unmittelbar neben ihm stand. Die hellblauen Augen tränten. War es die Feuchtigkeit? Oder hatte der Chef getrunken?

«Sembritzki, gut, Sie zu sehen!»

Sembritzki! – So hatte er seinen Ostagenten noch nie angesprochen. Entweder schaffte er Distanz, indem er seine Codenummer verwandte, oder er nannte ihn bei seinem Codenamen «Senn», was einesteils zwar etwas mit seinem richtigen Namen zu tun hatte, aber gleichzeitig eine Anspielung auf seine Niederlassung im Angesicht der Berge war.

Sembritzki nickte nur. Er sah die zerknautschten Hosenbeine und war erstaunt darüber. So hatte er Stachow, der so viel Wert auf gute Kleidung legte, noch nie gesehen. Er musste die Nacht in den Kleidern auf einem Hotelbett verbracht haben. Rauchend, trinkend, grübelnd. Worüber aber hatte er nachgedacht?

«Drei Jahre, Sembritzki!»

Das war wohl nur als Ouvertüre gedacht, darum schwieg Sembritzki. Stachow warf die Zigarette ins Wasser und steckte gleich eine neue an.

«Sie sind noch in Form!»

Sembritzki zuckte die Schultern. «Oder Ihr Mann war

nicht gut genug. Mindestens der eine!»

Jetzt wandte sich Stachow brüsk um. Seine hellblauen, wässerigen Augen hatten auf einmal wieder den wachen Ausdruck von früher. «Ich habe Ihnen nur einen Mann auf den Pelz geschickt, Sembritzki.»

Sembritzki nickte.

«Das habe ich angenommen. Nur, da war noch ein zweiter. Ein schlechter Reiter, und dazu einer, der von Astronomie nichts versteht!»

«Treiben Sie es noch immer mit den Sternen?»

Stachow machte kehrt und tat ein paar Schritte aufs Ufer zu. Dort starrte er in den See, stiess mit der Fussspitze einen glattgeschliffenen Kiesel ins Wasser und sagte dann, ohne sich umzudrehen. «Ich brauche Sie, Sembritzki! Und zwar bald. Jetzt gleich!»

«Ich bin passé!»

«Wussten Sie, dass die Auseinandersetzung mit einer neuen Aufgabe die Krise in der Lebensmitte überwinden hilft?»

Sembritzki zwang sich zu einem Lächeln, obwohl ihn Stachows Bemerkung getroffen hatte. Er wusste, dass die Angst, die ihn damals in der Tschechoslowakei so unmittelbar gepackt hatte, mit dem zu tun hatte, was man allgemein als Midlife-Crisis bezeichnete. Mit einem Male hatte ihn das Gefühl überwältigt, nicht mehr von vorn anfangen zu können. Und wie eine Schlinge hatte sich der Gedanke um seinen Hals gelegt, dass er nicht wusste, wie er an diesen Punkt gekommen war. Die drei Jahre, in denen er sich auf seinen angestammten Beruf als Antiquar zurückgezogen hatte, ohne Abstecher ins Territorium der Geheimagenten, hätten ihm Klarheit verschaffen sollen. Er wollte sich klar darüber werden, ob denn seine Hingabe an die Welt des Geheimdienstes nichts anderes als ein permanentes Hakenschlagen gewesen war, ein Versuch, all die Zweifel abzuwehren, die ihn bedrängten.

«Betrachten Sie Ihren Wiedereinstieg als Krisenmanagement. Sie haben keine Wahl, Sembritzki. Nicht, was Ihre Person betrifft, nicht, was den Verein betrifft.»

Dann schwiegen beide. Stachow hatte sich jetzt umgedreht, ging mit starrem Blick auf Sembritzki zu und packte ihn an den Schultern.

«Ich brauche Sie!»

Was hätte er darauf antworten können? Noch nie hatte er den Chef so gesehen. So verwundbar.

«Ich weiss, dass man alte Fundamente nicht einfach aufgibt. Was wollen Sie von mir?»

«Ich will, dass Sie Ihren Agentenzirkel in Böhmen wieder mobilisieren, Sembritzki!»

Das war es also! Er sollte Schatten zum Leben erwecken. Zurückkehren. Die Fehler, die er begangen hatte, noch einmal begehen. Er sollte die Lügen, die er gelogen hatte, noch einmal lügen. Er sollte Erinnerungen wieder mit Gegenwart auffüllen. Kam das nicht einer Niederlage gleich?

«Böhmen ist ein kleines Land mitten in Europa, und wer dort wohnt, kann nirgendwohin mehr ausweichen, um neu zu beginnen.»

Stachow nickte, als er die leise gemurmelten Worte Sembritzkis hörte, so als ob sie ihm geläufig wären. Dann schob er im Marschieren ganz sachte seinen Arm unter den seines wieder mobilisierten Agenten. Sembritzki dachte an einen Abstecher nach Rom zurück, als er in der lauen Nacht in Trastevere auf dieselbe Weise von einem italienischen Kollegen untergefasst worden war. Diese Intimität zwischen Männern irritierte ihn. Und auch jetzt musste er sich zwingen, den Arm nicht einfach wegzuziehen, obwohl er wusste, dass der Chef diese Nähe brauchte.

«Das Netz ist tot!»

«Auf Eis gelegt, Sembritzki!»

«Ihr habt ja ein neues Netz. Da sitzt doch ein neuer Mann in Pullach!»

«Doppelt genäht hält besser. Wann sind Sie bereit, wieder nach Böhmen zu fahren?»

«Ich brauche einen Vorwand!»

«Im April findet in Prag ein Kongress über Probleme der Erschliessung neuer Quellen in der Geschichte der Medizin statt.»

«Ich weiss.»

Jetzt zog Sembritzki den Arm doch zurück. Er hatte von diesem Kongress gehört, der in der Prager Universität stattfinden sollte, dort, wo Eva in der Bibliothek tätig war. Die einzige Frau, die ihn je verletzt hatte. Und er sie.

«Sie werden eine Einladung bekommen!»

«Und warum?»

«Sembritzki, der Teufel ist los drüben in Böhmen. Da sind mit einem Male Truppenverschiebungen der Warschaupakttruppen im Gange, und wir wissen nicht, was dahintersteckt. Das Wasser steht mir bis zum Hals, Sembritzki!»

«Das ist doch das Problem Ihres Sachbearbeiters! Rübezahl!»

«Keine weiteren Fragen, Sembritzki. Ich bitte Sie! In der DDR und in der Tschechoslowakei sind neue sowjetische Kurzstreckenraketen der Typen SS-21 und SS-23 aufgestellt worden.»

«Aber das stand doch auch in den Zeitungen.»

«Ich spreche nicht von den SS-20, Sembritzki. Die Nachfolgeraketen sind zielgenauer.»

«Um das herauszufinden, brauchen Sie doch meine Hilfe

nicht.»

Sembritzki wusste genau, dass Stachow nur um den heissen Brei herumredete. Ihm ging es nicht um die SS-23-Raketen, ihm ging es um etwas ganz anderes.

«Die amerikanischen Aufklärungssatelliten genügen nicht. Wir müssen genauere Informationen haben. Und vor allem müssen wir wissen, was drüben los ist.»

«Doppelt genäht hält besser!» Sembritzki lächelte. «Ich setze mich also mit Rübezahl in Verbindung?»

«Sie handeln ganz allein, Sembritzki. Rübezahl hat seinen eigenen Aktionsplan. Ich möchte Quervergleiche ziehen. Ihr Auftrag ist streng geheim. Keine Kontakte zu niemandem vom Verein. Haben Sie mich verstanden?»

«Und die Definition des Auftrags?»

«Lassen Sie Ihre Gestirne wieder rotieren, Sembritzki!»

«Das ist nicht einfach. Mein Universum hat Löcher. Ich weiss nicht einmal, ob all meine Hausmeister noch am Leben sind.»

«Das werden Sie überprüfen.»

«Wie komme ich in die Provinz? Prag, ja. Da ist der Kongress. Aber die Landschaft, wo meine Leute zum Teil sitzen?»

«Pegius ist Vorwand genug!»

«Pegius? Sie meinen das Geburtsstundenbuch?»

«Pegius und Wallenstein.»

Sembritzki starrte Stachow verwundert an. Zwar überraschte es ihn nicht, dass Stachow, wenn auch als einziger von der Firma, über Sembritzkis System, mit dem er sein böhmisches Agentennetz aufgebaut hatte, Bescheid wusste. Dass ihm das mittelalterliche Sternensystem, die Aufteilung des Himmels in die sieben damals bekannten Häuser, als Grundmuster gedient hatte, das er noch weiter differenzierte. Aber nie war der Name Wallenstein gefallen.

«Aktion Eger. Das ist der Code für dieses Unternehmen.»

«In Eger wurde Wallenstein ermordet!»

«Abergläubisch, Sembritzki?»

Sembritzki angelte wortlos einen Zigarillo aus der Brusttasche.

«Ihr einziger Bezugspunkt bin ich, Sembritzki! Es gibt bei dieser Aktion keine Satelliten und keine Go-Betweens. Auch keine Babysitter. Das ist Ihr grosses Solo!»

«Wollen Sie mir nicht mehr sagen?»

Stachow schüttelte den Kopf.

«Nicht jetzt. Später.»

Er langte in die Tasche seines Regenmantels und beförderte eine kleine silberne Cognacflasche ans Licht.

«Eine Erklärung?», murmelte er zwischen den Zähnen, während er den mächtigen Schädel nach hinten kippte und den Cognac in sich hineingurgeln liess.

«Auf unser Vaterland!», sagte er dann ganz unvermittelt, als er die schweren Augenlider langsam hob und gleichzeitig die Flasche mit der Schwurhand gegen den Himmel reckte, wo sie die Sonne auch gleich ansprang und ein zitterndes Mal auf die andere Seeseite warf. Sembritzki reagierte nicht. Was hätte er auch antworten können? Vaterland, das war für ihn kein verbindlicher Code.

«Sembritzki, heute spreche ich dieses Wort wieder aus, ohne dass es falsch tönt. Das war nicht immer so.»

Dann machte er eine Pause und steckte die Flasche ein. «Alles war ja damals nicht schlecht, was uns in den Krieg trieb. Vaterland war doch immer eine gültige Formel. Zugehörigkeitsgefühl. Nationalität. Identität. Identität, das ist es!»

Und als Sembritzki noch immer nicht antwortete, fügte

er bitter hinzu: «Sie haben den Krieg nicht mitgemacht, Sembritzki!»

«Ich war in der Hitlerjugend.»

«Ein Pimpf! Aber Sie waren nicht an der Front. Sie haben ja nicht wie wir nach der Niederlage – oder schon im Sumpf der russischen Ebenen – mit diesen Zweifeln gekämpft. Sie haben ja nicht wieder ganz unten anfangen müssen!»

«Sie haben nicht unten angefangen, Herr Stachow!» Sembritzki wusste nicht, warum er das sagte. Es war ihm einfach so herausgerutscht.

«Nicht so, wie Sie meinen, Sembritzki. Ich spreche nicht von der Karriere. Ich meine, dass wir völlig enttarnt waren. Völlig demontiert, immer auf der Hut vor falschen Tönen. Was da übrig geblieben war, verdiente den Namen Vaterland nicht mehr. Aber all das war doch nicht einfach verwerflich, was uns damals mitmarschieren liess. Dieser ganze Wahnsinn war doch nicht einfach umsonst!»

Erwartete Stachow jetzt eine Antwort? Die Bestätigung dafür, dass die Kriegsjahre und die Jahre davor nicht ganz einfach verlorene Jahre gewesen waren?

«Wir sind doch wieder Deutsche. Und wir können das doch aussprechen, ohne uns zu schämen!»

Sembritzki schwieg noch immer.

«Ich bin ein deutscher Patriot, Sembritzki!» Diesen Satz würgte Stachow mühsam heraus, und als ob er sich darüber schämte, wandte er sich brüsk ab und ging ein paar Schritte in den Wald hinein. Sembritzki rührte sich nicht. Das Bekenntnis seines Chefs hatte ihn peinlich berührt. War das ein Versuch gewesen, ihm ein Motiv für seinen Einsatz zu suggerieren?

«824!»

Stachows Stimme tönte rau und herrisch aus dem Wald

heraus. Sembritzki ging jetzt auf Stachow zu, mühsam, als ob die lehmige Erde an seinen Sohlen haftete.

«Das Verteidigungsministerium setzt mich unter Druck, Sembritzki. Diese Truppenverschiebungen, über die wir nicht Bescheid wissen. Rübezahls Leute liefern keine brauchbaren Informationen. Und auch aus Amerika kommen diesmal überraschenderweise überhaupt keine Hinweise. Die CIA schweigt.»

«Routineunternehmen, weiter nichts.» Sembritzki versuchte, seine Stimme gleichgültig klingen zu lassen, obwohl er die Erregung spürte, die in ihm hochstieg. «Warum überlassen wir das denn nicht den Amis? Schliesslich sind es ja amerikanische Offiziere, die die hundertacht Pershing 2 und die sechsundneunzig Cruise-Missiles kommandieren. Wir haben da ja kein Mitspracherecht.»

«Sie wissen genau, dass die Pershing 2 die sowjetischen SS-20 und deren Nachfolgeraketen nicht ausschalten können, weil sie nicht weit genug reichen. Und die Cruise-Missiles schaffen es nicht, weil sie zu langsam sind. Die sowjetische Bedrohung richtet sich nicht nur gegen die USA, sie richtet sich auch gegen uns. Auf unserem Boden würde ein dritter Weltkrieg ausgetragen. Sembritzki, verstehen Sie jetzt, warum ich vorhin vom Vaterland gesprochen habe? Nicht schon wieder!»

«Sie meinen, die da drüben haben etwas im Backofen?»

«Ich weiss es, Sembritzki. Aber ich blicke nicht durch!»

Jetzt schwiegen beide, obwohl noch so viel zu sagen gewesen wäre.

«Sie arbeiten Ihren Aktionsplan aus, Sembritzki. Dann sprechen wir uns wieder! Unterdessen werden Sie schon die Einladung zum Kongress in Prag zu Hause haben.»

Sembritzki war nicht einmal überrascht. Stachow hatte

also gar nicht mit seiner Absage gerechnet. Oder besser: Er hatte gewusst, dass Sembritzki keine Alternative blieb.

«Im Dienst des Vaterlandes», sagte Sembritzki und lächelte schwach.

Stachow streckte die Hand aus. «Wie auch immer, Sembritzki. Ein Motiv wird sich doch finden lassen. Wallenstein, zum Beispiel. Die Astrologie. Böhmen. Ist in diesem Knäuel nicht etwas zu finden, was Sie auf Trab bringen könnte?»

Das Schnattern einer Ente nahm Sembritzki die Antwort ab. Er schaute Stachow jetzt voll ins Gesicht, nickte kaum merklich und drehte sich dann brüsk um. Die Feierlichkeit des Augenblicks machte ihm zu schaffen. Stachow musste es ebenfalls gespürt haben, denn er wechselte abrupt das Thema: «Was ist mit dem andern Mann?»

«Ein Schatten. Nicht abzuschütteln. Der kennt alle Tricks. Scheinbar geschäftlich in Bern. Freizeitreiter. Pfeifenraucher. Quadratschädel. Ungefähr in meinem Alter. Stirnglatze. Trockene Haut. Mittelgross, muskulös. Bewaffnet.»

Stachow schien in seinem Kopf eine Menge von Lichtlein in Betrieb zu setzen. Aber dann schüttelte er den Kopf.

«Ich werde mich um diesen Mann kümmern, Sembritzki. Schauen, was Mütterchen Zählrahmen hergibt. Sie bekommen Bescheid.»

Jetzt standen beide da und hatten sich nichts mehr zu sagen.

«Also denn!»

Stachow zeigte mit dem dicken Zeigefinger auf Sembritzkis Brust, als ob er dessen Herz einen Impuls übermitteln müsste. Dann liess er die Hand ganz plötzlich sinken, nickte Sembritzki kurz zu und ging tiefer in den Wald, bis er sich als grauer Schemen zwischen den Bäumen verlor. Sembritzki schaute ihm noch nach, als er längst verschwunden war. Dann musterte er aufmerksam den Boden, wo an einzelnen Stellen die Schuhabdrücke von ihm und Stachow zu sehen waren. Er hob einen Stein auf und zerstörte systematisch die Abdrücke.

Dann ging er langsam am Wasser entlang nach Ilmensee zurück.

3. Kapitel

Den Rest des Vormittags verbrachte Sembritzki in Denkingen. Er hockte in einem Gasthaus über einem Korn, dann über einem zweiten. Dazwischen würgte er Brot und Speck hinunter. Aber er dachte vor allem nach, versuchte in Gedanken das ganze Netz wieder zu rekonstruieren, das er vor Jahren über Böhmen gelegt hatte. Natürlich hatte er seine Aufzeichnungen, seine Pläne, das ganze Organigramm in einem Banksafe aufbewahrt. Aber ihm ging es jetzt darum, herauszufinden, wie viel er selber noch wusste. Nach dem dritten Korn verschwammen die Diagramme ganz, doch aus diesem Nebel hoben sich mit einem Male die Konturen von Gesichtern heraus; Namen, Decknamen begannen Vokale und Konsonanten auszuspucken, Örtlichkeiten wurden lebendig, Gerüchte hüllten ihn ein, Geräusche von fahrenden Zügen, von Schritten auf dem Kopfsteinpflaster, tschechische Laute, ein Kirchengeläut, Kerzenrauch, eine Zigarette im Rinnstein. Und von weither drang in dieses Gemenge von Eindrücken die Stimme Stachows, Sätze, die er einmal ausgesprochen hatte und die mit einem Male ganz deutlich in Sembritzkis Ohren klangen: «Wir dürfen es nicht zulassen, dass man unser deutsches Vaterland um eines beschissenen Friedens willen mit Raketen bepflastert. Wir sind nicht das Vietnam Europas!»

Erst nach drei Uhr stemmte sich Sembritzki schwerfällig vom Stuhl hoch, warf einen trüben Blick auf die fünf leeren Korngläser und die zwei Bierhumpen, wischte mit einer fahrigen Bewegung die Brotkrümel vom Tisch und stapfte in den glasklaren Vorfrühlingsnachmittag hinaus. Er kickte die schwere Maschine an und fuhr langsam und singend über Elchbeck, Heiligenberg, Salem zum See hinunter: «Deutschland, Deutschland über alles!»

In Meersburg angekommen, schwenkte er wieder nördlich ab und fuhr den Berg zum Schloss hinauf. Der Fahrtwind hatte ihn beinahe wieder nüchtern gemacht. Es war halb fünf, als er bei der ehemaligen Residenz der Konstanzer Fürstbischöfe ankam. Ein paar Besucher lungerten lustlos im Schlosshof herum. Kein bekanntes Gesicht darunter. Sembritzki setzte sich in ein Café und wartete. Er hatte den Schlosseingang im Auge. Die wenigen Schlossbesucher verliessen Annette von Droste-Hülshoff und die Konstanzer Fürstbischöfe und strebten eilig dem Stadtzentrum zu, Fisch im Bauch und Riesling im Kopf. Dann war es still. Graue Schatten krochen aus den Winkeln und Fenstern des Schlosses. Sembritzki ging auf die Strasse, stellte sich in einen Hausgang und wartete. Nichts. Der Mann, der sich im Konstanzer Staatsarchiv für den Folianten Nummer sechs interessiert hatte, tauchte nicht auf, nicht um 17.41 Uhr und nicht um 17.50 Uhr. Kurz vor sechs flog ein Helikopter der US-Luftwaffe im Tiefflug über das Schloss, scheuchte einen dunkelblauen Schwarm von Tauben auf, jagte weisse Möwen davon und verschwand wieder aus Sembritzkis Blickfeld.

Um Viertel nach sechs gab Sembritzki seinen Beobachtungsposten auf und fuhr nach Konstanz zurück. In der «Krone» erkundigte er sich nach dem tschechischen Kellner. Aber den wollte keiner kennen. Sembritzki insistierte nicht. Er verliess den Gastraum und drang dann im Umweg über den Korridor in die Küche ein. Zwischen Dampf und Pfannengeklapper versuchte er, von einem verschwitzten Küchenmädchen Informationen über den unbekannten Kellner zu erhalten.

«Pawel?»

Sembritzki beschrieb ihn.

«Das ist Pawel. Wollte ja nicht bleiben. War ihm zu viel Betrieb. Und die Bezahlung war ihm zu mies. Mir auch. Und auch zu viel Betrieb. War ein fixer Mann.»

«Und wo ist er jetzt?»

Sie zuckte mit den Schultern, strich sich mit dem Unterarm eine Haarsträhne aus dem glühenden Gesicht, ergriff einen Stapel mit Tellern und schichtete sie in die Spülmaschine. «Er hat gesagt, er hätte sein Motorrad einem Freund geliehen. Wenn das Motorrad wieder da ist, will er abhauen.»

«Aber wo will er auf das Motorrad warten?»

«Bei Franz!»

«Wer ist Franz?»

«Ein Kollege, der gerade im Urlaub ist. Was wollen Sie von Pawel? Polizei?»

Sembritzki schüttelte den Kopf. «Ich bin der Mann, der Pawels Motorrad hat.»

«Ach, Sie sind das!»

Sie stellte sich vor ihn hin, blies wieder eine Strähne aus dem feuchten Gesicht und stemmte dann die Arme in die Hüften. «Dann sagen Sie ihm doch, er soll sich wieder mal bei mir blicken lassen. Bei der Gerda.»

Sie kritzelte eine Adresse auf ein fettiges Stück Papier, angelte sich ein Bierglas aus einem Regal und hielt es Sembritzki hin. Aber dieser schüttelte den Kopf, nickte kurz und liess Gerda in den Dampfschwaden zurück, wo sie noch lange stand, das Glas in der einen, eine Flasche in der anderen Hand, und dem entschwundenen Pawel nachträumte.

Pawels Absteige lag in einem ruhigen Viertel, wo sich eine Reihe alter Häuser in einer engen Gasse drängten. Sembritzki ging durch einen düstern Torbogen in einen Hinterhof, wo sich Autoreifen türmten und eine Reihe von rostigen Ölfässern die Bewegungsfreiheit einschränkten. Von Zeit zu Zeit war der dumpfe Aufschlag eines Wassertropfens auf Metall zu hören. Vorsichtig, immer im Schatten der Reifenstapel, ging Sembritzki durch den Hof auf die einzige Türe zu, die zwischen Fässern und Reifen am Ende dieses künstlichen Korridors zu sehen war. Sie war nicht verschlossen. Das Treppenhaus roch nach Feuchtigkeit und Petroleum. Und nach Angebranntem. Langsam stieg Sembritzki über die knarrenden Holzstiegen nach oben. Die erste Türklinke, die er niederdrücken wollte, war eingerostet. Er versuchte es ein Stockwerk weiter oben. Da stand vom fahlen Licht aus dem Hof angeleuchtet der Name Franz Höllerer auf einem Stück Papier. Mit einem Reissnagel am Türrahmen festgemacht. Sembritzki klopfte leise. Dann hielt er das Ohr an die Türe. Es blieb alles still. Er klopfte ein zweites Mal. Auch diesmal vergeblich. Vorsichtig drückte er die Klinke nieder und schob die Türe langsam auf, wobei er sich flach an die Wand presste. Sembritzki fühlte, wie ein eigenartiges Gefühl der Beklemmung in ihm hochkroch. Eine Art von Furcht, die er von früher her kannte, wenn er durch Prags Gassen gegangen war. Immer auf der Hut, immer die Angst vor dem einen Wort eines Vorbeigehenden oder eines Mannes im Rücken, das eine ganze Kette von Ereignissen auslösen konnte: «Promiňte! – Verzeihung.» Und dann eine Pistolenmündung im Rücken. Oder den Ausweis eines Geheimpolizisten vor der Nase. Oder einfach: «Vaše, papíry – Ihre Papiere!»

Sembritzki traute seinem Instinkt nicht mehr so richtig. Er wusste nicht, ob er die Gegenwart eines Fremden noch spüren würde, bevor er ihn zu Gesicht bekam. Seine Ausdünstung, einen feinen Atem oder ganz einfach dieses unbestimmte Gefühl, dass man sich nicht allein in einem Raum befand.

Vorsichtig tastete er nach dem Lichtschalter, drehte ihn schnell und sprang auch schon wieder zurück, in den Schutz der Türe. Aber nichts rührte sich. Es blieb still. Totenstill. Sembritzki spähte durch den Türspalt. Durch einen kleinen Vorraum konnte er ins Schlafzimmer sehen. Das Bett mit dem gemusterten Überwurf war unberührt. Über der Stuhllehne neben dem Bett sah er eine weisse Kellnerjacke. Und auf dem Boden davor lag eine schwarze Pistole, daneben ein leeres Magazin. Sembritzki stiess die Türe ganz auf und sprang auch schon mitten in den Vorraum. «Polizei!», rief er. Aber es blieb still. Erst jetzt liess er die erhobenen Arme sinken und wandte sich dem zweiten Zimmer zu. Aber auch da war niemand. Nicht auf der schwarzen Ledercouch, nicht im geflochtenen Schaukelstuhl. Auf dem Tischchen mit den drei Beinen lag eine Karte von Konstanz und Umgebung. Darauf ein halb volles Whiskyglas. Sembritzki wandte sich der Küche zu. Und dort fand er ihn. Pawel hockte vornüber gesunken auf einem Hocker vor dem Schüttstein, so, als ob er sich die Haare waschen wollte. Der rechte Arm lag verdreht auf der Anrichte. Die Hand umklammerte einen Fön, dessen defektes Kabel noch immer in der Steckdose steckte.

Da lag noch eine Tube mit Shampoo, aus der sich eine dunkelgrüne Creme wand und ein dekoratives Muster auf der gerippten hellblauen Gummimatte hinterlassen hatte, wo sonst die abgewaschenen Teller zum Trocknen hingelegt wurden.

Pawel war tot. Sein Kopf lag im Wasser. Sein schwarzes Haar schwamm wie ein feines luftiges Netz an der Oberfläche. Vorsichtig griff Sembritzki in Pawels Taschen. Nichts schien zu fehlen. Da war ein Taschentuch. Da war eine

Brieftasche mit allem drin, was man benötigte. Ein Führerschein für schwere Motorräder, der auf den Namen Pawel Schmidt lautete. Das Foto einer jungen Frau mit blondem Haar. Zwei Referenzschreiben von deutschen Restaurants, die Schmidt als zuverlässigen Arbeiter schilderten. Das war alles. Sembritzki schien es wenig. Zu wenig. Und dann fiel es ihm erst auf. Schmidt trug eine karierte Jacke. Darunter aber nur ein Unterhemd. Wer wäscht sich die Haare in halb angezogenem Zustand? Oder hatte Schmidt ganz einfach zu frieren begonnen, als er sich die Haare gewaschen hatte? Als Sembritzki ganz vorsichtig hinten oben das Jackett abhob, sah er die drei dunkelbraunen kreisrunden Male auf den Schulterblättern. Zu gut kannte Sembritzki diese Abdrücke, als dass er auch nur einen Augenblick lang an deren Herkunft gezweifelt hätte. Er selbst hatte ja noch immer drei Narben auf seinen Unterarmen, die von den Verhörmethoden zweier libanesischer Geheimdienstleute herrührten, die ihn bei einem Abstecher in den Nahen Osten geschnappt hatten. Seither kaute Sembritzki die Zigarillos nur noch.

Schnell und gründlich durchsuchte Sembritzki die Küche, öffnete Schränke, schaute in Kehrichteimer, nahm dann den Wohnraum und endlich das Schlafzimmer vor. Aber er fand nichts, was aussergewöhnlich gewesen wäre. Keine Spuren eines Fremden. In den Schränken hingen ein paar Anzüge, die sicher dem abwesenden Franz gehörten. Von Pawel Schmidt, dem die Masse seines Gastgebers kaum gepasst hätten, war wenig vorhanden. Ein Paar Motorradstiefel. Ein schwarzglänzender Motorradanzug, ein gelber Helm mit drei schwarzen Punkten als Verzierung. Daneben die schwarzen Handschuhe mit drei gelben Punkten.

Wenn einer hier etwas gesucht hatte, so hatte er das gründlich und unauffällig getan. Doch was hätte man hier auch suchen sollen, wenn nicht den Mann, dessen Haar im Wasser schwamm? Ein Wort, mit der glimmenden Zigarettenspitze aus ihm herausgebrannt, hatte doch schon genügt: Ilmensee! Aber weshalb hatte Sembritzki, obwohl er doch auf der Hut gewesen war, keinen Verfolger ausmachen können? Und wer hatte den Mann, der sich Pawel Schmidt genannt hatte, umgebracht? Denn dass es sich um einen Unfalltod handeln konnte, zog Sembritzki gar nicht erst in Betracht.

Sembritzki verliess das Haus. Einen Augenblick lang dachte er daran, den Schlüssel für das Motorrad in der Absteige des Toten zurückzulassen. Aber dann erinnerte er sich daran, dass man so noch schneller auf seine Spur stossen würde. Auf dem Umweg über Gerda, die sich nach dem toten Pawel sehnte. Es würde auch so noch schnell genug gehen, bis die Kriminalpolizei den Bezug Schmidt–Sembritzki ausmachen würde. Er warf den Schlüssel in eines der Ölfässer. und ging dann zum Hotel zurück. Jetzt musste er noch eine Nacht durchhalten, bevor er zurückreiste. Ein überstürzter Aufbruch hätte Aufsehen erregt. Von seinem Zimmer aus rief er in der «Krone» an und verlangte Gerda. Er sagte ihr, dass er Pawel nicht angetroffen und deshalb den Zündschlüssel für das Motorrad unter die Fussmatte gelegt habe. Im Übrigen lasse er Pawel grüssen und bedanke sich herzlich. Er? Viktor Rahe aus Ingolstadt.

Die Nacht war lang. Und so fuhr Sembritzki schon mit dem ersten Zug nach Bern zurück. Seine Augen brannten. Sein Herz stockte, als er in der Morgenzeitung nach einem Hinweis auf den toten Pawel Schmidt suchte und dann auf eine Notiz stiess, in der geschrieben stand, die Leiche eines unbekannten Mannes sei in der Nähe von Meersburg im Ilmensee in Ufernähe gefunden worden. Es war der Tag des grossen Reinemachens. An Wasser wurde nicht gespart.

«Konrad Sembritzki?»

Der Mann im dunkelgrünen Lederjackett stand vor Sembritzkis Wohnungstüre.

«Wer sind Sie?»

Schnell liess Sembritzki die Postsendungen, die er aus dem Briefkasten geholt hatte, in seiner Tasche verschwinden.

«BND!»

«Kommen Sie herein!»

Wie schnell funktionierten doch die Kontakte, wie perfekt schien dieses Informationsnetz gewoben zu sein! Der Mann in der Lederjacke war sehr höflich. Er wartete im Hausflur, bis Sembritzki die Türe zu seinem Wohnzimmer aufgestossen und seinen unwillkommenen Gast mit einer Geste aufgefordert hatte, sich zu setzen. Wenn er das Zimmer blitzschnell mit geübtem Blick inspizierte, so tat er dies mindestens auf unauffällige Weise.

«Darf ich rauchen?»

Die Manieren beim BND waren offensichtlich besser geworden. Sembritzki nickte. Er setzte sich so, dass er das Fenster im Rücken hatte. Dann wartete er ab.

«Woher kommen Sie?»

«Aus Konstanz!»

Warum hätte es Sembritzki auch abstreiten sollen. Man hätte es ohnehin bald herausgekriegt.

«Was haben Sie in Konstanz gemacht?»

«Ich war im Staatsarchiv.»

«Beruflich?»

Sembritzki nickte.

«Sonst hatten Sie keine Kontakte?»

«Keine.»

Sembritzki erinnerte sich an das, was ihm Stachow gesagt hatte.

«Was haben Sie gestern tagsüber getan?»

«Ich war in Meersburg. Im Schloss.»

«Ein sehr anfälliges Alibi, Herr Sembritzki.» Der Mann lächelte.

Sembritzki zog die Augenbrauen hoch.

«Alibi? Wozu brauche ich ein Alibi?»

«Sie haben die Zeitung gelesen!»

Er wies mit spitzem Zeigefinger auf die *Süddeutsche Zeitung*, die aus Sembritzkis Manteltasche schaute.

«Die Zeitung habe ich gelesen.»

«Und?»

Sembritzki schüttelte den Kopf, obwohl er genau wusste, worauf sein Besucher es abgesehen hatte.

«Sie haben über den Toten vom Ilmensee gelesen?»

«Ich interessiere mich nicht für Unglücksfälle.»

«Sie waren in der Gegend, wo man den Toten gefunden hat, Herr Sembritzki.»

«Und?», sagte Sembritzki jetzt zum zweiten Mal.

«Der Tote ist Stachow.»

Sembritzki schloss die Augen. Also doch. Aber weshalb? Oder eher: Wer hatte ihn ermordet?

«Mein –?» Sembritzki stockte.

«Ihr ehemaliger Vorgesetzter.»

«Ertrunken?»

«Haben Sie ihn getroffen?», fragte der andere weiter, statt Sembritzkis Frage zu beantworten.

«Warum sollte ich? Ich bin draussen, das wissen Sie doch? Ein Zufall. Ein unglückseliger Zufall!»

«Zufall? Wie meinen Sie das?»

«Dass ich in der Gegend war.»

«Das lässt sich überprüfen, Sembritzki!»

Die Floskel Herr hatte er schon geopfert. Das Präludium

schien vorbei zu sein. Jetzt würde die Schwitzkastenmethode angewandt werden. Wie oft hatte Sembritzki selbst so gearbeitet. Er würde sich zu wehren wissen. Aber der Mann stand auf. War das alles?

«Vermutlich Selbstmord, Herr Sembritzki. Das ist vorläufig alles, was wir wissen.»

Sembritzki wusste mehr. Aber er schwieg.

«Morgen werden Sie in München erwartet, Herr Sembritzki! Kontaktadresse ‹Königshof›.»

Er schob ihm ein Flugticket hin, nickte kurz und ging hinaus. Sembritzki lauschte seinen Schritten auf der Treppe nach. Stachow war tot. Und jetzt? Was sollte Sembritzki jetzt tun? Das Einmannunternehmen Sembritzki!

Er stand auf und ging zum Fenster. Mit beiden Händen stützte er sich seitlich am Fensterrahmen ab, den heissen Kopf an der kühlen Scheibe. Stachow war tot! Er hatte sich so plötzlich abgesetzt wie Sembritzkis eigener Vater damals, der einen Tag nach dem Krieg, als er mit seinem Fahrrad über die zerschossene Brücke seiner Heimatstadt fuhr, mit einem Male ins Schwanken geraten war, dann mit der Sicherheit des Schlafwandlers die Lücke im Geländer ausgemacht hatte und mit einem gewaltigen Sprung im gelbbraunen Fluss verschwunden war. Ob der letzte Schrei, den er ausgestossen hatte, dem schmutzigen Wasser oder den Gaffern gegolten hatte, blieb ein Geheimnis. Auch damals hatte Sembritzki plötzlich dieses Gefühl von Verlassenheit gespürt. Da war ein Koordinatennetz brüsk durchgeschnitten worden. Und Sembritzki hatte lange gebraucht, bis er diese Löcher wieder geflickt hatte. Sembritzki war, als ob sein ganzes Leben vom Verlust solcher Vaterfiguren geprägt worden sei, ein dauerndes Zusammenflicken von Beziehungsnetzen.

Stachow war tot. Selbstmord? Nach all dem, was er Sembritzki anvertraut hatte? Er griff in die Tasche und holte einen Briefumschlag heraus mit einer tschechischen Marke und der Aufschrift: «Carolinum, Staré Město, Železná 9. Praha 1.»

Sembritzki riss den Umschlag auf. Stachows letzte Aktion: eine Einladung zum Kongress über die Erschliessung neuer Quellen in der Geschichte der Medizin. Vom 6. bis zum 10. April. Er drehte die Einladungskarte um und erschrak. Auf der Vorderseite war genau jenes Tierkreismännchen abgebildet, das er vor Jahren in Stachows Büro zwischen den Akten gesehen hatte. Lange stierte er auf die nackte Figur vor dem blauen Hintergrund, auf die Tierkreiszeichen, die in der Nähe bestimmter Körperteile festgehalten waren und mit einem dünnen Blutstrahl bezeichneten, wo der mittelalterliche Arzt mit Vorteil bei gewissen Leiden Blut ablassen sollte. Was war es nur, was Sembritzki irritierte? Irgendetwas auf der Karte machte ihn stutzig, aber er wusste nicht, was.

Wieder war er gefangen in einer Welt, die er in immer neuen Anläufen zurückzulassen versuchte, und die ihn doch immer wieder einholte. Er wusste, wie für den mittelalterlichen Menschen Astronomie und Astrologie eins waren. Er wusste, dass die Sternbilder des Tierkreises Jahreszeiten und Wetter, Wachstum der Erde, die Geburt der Menschen, ihren Charakter, ihre Gesundheit, ihre Krankheiten zu beeinflussen vermochten. Und ihn ärgerte immer wieder, dass er sich diesem Einfluss nicht zu entziehen vermochte. Dass für ihn nicht, wie es sich für einen Zeitgenossen gehörte, Gestirne einfach kalt oder weiss sind, ohne Leben, einsam auf ihren fixen Bahnen.

Noch immer hielt er das Bild mit dem Tierkreismännchen in der Hand, dachte über den Zwölfmonatskalender nach, in dem das Wirken der zwölf Tierkreiszeichen Bild geworden war, wo festgehalten war, welche Zeichen welchen Körperteil beherrschten. Und dann fiel es ihm endlich auf, was ihn so lange beschäftigt hatte, ohne dass er den Grund erkannt hätte. Zwar waren zwölf Tierkreiszeichen rund um das Männchen angeordnet, die Fische zwischen den Füssen, dann im Uhrzeigersinn der Steinbock, der das Knie als Ort des Aderlasses bevorzugte, dann der Skorpion beim Geschlechtsteil, die Waage bei der Hüfte, der Krebs beim Herzen, ein Zwilling beim Oberarm, der Stier beim Hals, der Widder beim Kopf, der andere Zwilling beim linken Arm des Männchens, die Jungfrau beim Bauchnabel, der Schütze beim Oberschenkel, der Wassermann, Sembritzkis Sternzeichen, beim Schienbein des rechten Beines. Aber wo war der Löwe? Der Löwe fehlte. Hatte das eine Bedeutung? Sembritzki hatte sich daran gewöhnt, dass alles, was von Stachow kam, eine Bedeutung hatte.

4. Kapitel

Wie lange war es her, dass er zum letzten Mal in München-Riem gelandet war? Der rote Backsteinturm weckte Erinnerungen. An eine Zeit, die er am Anfang wie einen grossen sakralen Raum erlebt hatte, an dessen Eingang er staunend gestanden hatte, ohne eintreten zu dürfen. Da hatte ihn zum ersten Mal ein Gefühl überkommen, das er heute in den Bereich des Mystischen abschieben würde. Ihn hatte auf eine lustvolle Art geschaudert, wenn er Feldgraues in schwarzen Knobelbechern hatte vorbeistaksen sehen, wenn im weissen Rund das Hakenkreuz auf roten Standarten wie eine Monstranz vorbeigetragen worden war und nackte Mädchenarme in einer einzigen Bewegung zum Himmel geschossen waren, wenn im offenen Mercedes der Gauleiter persönlich Sembritzkis Geburtsstadt an der Saale besuchte. Diese Welt hatte etwas von der Entrücktheit, der Unwirklichkeit des Märchens auch, das ihn zu jener Zeit so faszinierte. Und dann mit einem Male brach dieser prunkvolle sakrale Raum auseinander. Ein letztes Mal, Sembritzki besuchte damals ja schon die Volksschule, half ihm die Literatur, die er gerade bevorzugte, dieses Endzeiterlebnis zu beschreiben. Da stand ihm Ludwig Uhland mit seiner Ballade «Des Sängers Fluch» Gevatter, deren einzelne Strophen der kriegsversehrte Magister mit seinem übrig gebliebenen linken Arm den musenfeindlichen Hohlköpfen in Form von Kopfnüssen einhämmerte, bis sogar der Letzte unter ihnen den Text intus hatte: «Noch eine hohe Säule zeugt von verschwundner Pracht; auch diese, schon geborsten, kann stürzen über Nacht.» Das war das einzige Bild aus der Welt der Ballade, das Sembritzki immer gegenwärtig blieb, ein Relikt aus einer Welt, der er noch heute manchmal nachtrauerte. Und der Turm von Riem, dieser klotzige Backsteinbau, war für ihn etwas wie diese letzte Säule aus einer Zeit, die bereits Geschichte geworden war und die doch noch immer in Sembritzkis Zeit hineinwirkte.

Sembritzki zögerte nur einen Augenblick lang, als er die weisse Reihe von Taxis mit ihren goldenen Kronen vor sich sah. Aber dann liess er die lackglänzenden Wagen links liegen und steuerte auf den behäbigen Flughafenbus zu. Hier fühlte er sich unter den Reisenden geborgen, weil ihn kein Fahrer in ein Gespräch verwickelte, ihn nicht im Rückspiegel musterte und nach seinem Kommen und Gehen fragte. Im Bus fühlte er sich wie auf einer grossen Schaukel, die ihn im einschläfernden Rhythmus in die Stadt hineinbeförderte, an all den bekannten Signalen vorbei: Daglfing, wo Münchens Pferdenarren und Wettsüchtige hinpilgerten. Dann der Eispalast, dann die Kurve hinunter zur Isar, darüber hinweg. Ein kurzer Blick in den Englischen Garten, dann auf der andern Seite wieder hinauf, die Gerade hinunter. Lenbachplatz, Hauptbahnhof.

«Mord oder Selbstmord? – Mysteriöser Tod eines Unbekannten am Bodensee!» Diese Schlagzeile schaukelte sich im Rhythmus der Busfahrt immer tiefer in Sembritzkis Hirn hinein. «Eines Unbekannten!» Als ob man nicht schon lange wüsste, dass es sich um den Leiter der Abteilung Ost des BND handelte. Da hatten oberste Stellen ein vorläufiges Machtwort gesprochen. Stachow war neutralisiert worden. Definitiv. Aus dem Verkehr gezogen. Mundtot gemacht.

Sembritzki wusste, dass auch er jetzt in Gefahr war. Er hatte das eigenartige Frösteln im Rücken gefühlt, als er durch die langen Korridore im Flughafen gegangen war. Er ertappte sich dabei, wie er jeden Buspassagier genau musterte. Er ärgerte sich darüber, dass er sogar damit rechnete, der Passagier hinter ihm könne eine lange spitze Nadel durchs Polster in seinen Rücken bohren. Und einen Augenblick bereute er es doch, kein Taxi genommen zu haben. Der Umweg durchs Zentrum gab jedem Verfolger jede mögliche Gelegenheit, Sembritzki zu eliminieren, wenn er es darauf abgesehen haben sollte. Aber je länger Sembritzki darüber nachdachte, desto unwahrscheinlicher erschien es ihm, dass er das nächste Opfer sein könnte. Im Gegenteil: Ihn würde man noch aufsparen. Wofür? Und wie lange?

«Königshof», sagte er endlich zum Taxifahrer, den er aus einer wartenden Kolonne herausgepflückt hatte. Der Treffpunkt war nicht neu und auch nicht originell. Aber die Herren aus Pullach vermieden es nach Möglichkeit, ihre externen Laufburschen in die Zentrale zu bestellen.

«Das Zimmer ist fertig, Herr Senn», zwitscherte die Dame am Empfang und streckte ihm unaufgefordert einen Schlüssel hin.

«Kein Gepäck?», flötete sie noch.

Sembritzki schüttelte den Kopf. «Wird nachgeschickt.»

«Wir werden uns darum kümmern.»

«Ich bitte Sie darum», lächelte Sembritzki und ging zum Aufzug. 325. Er steckte den Schlüssel ins Schlüsselloch und öffnete vorsichtig die Türe. Dann blieb er stehen und wartete. Er sah nur ein Stück blauen Teppichs und dann einen Sessel und ein Paar blaue Hosenbeine. Jetzt stand der Mann auf.

«Herr Senn?»

Es war nicht Römmel, der auf ihn zukam, ihn ins Zimmer zog und dann die Türe wieder hinter ihm ins Schloss drückte. Es war einer von Römmels Lakaien.

«Bitte», murmelte Sembritzki und versuchte, sich uninteressiert zu geben.

«Blauer Peugeot. Kennzeichen EBE-IB 678. Beim Hinterausgang. Schlagen Sie einen Bogen.»

Der Mann mit dem kurzgeschorenen Haar und dem makellosen dunkelblauen Anzug ging ohne ein weiteres Wort an Sembritzki vorbei zur Tür und war auch schon verschwunden, bevor Sembritzki weitere Fragen hätte stellen können. Aber was hätte er auch fragen sollen. Er kannte das Ritual, auch wenn er es in diesem Falle für überflüssig hielt. Drei Minuten nach dem Abgang von Römmels Boten verliess auch er das Zimmer und schlenderte durch die Halle. Er tat ein paar Schritte auf den Karlsplatz hinaus, absolvierte die obligatorischen Arabesken, schaute in Schaufenster, wechselte mehrmals die Strassenseite, betrat Warenhäuser und verliess sie gleich wieder und landete mit etwas Verspätung auf dem Vordersitz des blauen Peugeots, der ihn nach Schwabing brachte und ihn vor einem dunkelgrünen Mietshaus wieder ausspuckte.

«Zweiter Stock. Stucker!» Das war die letzte Anweisung des Lakaien. Im Treppenhaus roch es nach Bohnerwachs und Spülmittel. Aber auch nach Pfeifentabak. Süsslich und beharrlich hing er in der Luft. Da hatte der Mann mit der Bruyèrepfeife bereits seine Duftmarken gesetzt. Und da sah er ihn auch schon von Angesicht zu Angesicht. Er stand im hellgrün gestrichenen Flur vor ihm, die Pfeife in der linken Hand.

«Herr Sembritzki!»

Er wies mit weitausholender Geste auf die geöffnete Tür zu seiner pullachexternen Kommandozentrale. Erst dann streckte er ihm die Hand entgegen, eine feingliedrige weisse Hand mit blauen Venen. Sembritzki drückte nur kurz zu, als fürchte er, beim harten Zugriff könne er die Knochen in Rübezahls Hand splittern hören.

«Setzen Sie sich! Rauchen Sie?»

Sembritzki setzte sich auf einen blauen Armsessel und schüttelte den Kopf, als er einen Zigarillo zwischen die Lippen steckte.

«Noch immer der Tick mit dem unangezündeten Zigarillo?» Rübezahl zeigte seine kleinen Raubtierzähne.

«Kein Tick! Eine liebe Gewohnheit!»

Sembritzki wusste, wie diese ironische Korrektur den korrekten Chefagenten treffen musste.

Rübezahl verzog keine Miene. Er steckte sich mit Grandezza seine Pfeife wieder an, mit einem Dunhill-Feuerzeug selbstverständlich, und musterte dann Sembritzki mit seinen grauen Augen skeptisch.

«Herr Stachow ist tot!»

Sembritzki nickte. «Ich habe es erfahren.»

«Sie waren in der Nähe, Sembritzki! In der Nähe, als er starb.»

«Wollen Sie damit sagen –?»

«Damit will ich gar nichts sagen», schnitt ihm Rübezahl das Wort ab. «Ich konstatiere nur.»

«Sie konstatieren richtig, Herr Römmel», gab Sembritzki zurück und biss ein Stück von seinem Zigarillo ab, klaubte es zwischen Backentasche und Stockzahn hervor, betrachtete eine Weile seine Beute auf dem ausgestreckten Zeigefinger und strich sie dann langsam am Rande des Aschenbechers ab. Er wusste, wie Rübezahl solche vulgären Anflüge ärgerten.

«Sie haben Stachow nicht getroffen?», fragte Rübezahl mit zusammengezogenen Augenbrauen weiter.

«Nein!»

«Und wenn Sie gesehen wurden?»

«Dann sind Sie eben falsch informiert worden!»

Sembritzki liess den Blick über den Mahagonischreibtisch schweifen, auf dem eine dicke Akte aufgebaut war, neben einem Briefbeschwerer in Form einer explodierenden Granate, einem Stück Bernstein mit einer darin eingeschlossenen Fliege und dem scharf geschwungenen Briefmesser, das an einen Türkensäbel erinnerte.

«Es wäre doch möglich gewesen, dass Herr Stachow sich Ihre Erfahrung zunutze hätte machen wollen, Herr Sembritzki.»

«Ich bin zwar erfahren, aber meine Erfahrungen liegen Jahre zurück, Herr Römmel. Ich bin nicht mehr auf dem Laufenden!»

«Sie waren ein guter Agent, Sembritzki!» Römmel sagte es mit Wärme in der Stimme. Es tönte wie ein Nachruf. «Und ich weiss beim besten Willen nicht, warum Sie ein Geheimnis um Ihr Zusammentreffen mit Herrn Stachow machen, Sembritzki. Wir wissen, dass Sie mit seinem Tod nichts zu tun hatten. Es war ein unglücklicher Zufall, so viel steht fest. Herr Stachow war –» Jetzt machte Römmel eine Pause, als ob er nach dem passenden Wort suche, das er in Wirklichkeit schon längst auf der Zunge hatte. «Herr Stachow war – stand unter Alkoholeinfluss. Er muss ausgeglitten und dann ertrunken sein. So viel hat die Obduktion bis jetzt ergeben.»

Sembritzki schwieg.

«Aber das erklärt immer noch nicht, wie Herr Stachow – und vor allem, warum er in dieser Gegend zu tun hatte. Ein Zusammentreffen ist wahrscheinlich. Aber mit wem?»

Sembritzki zuckte mit den Schultern.

«Wir müssen die Möglichkeit in Betracht ziehen, dass er einen fremden Agenten getroffen hat. Unsere Sicherheitsdispositive sind mindestens bis zur völligen Klärung dieses Falles in Gefahr.»

«Warum erzählen Sie mir all das, Herr Römmel?»

Sembritzki wusste, dass dieses Präludium Römmels einen ganzen Rattenschwanz von Schlussfolgerungen, Untersuchungen, Verhören nachziehen würde.

«Sie fahren wieder in die ČSSR!»

Die Feststellung kam wie ein Peitschenschlag. Aber Sembritzki, immer auf der Hut vor Rübezahls Attacken, blieb ruhig.

«Sie sind informiert?»

Jetzt musste er Zeit gewinnen. Wie ging das Verhör weiter? Was wusste Römmel?

«Herr Sembritzki, das hat sich seit Ihrem Abgang nicht verändert: Die Fragen stellt der Vorgesetzte. Und das bin noch immer ich, auch wenn Sie für eine Weile aus dem Verkehr gezogen wurden!»

«Ich fahre nach Prag. Das stimmt. Eine Einladung zu einem Kongress in Prag!»

«Wer hat Sie auf die Liste der Einzuladenden gesetzt?»

«Wie soll ich das wissen? Ich bin in der Kartei.»

«Nicht nur in Prag, mein Lieber!»

Sembritzki wusste, worauf Römmel hinauswollte.

«Ich weiss, Herr Römmel. Ich figuriere auch in Ihrer Datenbank. Und meine Einladung nach Prag ist schon registriert.»

«Unter anderem!»

Jetzt schwieg Rübezahl bedeutungsvoll.

«Sie haben damals ein wirksames Agentennetz aufgebaut, Sembritzki!»

Auch der! Sembritzki war jetzt hellwach. Da gruben sich zwei von verschiedenen Seiten durch denselben Berg, ohne dass die beiden voneinander wussten.

«Damals, Sie sagen es, Herr Römmel! Das Netz ist tot.

Zerrissen. Nicht mehr zu flicken. Sie haben ja alle Fäden in den Händen.»

«Da ist etwas, was meine Leute nicht klarkriegen, Sembritzki!»

Sembritzki wartete ab.

«Es sind Truppenverschiebungen an der tschechisch-österreichischen Grenze im Gange. Aber wir haben keine Hintergrundinformationen!»

«Vielleicht sind die Informationen über die Truppenverschiebungen falsch», warf Sembritzki ein. Vielleicht wollte Römmel ganz einfach mit einer faustdicken Lüge auf den Busch klopfen. Aber das hätte nicht zu Römmel gepasst. Römmel war ein Mann der Fakten und öffnete auch schon mit schnellem Griff den Ordner.

«Hier!»

Er blätterte eine Reihe von Luftaufnahmen vor Sembritzki hin. Da waren lange Konvois auszumachen, Laster und Panzer. Und ein paar in Planen gehüllte längliche Flugkörper.

«SS-20 und SS-22! Sie haben Sie erkannt?»

Aber Sembritzki war vorsichtig.

«Ich bin nicht mehr informiert, Herr Römmel. Das wissen Sie!»

«Im Westen der Sowjetunion sind zurzeit hundert Raketen stationiert, die gleichzeitig und mit grosser Genauigkeit dreihundert Atomladungen nach Westeuropa schiessen können. Das beeindruckt Sie wohl nicht? Jetzt werden diese Raketen immer weiter vorgeschoben. Ihre Reichweite beträgt fünftausend Kilometer. Die Abschussrampen dieser Raketen zu treffen, ist beinahe unmöglich, weil sie mobil sind, aufmontiert auf Raupenfahrzeugen.»

Sembritzki schwieg.

«Als ich Soldat wurde, gab es noch keine Kernwaffensysteme. Heute haben aber Ost und West ungefähr fünfzigtausend Kernwaffen. Die beiden Blöcke haben die Möglichkeit, die Welt zu vernichten.»

Jetzt schaute Sembritzki auf. Römmel sass steif aufgerichtet an seinem Schreibtisch und schaute durch Sembritzki hindurch. In diesem Augenblick erinnerte sich Sembritzki an das Foto, das ihm vor Jahren ein Kollege gezeigt hatte. Darauf ein junger Wehrmachtsoffizier an einem Schlagbaum der deutsch-tschechischen Grenze, Rücken gegen die Heimat, der Blick aber genauso abwesend hinein ins Feindesland. Leutnant Römmel.

«Ich bin nicht Mitglied dieses Vereins geworden, um die Welt vernichten zu helfen.»

Römmels Blick kam aus den russischen Ebenen zurück, in die er sich verirrt haben mochte.

«Es geht nicht um die Vernichtung, Sembritzki. Es geht darum, sie zu verhindern. Aber: Wenn vernichtet werden muss, dann sind wir die Vernichtenden, nicht die Vernichteten!»

«Sie wissen genau, dass die Sowjets im Bereich der Mittelstreckenraketen dem Westen überlegen sind.»

«Deshalb müssen wir reagieren, Sembritzki. Die NATO kann ihre Pershing 2 und Cruise-Missiles den Sowjets entgegenstellen!»

«Damit steigt das Kriegsrisiko!»

«Damit steigt unser Verteidigungspotenzial!»

Sembritzki lächelte. «Die Pershings und die Cruise-Missiles sind doch ganz andere Waffen als die SS-20. Die russischen Raketen haben doch nur regionale Bedeutung. Aber die amerikanischen Flugkörper sind auf Ziele in der Sowjetunion gerichtet. Und somit vergrössern sie die Bedrohung gegen die Sowjetunion und erhöhen die Gefahr einer sowjetischen Überreaktion.»

Römmel klappte den Deckel seines Ordners heftig zu. «Sembritzki, Sie sind Agent. Sie sind ein Befehlsempfänger und kein Referent der Friedensbewegung. Ich diskutiere mit Ihnen nicht über strategische und nicht über ideologische Themen.»

«Ich bin ausgemustert, Herr Römmel. Ich gehöre nicht mehr dazu.»

«Herr Stachow hat Sie immer als seinen ganz privaten Agenten betrachtet.»

«Herr Stachow ist tot. Ich bin jetzt endgültig Zivilist. Antiquar, Herr Römmel!»

«Mit Schwergewicht Böhmen!»

Sembritzki schaute erstaunt auf.

«Pegius!»

«Sie haben sich umgehört, Herr Römmel.»

Römmel zeigte die Zähne.

«Ich bin in der Gegend ja auch zu Hause, Sembritzki. Sie haben Glück. Ich konnte vom Kultusministerium offiziell einen Betrag für Sie freimachen.»

Sembritzki nickte lächelnd, schmiss den zerfasernden Zigarillo in den Papierkorb und steckte einen jungfräulichen Stängel zwischen die Lippen. «Ich bin also jetzt sozusagen so etwas wie ein staatlicher Stipendiat?»

Römmel nickte. «Sie haben den Auftrag, Forschungen in Böhmen zu betreiben, mit dem Ziel, herauszufinden, ob das Geburtsstundenbuch des Martin Pegius sich wirklich in Wallensteins Bibliothek befunden hat und in welchen Zusammenhängen es benützt wurde. Eine interessante Arbeit, Herr Sembritzki. Die Bewilligung von tschechischer Seite liegt schon vor.»

Sembritzki lachte laut heraus.

«Die tschechische Bewilligung liegt schon vor! Die lassen also einen ehemaligen BND-Agenten in Böhmen herumschnüffeln. Im Namen der Wissenschaft?»

Römmels glasklare Augen schauten Sembritzki gefühllos an. «Sie werden beim STB nicht mehr als Agent geführt, Sembritzki. Unsere Beschaffungsabteilung hat die notwendigen Informationen gesammelt. Sie sind für die andere Seite ebenso tot wie für unsere – offiziell.»

Sembritzki stand vom Stuhl auf, stützte sich mit beiden Händen auf Rübezahls Schreibtisch, beugte sich dabei leicht vor und sagte mit einem ganz kleinen Lächeln: «Und wie erklären Sie sich dann die Aufmerksamkeit, die meiner Person so plötzlich von allen Seiten zuteilwird? Glauben Sie, das ist dem STB oder dem KGB entgangen? Dass sich der abgehalfterte Agent Konrad Sembritzki, ehemaliger Go-Between zwischen Böhmen und der BND-Zentrale, plötzlich wieder mit Leuten aus Pullach trifft? Aus Heimweh vielleicht?»

«Natürlich wird man Sie in der ČSSR besonders überwachen. Aber wie ich Sie kenne, wird es Ihnen auch gelingen, sich dieser Bewachung zu entziehen. Beschaffen Sie sich die Informationen, an die wir nicht herankommen, Sembritzki. Das ist Ihr Auftrag. Das genaue Dispositiv erhalten Sie bei 254.»

Auf einmal hatte Sembritzki einen Einfall. Er setzte sich wieder, lehnte sich behaglich zurück und fragte: «Herr Dr. Römmel, Sie sind doch Löwe?»

«Wie bitte?» Zum ersten Mal an diesem Vormittag war Römmel offensichtlich irritiert.

«Sie sind doch im astrologischen Zeichen des Löwen geboren? Oder täusche ich mich da?»

«Sie täuschen sich nicht, Herr Sembritzki.»

Römmels Antwort war ohne Ironie. Sie sollte sachlich klingen, und doch schwang da etwas mit, was Sembritzki als Misstrauen, als Vorsicht deutete. Römmel war auf der Hut.

«Ein gutes Zeichen.»

Jetzt schwieg Sembritzki. Er spürte die Spannung im Raum beinahe körperlich.

«Sie kennen sich da aus, nicht wahr?» Römmel versuchte, seiner Stimme einen jovialen Ton zu geben.

«Ja, ich kenne mich aus. Aber nicht so gut, wie ich es eigentlich wünschte.»

Damit mochte nun Rübezahl anfangen, was er wollte.

«Sie sind ja nicht zu alt, um es noch zu lernen!»

Jetzt klang Spott mit. Römmel hatte die Situation und sich selbst wieder im Griff. Die kleine Irritation war verflogen, so als ob nie eine Bemerkung Sembritzkis den stellvertretenden Abteilungsleiter Ost in seinem Selbstverständnis infrage gestellt hätte. Römmel erhob sich.

«Das wärs für den Augenblick, Herr Sembritzki. Alles Weitere von 254.»

Sembritzki übersah einen Augenblick lang Römmels ausgestreckte weisse Hand. Er fragte sich, weshalb Römmel nicht gefragt hatte, warum sich Sembritzki für dessen Sternzeichen interessierte. Aber eines war klar. Rübezahl hatte nichts für Okkultes, nichts für Hilfswissenschaften übrig. Rübezahl war kalt bis ans Herz, ein Mann der Logistik, ein Mann der Facts. Jetzt erst griff Sembritzki vorsichtig nach Rübezahls Hand.

«Keine direkten Kontakte mehr zur Zentrale, Sembritzki. Sie erhalten weitere Informationen durch einen Kontaktmann. Im Übrigen benützen Sie tote Briefkästen. Sprechen Sie alles mit 254 ab. – Viel Glück!»

Jetzt liess er Sembritzkis Hand los, öffnete die Tür zum Flur und wies mit der ausgestreckten rechten Hand auf eine Tür ganz hinten, kehrte in sein Büro zurück, setzte sich wieder an seinen Schreibtisch, öffnete die dicke Akte und begann zu lesen. Sembritzki existierte für ihn jetzt nur noch als Figur in seinem grossen Spiel, dessen Regeln nur er und ein paar Eingeweihte kannten.

Sembritzki schloss die Tür hinter sich und ging durch den düsteren Flur auf die Tür zu, die ihm Rübezahl gezeigt hatte.

254 stand vor einer Wand, an der eine grosse Landkarte der Tschechoslowakei befestigt war. 254 trug als einzige Tarnung ein Toupet. Im Übrigen war er ein gewöhnlicher Beamter, ein Mann in dunkelbraunem Anzug, mit goldgelber Krawatte und schneeweissem Hemd. Er schaute Sembritzki durch seine dicke Hornbrille an, als ob er es mit einem toten Stück Fleisch zu tun hätte. Der Mann hatte ungefähr so viel Charme wie eine Schildwache vor dem Buckinghampalast.

«Sembritzki!»

Er versuchte mit einem Lächeln diesen prüfenden Blick aufzutauen. Aber keine menschliche Regung huschte über das schneeweisse Gesicht mit den tief eingegrabenen Falten.

«824?»

«Wie Sie wollen!»

Im Gehirn des Beamten schien eine Reihe von Lämpchen aufzuflammen. Er stach mit dem dürren Zeigefinger nach Sembritzkis Brust. Dieser fühlte den verhornten gelben Nagel auf seinem Brustbein und trat unwillkürlich einen Schritt zurück.

«Aktion Wallenstein!»

Sembritzki war erleichtert, dass die dürre Nummer 254 nicht den Tarnnamen «Aktion Eger» gebraucht hatte. Stachow war, so wurde immer augenscheinlicher, so gut wie allein vorgegangen. Es war nun an Sembritzki herauszufinden, wer ausser dem nahkampfstarken Wellner, der ihn damals in Bern angegriffen hatte, noch zu den Eingeweihten gehörte.

Während 254 vor der Landkarte die «Aktion Wallenstein» bis in jede Einzelheit darlegte, Kontaktnamen nannte, tote Briefkästen aufzählte, musste sich Sembritzki immer wieder zurückhalten, ihm von hinten mit seinem Bleistift nicht unter das Toupet zu fahren, um herauszufinden, wie es darunter aussah. Sembritzki schloss auf einen verblichenen Kranz fettiger braungrauer Haare, die eine mit hellbraunen Flecken gespickte Glatze rahmten.

«Das wärs!»

«Nichts Schriftliches?»

254 schüttelte den Kopf so stark, dass sein Toupet mit den graublond melierten Haaren ins Rutschen kam.

«Wir sind hier nicht bei der Bundesbahn.»

Sembritzki gab darauf keine Antwort. Er setzte sich auf einen abgewetzten Ledersessel, holte einen Zigarillo hervor und lehnte sich zurück.

«Ich bitte Sie, nicht zu rauchen!»

«Ich rauche nicht, ich kaue.»

Dann schaltete er ab und tauchte in die böhmische Landschaft ein, absolvierte noch einmal im Geist alle Stationen der Vergangenheit, versuchte in immer neuen und verzweifelteren Anläufen scheinbar Versunkenes mit dieser kalten Gegenwart zu koppeln, die ihn hier am Wickel packte. Und je verzweifelter seine Versuche wurden, desto klarer wurde er sich darüber, warum er diese Kongruenz nicht hinkriegte. Da schlich sich wieder einmal ein Satz aus Kliments Roman *Die Langeweile in Böhmen* in sein Denken, wickelte ihn ein, wollte ihn nicht mehr loslassen, pochte wie ein Refrain im Rhythmus seiner Herzschläge: «Das Spiel mit der Vergangenheit musste einmal enden.»

War das wirklich alles nur Spiel gewesen? Sembritzki in der Rolle des Verwandlungskünstlers in einer abseitigen Welt, an der Longe Wallensteins. Oder war da nicht noch ein anderer Name? Eva! Wie hiess es doch bei Kliment? «Das Spiel mit der Vergangenheit musste einmal enden. Wenn ich an Olga dachte, dann dachte ich eigentlich immer an die Vergangenheit.»

Er sah das ovale Gesicht der Frau vor sich, die jetzt plötzlich aus dieser Vergangenheit herauswuchs. Er sah die kleine Nase, die ein wenig schief im Gesicht sass. Er sah die grossen dunklen Augen über den leicht angehobenen Backenknochen, die runde Stirn mit der kleinen Narbe beim Haaransatz; er sah das dunkelbraune Haar über das Gesicht fliessen und sah die kleinen Hände mit dem kleinen braunen Fleck auf der Innenfläche der Rechten. Und er erinnerte sich daran, wie sie beide ihre Durchschlagskraft zu testen versuchten, indem sie ihren Daumen, soweit es ging, über einen Winkel von neunzig Grad hinaus abspreizten. Dass er sie dabei um ein paar Grad zurückgelassen hatte, ärgerte sie scheinbar, denn oft ertappte er sie dabei, wie sie im Stillen übte, ihren Daumen in immer neuen Anläufen, oft mithilfe der andern Hand, nach unten zwang. Diese Gespräche über das Okkulte oder mindestens Halbreale, über Tarock, über Grafologie, Astrologie, über die Kunst des Handlesens oder sogar über die Wahrsagerei waren Teil ihrer Liebe gewesen. Diese Liebe hatte ihn verletzlich gemacht. Sie hatte ihn daran gehindert, seine Arbeit als Agent so kalt, so überlegt, so ganz ohne Herz zu erledigen, wie er es eigentlich gewollt hätte. Und diese Liebe war es endlich auch gewesen, die ihn hatte ängstlich werden lassen. Sie war in die kalten Schatten der Kirchennischen gekrochen, wenn er auf einen Kontaktmann gewartet hatte. Sie hatte sich wie Watte in seine Ohren geschmuggelt, wenn er sich in Gesprächen mit seinen Leuten Informationen einprägen wollte, und auch jetzt wieder legte sie sich wie ein Netz über ihn, hinderte ihn daran, sich all die Details einzuprägen, die ihm 254 einzutrichtern versucht hatte. Eine tote Liebe, die doch nicht ganz so abgestorben war, wie er geglaubt hatte?

Wenn er jetzt nach Prag zurückkehrte, dann hatte all das nur einen Grund. Er musste diese Liebe, die aus der Vergangenheit wuchs, zerstören, musste sie endgültig besiegen.

«Die Geschichte Böhmens ist eine Geschichte der Niederlagen.» Sein Schicksal war untrennbar mit Böhmen verknüpft. Würde sich auch dort sein eigenes Schicksal vollziehen? Böhmen als seine Walstatt, als Grab seiner Träume und seiner Sehnsüchte?

Er wusste nicht, wie lange er vor der tschechischen Karte an der Wand geträumt hatte, als 254 mit seinem makellosen Toupet auf ihn zutrat und ihn an der Schulter rüttelte.

«Ihre Papiere!»

Er streckte Sembritzki ein gelbes Kuvert hin.

«Ihr Pass. Berufsausweis. Ein paar Briefe. Das Foto Ihrer Mutter. Ein Führerschein.»

«Briefe von wem?» Sembritzki konnte sich die Frage nicht verkneifen.

254 zuckte mit den Schultern. «Briefe eben. Ich bin hier nur der Übermittler. Sie werden schon sehen. Dazu noch eine ganze Menge von biografischen Details, die mit Ihrer wahren Biografie nicht übereinstimmen. Sie decken sich aber mit dem, was Sie bei Ihren letzten Aktionen schon mitbekamen.»

«Sie wissen Bescheid. Trotzdem, ich kenne Sie von früher her nicht!»

«Agent im Ausland!»

Sembritzki hatte Mühe, sich diesen so überkorrekten Herrn als V-Mann im Vatikan oder in Saigon vorzustellen. Aber vielleicht war er ja ganz einfach als Lehrer am Goethe-Institut aufgetreten oder war Mitglied des Presseklubs gewesen oder hatte sich als Botschaftsangestellter getarnt. In diesen Rollen war 254 durchaus eine denkbare Figur.

«Noch Fragen?»

Sembritzki schüttelte den Kopf. Hier hatte er keine Fragen. All die Fragen, die ihn bestürmten, hätte ihm der Mann mit Toupet nicht beantworten können. Oder dort, wo er eine Antwort gewusst hätte, hätte er geschwiegen. Nicht einmal eine kurvenreiche Blondine hätte diesem Magerling eine Information entlocken können. Und als seine letzte Tarnung würde er dann eines Tages sein Toupet mit ins Grab nehmen, unter das er höchstwahrscheinlich nie jemanden hatte gucken lassen.

Der Gedanke, dass er nun bis zum Ausscheiden dieses Mannes aus dem Dienst mit ihm wie durch eine Nabelschnur verbunden blieb, verursachte Sembritzki Übelkeit.

«Der Dienstwagen steht bereit.»

Diese Information kam über einen kleinen Lautsprecher an der Wand.

«Kennen Sie Wellner?»

Sembritzki startete noch schnell einen Versuch, Fuss zu fassen. Aber sein Gegenüber hatte keinen Sinn für seine Orientierungsversuche.

«Ich kenne keine Namen. Tut mir leid. Ich habe meine Vorschriften.»

«Natürlich. Ich hätte es mir denken können. Ein Beamter

vom Scheitel bis zur Sohle. Deutschland ist in guten Händen.»

Ohne sich noch einmal nach seinem korrekten Mentor umzusehen, verliess Sembritzki die Wohnung. Diesmal stand ein schwarzer Mercedes draussen. Der Fahrer, ein junger sportlicher Mann im Rollkragenpullover, öffnete den Schlag.

«Bitte!»

«Ich steige vorne ein, Kamerad. Ich bin doch kein Diplomat.»

«Hinten, bitte!»

Man hatte also seine Anweisungen. Sembritzki setzte sich auf den Rücksitz. Als er noch einmal einen Blick zurückwarf, sah er den geparkten Wagen, einen dunkelblauen Renault, der jetzt langsam in die Strassenmitte steuerte.

«Werden wir begleitet?»

Der Fahrer schaute nicht einmal in den Rückspiegel, als Sembritzki diese Frage stellte.

«Zum Flughafen?»

«Nein! Bringen Sie mich in die Pullacher ‹Brücke›.»

«In die ‹Brücke›? Mein Auftrag lautet anders!»

«Ihr Auftrag lautet, mich aus dem Zentrum wegzukarren. Im Übrigen können Sie sich ja auf den Babysitter berufen. Er wird schon auf mich aufpassen. Ich nehme ohnehin erst das letzte Flugzeug. Bis dahin möchte ich noch ein paar Erinnerungen auffrischen. Einverstanden?»

Der Fahrer zuckte mit den Achseln. Schliesslich war da ja wirklich der Mann im blauen Renault. Sie fuhren schweigend aus dem Zentrum hinaus. Sembritzki döste vor sich hin. Vor dem Gasthaus «Zur Brücke» hielt der Mercedes an. Sembritzki stieg aus und trat in die Gaststube, ohne sich umzusehen. Er hörte den Mercedes wieder anfahren, dann kurz anhalten, sicher, um den Renaultfahrer zu informieren, dann startete er definitiv.

Es war Mittagszeit. Das Lokal war voll. Und ab und zu entdeckte Sembritzki unter den Gästen ein bekanntes Gesicht.

Und da war natürlich noch der Wirt mit seiner weissen Jacke und den blitzenden Brillengläsern. Aber Sembritzki liess sich Zeit. Vor allem musste er ja auch seinem Babysitter im blauen Renault Gelegenheit geben, sich einzurichten. Er trank sein Bier, wischte sich behaglich den Schaum von den Lippen, lehnte sich dann in seine bevorzugte Beobachterpose gegen die Rückenpolster mit rotem Blumenmuster zurück, starrte auf das rechteckige Bild mit den Blumen und dem Gockel im Zentrum und wartete. Für wen würde der Hahn diesmal krähen?

Vorerst tat sich nichts. Ein junger Mann in schwarzer Lederjacke tauchte in der Türe auf, schaute sich betont auffällig um, nickte Sembritzki kurz zu, als ob sie sich schon lange kennen würden, und verschwand gleich wieder. Eine halbe Minute später hörte Sembritzki den Motor eines Renaults anspringen. Die Wache wurde scheinbar abgezogen. Aber dann kam der Ersatz. Er wog sicher an die zwei Zentner. Er hatte einen langen Schädel, wulstige Lippen und farblose Augen. Aber er war muskulöser gebaut als sein berühmtes Double James Coburn. War es diese Assoziation, die Sembritzki plötzlich stutzig machte? Der Riese setzte sich, ohne Sembritzki auch nur eines Blickes zu würdigen, an den Stammtisch mit dem Wimpel des F. C. Bayern, zog betont die Süddeutsche Zeitung aus seinem Tweedjackett, schnipste mit den Fingern, verlangte in einwandfreiem Deutsch ein Pils, steckte sich eine Roth-Händle an und begann zu lesen. Nichts schien ihn zu interessieren. Und ausser seinen ungewöhnlichen Massen hob ihn auch nichts von seiner Umgebung ab.

Dann kam Möller herein. Sembritzki kannte ihn von früher, ein etwas farbloser Beamter, der in der Beschaffungsabteilung an eher subalterner Stelle arbeitete.

«Möller!»

James Coburn schaute kurz auf, blickte aber dann sofort wieder angestrengt in die Zeitung. Möller sah sich um, entdeckte Sembritzki, war verlegen, fuhr sich mit der Hand ans Ohr. Doch dann kam er trotzdem. Widerstrebend, zögernd.

«Sembritzki! Wieder im Land?»

«Setz dich!»

«Heimweh?», fragte Möller, blieb aber stehen.

«Stachow ist tot!»

Möller nickte.

«Das überrascht dich nicht?»

«Es heisst, er sei in letzter Zeit etwas eigenartig geworden.»

«Wer sagt das?»

Möller zuckte mit den Schultern.

«Er habe getrunken, heisst es.»

«Hast du ihn je betrunken gesehen?»

«Ich doch nicht. Ich gehöre ja auch nicht zum engeren Kader.»

«Wer hat ihn gesehen?»

«Kollegen, die hier ihr Bier trinken.»

«Hat es der da drüben auch bemerkt?»

Möller schaute vorsichtig über seine rechte Schulter zum lesenden James Coburn hinüber.

«Kenn’ ich nicht, Sembritzki. Nie gesehen.»

«Kennst du Wellner?»

«Wellner, den Babysitter?»

«Gross, schlank, etwa achtundzwanzig. Sportlicher Typ mit Bürstenschnitt.»

«Das ist Wellner. Stachows Mann!»

Sembritzki nickte, schaute schnell zu Coburn hinüber, der noch immer auf derselben Seite der Süddeutschen herumlas.

«Wo finde ich Wellner?»

Möller schaute Sembritzki irritiert an.

«Seit Stachows Tod ist Wellner verschwunden.»

«Du weisst nicht, wo er wohnt?»

Möller schüttelte den Kopf.

«Gauting oder so. Aber dort ist er nicht. Man munkelt von einem Auslandsauftrag.»

«Kurzfristig natürlich. Naher Osten zum Beispiel.»

«Naher Osten? Möglich wärs. Jedenfalls wurde er in eine andere Abteilung versetzt.»

«Und was ist mit Seydlitz?»

«Seydlitz?», keuchte Möller erschrocken. «Was willst du mit Seydlitz? Der Mann existiert für den Verein nicht mehr. Das weisst du doch genau.»

Sembritzki lachte in sich hinein, zog Möller, der noch immer stand, an der Krawatte zu sich herunter, sodass ihn dessen nach Knoblauch riechender Atem in die Nase stach, und flüsterte: «Seydlitz war eine zu grosse Nummer, als dass man ihn als nicht mehr existent abqualifizieren könnte.»

Er sah den mageren, knochigen ehemaligen Studienrat vor sich, der einen für die Öffentlichkeit und seine Schüler unbegreiflichen Sprung vom Wetzlarer Gymnasium vorerst ins Goethe-Institut von Iserlohn im Sauerland und dann nach ein paar Monaten hinaus in die weite Welt gemacht hatte, nach Rom, dann nach Beirut, später nach Schwarzafrika und dann nach Bangkok. Fernweh wäre das Letzte gewesen, was man diesem begnadeten Physik- und Mathematiklehrer zugetraut hätte. Man munkelte von einer unglücklichen Liebe, obwohl in seiner Umgebung nie eine Frau gesichtet worden war, die man mit ihm hätte in Verbindung bringen können. Der Mann hatte immer allein gelebt, hatte abends in seiner privaten Werkstatt – oder war es eher ein Versuchslaboratorium? – vor sich hin gewerkelt, hatte ab und zu Besuch von Schülerinnen oder Schülern bekommen, aber nie einzeln, sondern immer in Gruppen, und als einziger weisser Fleck auf der Landkarte Seydlitz' konnten seine monatlichen Fahrten nach München gewertet werden, wo er – so wurde gesagt – seine Mutter in einem Altersheim besuchte. Und dann plötzlich, mit der fingierten Todesanzeige seiner Mutter, die am Schwarzen Brett im Lehrerzimmer angeheftet und beiläufig zur Kenntnis genommen worden war, änderte sich Seydlitz' Lebenslauf. Er verkaufte sein Haus, seine Möbel, behielt nur seine vielen Bücher, die er in Kisten verpackte und bei einem Freund ablieferte, behielt auch ein paar Instrumente aus seinem Laboratorium, die ebenfalls von besagtem Freund in Obhut genommen wurden, und wurde Dozent für deutsche Sprache am Goethe-Institut. Die Gründe dafür kannte nur besagter Freund und der harte Kern des Bundesnachrichtendienstes, in dessen Sold der gewiegte Fernmeldespezialist und Codeknacker Seydlitz getreten war, nachdem er jahrelang die Besuche bei seiner alten Mutter zu intensiven Kontakten mit dem BND in Pullach genutzt hatte.

Sembritzki erinnerte sich an seine Freundschaft mit diesem gebildeten Mann, den er in Abständen immer wieder an seinem jeweiligen Standort als Lehrer am Goethe-Institut im Ausland aufgesucht hatte. Sembritzki wusste als einziger, wie schwer es dem ehrlichen Seydlitz gefallen war, seine pä-

dagogischen Fähigkeiten als Tarnung für seine Agentenein-
sätze zu benützen. Wenn er ihn in Bangkok unter einem
rotierenden Ventilator, den lilafarbenen Lehrgang des Goe-
the-Instituts auf den Knien, angetroffen hatte, die wenigen
Haarsträhnen verschwitzt und wirr auf der hohen weissen
Stirn, sprachen sie über die Kultur Thailands, tauchten
zusammen in Mythen ein und verloren sich in Tempeln und
grünschillernden Irrgärten. Umso überraschter war dann
Sembritzki auch, als er eines Tages erfuhr, Seydlitz sei aus
dem Verkehr gezogen worden. Es folgten Wochen intensivs-
ter Verhöre durch die verschiedensten Stellen des BND.
Dann verschwand Seydlitz von der Bildfläche. Präventivhaft
lautete das Stichwort. Und in der «Brücke» sprach man
davon, Seydlitz habe einer jungen Thailänderin im Bett
Dinge ins Ohr geflüstert, die nicht aus dem Handbuch
Casanovas gestammt hätten, sondern aus den Archiven des
BND, und von der fingerfertigen Liebesdienerin denn auch
schon bald in die griffbereiten Hände östlicher Nachrichten-
dienste weitergegeben worden seien. Damit sei das Agentennetz in Thailand und zum Teil auch in benachbarten Ländern aufgeflogen, und es habe Jahre gebraucht, bis es wieder
notdürftig zusammengeflickt worden sei. Das war nun
schon über zehn Jahre her. Seydlitz hatte seine Strafe abge-
sessen, und ein Angebot des KGB, ihn gegen einen briti-
schen Agenten in sowjetischem Gewahrsam auszutauschen,
war an Seydlitz' Weigerung gescheitert. Aber Sembritzki
hatte seinen alten Freund völlig aus den Augen verloren, und
alle Versuche, ihn auf dem Postweg zu erreichen, waren
gescheitert. Die Briefe kamen sämtlich – nachdem sie nicht
ungeschickt geöffnet und dann wieder verschlossen worden
waren – an Sembritzkis Adresse zurück: «Empfänger unbekannt.» Seydlitz war verschollen.

«Seydlitz existiert nicht mehr», wiederholte Möller und zog seine Krawatte straff. «Was willst du mit diesem Mann? Der ist noch immer heiss, auch wenn er wieder draussen sein sollte.»

«Er ist draussen, Möller!»

Möller schüttelte den Kopf.

«Du bist ein Fantast, Sembritzki. Das warst du schon immer. Ein Träumer. Ein Romantiker.»

«Vergiss es, Möller. War ja nur so eine Anwandlung. Schliesslich haben wir uns einmal nahegestanden.»

«Sentimentalität ist ein schlechter Partner in diesem Geschäft.»

Sembritzki nickte, aber seine Gedanken waren weit weg. Er hatte in dieser Branche nur einen wirklichen Freund gehabt, und das war Seydlitz. Und er wusste genau, dass er jetzt diese Freundschaft nötiger hatte denn je. Er brauchte jemanden, mit dem er über alles frei sprechen konnte. Und er brauchte eine Basis in Deutschland, wenn er zurück nach Böhmen ging. Er musste Seydlitz finden. Er war auf dessen Erfahrung und auf dessen Fähigkeiten angewiesen. Und er hatte ja noch immer drei Kisten mit Büchern zu Hause, die Seydlitz gehörten, und all die Instrumente aus seinem Laboratorium.

«Das wars wohl?»

Möller stand noch immer an Sembritzkis Tisch, fühlte sich unbehaglich, weil jetzt bereits mehrere Gäste auf Sembritzki und ihn aufmerksam geworden waren und neugierig herüberstarrten, mit Ausnahme des Coburn-Doubles allerdings, der noch immer auf derselben Seite der Süddeutschen Zeitung herumbuchstabierte. Ein langsamer Leser? Oder ein guter Zuhörer?

«Das wars wohl, Herr Möller!»

Sembritzki nickte ihm kurz zu und trank dann in einem Zug sein Glas leer. Dann steckte er sich einen Zigarillo zwischen die Lippen. Er musste jetzt nachdenken.

Möller setzte sich kopfschüttelnd zu Coburn an den Stammtisch, drehte den Wimpel um und bestellte einen Hagebuttentee. Und Sembritzki wartete. Er wartete auf ein Gesicht, das ihm weiterhelfen konnte. Er wartete essend und trinkend. Längst hatte sich das Lokal wieder geleert. Nur Coburn, der unterdessen die Seite gewendet hatte, sass noch da. Erst nachdem Sembritzki seinen fünften Zigarillo zerkaut hatte und bereits die Schatten der Dämmerung durchs Fenster krochen, kam der Mann, auf den Sembritzki so lange gewartet hatte. Möller, der kleine Schleicher und Zuträger, hatte funktioniert.

Bartels schaute nur kurz zu Sembritzki hinüber und setzte sich dann an den Tisch gleich neben der Türe. Der Mann war gealtert. Seine Haut hing in grossen Falten über dem langen Schädel, und Sembritzki war, als ob Bartels' Brillengläser jetzt noch dicker geworden seien. Hinter den vielen Ringen konnte man die kleinen braunen Augen kaum mehr sehen. Seine Finger waren gelb vom Nikotin, seine Zähne ebenfalls. Er war unrasiert, und das Haar hing ihm fettig in die Stirn. Er machte den Eindruck eines überbeanspruchten Verlagslektors. Und das war ja auch seine Tarnung. Er betreute als Fachkraft für buddhistische Literatur einen Bereich eines Münchner Sachbuchverlags und war nun also im Umweg über Möller hierher nach Pullach beordert worden, denn seine eigentliche Aufgabe bestand darin, als Dienstleiter der TIR den ganzen Fernen Osten zu betreuen, jenes Gebiet also, in welchem Seydlitz vor Jahren gescheitert war.

«Einen Kaffee!», brummte Bartels und stellte eine schwarze, abgewetzte Ledertasche vor sich auf den Tisch. Er klappte sie mit seinen gelben Fingern auf, steckte seinen schmalen Schädel in die Öffnung, griff endlich hinein, beförderte einen schweren Band ans Licht und liess ihn dann vor sich auf den Tisch plumpsen, dass die Kaffeetasse einen Sprung machte und die braune Flüssigkeit überschwappte. Unberührt davon zog Bartels schliesslich ein Vergrösserungsglas aus einem blausamtenen Futteral, öffnete den Band scheinbar aufs Geratewohl und vertiefte sich in eine anspruchsvolle Lektüre.

Jetzt war es an Sembritzki zu reagieren. Er war beeindruckt, wie schnell, wie reibungslos, wie perfekt die Maschinerie noch immer funktionierte und wie eng dieses Netz geknüpft war, in dem er sich jetzt wieder bewegte. Er stand auf, ging quer durch den Raum an Bartels vorbei zur Türe. Coburn schaute auf. Er legte ein paar Münzen auf den Tisch, faltete seine Zeitung umständlich zusammen und stand auf.

«Darf ich Sie einen Augenblick stören, mein Herr?»

Bartels entblösste das geschwollene Zahnfleisch. Coburn setzte sich wieder. Sembritzki blieb zögernd stehen und hob die Augenbrauen.

«Bitte?»

«Interessieren Sie sich für die Kunst des Fernen Ostens?» Sembritzki lächelte.

«Gewisse Bereiche interessieren mich. Warum?»

«Wir bringen eine neue Reihe heraus: ‹Buddhadarstellungen in der Kunst des Fernen Ostens›. Vielleicht —»

«Enzyklopädien interessieren mich nicht. Da ist man Sklave der ganzen Reihe. Danke.»

Sembritzki wandte sich ab.

«Aber vielleicht interessieren Sie andere Bücher aus unserm Verlag! Darf ich Ihnen diesen Prospekt hier geben mit der Verlagsanschrift? Ein Bestellzettel liegt bei.»

«Danke», sagte Sembritzki, nahm den Prospekt mit der goldenen Buddhadarstellung entgegen, schaute kurz in Bartels nackte Äuglein und ging dann schnell zur Tür.

«Wollen Sie auch einen?»

Bartels hatte jetzt Coburn angesprochen, der verblüfft stehen blieb, dann aber schnell zugriff, den Prospekt in die Tasche seines hellbraunen Kamelhaarmantels steckte, den Kragen hochschlug und hinter Sembritzki in die Dunkelheit hinaustrat. Als Sembritzki die Türe hinter sich zuschlagen hörte, verzichtete er darauf, im Schein der Strassenlaterne den Prospekt anzuschauen, den ihm Bartels zugesteckt hatte und der ja auch in Coburns Tasche steckte. Derselbe? Mit denselben Informationen? Bartels war, bevor er im Fernost und im Sudan operierte, engster Mitarbeiter Stachows gewesen und somit auch Seydlitz' Vorgesetzter. Sembritzki wusste, wie sehr ihn Stachows Tod getroffen haben musste. Und er nahm an, dass Bartels, selbst wenn er über Stachows Pläne aus Gründen der eigenen Sicherheit nicht bis in jede Einzelheit informiert worden war, doch erfahren haben musste, dass Sembritzki wieder mobilisiert worden war und dass ihm alle gewünschten Informationen zugänglich gemacht werden mussten. Aber jetzt war Stachow tot, und Bartels, mit anderen Aufgaben betraut, durfte sich nicht als dessen Testamentsverwalter aufspielen. Aber Sembritzki hatte richtig kalkuliert. Bartels hatte ihm jene Information verschafft, die er brauchte: die Adresse von Wolf von Seydlitz.

Es hatte zu regnen begonnen. Sembritzki schlug den Kragen seiner dunkelgrünen Lederjacke hoch und setzte seine braun karierte Mütze auf. Eine Weile stand er vor dem dunkelblauen BMW, der Bartels hierhergebracht hatte, versuchte, in den mit Tröpfchen übersäten Scheiben Coburns Aktionen in seinem Rücken auszumachen. Aber Coburn war nirgends zu sehen. Er hatte den Augenblick, als Sembritzki den Kragen hochgeschlagen und die Mütze aus der Tasche geholt hatte, benützt, um irgendwo im Schatten unterzutauchen. Sembritzki hatte Zeit. Er fixierte beim Gehen die Spitzen seiner halbhohen braunen Stiefel, von denen die Tropfen spritzten und dann unsichtbar auf dem schwarz glänzenden Asphalt zersprangen. Die Feuchtigkeit hatte sich ausgebreitet, und feine Nebelschwaden krochen aus den Gärten, die die Strasse säumten. In der Ferne war Hundegebell zu hören, und der schrille Pfiff einer Lokomotive schnitt das Dunkel wie mit einem Messer entzwei. Ein blauer Renault überholte Sembritzki. Im Licht der Strassenlaternen konnte er zwei Insassen auf den Vordersitzen ausmachen. Coburn hatte es sich bequem gemacht. Und trotzdem war Sembritzki nicht allein auf der Strasse. Sein scharfes Gehör nahm den elastischen Schritt eines Mannes wahr, der ihm auf den Fersen war. Der Weg in den Ort war lang.

Als Sembritzki am Bahnhof angelangt war, sah er den blauen Renault zwischen zwei andern Autos geparkt. Er war leer. Coburn sass sicher schon im Wartesaal. Sembritzki blieb auf dem Bahnsteig stehen und wartete. Sein Verfolger hatte sich jetzt auch eingefunden und stand im Schatten eines schwarzen Regenschirms am andern Ende des Bahnsteigs.

Als die hell erleuchteten Fenster des Zuges in der Kurve auftauchten, machte Sembritzki sich bereit, versuchte unauffällig, jenen Wagen auszumachen, wo am meisten Passagiere sassen, und stieg dann zu, begleitet von Coburn, der sich zu Sembritzki ins Abteil setzte. Coburns zweiter Mann wählte das Abteil daneben.

Beiläufig zog Sembritzki dann den Prospekt aus der Tasche, den ihm Bartels gegeben hatte, und begann, darin zu blättern. Seine Sitznachbarin, eine beleibte Frau, die zwischen ihren gespreizten Beinen einen Korb mit einem Zwergpudel platziert hatte, der vergeblich Sembritzkis Hand zu lecken versuchte, nahm keine Notiz von ihm. Sie war ganz von ihrer Illustriertenlektüre in Anspruch genommen. Lange starrte Sembritzki auf die Reproduktion des goldenen Buddha vor einem goldenen Lichtkegel. «Buddha, sich aus seinem goldenen Sarg erhebend, Farbe auf Seide, Höhe 159,7 cm. Heian-Zeit, 12. Jahrhundert, Chohoji, Kyoto», stand daneben.

Erst jetzt erkannte Sembritzki die Einzelheiten auf dem Bild, sah er den mit Blumen und einem Tuch drapierten rotbraunen Sarg, in dem eine überlebensgrosse Buddhafigur mit zum Gebet erhobenen Händen thronte, während um sie herum viele Figuren knieten, Krieger, Frauen, Bauern, auch Menschen mit rohen Verbrecherphysiognomien. Am linken Bildrand war ein Baum mit dünnem Stamm zu sehen, aus dessen Ästen weisse Blüten wuchsen und an dessen einer Gabel ein geschnürtes Bündel hing.

«Von den zwei berühmtesten Malereien mit Shâkyamuni zeigt eine den Tod oder das Nirwana Buddhas, und die andere Shâkyamuni, der aus seinem goldenen Sarg ersteht, um seine trauernde Mutter zu trösten.»

Sembritzki lächelte vor sich hin. Er dachte mit Bewunderung an Bartels' Kombinationsgabe, wobei er immer wieder Stachows Schatten im Hintergrund spürte, der sich auf seinen möglichen Abgang minuziös vorbereitet hatte. War nicht Heian der Deckname von Wolf von Seydlitz gewesen? Und jetzt erinnerte sich Sembritzki auch daran, wie ihn Seydlitz eines Tages in Hongkong, unten am Hafen vor der Silhouette unzähliger Dschunken, die im Gegenlicht dümpelten, dieses Bild gezeigt hatte, dieselbe Abbildung, die er jetzt in Händen hielt, und ihm die Hintergründe der zivilisatorischen Entwicklung im Fernen Osten vortrug: «Unter den Dynastien der Sung in China, der Koryo in Korea und der Heian in Japan entwickelte sich ein ästhetisches Gefühl, das eine Reihe der grössten Kunstwerke des Fernen Ostens charakterisierte.» Dieser Satz hatte sich in Sembritzkis Gedächtnis festgekrallt. Und wenn er an Seydlitz dachte, so musste er zugeben, dass der Deckname Heian, wenn man ihn mit hoch entwickeltem ästhetischem Gefühl assoziierte, wirklich zutraf. Seydlitz war ein verhinderter Künstler, der seinen Schülern beispielsweise die Gesetze der Physik nie in ihrer scheinbar hermetischen Isolation erklärte, sondern der Wissenschaft sinnlich umgesetzt hatte, in der Akustik beispielsweise Theorien in Töne umgoss, in ganze symphonische Dichtungen, wenn er unzählige von metallenen Stäben ungleicher Länge von seinen Schülern zum Klingen bringen liess und wie ein Maestro das Ganze zu einem harmonischen Gebilde mit Thema und Variationen zusammenfügte. Oder wenn er in der Wellenlehre gefärbtes Wasser zum Vibrieren brachte und durch verschiedenartige Beleuchtung fantastische Bilder erzeugte.

«Nächste Haltestelle Grosshesselohe-Isartalbahnhof!», tönte es aus dem Lautsprecher. Sembritzki steckte den Prospekt von Bartels' Verlag in die Brusttasche seiner Jacke und stand langsam auf. Auch Coburn liess den Prospekt sinken, in dem er eher lustlos geblättert hatte. Mit Genugtuung stellte Sembritzki fest, dass der andere nichts hatte damit anfangen können, und als er dann im Vorbeigehen einen Blick darauf warf, wusste er auch, warum. Bartels hatte Coburn einen ganz anderen Prospekt zugesteckt, der sich mit der versunkenen Kultur Urartus, des mittelarmenischen Königreichs, befasste und den Verfasser dieses Bandes mit

Foto und Lebenslauf anpries: Professor Boris Pjotrowski, Direktor des Ermitage-Museums in Leningrad. Daneben war ein Thronfuss in Form einer Löwentatze abgebildet.

Unschlüssig blieb Sembritzki neben Coburn stehen, wartete, bis noch ein paar andere Leute in den schmalen Gang traten, reihte sich dann so ein, dass sich Coburn nicht mehr dazwischendrängen konnte, und wartete, bis der Zug hielt. Jetzt hatte er sich aus der Umklammerung seiner Bewacher befreit, denn beide befanden sich jetzt in seinem Rücken. Er drängelte nicht, als sich die Schlange von Leuten, die sich auf den Feierabend freuten, in Bewegung setzte. Coburn war jetzt durch vier Passagiere von Sembritzki getrennt.

Draussen war ein scharfer Wind aufgekommen, der Sembritzki den Regen schräg ins Gesicht peitschte. Er zog die Mütze tief in die Stirn, warf schnell einen Blick nach rechts, um feststellen zu können, ob sein zweiter Schatten ebenfalls schon auf dem Bahnsteig stand, konnte ihn aber nicht entdecken. Er zögerte nur einen kurzen Augenblick, liess einen Passagier an sich vorbeigehen, der sich krampfhaft bemühte, seinen widerspenstigen Schirm zu spannen, und tauchte dann auch schon blitzschnell links weg unter der Kupplung der beiden Wagen durch, auf die andere Seite des Zuges. Linker Hand sah er die gelben Lichter eines heranbrausenden Zuges wie Eulenaugen auf sich zuschiessen. Er nahm den grellen Pfiff der Lokomotive kaum wahr, sprang mit einem riesigen Satz auf den rettenden Bahnsteig, fühlte den Sog des einfahrenden Zuges im Nacken, hastete weiter nach rechts zum abgestellten Reichsbahnwagen und verschwand darin, ohne dass ihn jemand entdeckt hätte. Das war alles viel zu schnell gegangen, als dass Passagiere und Bahnpersonal den flüchtigen Schatten im Regen bewusst wahrgenommen hätten. Der Lokomotivführer des einfahrenden Zuges war wohl der Einzige gewesen, aber der war damit beschäftigt, sein Gefährt zum Stehen zu bringen. Mit ein paar Griffen hatte sich Sembritzki mit den Utensilien, die in dem Reichsbahnwagen hingen, in einen Bahnangestellten verwandelt. Eine Tellermütze auf dem Kopf, einen weiten Mantel umgehängt, ging er jetzt über den Bahnsteig, und als der Zug sich in Bewegung setzte, war er auch schon hinter dem Schuppen verschwunden und sprang dann auf eine kleine Kombination von Güterwagen auf, die von einer Rangierlokomotive auf ein anderes Gleis geschoben wurde. Im Vorbeifahren sah er Coburn und seinen Begleiter diskutierend beieinanderstehen und immer wieder in verschiedene Richtungen blicken. Dann trennten sie sich, und während der eine im Bahnhofsgebäude verschwand, blieb Coburn lauernd auf dem Bahnsteig stehen, an dem Sembritzki eben vorbeifuhr. Er liess sich etwa fünfhundert Meter weit mitnehmen und sprang dann ab, tauchte ein ins schützende Dunkel. Er marschierte vielleicht eine halbe Stunde, bis er in Mittersendling eintraf. Noch war das Postgebäude nicht geschlossen. Schnell schlüpfte Sembritzki, der sich seiner Verkleidung inzwischen entledigt hatte, hinein, erspähte noch eine freie Telefonzelle und atmete erst auf, als die Drehtüre lautlos hinter ihm einrastete. 159712!

Sembritzki hatte die Zahlen, die er auf dem Prospekt gelesen hatte, im Kopf behalten. Er hielt den Atem an, als nach sechsmaligem Läuten am andern Ende der Leitung der Hörer abgenommen wurde.

«Hallo!»

Also kein Name.

«Mit wem spreche ich?»

Und jetzt kam der Name, auf den er gewartet hatte.

«Von Seydlitz.»

Sembritzki war nicht sicher, ob das Telefon der alten Dame noch abgehört wurde, aber er nahm es nicht an. Zu viel Zeit war seither verstrichen, und wenn man einen Apparat überwachte, dann sicher den ihres Sohnes. Aber wo war er?

«Sembritzki!»

«Konrad, Sie sind es! Schön, Ihre Stimme wieder einmal zu hören! Wo sind Sie denn? In der Nähe?»

«Schnell, Frau von Seydlitz. Ich habe wenig Zeit. Bitte: wo ist Wolf zu erreichen? Bitte, sagen Sie mir seine Adresse!»

Es blieb still. Sembritzki hörte nur den Atem der alten Dame und ein kaum unterdrücktes Stöhnen.

«Nein, Herr Sembritzki. Nein! Lassen Sie ihn in Ruhe! Er hat doch schon genug mitgemacht. Wärmen Sie nicht wieder alles auf, was er doch beinahe vergessen hat! Bitte!»

«Ich muss ihn sprechen», keuchte Sembritzki. «Es geht um Tod und Leben!» Er hoffte, das Pathos werde die alte Dame beeindrucken.

«Wolf ist krank.»

«Im Krankenhaus?»

«Nein, nein. Sie müssen wissen, Wolf hatte einen kleinen Schlaganfall. Seither ist er auf der linken Seite halb gelähmt. Er geht nicht mehr unter Leute. Er lebt wie ein Einsiedler. Er liest, Konrad. Er liest Tag und Nacht.»

«Und wer sorgt für ihn?»

Jetzt war es wieder eine Weile still. Frau von Seydlitz tat sich offensichtlich schwer mit der Person, die ihren Sohn pflegte. Endlich schien sie sich zu einer Antwort durchgerungen zu haben, die dann so unergiebig war, dass Sembritzki nur kombinieren konnte.

«Ach die!»

Da schwang Verachtung mit, Abscheu, auch Schmerz.

«Die Adresse, bitte!»

Sembritzki wusste, dass jetzt der Damm gebrochen war. Die Frau, die bei Seydlitz lebte, hatte seine Mutter davon abgehalten, seinen Aufenthaltsort preiszugeben.

«Grünwald. Schauen Sie im Telefonbuch unter dem Namen Wanda Werner nach. Gute Nacht, Herr Sembritzki. Und sagen Sie ihm nicht, dass Sie die Adresse von mir haben.»

Sie hängte auch schon auf, bevor Sembritzki sich verabschieden konnte. Grünwald! Wie kam Seydlitz in diesen vornehmen Villenvorort von München? Wer bezahlte das? Es war nicht anzunehmen, dass die vornehme und sicher nicht arme Frau von Seydlitz ihr Geld ihrem Sohn zusteckte, solange er in den Fängen dieser so verachteten Person war. Der Name Wanda Werner existierte wirklich im Telefonbuch. Sembritzki blieb keine Wahl. Er musste Seydlitz jetzt aufsuchen, obwohl er so seine Maschine nach Zürich nicht mehr erreichen würde. Er rief am Flughafen an und machte die Buchung rückgängig. Dann trat er hinaus auf die Strasse, winkte ein Taxi heran, nannte eine Adresse in der Nähe seines Zielortes und lehnte sich dann aufatmend zurück. Erst jetzt fühlte er die Anspannung, die sich wie eine Klammer um seine Stirn legte, dann langsam von ihm abfiel und einer bleiernen Müdigkeit Platz machte. Sembritzki schloss die Augen. Schon immer hatte er die Gabe gehabt, sich in wenigen Minuten völlig zu erholen. Er hörte jetzt nur noch wie durch einen Schleier das saugende Geräusch der Autoreifen auf der nassen Strasse und das behagliche Brummen des Mercedes. Ab und zu sirrte der Taxifunk, und dieses Knacken und Würgen brachte ihn seinem verschollenen Freund nicht nur körperlich immer näher, sondern öffnete gleichsam dieses mit wundersamen Hieroglyphen und aufgesplitterten Wörtern bevölkerte Reich, in dem Seydlitz einst der unbestrittene Herrscher gewesen war.

«Wir sind da!»

Der Fahrer schaltete die Deckenbeleuchtung ein. Sembritzki zog die Mütze tief ins Gesicht, zahlte und stieg rasch aus. Er stand jetzt bei der Haltestelle der Strassenbahn, orientierte sich kurz und schritt dann kräftig aus, klemmte sich die Mappe, die er im Reichsbahnwagen gestohlen und in der er die Tellermütze verstaut hatte, unter den Arm. Er war jetzt wieder unterwegs wie früher. Und ihm war jetzt, als ob er nie ausgestiegen sei. Der Gedanke, dass unter all den Leuten, die ihm begegneten, einer sein könnte, der es auf ihn abgesehen hatte, beunruhigte ihn nicht mehr.

Im Gehen tauschte er seine Mütze gegen die Kopfbedeckung des Bahnbeamten aus. Im Dunkel konnte die Form dieser Mütze nicht von jener eines Polizeibeamten unterschieden werden. Coburn und sein Partner hatten ihn, davon war er überzeugt, vorläufig aus den Augen verloren. Sie mochten sich erkundigt haben, ob er seinen Rückflug annulliert hatte, aber auch das würde ihnen nicht weiterhelfen. Es sei denn, sie wussten, was Sembritzki beabsichtigte, und hatten die Stafette des Überwachungsauftrags hierher nach Grünwald weitergegeben. Wenn Seydlitz noch immer unter Bewachung stehen sollte, dann konnte dies nur vom Fenster eines benachbarten Hauses aus geschehen. Man hatte da irgendein Ehepaar einquartiert, das sich in der Überwachung ablöste und daneben irgendeiner Arbeit nachging, die lange Abwesenheit nicht erforderte.

Wie Sembritzki vermutet hatte, befand sich Wanda Werners Wohnung in einem Reihenhaus, das von einem Einfamilienhaus gegenüber beobachtet werden konnte. Sembritzki warf im Vorübergehen einen schnellen Blick in die geparkten Autos, aber sie schienen alle leer zu sein. Er zögerte deshalb nicht lange, sondern ging zielbewusst, ohne sich weiter umzusehen, auf den Hauseingang mit der Nummer 12 zu. Drittes Stockwerk: Wanda Werner. Bewusst verzichtete Sembritzki darauf, auf den rotleuchtenden Knopf zu drücken, der die Treppenhausbeleuchtung in Betrieb setzte. Er drückte auf den Klingelknopf. Nach einer Weile sprang die Türe auf, Sembritzki trat ein und schaffte gerade den ersten Treppenabsatz, bevor die Treppenhausbeleuchtung aufflammte.

5. Kapitel

Wanda Werner stand unter der geöffneten Wohnungstüre und schaute ihn misstrauisch an. Sie hatte ein schmales Gesicht, in dem die beinahe schwarzen Augen wie zwei Kohlenstücke im Kopf eines Schneemanns steckten. Sie hatte das lange, dunkelbraune Haar, das weisse Fäden durchzogen, zu einem Pferdeschwanz gebunden. Und sie trug, was Sembritzki eigentlich kaum überraschte, einen weissen Kimono mit blauem Blumenmuster.

«Bitte?»

Sembritzki hob den Zeigefinger der rechten Hand an die Stirn seiner Mütze.

«Guten Abend, Frau Werner!», sagte er laut. Und: «Ich komme im Auftrag der Bundesbahn.» Und leise sagte er schnell: «Ich bin Konrad Sembritzki. Ich möchte zu Wolf!»

«Bitte, treten Sie ein», antwortete Wanda Werner, ohne eine Regung zu zeigen, und öffnete die Türe ganz.

Es wunderte Sembritzki überhaupt nicht, dass es in der Wohnung nach Räucherstäbchen duftete, dass jetzt Wanda Werner auch gleich eines von diesen dünnen orientalischen Rauchdingern ansteckte, die ein so schweres Aroma verströmten. Der schmale Schlauch, der zu den verschiedenen Zimmern führte, Sembritzki zählte fünf Türen, war völlig schmucklos. Eine Glühbirne, nackt und grell, an der Decke. Hellgraue Wände ohne Bilder. Auf dem Fussboden ein grauer Sisalläufer.

Wanda Werner schloss die Wohnungstüre. Jetzt lächelte sie. Ihre Zähne waren gross und unten an den Rändern braun verfärbt.

«Gut, dass Sie da sind. Wolf wird sich freuen.» Aber dann

erlosch dieses Lächeln auch schon wieder. Zwei harte Falten gruben sich in die weisse Haut.

«Geben Sie mir Ihre Mütze und die Jacke.»

Sembritzki war überrascht. Wanda war bei Seydlitz in eine gute Schule gegangen. Wortlos zog Sembritzki die Jacke aus, reichte sie Wanda, die unterdessen schnell den Kimono ausgezogen hatte. Darunter trug sie eine schwarze Cordhose und eine gestreifte Baumwollbluse. Sie streifte die dunkelgrüne Lederjacke über, die ihr zwar zu gross war, doch schnürte sie den Gürtel etwas enger. Dann setzte sie die Mütze auf, streckte die Hand nach Sembritzkis schwarzer, verschossener Tasche aus, zeigte mit dem Zeigefinger auf die zweite Türe rechts, löschte das Licht und trat hinaus. Lautlos schloss sie die Tür. Sembritzki stand im Dunkel. Er zögerte. Er hatte Angst vor der Wiederbegegnung. Frauen verändern Freundschaften. Frauen verändern Freunde.

Er machte einen Schritt auf die Türe zu, auf die Wanda gezeigt hatte. Er horchte. Dann klopfte er.

«Ja.»

Dieses eine Wort, das Sembritzki durch die geschlossene Türe zu hören bekam, tönte wie ein erstickter Schrei. So, als ob jemandem die Luft abgedreht würde. Vorsichtig drückte er auf die Klinke. Dann stiess er die Türe ganz auf.

Wolf von Seydlitz sass mitten im Zimmer auf einem Stuhl aus Bambus. Ein schwarzer Stock mit weissem Griff, der einen Elefanten darstellte, lag quer über den Oberschenkeln dieses Mannes, der trotz seiner auf der einen Seite schlaff herunterhängenden Unterlippe, trotz des halb geschlossenen linken Auges etwas von der aristokratischen Haltung bewahrt hatte, die ihn charakterisierte. Seydlitz trug eine silbergraue Krawatte, eine dunkelrote Weste und darüber eine

Hausjoppe aus dunkelgrünem Baumwollstoff. Seine dünnen Beine steckten in einer schwarzen Cordhose.

«Kon...»

Der Rest von Sembritzkis Vornamen erstickte in einem gurgelnden Geräusch. Mit einer resignierten Bewegung hob Seydlitz den rechten Arm und deutete mit dem Zeigefinger auf die schlaff herunterhängende Lippe. Dann schlug er mit der geballten Faust auf den Oberschenkel seines linken Beines, riss dazu das eine intakte Auge auf, kniff es dann wieder zusammen, quälte ein Lächeln auf seine schlaffen Züge, das gleich wieder durchsackte. Lächeln gehörte nicht mehr in Seydlitz' Leben. Schnell tat Sembritzki einen Schritt auf seinen alten Freund zu, wie um dieses abstürzende Lächeln noch schnell einzufangen. Als er die Hände auf die mageren Schultern des ehemaligen Studienrates legte, quoll statt des Lächelns ein tiefer Seufzer aus jener Tiefe hinauf, in der es versunken war.

«Schön, dich wiederzusehen, Wolf!»

Sembritzki wusste, wie verwaschen diese Worte tönten. Aber irgendwie versuchte er, die Rührseligkeit einer von Sentimentalität, Erinnerung und Trauer geprägten Wiederbegegnung zu neutralisieren.

Seydlitz' Lippe hing links noch tiefer nach unten. Eine kleine Speichelblase quoll aus dem linken Mundwinkel, dann eine zweite, endlich eine dritte, die dann zerplatzte und die beiden ersten mit zerspringen liess.

«Erzähle, Konrad!»

Sembritzki fühlte, wie es ihm die Kehle zuschnürte, wie er mit seinen eigenen Lippen die Laute nachformte, die Seydlitz herauswürgte. Aber er würde sich daran gewöhnen. Die Nacht war lang. Auf dem kleinen schwarzen Tischchen mit goldenen Drachenintarsien stand eine Flasche Calvados.

Seydlitz deutete mit einer Kopfbewegung auf den Schnaps. Sembritzki sah sich um, entdeckte auf einem ziselierten Goldtablett zwei Gläser, holte sie heran und füllte sie mit dem goldbraunen Getränk.

«Auf deine Gesundheit, Wolf!»

Sembritzki hob das Glas. Seydlitz griff mit der rechten Hand zielsicher zu.

«Auf die Vergangenheit!»

Glasklar kamen diese Worte heraus. Seydlitz nickte zufrieden. «Und auf die Zukunft!»

Beide führten das Glas zum Mund, und während Sembritzki den Calvados in einem einzigen Schluck kippte, liess ihn Seydlitz von oben wie in einen Trichter in den halbgeöffneten Mund gurgeln. Sembritzki füllte die Gläser von Neuem. Jetzt angelte Seydlitz nach einem goldenen Pillenschächtelchen auf dem Tisch, klaubte, indem er mit der Linken, so gut es ging, die Schachtel gegen den Leib drückte, eine tiefrote Tablette heraus, führte sie zum Mund, spülte sie mit derselben gurgelnden Trinkprozedur wie vorhin hinunter und forderte dann Sembritzki stumm auf, das Glas wieder zu füllen. Dann lehnte er sich zurück, schloss auch das gesunde rechte Auge halb und wartete. Er liess Sembritzki Zeit, sich umzusehen. Er wollte ihn nicht ablenken dabei. Nichts sollte ihm entgehen. Und gleichzeitig schien Seydlitz auf die Wirkung der Tablette zu warten. Seydlitz nahm sich Zeit. Er schien jeden Augenblick in sich aufzusaugen, ihn auf den Lippen zergehen zu lassen. Und während ganz tief aus der Brust des Invaliden ein paar gurgelnde Töne herauskamen und sich zu einer Parodie auf Haydns Deutschlandmelodie zusammenfügten, tastete Sembritzki den Raum langsam mit seinen Blicken ab.

«Erzähle, Konrad!»

Seydlitz hatte gesehen, dass Sembritzkis Musterung des Zimmers abgeschlossen war und dass er sich jetzt in Träumen verlor. Seydlitz' Anlaufzeit schien abgeschlossen. Die Tablette und der Alkohol schienen ihre Wirkung zu zeigen, und Seydlitz wollte die knapp bemessene Zeit einer künstlich heraufbeschworenen Trance nützen, die ihm ein mehr oder weniger artikuliertes Sprechen erlaubte.

So begann Sembritzki zu erzählen. Er holte weit aus, füllte die leeren Stellen in den vergangenen zehn Jahren aus, stiess bis in die unmittelbare Gegenwart hinein vor und schilderte endlich jene Ereignisse, die Stachows Tod vorangegangen waren, sprach von seinen Zweifeln und seinem Misstrauen, seiner Irritation.

«Was ist mit Stachow?»

Sembritzki hatte zwar auf diese Frage gewartet, und trotzdem hatte er im Verlauf seiner Erzählung versucht, ihr auszuweichen, hatte alles umgangen, was auf Stachows Tod hinzudeuten schien. Sembritzki schwieg. Aber Seydlitz hatte begriffen.

«Stachow ist tot.»

Sembritzki nickte.

«Umgebracht.»

«Wolf, ich weiss nicht, warum du da sicher bist.»

«Römmel hat seine Stelle eingenommen?»

Sembritzki war überrascht, wie beinahe mühelos Seydlitz jetzt formulierte. Nur die Zischlaute tönten wässerig und schwammig. «Rübezahl hat das Sagen! Was ist mit diesem Mann? Ist er sauber?»

Seydlitz gab keine Antwort. Er starrte geradeaus. Dann hob er langsam den rechten Arm und zeigte auf ein schneeweisses Kästchen aus Elfenbein, das in einer von einer Kerze beleuchteten Nische stand. Sembritzki stand auf und brachte das Gewünschte. Seydlitz klaubte einen goldenen Schlüssel aus der Westentasche, steckte ihn mit leicht zitternder Hand ins Schloss und drehte ihn um. Der Deckel sprang auf und gab den Inhalt der Schachtel dem Blick frei: gebündelte Briefe und eine Anzahl von Fotografien, die nun Seydlitz herausnahm und eine nach der anderen sorgfältig anschaute. Endlich schien er die richtigen Aufnahmen gefunden zu haben. Er streckte seinem Gast zwei Fotos hin.

Auf der ersten Aufnahme sah Sembritzki zwei blutjunge Wehrmachtsoffiziere, die ein strohblondes Mädchen um die Hüften fassten. Während Sembritzki Römmel sofort erkannte, an seinen Raubtierzähnen, brauchte er eine Weile, bis er den zweiten Mann als Seydlitz identifiziert hatte.

«Das bist du? Und der andere ist Römmel?»

«Leutnant Römmel, Panzeroffizier. Panzergrenadierdivision Grossdeutschland. Leutnant von Seyd –» Jetzt gelang es ihm nicht mehr, den eigenen Namen zu formulieren.

Sembritzki erschrak, als er das zweite Bild betrachtete. Hier war Römmel ohne seinen Waffenkameraden zu sehen. Auch diesmal blitzten seine Raubtierzähne, aber aus Hass, aus blanker Wut, die allein dem blonden Mädchen zu gelten schien, das mit weit abgespreizten Armen und Beinen auf dem Rücken lag und dessen Lachen der Grimasse des Todes Platz gemacht hatte.

Da Römmel seine linke Seite zeigte, konnte Sembritzki nur ahnen, dass er in der rechten Hand eine Pistole trug, deren Magazin in den Körper der strohblonden Frau leergeschossen worden war.

«Du hast das Bild aufgenommen?»

«Das erste mit Selbstauslöser, das zweite direkt: der Jäger und seine Trophäe!»

«Eine Partisanin?»

Seydlitz antwortete nicht gleich. Er trank sein viertes Glas leer.

«Partisanen waren sie doch alle.»

«Wo war das?»

«Polen 1939.»

Jetzt schwiegen beide.

«Wolf, aber das will doch nichts heissen! Römmel hat eine Partisanin erschossen. Das war Mord. Aber im Krieg wird das kaum registriert.»

«Du verstehst mich falsch, Konrad. Ich will dir damit doch nur zeigen, wozu Römmel fähig ist!»

«Du meinst, dass Römmel den Chef umgebracht hat!»

Seydlitz schüttelte den Kopf. «Aber er wäre dazu imstande gewesen!»

«Warum? Wo sind die Gründe? Was für Motive hätten ihn dazu bringen können?»

«Was weisst du von Römmel?»

«Nichts!»

«Siehst du! Das ist es. Von Römmel wissen die wenigsten etwas. Römmel hat keine Vergangenheit!»

«Du bist ein Stück seiner Vergangenheit.»

Seydlitz nickte. «Aber nur ein Stück. Ein ganz kleines Stück, das ein Dreivierteljahr gedauert hat. Der Rest ist weiss. Sehr weiss.»

«Du hast Vermutungen.»

«Ja. Aber ich habe nichts in den Händen!»

«Du meinst, Römmel ist ein Maulwurf!»

Ein verächtliches Lächeln kräuselte Seydlitz' Lippen.

«Eure Terminologie war mir schon immer suspekt.»

«Du hast doch auch dazugehört!»

«Aber nicht so, wie man immer glaubte. Ich war kein Verschworener, kein Erfinder von Metaphern und Decknamen.

Ich war ein Mann der Codes! Ein Wissenschaftler.»

«Was ist passiert, damals in Bangkok?»

Seydlitz schüttelte den Kopf. «Eine Liebesgeschichte mit schlechtem Ausgang. Mehr nicht.»

«Mehr willst du nicht sagen?»

«Wolf ist ein besserer Geheimnisträger als Sie, Herr Sembritzki!»

Wanda Werner war zurückgekommen. Sie trug zwei grosse Plastiktüten, die sie jetzt abstellte.

«Sie trauen mir Verschwiegenheit nicht zu, Frau Werner?»

«Verschwiegenheit schon. Aber Sie sind nicht so misstrauisch. Sie haben kein so hartes Herz.»

«Ich nehme an, dass Sie es geschafft haben, sein Herz zu knacken!»

Sembritzki sagte es beiläufig und lächelnd und ahnte nicht, dass er da einen wunden Punkt getroffen hatte.

«Das Herz sitzt links und zwischen den Beinen. Wenn nur das eine der beiden Herzen noch schlägt ...»

Seydlitz brach mitten im Satz ab, weil seine Lippen durchsackten, sein rechtes Augenlid zu flattern begann und ein gewaltiger Hustenanfall ihn erschütterte.

«Ich gehe jetzt in die Küche», sagte Wanda Werner, packte die Tüten und verliess das Zimmer. Aus der Küche hörte Sembritzki sie dann noch rufen: «Unsere Spitzel von gegenüber haben eine Gestalt mit Tellermütze aus dem Haus gehen sehen. Sie können also diese Nacht ruhig hierbleiben, Herr Sembritzki.»

«Du kennst doch die mythologischen Riesen im Wat Phra Keo? So ungefähr musst du dir unsere beiden Bewacher drüben im Haus vorstellen. Unheimlich. Gewaltig.»

Sembritzki erinnerte sich an jenen Nachmittag in Bangkok, als ihn Seydlitz zu jenem weitgestreckten Tempelgebäude geführt hatte, dessen Dach rot und grün gedeckt, in drei Stufen angelegt war und dessen von weissen Säulen mit goldenem Kapitell gestützte Pforte von zwei gigantischen, mit Schwertern bewaffneten Dämonen, aus Lehm geformt und mit ornamentaler glasierter Panzerung, bewacht wurde.

Seydlitz hatte diese mystische, dämonische Welt mit nach Europa genommen, so wie Sembritzki sich nicht von Böhmen trennen konnte. Und als jetzt Sembritzki seinen Freund genau anschaute, hatte er mit einem Male das Gefühl, dass er wie ein Buddha auf seinem Sessel throne, im goldenen Licht der Kerzen, so wie der Buddharupa Phra Buddha Jinasiha im Wat Bovoranives.

«Was geht vor, Wolf?»

Seydlitz antwortete nicht. Stattdessen grabschte er wieder nach seiner Pillenschachtel, klaubte eine weitere rote Tablette hervor und spülte sie mit dem Calvados hinunter. Dann schwieg er, wartete wieder auf die Wirkung. Endlich war es so weit.

«Du weisst, dass es hier in Deutschland einige Leute gibt, die eine richtige Kampagne gestartet haben, um die Leute in eine Psychose der Angst zu treiben. Angst vor der sowjetischen Raketenbedrohung. Die Antifriedenskampagne ist angelaufen, Konrad. Die Geheimdienste der ganzen Welt sind in Aufruhr. Dein Einsatz wird ein Teil dieses Programms sein.»

«Aber welche Rolle spielt Römmel in diesem Zirkus?»

«Das wäre herauszufinden.»

«Du bist ausgeschaltet, Wolf. Du hast keine Zugänge zu den Archiven mehr.»

«Ja, jetzt bin ich ausgeschaltet!»

«Jetzt? Seit zehn Jahren schon!»

Seydlitz quälte sich mit einem dünnen Lächeln.

«Glaubst du, du wärst der Einzige gewesen, der in Stachows Privatarmee mitmarschiert ist?»

Also auch Seydlitz! Stachow hatte ihn nie fallengelassen. Selbst als man ihn des Verrates bezichtigte und anklagte!

«Hast du Beziehungen zu Washington? Da muss doch über Römmel etwas zu erfahren sein!»

«Im Washingtoner Mikrofilmarchiv kann alles zum Verschwinden gebracht werden, wenn man die Guides to Films of Captured Documents aus dem Verkehr zieht!»

Aber Sembritzki war schon nicht mehr recht bei der Sache. Er horchte den Geräuschen aus der Küche nach. Er schnupperte, um herauszufinden, was es zum Essen geben würde. Und immer mehr liess er sich einlullen von diesen Signalen, die seine Kindheit so sehr geprägt, ihm ein Gefühl von Geborgenheit vermittelt hatten. Aber er musste auch feststellen, dass Wanda Werners Bewegungen viel zielsicherer, energischer waren als jene seiner Mutter, die eher ziellos durch die Küche geschlurft war, in deren Rücken Milch den Weg über den Topfrand gefunden hatte, ehe sie zugreifen konnte, wo ab und zu ein ertrunkener Vogel im Suppentopf gefunden wurde, Vogeldreck den Marmeladentopf dekoriert hatte und die vielen Brosamen auf dem Küchenboden unter den Sohlen jener geknirscht hatten, die sich hier einfanden, um in diesem organisierten Chaos etwas zu ergattern, was zum Essen nötig war, einen Teller vielleicht, der sich mit Glück der reichen Vielfalt des Gedecks auf dem Esszimmertisch unterordnete. Denn im ganzen Haushalt gab es wohl nur zwei Teller, Tassen oder Töpfe, die dasselbe Muster aufwiesen. Sonst war alles wild zusammengewürfelt, zeugte einerseits von Fanatismus, mit dem die Mutter immer wieder neue Gedeckmuster suchte und entdeckte, und gleichzeitig von ihrer Fähigkeit, alles Gekaufte sofort zu zerscherbeln, sodass am Ende ein bunter Haufen verschiedenster Produkte der Porzellanbranche übrig geblieben war.

«Du hörst mir gar nicht zu, Konrad!»

Aber Seydlitz war nicht böse. Er schaute Sembritzki eher belustigt an. «Manchmal frage ich mich, wie du als Agent überhaupt überleben konntest. Du lässt dich so leicht ablenken!»

Sembritzki nickte. Er fragte sich selbst manchmal, wie er es geschafft hatte. Andrerseits wusste er, dass gerade diese scheinbare Bereitschaft, sich ablenken zu lassen, ihn auch Gefahren wittern liess.

«Suchst du nach einem Sinn hinter all unserem Tun?»

Sembritzki zuckte mit den Schultern.

«Was soll diese ewige Suche nach dem Sinn, mein Lieber?»

«Das sagst du! Du warst nicht im Krieg wie wir!»

«Ich weiss, ihr hattet ein ungebrochenes Verhältnis zu dem, was man Heimat oder Vaterland nennt!»

«Wir hatten auch ein ungebrochenes Verhältnis zu dem, was man Opfer nennt!»

Sembritzki lachte laut auf.

«Opfer! Was? Wen? Für wen?»

«Gemeinschaft wäre da so ein Begriff!»

Gemeinschaftsgefühl! Der grosse Solist Sembritzki zuckte zusammen, wenn er dieses Wort nur hörte.

«Das sind ja all die Motive auf einem Haufen, die dich und deine Kameraden dazu gebracht hatten, so stramm in den Weltkrieg zu ziehen!»

«Sicher! Andersherum: Ohne die Ideale, die man uns eingepflanzt hat, wären wir ja auch nicht zu all den Leistungen fähig gewesen, die wir vollbracht haben!»

«Leistungen!»

Jetzt wurde Sembritzki böse. Er spuckte dieses Wort aus wie einen Pflaumenkern.

«Ihr habt Entbehrungen auf euch genommen, bis zum Gehtnichtmehr. Im Namen des Vaterlands! Oder aus Angst? Oder aus falsch verstandenem Treuegefühl?»

«Das ist ja nach Kriegsende alles zusammengebrochen, Konrad. Nichts von all dem hatte noch Gültigkeit. Ideale waren im Eimer. Eingefroren in den russischen Ebenen, zwei Schichten unter den Leichen der Kameraden begraben. Ein Massengrab für die Ideale. Es hat Jahre gedauert, bis nach diesem Schock ein neues Selbstbewusstsein durchbrach. Wir mussten ja wieder einen neuen deutschen Standpunkt finden!»

«Warum denn, um Himmels willen, einen deutschen Standpunkt?»

«Ich bin nun einmal Deutscher, Konrad. Und ich bin es gern, auch wenn mein Herz irgendwo in Asien begraben ist, oder vielleicht in Russland.»

«Genügt denn der europäische Standpunkt nicht?»

Seydlitz leerte das nächste Glas. Das braune Getränk lief ihm aus dem linken Mundwinkel und tropfte auf seinen Kragen. Aber er schien das gar nicht zu bemerken, und Sembritzki musste sich zusammennehmen, um nicht aufzustehen und ihm den Calvados aus dem Mundwinkel zu tupfen.

«Europa, das ist unter anderem auch die NATO. Wir sind dann nur noch ein logistisches Partikel in einem grossen Dispositiv! Und ich glaube, dass Deutschland nicht noch einmal zum Schauplatz ...»

«Das hat schon Stachow gesagt!»

«Stachow hatte Recht. Die Erfahrungen, die wir mit Europa machen, haben ja viele von uns älteren Deutschen wieder zu der Erkenntnis gebracht, dass das, was so lange verfemt war, das nationale Element, vielleicht so schlecht gar nicht gewesen ist. Das Zugehörigkeitsgefühl zu Deutschland kann doch wieder ganz unverkrampft zur Schau gestellt werden! Das, was uns damals bewegt hat und durch bittere Erfahrungen und später dann durch die sogenannte Re-Education herausoperiert worden ist, wächst doch langsam wieder nach. Wenn es nicht so wäre, Konrad, sässe ich jetzt nicht hier. Und ich würde dir nicht helfen wollen! Glaub mir, Stachow war einer der wenigen, die das gespürt haben! Er war nicht bereit, all das noch einmal zu opfern, was wir in den vergangenen Jahren langsam wiedergefunden haben. Und dafür lohnt es sich zu sterben!»

Sembritzki verzog das Gesicht. Er mochte das Wort sterben im Zusammenhang mit Vaterland oder Heimat schon gar nicht mehr hören.

«Und du!» Seydlitz zeigte mit spitzem Finger auf Sembritzkis Herz. «Du bist ja auch so ein Verteidiger eines untergegangenen Imperiums. Du trauerst Mythen nach, die längst erstarrt sind. Du suchst die Zukunft in den Sternen wie eine alte Frau. Du hängst dich an alles Vage. Du verstrickst dich in Gefühle, und vorhin hast du nichts anderes getan, als geleitet von den Geräuschen aus der Küche in die Geborgenheit deiner Jugend einzutauchen! Ist das denn nicht auch ein Stück Vaterland?»

Sembritzki lächelte schwach.

Seydlitz wechselte unmittelbar das Thema. «Du hast noch all meine Funkgeräte!»

Sembritzki nickte. «Und die Codebücher!»

«Gut! Wanda weiss damit umzugehen!»

«Wanda?»

Seydlitz lachte.

«Sie war meine Schülerin. Meine beste Schülerin in Physik und Mathematik. Und an den vielen langen Abenden habe ich ihr das Funken beigebracht. Sie beherrscht es längst besser, als ich es je konnte!»

Sembritzki schüttelte den Kopf. Er wurde aus dem Verhältnis des Lehrers zu einer ehemaligen Schülerin nicht klug.

«Ich werde dir alles zustellen lassen!»

«Nicht direkt, Konrad. Später! Wir werden uns dann darum kümmern.»

«Und dann?»

«Dann?»

Seydlitz' Augen glänzten fiebrig.

«Ich kümmere mich um Römmel. Da ist ja noch Bartels. Und er hat Zugang zu den Archiven. Überlass das mir. Bis du nach Prag fährst, wissen wir schon mehr!»

«Das Essen ist bereit!»

Wanda Werner, wieder in den weissen Kimono mit den grossen blauen Blumen gekleidet, stand in der Tür. Sie trug das Haar jetzt offen, und sie hatte Lidschatten und Rouge aufgelegt. Sembritzki war überrascht über diese Verwandlung.

«Hilf mir!»

Seydlitz winkte Sembritzki mit einer herrischen Bewegung zu sich her.

«Lassen Sie mich das tun!»

Mit ein paar Schritten war Wanda an Seydlitz' Seite und hievte ihn blitzschnell in die Höhe. Nur einen Augenblick lang verlor Seydlitz seine Selbstbeherrschung. Eine tiefe Röte schoss ihm ins Gesicht und verschwand auch schon wieder, bevor Sembritzki sie wirklich zur Kenntnis genommen hatte. Nur die beiden brennenden Flecken auf den Wangen zeugten noch eine Weile von Seydlitz' Hilflosigkeit. Am

Tisch hatte er seine Souveränität wieder gefunden. Er sass am Kopfende eines Tisches aus Bambusholz genau unter einer riesigen Reproduktion des Buddhas, der schon Bartels' Verlagsprospekt geziert hatte, und schaute abwesend auf die verschiedenen weissen Porzellanschalen, in denen Reis, Gurkenscheiben, Mango Chutney, gehackte Erd- und Cashewnüsse sowie Bananenscheiben griffbereit lagen. «Indonesisches Lammfleisch!»

Seydlitz sprach die beiden Worte wie eine magische Formel aus. Er beschwor damit jene Zeit seines Lebens, als er noch ungehindert seine Botschaften durch den Raum schwirren liess und asiatische Schönheiten sich in sein Bett verirrten. Sembritzki fiel es trotzdem schwer, sich Seydlitz in den Armen einer Frau vorzustellen. Und wenn er ehrlich war, hatte er auch Mühe, Wanda, diese ehemalige Schülerin des begeisterten Studienrates, in einer intimen Szene mit ihm zu sehen.

«Tee?»

Sie lächelte ihn an. Sembritzki warf einen schnellen Blick zu Seydlitz hinüber. Aber dieser schien sich auf den Reis zu konzentrieren.

«Tee, ja!»

Eigentlich hätte er lieber ein Bier gehabt. Aber es war wohl nicht der Augenblick, tschechischen oder bayerischen mit ostasiatischem Geist zu kreuzen. Gerade als sich Wanda zu Sembritzki hinüberneigte, um ihm einzuschenken, klingelte das Telefon. Seydlitz legte die Stäbchen auf den Teller, mit denen er eben eine Bananenscheibe gepackt hatte.

«Jetzt gehts schon los!»

Sembritzki schaute ihn fragend an. Aber Seydlitz antwortete nicht. Gespannt schaute er Wanda nach, die zum Telefon ging und schnell abhob.

«Hallo!»

Wenn sie erschrak, so liess sie es sich nicht anmerken. Sie wiederholte nur den Namen der Person, die man in ihrer Wohnung vermutete.

«Sembritzki? – Nein! Ist mir nicht bekannt. – Bitte!»

Sie hängte auf. Dann schaute sie zu Sembritzki hinüber. Ihre schwarzen Augen waren matt wie Kohle. Die Falten um den Mund waren mit einem Male wieder hart.

«Die Bluthunde!»

Ihre Stimme war ohne Ausdruck. Sie kehrte an den Tisch zurück und schenkte Sembritzki den Tee ein. Dann klingelte es zum zweiten Mal. Ruhig stellte sie die Teetasse ab, ging zum Apparat, hob ab. Diesmal meldete sie sich nicht.

«Ich sagte es Ihnen schon. Herr Sembritzki ist nicht hier!»

Sie hängte auf. Stumm griff sie zum dritten Mal nach der Teekanne.

«In einer Viertelstunde sind die mit einem Durchsuchungsbefehl da!»

Aber Sembritzki schüttelte den Kopf.

«Das war nur eine Warnung. Sie können es sich nicht leisten, mich jetzt schon abzuschiessen!»

«Er hat Recht!»

Seydlitz hatte jetzt wieder Mühe, die Laute korrekt zu bilden. «Sie werden auf ihn warten!»

Aber das war schon zu viel. Seydlitz resignierte, angelte wieder nach den Stäbchen und konzentrierte sich jetzt ganz auf das Essen. Doch die gelöste Stimmung war verflogen. Jeder sah beinahe verbissen vor sich hin und beschäftigte sich intensiv mit dem Handhaben der asiatischen Bestecke.

«Was weisst du von Römmel?»

Sembritzki wollte und konnte sich diese Frage einfach nicht verkneifen. Er würde sie wieder und wieder stellen, bis er eine befriedigende Antwort erhalten hatte.

Aber Seydlitz machte nur eine hilflose Bewegung und schwieg.

Wanda schüttelte sacht den Kopf. Doch als Seydlitz diese beinahe unmerkliche Bewegung mit scharfem Blick registriert hatte, griff er in seine Westentasche und holte wieder seine Pillenschachtel heraus.

«Seydlitz! Du überschreitest deine Dosis!»

Sembritzki war überrascht, dass sie ihn beim Familiennamen ansprach. Und noch überraschter war er über Seydlitz' Reaktion. War das nicht ein Anflug von Hass, der aus seinen Augen funkelte? Hass auf Wanda? Hass auf seine Situation? Er steckte eine rote Tablette in den Mund und goss Tee nach. Die drei assen schweigend weiter und warteten auf die Wirkung des Medikaments. Dazwischen schellte das Telefon. Aber niemand reagierte. Auch als es zehn Minuten später an der Tür klingelte, stand Wanda nicht auf. Sie hatte eine Platte aufgelegt und Räucherstäbchen angezündet, und während die drei nun langsam in diesen schweren Duft eingenebelt wurden, der sich in den Kleidern einnistete und das Atmen schwer machte, fand Seydlitz langsam die Sprache wieder.

«Römmel war Panzeroffizier. 4. Panzerarmee. Panzergrenadierdivision Grossdeutschland. Division Brandenburg. Aber, wie lange er wirklich dazugehörte, weiss ich nicht. Es ist möglich und wahrscheinlich, dass er später zur Abwehr wechselte. Oder beides gleichzeitig tat: kämpfen und spionieren. Jedenfalls hatte er Kontakte zum tschechischen Geheimdienst.»

«Wie intensiv waren diese Kontakte?»

«Das sollst du herausfinden, Konrad. Du wirst doch irgendwie im Umweg über deine Leute Kontakte zu den Archiven des STB finden!»

«Diese Unterlagen sind doch alle in Moskau!»

«In Moskau, in Washington und vielleicht doch noch in Prag! Und in Bonn oder Pullach!»

«Moskau und Washington sind für uns unzugänglich. Das hat auch Stachow gewusst. In Pullach liegt wenig vor über Römmel. Das hat Stachow bereits festgestellt. Aber vielleicht in Bonn!»

«Stachow ist zu früh gestorben!»

«Zu früh umgebracht worden, Sembritzki! An dir hängt jetzt alles. Der BND schickt dich ganz offiziell in die ČSSR. Der Auftrag ist klar. Du musst dein Netz wieder mobilisieren, um herauszufinden, was sich drüben tut.»

«Stachows Auftrag lautete genau gleich.»

«Aber bei Stachow war eine andere Absicht dahinter.»

«Aktion Eger!»

«Eben. Bei Römmel heisst das Ding Aktion Wallenstein. Das heisst doch, dass zwei verschiedene Aktionspläne vorliegen. Dass der eine vom andern nichts weiss oder mindestens vorgibt, nichts zu wissen.»

«Du weisst nicht, worum es Stachow ging?»

Seydlitz schüttelte den Kopf.

«Ich habe Vermutungen, mein Lieber. Aber worum es ihm wirklich ging, musst du jetzt herausfinden.»

Wanda, die unterdessen in die Küche gegangen war, kam mit Gebäck zurück.

«Wenn ich Kontakte zu meinen ehemaligen Agenten in Böhmen aufnehme, laufe ich Gefahr, sie zu enttarnen.»

«Das machst du doch nicht zum ersten Mal!»

«Aber wenn ich meine Agenten in Römmels Aktionsplan einspanne, wird er bald wissen, wer meine Leute sind. Und das wollte doch Stachow verhindern!»

«Dann verhindere es!»

«Wie lebt Römmel? Hat er eine Familie? Hat er Geld? Hat er Beziehungen zu andern Frauen? Ist er ein Spieler? Erhält er irgendwoher Gelder, die nirgends registriert sind?»

«Frag das Bundeskriminalamt, Konrad, nicht mich!»

«Hast du dort keinen Fuss in der Türe?»

«Vielleicht!»

Seydlitz schaute zu Wanda hinüber, die vor sich hinlächelte.

«Wenn wir wissen, wer Stachow umgebracht hat, wissen wir auch, weshalb.»

«Du meinst nicht den Mörder, sondern die, die dahinter stehen!»

«Eine ganze Gruppe. Vielleicht mehr als das!»

«Du weisst, wie heiss das Klima bei uns gerade ist. Wenn die Abrüstungsverhandlungen zwischen den Russen und Amerikanern in Genf scheitern, kommt es gemäss NATO-Doppelbeschluss zur Aufstellung von neuen US-Mittelstreckenraketen in der BRD.»

«Und was hat all das mit mir zu tun?» Sembritzki schüttelte ungläubig den Kopf. Er war kein politischer Kopf, und Spekulationen waren ihm zuwider.

«Vielleicht hat es mit dir gar nichts zu tun. Vielleicht bist du auch nur ein kleines Rädchen in diesem Getriebe, das da von ein paar Dunkelmännern geölt wird.»

Seydlitz lehnte sich erschöpft zurück und schloss die Augen. Sembritzki war gar nicht aufgefallen, dass die Sprechweise seines Freundes immer verschwommener, immer schwerfälliger geworden war.

Jetzt griff er mit fahriger Geste nach dem Glas, führte es zum Mund, schüttete den Calvados zwischen die halb geöffneten Lippen, wobei die Hälfte danebengeriet und auf das weisse Hemd tropfte.

«Ende!»

Seydlitz quälte ein mühsames Lächeln auf sein bleiches Gesicht. Der Schweiss stand ihm auf der Stirn, und wie damals in Bangkok unter dem rotierenden Ventilator klebten ihm die grauen Haarsträhnen am Kopf. Wanda stand schon neben ihm, half ihm auf die Beine und führte ihn hinüber ins Wohnzimmer, das, so hatte Sembritzki vorhin festgestellt, auch Seydlitz' Schlafzimmer war. Als das Telefon wieder schrillte, zuckte Sembritzki zusammen. Das Geräusch fuhr ihm wie ein spitzes Messer ins Herz, und er fühlte, wie sein Auslauf wie bei einem Hofhund durch die lange Kette beschnitten war.

«Du bist unser Mann, Sembritzki!»

Es dauerte eine Weile, bis Wanda zurückkam. Dazwischen schellte das Telefon noch zweimal. Dann hörte Sembritzki, wie Seydlitz' Stock polternd zu Boden fiel. Einen Augenblick lang zögerte er, ob er Wanda zu Hilfe eilen sollte. Schon stand er im Korridor. Doch Wandas Stimme hielt ihn vor dem Betreten des andern Zimmers zurück.

«Der Mann ist ein Träumer, mein Lieber!»

Seydlitz' Antwort bestand nur aus einem unartikulierten Gurgeln.

«Ein Sternenhöriger! Ist das der richtige Mann?»

Sembritzki hörte von Neuem ein Gurgeln. Dann würgte Seydlitz mit letzter Anstrengung ein paar Brocken heraus: «Ein Freund, Wanda! Instinkt! Einfallsreich! Und wenn es sein muss, kalt bis …» Der Rest des Satzes zerflatterte in einzelne Silben und löste sich dann ganz auf, war nur noch Luft, ein Röcheln.

Sembritzki kehrte leise ins Esszimmer zurück. Wie konnte er die Zweifel Wandas zerstreuen? Und war es überhaupt notwendig? Welche Rolle spielte sie in diesem Stück? Oder war sie nur Souffleuse?

Sembritzki legte eine Platte auf. Aufs Geratewohl. Dass Smetanas «Moldau» ihn so hinterrücks anfiel, liess ihn zusammenzucken. Hatte Seydlitz diese Platte mit Absicht unter die Auswahl asiatischer Musik geschmuggelt? Ein gewaltsamer Versuch, ihre beiden Traumwelten zu verschmelzen? Als Wanda dann endlich zurückkam, sah sie Sembritzki, einen feuchten Zigarillostummel zwischen den Zähnen, mit aufgestützten Armen am Tisch sitzen, eingenebelt in den Duft der Räucherstäbchen, in Gedanken weit weg.

«Müde?»

Sembritzki schaute auf, schüttelte den Kopf.

«Träumereien?»

Sembritzki lächelte.

«Instinkt. Einfallsreich. Und wenn es sein muss, kalt bis ...»

«Sie haben gehorcht?»

«Horchen gehört zu meinem Beruf!»

«Kalt bis ans Herz?»

«Wenn es darauf ankommt!»

«Kommts jetzt darauf an?»

Sie schaute ihn mit ihren dunklen Augen ohne Gefühlsregung an.

«Hätten Sie mich anders gefragt, hätte ich Ihnen vielleicht eine Antwort gegeben!»

«Anders? Wie anders?»

«Mit mehr Wärme!»

Sie streckte den rechten Arm aus und strich ihm mit einer schnellen Bewegung über die Stirn. Dann berührte sie mit den Fingerspitzen seine Lippen und wandte sich brüsk ab.

«Ein Bier?»

«Ein kaltes Bier, ja. Eiskalt!»

Sembritzki legte den zerkauten Stummel in den Aschenbecher. «Grüsse aus der Pfalz» stand darauf. Wanda war wortlos in die Küche gegangen und dann mit zwei Flaschen und Gläsern zurückgekommen.

«Pils!»

Jetzt lächelten ihre Augen. Sembritzki nahm ihr die Flaschen ab und schenkte ein. Dann griff er nach dem einen kalten Glas und hielt es Wanda an die Stirn. «Eiskalt!», sagte er lächelnd.

«Auch kaltes Bier wird warm, wenn man ihm Zeit lässt! Und ungeniessbar!»

«Mögen Sie kaltes Bier?»

Sie schüttelte den Kopf. «Aber ich mag eiskalte Männer! Mit allen Wassern gewaschene Agenten! Killer!»

Sembritzki lachte schallend, aber sie hielt ihm schnell den Mund zu.

«Seydlitz findet seinen Schlaf nur schwer. Diese Fröhlichkeit zweier gesunder Menschen könnte ihm den Schlaf vollends rauben!»

«Wer raubt denn Ihren Schlaf, Wanda?»

Obwohl Sembritzki überhaupt nicht nach Flirten zumute war, konnte er sich diese plumpe Entgegnung nicht verkneifen.

«Sind Sie hergekommen, um zu flirten?»

Sie schaute ihn kalt an, und Sembritzki wusste nicht, wie er diese Parade zu verstehen hatte.

«Ich bin hier, um Informationen zu sammeln!»

«Welcher Art?»

«Jeder Art!»

«Zum Beispiel?»

«Was war damals mit Seydlitz in Bangkok?»

Wanda schwieg. Sie setzte sich mit untergeschlagenen Beinen auf einen Teppich, steckte sich eine Zigarette an und schaute durch Sembritzki hindurch.

«Sie wissen nicht Bescheid? Oder Sie wollen nicht Bescheid wissen?»

Sie stiess den Rauch heftig geradeaus.

«Sie vermuten bei mir Weichstellen, wo keine sind!»

«Dann erzählen Sie!»

«Erzählen!» Sie schnaubte verächtlich durch die Nase. «Das ist keine Geschichte aus Tausendundeiner Nacht!»

«Was dann? War es eine Falle?»

Wanda nickte und zog die Beine eng an den Körper.

«Die Frau gehörte nicht ins fremde Lager, Konrad!»

Es war das erste Mal, dass sie ihn beim Vornamen ansprach. Aber das berührte ihn nicht, weil er diesen Vornamen nicht mochte. Nicht seinen Klang in voller Länge, nicht seine Verkürzung.

«Und was hat sie aus Seydlitz herausgeholt?»

«Nichts. Gar nichts. Sie war seine Sekretärin am Goethe-Institut. Eine Bekanntschaft, nichts weiter. Sie wissen –»

Sembritzki nickte.

«Ich weiss. Seydlitz ist nicht der Mann, der wegen einer Frau seine Prinzipien opfert.»

«Es war der Abschlussabend einer Deutschklasse. Es wurde getanzt. Dann hat er die Frau nach Hause gefahren.»

«Und dann ist er in ihrem Bett gelandet. Das ist doch nur natürlich!»

«Finden Sie?»

Sie schaute ihn aufmerksam an.

«Sie weichen aus!», sagte er.

«Ich versuche herauszufinden, wer Sie sind!»

«Mit dieser Frage finden Sie es nicht heraus!»

«Welches ist das Zauberwort?»

«Es gibt kein Zauberwort, Wanda. Es gibt vielleicht eine Bewegung. Vielleicht ein Lächeln, das trifft, vielleicht ein Zittern der Lippen.»

Sie schwieg. Sie hatte ihren Kopf auf die zusammengepressten Knie gelegt, und ihr schwarzes, weiches Haar floss über ihre Beine. Sembritzki schaute weg. Er wusste nicht, wie viel Absicht hinter dieser Pose war. Er wartete ab, stellte sich vor, wie sie zwischen ihrem Haarvorhang hervorblinzelte, um seine Reaktion zu testen.

«Diese Bewegung war es wohl nicht!»

Erstaunt schaute Sembritzki wieder zu ihr hin. Sie zeigte ein schwaches Lächeln.

«Sie haben sich müde gespielt, Wanda!»

Sie nickte. «Seydlitz ist ein anspruchsvoller Spielpartner!»

«Was war dann mit der Thailänderin?», drängte Sembritzki aus dem fruchtlosen Geplänkel hinaus.

«Das muss wohl ein ungelenkes Geschubse und Gezerre gewesen sein. Seydlitz ist ein fantasieloser Liebhaber. Und dann ist es zu einem Drink gekommen. Und dann –»

«Und dann ist er eingeschlafen und hat sich an nichts mehr erinnert?» Sembritzki stiess verächtlich die Luft durch die Nase. «Und auf diese Tour ist Seydlitz hereingefallen? Das glaube ich Ihnen nicht, Wanda! Seydlitz hätte um nichts in der Welt mit einer Person allein etwas getrunken. Dazu war er viel zu vorsichtig. Er hat nur getrunken, wenn Freunde bei ihm waren, Kollegen, auf die er vertraute.»

«Es war noch jemand dabei!»

«Wer?»

«Ein Kollege aus dem Institut. Ein guter Freund! Aber der ist dann bald gegangen. Und Seydlitz ist zurückgeblieben.»

«Und hat sich in feurigen Exkursen über thailändische

Kultur verloren!»

«Sie kennen ihn gut!»

Sembritzki nickte.

«Am andern Tag war die Frau weg, untergetaucht. Drei Wochen später hat ein vietnamesischer Überläufer von Informationen berichtet, die angeblich aus Bangkok stammten, Informationen, die eindeutig nur von Seydlitz stammen konnten. Er wusste so gut Bescheid wie kein anderer. Schliesslich sass er in den Zentren der Übermittlung.»

«Und was soll er dieser Thailänderin ins Ohr geflüstert haben?»

«Darüber wurde öffentlich nie gesprochen!»

«Was hat er Ihnen gesagt?»

«Drei wichtige amerikanische Agenten seien seinetwegen in Kambodscha enttarnt worden!»

«Das ist alles?»

«Es folgte anscheinend ein ganzer Rattenschwanz von Enthüllungen, für die Seydlitz indirekt verantwortlich war. Man hat ihm vorgeworfen, als Doppelagent gearbeitet zu haben.»

Sembritzki steckte sich einen Zigarillo zwischen die Lippen.

«Streichhölzer?»

Wanda hielt ihm eine Schachtel hin. Aber Sembritzki schüttelte den Kopf.

«Ich bin Trockenraucher.»

«Gesundheitsapostel?», fragte sie etwas verächtlich und zündete sich selbst wieder eine Zigarette an, die in einem langen, elfenbeinfarbenen Mundstück steckte.

«Seit man versuchte, mit brennenden Zigaretten Informationen aus mir herauszupressen, bin ich zum Trockenraucher geworden.»

Er leerte sein Glas in einem Zug.

«Wer stand hinter der ganzen Sache?»

«Auf was für einen Namen warten Sie? Römmel?»

Sembritzki nickte. «Es hätte doch sein können, dass sich Römmel eines Mannes entledigen wollte, der ihn bei einem Mord fotografiert hatte.»

«Damals war Krieg!»

Sembritzki stand auf und ging im Zimmer auf und ab. Einen Augenblick lang lauschte er auf den Regen, der gegen die Scheiben prasselte. Dann trat er auf Wanda zu und schaute auf sie hinab, heftete seinen Blick auf den schnurgeraden Scheitel, der die beiden Haarvorhänge teilte, sah die silbernen Fäden und auf der weissen Haut des Scheitels einen kleinen, dunkelbraunen Punkt. Seine Mutter hatte auch einen solchen Punkt gehabt. Und jetzt kam ihm sein belastendes Gepäck in den Sinn, das ihm der Mann in Pullach mitgegeben hatte: Briefe von seiner Mutter. Fingiertes Material, um seine Identität zu stützen. Er wusste, wenn er sich jetzt nicht ganz auf die Situation besann, wenn er nicht hartnäckig weiterfragte, würde er sich in Erinnerungen verlieren. Sembritzki, der Träumer, der immer wieder aus der Gegenwart ausscherte.

Sembritzki zwang sich, Wanda in die Augen zu schauen. «Wenn Seydlitz Römmel bei einem Mord – bei einer Exekution einer Partisanin, mit der er wohl vorher geschlafen hat – ertappte, dann kann ihm dies bei einer späteren Karriere hinderlich sein. Ein schwarzer Punkt!»

«Es war ihm aber nicht hinderlich, wie Sie sehen. Römmel hat seinen Weg im BND gemacht. Trotzdem. Abgesehen davon ist Römmel bei dieser ganzen Geschichte nie in Erscheinung getreten. Er war damals noch Agent auf Achse. Irgendwo, aber nicht in Ostasien. Die CIA war federführend.

Es berührte ja schliesslich ihre ganz persönlichen Interessen!»

Sembritzki nickte. Er hatte das Gefühl, das Ende eines Fadengewirrs in Händen zu haben.

«Warum ist es Seydlitz nicht gelungen, sich von all den Unterschiebungen zu entlasten?»

«Das Material, das gegen ihn vorlag, war erdrückend.»

«Man wollte ihn aus dem Verkehr ziehen?»

«Möglich.»

«Und welche Rolle spielte denn Stachow in dieser Geschichte?»

«Ich weiss nur, dass er es war, der Seydlitz immer wieder zu entlasten versuchte, obwohl er ja damals nicht direkt mit ihm zu tun gehabt hatte. Das war vorher gewesen. Stachow war Seydlitz' Vorgesetzter in Togo gewesen.»

Jetzt kniete Sembritzki vor Wanda nieder. Ihre Augen waren beinahe auf gleicher Höhe. Er griff nach ihrem rechten Arm auf ihrem Knie.

«Welche Rolle spielte Stachow in dieser Geschichte, Wanda? Da liegt der Schlüssel zum Ganzen!»

«Stachow ist tot!»

Wer auch immer Stachow hatte umbringen lassen oder es getan hatte, er hatte die Leitung am genau richtigen Ort gekappt. Stachow war offenbar in einem grossen Plot die zentrale Figur gewesen, wo alle Fäden zusammenliefen.

«Stachow hatte keinen, den er ganz ins Vertrauen zog?»

Wanda schüttelte den Kopf.

«Ich glaube nicht. Stachow war ein Mann der einsamen Entschlüsse. Und das, was er da vorhatte, hatte nichts mit seiner offiziellen Arbeit im BND zu tun. Stachow war im Begriff, seinen eigenen Kuchen zu backen.»

«Ob das aber auch unser Kuchen ist?»

«Finden Sie es heraus, Sembritzki!»

Sie schüttelte seine Hand ab und lehnte sich zurück.

«Römmel ist die Unbekannte in unserm Spiel!», fügte sie hinzu.

«Welche Rolle spielen Sie?»

«Ich habe eine Verbindung zu Bonn!»

Sembritzki war überrascht. «Also ist es nicht Liebe zu Seydlitz! Oder Mitleid! Oder Dankbarkeit?»

Ihr Lachen tönte heiser und vertrocknet.

«Liebe!»

«Sie schätzen ihn!»

«Hochachtung, ja. Er war ein glänzender Lehrer. Er hat mir mehr beigebracht als irgendjemand. Aber all meine Versuche, ihn zu verführen, sind schon damals als Schülerin misslungen. Seydlitz liebte auch vor seinem Schlaganfall nur mit dem Kopf. Er war ein Gedankenliebhaber. Ein Virtuose auf dem westöstlichen Divan!»

Was auch immer das heissen mochte, Sembritzki fühlte, wie ihn ein Gefühl von Trauer überkam.

«Stachow hat Ihnen den Platz an Seydlitz' Seite zugewiesen?»

Wanda nickte. Täuschte sich Sembritzki oder schimmerten ihre Augen wirklich feucht?

«Wer ist Ihr Verbindungsmann in Bonn?»

Aber sie wehrte sofort ab.

«Stachow war Relaisstation!»

«Die Verbindung mit Bonn ist unterbrochen?»

Sie nickte.

«Das heisst, dass Sie jetzt zusammen mit Seydlitz hier das Netz zusammenflicken müssen, während ich draussen herausfinden muss, was Stachow im Sinn hatte? Wir müssen das Pferd beim Schwanz aufzäumen.»

Er schwieg. Das Telefon schellte wieder, aber weder er

noch Wanda reagierten. Sie schauten sich in die Augen.

«Sie haben Stachow geliebt?»

Sembritzki brauchte lange, bis er diese Frage zu stellen vermochte.

«Stachow war ein Mann. Ich habe mit ihm geschlafen, wenn Sie das mit Liebe meinen.»

«Aber deswegen hat er Sie nicht ins Vertrauen gezogen?»

«Das weisst du doch ganz genau!»

Jetzt hatte sie alle Förmlichkeit abgelegt. Sie hatte sich wieder nach vorn gebeugt und ihm beide Arme um den Hals gelegt. Ihr Atem roch nach Tabak und Bier. Aber ihre Augen holten ihn aus weiter Distanz. Er küsste sie flüchtig. Oder mindestens hatte er die Absicht, es flüchtig zu tun. Aber dann liessen ihn ihre Lippen nicht mehr los. Dass sich jetzt ihr Kimono öffnete und ihren blossen, spitzen Busen freigab, gehörte zu einem Ritual, das er schon so oft absolviert hatte. Dass er sich über sie beugte, dann auf ihr lag und sie sich geschickt vollends aus blau-weissem Tuch wand, wunderte ihn kaum. Nur die mühsame Prozedur, bis er sich selbst einigermassen mit Anstand von seiner Bekleidung befreit hatte, und dann vor allem die Tatsache, dass sie sich wie Gymnasiasten auf Teppichen liebten, irritierte ihn. Ihre Heftigkeit brachte ihn aus dem Konzept. Doch sie holte ihn zurück, bevor er ausstieg. Und dann absolvierte er seinen Part mit Anstand, gab ihr, was sie sich vielleicht wünschte, nahm in Empfang, alles mit geschlossenen Augen, wie Wanda, die, das konnte er blinzelnd feststellen, ebenfalls einen Solopart auf den Teppich legte, sich im Grunde genommen ganz auf sich selbst konzentrierte und nicht auf ihren Liebhaber, der nicht viel mehr war als ein nützliches Instrument, der ihr vielleicht Lust verschaffte und sie in versunkene Träume von der Liebe hineinvibrierte. Diese Frau liebte die Liebe wie auch er. Weiter nichts. Aber war das nicht alles, was zu lieben übrig blieb?

Sie lagen vielleicht eine Stunde schweigend nebeneinander, auf asiatischen Teppichen. Und immer wieder zwang sich Sembritzki dazu, nicht den Esstisch aus seiner lächerlichen Perspektive zu betrachten. Er fühlte sich fehl am Platz. In jeder Hinsicht. Als Liebhaber und was seine Ruhestätte auf dem Boden betraf. Aber er schaffte es nicht, einfach aufzustehen, die Kleider anzuziehen und nach einem normalen Bett zu fragen. Da war etwas in ihm, was ihm anerzogen war. Nach dem Liebesakt steht ein Mann nicht einfach auf und geht oder dreht sich auf die andere Seite. Frauen empfinden da anders, hatte sein Vater ihm gesagt, und er musste es gewusst haben. Denn immer am Samstagabend, nachdem er zuerst, dann eine halbe Stunde später die Mutter, nach Fichtennadeln duftend, dem Bad entstiegen war, dauerte es anschliessend mindestens eine knappe Stunde, bis das Licht im elterlichen Schlafzimmer wieder aufflammte. Das war doch Beweis genug dafür, dass der Vater über den Punkt seiner eigenen Befriedigung hinaus ausharrte und zuwartete, bis auch seine Frau wieder in die Rolle der Hausfrau und Mutter zurückgefunden hatte.

«Stachow hat nicht anders geliebt als du!»

Wanda hatte sich auf die Seite gerollt und schaute ihn, den Kopf in die Hand gestützt, irgendwie belustigt an. «Auch er war nur immer mit sich selbst beschäftigt.»

«Du hältst es nicht anders!»

«Ich habe mich an eure so männliche Art von Liebe gewöhnt, Sembritzki!»

Dass sie ihn beim Nachnamen nannte, wunderte ihn schon nicht mehr. Sie war wieder auf sachliche Distanz gegangen.

«Das heisst, du gibst deine innersten Geheimnisse nie

preis. Nicht vor, nicht während, nicht nach der Liebe.»

Sie schüttelte den Kopf.

«In der Liebe vielleicht.»

«Wann ist das?»

«In Gedanken.»

Er nickte, setzte sich auf und angelte nach seinem Hemd. «Wie sollen wir zusammenkommen, wenn wir nichts voneinander wissen?»

«Wollen wir denn zusammenkommen?»

Sie schlüpfte in den Kimono. Sembritzki zog die Hose an. «Wenn Stachows Lebensentwurf auch für uns Gültigkeit hat. Dann vielleicht!»

«Finden wir das zuerst heraus, bevor wir Bruderschaft trinken, Sembritzki. Bevor wir uns zu viel anvertrauen. Es gibt heute nicht viel, was den gemeinsamen Kampf rechtfertigt.»

«Warum hast du denn überhaupt mitgemacht?»

«Eine Chance, Sembritzki. Es ist eine Chance, einen Lebensinhalt zu finden. Eine Chance für die Liebe auch.»

Sembritzki verstand nicht so richtig, was sie damit meinte. Aber irgendwie musste es mit den Vaterlandsvorstellungen Stachows zu tun haben. Das war wie ein Virus. Seydlitz, Wanda. Wer noch?

«Wie komme ich aus dem Haus?»

«Du schläfst nebenan. Kannst mein Bett benützen. Ich bleibe hier.»

«Und wie komme ich morgen aus dem Haus?»

«Wir werden sehen.»

«Meine Maschine fliegt nach zwölf Uhr mittags.»

«Du nimmst den Zug.»

Er nickte.

«Gute Nacht!»

Aber sie antwortete nicht, sass wie vorher, die Arme um die angezogenen Knie geschlungen, während er leise aus dem Zimmer ging.

Es war bereits halb neun, als er erwachte. Samstag. Es war hell im Zimmer. Er hatte weder Vorhänge noch Läden geschlossen. Ein grauer Tag draussen. Nebenan hörte er Stimmen. Wanda und Seydlitz sassen wohl schon beim Frühstück. Mühsam wälzte er sich aus dem durchwühlten Bett, zog die Hose an und ging ins Badezimmer. Eine Weile stand er vor der Ansammlung von Fläschchen und Tuben und Töpfchen, zählte die vielen Haarbürsten und Kämme, die Lockenwickler. Jedes Mal, wenn er diese Ansammlung von Utensilien sah, die Frauen dazu benützten, um sich aus ihrem natürlichen Zustand in einen übernatürlichen Zustand zu verwandeln, war er irritiert. So viel Starthilfe brachte ihn aus dem Konzept, wenn er dann den Frauen gegenüberstand und daran dachte, welchen Weg sie seit dem Erwachen zurückgelegt hatten. Aber vielleicht war es gerade dieses sorgfältige Herausputzen, diese Bemühung, sich zu überhöhen, sich zu maskieren, was Frauen selbstsicherer machte als Männer. Sie versteckten sich hinter der Vorstellung von sich selbst. Sie liebten die Vision ihrer eigenen Person, während sich die Männer nur an sich selbst zu halten hatten.

«Gut geschlafen?»

Wanda schaute nicht auf, als sie Sembritzki begrüsste. Sie wollte es augenscheinlich vermeiden, von Seydlitz bei einem Blickwechsel ertappt zu werden, der sie hätte verraten können. Aber Seydlitz wusste genau Bescheid, das stellte Sembritzki sofort fest. Seine Falten waren noch tiefer als am Abend vorher. Lila Schatten lagen unter seinen rot unterlaufenen Augen. Und seine rechte Hand zitterte stark, wenn er das Brötchen zum Mund führte. Doch seine Stimme war klar und fest.

«War es der KGB?» Seydlitz hatte nicht aufgehört, darüber nachzudenken.

«Möglich!»

Sembritzki setzte sich und schenkte sich Tee ein. Wanda war in die Küche gegangen.

«Du hast mit ihr geschlafen!»

Die Direktheit der Feststellung überraschte ihn.

«Geschlafen? Einen Geschlechtsakt nennt man das wohl.»

«War sie gut?»

Sembritzki schaute irritiert auf. Wie genau wollte Seydlitz Bescheid wissen? Ein Voyeur? Einer, der sich gern vorstellen möchte, wie die Frau, mit der er zusammenlebte und die er nie im Bett geliebt hatte, andere liebte? «Sie war sie selbst!»

Seydlitz schüttelte zweifelnd den Kopf.

«Wir haben doch längst die Fähigkeit verloren, andere zu lieben, Wolf! Da macht Wanda keine Ausnahme.»

«Du schliesst von dir auf andere!»

Jetzt schwiegen beide, als sie Wandas Schritte hörten. Krachend biss Sembritzki in sein Brötchen. Seydlitz rührte mit dem Löffel in seiner Tasse. Wanda schaute die beiden einen kurzen Augenblick lang an und lächelte dann vor sich hin. Sie hatte sofort gespürt, wovon die Rede gewesen war. Und wenn sie auch noch nicht mithilfe ihrer Badezimmerutensilien jene Stufe der Übernatürlichkeit erreicht hatte, die sie immun gegen alle Blicke machte, sie war erst auf dem Weg dorthin, hatte etwas Lidschatten aufgelegt, und die Haare flossen in weichen Wellen über ihre Schultern – war sie den beiden Männern bereits voraus auf dem Pfad, der vom Zustand der Verletzlichkeit wegführte. Auch Seydlitz musste es gespürt haben. Er ging wieder auf die Position des nüchternen Befragers zurück.

«Erinnere dich, Konrad! Gab es irgendwelche Hinweise, die auf den KGB hinweisen? Oder auf den STB?»

Sembritzki brauchte nicht zu überlegen. Er hatte ja immer wieder darüber nachgedacht.

«Hinweise keine. Nur Vermutungen.»

«Welche?»

«Dass es nur der KGB gewesen sein kann! Wer denn sonst? An einen Unfall glaube ich nicht. Ein gewöhnliches Verbrechen, bei dem Stachow ganz zufällig das Opfer geworden ist, ist auszuschliessen. Und du wirst doch nicht im Ernst annehmen, dass der BND seine Hand im Spiel hatte. Einen Mann wie Stachow legen unsere eigenen Leute nicht einfach um.»

Seydlitz antwortete nicht.

«Und es gibt kein Motiv!»

«Das Motiv wäre noch zu finden. In der ČSSR.»

«Die Sowjets haben ein Motiv, Wolf. Stachow war daran, sein Dispositiv Tschechoslowakei zu revidieren.»

«Wenn es Stachow nicht tut, tuts Römmel. Und er ist ja auch schon dran. Da hätten die geradeso gut Römmel killen können.»

«Du traust also Römmel!»

Seydlitz wiegte den Kopf hin und her.

«Ich traue ihm nicht, wenn du das meinst. Aber ich traue ihm als linientreuem BND-Mann!»

Sembritzki schüttelte den Kopf. Was Seydlitz hier sagte, brachte all seine Gedankengänge von neuem in Unordnung.

War nicht Römmel der wunde Punkt?

«Wer hat den Kellner umgebracht?», fragte jetzt Seydlitz.

Sembritzki sah das Bild mit den schwimmenden Haaren im Schüttstein vor sich.

«Das könnte KGB-Methode sein!»

«Hätte der KGB nicht einfach geschossen?»

«So einfallslos sind Dostojewskis Landsleute auch wieder nicht!»

«Dostojewski und der KGB!» Seydlitz schüttelte sich.

«War der Kellner Stachows Mann?»

«Möglich. Stachows Methode war sozusagen hermetisch. Nur, wenn er selbst ausfiel, funktionierte dieses System nicht mehr. Es sei denn ...»

«Es sei denn?»

Sembritzki witterte eine Enthüllung.

«Es sei denn, auch Römmel wusste Bescheid, und die beiden marschierten in gegenseitigem Einverständnis auf separaten Wegen.»

«Was zu beweisen wäre!»

Seydlitz nickte.

«Von jetzt an laufen alle Informationen über mich, mein Lieber!»

Die Augen des Invaliden leuchteten fiebrig. War es der Gedanke, tauglich gemeldet zu werden, der ihm neue Lebenskraft gab?

«Wanda als mobile Relaisstation?»

Seydlitz nickte.

«Sie wird den Funkkontakt mit dir in der ČSSR aufnehmen.»

«Wie? Wo? Wann?»

«Nichts Schriftliches. Ein Mann von der thailändischen Botschaft wird in Bern mit dir Kontakt aufnehmen.»

«Name?»

«Kein Name. Nenn ihn Nara. Er hat japanisches Blut.»

«Ein Freund?»

Seydlitz nickte. «Ich habe lange mit ihm gearbeitet. Er war mein Mann in Kambodscha. Er weiss alles über unsere Technik. Kennt die Codes. Die Methoden.»

«Wer nimmt Kontakt auf?»

«Überlass das ihm. Und schick mir alles Material. Und die Codebücher. Lass es von Nara erledigen. Botschaftstransport. Da schaut keiner rein.»

«Wer bezahlt den Mann?»

«Ich, Konrad!»

Sembritzki war überrascht. Da führte jeder in dieser Truppe seinen privaten Krieg. Und sein privates Soldbuch. Und das nur, weil der grosse Einzelgänger Stachow, der Mann der einsamen Entschlüsse, keinen Vertrauten gehabt hatte. Oder hatte er einen gehabt? Und wann würde der sich melden? Und wer war es?

Sembritzki stand auf.

«Leb wohl, Seydlitz!»

Er trat auf ihn zu. Dann kam die Andeutung einer Umarmung. Aber all das absolvierten beide ohne innere Anteilnahme. Wanda störte bei diesem Zeremoniell. Freundschaft liess sich so nicht ausdrücken, wenn eine Frau dabei war. Aber als Wanda die Verlegenheit bemerkte, die ihre Gegenwart auslöste, war es auch schon zu spät. Ihr Versuch, durch ihr Hinausgehen die Situation zu entkrampfen, kam zu spät. Sembritzki wandte sich schnell ab und folgte Wanda in den Flur, wo sie sich bereits einen dunkelroten Regenmantel angezogen hatte.

«Das wars wohl!»

Sembritzki überraschte dieser abschliessende Kommentar kaum. Ihm graute ebenso vor dem Abschiednehmen wie ihr.

«Und wie komme ich aus dem Haus, ohne dass sich die braven Männer vom BND oder vom KGB an meine Fersen heften?»

«Wenn sie sich hier nicht an Ihre Fersen heften, Sembritzki, dann tun sie es später. Sie glauben doch nicht, dass man zu Hause kein Empfangskomitee für Sie bereit hat.»

Sie war wieder kalt und unpersönlich wie ein Computer. Und verletzender. Die Erinnerung an die Nähe seines Körpers schien sie nicht mehr im Geringsten zu beschäftigen. Sembritzki hatte festgestellt, dass Wanda auf ihrem Weg zur Maskierung bereits wieder einen Schritt nach vorn gemacht hatte. Sie hatte die Haare hochgesteckt, und ihre Augen versanken jetzt in einem lilafarbenen Teich. Die Lippen waren an den Rändern nachgezogen. Sie hatte mit einem Male etwas Zwielichtiges, etwas Mondänes und gleichzeitig auch etwas Verworfenes an sich, und diesen Eindruck schien sie auch hervorrufen zu wollen. Und sie genoss seine Irritation.

«Sie werden das Haus hinten durch den Gartenausgang verlassen. Und zwar eine Minute, nachdem ich mit unserm Nachbarn aus der ersten Etage das Haus durch den Vorderausgang verlassen habe!»

«Ihr Nachbar macht da mit?»

«Ich nehme ihn jeden Samstag mit auf den Markt. Es regnet. Wir verlassen das Haus mit geöffnetem Schirm, und auf den ersten Blick wird da keiner auf die Idee kommen, dass es sich dabei um einen andern als um Sie handelt. Sie vermutet man in diesem Haus. Also wird man auch Sie dieses Haus verlassen sehen.»

Sembritzki wunderte sich über diese Logik nicht. Er wusste, dass es die Logik der Geheimdienstleute war und dass Seydlitz' Geist da mitgewoben hatte. Überrascht war er nur von der schnellen Bewegung, mit der sie ihm über die Wange strich.

«Wir haben noch immer eine Chance, Bruderschaft zu trinken, Sembritzki», flüsterte sie und ging dann schnell hinaus. In seinem Rücken hörte Sembritzki das trockene Husten seines Freundes, der immobil auf dem geflochtenen Korbstuhl sass, und im Treppenhaus lauschte er gleichzeitig Wandas schnellen Schritten nach. Dann hörte er, wie sie unten klingelte, hörte, wie eine Tür geöffnet wurde, und nach ein paar undeutlich gemurmelten Wörtern klapperten vier Schuhe auf der Treppe, schnappte ein Schirm auf, wurde die Haustüre geöffnet. Sembritzki wartete nur einen kurzen Augenblick und trat dann seinerseits ins Treppenhaus, eilte hinab, indem er versuchte, die Fensterpassagen schnell hinter sich zu bringen, und tastete sich endlich durch die muffige Kühle des Kellers zur hinteren Türe, die in den Garten führte.

Es regnete leicht. Wasser tropfte von den kahlen Ästen, die nur an den Spitzen etwas Grün zeigten. Er schaute sich unauffällig um, konnte aber niemanden entdecken. Die Schirmmütze auf dem Kopf, den Mantelkragen hochgeschlagen, ging er mit schnellen Schritten zwischen den Blumenbeeten, befreite im Vorbeigehen seinen Ärmel von einer Brombeerstaude, zertrat eine pralle Weinbergschnecke, fühlte, wie seine Schuhe in der feuchten Erde versanken und braunschwere Klumpen an seinen Sohlen hafteten. Er schwang die Beine über den Zaun des Nachbargrundstücks und trat dann durch ein grellgrün gestrichenes eisernes Gartentor auf die Strasse. Er ging in nördlicher Richtung, in der Hoffnung, dass er nicht durch Zufall Wandas Kreise stören würde. In der Ferne entdeckte er jetzt eine Strassenbahnhaltestelle, doch waren ihm da zu viele Leute. Er lief parallel zu den Schienen weiter, bis er die nächste Haltestelle erreicht hatte, und wartete auf die Strassenbahn, die ihn ins Zentrum bringen sollte. Weit und breit sah er keinen Menschen. Ab und zu fuhr auf der Strasse ein Wagen vorbei, aber niemand war darin, der sich für den verloren Wartenden an der Haltestelle interessierte.

Als dann die Strassenbahn kam, stieg er schnell zu, die Mütze ins Gesicht gezogen. Er steckte seinen Fahrschein in den Schlitz des Entwerters und setzte sich dann ganz hinten auf einen freien Platz. Niemand schien ihn zu beachten. Durchschnittspassagiere auf dem Weg zur Stadt, zum samstäglichen Einkauf. Kein bekanntes Gesicht. Die Leute waren mit sich selber beschäftigt. Die Strassenbahn rumpelte durch den grauen Vormittag ins Stadtzentrum. Sembritzki zwang seine Gedanken auf die Gegenwart. Jetzt durfte er nicht in die Vergangenheit eintauchen, Träumen und Erinnerungen nachhängen. Er wartete auf den Augenblick, in dem ein Gesicht aus seinem inneren Katalog auftauchen würde. Er war jetzt bereit, den Kampf aufzunehmen. Gegen wen? Für wen? Diese Fragen wollte er sich jetzt nicht stellen. Ein Motiv würde sich finden lassen! Das war, wenn er sich recht erinnerte, Stachows Formulierung gewesen. Ihn lockte Prag. Ihn lockte ein wenig das Abenteuer. Der Ausbruch aus einem gleichförmigen, beschaulichen Leben.

Sie waren beinahe in der Stadtmitte angelangt, als die Strassenbahn brüsk bremste und die Passagiere durcheinandergerüttelt wurden. Als Sembritzki durchs Fenster schaute, traute er seinen Augen kaum. Die friedliche samstägliche Stadt hatte sich mit einem Male verwandelt in ein Theater, in ein Tollhaus, in eine Arena! Von allen Seiten her drängten sich zum Teil vermummte Gestalten in langen weissen Tüchern stumm durch die Seitenstrassen und versammelten sich zu einem gewaltigen Zug, der den ganzen Verkehr blockierte, sich wie riesige Wellen mit weissen Kämmen daherwälzte, und alles, was sich an deren Rändern aufhielt, wegleckte, einpackte, mitschleppte, verschlang. Nur ab und zu wurde eine einzelne völlig irritierte Person wieder ausgespuckt, stand dann am Strassenrand, als ob sie von einem andern Stern zurückgekommen sei, kopfschüttelnd, bleich, mit verwirrtem Ausdruck, stand noch immer, als der unheimliche Zug sich langsam auflöste. Sembritzki, der sah, dass hier kein Weiterkommen war, stieg aus, versuchte, sich über den Gehsteig in Sicherheit zu bringen. Aber da schwärmten schon mit Helmen und Schilden ausgerüstete Polizisten aus, sprangen aus grünen VW-Bussen, die angebraust gekommen waren, wurden von LKWs ausgespuckt, tauchten aus Hauseingängen auf. Pfiffe schrillten, Schreie gellten auf, Kommandos wurden gebrüllt. Eine Stimme forderte über Lautsprecher die Demonstranten auf, sich zu zerstreuen. Man bot Fluchtwege an, die aus dem Zug hinausführten, man drohte mit Massnahmen, mit massivem Einsatz von Tränengas und Wasser. Umsonst. Der weisse Zug wälzte sich weiter und weiter, und als dann die ersten Angriffe der Behelmten gestartet wurden, als Knüppel herniederfuhren, der trockene Knall der Tränengaspatronen zu hören war und ab und zu ein Gummiknüppel klatschend sein Ziel gefunden hatte, schwoll mit einem Mal ein einziger grollender Ruf an, wuchs aus dem rollenden R der spitze Vokal I, wurde gedehnt und vom weichen D aufgefangen und mit einer weichen Schlusssilbe davongeweht: «Frieden!» Und dann noch einmal: Frieden. Dann kam die Übersetzung: «Peace, Pace, Paix.» Dann glaubte Sembritzki sogar russische Laute zu hören. Doch zu Sprachkursen war jetzt keine Zeit. Die Welle erfasste ihn. Sie sog ihn auf. Er wurde mitgetragen, sah sich plötzlich an der Seite eines langhaarigen Mädchens, das ihm unter einem weissen Turban flüchtig zulächelte, ihm dann wieder entrissen wurde, kaum hatte er den Gruss erwidert. Dann entdeckte er sie wieder, als ein Behelmter seine rechte Hand in ihrem Haar verkrallte und versuchte, sie in die Knie zu zwingen. Irgendwie fehlte jetzt nur noch das Skalpmesser, und Sembritzki, jetzt endgültig aus Kindheitserinnerungen und romantischem Geturtel herausgerissen, kämpfte sich, wild um sich schlagend, zum Mädchen vor, knallte dem Uniformierten das Knie zwischen die Beine, bevor der reagieren konnte, drückte er ihm mit aller Kraft den Helm ins Gesicht. Dann setzte er sich mit einem Sprung wieder ab, ohne dass er, jetzt für Augenblicke in der Rolle des grossen Retters und Helden, ihren Dank zur Kenntnis genommen hätte. Obwohl er glücklich war, das Mädchen aus den Händen ihres Peinigers gerettet zu haben, kam er sich lächerlich vor, wie ein Kinoheld.

6. Kapitel

Noch auf dem Flug nach Zürich, den er trotz Wandas Vorschlag, den Zug zu nehmen, gebucht hatte, dachte er an seine Anwandlung von Heldentum zurück und fand, je länger er darüber nachdachte und die Bilder vom Mädchen, dem gepanzerten Polizeibeamten, dem beinahe lautlosen Kampf der Kampfgegner gegen die Kampferprobten abwehrte, all das so unwirklich, so gestellt wie vieles, was er vor Jahren in Prag erlebt hatte.

Erst als der Flugkapitän die übliche Positionsangabe über Kempten durchgab, gelang es ihm, sich von der Münchner Friedensdemonstration zu befreien. Das war nicht seine Sache. Er war kein Partisan der Friedensbewegung. Er war nur ein Gegner der Gewalt. Und das war für ihn nicht dasselbe. Er war ein Partisan des Kalten Krieges, dieses Zwischenspiels, das Kriege voneinander trennte. Er war ein Traumtänzer zwischen den Fronten, der sich immer wieder einredete, dass er mit seiner Tätigkeit zwar den Krieg verhinderte, dass sie aber allein, in unmittelbarer Nachbarschaft der Zerstörung, jene kreativen Kräfte in ihm zu mobilisieren vermochte, die ihm das Alltagsleben nie entlocken konnte.

«Mein Sohn, die Schatten werden nicht kürzer. Und die Schuld, die auf uns allen lastet, will keiner von unsern Schultern nehmen. Jedes Wort, das Du bei Deinem letzten Besuch bei mir sagtest, war sündig. Dass Du das nicht gefühlt hast! – Ich bitte Dich, mich nicht mehr zu besuchen, damit ich endlich zur Ruhe komme.»

Sembritzki, der, um sich abzulenken, in der Brieftasche herumgesucht hatte, die der BND-Funktionär ihm zugesteckt hatte, zuckte zusammen, als er das las. Und obwohl im Pass sein Geburtsdatum gefälscht war, weil er schon früher unter falschem Geburtsdatum gereist war, um seine Jugend etwas mehr vom Kriegsbeginn wegzurücken, obwohl seine Identität, die Welt seines Herkommens, verschleiert worden war, um ausländischen Fahndern den Zugang zu seiner Vergangenheit nicht zu erleichtern, auch um konsequent jene Person wieder ins Geheimdienstgespräch zu bringen, die vor Jahren einmal in Böhmen die Fäden gezogen hatte, bis sie gerissen waren, obwohl also alles ganz hart an der Wahrheit war, aber nie ganz den Kern seiner Person traf, waren diese Briefe, die man seiner Brieftasche beigefügt hatte, echt. Sie stammten von seiner Mutter, die bald nach dem kühnen Sprung seines Erzeugers in reissendes heimatliches Gewässer ihrerseits über den Fluss gegangen war, der das scheinbar wirkliche Leben von dessen Verzerrung trennte. Da hatte sie während Jahren in einem sogenannten Nervensanatorium hoch über dem gelben Fluss, der seinen Vater verschlungen hatte, langsam ihren völligen Rückzug geplant und dann auch angetreten. Von der sogenannten offenen Abteilung hatte sie sich unmerklich beinahe in einem Prozess, der Monate gedauert hatte, in die geschlossene Abteilung geschmuggelt, war dann im Umweg über Zweier-, Dreier-, Vierer- und Fünferzimmer im Wachsaal gelandet, der rund um die Uhr unter Aufsicht stand, und als dann Sembritzki eines Tages, den dunkelroten Rosenstrauss in der Hand, Herbstduft in den Kleidern, auf dem Hügel über der Stadt aufgetaucht war, dreihundert Autobahnkilometer im Rücken, hatte er sie in einem schneeweissen Eisenbett vorgefunden, von feinmaschigem Draht umgeben, der jeden Fluchtversuch der geschwächten Patientin unmöglich machte. Sie hatte dagelegen und ihm einen mageren schneeweissen Arm aus schneeweissem Bett entgegengestreckt und ihn mit einem gellenden Schrei ans Gitter gezwungen. Da hatte er dann gestanden, wie vor einer Voliere, und hatte ihr verzweifeltes Geflatter abgewehrt, hatte immer wieder versucht, aus den Wörtern, die ihm entgegengeschleudert wurden, einen Sinn zu machen, und war dann endlich aus dem Raum geflohen. Mit einer Serie von Elektroschocks, die der ahnungslose Sembritzki mit seiner Unterschrift verantworten musste, hatten die Ärzte versucht, die Fliehende vor der völligen Erstarrung in der schleichenden Allerseelenwoche zu bewahren, sie mit brennenden Astern- und eiskalten Chrysanthemensträussen abwechslungsweise zu ködern, sie hinüberzuretten in die knisternde, flackernde Adventszeit. Aber diese Frau kam nicht, sie ging. Ab und zu griff sie noch zum Schreibzeug, fingerte in den lichten Augenblicken, in die man sie mit Gewalt hineingeschockt hatte, seitenlange Briefe aufs Papier, mit zitteriger, krakeliger Schrift. Ein paar jauchzende Schlenker im Schriftbild schienen noch einmal Freude an jenem Leben zu suggerieren, das die Herren im weissen Kittel für lebenswert halten mussten, hätten sie sie doch sonst wohl kaum mit vereinten elektrischen Kräften dahin zurückholen wollen. Aber die ärztliche Liebesmühe war umsonst gewesen. Die Frau widerstand mehrmals der geballten Voltladung und verabschiedete sich nach einem kurzen Besuch zu Weihnachten endgültig. Zwar dämmerte sie noch bis in den März hinein vor sich hin, knabberte ab und zu an einem Apfel, schlabberte Mus, schlürfte Tee. Dann gab sie auch diese Beschäftigungstherapie auf, und als Sembritzki zu Ostern – zurück aus Böhmen – auf dem Hügel auftauchte, ein paar Veilchen in der Hand, hatte sie sich schon leise davongemacht. Zurückgeblieben war nur eine faltige Hülle, die die Schwestern eine Weile lang noch mittels eingeführten Schläuchen und Sonden künstlich aufzupumpen versucht hatten. Aber die Alte hatte gesiegt. Über Volt, Vitamine und Zuckerlösung. Und jetzt, bereits im Anflug auf den Zürcher Flughafen, drehte Sembritzki das Briefbündel zwischen den Händen, zerbrach sich immer wieder den Kopf, wie die Geheimdienstleute in Pullach an diese Briefe herangekommen waren, die er selbst vorher gar nie zu Gesicht bekommen hatte. Sie hatten sie wohl zu jener Zeit abgefangen, als er in Böhmen an seinem Agentennetz herumflickte und nicht zusätzlich belastet werden sollte. Warum aber ausgerechnet jetzt diese anklagenden Äusserungen der Frau wieder auftauchten, die sich nach dem Tod ihres Mannes geweigert hatte, weiterzumachen, war ihm nicht ganz klar. Sicher, sie festigten zum einen seine Identität; andrerseits aber waren sie so etwas wie eine Fessel, eine Schlinge, die man in Pullach geknüpft hatte und ihm jetzt um den Hals legte. Da packte man ihn bei seinem Schuldgefühl, erinnerte ihn daran, dass er es gewesen war, der die Einwilligung für die Brutaltherapie mit Elektroschocks gegeben hatte.

Etwas hatte man in Pullach doch erreicht. Sembritzki schaffte es nicht, die Briefe einfach wegzuwerfen. Als die DC-9 in Zürich-Kloten aufsetzte, lagen sie wieder sorgfältig gebündelt in der Brusttasche seiner Lederjacke.

Sembritzki hatte in der Nacht seiner Rückkehr nach Bern darauf verzichtet, seine Wohnung auf fremde Spuren zu untersuchen. Man hatte seine Abwesenheit dazu benützt, ein paar Duftmarken zu setzen. Aber das kümmerte ihn im Augenblick nicht. Was ihm wichtig war, befand sich nicht in der Wohnung. Und er beabsichtigte nicht, Vertraute in seinen Räumen zu empfangen, um Intimitäten auszutauschen, die allenfalls mitgeschnitten werden könnten von irgendeinem Kerl mit Kopfhörern, der sich in seiner Nachbarschaft eingenistet hatte, oder von der Botschaft der UdSSR aus, die via Richtstrahl über ein angezapftes Relais in seine Telefongespräche hineinhorchte.

Als Sembritzki dann am Montagnachmittag seinen Welf aus dem Stall holen wollte, als er in die Sattelkammer ging, wo der Bauer, bei dem er sein Pferd in Pension hatte, auch die Futtervorräte aufbewahrte, Hafer für Sembritzkis Welf und die beiden Ackergäule, bemerkte er sofort, dass er nicht allein im verwinkelten Raum war. Er knallte die Tür zu, machte zwei, drei schnelle Schritte nach rechts, wo die Hafersäcke standen, duckte sich und wartete ab. Obwohl es hier stark nach Landwirt roch, hatte er das Gefühl, den Unbekannten erschnüffeln zu können.

«Gute Reflexe, Mister!»

«Mr. Nara?»

Sembritzki erkannte den asiatischen Tonfall sofort. Und jetzt wusste er auch, was er gerochen hatte, eine japanische Seife, deren Aroma ihn an die Lotosblüte erinnerte, obwohl er keine Ahnung hatte, ob Lotosblüten überhaupt dufteten. Er tastete nach dem Lichtschalter, aber der war von einer kleinen, kräftigen Hand abgedeckt. Sembritzki hatte nicht bemerkt, wie Nara, wenn er es überhaupt war, während Sembritzki sprach, den Standort gewechselt hatte.

«Nicht anzünden, Mr. Sembritzki! Wir unterhalten uns im Dunkeln. Nur ganz kurz. Solange es dauert, bis das Sattelzeug bereit ist.»

Der Mann sprach ein beinahe akzentfreies Deutsch. Einzig bei den Wörtern mit R kam er manchmal ins Lallen.

«Wann? Wo?»

Sembritzki hatte begriffen. Das war nur eine erste Kontaktnahme.

«Neuengasse fünf. Fünfter Stock. Fünf Uhr.»

Sembritzki musste lächeln über so viel Systematik. Aber das würde er mindestens nicht vergessen, und darauf hatte es Nara wohl auch abgesehen.

«Und wenn ich beschattet werde?»

«Spielt keine Rolle. Kommen Sie einfach. Schauen Sie sich nicht um. Sie haben nichts zu verbergen.»

Sembritzki lachte.

«Das sagen Sie!»

Nara kicherte jetzt auch, ein ganz spitzes kleines Tremolo. Noch spürte Sembritzki den Druck kräftiger Finger an seinem Oberarm, wunderte sich, dass die Türe zur Sattelkammer nicht wie sonst knarrte, als Nara hinausschlüpfte, aber bevor er dazu kam, all diese Signale zu deuten, war er schon allein im Raum. Er zündete das Licht an, schnappte sich schnell den Sattel und trat wieder hinaus auf den Hof, um wenigstens noch eine Spur von diesem mysteriösen Mr. Nara, dem Abgesandten des ebenso mysteriösen Herrn von Seydlitz, zu erhaschen. Aber weit und breit war kein Mensch zu sehen. Nur Brämi, der Bauer, trat jetzt aus der Scheune, schlurfte in seinen Holzpantinen über den Hof, nickte Sembritzki zu, fragte beiläufig, wie es ihm gehe, ohne dazu die krummstielige Pfeife aus dem Maul zu nehmen, und ging dann voran zum Stall, wo er schweigend Sembritzkis Welf von der Kette löste, ihn dann auf den Hof hinausführte und nach dem Sattel griff, der über Sembritzkis Schulter hing. Er warf ihn mit Schwung auf Welfs Rücken, zog die Gurte fest und nahm erst dann die Pfeife zwischen den Zähnen hervor.

«Sie waren weg?»

Sembritzki nickte und streifte dem Pferd das Zaumzeug über.

«Besuch aus Japan?»

Sembritzki stutzte.

«Warum?»

«Da war doch ein Japs, der auf Sie gewartet hat!»

Sembritzki schüttelte den Kopf.

«Sie müssen sich getäuscht haben!»

«Ich habe mich nicht getäuscht, Herr Sembritzki. Der Mann war in der Futterkammer.»

Sembritzki kannte die Sturheit Brämis. Was sollte er widersprechen.

«Mag sein, Brämi. Habe nichts gesehen!»

«Sie müssen ihn gesehen haben!»

«Der war vielleicht schon wieder weg!»

«Nein!» Brämi schüttelte den schweren, vierkantigen Kopf. «Der ging vor einer Minute weg. Und Sie haben ihn gesehen, Herr Sembritzki! Warum machen Sie ein Geheimnis daraus?»

Jetzt schaute er Sembritzki mit schiefem Grinsen ins Gesicht.

«Eine eigenartige Geschichte!»

«Das fand der deutsche Tourist auch!»

«Was für ein Tourist?»

«Was weiss ich? Er hat mich gefragt, ob ich ein Ross zum Reiten habe!»

«Hatten Sie wohl nicht!»

«Nein, hatte ich nicht. Der war wohl auch gar nicht wirklich daran interessiert. Sagte nur, er habe da doch einen Japaner auf den Hof gehen sehen. Habe sich wohl für Pferde interessiert. Und da habe er gedacht, er könne doch auch mal –»

«Wo ist der Mann jetzt?»

Brämi wies mit dem Daumen über die Schulter. «Ist zum Wald hinaufgegangen.»

«Und wie sah er aus?»

Sembritzki war misstrauisch geworden.

«Ach, wie alle Touristen.» Brämi rümpfte die Nase und schaute etwas angewidert drein.

«Klein? Gross? Alt? Jung?»

«Mittelgross. Nicht alt, nicht jung.»

Was sollte Sembritzki damit anfangen? Und was würde es helfen, wenn er mit Suggestivfragen nachhalf?

«Haare?»

«Haare wie alle. So zwischen braun und schwarz und dunkelblond.»

«Glatze?»

«Haare, keine Glatze. Nur vorn, da war nicht mehr alles da.»

«Also eine Stirnglatze!»

«Stirnglatze? Was soll das heissen?»

«Hohe Wangenknochen?»

Sembritzki zeigte auf Brämis Lederhaut unterhalb der Augen. Brämi dachte angestrengt nach. Er hätte wohl ohne Weiteres eine braun gefleckte Simmentaler Kuh von der andern unterscheiden können, aber bei Menschen machte er kaum Unterschiede. Die hatten keine Flecken und keine Zeichnung auf der Haut.

«Sie meinen so wie ein –»

Wieder dachte Brämi nach.

«Wie ein Tatar!»

Brämi strahlte.

«Ja, wie ein Tatar. Habe doch so krummäugige Kerle im Fernsehen gesehen. ‹Der Kurier des Zaren!›»

Sembritzki war froh, dass er Brämi auf dem Umweg über das Fernsehen zu einem halbwegs brauchbaren Signalement verholfen hatte. Und wenn auch der Ausdruck krummäugig nicht ganz adäquat war, so zweifelte Sembritzki keinen

Augenblick daran, dass der Pfeife rauchende Freund und Schatten wieder aktiv geworden war.

Sembritzki genoss den Ausritt mit seinem Pferd nicht, das sich wild gebärdete und nur schwer zu kontrollieren war. Aber das hing wohl auch damit zusammen, dass er nicht bei der Sache war. Er gab es denn auch schon nach einer knappen Stunde auf, ritt zu Brämis Hof zurück und lieferte dort seinen Welf schweigend ab. Brämi war es auch nicht mehr ums Sprechen, hatte er sich doch an diesem Tag schon zu sehr verausgabt, hatte gewissermassen seinen ganzen täglichen Wortvorrat auf einmal verschossen.

Um vier war Sembritzki in der Stadt, bummelte unter den Lauben, verbrachte eine halbe Stunde in einer Buchhandlung, wo er sich endlich einen roten Baedeker-Reiseführer über Prag kaufte, und war dann pünktlich vor dem schmalen, unscheinbaren Eingang an der Neuengasse 5. Er hatte keinen Verfolger ausmachen können, hatte sich aber dabei auch keine spezielle Mühe gegeben. Er benützte den Lift. Im fünften Stock stieg er aus, schaute sich um, sah dann an einer der Türen das schwarze Schild mit den goldenen Buchstaben: «Dr. med. dent. René Berger. Sprechstunden nach Vereinbarung, ausg. Samstag.»

Sembritzki lächelte anerkennend. Keine schlechte Tarnung! Er klingelte. Eine ausgesprochen adrette kleine Thailänderin strahlte ihn an.

«Sie sind angemeldet?»

Sembritzki nickte und lächelte zurück. Er verstand die Vorliebe seines Freundes Seydlitz für die Söhne und Töchter Siams immer besser.

«Herr Sembritzki?»

Zwar sagte sie eigenartigerweise «Semblitzki», so wie die Japaner, aber das war wohl auf Naras Freundeskreis zurückzuführen. Seimbritzki trat in einen weiss gestrichenen Korridor, wo eine ganze Reihe naiver Bilder aus Jugoslawien hingen, Generalic Vater und Sohn und noch ein paar andere, die er nicht zu identifizieren vermochte. Es roch authentisch nach Zahnarzt und es tönte auch authentisch, es sirrte aus dem Sprechzimmer, dazwischen hörte man gedämpfte Musik, das Gurgeln des Absaugeröhrchens und ab und zu das scharfe Geräusch, wenn frisches Wasser ins Glas schoss.

«Darf ich Sie bitten, einen Augenblick lang Platz zu nehmen. Der Herr Doktor kommt gleich.»

Sie trippelte auf ihren kurzen, aber geraden Beinen davon und öffnete die Türe am Ende des Ganges: Wartezimmer. Sembritzki trat ein, sah sich um in zartrosafarbener Umgebung. Da fehlte wirklich nichts. Nicht die Frauenzeitschriften auf dem Glastischchen, nicht abgegriffene Ausgaben der Kunstzeitschrift *du*, nicht *Die Schweizer Illustrierte*. Er setzte sich auf einen weissen Millerstuhl, griff sich die *Schweizer Illustrierte* und wartete. Schon nach fünf Minuten ging eine Verbindungstür zum Sprechzimmer auf. Da stand lächelnd, breitschultrig, mit glänzendem, hingepflastertem schwarzem Haar und goldblitzendem Gebiss der Mann aus dem Land der aufgehenden Sonne.

«Mr. Nara?»

Der Japaner lächelte noch immer, verneigte sich jetzt mit auf den Oberschenkel aufgestützten Händen seinerseits.

«Mr. Sembritzki? Darf ich Sie bitten?»

Sembritzki ging an Nara vorbei und betrat einen völlig verdunkelten Raum, der nur von einer Halogenlampe erleuchtet war. Aber wie! Wie im Filmstudio! Das Zimmer war schneeweiss gestrichen. Schwarze Samtvorhänge verhüllten die beiden Fenster. Zwei Lautsprecherboxen vermittelten echte Zahnarztatmosphäre, gaben all die Geräusche von sich, die Sembritzki zuvor draussen gehört hatte. Die Mitte des Raumes nahm ein rechteckiger, weiss gestrichener Holztisch ein. Darum herum standen sechs steiflehnige weisse Stühle. In der einen Ecke des Raums waren vier niedrige Hocker um einen runden niedrigen Marmortisch gruppiert. Daneben an der Wand stand ein weisses Schränkchen, wohl eine Bar. Die andere Wand war von einem gewaltigen eibenholzfarbigen Schrank besetzt. An der dritten Wand war ein schwarzes Brett befestigt, auf dem sich eine Sammlung von Bonsaipflanzen präsentierte.

«Bitte, nehmen Sie Platz, Herr Sembritzki.»

Er komplimentierte ihn zur niedrigen Sitzgruppe, ging dann zum kleinen Schränkchen, öffnete es, angelte sich eine Flasche mit Malzwhisky und stellte sie lautlos vor Sembritzki auf den Tisch. Dann zauberte er eine Schachtel mit Zigarillos auf den Tisch und setzte sich dann, nachdem er noch Gläser geholt hatte, Sembritzki gegenüber.

«Ja, ich bin Nara.»

Die Bestätigung kam spät.

«Ein Freund von Seydlitz?»

Nara nickte strahlend. «Was für ein Mann!»

Sembritzki konnte sich das Zweigespann Nara–Seydlitz nur schwer vorstellen. Aber an dieser Beziehung gab es wohl nichts zu rütteln.

«Ja, was für ein Mann!», antwortete Sembritzki gehorsam, obwohl ihn die Betonung auf «Mann», angesichts der Tatsache, dass er es gewesen war, der mit Wanda geschlafen hatte, etwas störte. Und während er daran dachte, ärgerte er sich über sich selbst, dass auch für ihn der Mann nur immer durch seinen Schwanz identifizierbar war. Aber er kam nicht dazu, diesen beschämenden Gedanken weiterzuspinnen. Nara kam, nachdem er die Gläser gefüllt und auch noch Eis hinzugefügt hatte, sofort zur Sache.

«Uns bleiben noch zehn Tage, Herr Sembritzki. Das ist nicht viel!»

Sembritzki nickte. In zehn Tagen, am 5. April, würde er nach Prag fliegen. Einen Tag darauf begann der Kongress. Dann würde er Eva wiedersehen. Und Prag. Und Böhmen. Er zog die Luft ein, tief, ganz tief, und stiess sie dann schnell und hörbar wieder aus.

Nara kicherte seine Koloratur.

«Nervös, Mr. Sembritzki?»

«Ein wenig. Ich bin aus der Übung!»

«Dem kann man abhelfen!»

«Haben Sie denn so viel Zeit für mich?»

Nara kicherte wieder.

«Ich bin für sie freigestellt!»

Er nippte an seinem Glas, während Sembritzki einen Zigarillo aus der goldenen Schachtel klaubte und dann zwischen die Lippen steckte.

«Offiziell oder inoffiziell?», fragte er jetzt noch.

Wieder kicherte Nara und verschluckte sich beinahe an einem Eisstück, das er zwischen den Lippen balancierte.

«Alles ist offiziell, was ich mache. Und alles, was offiziell scheint, ist inoffiziell. Ich bin als Berater in technischen Fragen bei der thailändischen Botschaft angestellt. Daneben bin ich Besitzer dieser Zahnarztpraxis – ganz inoffiziell selbstverständlich!»

«Die Praxis Dr. Berger existiert wirklich?»

«Sie existiert von Dienstag bis Donnerstag inoffiziell. Offiziell existiert sie von Montag bis Freitag. Zwei Tage gehören mir. Und meinen Arbeitgebern!»

«Wer sind Ihre Auftraggeber?»

«Die Freunde Thailands, Mr. Sembritzki!»

«Und Dr. Berger existiert wirklich?»

«Natürlich. Schweizer Zahnarzt mit Diplom. Mit akademischen Ambitionen. An zwei Tagen in der Woche schreibt er an seiner Habilitation für die Universität Bern.»

Sembritzki nickte. Perfekt eingefädelt.

«Trinken Sie aus, Mr. Sembritzki. Die Zeit ist knapp.»

Was auch immer Nara mit ihm vorhaben mochte, der Mann hatte Klasse. Sembritzki trank aus und lehnte sich dann, die Hände um das rechte Knie geschlungen, Zigarillo kauend zurück.

«Mr. Sembritzki, wie gut beherrschen Sie die Kunst der drahtlosen Übermittlung noch?»

«Ich bin aus der Übung, Mr. Nara.»

«Hundertzwanzig, hundertdreissig Zeichen?»

Sembritzki lächelte traurig. Diese Fingerfertigkeit, die er bei den professionellen Funkern immer so bewunderte, hatte er sich selbst nie aneignen können.

«Siebzig, vielleicht achtzig Anschläge!»

Nara schüttelte den Kopf.

«Das ist sehr wenig, Herr Sembritzki. Wir werden das Doppelte hinkriegen müssen!»

«Hundertsechzig Zeichen in der Minute! Das schaffe ich nicht, Mr. Nara!»

«Sie haben keine Wahl, wenn Sie überleben wollen. Sie werden üben, Mr. Sembritzki. Tag und Nacht. Das ist wie ein Achthundertmeterlauf! Haben Sie Sport getrieben?»

«Reiten!»

«Ich weiss. Kein Leistungssport?»

«Ist Reiten kein Leistungssport?»

«Kein Hochleistungssport, bei dem der Organismus des Athleten aufs Höchste beansprucht wird! Mr. Sembritzki, Sie werden in zehn Tagen lernen, wie man in ein bis zwei

Minuten alle Konzentration, alle Kraft nur auf zwei Körperteile konzentriert. Auf den Kopf und Zeigefinger und Mittelfinger Ihrer rechten Hand!» Und als ob er das, was er gesagt hatte, illustrieren müsse, ballerte er mit seinem gelben Zeigefinger auf die Tischplatte, in einer Kadenz, die einem Specht alle Ehre gemacht hätte. Sembritzki schaute bewundernd zu.

«Tolles Tempo, Mr. Nara. Aber entscheidend ist wohl, dass man nicht nur klopft, sondern gleichzeitig Zeichen übermittelt!»

«Das habe ich getan! Wollen Sie hören?»

Und er drückte auf einen unsichtbaren Knopf, und schon schnurrte die Tischplattenmeldung über Lautsprecher noch einmal ab, und während jetzt auch Sembritzki einen Rhythmus heraushören konnte, übersetzte Nara gewissermassen simultan: «Mr. Sembritzki, Sie werden innerhalb von zehn Tagen Ihre Kadenz um das Doppelte steigern. Sie werden Chiffrieren und Dechiffrieren perfekt beherrschen. Sie werden als perfekter Nahkämpfer und Schütze nach Böhmen fahren und von dort aus mit Herrn von Seydlitz in München Kontakt aufnehmen, so lange, bis Ihre Mission erfüllt ist.»

Lächelnd und stolz lehnte sich Nara gegen die Wand, streichelte die Lautsprecherbox, als ob sie als gelehriger Schüler jene Kadenzsteigerung geschafft hätte, die man von Sembritzki erwartete, und säuselte dann: «Beginnen wir!»

«Warten Sie es ab, Mr. Sembritzki. Die Konzentrationsfähigkeit und die Fingerfertigkeit sind das Wichtigste. Denken Sie daran: Sie haben höchstens zwei Minuten Zeit, um Ihre Meldung durchzugeben. Das sind im Maximum dreihundertzwanzig Zeichen. Das sind umgerechnet etwa fünf Schreibmaschinenzeilen zu sechzig Anschlägen. Das ist wenig Text. Und Sie stehen unter zunehmender Belastung.

Mit jedem Anschlag wächst die Gefahr, dass Sie geortet werden.»

«In zwei Minuten schaffen die es nicht, mich zu orten.»

Nara schaute Sembritzki mit leisem Spott in den Augenwinkeln an. «Wir sind nicht mehr im Zweiten Weltkrieg, Mr. Sembritzki. Kennen Sie diese Fussballfelder voll von Antennen? Ein ganzer Wald, der innerhalb von Sekundenbruchteilen Dutzende von Frequenzen überwachen und auf ein bestimmtes Merkmal hin abhören und auch lokalisieren kann.»

«In der ČSSR gibt es diese Peilanlagen noch nicht.»

«Da wäre ich mir nicht so sicher. Es gab sie vor ein paar Jahren noch nicht, Mr. Sembritzki. Unterdessen hat auch der Ostblock aufgeholt. Die Zeiten, als noch Autos mit Peilantennen durch die Gegend fuhren, sind vorbei. Ich werde überprüfen lassen, ob wir Neuigkeiten aus der ČSSR haben, was Peilanlagen betrifft.»

Nara stand auf, ging zum Schrank, holte einen kaum zwanzig Zentimeter hohen schwarzen Kasten heraus und stellte ihn vor Sembritzki auf den Tisch.

«Kennen Sie dieses Modell?»

Sembritzki schüttelte den Kopf.

«Ich habe mit grösseren Funkgeräten gearbeitet und mit separater Taste!»

«Tut nichts, Mister Sembritzki. Sie werden auf der thailändischen Botschaft in Prag ein solches Gerät bekommen.»

Sembritzki war beeindruckt. Nara war ein mit allen Wassern gewaschener Organisator. Ein Perfektionist dazu.

«Hier der Kanalschalter, Sie haben die Möglichkeit, die Frequenz bei jeder Kontaktaufnahme zu wechseln. Ihre Spannweite liegt zwischen 3,0 und 8,0 Megahertz.»

«Auf drei Stellen nach dem Komma?»

«Sehr gut, Mr. Sembritzki. Alles haben Sie nicht vergessen. Wir werden ein auch für Seydlitz verbindliches System erarbeiten. Genaue Sendezeiten. Abwechselnd Empfang und Sendung. Und dann die Alternativfrequenzen, wenn eine Frequenz von einem fremden Funker bereits besetzt sein sollte. Sie werden all das auswendig lernen, Herr Sembritzki. Keine Notizen. Einzig das Codebuch dürfen Sie mit sich tragen. Haben Sie einen Vorschlag?»

«Vielleicht das Geburtsstundenbuch des Martin Pegius?»

Aber Nara schüttelte den Kopf.

«Ich habe davon gehört, Mr. Sembritzki. Ich habe auch darin gelesen.»

«Sie sind informiert, Mr. Nara.»

«Das gehört zu meinem Beruf, Mr. Sembritzki.» Nara lächelte. Dann ratterte er wie eine Maschine des verblichenen Martin Pegius Sätze in den sterilen Raum: «Unsäglich ist's, inn welche ubergrosse herzligkeit Gott der Herr seinen geschaffnen Menschen gesetzet und mit seiner göttlichen Lehr seines gefelligen willens erleuchtiget hatte. Dann er jene nicht in die verborgene helle Erde eingeschlossen, sonder auff die freye sichtige Kundtlichkeit der Erdkugel scheintlich gestellt ...»

Sembritzki, dem die Kanonade des Asiaten im Innersten wehtat, winkte ab. Da trafen asiatischer und europäischer Geist in gewaltiger Kollision aufeinander.

«Ich bewundere Sie, Mr. Nara. Und ich bin geschmeichelt, dass Sie sich für Astrologie interessieren.»

«Ich interessiere mich überhaupt nicht für Astrologie, Mr. Sembritzki», wieherte Nara. «Ich interessiere mich für Sie, weil ich mich für Sie verantwortlich fühle. Selbst wenn ich Sie – verzeihen Sie mir – für einen weltfremden Menschen halte.» Nara war aufgestanden und verbeugte sich jetzt leicht vor Sembritzki. «Sie sind für den Geheimdienst verloren, lieber Mister. Sie operieren noch immer mit Methoden, die hoffnungslos veraltet sind. Ich weiss, ich weiss», winkte er ab, als Sembritzki Luft holte, «Sie allein können dieses Netz in der Tschechoslowakei wieder flicken. Darum ist ja auch die Wahl auf Sie gefallen. Und ich werde mir alle Mühe geben, dass Sie, lieber Mr. Sembritzki –» er verbeugte sich von Neuem – «nicht vor die Hunde gehen.»

Jetzt setzte er sich wieder. Der aufgeklärte Nachfolger der Samurai griff zum Whiskyglas statt zur Teetasse und leerte den gesamten Inhalt des Glases in einem Zug.

«Also Pegius ist als Code nicht geeignet?»

«Zu naheliegend, Mr. Sembritzki. Da wissen all Ihre Gegner Bescheid. Das ist Ihr ureigenstes Gebiet. Ich habe – Sie verzeihen – einen andern Vorschlag.» Wieder erhob sich Nara und verbeugte sich leicht. Auf seinen maskenhaften Zügen tauchte ein verlegenes Lächeln auf, aber nur ganz schnell.

«Ich schlage Ihnen vor, dass Sie die Briefe Ihrer verehrten Frau Mutter als Code benützen.»

Sembritzki war sprachlos. Die Schlinge, die der BND geknüpft hatte, zog sich enger.

«Mr. Nara, ich möchte Ihre Kompetenz nicht infrage stellen. Nur, der Vorschlag, die Briefe meiner Mutter als Codegrundlage zu benützen, scheint mir – abgesehen von der Geschmacklosigkeit – auch insofern zweifelhaft, weil ich diese Briefe ja gerade vom BND zugesteckt bekommen habe. Und ich möchte verhindern – ich und Seydlitz –, dass der BND Zugang zu meinen Meldungen hat, was doch naheliegend ist, wenn Pullach über die Briefe Bescheid weiss.»

Aber Nara zeigte sich unbeeindruckt.

«Mr. Sembritzki, ich bitte Sie, Vertrauen zu uns zu haben. Die Briefe in Ihrer Brieftasche stammen nicht vom BND!»

Sembritzki hatte sich jetzt ebenfalls erhoben und schaute auf seinen Lehrer und Peiniger herab.

«Woher sind die Briefe, Mr. Nara?»

«Von Ihrem Freund!»

«Von Seydlitz?»

Nara nickte sonnig. Er füllte sein Glas von Neuem, zauberte einen Eiswürfel hinein und trank.

«Seydlitz ist ein Profi, Mr. Sembritzki. Sie haben vom BND Briefe von Ihrer Mutter bekommen, die gefälscht waren. Man hat gehofft, Sie würden ebendiese Briefe als Code benützen, weil sie unauffällig sind. Kein Buch. Nichts Bekanntes. Etwas ganz Privates. Hätten Sie die Briefe genau angeschaut, hätten Sie festgestellt, dass sie so abgefasst waren, dass sie ein ausgesprochen leicht zu handhabendes Codemuster abgegeben hätten.»

«Wo sind jetzt diese Briefe?»

«Bei Herrn von Seydlitz. Er hat sie gegen die authentischen Briefe Ihrer Mutter vertauscht.»

«Und woher hatte er die?»

«Ein gewisser Herr Bartels hat sie damals abgefangen, als Sie, mein lieber Herr Sembritzki, in der Tschechoslowakei waren. Er hat sie dann an Herrn von Seydlitz weitergegeben.»

Sembritzki fühlte sich einmal mehr als Figur in einem grossen Spiel, in dem alle, die beteiligt waren, mehr zu wissen schienen als er selbst.

«Sie verzeihen uns, Herr Sembritzki. Die Leute im BND erwarten, dass Sie die falschen Briefe als Code benützen. Wenn Sie die richtigen benützen, die nur Seydlitz kennt, kommt ihr ganzes Dechiffriersystem ins Schwimmen.»

Das war einleuchtend. Und trotzdem war es Sembritzki zuwider, dass seine eigene Vergangenheit in die Gegenwart hineintransplantiert wurde, dass man seine Schuldgefühle konservierte wie eine Mumie.

«Hier ist die Buchse für den Kopfhörer, Mr. Sembritzki.»

Nara holte Sembritzki brüsk aus seinem Ausflug ins Nervensanatorium zurück. «Das ist der Regler für die Lautstärke, und diese beiden kleinen eingebauten Tasten ersetzen Ihr separates Morsemonstrum aus dem Zweiten Weltkrieg. Da ist der Anschluss für die Antenne. Mehr als zwanzig Meter brauchen Sie nicht, Mr. Sembritzki, Sie können es auch mit weniger schaffen. Werfen Sie einen Trafodraht über einen Baum oder senden Sie von einer Wohnung aus. Aber wechseln Sie jedes Mal den Standort.»

«Ich nehme an, dass ich beobachtet werde, Mr. Nara.»

Für diese Bemerkung hatte Nara nur ein mitleidiges Lächeln übrig. Er zog seinen drachengeschmückten dunkelblauen Schlips mit energischer Bewegung straff, erhob sich und ging wieder zum Schrank. Über die Schulter sagte er: «Unser Freund Seydlitz hat es schwerer als Sie, mein Lieber. Beim BND wird man bald herausbekommen, dass von Prag aus Funksprüche mit Zielort München gesendet werden. Und es ist dann auch naheliegend, dass Seydlitz der Empfänger ist.»

«Sie haben kein Vertrauen in Wanda Werner?»

Nara drehte sich um, eine schwarze Kiste in der Hand.

«Wanda Werner? Sie ist durch eine gute Schule gegangen. Sie ist ein Profi, Mr. Sembritzki. Nicht wie Sie! Verzeihen Sie!»

Sembritzki hatte immer mehr das Gefühl, dass ihn Nara nicht ernst nahm, und das ärgerte ihn mehr, als er sich zugeben wollte.

«Mr. Nara, ich nehme an, dass Sie nicht bemerkt haben, wie Sie heute Vormittag beschattet wurden?»

War das Sembritzkis Versuch, sich zu rächen? Aber Nara kicherte nur. «Sie meinen den Herrn mit der Stirnglatze und der blauen Lederjacke? Und den hohen Wangenknochen?»

Sembritzki war perplex. Vor allem, dass sich die Beschreibung so genau mit seiner deckte. Nara hatte anscheinend überall Augen.

«Sie haben ihn gesehen?»

Naras Haut glänzte im Licht der Halogenlampe. Eine Perle schillerte auf seiner Krawatte.

«Nein, Mr. Sembritzki. Ich habe ihn nicht gesehen. Aber ich habe Ihrer Unterhaltung mit dem Bauern zugehört.»

«Sie sind nicht weggegangen?»

«Weggegangen bin ich. Aber ich bin zurückgekommen.»

Jetzt schwieg Sembritzki. Nara war ein Phänomen. Und er wusste jetzt auch, was Nara scheinbar so unverletzlich machte. Er war ein Mann ohne Bindungen, ohne Leidenschaft, ohne jene narzisstischen Züge, die blind machten für gewisse Situationen.

«Kennen Sie Go?»

Sembritzki wunderte nichts mehr. Er kannte dieses viertausend Jahre alte Brettspiel und hatte es auch bei seinen häufigen Besuchen bei Seydlitz gespielt. Mit der Zeit hatte er es darin auch zu einer gewissen Fertigkeit gebracht, hatte seinen intellektuellen Gegner, den kalten Denker Seydlitz mehrmals geschlagen, dies nicht dank seiner strategischen Fähigkeiten, auch nicht dank mathematischen Denkens, sondern eher aufgrund seiner Intuition, dank eines in unzähligen Agenteneinsätzen geschulten Instinkts, der es ihm ermöglichte, jeder Situation blitzschnell zu begegnen. «Ich habe es schon einige Male gespielt», untertrieb Sembritzki.

«Fein», lächelte Nara. «Dann werden wir in diesen Tagen die dreihundertzweiundsechzig Steine in Bewegung setzen.

Jeden Tag ein paar Züge. Sodass am zehnten Tag die Partie zu Ende ist.»

«Keine Gelegenheit zu einer Revanche?»

«Keine, Mr. Sembritzki. Totale Niederlage oder totaler Sieg.»

«Und warum ein Spiel in Raten?»

«Gedächtnisschulung! Sie nehmen eine strategische Stellung mit sich nach Hause. Sie brüten eine Nacht darüber. Sie versuchen, sich immer wieder die Positionen einzuprägen. Beginnen wir!»

Nara holte das mit den neunzehn senkrechten und waagerechten Linien überzogene Brett aus dem Schrank und legte es auf den Marmortisch. Dann hielt er, nach einem schnellen Griff in die Schachtel, Sembritzki seine beiden geschlossenen Hände hin.

«Wählen Sie, Mr. Sembritzki!»

Sembritzki hörte den spöttischen Unterton in Naras Stimme. Und instinktiv reagierte er auch sofort, indem er mit einer scheinbar unkontrollierten Bewegung seines rechten Armes den Funkapparat anstiess, sodass dieser bedrohlich ins Wanken geriet. Jetzt zeigte Nara zum ersten Mal Nerven. Er griff blitzschnell zu, konnte dabei aber nicht verhindern, dass die beiden Steine in seinen Fäusten auf den Tisch kollerten.

Es waren zwei schwarze Steine.

Sembritzki, der Naras Demaskierung lächelnd zugeschaut hatte, griff sich die beiden schwarzen Steine und hielt sie seinem Gegner hin. War es Erstaunen, Anerkennung? Hass? So genau konnte Sembritzki den Ausdruck in Naras Augen nicht deuten. Aber eines war sicher: Nara würde ihn jetzt endlich ernst nehmen!

«Wir spielen nicht unter gleichen Voraussetzungen, Mr. Nara!»

Nara erhob sich lächelnd, verneigte sich leicht und sagte sanft: «Ich bitte um Verzeihung, Mister Sembritzki. Ein Versehen!» Und dann, nachdem er sich wieder gesetzt hatte: «Gut pariert, Mr. Sembritzki! Setzen Sie den ersten Stein!»

Sie brüteten während einer halben Stunde über ein paar Zügen. Dann verliess Sembritzki Naras Go- und Funkerpraxis. Es zog ihn aber nicht sofort nach Hause. Ein lauer Wind war aufgekommen. Eiger, Mönch und Jungfrau, rot und postkartengerecht, präsentierten sich von der Bundeshausterrasse aus zum Greifen nah. Eher zurück hielt sich Sembritzkis neuer Beschatter. Man versuchte also eine neue Nummer. Man? Wer? Seine Kollegen vom BND, die ihm nicht trauten? Das andere Lager? Ein Mann vom KGB oder vom tschechischen STB? Sembritzki würde in der nächsten Zeit wieder damit leben müssen.

Der neue Mann war jung und sportlich. Kurzgeschorenes Haar. Karierter Pullover. Harristweedjackett. Manchesterhose sandfarben. Und er gab sich lässig. Er sass auf einer Parkbank und las den Berner Bund. Und in sinnvollem Rhythmus drehte er die Seiten. Da war mehr System dahinter als beim Coburn-Double in Pullach.

Sembritzki lehnte am Geländer und starrte in die Tiefe, wo die Aare wie eine blaugrüne Girlande im schmalen Bett lag. Jetzt, da er sie von weit oben sah, fehlte ihm das Rauschen, das ihn in seiner Wohnung unten am Fluss tagsüber anregte und nachts in den Schlaf lullte. War es nur die Erinnerung an den Fluss in seiner Geburtsstadt, die ihn an Bern fesselte, das ihm im Grunde genommen mit seiner Behäbigkeit, seiner kleinstädtischen Enge doch fremd geblieben war? Da vermochten nicht einmal die ausländischen Botschaften Weite zu suggerieren. Und auch die Handlanger irgendwelcher Geheimdienste wurden plötzlich zu harmlosen Schnüfflern. Ohne sich nach seinem Beschatter umzudrehen, stieg Sembritzki langsam und gemächlich zum Fluss hinunter. Er dachte an Stachow, der heute begraben wurde. Mit viel Pomp und Reden. Ein Eichensarg, silberbeschlagen vielleicht, der unter Narzissen, Tulpen und Osterglocken in der Aussegnungskapelle des Münchner Waldfriedhofs versteckt lag. Das Ganze eine gut inszenierte Show, in welcher noch einmal das Leben eines treuen Staatsangestellten heraufbeschworen wurde, ein Leben, das in der Verkürzung mit einem Male lebenswert erscheinen würde, eine Folge von Ereignissen, die die Trauergemeinde, diskret überwacht von ein paar Abwehrmännern, in ihren schwarzen Anzügen mit den zu kurz gewordenen Ärmeln, die Daumen in den Hosenbund verhakt, mit Kopfnicken die einen, mit erstauntem Ausdruck die andern, wenige mit Trauer im Gesicht, konsumieren würde. Was war da wohl musikalisch zu erwarten? «Ich hatt' einen Kameraden» oder «Jesu, meine Freude»? Der Polizeichor? Die Bundeswehrkapelle? Offiziell würde man ja nicht erfahren, dass Stachow ein Mann der Abwehr gewesen war. Und so würde er endgültig abgehen, in sein Geheimnis gehüllt, einen Lebenslauf zurücklassend, der nichts mit seinem wirklichen Leben zu tun hatte, so falsch wie alles, was da geblasen, gesungen und an Trauer demonstriert wurde.

Kaum hatte Sembritzki seine Wohnung betreten, klingelte auch schon das Telefon. Es hätte ihn nicht gewundert, wenn seine Pullacher Freunde ihn auf diese Weise an ihre Allgegenwart erinnert hätten. Es war aber Claudine, eine Französin, die ihn in regelmässigen Abständen daran erinnerte, dass sie zu haben war. Sembritzki überlegte. Sie würde ihn in seinem Vorbereitungsprogramm stören. Dass sie schön war und eigentlich zu jung für ihn – erst sechsundzwanzig – und trotz ihrer Offenheit in Bezug auf männliche

Bewunderung eine eigenartige Treue zu Sembritzki kulti-
vierte, die ihm nicht ganz geheuer war, brachte ihn immer
wieder aus dem Konzept. Er hatte es sich, je älter er wurde,
zur Gewohnheit gemacht, festen Bindungen aus dem Weg
zu gehen. Aus Selbstschutz vielleicht, denn je grössere Perioden in seinem Leben mit Gefühlen belegt waren, die endlich
doch versickerten oder auch brutal abgewürgt wurden, desto
kleiner wurden jene Lebensabschnitte, in denen er nur er
selber war. Seine Unfähigkeit zu tieferen Bindungen beruhte
auf seiner Angst, wenn diese einmal zu Ende gingen, wieder
ein Stück Leben verloren zu haben.

«Nein, Claudine! Heute nicht. Ich muss arbeiten!» Und
als er das sagte, sah er sie vor sich, mit Pagenschnitt, grossen
braunen Augen und den Grübchen auf den Wangen, wenn
sie lächelte. Aber jetzt lächelte sie nicht. Jetzt war sie wütend.

«Du bist ein Feigling! Du stehst nicht zu deinen Gefühlen. Du drückst dich vor jeder Konfrontation!»

«Ich drücke mich. Das ist richtig», antwortete er und
hängte auf. Dann sass er neben dem Telefon, wütend auf
sich selbst und unglücklich. Wenn er so auch nicht zum
Gefangenen seiner Gefühle wurde, blieb er doch ein Gefangener seiner Unfähigkeit, Gefühle zu investieren. Und wenn
er jetzt an Prag dachte, wo Eva wohnte, dann packte ihn die
Angst, dass er jetzt, wenn er wieder dorthin fahren würde,
dieses letzte intakte Stück Leben in der Vergangenheit auch
noch zertrampeln könnte, dass sein Leben nur noch eine
Folge von Niederlagen sein könnte.

Er wurde sich erst gegen Mitternacht bewusst, als er das
so oft gefüllte Weinglas endgültig beiseiteschob, den Mini-
sensor, in dessen sture Programme er sich verkrallt hatte, in
die Ecke geschmissen und die Briefe seiner Mutter mit der
Flasche beschwerte, dass er wie der gichtgeplagte Wallen-

stein eine ganze Flasche Veltliner geleert hatte. Er fühlte sich schlecht, unfähig, Entschlüsse zu fassen, traurig. Wie hätte er schlafen können! Er zog seine Lederjacke an und ging hinaus in die sternenklare Frühlingsnacht.

Die Aare gurgelte unter ihm, als er über die schmale Eisenbrücke ging. Er hatte vor ein paar Stunden Claudine zurückgestossen, hatte eine Chance nach Nähe ausgeschlagen und war jetzt in der Nacht unterwegs, sehnsüchtig nach der Gegenwart eines Menschen, einer Frau, irgendeiner Frau, die er flüchtig hätte berühren mögen, küssen und dann wieder verlassen. Aber da stand keine Frau auf der andern Seite des Steges. Da stand Nara, sein freundschaftlicher Schatten.

«Go, Mr. Sembritzki?»

Das konnte beides heissen, so wie es der Japaner aussprach. «Geh» und «Go-Spiel». Für Sembritzki hatte es doppelte Bedeutung, und er ging denn auch grusslos weiter, bestieg hundert Meter weiter unten das Taxi, das mit brummendem Motor auf ihn zu warten schien.

«Neuengasse 5», murmelte Sembritzki. Der Fahrer schien gar nicht hinzuhören. Er wusste Bescheid und fuhr schweigend los. Im Rücken hörte Sembritzki ein Motorrad knattern. Der wackere Samurai hatte sich wohl auf sein Streitross geschwungen.

Als das Taxi in die Neuengasse einbog, sah Sembritzki Naras Schatten unter den Arkaden. Aber der Taxifahrer hielt nicht an, sondern fuhr weiter, kurvte um Berns Patrizierecken, fuhr am Bundeshaus vorbei, passierte den Bubenbergplatz, kehrte zurück zum Berner Hauptbahnhof, wo er Sembritzki wie einen Reisenden, der den letzten Zug erwischen wollte, aussteigen liess.

«Gute Reise», grinste der Fahrer und wehrte Sembritzkis Zahlungsversuch mit einer fahrigen Geste ab. Sembritzki mischte sich unter die Reisenden und vielen Fremdarbeiter, die schnorrend und gestikulierend in der Bahnhofsgruft standen, bestieg einen Zug nach Zürich, verliess ihn drei Wagen weiter hinten wieder, tauchte in die Unterführung, kam über die Rolltreppe wieder unter freiem Nachthimmel an, sog tief die kühle Luft ein und langte endlich nach ein paar weiteren Arabesken vor dem Haus Neuengasse 5 an.

«Willkommen, Mr. Sembritzki!»

Nara stand im weiss gestrichenen Korridor mit den naiven Jugoslawen an den Wänden.

«Sie funktionieren gut, Mr. Sembritzki!»

Sembritzki schaute den Japaner verwundert an. Er weigerte sich, ein mechanisches Teil in dessen Maschinerie zu sein. Oder in der Maschinerie, von der auch Nara wiederum nur ein Teil, vielleicht eine Relaisstation war.

«Ich funktioniere nicht, Mr. Nara. Ich konnte nicht schlafen, das ist alles!»

«Aha, Intuition!», kicherte Nara. Und wieder schwang der verächtliche Unterton mit.

«Sie scheinen für Intuition nichts übrig zu haben?»

«Logistik!»

«Hat das Go-Spiel mit Intuition nichts zu tun?»

Nara schaute Sembritzki lange und schweigend an. Dann schüttelte er den Kopf.

«Das verstehen Sie als Europäer nicht, Mr. Sembritzki. Sie nennen das Gefühl. Bei uns ist das eine Philosophie. Und Philosophie und Intuition ist nicht dasselbe. Philosophie hat mit Logik zu tun.»

«Aber nichts mit Logistik!»

Jetzt drehte sich Nara auf dem Absatz um und öffnete die Türe zu dem Raum, in dem sie sich am Nachmittag unterhalten hatten. Aber diesmal sah alles ganz anders aus. Der

Marmortisch war verschwunden, auch die vier niedrigen Hocker, und anstelle des weiss gestrichenen rechteckigen Holztisches in der Mitte des Raumes war jetzt das Go-Spiel aufgebaut. Darum herum vier Kissen, ein rotes für Nara, ein weisses für Sembritzki, zwei gelbe an den Seitenlinien.

Nara setzte sich mit untergeschlagenen Beinen auf sein Kissen und deutete Sembritzki an, sich ebenfalls zu setzen.

«Wir spielen nicht unter gleichen Voraussetzungen, Mr. Nara. Ich sitze nicht gern mit untergeschlagenen Beinen.»

«Ihre Sache, Mr. Sembritzki. Sie können stehen. Go ist kein europäisches Spiel. Halten Sie sich bitte an die Regeln!»

«Ihre Regeln?»

«Die Spielregeln!»

Sembritzki zog einen Stein, wandte sich dann schnell ab und ging mit grossen Schritten durchs Zimmer, ohne sich um Naras Antwortzug zu kümmern. Er wusste, dass er Nara auf diese Weise nervös machte. Aber er war auch nicht bereit, sich von Nara die Spielregeln aufzwingen zu lassen.

Sie spielten, bis Sembritzki von weit her die Glocke vom Münsterturm drei Uhr schlagen hörte. Die Positionen waren bezogen. Aber noch war gar nichts entschieden. Das Spiel würde sich noch lange hinziehen. Auch Nara hatte den Glockenschlag gehört. Er erhob sich, machte eine knappe Verbeugung vor Sembritzki, in der so etwas wie Hochachtung mitschwang.

«Gute Nacht, Mr. Sembritzki. Sie sind ein ernst zu nehmender Gegner!»

«Ich hatte einen guten Lehrer!»

«Seydlitz!» Nara nickte.

«Schade um den Mann!»

«Er lebt!»

«Noch ...»

Dann schwiegen sie. Nara begleitete Sembritzki zur Türe. «Nehmen Sie den Ausgang durch den Keller. Sie kommen so in den Verkaufsladen, von dort in den Hinterhof. Sie werden weiterfinden!»

«Morgen?»

Nara nickte.

«11 Uhr 17 bis 11 Uhr 19! Sie kennen Ihren Standort?»

Sembritzki nickte.

«Zweihundert Zeichen!»

«In zwei Minuten?»

«In zwei Minuten! Gute Nacht, Mr. Sembritzki!»

Sembritzki erwachte am andern Morgen erst gegen zehn Uhr, als der Postbote klingelte. Verwundert starrte er auf den Expressbrief, der ihm in die Hand gedrückt wurde. Er kannte das Wappen auf dem Umschlag, diese kunstvoll verschlungenen Linien, aus denen sich ein Bär herausschälte, der, je länger man hinschaute, immer mehr Kontur annahm, sich zum fletschenden Ungeheuer wandelte.

Das Wappentier des Schlossbesitzers, eines Berner Industriellen, der sein Imperium ständig vergrösserte, indem er in regelmässigen Abständen andere kleinere Fabriken aufkaufte und sie seinem Besitz einverleibte, und andrerseits mit seinen weiterum bekannten Einladungen immer neue Persönlichkeiten köderte, Vertreter der Politik und der Kunst mit den Wirtschaftsleuten kuppelte und das Ganze dann zu einem einzigen Brei knetete. Auch Sembritzki war schon Gast des jovialen Herrn mit den Vampirzähnen gewesen, der ihm sein Interesse für antiquarische Bücher aus dem Mittelalter vor allem wärmstens bezeugt und mit edelstem Burgunder begossen hatte. Und jetzt liess der Herr also wieder bitten. Sembritzki las irritiert das Vorgedruckte, das besagte, dass sich Herr Dr. von Urseren und Frau sehr freuen würden, Herrn Konrad Sembritzki – der Name war von Hand eingesetzt – zu einem kleinen Hauskonzert begrüssen zu dürfen. Mit anschliessendem Buffet selbstverständlich. Verwundert war Sembritzki eigentlich vor allem über das Datum der Einladung. Es war das Datum des heutigen Tages. Das war sonst nicht die Art dieses Gesellschaftslöwen, seine Gäste so kurzfristig einzuladen. Aber da fand Sembritzki auch schon die Erklärung auf der Rückseite: «Verzeihen Sie die kurzfristige Einladung. Sie waren leider in den letzten Tagen telefonisch nicht erreichbar!»

Das stimmte, und doch verflog Sembritzkis Misstrauen nicht. Der Schlossherr hätte ihn ja ohnehin nicht telefonisch eingeladen! Es musste einen andern Grund haben, dass Sembritzki so kurzfristig die Ehre eines Schlossempfangs zuteil wurde. Aber jetzt blieb ihm keine Zeit mehr, darüber nachzudenken. Sein Folterknecht Nara erwartete eine Botschaft. Schnell zog er sich an, und während er sich rasierte und das Kaffeewasser kochte, dachte er daran, dass jetzt die Zeit der Vorbereitungen zu Ende ging. Und irgendwie hatte er das Gefühl, dass der bevorstehende Abend im Kreise von Politikern, Wirtschaftsbossen und Künstlern den Auftakt zum grossen Rennen bedeuten konnte.

Als die Glocke vom Münster halb elf schlug, ging er über den eisernen Steg, schwenkte dann nach links ab, folgte der Aare, bis er den silbergrauen Ford Fiesta stehen sah, den ihm freundlicherweise der allgegenwärtige und allmächtige Mr. Nara für diese Woche zur Verfügung stellte. Sembritzki war froh, dass ihm der Asiate nach seiner Go-Offerte nicht noch zusätzlich einen Wagen japanischen Fabrikats zumutete. Überrascht war Sembritzki aber eigentlich erst, als er die Nummernschilder sah: eine Vorarlberger Nummer. Wo

Nara nun diese wieder aufgetrieben hatte, war Sembritzki schleierhaft. Und darüber mochte sich sicher auch der sportliche junge Mann von gestern den Kopf zerbrechen, der sich, seit Sembritzki, von dem bekannt war, dass er nicht glücklicher Besitzer eines Autos war, an dessen Fersen geheftet hatte. Der Verfolger war denn auch überrascht, als sein Opfer schnell einen Autoschlüssel aus der Tasche zog, sich in den Wagen setzte und davonbrauste, bevor er reagieren konnte.

Sembritzki fuhr aus der Stadt hinaus, bis die Häuser endlich weiter auseinanderstanden. Nach ein paar überflüssigen Arabesken – weit und breit war kein Verfolger zu sehen – lenkte er den Wagen in ein kleines Wäldchen oberhalb von Schüpfen, parkte, holte das Funkgerät, eingepackt in eine Fototasche, aus dem Kofferraum und ging dann in den Wald hinein. Elf Uhr! Sembritzki wickelte den Trafodraht ab und warf ihn über einen tief hängenden Ast. Dann setzte er sich auf die leere Ledertasche und wartete. Der Wald begann zu leben, es summte, es pfiff, zirpte. Der Frühling fiel aus den Zweigen über den sitzenden Sembritzki her, kroch ihm unter das Hemd, machte ihn kribbelig, raubte ihm die Konzentration.

Er steckte einen Zigarillo zwischen die Zähne und wartete. Zu seinen Füssen lag die Morgenausgabe der Berner Renommierzeitung Bund. Da stand unten rechts: «*Rätsel um den ertrunkenen deutschen Staatsbeamten Stachow.* Nach wie vor dringen aus Bonn sich widersprechende Gerüchte über die Hintergründe des vergangene Woche ertrunkenen Sicherheitsbeamten Karl Stachow an die Öffentlichkeit. Fest steht unterdessen, dass Stachow nicht in offizieller Mission unterwegs war, als er in der Nähe von Meersburg, im Ilmensee, ertrank. Vielmehr – so verlautete es aus dem Kreis seiner nächsten Angehörigen – habe er sich erholungshalber für einige Tage von zu Hause entfernt, um seinem Hobby, der Fischerei, nachzugehen. Auf Rückfrage bestätigte denn auch das Innenministerium, dass in Stachows Ausrüstung, die er in einem Überlinger Hotel zurückgelassen hatte, eine komplette Sportfischerausrüstung gefunden worden war. Die Gerüchte, dass es sich bei Stachow um einen führenden Beamten des deutschen Bundesnachrichtendienstes BND handle, verdichten sich.»

Sembritzki schaute auf die Uhr. 11 Uhr 10. Er machte sich bereit, überprüfte noch einmal alle Anschlüsse, kauerte sich hin, und im Augenblick, als ein Eichelhäher stahlblau mit grellem Schrei vom Himmel schoss, hämmerte er dreimal hintereinander drei kurze und einen langen Impuls in die Taste: V – V – V. – Er war bereit zum Senden. Schon kam die Antwort. Und dann legte Sembritzki los, ratterte so schnell er konnte, den Leitartikel des Bund in den schwarzglänzenden Kasten, bis ihn Zeige- und Mittelfinger schmerzten und ihm trotz der morgendlichen Kühle im Wald der Schweiss in die Augen tropfte. Aber er hatte es geschafft: zweihundert Zeichen in zwei Minuten. Da fehlten allerdings noch hundert Zeichen, bis er sich als Professioneller bezeichnen durfte. Aber es blieb ihm ja auch noch eine Woche Zeit. Sieben Tage und sieben Nächte.

Schnell zog er den Draht vom Ast, wickelte ihn auf, packte das Funkgerät in die schwarze Tasche aus Nappaleder und ging dann zurück zum Auto. Ihm blieben jetzt zwanzig Minuten bis zum nächsten Einsatzort, der nach Naras Forderung mindestens fünfzehn Kilometer vom jetzigen Standort entfernt sein musste. Er kurvte den Feldweg hinunter, bis er wieder auf der Hauptstrasse war, und fuhr dann im dichter werdenden Verkehr Richtung Biel. Kurz vor der Stadteinfahrt schwenkte er in südlicher Richtung ab, kam ans

Aareufer, fuhr über eine eiserne Brücke auf die andere Flussseite und gewann dann bald wieder an Höhe, tauchte in den Wald ein, wo er den Ford Fiesta erneut parkte. Elf Uhr fünfundzwanzig! Diesmal blieb er im Auto sitzen. Nur den Draht warf er wieder über einen Ast. Um elf Uhr achtundzwanzig kamen Naras Signale auf der neuen Frequenz. Sembritzki quittierte. Dann kam Naras Nachricht wie eine Maschinengewehrsalve. Zwei Minuten lang durchlöcherte er ihn und präsentierte endlich unter dem Strich die stolze Summe von dreihundertzwanzig Zeichen in zwei Minuten. Und wieder ging die Schau weiter. Bis zwei Uhr nachmittags packte Sembritzki ein, wechselte er den Standort, packte aus, gab seine Nachrichten in ständig steigender Frequenz durch, packte ein, fuhr weg, packte aus.

Um drei Uhr, nachdem Sembritzki in einer Bauernwirtschaft mit einer Portion Käse mit Brot und weissem Twanner neue Kräfte gewonnen hatte, machte er sich auf die Suche nach einer Waldhütte, die auf der Karte aus Naras Fundus mit einem roten Kreis bezeichnet war. Lagebesprechung. Nara war schon dort, sass in einer düsteren Ecke des engen Raumes, in dem Waldarbeiter ihre Werkzeuge, Äxte, Schaufeln, Pickel, aber auch Drahtrollen, Zangen und Sägen untergebracht hatten. Vorsichtig schloss Sembritzki die Tür und nahm im Dunkeln Naras Kommentar zu seiner funkerischen Leistung zur Kenntnis. Zwar lobte ihn der zwielichtige Asiate nicht gerade in höchsten Tönen, aber so etwas wie Hochachtung schien in seiner sachlichen Analyse von Sembritzkis Verhalten doch mitzuschwingen. Nachdem er seinen Schüler auf halb fünf Uhr in die Magglinger Sportschule bestellt hatte, entliess er ihn.

Als Sembritzki dann viel später, gegen halb acht Uhr, auf dem Weg zu Konzert und kaltem Buffet war, tat ihm jeder

Muskel weh. Ihm war weder nach Mozart noch nach Bach. Er hatte nur unendlichen Durst und das Bedürfnis nach einem weichen Bett. Oder nach den findigen Händen eines Masseurs, der seinem schmerzenden Körper Linderung verschaffen würde. Noch nie in seinem Leben war er durch eine so harte und unbarmherzige Körperschule gegangen wie an diesem Nachmittag hoch oben über der Stadt Biel, in einer Halle der Eidgenössischen Turn- und Sportschule, wo ihn Nara zwei Stunden lang mit Karateschlägen traktiert, ihn provoziert, instruiert, ausgelacht, gelobt, verachtet, aufgemuntert, erniedrigt und mehrfach zusammengeknüppelt hatte.

Die schweren Linden, noch kahl und beinahe drohend im fahlen Gegenlicht des Mondes, sah er schon von Weitem. Dann den pompösen Eingang mit den beiden in Stein gehauenen Bären auf den Pfeilern, die ein schwarz gestrichenes eisernes Tor mit goldglänzenden Spitzen einfassten. Der Vorplatz vor dem ehemaligen Landschlösschen eines Berner Patriziers war mit vielen grossen Wagen verstellt. Sembritzki parkte den unscheinbaren Ford Fiesta in einer Lücke und ging dann über den knirschenden Kies zum Haupteingang hinüber, der auf der Schmalseite des Hauptgebäudes lag. Im Vorbeigehen sah er durch die hell erleuchteten Frontscheiben etwas von der erlesenen Gesellschaft. Durch ein halb geöffnetes Fenster konnte er einen schwirrenden Geigenton hören. Ein Cello antwortete. Die Bratsche gesellte sich dazu, dann die zweite Geige. Man war bereit. Sembritzki beeilte sich, gab im blumengeschmückten Entree seinen dunkelblauen Mantel ab und wischte sich, schon unterwegs in den grossen Saal, noch schnell ein paar dunkelblonde Haare von seinem dunkelblauen Cordanzug. Er hatte sich sogar eine Krawatte umgebunden, eine von seinen drei Krawatten, die der ständig wechselnden Mode standgehalten hatten.

«Willkommen, Herr Sembritzki. Schön, dass Sie gekommen sind», orgelte der Hausherr in seinem besten Hochdeutsch, das trotz des Gaumen-R seine Berner Herkunft nicht verleugnen konnte.

«Enchanté, monsieur», flötete die Dame des Hauses, die, noch immer Berner Patriziertradition verpflichtet, Höflichkeiten und Boshaftigkeiten nur in französischem Idiom formulierte. So viel Wärme war ihm in diesen erlauchten Kreisen noch nie entgegengebracht worden. Souverän manövrierte ihn der Hausherr an Namen, halb nackten Busen, ausgestreckten Händen, nickenden Köpfen und weissen Hemdbrüsten vorbei an einen leer gebliebenen Platz an der Seite eines sehr distinguierten Mannes mit silberner Mähne, schmalem asketischem Gesicht und tief liegenden Vergissmeinnicht-blauen Augen. Trotzdem hiess der Herr, der sich als französischer Anwalt auswies, Maître Margueritte. Ein Freund des Hausherrn, geschäftlich in Genf, und auf einen Sprung zur Visite gekommen. Sembritzkis Nachbar zur Linken, so viel war noch herauszubekommen, bevor das Streichquartett Dvořák – ausgerechnet! – die Ehre antat, war, wenn das zutraf, ein amerikanischer Botschaftsangehöriger, der in der Funktion des Kulturattachés den musikumrahmten Anlass aufzuwerten hatte. Allerdings schien ihn die Musik eher einzuschläfern als anzuregen, denn Sembritzki konnte aus den Augenwinkeln feststellen, dass sein drahtiger Nachbar zwar die Augen geschlossen hatte wie ein musikschlürfender Süchtiger, aber sein Ausdruck verriet keine Emotion, nur Langeweile, und wenn der Amerikaner dann die Augen öffnete, liess er sie über die Hinterköpfe der andern Gäste wandern, mit so viel Wärme und Ausdruck wie ein Augenarzt, der bei einem Patienten Kurzsichtigkeit feststellt.

Es waren ungefähr fünfzig Gäste anwesend, von denen

sich kaum die Hälfte etwas aus Dvořák machten. Dvořák war ja nur das Präludium, der musikalische Einstieg in Dimensionen, wo die verschiedenen Protagonisten dieser Szene ganz andere Klänge zu harmonisieren versuchten. Da würde es um Geschäfte gehen, um die Frage, wie unbequeme Gegner ausgeschaltet werden könnten, wer mit wem und gegen wen neu in den erlauchten Zirkel aufgenommen werden könnte. Da wurde ein Territorium vorbereitet, das dann voller Fussangeln, voller Fallen und Fallgruben, nur jenen als Jagdrevier dienen konnte, die die Pläne der tödlichen Fallensteller auswendig konnten.

Wie weit konnte sich Sembritzki auf dieses Territorium vorwagen, ohne einzubrechen? War Monsieur Margueritte ein mit allen Wassern gewaschener Pfadfinder?

«Sie sind Deutscher?»

Sembritzki, einen perlenden Weisswein aus Baron von Rothschilds Domäne auf der Zunge, nickte. Der silberhaarige Anwalt hatte ihn aus der wogenden Menge vor dem Buffet weggelotst und ihn in einer Nische am Fenster zur Rede gestellt.

«Sembritzki – polnischer Abstammung?»

Mit hochgezogenen Augenbrauen schaute er Sembritzki an. Oder besser, er schaute durch ihn hindurch wie durch ein Stück Glas.

«Masure!«

«Aha, die Masurischen Seen! Schade darum!»

Sembritzki schaute Margueritte, der ein ausgezeichnetes, beinahe akzentfreies Deutsch sprach, erstaunt an.

«Die Seen sind intakt. Ich weiss nicht, was Sie meinen. Die Wasserverschmutzung ist da noch kein Problem.»

«Nicht die Wasserverschmutzung, mein Herr», lächelte der Anwalt nachsichtig. «Die Verschmutzung der Geister!»

Sembritzki nickte.

«Die rote Gefahr», grinste er.

Aber Margueritte verzog keine Miene.

«Das lässt sich mit einem Schlagwort nicht abtun, Monsieur Sembritzki. Sehen Sie: Frankreich ist sozialistisch. Oder besser: beinahe kommunistisch. Der Einfluss von Marchais ist nicht zu unterschätzen. Mitterrand ist eine Marionette der Gewerkschaften, und die sind von ganz links gesteuert. Sehen Sie Italien. Die Democrazia Cristiana hat ausgedient. Sie ist verbraucht. Die Sozialisten verdrängen sie langsam, aber sicher aus allen führenden Positionen.»

«In Deutschland ist es umgekehrt, Maître Margueritte», sagte Sembritzki, gespannt, worauf sein Gesprächspartner hinauswollte.

«Das ist unsere Chance, Monsieur Sembritzki. Die Bundesrepublik ist der Garant, dass die Front noch hält. Europas Bollwerk, Monsieur Sembritzki.»

Sembritzki wusste noch immer nicht, worauf der Anwalt hinauswollte. Er liess sich sein Glas von Neuem füllen und leerte es, gegen alle Anstandsregeln, wie Bier in einem Zug. Langsam floh der Schmerz aus seinen Gliedern. Aber sein Kopf wollte nicht klar werden, und er hatte Mühe, sich zu konzentrieren, obwohl er spürte, wie wichtig es gerade jetzt war, dass er dem Anwalt ein gleichwertiger Gesprächspartner war.

«Waren Sie schon im Osten?»

Sembritzki nickte.

«Dort aufgewachsen?»

«Nein. Meine Grosseltern hatten ein Gut in Masuren. Aber ich bin in der heutigen DDR zur Welt gekommen.»

«Schon lange im Westen?»

«Seit 47. Ist das ein Verhör?»

«Aber ich bitte Sie, Monsieur», sagte Margueritte und legte Sembritzki beschwichtigend seine Hand mit den langen knochigen Pianistenfingern auf den linken Unterarm.

«Ich muss doch wissen, mit wem *ich* es zu tun habe.»

«Mit wem habe ich es zu tun, Maître?»

Marguerittes Blick war wie Eis. Nur sein Mund lächelte, als er das Glas hob und leise sagte: «Sie werden mich noch kennenlernen, mein Freund.» Nach einer Pause fragte er weiter: «Sie fahren in die Tschechoslowakei?»

Sembritzki schaute erstaunt auf. Woher wusste der Franzose von seinen Plänen?

«Oder ist das ein Geheimnis?»

Sembritzki schüttelte den Kopf.

«Es ist kein Geheimnis. Ich fahre zu einem Kongress, und später werde ich studienhalber noch ein paar Tage anschliessen. Wer aber hat Ihnen davon erzählt?»

«Ich habe viele Freunde. Und ich hoffe, Sie bald auch dazu zählen zu können!»

«Sie sind ein Freund von Freundschaften? Wie schnell nennen Sie jemanden Ihren Freund, Monsieur? Nach einer Stunde? Nach einem Glas Weisswein? Nach einer Geldtransaktion?»

Margueritte verzog keine Miene. Er schaute sich nur um, entdeckte den Hausherrn in der Menge, winkte ihn zu sich und erkundigte sich, wo er mit Sembritzki ungestört sprechen könne. Der Industrielle zeigte sich überhaupt nicht überrascht, sondern begleitete die beiden in ein Zimmer, wo sie sich unter einem leise klirrenden Kristallleuchter auf dunkelrot überzogene Louis-Philippe-Sessel setzten. Eine Flasche von dem kostbaren Weisswein stand schon dort.

«Monsieur Sembritzki, lassen wir das Präludium!»

«Ich bin also schon Ihr Freund», lächelte Sembritzki.

«Noch nicht, solange Sie Ihren Spott nicht vergessen.»

«Spott ist eine gute Waffe, Maître.»

«Nur Selbstschutz. Aber keine Waffe in der Auseinandersetzung zwischen Männern. Keine Waffe im Kampf ums Überleben!»

«Sie haben Sinn für Dramatik!»

«Und Sie haben Ihren Spott noch immer nicht abgelegt.»

«Er steht mir gut.»

Margueritte lehnte sich jetzt nach vorn und fixierte Sembritzki mit den Augen wie in einem Schraubstock.

«Sie sind Agent!»

Obwohl Sembritzki erschrak, verzog er keine Miene.

«Sie müssen nicht antworten, Monsieur. Ich weiss es. Ich brauche Ihre Bestätigung nicht. Aber ich brauche Ihre Hilfe! *Wir* brauchen Ihre Hilfe!»

«Ein Freund in der Not ist ein guter Freund», sagte Sembritzki, ohne Stimme.

«Der Wechsel in Deutschland ist vollzogen, Herr Sembritzki. Dreizehn Jahre sozialdemokratische Regierung waren genug. Aber der Geheimdienst lässt sich nicht einfach auswechseln wie eine Regierung. Da sitzen noch immer Leute, die die SPD da hingepflanzt hat.»

Jetzt begann Sembritzki zu begreifen. «Was beschäftigt Sie das, Monsieur? Erstens sind Sie Franzose. Und zweitens ist der bundesdeutsche Geheimdienst wohl nicht Ihr Problem.»

«Es ist unser aller Problem. Ich sehe, ich muss weiter ausholen, um Sie zu überzeugen. Die Sorge um die Zukunft Europas, Sie erlauben, ist keine bundesdeutsche Angelegenheit. Nur ist die BRD gerade jetzt das wichtigste Element in diesem Kräftespiel. Die Leute, denen dieses Schicksal naheliegt, rekrutieren sich aus ganz Europa.»

Jetzt musste Sembritzki laut lachen. «Wen wundert das. Ich nehme an, da zählen Sie eine ganze Reihe von Industriellen und Wirtschaftsleuten zu Ihren Kunden.»

«Zu meinen Freunden! Herr Sembritzki! Natürlich sind wir daran interessiert, dass die freie Marktwirtschaft weiterhin floriert. Natürlich sind wir daran interessiert, dass langsam die westlichen Staaten wieder liberal regiert werden.»

«Wir?»

«Das ist ein grosser, ein gut durchorganisierter, ein sehr effizienter Zirkel, Monsieur Sembritzki, zu dem ich Sie gerne auch zählen möchte.»

«Und welche Funktion soll ich ausüben?»

«Sie sind ein Mann des Nachrichtendienstes?»

«Das haben Sie mich schon einmal gefragt!»

«Sie haben mir keine Antwort gegeben, Monsieur Sembritzki!»

«Ich werde Ihnen auf diese Frage auch keine Antwort geben.»

Margueritte zeigte seine grossen Zähne, als er sagte: «Ich gehe nun einmal davon aus, dass Sie zu diesem Verein gehören. Was wir brauchen, sind BND-interne Informationen. Informationen über Nachrichtenleute und ihre ideologischen Neigungen oder Bindungen.»

«Da bin ich der falsche Mann.»

Sembritzki bereute diese Antwort schon, bevor er sie gegeben hatte. War das nicht eine Art Zugeständnis, dass er ein BND-Mann war?

«Warum der falsche Mann?»

Aber Sembritzki schwieg.

«Weil Sie ein Aussenagent sind. Weil Sie keine Kontakte zur Zentrale haben?»

Auch darauf gab Sembritzki keine Antwort.

«Man muss den Entspannungsläusen den Garaus machen!»

«Ich bin kein Pestizid, Monsieur!»

«Sie haben eine Neigung, sachlichen Gesprächen auszuweichen!»

«Was ist sachlich?»

«Eine Tatsache ist, dass all die Entspannungsversuche in Europa oder zwischen der Sowjetunion und den USA eine Vorspiegelung falscher Tatsachen bedeuten. Die Entspannungsbestrebungen sind ein Mythos geworden, an den man sich klammert, aus Verzweiflung, aus Angst vor der weltweiten atomaren Zerstörung. Uns geht es darum, allen Leuten im Westen begreiflich zu machen, dass nur Härte, dass nur militärische Stärke den Frieden garantiert. Übrigens, Monsieur Sembritzki, ein wirksamer militärischer Geheimdienst ist Garant dafür, dass immer an den richtigen Stellen möglichen Abrüstungstendenzen und Bewegungen sofort begegnet werden kann.»

All das hatte Sembritzki schon mehrmals gehört. All das war nichts Neues. Neu schien nur zu sein, dass sich die Gegner der Abrüstung weltweit zu formieren begannen.

«Sie sind ein Mann der Aufklärung, Maître?»

«Ein aufgeklärter Mensch, das ist nicht dasselbe. Und ich möchte Sie zu meinem Partisanen machen!»

Sembritzki schwieg und steckte sich einen Zigarillo zwischen die Lippen. Dann schenkte er sich ein weiteres Glas voll und leerte es wieder in einem Zug. Jetzt fühlte er sich besser. Maître Margueritte war ein Fanatiker. Ein Sektierer. Aber Sektierer waren immer gefährlich. Sembritzki blieb auf der Hut.

«Monsieur Sembritzki, Sie sind der Mann, der den deutschen Nachrichtendienst neu organisieren könnte.»

«Das haben wohl nicht Sie zu entscheiden!»

«Ich habe Freunde in einflussreichen Bonner Regierungskreisen.»

Sembritzki wurde nachdenklich. Was sollte all das bedeuten? Hiess das, dass die Leute um Margueritte, wer immer sie auch sein mochten, keinen Vertrauensmann in der jetzigen BND-Spitze oder an verantwortlichen Stellen hatten? Hiess das ausserdem, dass Römmel nicht dazu gehörte? Dass man ihm nicht traute? Dass man ihn als Sicherheitsrisiko einschätzte?

«Wir würden Ihnen sechstausend im Monat zahlen, Monsieur Sembritzki!»

«Sechstausend was und wofür?» Sembritzki gab sich kalt und geschäftlich.

«Das heisst, Sie sind interessiert?»

«Schweizer Franken?»

«Schweizer Franken!»

«Und was ist die Gegenleistung?»

«Informationen!»

«Welcher Art?»

«Jeder Art, Monsieur Sembritzki! Militärischer, politischer, privater Art. Sie kennen viele Menschen und viele Städte. Sie kommen an Orte, zu denen normale Sterbliche keinen Zugang haben.»

Sembritzki lachte. Er hob sein Glas auf Augenhöhe, schaute seinen Verführer durch das zarte, gedämpfte Gold des Weines hindurch an und sagte: «Das wäre doch wohl so etwas wie Verrat, Maître!»

«Verrat an Ihrem Vaterland ist es, wenn Sie es nicht tun!»

Jetzt wusste Sembritzki, woran er war. Da hatte es ihn mitten ins gegnerische Lager geschwemmt. Zu Stachows Gegnern. Auch zu seinen Mördern? Aber warum wandte man sich ausgerechnet an ihn?

«Überdies können Sie mit unserem Schutz rechnen. Wir haben in allen grossen Städten Europas unsere Leute. Auch in Prag, Monsieur Sembritzki!»

Das gehörte also auch dazu. Margueritte spielte sich als Haupt einer internationalen Schutzmacht auf, als Kopf einer privaten Armee von Geheimdienstlern und Propagandisten für den Kalten Krieg! Aber dann musste sich Sembritzki eingestehen, dass auch die Armee, der er angehörte, ein Privatunternehmen war, das wahrscheinlich viel bescheidener, viel weniger gut ausgerüstet war als jene des französischen Anwalts. Stachows Privatarmee, bestehend aus einem ermordeten Anführer, aus einem halbseitig gelähmten Adjutanten, aus einem Kontaktmann im BND namens Bartels, einer Frau, einem gekauften Agententrainer japanischer Nationalität und einem abgehalfterten ehemaligen Agenten namens Konrad Sembritzki. Aus wem noch?

Er nickte abwesend.

«Ich verlange nicht, dass Sie sich noch heute entscheiden, Monsieur Sembritzki. Schlafen Sie einmal über die Sache.»

Jetzt war Sembritzki das Spiel leid.

«Ich brauche darüber nicht zu schlafen, Monsieur Margueritte. Ich bin kein Söldner. Sie können mich nicht kaufen!»

«Söldner haben keine Gesinnung, Monsieur. Ich möchte Ihre Gesinnung beeinflussen.»

«Mit Geld?»

«Auch Geld ist ein Mittel, um jemanden von einer Gesinnung zu überzeugen. Geld ist unsere Ideologie, Monsieur Sembritzki. Geld ist Freiheit. Geld garantiert unser Überleben durch Aufrüstung!»

«Meine Antwort ist Nein, Maître!»

Aber Margueritte reagierte mit einem ganz kleinen Lächeln.

«Sie werden an mein Angebot denken, Monsieur Sembritzki. In Prag oder anderswo!»

«Guten Abend!»

«Guten Abend, Monsieur Sembritzki.»

Sembritzki leerte sein Glas, stellte es heftig auf den Tisch und ging hinaus, ohne sich noch einmal nach dem Mann mit der Silbermähne umzusehen. Als er die Türe zum grossen Saal öffnete, schwappte die Welle von Essgeräuschen, Gläserklingen, Lachen und diskretem Small und Big Talk über ihm zusammen. Überrascht war er, dass der amerikanische Kulturattaché, ein Glas in der Hand, während der ganzen Zeit vor der Tür, hinter der sich Sembritzkis Gespräch mit Margueritte abgespielt hatte, Wache gestanden hatte. Oder sah es nur so aus?

Der Abend war gelaufen. Sembritzki wusste jetzt, warum man ihn eingeladen hatte. Er fuhr als erster nach Hause, auf Distanz vom amerikanischen Attaché behutsam bewacht.

Als Sembritzki zu Hause ankam, wartete der unvermeidliche Mr. Nara in seinem Zimmer, um die angefangene Partie Go weiterzuspielen. Unterdessen hatte er Seydlitz' ganzes Gepäck abholen und von einem Vertreter der thailändischen Botschaft nach München transportieren lassen. Sembritzki wunderte sich über gar nichts mehr. Sein einziger Trost, der seine Beunruhigung über den Umstand dämpfen sollte, dass Nara bei ihm ohne Schlüssel aus und ein ging, wie es ihm behagte, war die Tatsache, dass er mit diesem undurchsichtigen Söldner einen perfekten Mann in seinen Reihen wusste. Nara hatte Brett und Figuren in einem Koffer mitgebracht. Schweigend stellten sie die Figuren in jenen Positionen auf, in denen sie sie in der vergangenen Nacht zurückgelassen hatten. Sembritzki war verwirrt und verlor zusehends an Boden. Nach ein paar Zügen bat er deshalb um Aufschub. Er sei müde.

«Gut, lassen wir das Spiel, Mr. Sembritzki. Versuchen wir uns mit der Pistole!»

Sembritzki sah den Japaner überrascht an.

«Schiessen? Jetzt? Und wo? Ich habe getrunken!»

«Sie können sich die Situationen nicht aussuchen.»

Ergeben stand Sembritzki auf. Er hatte keine Widerstandskraft mehr.

«Wie Sie meinen! Wo?»

«Ich zeige es Ihnen!»

Er holte einen Stadtplan von Bern aus der Tasche und zeigte Sembritzki ganz in der Nähe ein Haus, in welchem er sich in fünf Minuten einzufinden hatte.

«Sie werden aufpassen, Mr. Sembritzki! Sie sind nicht allein in der Nacht. Und Sie werden morgen den Fiesta nicht mehr benützen. Der Wagen ist gezeichnet. Ich werde ihn abholen lassen. Sayonara!»

Und er war bereits lautlos aus Sembritzkis Wohnung gehuscht. Zehn Minuten später folgte ihm Sembritzki. Zuerst stieg er in den Keller, verliess diesen auf der Rückseite durch ein enges Fenster, kroch dann eng an der Mauer, knapp über dem quirlenden Wasser, westwärts, tastete mit den Füssen nach den eisernen Stufen, die im Gemäuer angebracht waren, und gewann endlich, hundert Meter von seiner Wohnung entfernt, wieder festen Boden unter den Füssen. Im Zurückblicken sah er den Schatten eines Mannes unter den Arkaden. Aber er schien ihm den Rücken zuzukehren, und so schwang sich Sembritzki lautlos über die Brüstung, setzte mit einem Sprung über die Strasse und ging im Schatten der grossen Mauer weiter, die Altstadt und Mattenquartier trennte. Hände und Füsse schmerzten ihn. Er hatte sich die Knöchel blutig geschlagen und fragte sich, wie er überhaupt noch eine Pistole sollte halten können.

Als er in den Keller der ehemaligen Schreinerei tauchte, erwartete ihn Nara schon. Im dumpfen Licht einer mit zerscherbeltem geripptem Jugendstilschirm kaum verhüllten Lampe lagen auf einer alten Hobelbank drei Pistolen.

«Suchen Sie sich eine aus.»

Ohne zu zögern griff Sembritzki nach der Walther, die ihm am vertrautesten war. Die Waffe war geladen, und er stand unschlüssig da, als Nara plötzlich gellend schrie: «Feind! Im Rücken!»

Sembritzkis Reaktion kam blitzschnell. Zu oft hatte er sich in ähnlichen Situationen befunden, und dass er sich diesmal auch sofort umdrehte und feuerte, ohne dass er im aufblitzenden Neonlicht am Ende eines langen Ganges die Zielscheibe aus Schweizer Militärbeständen bewusst wahrgenommen hätte, hing mit seinem Überlebensinstinkt zusammen.

«Nicht übel», kicherte Nara, als er zusammen mit Sembritzki die Einschüsse, die alle eng nebeneinander auf Kopfhöhe lagen, untersucht hatte.

Jetzt folgte Befehl auf Befehl, Salve auf Salve, bis Sembritzki nur noch wie ein Roboter reagierte. Erst gegen drei Uhr morgens war Nara mit Sembritzki zufrieden, der noch lange, nachdem der Japaner den unterirdischen Schiessstand verlassen hatte, mit hängenden Armen und leerem Blick dastand und auf die völlig durchlöcherte Scheibe starrte.

Am Sonntag vor seiner Abreise hatte Sembritzki die geforderten hundertfünfzig Impulse in der Minute auf seinem Funkgerät erreicht. Er kannte seinen Code auswendig, hatte immer und immer wieder den Text der Briefe seiner Mutter memoriert, hatte mehrmals am Tag von verschiedenen Standorten aus verschiedene Frequenzen benutzt, hatte Naras Antworten aufgefangen und dechiffriert, hatte mit den verschiedensten Pistolenmodellen geschossen, hatte sich mit Nara im Nahkampf geübt und hatte den Stadtplan von Prag wieder ganz im Kopf. Unterdessen war auch ein Scheck von unbekannt, lautend auf sechstausend Schweizer Franken, bei ihm eingetroffen. Jedermann wartete auf seine Abreise. Und Sembritzki ebenfalls. Er hatte sich zwar daran gewöhnt, mit immer wechselnden Bewachern zu leben. Er hatte sich an Naras unerbittliche Gegenwart gewöhnt, an die kurzen Nächte. Aber jetzt musste er hinaus aus der Enge. Er sehnte sich nach der Langeweile in Böhmen, nach der gemächlich dahinfliessenden Moldau, nach dem Blick vom Hradschin weit über die Stadt.

«Morgen», sagte Nara, als sie zum letzten Mal über ihren Figuren brüteten.

Was hätte Sembritzki darauf antworten sollen? Verbissen starrte er auf das Brett vor ihm. Er wusste, dass er all die Erniedrigungen, die er nun während mehr als einer Woche hatte einstecken müssen, nur durch einen Sieg im Go-Spiel einigermassen würde kompensieren können.

Nara lächelte ölig. Er schien ihn durchschaut zu haben.

«Sie liegen im Vorteil, Mister Sembritzki!»

«Ich weiss. Und ich werde Sie schlagen!»

«Noch ist die Partie nicht zu Ende!»

Sembritzki schwieg. Um zehn Uhr rief Seydlitz an. Nara sprach japanisch, und Sembritzki verstand kein Wort. Er begriff nur, dass von Geld die Rede war, denn plötzlich nahm Nara einen eisigen Ausdruck an. Zehn Minuten lang wurde gehandelt. Dann würgte Nara plötzlich ein O. K. aus der Kehle und hielt Sembritzki den Hörer hin. Dieser schämte sich über sein Herzklopfen, als er Seydlitz' Stimme hörte.

«Leb wohl, alter Freund!»

«Mehr hast du nicht zu sagen?», fragte Sembritzki.

«Mehr nicht, Konrad! Wenn etwas schiefgeht, dann kann es nicht mehr an dir liegen, nur an einem unglücklichen Zufall.»

«Nichts über Römmel?»

«Nichts!»

«Keine Bezahlungen? Keine Frauen? Keine anderen Schwachstellen?»

«Nichts!»

Noch einmal dieselbe definitive Antwort.

«Du hast gut gearbeitet, sagt Nara.»

«Er hat mich geschafft. Leb wohl!»

Aber Seydlitz hatte schon aufgelegt. Als sich Sembritzki umdrehte, sah er, dass Nara grinsend eine Position auf dem Brett zu Sembritzkis Ungunsten veränderte.

«Mr. Nara, Sie spielen falsch.»

Aber Nara war überhaupt nicht verlegen.

«Sie merken zwar, wenn jemand falsch spielt, aber Sie spielen nicht falsch. Das habe ich Ihnen nicht beibringen können. Leider, Mr. Sembritzki. Ihre Fairness wird Sie den Kopf kosten!»

Und dann schlug Sembritzki zu. Blitzschnell kam der Schlag unters Kinn, mit dem er Nara von den Beinen fegte. Eine Weile lag dieser mit geschlossenen Augen auf dem anthrazitfarbenen Teppich von Dr. med. dent. Bergers Praxis, wie bei Filmaufnahmen angestrahlt vom grellen Licht der Halogenlampe. Dann öffnete er langsam die Augen, schaute Sembritzki einen Augenblick lang böse an und stand mühsam auf.

«Sie sind ein grösseres Schwein, als ich dachte, Mr. Sembritzki. Sayonara!»

Er verbeugte sich, die Hände auf den Oberschenkeln aufgestützt.

«Ciao», sagte Sembritzki kurz, warf einen Blick auf das Brett, wo die Go-Steine lagen, und machte dann seinen letzten Zug, mit dem er Nara endgültig den Atem abdrehte. Dann verliess er den Raum, ohne sich umzusehen.

Zweiter Teil
7. Kapitel

«Zu Ihrer Rechten sehen Sie die Stadt Nürnberg!»

Sembritzki sah die Stadt. Der letzte Kontakt mit dem Westen. Er lehnte sich zurück und schloss die Augen. Noch einmal überdachte er alles. Keine Lücke in den Vorbereitungen? Vor zwei Tagen noch war er zum letzten Mal im Tresorraum seiner Bank gewesen und hatte dort über der Liste mit Namen und Adressen gebrütet, die jetzt plötzlich wieder lebendig werden sollten. Waren noch all seine Leute am Leben? Oder gab es solche unter ihnen, die man gefasst hatte? Und was war mit Saturn, seinem besten Mann? Er musste unterdessen weit über die siebzig sein. Eine Schlüsselfigur im System.

In Prag würde Sembritzki sich mehr oder weniger frei bewegen können, wenn auch aus Distanz diskret bewacht. Aber draussen dann in der Landschaft würde man ihm einen ständigen Begleiter mitgeben. Oder hatte die Überwachung seitens des STB schon jetzt begonnen? Sembritzki hatte sich nicht einmal die Mühe genommen, seine Mitpassagiere näher zu betrachten. Gegrinst hatte er nur, als er unter ihnen eine Gruppe von französischen Karatekämpfern entdeckte, die wohl zu einem Vergleichswettkampf mit Vertretern des Ostblocks nach Prag reisten: «European Karate Team France» stand auf einem pompösen Abzeichen, das die blauen Blazer schmückte. Erinnerungen an Nara!

«Wir beginnen den Anflug auf Prag. Dürfen wir Sie bitten, sich wieder anzuschnallen und das Rauchen einzustellen? Danke!»

Eingelullt von der routinierten Stimme der Stewardess vergass Sembritzki, seinen Zigarillo aus dem Mund zu nehmen.

«Darf ich Sie bitten, den Zigarillo wegzustecken?»

Sie lächelte ihr Zahnpastalächeln. Sembritzki lächelte zurück. «Unangezündet!»

Sie nickte.

«Gewisse Passagiere könnten es nicht sehen und sich provoziert fühlen.»

Wie recht sie hatte! Es kam nicht darauf, was man tat oder was man war. Es kam darauf, was man schien! Ein guter Slogan für die Zeitperiode, die auf ihn zukam.

Sanft setzte die Swissair-Maschine auf. Die Frühlingssonne stand schon im Westen, als Sembritzki tschechischen Boden betrat und die paar Schritte zum Eingangsgebäude ging. Eine Aeroflot-Maschine, soeben von Moskau gekommen, erinnerte ihn an die Präsenz des grossen roten Bruders. Er passierte die erste Kontrolle und machte da neben dem uniformierten Beamten auch schon einen ersten Kollegen vom STB aus. Nicht, dass er ihn erkannt hätte! Aber die Weise, wie der Mann im glatten dunkelbraunen Anzug die ankommenden Passagiere musterte, verriet den Profi. Blick oben. Blick auf das Kabinengepäck. Blick auf die Art und Weise, wie die Leute gingen, wie sie die Arme bewegten, wenn sie einen Blick im Rücken fühlten.

Dann stand er in der Schlange vor dem Schalter, an dem der Pflichtumtausch von Westwährung in tschechische Kronen zu erfolgen hatte. Da Sembritzkis Hotel bereits im Voraus bezahlt worden war, konnte er sich auf einen minimalen Umtausch beschränken. Dann gings weiter durch die Visumkontrolle. Anschliessend beschäftigte sich eine junge Dame in brauner Uniform mit seinem Gepäck, und nach einem weiteren Checking stand er draussen vor dem lang gestreckten Flughafengebäude. Er hatte nur sein Handgepäck bei sich. Für alles, was er sonst noch in der Tschechoslowakei benötigte, hatten andere zu sorgen. Er ging zum Flughafenbus, der ihn in die Stadt bringen sollte, bezahlte seine sechs Kronen und setzte sich dann ganz hinten hin. Dass ihm auffiel, wie still, wie unauffällig hier alles abrollte, ganz ohne die übliche Hektik, die westliche Flughäfen auszeichnete, liess ihn fühlen, wie lange er nicht mehr im Osten gewesen war. Hatte er noch die Unbefangenheit, sich nicht wie ein Tourist zu bewegen?

Der Bus schaukelte ihn immer näher zum Zentrum. Ein paar Anhalter am Strassenrand versuchten, Autos im Gegenverkehr auf sich aufmerksam zu machen. Soldaten in braungrüner Uniform warteten an den Bushaltestellen oder versuchten sich auch als Anhalter. Wie oft hatte Sembritzki Uniformierte in seinen Mietwagen einsteigen lassen und bei dieser Gelegenheit einiges über militärische Belange erfahren. Die Landschaft war flach und braun. Sie war wie ein Katapult, eine scheinbar unendliche Ebene, von deren Rand man sich hinunter ins Moldautal schwingen konnte. Durch Vorortviertel, vorbei an Mietskasernen, später an baumgesäumten Strassen, wo ehemalige Villen diskret verdeckt waren, ging es zu einem Halt, bei dem sich der Bus beinahe ganz leerte – nur noch drei Passagiere, Sembritzki inbegriffen, blieben zurück –, durch den grossen Tunnel, über dessen anderer Zufahrt der grosse rote Stern strahlte, dann über die Brücke, von der sich ein erster schneller Blick auf die Moldau tun liess, hinüber zum Air Terminal der Československé Aerolinie: «Revoluční.»

Sembritzki stieg aus und winkte nach einem Taxi. Ein Wartburg ratterte heran. Sembritzki stieg vorne ein. Er konnte in einem Prager Luxushotel nicht gut zu Fuss ankommen.

«Hotel Alcron!»

Es war ihm zwar zuwider, in einem der grossen Hotelpaläste abzusteigen, aber Römmel hatte darauf bestanden, weil eine grosse Anzahl anderer Kongressteilnehmer ebenfalls dort nächtigten. Im Feierabendverkehr quälte sich das Taxi über die Na Příkopě, schwenkte dann scharf nach links in die Václavské Náměstí ein, an deren oberem Ende das Narodní-Museum dominierte. Nach einem durch Einbahnstrassen provozierten Umweg um den ganzen Häuserblock herum kamen sie vor dem fahnengeschmückten Hotel an. Er lieferte seinen Pass ab, schaute sich in der grossen, grünblauen Eingangshalle um, suchte das vertraute Gesicht eines tschechischen Geheimdienstmannes, sah aber keinen Kopf, der in diese Kategorie passte. Dann verzog er sich in sein Zimmer auf der Zwischenetage. Radio, Telefon, Kühlschrank, alles war vorhanden. Blick in den Hof. Von unten Tellergeklapper. Es roch nach Nachtessen. Schritte auf dem Korridor. Sembritzki schraubte den Hörer des Telefonapparates ab, obwohl er wusste, dass das eine völlig überflüssige Manipulation war. Wenn er telefonieren sollte, konnte man ihn direkt von der hotelinternen Telefonzentrale aus abhören. Er würde von hier aus nicht telefonieren. Das Bett, das er versuchsweise besprang, war hart wie ein Brett. Er leerte seinen Koffer, ordnete die paar Hemden und die Wäsche im Schrank, hängte ein Jackett und die zwei Hosen auf die Bügel. Dann suchte er nach einem Versteck für den Augenblick, wenn er sich eine Waffe beschafft haben würde. Er war unruhig, ging ziellos im Zimmer auf und ab, schaute in jede Ecke, suchte Mikrofone, ohne etwas zu finden, packte dann Stadtführer, Touristeninformationen und Fotoapparat aus wie ein echter Tourist. Aber all das schien ihm nicht genug. Er fühlte sich, kaum war er in Prag angelangt, unsicher. Er hatte seinen Heimvorteil preisgegeben. Jetzt war er der Gejagte, sobald er einen Schritt in die Illegalität tun würde. Und diese Grenze zum Unerlaubten zu überschreiten, war in einem sozialistischen Staat nicht schwer. Sembritzki öffnete den Kühlschrank und knackte die kleine Wodkaflasche. Ein tiefer Schluck liess ihn wieder aufleben. Als er das Radio einstellte, hörte er die Stimme des DDR-Nachrichtensprechers. Belanglosigkeiten. Er verliess das Zimmer, ging quer durch die Halle, wo Touristen in hellbraunen Kunstledersesseln lümmelten, Bier oder Kaffee tranken, gestikulierten, lachten. Eine Ansammlung von Stadtplänen, Fotoapparaten, Jeans und sportlichen Anzügen. Er gab den Schlüssel beim Concierge ab, bei einem kleinen, schmalgesichtigen Mann mit Hornbrille, trat hinaus auf die Strasse, wandte sich dann nach links, ging die Štěpánská hinauf, schlendernd, eine erste Kontaktaufnahme mit einer ihm fremd gewordenen Stadt. Hier war nicht das Prag, das er kannte und suchte. Hier schwirrten sogar amerikanische Rhythmen aus offenen Fenstern. Hier war keine Atmosphäre. Hier vibrierte die Luft nicht.

Er hätte es sich denken können, dass man ihn nicht allein lassen würde auf seinem ersten Spaziergang. Braune Anzüge schienen hier hoch im Schwange zu sein.

Da war die Adresse, die er gesucht hatte: « Opravy Hudebních Nástroju, piana harmoniky». Darunter eine zweite Anschrift: «Opravy Pian-Harmonic».

Sembritzki ging weiter. Er war erleichtert. Jetzt hatte er Fuss gefasst. Allein der Umstand, dass diese Adresse noch existierte, verschaffte ihm eine Art von Heimatgefühl. Jetzt erst war er ein Zurückkehrender. Jetzt erst begann die Prager Luft zu vibrieren. Am Ende der Strasse kehrte er um. Er schlenderte nochmals am Haus seines ersten Kontaktmannes vorbei, schaute schnell und unauffällig durch das halb geöffnete Tor in den grauen Hof, ging dann weiter, vorbei am Bierlokal, wo ein fetter Arbeiter mit aufklaffendem Hemd, einen gigantischen Humpen mit weiss schäumendem Bier vor dem Bauch, lallend an der grauen Mauer lehnte. Aus der geöffneten Tür drangen Gegröl und heiseres Gelächter, und gleichzeitig quoll eine Gruppe von Männern in groben Anzügen heraus, die ihn aufsogen, in die Mitte nahmen. Plötzlich fühlte er breite Hände an seinen Taschen, wurde blitzschnell wie in einem Schraubstock festgehalten und auch schon wieder aus diesem gärenden Strudel ausgespuckt. Man hatte ihn gefilzt. Vergeblich. Und zu früh. Er hatte noch keine Waffe. Aber er war gewarnt. Man würde einen zweiten Versuch unternehmen. Aber dann würde man ihn nicht mehr erwischen.

Er trat in eine ganz andere Welt ein, als er vom schwarz gekleideten Kellner an einen Platz im grossen Speisesaal komplimentiert wurde. Vergangene Herrlichkeit. Grüngraue Pfeiler. Spiegel. Etwas blind geworden, verwehrten sie den ungetrübten Blick auf andere Gäste. Ein Dreimannorchester bereitete seinen Auftritt vor. Sembritzki bestellte Schweinefleisch nach Prager Art und Bratkartoffeln. Dazu einen Salat und ein Pils. Erste Töne schwirrten in seinem Rücken. In einem der Spiegel konnte er den gross gewachsenen Stehgeiger sehen, der das Mikrofon richtete. Das Bier kam und mit ihm der erste Akkord. Die nackte Jugendstilplastik in der Rotonde schien sich, beflügelt von Walzerklängen, hinaus in den Saal schwingen zu wollen. Ihr braunroter Leib glänzte. Und zu ihren Füssen glänzte die Glatze eines riesigen Gastes, der im Takt ass und immer wieder unauffällig zu Sembritzki hinüberluchste. Der Stehgeiger, unterstützt von einem Klavierspieler und einem Mann am Schlagzeug, schien schon bessere Zeiten gesehen zu haben.

Wenn die Töne nicht mehr in die gewünschten Höhen transportiert werden konnten, half er mit verzweifelter Mimik nach, stellte sich auf die Zehenspitzen und schob den durchhängenden Akkord mit den spitz nach oben wachsenden Augenbrauen an den gewünschten Platz in seiner inneren Harmonielehre. «Machen wir es den Schwalben nach!» Wiener Vergangenheit schmuggelte sich ins sozialistische Prag hinüber, Pusztaklänge aus dem alten Ungarn weinten sich hier noch einmal aus. Aber den Gästen schien es zu gefallen. Die Antiquare unter ihnen konnte Sembritzki schon jetzt ausmachen. Sie waren entweder dunkelgrau oder dunkelblau gekleidet. Einige trugen Tweedjacketts und beinahe alle einen Unterziehpullover. So auch der riesige Mann zu Füssen der Bronzeplastik. Er war Amerikaner, was er lautstark dokumentierte. Und er winkte auch schon bald leutselig zu Sembritzki hinüber, hob sein Weissweinglas auf Augenhöhe und prostete ihm zu. Wenn er wirklich ein Kongressteilnehmer war, so würde sich Sembritzki nur schwerlich seiner erdrückenden Gegenwart entziehen können. Er beeilte sich mit dem Essen, verzichtete auf den Nachtisch und ging mit einem Kopfnicken in Richtung des Giganten schnell auf sein Zimmer. Dort holte er den Mantel mit den weiten Taschen und den verschiedenen Verwandlungsmöglichkeiten – er war beidseitig tragbar – aus dem Schrank und trat dann wieder über die Treppen hinaus auf die Strasse. Diesmal wandte er sich nach rechts zum Václavské Náměstí. Doch bevor er bei der Kreuzung von Štěpánská und dem breiten Boulevard angekommen war, tauchte er in die Lucerna-Passage ein. Da drängten sich schon die Leute vor dem Eingang zur Lucerna-Bar, wo sozusagen westliche Varietékunst angepriesen wurde. Die Telefonkabine stand noch immer am selben Ort, braun, unten mit eng beisammen liegenden Holzleisten eingefasst. Sembritzki wusste, dass er sich beeilen musste. Sein Bewacher hatte schon Position bezogen, stand in einer Nische zwischen zwei Schaufenstern und schaute unauffällig zur Telefonzelle herüber. Sembritzki deckte die Wählscheibe ab, sodass von aussen niemand die Nummer kennen konnte, die er wählte.

«Hallo!»

Es war Evas Stimme. Sembritzki fühlte, wie ihm die Stimme wegblieb.

«S kým mluvím? – Mit wem spreche ich?»

«Sembritzki», würgte er heraus. Seine Stimme klang heiser und war ihm selber fremd. Aber auch Eva schien erregt. Er hörte sie atmen.

«Wo sind Sie?»

«Hier in Prag. In einer Telefonzelle in der Lucerna-Passage!»

«Viele Leute da!»

Sembritzki wusste Bescheid. Die Telefonzelle war nicht sauber. Sie wurde permanent abgehört. Sie lag ja auch nahe beim Hotel und wurde sicher von all jenen benützt, die die Kontaktaufnahme über die Zimmertelefone scheuten.

«Ich bin morgen in der Karls-Universität. Ein Kongress, Antiquare aus aller Welt!»

«Schön für Sie!»

Jetzt waren beide in das übliche Konversationsmuster eingerastet. Sie garnierten ihre Sätze mit gültigen Stichworten, die man dann nachher nur zu einem neuen Satz zusammenzufügen brauchte, der alle nötigen Informationen enthielt.

«Niklaus lässt Sie grüssen!»

Sembritzki lachte. «Ach, wie geht es ihm? Ist er schon wieder umgezogen?»

«Wie Sie sich doch noch an alles erinnern. Ja, er ist umgezogen. Er wohnt jetzt an der Effingerstrasse Nummer 12. Oder ist es 15? Das weiss ich nicht mehr so genau.»

«Früher wohnte er in der Nummer 3. Das war eine gute Adresse!»

«Ja. Wann sehen wir uns?»

«Kommen Sie doch in die Bibliothek. Morgen, nach dem Kongress?»

«Gut. Es wird sicher später als fünf.»

«Tut nichts. Ich warte.»

«Tak na shledanou!»

Sie hatte aufgehängt, ehe er sich selbst verabschieden konnte. «Na shledanou – auf Wiedersehen!»

Aber die Informationen waren angekommen. Sie würden sich noch heute Nacht um zwölf, um Mitternacht also, hinter dem Emmauskloster in der Nähe der Trojická treffen. Vorher musste er aber versuchen, sich eine Waffe zu beschaffen. Die Adresse hatte er. Es war ganz im Osten, in der Nähe der Moldau. Ob er noch hinfinden würde? Und vor allem: Würde er es schaffen, seinen Begleiter abzuschütteln? Er verliess die Telefonzelle, trat am andern Ende der Lucerna wieder auf die Strasse und bog dann in den Boulevard ein. «Tauschen? Change?»

Der geübte Blick der heimlichen Geldakrobaten schien ihn in der harmlosen Ecke ausgemacht zu haben, sonst hätte man sich nicht an ihn herangemacht. Das beruhigte ihn.

Er ging die Václavské Náměstí hinunter bis zur Na Příkopě, bog dort rechts ab, ging bis zum Pulverturm und tauchte dann in die Prager Altstadt ein. In seinem Rücken hörte er die beharrlichen Schritte seines Beschatters. Aber jetzt wurden die Strassen eng und eine Überwachung immer schwieriger. Ein Strom von Touristen kam Sembritzki entgegen. Er liess sich ansaugen, vermischte sich mit der Gruppe, schloss sich ihr an, kam zurück, kreuzte seinen Beschatter, der einen Augenblick lang aus dem Konzept gebracht die Strasse hinunterspähte, und scherte dann abrupt in eine Seitengasse aus, ging schnell und lautlos im Schatten der Hausmauer weiter. Er durfte dem STB-Mann nun keine Möglichkeit mehr lassen, sich zu orientieren, zu ihm aufzuschliessen. Er schlug mehrere Haken, umging in grossem Bogen den Altstädter Ring und bog dann nach Osten ab, bis die Häuser immer unansehnlicher wurden, immer weniger Leute sich auf der Strasse zeigten und es immer düsterer wurde. Endlich hatte er die Strasse gefunden, die er suchte. Er sah den halb abgeblätterten Schriftzug «Pedikura» schon von Weitem, denn das Licht einer grünen Strassenlaterne fiel darauf.

Gegenüber war das gelbe Haus, das er gesucht hatte. Er erkannte es am Fries wieder, das die Fenster rahmte. Nummer 15. Er ging schnell über das holperige Kopfsteinpflaster. Er klopfte. Nichts rührte sich im Haus. Noch einmal krümmte er den Zeigefinger. Wieder Stille. Sembritzki schaute sich um. Er konnte es nicht länger wagen, hier vor einer geschlossenen Haustüre stehen zu bleiben. Schnell überquerte er die schmale Strasse. Dann hörte er Schritte. Die Türe wurde einen Spalt geöffnet.

«Prominte!», sagte Sembritzki leise. Und dann: «Entschuldigung!»

«Čím vám mohu posloužit?»

Das verstand nun Sembritzki nicht mehr. Er mobilisierte seinen letzten Satz aus seinem Repertoire: «Mluvíte německy?»

«Ja, ich spreche deutsch», sagte die Stimme.

«Ich suche Vladimír Havaš.»

«Vladimír Havaš ist tot.»

Die Türe öffnete sich etwas weiter. Er sah das Gesicht einer etwa vierzigjährigen Frau, grell geschminkt, schneeweiss die Haut, Lippen und Augenbrauen wie Wegzeichen darin. «Kann ich eintreten? Bitte!»

«Wer sind Sie?»

«Ein Freund Vladimírs!»

«Das kann jeder sagen!»

«Mlha houstne!», flüsterte jetzt Sembritzki aufs Geratewohl. «Der Nebel wird dichter.» Das konnte für die Dame hinter der Türe alles und nichts heissen. Es war das Codewort, das er vor Jahren jeweils gebraucht hatte, um jemanden als Freund zu identifizieren. Und er hatte auch diesmal Erfolg. Die Türe ging auf. Er schlüpfte in einen dunkelrot gestrichenen Flur, der überall mit kleinen goldumrahmten Spiegeln jeder Form geschmückt war. Wohin er auch schaute, Spiegel, sein Gesicht, manchmal auch nur Ausschnitte davon, mehrfach gebrochen und zurückgeworfen. Die Frau stand jetzt im Licht eines mit rotem Samt drapierten Lämpchens. Sie reichte ihm kaum bis zur Schulter. Ihr Haar fiel schwarz und voll. Ihr Lächeln war Maske. Aber ihre Augen brannten wie Kohle.

«Ich bin Marika!»

«Tschechin?»

Sie schüttelte den Kopf.

«Ungarin.»

«Sie kannten Vladimír gut?»

«Ich habe ihn gepflegt, als er krank war.»

«So ist er also eines natürlichen Todes gestorben?»

Sembritzki war erleichtert. Er hatte schon gefürchtet, dass die STB-Schergen das Nest ausgehoben hätten.

«Krebs. Zuerst die Lunge. Dann der Kehlkopf.»

Was sollte er jetzt tun? Er stand in der Leere. Vladimír, der ehemalige Arbeiter in den Škodawerken, war tot. Der Mann mit den grossen und so geschickten Händen.

«Wer wohnt jetzt in seiner Wohnung?»

«Mirek!»

«Wer ist Mirek?»

«Sein Sohn!»

Sembritzki wunderte sich. Nie hatte er von Havaš erfahren, dass er einen Sohn hatte.

«Warum hat mir Viadimír nie gesagt, dass er einen Sohn hat?»

Sie zuckte mit den Schultern und zog ihren purpurfarbenen, wattierten Morgenmantel, der vorn aufgeklafft war und eine kleine, weisse spitze Brust freigegeben hatte, wieder zu.

«Mirek war beim Militär. Ausbildung an einer russischen Militärschule. Sein Vater hat sich bei seinen Freunden geschämt. Er wollte keinen Sowjetarmisten in der Familie haben.»

«Und jetzt?»

«Jetzt ist Mirek zurückgekommen. In einem Manöver hat er den linken Arm verloren. Er ist kriegsuntauglich, verstehen Sie? Ausgemustert.»

«Was tut er jetzt?»

«Dies und das. Er verkauft Zeitungen. Er macht Botengänge. Er macht tschechisch-russische Übersetzungen.»

«Und er kennt sich aus im Nebel?»

Sembritzki wusste, wie viel von der Antwort Marikas abhing. Sie nickte.

«So gut wie sein Vater! Oder noch besser!» Ihr Ausdruck war jetzt völlig verändert. Etwas von Wärme war in ihrem Blick festzustellen. Abwesend strich sie sich über die verhüllte Brust.

So gut wie sein Vater. Oder noch besser! Wie sie das wohl meinte? War ein junger einarmiger Liebhaber besser als ein alter zweiarmiger? Und wie würde sich Sembritzki in dieser Rolle machen? Er lächelte sie an. Aber da kam kein Echo zurück.

«Wollen Sie warten?»

«Wie lange?»

«Eine halbe Stunde! Ein paar Wodkas werden Ihnen darüber hinweghelfen!»

«Und Ihre Gegenwart!»

Wieder versuchte es Sembritzki mit einem Lächeln. Wieder stiess er auf Kälte. Sie drehte ihm jetzt den Rücken zu und ging durch eine mit einem purpurfarbenen Samtvorhang drapierte Tür in einen andern Raum. Unschlüssig blieb Sembritzki stehen. Konnte er der Frau wirklich trauen? War Miroslav der Sohn seines Vaters? Oder war er trotz seines amputierten Armes ein überzeugter Mitläufer in der Armee der Warschaupaktstaaten geblieben?

«Bitte.»

Sie dehnte das I sehr lange, bis es immer breiter wurde und dann in einem dumpfen T explodierte. Wieder stand ihr Morgenmantel halb offen, als sie ihm jetzt unter der Türe das kleine Wodkaglas entgegenstreckte. Aber diesmal schloss sie ihn nicht mit einer schnellen Bewegung. Im Gegenteil. Jetzt klaffte auch die andere Seite auf, und die Zwillingsbrust, etwas grösser und voller als die rechte, tauchte ins schummerige Licht. Sie trat auf ihn zu und lächelte zum ersten Mal.

«Na zdraví!»

Die beiden Gläser prallten zusammen.

«Ex!», sagte sie und kippte den Wodka hinunter.

Sembritzki tat es ihr nach. Sie zog ihn jetzt ins Wohnzimmer neben sich auf ein von unzähligen bestickten Kissen belagertes Sofa. An den Wänden hingen Bilder mit Pferden. Springpferde, Ackergäule, Zugpferde, Zirkuspferde. Sie griff nach der Flasche auf dem kleinen schäbigen Holztisch. «Gut!,» sagte sie, und wieder dehnte sie den Vokal, bis er einbrach. Sie schenkte ein, hob das Glas auf Augenhöhe und sagte: «Ex!»

Sembritzki hasste dieses Kneipenzeremoniell, aber er tat es ihr aus Höflichkeit nach. Noch zwei-, dreimal. Dann fühlte er, wie der Alkohol ihm in den Kopf stieg. Seine Hand zitterte beim vierten Mal leicht, als er das Glas hob.

«Ein rechter Mann verträgt mehr als du!»

Sie drängte sich an ihn und fuhr mit schnellen und geübten Fingern an seinem Oberkörper auf und ab, kroch ihm unters Jackett, streichelte ihm die Hüften und lehnte sich dann lachend wieder zurück. Sembritzki wusste es, bevor er zu einer Reaktion fähig war: Sie hatte ihn gefilzt.

«Du hast mich gefilzt!»

Er fühlte, wie seine Zunge schwer im Mund lag, und er ärgerte sich darüber, dass er sich auf so schäbige Weise hatte erwischen lassen.

«Sicher, milý Konrádku!»

Woher kannte sie seinen Namen? Aber die Antwort kam postwendend. Sie zeigte ihre vom Rauchen schwarzen Zähne, als sie seinen Pass aus ihrem Slip zog, ihn aufklappte und las: «Konrad Sembritzki. Deutscher Staatsangehöriger. Beruf Antiquar. Familienstand: geschieden.»

Jetzt lächelte Sembritzki nicht mehr. Er nahm ihr den Pass mit einer groben Bewegung weg, steckte ihn ein und griff ihr dann mit beiden Händen an die Brüste und drückte zu. Aber sie zuckte mit keiner Wimper, so fest er auch zupackte. Eine Weile hielt sie still, dann sagte sie, und die

Worte kamen von ganz weit unten: «Was für eine Kraft! Was für ein Mann!»

Beschämt liess Sembritzki die Arme sinken. Aber jetzt hob sie ihrerseits den Arm und strich ihm über das leicht gekräuselte dunkelblonde Haar, dann über die Augenbrauen und zuletzt über die Lippen.

«Du bist zu naiv, milý příteli!«

Sembritzki nickte. Er wusste jetzt, dass sie ihn nur hatte testen wollen.

«So lebst du nicht lange!»

Wie recht sie hatte! Er war nicht mehr der alte. Prag hatte sich verändert seit dem letzten Mal. Auch er selbst. Er wusste jetzt auch, warum sie ihn so kläglich erwischt hatte. Weil er geglaubt hatte, mit Naivität, mit Spontaneität, mit der Bereitschaft des Jungen, aus einer scheinbar abgelebten Vergangenheit neues Leben herauszukitzeln. Er wollte sich selber fühlen, sich aufs Spiel setzen, und musste die Erfahrung machen, dass ihm nur Misstrauen das Weiterleben garantierte. Er hatte nur dann eine Chance, wenn er auf seine Erfahrungen baute.

«Komm», sagte Marika jetzt leise und fasste ihn bei der Hand. «Mirek ist zurückgekommen!»

Sie zog ihn zum Fenster und zeigte hinüber über die Gasse, wo hinter einem zerschlissenen Vorhang eine nackte Glühlampe sichtbar war. Ab und zu sah man eine Gestalt am Fenster vorbeigehen. Dann war Radiomusik zu hören. Es roch nach Kohl. Marika steckte eine Zigarette an.

«Geh! Mirek wird dir geben, was du brauchst! Bezahlt hast du schon!»

Er schaute sie überrascht an, als sie zwei Hundertfrankenscheine und zwei Zehnfrankennoten aus dem Slip zog.

«Du hast mich bestohlen!»

Er unterdrückte nur mühsam seine Wut. Sie hatte ihn erniedrigt.

«Behalte die grossen Scheine! Aber gib mir die beiden Zehnfrankennoten zurück!»

«Warum?»

Konnte er ihr das erklären? Nein. Sie hatte ihn gefilzt. Sie hatte ihn bestohlen. Er konnte ihr nicht sagen, was die Zeichnung auf den Zehnfrankenscheinen für ihn bedeutete. Lächelnd steckte sie ihm die beiden rotbraunen Scheine vorne ins Jackett, küsste ihn flüchtig auf die Lippen und stiess ihn resolut zum Ausgang. Noch einmal blickte Sembritzki zurück. Dann ging er schnell hinaus. Als er drüben ankam, ging die Tür schon auf und ein breitschultriger Mann, den einen Arm ausgestreckt, stand vor ihm. Ein loser Hemdsärmel, von der Zugluft, die durch die geöffnete Türe schoss, mit Leben vollgepumpt, flatterte heftig.

«Ich bin Konrad Sembritzki. Ein Freund Ihres verstorbenen Vaters.»

Miroslav Havaš schloss schweigend die Tür und schaute Sembritzki im Licht der nackten Glühbirne prüfend an. Dann griff er mit der rechten intakten Hand unter seinen dicken rotbraunen Wollpullover und zog ein kleines Foto heraus, blickte darauf, schaute dann Sembritzki misstrauisch ins Gesicht und liess das Bild wieder unter dem weiten Pullover verschwinden.

«O. K. Come in», sagte er.

«Sie sprechen kein Deutsch?»

Miroslav schüttelte den Kopf, dass seine langen strähnigen Haare flogen.

«Russisch und Englisch!»

Das war kein Handicap für das, was die beiden miteinander auszuhandeln hatten. Havaš winkte Sembritzki zu sich her, schaute ihn aus einem Paar goldgelber Augen lange an, verzog dann sein langes, junges, aber mit vielen Falten durchzogenes Gesicht zu einem mühsamen Lächeln, das eher einer Grimasse glich, und forderte Sembritzki auf, ihm in die Küche zu folgen.

«Kann ich offen sprechen? Marika hat mir gesagt ...»

«Marika ist in Ordnung!», antwortete er schnell. «Sie ist fix mit den Händen und mit dem Köpfchen. Auch ihre Lippen geben kein unnötiges Wort frei!»

Sembritzki sass auf dem unbequemen, weiss gestrichenen Küchenstuhl, die eine Hand auf dem blau-weiss karierten Wachstuch, das den Tisch bedeckte, und war unschlüssig. Er war entschlossen, sich nicht ein weiteres Mal kalt erwischen zu lassen. Aber da nahm ihm Havaš auch schon die Entscheidung einer Frage ab.

«Sie brauchen eine Waffe!»

Sembritzki antwortete nicht. Er schaute Havaš nur überrascht an.

«Ich habe nur eine kleine Auswahl an Pistolen und sozusagen nichts Brauchbares aus dem Westen!»

«Tut nichts.»

Jetzt hatte Sembritzki Farbe bekannt. Jetzt hatte er sich seinem Partner ausgeliefert. Aber Havaš lächelte nur, diesmal mit gewisser Herzlichkeit.

Er stand auf, ging in seinen schweren Holzpantinen durch die enge Küche, öffnete einen weissen Küchenschrank, griff hinein, kramte lange darin herum, schien sich durch viele verschiedene verborgene Fächer vorzutasten und kam dann mit einem in ein gelbes Flanelltuch eingewickelten Gegenstand zurück, den er auf den Tisch legte, und trat dann wie ein Zauberer, bevor er mit einem verblüffenden Trick den Zuschauern den Atem abwürgt, einen Schritt zurück.

«Was erwarten Sie?»

Sembritzki zuckte die Schultern.

«Mir ist es egal.»

Havaš öffnete das Tuch. Sembritzki erkannte die Waffe sofort. Zuerst wollte er schnell zugreifen, dann aber zog er gehemmt die Hand wieder zurück.

«Sie kennen die Waffe?»

Sembritzki nickte. «Ja, ich kenne sie. Sie hat Ihrem Vater gehört. Eine Stechkin. Kaliber 7,65.»

«Woran erkennen Sie die Pistole meines Vaters?», fragte Havaš gespannt.

«An dem kleinen grünen Fleck am Griff!»

Jetzt trat Havaš auf Sembritzki zu und umarmte ihn.

«Sie waren ein Freund meines Vaters! Nur Ihnen hat er diese Pistole gezeigt. Da!»

Er streckte Sembritzki die Waffe auf der flachen Hand hin.

«Wie viel?»

Aber Havaš schüttelte den Kopf.

«Nur leihweise, Mr. Sembritzki!»

Und dann nach einer Pause mit einem kleinen bitteren Lächeln:

«Die Miete haben Sie sicher schon bezahlt!»

«Zweihundert Schweizer Franken! Ist das genug?»

Havaš nickte abwesend. Er sass jetzt auf einem hochlehnigen Stuhl mit grossem Blumenmuster, in welchem der alte Havaš immer gesessen und gehorcht hatte, wie das Kaffeewasser kochte. Die Stille wurde unerträglich. Sembritzki, noch immer die Pistole in der Hand, auf dem weissen harten Küchenstuhl, wusste nicht, was er vom jungen Havaš noch erwarten konnte.

«Mirek, kann ich von Ihnen weitere Hilfe erwarten?»

Jetzt schaute der junge Mann mit leerem Blick auf und schüttelte leise den Kopf.

«Nein, Sembritzki. Ich bin ein Geschäftsmann. Ich verstehe etwas von Waffen, mehr als das, was mir die Sowjets beigebracht haben. Aber ich handle nicht mit Ideologien. Harte Geschäfte. Ware gegen Geld. Da ist alles. Alles andere führt zu nichts!»

«Ich werde Sie bezahlen, Mirek!»

«Wofür?»

«Wenn Sie überall weiterverbreiten, dass ich in Prag bin!»

«Überall?» Havaš' Lachen klang hart.

«Sie verstehen mich. Bei Ihren Freunden. Bei den Freunden Ihrer Freunde. Ich kann nicht ewig unterwegs sein und alte Kontakte anknüpfen. Dazu fehlt mir die Zeit. Ich muss mich darauf verlassen können, dass die Leute zu mir kommen!»

«Ich bin nicht Ihr Pfadfinder, Sembritzki. Ich werde meine Freunde nicht auf dem Präsentierteller dem STB ans Messer liefern! Mit mir können Sie das nicht machen!»

Was hätte Sembritzki darauf antworten können? Der junge Havaš, in der Armee zum kalten Rechner zurechtgeschliffen, hatte nur noch die Liebe und das Andenken an seinen Vater in die Gegenwart hineingerettet. Eine neue Generation, die Sembritzki in manchem fremd war. Und trotzdem mochte er Miroslav Havaš. Seine Ehrlichkeit. Und seine Illusionslosigkeit.

«Das wärs dann wohl!»

Sembritzki stand auf. Aber Havaš bewegte sich nicht. Nur die Finger seiner rechten Hand trommelten einen Wirbel auf die verschnörkelte Stuhllehne.

«Wait a minute!»

Sembritzki blieb stehen und schaute den jungen Havaš

verwundert an. Erst jetzt bemerkte er die gepflegten, sauber geschnittenen, ja gefeilten Fingernägel. Da hatte sich wohl die fixe Pedikura daran versucht. Jetzt ballte Miroslav Havaš die Hand zur Faust und stand auf.

«Mr. Sembritzki», murmelte er und stand auf, indem er sich auf seinen rechten Arm abstützte und mit einer blitzschnellen Drehung seines Oberkörpers in die Senkrechte schnellte: «Ich möchte nicht, dass Sie schlecht von Marika denken.»

«Warum sollte ich!» Sembritzki versuchte, seiner Stimme einen unbefangenen Unterton zu geben. Es gelang ihm nicht ganz. Verletzter Stolz klang mit.

«Marika stammt aus einer ungarischen Zirkusfamilie. Sie war Kunstreiterin. Und dann starben ihre Geschwister, eines nach dem andern an einer Epidemie. Sie blieb allein mit ihren Eltern zurück. Und sie konnte sich nur mit kleinen Diebstählen über Wasser halten. Das hat sie sich nicht mehr abgewöhnt. Und manchmal ist es auch einträglich, Mr. Sembritzki. Besser, als die Strasse zu machen!»

«Warum entschuldigen Sie sich für Marika?»

«Weil ich sie liebe, und weil Sie meinen Vater gekannt haben. Mein Vater war ein ehrlicher Mensch.»

Sembritzki nickte.

«Ich bin käuflich, Mr. Sembritzki. Mein Herz schlägt dort, wo die Banknoten rascheln!»

«Was wollen Sie damit sagen, Mirek?»

«Ich will damit sagen, dass ich Sie für Geld verraten könnte. Mehr als eine Gruppierung wäre an Ihnen interessiert.»

Sembritzki schüttelte lächelnd den Kopf.

«Sie irren sich, Miroslav! Ich nehme Ihnen die Entscheidung ab. Dass ich hier bin, ist kein Geheimnis. Dass ich Kontakte anknüpfe, ebenso wenig. Und bevor ich diese

Kontakte hergestellt habe, bin ich in Sicherheit. Ich allein bin kein Fang, mein Lieber.»

Jetzt liess sich Havaš krachend in den Stuhl zurückfallen. Mit der rechten Hand fuhr er sich über die Stirn, wo kleine Schweisströpfchen perlten.

«O. K.!», schnaufte er. «Ich bin froh, dass Sie es mir gesagt haben. Sie nehmen mir die Entscheidung wirklich ab. Sie machen es mir nicht schwer, die Erinnerung an meinen Vater rein zu halten und Sie hier als Freund zu entlassen. Leben Sie wohl, Sembritzki! Und kommen Sie erst wieder zurück, wenn Sie die Pistole nicht mehr nötig haben!»

«Ich komme nicht wieder zu Ihnen zurück. Ich werde Ihnen die Pistole durch einen Boten bringen lassen, um Sie nicht dann, wenn ich meine Mission erfüllt habe, wirklich in Versuchung zu bringen.»

Sembritzki drehte sich erneut um und ging zur Türe.

«Moment!»

Was wollte er jetzt noch? Havaš hatte sich wieder in die Höhe gewuchtet, schlurfte wieder zum Schrank, wo er herumkramte und mit einem metallisch blau schimmernden Gegenstand zurückkehrte.

«Hier!»

«Ein Schalldämpfer?»

«Als Zugabe. Geben Sie her!»

Aber Sembritzki schüttelte den Kopf.

«Nein, Miroslav! Ich gebe meine Waffe nicht mehr aus der Hand!»

«Etwas gelernt?»

Havaš lächelte bitter und streckte ihm den Schalldämpfer hin. Dann löschte er das Licht in der Küche.

«Reine Vorsichtsmassnahme, Sembritzki.» Vorsichtig öffnete er die Tür und spähte hinaus auf die Strasse.

«Gehen Sie, Sembritzki! Ich habe es nicht für Sie, sondern für meinen Vater getan. Und was ich jetzt noch tun werde, tue ich für mich!»

Sembritzki verstand die letzten Worte nicht. Er schaute seinen eigenartigen Gastgeber noch einmal kurz an, drückte ihm den Unterarm und trat dann hinaus auf die Strasse. Und dann sah er auch schon den Mann in der Nische, sah, wie sich ein Umriss bewegte, ein Mann aus dem Schatten auf die Strasse trat, zwei Schritte auf ihn zu tat. Dann hörte er das dumpfe Geräusch, das er so gut kannte und ihn an Neujahrsfeiern und knallende Sektpfropfen erinnerte. Es fiel mit dem dritten Schritt des Mannes im Dunkel zusammen, den er nicht ganz zu Ende brachte. Einen Augenblick hing er allen physikalischen Gesetzen zum Trotz schräg in der Luft und fiel dann schwer vor Sembritzkis Füsse.

«Sie waren nicht misstrauisch genug, Sembritzki», flüsterte Havaš, als er seine eigene Pistole mit Schalldämpfer unter dem weiten Pullover verschwinden liess. «Man hat Sie verfolgt. Ich hatte die Wahl, Sie zu erschiessen oder diesen Mann aus dem Weg zu räumen.»

«Sie haben sich für den andern entschieden!»

«Ja. Aber nicht, weil ich Sie schonen wollte, sondern weil ich dem STB eine Chance geben will, Sie im richtigen Augenblick zu schnappen!»

«Und jetzt werden Sie geschnappt, wenn man Sie als Mörder eines STB-Agenten entlarvt.»

Havaš' Lachen klang rauh und böse.

«Keine Angst, Sembritzki. Das ist kein STB-Mann. Ich glaube, das ist einer von den Hussiten!»

«Hussiten?»

Sembritzki verstand nicht.

«Sie werden es noch früh genug erfahren, Sembritzki.

Warten Sie es ab! Mir bringt dieser Skalp einen Orden oder eine Belohnung ein. Leben Sie wohl!»

Jetzt schaute sich Sembritzki nicht mehr um. Die Angst hatte ihn gepackt. Angst vor der Kälte, vor dem mörderischen Klima, das hier herrschte. Der Mond war jetzt hinter den Wolken hervorgekommen und warf sein weisses Licht auf die zerbröckelnde Fassade der Pedikura. Sembritzkis Schritte hallten laut auf dem holprigen Pflaster, und er beeilte sich, wieder unter Leute zu kommen. Doch bald merkte er, dass er nicht allein war. Man hatte seine Spur wieder ausgemacht. Man? Sembritzki ging weiter und horchte im Gehen auf die Schritte in seinem Rücken. Die Kadenz unterschied sich von seiner eigenen. Da war auch weniger Gewicht dahinter. Eine Frau! Und wer anders könnte es sein als die fixe Marika! Sembritzki war beruhigt. Aber nur deshalb, weil er mit einiger Bestimmtheit wusste, mit wem er es zu tun hatte. Marika war wohl fix mit den Händen. Aber an Erfahrung draussen zwischen den Hauswänden war sie ihm bestimmt unterlegen. Elf Uhr zwanzig! Ihm blieben noch vierzig Minuten bis zum Zusammentreffen mit Eva. Zeit genug für ein Bier! Er fühlte die Nervosität. Die Angst vor der Wiederbegegnung. Vor diesen ersten Augenblicken der Leere.

Noch war der Altstädter Ring belebt. Touristen standen auch nachts vor der Rathausuhr, dem Orloj, und warteten auf das Defilee der Heiligen. Und auf das Krähen des Hahnes! Wer verriet heute wen? Und wer hatte wen schon verraten? Havaš? Das war eine Figur im grossen Spiel. Dieser Mann liess sich nicht einfach mit einem Pils hinunterspülen. Sembritzki starrte in seinen halb leeren Humpen, der vor ihm auf der hölzernen abgeschliffenen Tischplatte stand. Über den zerkratzen Rand des Glases schaute er auf die Strasse hinaus. Und dann sah er sie. Sie hatte sich unter die Touristen vor dem Rathaus gemischt. Sie trug jetzt ein schwarzes Kopftuch mit roten Mohnblumen. Und sie hatte ihn im Visier, ohne hinzuschauen. Aber sie schien nicht zu wissen, dass es in diesem Bierlokal auch einen Hinterausgang gab. Sembritzki legte ein paar Münzen auf den Tisch, und als neue Gäste durch die Türe drängten und ihn für kurze Zeit abdeckten, stand er schnell auf, ging durch die Türe, über der Toalety stand. Das Fenster zum Hof stand offen. Er kletterte schnell hindurch. Er sah auf der Gegenseite die Toreinfahrt, in deren Schatten er untertauchte. Marika war ausgeschaltet. Ihm blieben noch zehn Minuten. Es war spät, und er beeilte sich. Zehn Minuten würden nicht ausreichen, und er ärgerte sich deshalb, weil er es sich zur Gewohnheit gemacht hatte, immer mindestens eine Viertelstunde vor der fixierten Zeit an einem Treffpunkt anzukommen. Er wollte sich nicht überraschen lassen. Er musste den andern ankommen sehen! Aber diesmal war es nicht irgendein Kurier. Diesmal war es die Frau, die er geliebt hatte. Und vielleicht noch immer liebte. Vor dieser Frage fürchtete er sich. Vor der Antwort darauf.

Es schlug von irgendeinem Kirchturm zwölf, als er aus dem Gewirr der Gassen auf dem Karlsplatz auftauchte und schon wieder zwischen eng stehenden Häusern verschwand. Er schlug einen Bogen um den barocken Prunkbau des Klosters St. Ignatius und näherte sich dann über die Benátská dem Emmauskloster. Sein Herz klopfte bis zum Hals. Aber nicht, weil er so schnell gegangen war.

Die konkaven Spitztürme der Marienkirche stachen in den milchigen Himmel. Seine Schritte hallten laut und aufdringlich auf dem Kopfsteinpflaster. Es roch nach Keller. Moderduft. Als er anhielt und sich in eine Mauernische drückte, hörte er nahe das sanfte Rauschen der Moldau. Er steckte einen Zigarillo in den Mund und wartete.

Es dauerte etwa zehn Minuten, bis er das kurze Aufflackern eines Zündholzes sah. Ungefähr zwanzig Meter von ihm entfernt. Vorsichtig und auf den Zehenspitzen drückte er sich an einer überhängenden Hausmauer entlang. Dann sah er sie. Ihren Schatten. Dann eine ovale Scheibe vor schwarzem Hintergrund.

Wenn er jetzt nur hätte weglaufen können! Seine Handteller waren feucht. Und dann war es geschehen. Er konnte nicht mehr zurück. Er fühlte ihre Hand, die ihn ins Dunkel der Nische zog. Sie standen jetzt ganz nahe beisammen. Ihr warmer Atem glitt ihm ins Gesicht. Seine Hand umklammerte ihre Hand. Und er merkte, dass auch sie an den Händen schwitzte.

«Eva!»

Sie antwortete nicht. Stattdessen trat sie einen ganz kleinen Schritt zurück. Der Raum war eng. Mehr Abstand war nicht möglich.

«Du bist zurückgekommen?»

Er nickte. Die Frage, warum, konnte er so nicht umgehen. Aber sie stellte diese Frage nicht. Aus Angst, vielleicht eine Lüge zur Antwort zu bekommen?

«Ein Auftrag?», fragte sie stattdessen.

«Ja», krächzte er mit unnatürlicher Stimme. Und dann erzählte er ihr alles. Er erzählte von Seydlitz, von Stachow, von Bartels, von Römmel. Sie schwieg. Erst als er im Gegenlicht das Zucken ihrer schmalen Schultern sah und dann den kleinen unterdrückten Seufzer hörte, wusste er, dass er sie getroffen hatte. Sie hatte erwartet, dass er etwas von ihr und von sich selbst sagen würde. Er hob ganz langsam die rechte Hand, dass sie jetzt aus der Schwärze der Nische her-

auswuchs und vom Mondlicht beschienen wie ein abge-
trennter Körperteil in die stille Gasse hinausragte. Dann
spreizte er den Daumen ab, so fest er konnte, bis er den
rechten Winkel immer mehr dehnte und dehnte, und der
Schmerz bis hinauf zum Ellbogen kroch. Eine Weile
geschah nichts. Seine Hand zitterte vor Anstrengung, aber
er liess sie nicht sinken. Er wartete. Und dann kam die Antwort. Ihre Hand schmuggelte sich aus dem Dunkel neben
seine ins Licht, eine feine, kleine Hand, die vergeblich die
Konkurrenz mit seiner breiten Männerhand suchte. Langsam zwang sie ihren Daumen nach unten. Er bewegte sich
wie ein Uhrzeiger, immer weiter, bis er endlich schräg auf
den Boden zeigte. Ein Todesurteil? Plötzlich kippte die
Situation um. Die Erinnerung an ihre früheren Versuche,
durch den möglichst weit abgespreizten Daumen ihre
Durchschlagskraft unter Beweis zu stellen, ihn gewissermassen als Indikator für Energie und seelische Kraft zu benützen, wurde abgewürgt. Ein Hauch von Tod und Zerstörung
umhüllte sie.

«So weit konntest du früher deinen Daumen nie absprei-
zen, Eva!», flüsterte er.

«Einsamkeit macht stark. Ich hatte Zeit zum Üben.»

Sie lehnte sich an seine Schulter. War es Erschöpfung?
Weil sie sich zu lange dagegen gewehrt hatte! Er strich ihr
über die Haare, aber nur ganz leicht und beinahe beiläufig.
Er fürchtete, dass ihre Nähe ihn einnebeln könnte.

«Mlha houstne!» flüsterte er ins Ohr.

«Der Nebel wird dichter», flüsterte auch sie. Dann wurde
ihr Körper steif. Sie trat wieder einen Schritt zurück und
schaute ihm ins Gesicht. Er sah ihre grossen Augen wie
Höhlen. Und die kleine Nase sass im Dunkel sogar beinahe
gerade im Gesicht.

«Das war wohl der Auftakt zur zweiten Runde! Die Geschäfte warten, Konrad!»

Er schüttelte bekümmert den Kopf.

«Das hat jetzt doch einen doppelten Sinn. Ich fühle, wie die Erinnerungen mich einnebeln. Und –»

«Und gleichzeitig erinnerst du dich daran, dass wir nicht in erster Linie gezeichnete Liebende sind, sondern Befehlsempfänger, die sich zu identifizieren haben. Was willst du von mir, Konrad Sembritzki?»

«Die Identität eines Mannes. Römmel!»

«Der BND-Mann?»

«Ja. Ich will wissen, woher er kommt. Was er war. Welche Verbindungen er hatte! Seinen Lebenslauf!»

«Auf dem Tablett serviert?»

Sie lachte rau, dann hustete sie. Sie hatte ihre Stimme nicht im Griff. Der Ausflug in die Pose, der Versuch, ihrer Stimme jede Zärtlichkeit zu nehmen, war ihr nicht bekommen.

«Auf dem silbernen Tablett, Eva! Genau. Du kennst doch viele Leute. Du hast selbst Zugang zu den Archiven. Man vertraut dir in Regierungskreisen.»

«Was versprichst du dir von der Rekonstruktion dieses Lebenslaufes?»

«Eine Antwort auf die Frage, warum Stachow ermordet wurde. Ich muss wissen, wo Römmel steht. Für wen er arbeitet!»

«Du hältst ihn für einen Doppelagenten?»

«Die einzige logische Möglichkeit, Eva.»

«Das ist wohl nur ein Teil deines Auftrags?»

«Ja. Der Rest ist meine Sache!»

«Du willst dein Netz wieder mobilisieren?»

«Das ist mein Auftrag!»

«Du weisst, welches Risiko du damit eingehst?»

Sie strich ihm ganz schnell und sacht über die rechte Wange.

«Ich weiss es», presste er hervor. «Aber solange ich nicht alle Männer kontaktiert habe, bin ich sicher!»

«Etwas verstehe ich nicht, Konrad. Warum macht man es dir so leicht? Du bist doch kein unbeschriebenes Blatt bei uns. Du warst einer der meistgefürchteten Agenten. Und jetzt kommst du zurück. Und man empfängt dich wie einen alten Freund.»

«Eben. Auch das möchte ich herausfinden. Warum man mir die Rückkehr so leicht macht. Ich soll herausfinden, ob wirklich Truppenverschiebungen im Gange sind, ob bereits die ersten SS-Raketen im Land sind. Das ist der BND-Auftrag.»

«Und der Auftrag deines toten Chefs?»

«Der deckt sich beinahe mit dem Auftrag Römmels. Nur darf eine Hand nicht wissen, was die andere tut!»

«Dein Chef ist tot, Konrad! Du hast nur noch einen Vorgesetzten: Römmel!»

«Eben! Aber ich weiss nicht, wer Römmel ist. Ich weiss nicht, was er mit meinen Informationen anfängt und mit meinen Agenten.»

«Wenn du dein Netz wieder aufdeckst, lieferst du all deine Leute dem STB ans Messer!»

«Wenn ich nicht vorsichtig bin!»

«Du bist allein in einem fremden Land!»

«Bin ich allein?»

Jetzt schwiegen beide.

«Ich kann dir nur wenig helfen, Konrad. Ich habe eigene Aufgaben!»

Hätte er sie danach fragen sollen? Aber er fürchtete sich vor ihrer Weigerung, ihm Auskunft zu geben. Und doch ärgerte es ihn, dass sie ihn nicht ins Vertrauen zog. Noch bei ihrem letzten Zusammentreffen waren trotz der langsam zerbrechenden Liebe keine Geheimnisse zwischen ihnen gewesen. Kein Geheimnis, was ihre Bindungen, ihr Engagement, ihr Denken betraf. Und jetzt spürte er, dass sie einem anderen, ihm fremden Zirkel von Menschen angehörte.

«Morgen?»

Er nickte. «Der offizielle Besuch!»

«Vielleicht kann ich dir bis dann schon ein paar Informationen über Römmel geben.»

«So schnell?»

«Die Archive sind komplett. Wenn Römmel ein ehemaliger Wehrmachtsoffizier war, der in sowjetische Gefangenschaft geriet, und das auf tschechischem Boden, wird wohl etwas zu finden sein. Der Mann gehört zum BND. Da wird es hier eine Akte über ihn geben. Da wird man hier doch genau wissen, woher er kommt. Die müssen doch im Bilde darüber sein, mit wem sie es drüben zu tun haben.»

«Und du hast Zugang zu diesen Archiven?»

«Ich nicht. Aber ich habe Freunde –»

Wieder sprach sie von Freunden. War es Eifersucht, die Sembritzki am Wickel packte? Eifersucht auf wen? Und weswegen?

«Leb wohl», flüsterte sie, und ihre Lippen pressten sich einen kurzen Augenblick lang auf seine. Er hielt sie fest und drückte dann seinerseits seine Lippen fest auf ihre. Aber sie stiess ihn zurück.

«Keine Kraftakte, Sembritzki!»

Er biss auf die Zähne. Und dann stellte er eine jener Fragen, die ihn wieder einmal wie ein Blitz aus heiterem Himmel durchfuhren:

«Wer sind die Hussiten?»

Täuschte er sich, oder war sie wirklich zusammengezuckt?

«Woher hast du diesen Namen?»

Sollte er antworten? Er zögerte. Aber dann drängte sie sich ganz nahe an ihn und fragte noch einmal: «Woher, Konrad? Sag es mir! Es ist wichtig.»

«Havaš: Miroslov Havaš!»

«Wer ist Havaš?»

«Der Sohn eines toten Freundes. Der Mann, der mir eine Pistole verschafft hat.»

«Weiter!»

Er spürte ihre Anspannung. Aber er wusste nicht, weshalb sie so drängte. «Als ich aus seinem Haus ging –»

«Was war da, Konrad? Sag es schnell!»

«Ich wurde überwacht. Ich war sicher, meinen Verfolger vom STB abgeschüttelt zu haben. Aber da stand wieder einer in der Nische. Havaš muss es gewusst haben. Er hat ihn sicher schon gesehen, bevor ich bei ihm eintraf.»

«Und dann, Konrad?»

«Dann? Dann hat er den Mann erschossen. Es ging alles sehr schnell. Havaš stand hinter mir. Er hat seine Pistole mit Schalldämpfer unter dem weiten Pullover getragen!»

«Er hat ihn erschossen?»

Ein Stöhnen drang aus der Tiefe ihres Innern.

«Kalt. Perfekt.»

«Mein Gott!» Sie barg den Kopf zwischen den Händen.

«Was ist los, Eva? Kennst du den Mann?»

Aber sie schüttelte den Kopf.

«Lass mich jetzt. Geh! Geh schnell! Wir sehen uns morgen!» Und beinahe heftig stiess sie ihn aus der Nische auf die Strasse hinaus. Noch einmal schaute er zurück. Aber sie hatte sich jetzt ganz in den Schatten verzogen. Sie weinte. Um wen? Weshalb?

Ohne sich noch einmal umzudrehen, ging er zurück, quer durch die ganze Stadt ins Hotel. Die Halle war leer, bis auf den riesenhaften Amerikaner, der mit ausgestreckten Beinen in einem der hellbraunen Kunstledersessel vor sich hin döste, in der Hand eine Bierflasche.

«Einen Gutnacht-Drink, Herr Kollege?»

Aber Sembritzki schüttelte stumm den Kopf und ging über die Treppe nach oben.

8. Kapitel

Sembritzki erwachte mit schwerem Kopf. Er erinnerte sich nicht mehr, wie er ins Bett gekommen war. Er sah jetzt nur, mit halb geöffneten Augen, die drei leeren Flaschen auf dem Kühlschrank stehen, eine bunte Mischung von Wein, Wodka und Sekt. Er wälzte sich aus dem Bett, stand einen Augenblick leicht schwankend und benommen da, holte sich ein Mineralwasser aus dem Kühlschrank, leerte es in einem Zug und drehte dann das Radio an. Die Stimme der DDR holte ihn endgültig aus schweren Träumen in eine schwere Wirklichkeit hinein. Er dachte an Evas Erschrecken, als er von Havaš' Meisterschuss erzählte. Was hatte es mit dem Erschossenen auf sich? Wer waren die Hussiten? Er versuchte, Zusammenhänge mit der historischen Figur des Johannes Hus herzustellen. Was wusste er noch? Hus war es gelungen, während fast eines Jahrzehnts inmitten eines von Kaiser und Klerus beherrschten Europas eine Gegenwelt aufzubauen. Böhmen war seine Welt gewesen. Da hatte er versucht, die kühne Vision einer besseren und gerechteren Welt zu realisieren. Was war davon übrig geblieben? Eine gescheiterte Utopie! Johannes Hus, der Bauernsohn, zum fünften Evangelisten geschlagen, war Ende 1414 nach Konstanz gegangen, um sich dem Konzil zu stellen. Und im Juni 1415 wurde er auf dem Scheiterhaufen als Ketzer verbrannt. Was aber hatte all das mit Eva zu tun? Was für eine neue Bewegung hatte sich in Böhmen formiert? Und welche Rolle spielte Eva? Aber noch im Bad, das ihn warm und sanft umschäumte, fand er keine Lösung. Sollte er Eva direkt fragen? Er war noch immer nicht zu einem Entschluss gekommen, als er vor dem Spiegel stand und sich rasierte. Mit der

Linken hielt er den Stecker des Kabels fest, der immer wieder aus der Steckdose fiel, mit der Rechten den Rasierapparat. Aber irgendwie beruhigte ihn diese Manipulation, hinderte sie ihn doch daran, sich beim Rasieren anschauen zu müssen.

Als er im Frühstücksraum ankam, der aus dem vorderen Teil des Speisesaales bestand, sass der unvermeidliche Amerikaner schon dort.

«Good morning, Sir! Sit down!»

Er wies mit seiner Pranke auf den freien Stuhl an seinem Tischchen, das mit Orange-Juice, Käse, Spiegelei, Speck und Cornflakes völlig bedeckt war.

«Ich spreche kein Englisch», log Sembritzki!

«Tut nichts», grinste der Riese. «Ich spreche deutsch!»

Was blieb Sembritzki anderes übrig, als sich an den Tisch des Kolosses zu setzen. Mühsam suchte er zwischen Cornflakes und Eiern einen Platz für seine Ellbogen, klaubte sich einen Zigarillo aus der Schachtel und bereute jetzt zum ersten Mal wieder, dass er nicht mehr rauchte. Wie gerne hätte er dem Amerikaner, der ihn mampfend anstrahlte, den Rauch in die rot angelaufene Visage geblasen.

«Kongressteilnehmer?», fragte der Amerikaner.

Sembritzki nickte.

«Aus Deutschland?»

«Aus der Schweiz!»

«Die Berge!», jubelte der andere. «Matterhorn. Luzern.»

Sembritzki schwieg. Mit einem Mal hatte der Amerikaner sein Misstrauen geweckt. Die Aneinanderreihung von Klischees, die die Schweiz betrafen, gehörte nicht ins Repertoire eines Antiquars.

«Antiquar?»

«Aus Baltimore!»

Sembritzki bestellte nur einen Orangensaft und Kaffee.

«Zum ersten Mal in Prag?»

Was hätte Sembritzki auf diese Frage antworten sollen. Er wollte dem Sightseeing-geilen Ami nicht als Führer dienen. Wenn der Mann sich an seine Fersen heftete, war er in seiner Bewegungsfreiheit eingeschränkt.

«Ja. Bis auf einen ganz kurzen Besuch vor Jahren.»

Der Amerikaner grinste. «Eine Liebschaft?»

Sembritzki sah den Mann erstaunt an. Aber er antwortete nicht. Hatte der Amerikaner einen Zufallstreffer gelandet?

«Geschäfte», antwortete Sembritzki beiläufig.

Der Amerikaner sah auf seine goldstrahlende Armbanduhr. Schweizer Fabrikat, daran zweifelte Sembritzki nicht. The famous Swiss watches!

«It's time, Mr. Sembritzki!»

Sembritzki sah seinen Tischpartner erstaunt an. Woher kannte er seinen Namen? Der Amerikaner lachte schallend.

«Ich habe die Liste der Teilnehmer studiert. Und dann habe ich beim Portier nach andern Kongressbesuchern gefragt. Und weil ich seither mit allen gesprochen habe, die hier im Alcron wohnen, sind Sie übrig geblieben, Mr. Sembritzki. Mein Name ist Thornball. Dwight Fitzgerald Thornball.»

Er wuchtete den massigen Körper in die Höhe und winkte Sembritzki zu. «Kommen Sie. Ich habe ein Taxi bestellt!»

Sembritzki blätterte dem wartenden Kellner ein paar Mahlzeitencoupons hin und erhob sich dann seufzend. Auf der Fahrt zum Carolinum, wo in der Aula der offizielle Eröffnungsakt stattfand, schwiegen beide. Thornball schaute aus dem Fenster, und Sembritzki machte sich Gedanken über seinen Mitpassagier. Erst kurz bevor sie auf dem Kreuzherrenplatz ankamen, schaute der Amerikaner zu Sembritzki hinüber.

«Wissen Sie, dass der böhmische Reformator Johannes Hus Rektor der Karlsuniversität war?»

Sembritzki, der sein Interesse auf das Kreuzherrenkloster gerichtet hatte, wo seine Kollegen vom tschechischen Geheimdienst über ihren Plänen brüteten, und das jetzt hinter Gerüsten verschwand, da man es für nötig befunden hatte, die zerbröckelnde Fassade aufzufrischen, schaute den Amerikaner elektrisiert an.

«Sie haben sich gut vorbereitet, Mr. Thornball!»

Thornball schmunzelte geschmeichelt.

«Nicht alle Amerikaner sind Kulturbanausen. Auch uns ist Johannes Hus ein Begriff!»

«Wegen seines Abgangs auf dem Scheiterhaufen? Oder wegen seiner Utopien?»

«Utopien interessieren mich nicht, Mr. Sembritzki. Idealisten gehören auf den Scheiterhaufen!»

Über diesen Satz dachte Sembritzki noch nach, als er neben dem schnaufenden Amerikaner über die Treppe stieg.

Der Amerikaner machte vor der Leninbüste, die in einer Nische über den Eintretenden wachte, eine kleine ironische Verbeugung.

«Filozofická Fakulta University Karlovy», sagte er. «Was hat da Kollege Lenin zu suchen?»

Sembritzki antwortete nicht. Und er schwieg auch während des ganzen Eröffnungsaktes. Er liess noch einmal alles, was er bisher in Prag erlebt hatte, Revue passieren. Alles und alle. Havaš, Eva, Thornball, Marika. Den Mann, den Havaš erschossen hatte. Die anonymen Hussiten. Smetanas «Moldau», von einem Kammerorchester intoniert, schwemmte ihn wieder aus der Tiefe seiner Erinnerungen in die Gegenwart zurück. Der Eröffnungsakt war vorbei. Jetzt verfügte man sich in eines der kleineren Auditorien zur ersten Arbeitssitzung. Erste Referate über die Grundlagenforschung in der Geschichte der Medizin. Einige interessante Publikationen vermochten Sembritzkis Aufmerksamkeit nur für Augenblicke zu wecken. In der ersten Pause schlich er sich aus dem Hörsaal, aus dem Dunstkreis Thornballs, hastete über die Treppe nach unten, ging aus dem Gebäude, vorbei am Kreuzherrenkloster, warf nur einen schnellen Blick auf die Überwachungskameras und verlangsamte seinen Schritt erst, als er auf der weitläufigen Náměstí Krasnoarmějců anlangte. Er glaubte, seinen Augen nicht zu trauen, als er ganz oben auf dem Balkon des Hauses der Künstler, das den Platz beherrschte, eine Hakenkreuzflagge sich sanft in der lauen Luft winden sah.

«Alles war ja damals nicht so schlecht, was uns in den Krieg trieb!»

Hatte der tote Stachow nicht auch diesen Satz Sembritzki auf seinen Weg in die Tschechoslowakei mitgegeben? Sembritzki starrte auf das schwarze Hakenkreuz im weissen Rund. Und dann fiel ihm ein anderer Satz Stachows ein: «Dieser ganze Wahnsinn darf doch nicht einfach umsonst gewesen sein!»

Stachow ein Idealist? Ein fanatischer Wahrheitssucher? Wie passte das mit seinem Beruf als Mann des Nachrichtendienstes zusammen? «Je besser ein Nachrichtendienst, desto geringer die Kriegsgefahr.» Auch das war ein Satz von Stachow gewesen.

Jetzt flatterte eine zweite Fahne über der Brüstung des klassizistischen Prunkgebäudes, in dem die Tschechische Philharmonie zu Hause war. Und erst jetzt sah Sembritzki das Kamerateam, das die Fahnen filmte: ein Stück der

Geschichte von Unterdrückung und Demütigung, von denen Böhmens Vergangenheit reich war.

Sembritzki ging weiter. Saturn! Wenn er diesen Mann ausmachen konnte, würde er sich sicherer fühlen. Saturn war eine Garantie. Seine Unzerstörbarkeit. Seine Vitalität, die man ihm nicht ansah, wenn er täglich, einmal vormittags, einmal gegen Abend, die schwarze kunstlederne Einkaufstasche in der Hand, über den Altstädter Ring schlurfte. Sembritzki schaute auf die Uhr. Halb zwölf! Der Platz war bereits von Touristen überlaufen. Aber im kleinen Strassencafé erspähte er einen Platz. Da setzte er sich hin und bestellte einen Kaffee und wartete auf Saturn. Er sah ihn in Gedanken vor sich, die kleine gedrungene Gestalt mit den weiten Hosen, die hinkend über den Platz ging, der auf seinen breiten Schultern einen viel zu grossen Kopf balancierte, von einem viel zu kleinen grauen Filzhut mit einer kleinen roten Feder bedeckt. Sembritzki musste lächeln, wenn er an die grellbunten Krawatten dachte, die Saturn täglich wechselte. Der einzige Luxus dieses ehemaligen Volksschullehrers.

Schon drängten sich die Leute vor der astronomischen Uhr, um das Defilee der Heiligen nicht zu verpassen. Nur Saturn zeigte sich nicht. Was blieb Sembritzki anderes übrig, als wiederzukommen. Immer wieder, bis Saturn sich zeigen würde!

Sembritzki realisierte die Gegenwart eines Touristen, der sich an seinen Tisch gesetzt hatte, erst, als dieser sich mit einem gemurmelten «Sayonara» verabschiedete. Bekannte Klänge! Aber gerade der Umstand, dass es sich bei dem Mann, der jetzt zum Ausgang strebte, nicht um einen Japaner, sondern eher um einen Mann aus Südostasien handelte, machte Sembritzki stutzig. Und dann vor allem die Fototasche aus schwarzem weichem Leder, die der Fremde auf dem

dritten Stuhl am Tisch scheinbar vergessen hatte. Sembritzki zögerte nur einen kurzen Augenblick lang. Hätte er auf-
stehen und dem Fremden nachlaufen sollen? Bei jedem
andern Touristen hätte er es getan. Aber der Mann war Asiate. Naras Präsenz schien allgegenwärtig. Sein Arm reichte
wohl bis Prag. Sembritzki schaute sich um. Er sah den Fremden auf einer Bank sitzen und zu ihm herüberspähen. Man
ging also auf Numero sicher. Unauffällig zog Sembritzki den
Stuhl mit der Tasche zu sich her, öffnete dann vorsichtig den
Reissverschluss und schaute hinein. Da lag es, schwarz glänzend, diskret trotzdem, ein handliches Funkgerät, und
daneben, wie es sich gehörte, ein Fotoapparat, Zusatzobjek-
tive. Sembritzki hob beiläufig die Hand, strich sich dann
über die Stirn und ging ins Hotel zurück, wo er endlich nach
langem Überlegen hinter dem Kühlschrank ein Versteck für
das Funkgerät fand. Um zwei Uhr war er wieder im Carolinum. Thornball hatte ihn vermisst. Er schien ärgerlich zu
sein, dass er Sembritzkis Abgang verpasst hatte.

«Schon genug von der Wissenschaft?»

Sembritzki schüttelte den Kopf.

«Mir war nicht gut, Mr. Thornball!»

«Dwight», röhrte der Amerikaner und streckte Sembritzki seine Pranke hin, die dieser nur zögernd ergriff. Was sollte er mit diesem Mann und seinem Vornamen anfangen?

«Ich habe zu viel getrunken gestern Abend», antwortete er
und gab so zu erkennen, dass ihm am Austausch der Vornamen nichts gelegen war. Aber Thornball schien das gar nicht
zu bemerken. Er fasste Sembritzki am Arm und zog ihn mit
sich in die Wandelhalle, wo sie sich eine Weile schweigend
zwischen Pfeilern aus Marmor und unter weissen gotischen
Bögen ergingen.

«Sie haben sich in der Stadt umgesehen?»

Sembritzki antwortete nicht. Er entzog dem fetten Amerikaner seinen Arm und nahm Distanz.

«Man darf vor dem russischen Bären nicht kuschen!»

Sembritzki schaute Thornball von der Seite an. Was sollte das? Das waren doch lauter Statements, die keine Antwort verlangten. Sie verlangten lediglich Sembritzkis Unterwerfung unter die Meinung des Sprechenden. Und er erinnerte sich, wie er als kleiner Junge im Stadtwald spielte und plötzlich ein paar hochgeschossene Bengel einer feindlichen Bande vor ihm und seinem Freund standen und die beiden dazu zwangen, einen Stein aufzuheben und dann kniend vor ihren Peinigern darunter zu spucken, einmal, zweimal, dreimal! Spucken, und immer wieder spucken, und immer neue Steine zusammensuchen, darunter spucken und die Spucke mit dem Stein zudecken. Sembritzki scheuchte mit einem gepressten Lachen seine Erinnerungen fort.

«Beschwören Sie den russischen Bären nicht in seiner benachbarten Höhle, Mr. Thornball!»

«Ich werde ihn immer wieder beschwören, mein Freund! So lange, bis der letzte Naivling gemerkt hat, dass er uns am Kragen gepackt hat. Man hat uns überrumpelt, Sembritzki. 1975 schon. Abrüstung wurde vorgegaukelt oder Status quo. Einfrieren. Aber wir haben uns von eisigen sibirischen Winden einfrieren lassen, während die Sowjets ihre scheinbar tiefgefrorenen Raketen aufgetaut haben.»

«Sie sind ja ein Dichter, Mr. Thornball!»

Sembritzki versuchte, die Tiraden des Amerikaners zu neutralisieren. «Sie sind Amerikaner, Mr. Thornball, was kümmerts Sie, wenn die Sowjets hier in Europa mit dem Säbel rasseln?»

«Ich bin ein Weltbürger. Ein Europäer im Geiste!»

Die Nähe zum berühmten Kennedy-Zitat irritierte Sembritzki.

«Aber kein Prager!»

Jetzt schaute Thornball Sembritzki gehässig an.

«Nein, Mr. Sembritzki! Ich hasse all die verdammten Schlitzohren auf dieser Seite des eisernen Vorhangs! Das ist nicht unsere Welt!»

«Es war auch unsere Welt, die die Prager Universität gründete: Karl IV., im Namen des Römischen Reichs. Sie vergessen, Karl war Kaiser der ganzeuropäischen Welt, und Prag war seine Hauptstadt!»

«Fuck him!»

Damit fegte Thornball mit einer einzigen obszönen Bewegung das Römische Reich Deutscher Nation hinweg. Ohne sich weiter nach Sembritzki umzusehen, der stehen geblieben war, wuchtete sich Thornball durch die Menge, schaffte sich mit den Ellbogen Raum, brachte eine Reihe von Körperchargen an den Mann, an denen die Recken der amerikanischen Professional Hockey League ihre helle Freude gehabt hätten, und verschwand dann im Hörsaal. Wahrlich, Thornball wirkte wie ein gepanzerter Hockeyspieler, und dieses Bild trug Sembritzki, selbst im Sog Thornballs, in den Hörsaal hinein. Er dachte noch darüber nach, als vorn längst über Aspekte der Quellenforschung in der Geschichte der Medizin doziert und später in hitzigen Voten darüber debattiert wurde. Aber all das lief an Sembritzki wie ein Film vorbei. Kurz vor Ende des ersten Kongresstages zog er sich denn auch zurück, schlich an den irritierten Augen seiner Kollegen vorbei aus dem Saal, ging, ohne sich umzusehen, die paar Schritte zum Clementinum hinüber, wo Eva schon auf ihn wartete. Wie konnte er wieder in ein sachliches oder mindestens pseudosachliches Gespräch einsteigen nach dem brüsken und bitteren Ende, das die nächtliche Begegnung genommen hatte?

«Nazdar!»

Sembritzki versuchte ein Lächeln, aber er schaffte es nicht, obwohl Eva jenen Ausdruck von Schmerz und Trauer, der in der Nacht aus schräg einfallendem Mondlicht herauszubrechen gewesen war, verscheucht hatte.

«Ahoj!», antwortete Eva und schaute an ihm vorbei. In der Hand trug sie einen schweren, vergilbten Folianten, den sie vorsichtig auf ihren mit Papieren und Büchern bedeckten Schreibtisch legte. Sembritzki starrte auf das Husákbild in ihrem Rücken an der Wand und wartete auf ein einziges erlösendes Wort, das die Spannung sprengen würde. Aber er suchte vergeblich nach Lauten aus einer gemeinsamen Erinnerung. Eva setzte sich auf einen mit rotem Kunstleder bezogenen Drehstuhl und lehnte sich dann ein wenig zurück, sodass er ihre kleine Narbe am Hals sehen konnte.

«Sie suchen eine Beziehung zwischen Wallenstein und Pegius, Herr Sembritzki?»

Jetzt verstand er. Und schon entdeckte er auch die beiden Kameraaugen über den hohen Büchergestellen aus rohem Holz. Es war das erste Mal, dass er in diesem mit Mikrofonen und Kameras verseuchten Büro sass, und so war er eigentlich naiv, ganz auf Eva und ihre gemeinsame Erinnerung konzentriert, bei ihr eingedrungen.

«Es muss eine Beziehung geben. Ich bin überzeugt, dass sich das Geburtsstundenbuch in Wallensteins Bibliothek befunden hat.»

«Bis jetzt habe ich keine direkten Hinweise gefunden, Herr Sembritzki. Allerdings habe ich mich auch noch nicht intensiv damit befassen können. Dazu war die Zeit zu kurz.»

Sembritzki lächelte.

«Ich weiss. Mein Entschluss, nach Prag zu fahren, fiel etwas spät.»

«Ich habe da ein paar Kontakte draussen auf dem Land. Leute, die sich mit Wallensteins Bibliothek aus ganz privatem Interesse heraus befasst haben. Ich werde Ihnen die Adressen geben. Vielleicht, dass man Ihnen dort weiterhilft.»

«Und Sie können nichts für mich tun, Frau Straková?»

Er wusste, wie viel von ihrer Antwort abhing. Er schaute ihr jetzt in die Augen, sah das kleine Zucken in den Augenwinkeln, sah, wie ihre Augen verschwammen, als ein leichter Tränenschleier über sie hinweghuschte, aber sogleich wieder verdunstete, als sie sich entschlossen erhob, mit Zeige- und Mittelfinger der rechten Hand eine blondbraune Haarsträhne aus der Stirn strich und dann an Sembritzki vorbei zur Türe ging, wo sie stehen blieb und sich nach ihm umwandte.

«Vielleicht kann ich Ihnen helfen, Herr Sembritzki. – Wenn Ihnen zu helfen ist!»

Sie ging aus dem Büro, und er folgte ihr durch die Korridore des ehemaligen Jesuitenkollegs. Sie sprachen kein Wort. Nur als ein offenes Fenster den Blick auf den Südwesthof freigab, hob Eva den Arm und zeigte auf die Statue des «Prager Studenten», der an den Einsatz der Studenten erinnerte, die gegen Ende des Dreissigjährigen Krieges die Karlsbrücke gegen die anstürmenden Schweden verteidigt hatten. Damit beschwor sie wieder Wallensteins Schatten, allerdings einen Todesschatten, in dem sich Sembritzki schon bewegte und von dem er nicht wusste, ob er ihn am Ende seiner Mission wieder freigeben würde. Eva öffnete mit einem der vielen Schlüssel, die sie an einem Ring am Gürtel trug, eine schwere Eichentüre und ging voran in einen kleinen Raum, eher ein Gewölbe mit kreuzweise versetzten Nischen, in denen kleine, mit grünem Filz bespannte Tischchen standen. An der schneeweissen Decke hing eine einzige Glühbirne in einer kupferrot glänzenden Fassung an einem zerschlissenen Kabel.

Eva zeigte auf einen Katalog, der auf einem der Tischchen lag.

«Dort!»

Er schaute sie zögernd an.

«In diesem Katalog findest du alles, was du suchst, Konrad.» Und nach einer kleinen Pause, während der sie den Atem anhielt und er ihre Halsschlagader hervortreten sah: «Fast alles, Konrad. Es gibt Dinge, die du nie finden wirst. Du bist ein Narziss. Du findest bei andern nur das, was in dir selbst irgendwo und irgendwie vorhanden ist. Aber alles andere bleibt dir verschlossen, weil du es gar nicht wissen willst. Du liebst nur dich selbst!»

Sembritzki schwieg. Wenn er sie jetzt so ansah, wie sie mit ihrem kleinen schmerzlichen Lächeln vor ihm stand, überkam ihn plötzlich das Gefühl, dass die Liebe doch nicht erloschen war. Aber vielleicht war es nur ein Bild in der Erinnerung, dem er nachtrauerte. Und wenn er jetzt auch das Bedürfnis nach ihrer körperlichen Nähe kaum zu unterdrücken vermochte, so war er sich nicht im Klaren darüber, ob er sich nur danach sehnte, von ihr berührt zu werden, oder ob er sie berühren wollte. Aber er rührte sich nicht, um ihr keine neue Angriffsfläche zu bieten. Er schwieg.

«Du liebst die Liebe. Vielleicht tun wir das beide!»

Dann ging sie zum Fenster und schaute hinunter in den Hof. Er sah ihren Halsansatz zwischen den Spitzen des kurzgeschnittenen Haares.

«Es gibt keine präzise Akte über den BND-Mann!»

«Römmel!»

Sembritzkis Antwort kam schnell, und er sah auch schon, wie sie zusammenzuckte. Sein Interesse an seinem Auftrag war stärker als sein Interesse an ihr. Das hatte sie sofort bemerkt. Aber sie musste auch wissen, dass ein Agent im Dienst zuerst seine Aufgabe im Auge behalten musste. Und doch war er selbst überrascht, wie sehr ihn sein Auftrag schon in Besitz genommen hatte.

«Was hast du herausgefunden, Eva?»

Sie spürte seine Spannung im Rücken und drehte sich langsam zu ihm um, die Hände auf dem Fensterbrett abgestützt.

«Römmel war an der Westfront und geriet während der Invasion der alliierten Truppen in Gefangenschaft. Später arbeitete er als Jurist bei BMW. Dann muss er irgendeinmal nach dem Krieg vom BND angeworben worden sein.»

«Aber was war vorher, Eva?»

Sie zuckte mit den Schultern.

«Ich weiss es nicht. Die Akte ist unvollständig. Es war da auch eine diesbezügliche Notiz.»

«Man hat seine Spuren verwischt!»

«Wer?»

«Entweder der STB selbst oder deine Leute.»

Sembritzki setzte sich auf einen harten Stuhl, stützte seine Ellbogen auf den Knien ab und dachte nach. Eines war sicher: Römmel hatte etwas zu verbergen. Aber wer hatte ein Interesse daran, ihm bei diesem Versteckspiel zu helfen? Der Osten oder der Westen? Oder gar beide?

«Und jetzt?»

Zum ersten Male war ihr Lächeln ohne Trauer. Sie hatte ihn am Kragen, das wusste er. Und sie kostete ihren kleinen Triumph aus.

«Ich habe da eine Adresse in der Anenská. Ein ehemaliger Jurist. Unter Dubček arbeitete er im Justizministerium. Dann wurde er von den Sowjets nach dem Einmarsch zusammen mit der ganzen Führungsspitze in Haft gesetzt.

Später liess man ihn dann frei. Seither arbeitet er als Übersetzer.»

«Was ist mit dem Mann?»

«Er kannte Römmel!»

«Woher?»

«Lass es dir von ihm erzählen!»

«Wann gehe ich hin?»

«Jetzt gleich!»

«Jetzt nicht, Eva. Ich brauche deine Hilfe!»

«Ist das neu?»

Er biss auf die Zähne. Die Abhängigkeit irritierte ihn und demütigte ihn gleichzeitig, weil er nicht mit Liebe zurückbezahlen konnte, was sie ihm gab. Oder mit Informationen, die für sie entsprechenden Wert hatten. Er schaute auf seine Armbanduhr. Halb sechs. In einer Stunde musste er den ersten Kontakt mit München aufnehmen. Seydlitz. Oder Wanda!

«Kannst du mich irgendwohin fahren, wo ich ungestört Funkkontakt mit München aufnehmen kann?»

«Du willst mich also in deine Geschäfte hineinziehen, Konrad? Ich bin nicht dein Komplize. Ich bin die Frau, die dich geliebt hat. Das lässt sich nicht unter einen Hut bringen.»

«An wen soll ich mich denn sonst wenden, Eva?»

«Es ist nicht mehr wie früher, Konrad! Ich kann es mir noch weniger als damals leisten, gefasst zu werden!»

Er schaute sie an, stellte aber keine Frage. Er fühlte nur, dass er dem Geheimnis auf der Spur war, das ihn in der Nacht zuvor schon irritiert hatte.

«Machen wir ein Geschäft, Herr Sembritzki?»

Jetzt war es also so weit! Information gegen Information. Die Liebe war aus dem Spiel.

«Was soll ich tun?»

«Heute Nacht, Konrad. Bei mir zu Hause!»

«Du verlangst keine Sicherheiten?»

«Ist unsere versunkene Liebe nicht Pfand genug?»

Sembritzki zweifelte am Wert der Erinnerungen, aber er schwieg. Erinnerungsbilder waren keine Tauschware. Ungedeckte Wechsel.

Eva hatte sich vom Fensterbrett abgestossen und kam jetzt auf ihn zu. Dicht vor ihm blieb sie stehen und schaute auf ihn herab. Langsam senkte er den Kopf und drückte seine Stirn gegen ihren Schoss. Sie liess es sich gefallen, kurz nur, dann trat sie zurück. Aber sie hatte wieder diesen verschwommenen Ausdruck auf dem Gesicht, den er von früher her kannte, wenn sie sich geliebt hatten.

«Jemand wird dich im Hotel abholen. In einer halben Stunde. Warte in der Halle!» Er sah ihr an, wie sie sich über die Schwäche ärgerte, die sie gezeigt hatte.

«Kann ich dem Mann vertrauen?»

«Er ist ein Freund.»

«Und woran erkenne ich ihn?»

«Er ist Taxifahrer.»

Sembritzki erhob sich von seinem harten Stuhl.

«Ich danke dir!»

Mehr brachte er nicht heraus. Und er scheute sich, sie zu küssen.

«Und vergiss nicht, den Mann zu besuchen, der über Römmel Bescheid weiss.»

Sie schob ihm einen Zettel mit einer Adresse hin.

«Lass dich nicht beschatten, Konrad! Aber das muss ich dir wohl nicht sagen. Du bist ein Meister der Tarnung!»

Er schaute sie prüfend an. Wie sie das wohl gemeint hatte? Er griff sich den Katalog auf dem filzbespannten Tischchen und ging zur Türe. Schweigend gingen sie nebeneinander durch die Gänge. Ihre Schritte hallten laut und erschlugen alle Versuche, Zärtlichkeit wieder aufleben zu lassen.

Er sass vor einem Campari im vorderen Teil der Halle des Hotels Alcron, als der Mann mit der schwarzen Kunstlederjacke im Haupteingang auftauchte und ohne zu zögern auf Sembritzki zuging.

«Taxi?»

Sembritzki stand auf und nickte.

«Eva?», flüsterte er.

Der andere grinste.

«Grüsse aus dem Paradies!»

Sembritzki folgte ihm zum Ausgang. Der Mann hielt ihm die vordere Türe auf und fragte laut: «Nationaltheater?»

«Ja, bitte!»

Und dann sass er auch schon neben Sembritzki, der, seine Ledertasche auf den Knien, geradeaus sah, als er fragte: «Eine kleine Stadtrundfahrt?»

«Ich bin Stanislav.»

Das musste als Antwort genügen. Stanislav schaute in den Rückspiegel.

«Wir haben eine Eskorte, Herr Sembritzki!»

«Ich heisse Konrad!»

Sie fuhren die Václavské Náměstí hinunter, bogen dann rechts in die Na Přiøkopě ab, immer auf Distanz von einem dunkelgrauen Škoda begleitet. Vor dem Nationaltheater bremste Stanislav ab, beugte sich zu Sembritzki hinüber, als ob er Geld in Empfang nähme, und flüsterte ihm zu: «Gehen Sie zur Billettkasse, dann durch den Gang rechts und zur Hintertüre wieder hinaus. Hier ist ein Schlüssel, falls die Türe verschlossen sein sollte. Ich warte am Hinterausgang.»

Sembritzki schaute den Fahrer nur kurz an, steckte den Schlüssel in die Tasche und betrat dann das Theater. Im Reflex der Glastüre sah er, wie Stanislav davonbrauste, während der Škoda am Randstein anhielt, einen Mann ausspuckte, der dann, eine Zeitung unter dem Arm, hinter Sembritzki herging. Jetzt musste er sich beeilen. Er hatte nicht damit gerechnet, dass man ihm so direkt auf den Fersen bleiben würde. Schnell drängte er sich durch die Wartenden, entdeckte eine Türe, auf der WC stand, stiess sie auf, ohne einzutreten, liess sie wieder zufallen, als der Mann im Eingang auftauchte, und zog sich dann schnell in eine Nische zurück.

Der Mann schien beruhigt. Seine Schritte waren verstummt. Unterdessen zog Sembritzki die Schuhe aus und schlich den langen Korridor entlang, immer in der Hoffnung, dass er mit den Schuhen in der Hand niemandem begegnen würde. Als er am Ende des Ganges vor einer Türe ankam, versuchsweise und vergeblich auf die Klinke drückte, klaubte er den Schlüssel hervor, den ihm Stanislav gegeben hatte. Täuschte er sich, oder hörte er jetzt Schritte im Korridor? War der STB-Mann misstrauisch geworden? Sembritzki ärgerte sich über seine zitternden Hände, als er den Schlüssel ins Schloss steckte. Es ging. Schnell schlüpfte er hinaus, als die Schritte näher kamen. Geräuschlos drehte er den Schlüssel von aussen. Da war für seinen Verfolger kein Durchkommen.

Er sah Stanislavs Tatra auf der andern Strassenseite stehen, zog schnell die Schuhe an und hastete zum Wagen hinüber. Kaum war er drinnen, brauste der Fahrer auch schon los.

«Wohin?»

Stanislav fuhr jetzt im dichter werdenden Verkehr über die Švermůvbrücke, tauchte unter dem weitleuchtenden

Sowjetstern in den Strassentunnel ein und bog dann scharf nach Westen ab.

«Wie viel Zeit brauchen Sie?»

«Eine Minute Vorbereitung. Eine Minute Sendung.»

«Mehr liegt auch nicht drin, Konrad.»

«Wohin also?»

«Zwischen dem Veitsdom und der alten Reitschule gibts einen Abhang. Dort können Sie senden! In der Höhle des Löwen!»

Sembritzki nickte. Auf dem Hradschin also.

«Ich weiss. Den habe ich schon einmal als Fluchtweg benützt.»

Jetzt schwiegen beide. Stanislav schaute ab und zu prüfend in den Rückspiegel, und Sembritzki bereitete sich auf seinen Einsatz vor. Er steckte das Kabel für den Kopfhörer in die Buchse und stellte die Frequenz ein. Es war jetzt zwanzig nach sechs. Stanislav kurvte über den Hradschin-Platz und parkte seinen Wagen zwischen zwei protzigen Westbussen. Sembritzki warf nur einen schnellen Blick auf die kämpfenden Giganten, die das Portal zum Ehrenhof flankierten, ging dann schnell nach links, durch den Basteigarten, der bereits in blauer Dämmerung versank, und hastete dann über die Staubbrücke. Auf der anderen Seite vor der alten Reitschule angekommen, schaute er sich schnell und vorsichtig um. Niemand. Der Veitsdom mit seinen beiden Türmen wuchs hinter den noch kahlen Bäumen wie ein bizarrer Stalagmit in den blassblauen abendlichen Himmel. Es roch nach feuchter Erde. Eine der vielen grünen Prager Laternen schummerte auf der Brücke vor sich hin. Sembritzki sah jetzt die beiden Uniformierten, die im Haupteingang der Reitschule auftauchten und zur Weinstube beim Löwenhof hinaufstrebten. Schnell schwang er sich über die Brüstung und liess sich vorsichtig am Abhang hinuntergleiten. Er hatte mit den Füssen Halt gefunden und lehnte sich mit dem Rücken gegen einen kümmerlichen Baumstamm. Hier in der Höhle des Löwen würde ihn niemand suchen. Noch zwei Minuten. Noch einmal schaute er sich um, bevor er die Kopfhörer überzog. Jetzt war er taub, nur noch empfänglich für Wandas Botschaften. Und erst in diesem Augenblick wurde ihm seine groteske Situation bewusst, gegängelt von zwei Frauen, mit denen er geschlafen hatte; ihr Geschöpf, ihr Werkzeug und gleichzeitig der Mann, der die Fäden in der Hand hatte, der Marionettenspieler.

Jetzt hatte Sembritzki das Kabel über einen vorstehenden Ast geworfen. Vom Veitsdom schlug die Glocke schwer und voll. Sembritzki liess eine Reihe von V in die Luft schwirren und wartete dann auf die Antwort. Und da kam sie auch schon. Wanda! – Er begann trotz der Kälte, die langsam aus dem feuchten Boden an ihm hochkroch, zu schwitzen. Er hatte seinen Text im Kopf. Aber seine Finger wollten nicht. Sie schmerzten ihn an den Gelenken. Ansätze von Arthritis. Hundertfünfzig Zeichen in der Minute. Oben ging jemand über die Brücke. Es war eine Frau. Ein erschrockener Vogel flatterte aus einem Gebüsch. Und jetzt hatte sich Sembritzki wieder in der Gewalt, informierte Seydlitz über seine bisherigen Recherchen, fragte nach der Identität von Thornball, verlangte Direktiven für weiteres Verhalten. – Ende. Sembritzki reihte eine Reihe von drei Punkten abwechslungsweise mit Strich-Punkt-Strich wie auf einer Perlenkette auf. Eine Minute und zehn Sekunden für hundertfünfzig Anschläge. Nara wäre nicht zufrieden gewesen. Er holte das Kabel ein, versorgte das Funkgerät in der Tasche und krabbelte dann den Abhang hinauf zur Brücke.

Stanislav sass rauchend im Wagen, als Sembritzki zurückkam. Er stellte keine Frage, sah aber prüfend zu seinem Fahrgast hinüber.

«Geschafft! Danke, Stanislav.»

Stanislav zuckte mit den Schultern und fuhr los.

«Wohin?», fragte Sembritzki.

«Anenská! Zu Václav Šmíd!»

Stanislav kannte Sembritzkis Parcours genau. Sie fuhren jetzt von der Kleinseite wieder hinüber ins eigentliche Zentrum. In der Nähe des Clementinums verliess Sembritzki Stanislav. Mit einem kleinen Wink tauchte er in das Gewirr der Altstadtgassen ein. Anenská! Eine enge Gasse mit Kopfsteinpflaster und aufgequollenem Belag auf dem Gehsteig. Sembritzki ging im Schatten einer zerfallenden Fassade. Nackte Backsteine waren wie Wundmale sichtbar. Hinter vergitterten Fensteröffnungen klafften zerbrochene Scheiben. Linker Hand sah er jetzt den Toreingang, den ihm Eva beschrieben hatte. Ein Rundbogen in einer Fassade aus verblichenem Rot. Auf der halb geöffneten Türe aus Holz stand mit weisser Farbe geschrieben «Punk is not dead». Im Hof zwei Autos, das eine ohne Vorderachse. Sembritzki ging durch den Toreingang. Er hatte sich jetzt an die Dunkelheit gewöhnt. Auf der linken Seite sah er eine Türe mit einem Namensschild: Václav Šmíd. Keine Klingel. Kein Türklopfer. Sembritzki pochte vorsichtig gegen das rissige Holz. Er hörte Schritte. Die Tür tat sich auf, und im schummerigen Licht, das aus dem Hausflur drang, sah er die Umrisse einer jungen Frau. Sembritzki suchte seine kümmerlichen Kenntnisse der tschechischen Sprache zusammen: «Prosím, je pan Šmíd doma?»

«Jste pan Sembritzki?»

Sembritzki nickte.

«Kommen Sie herein», sagte die Stimme jetzt auf Deutsch.

Die Spannung war gewichen. Die junge Frau öffnete die Tür ganz, und Sembritzki trat in einen weiss gestrichenen Flur, an dessen Wänden überall Schmetterlinge in ovalen Rahmen hinter Glas hingen.

Sie stand in ihrem weinroten Pullover mit den feinen Mustern lächelnd vor ihm und schaute ihn aus ihren dunklen, intensiven Augen prüfend an.

«Sie wollen zu meinem Vater?»

«Wenn Sie die Tochter sind, ja!»

«Ich bin die Tochter von Václav Šmíd. Barbara.»

«Kein tschechischer Name!»

«Meine Grossmutter war Deutsche.» Sie sprach mit ihm, als ob sie sich schon seit langer Zeit kennen würden. «Kommen Sie herein. Mein Vater erwartet Sie!»

Sie führte ihn in eine im selben grellen Weiss wie der Flur gestrichene Wohnküche. Da sass auf einem zerschlissenen Ledersessel ein magerer Mann mit kurz geschorenem weissem Haar und tief liegenden hellgrauen Augen, der sich jetzt schnell und mühelos erhob und zwei Schritte auf Sembritzki zutrat. «Herr Sembritzki, ich freue mich, Sie kennenzulernen. Eva hat mir von Ihnen erzählt.»

«Sie kennen Eva?»

«Wären Sie sonst hier?» Šmíd lächelte, und Sembritzki schämte sich über seine Frage.

«Möchten Sie einen Tee, Herr Sembritzki?», fragte jetzt Barbara.

«Ich bitte darum.» Sembritzki war irritiert. Die gestelzte Sprache war das Resultat seiner Irritation, die Evas Omnipräsenz ausgelöst hatte. Er setzte sich an den mit einem blauweiss karierten Tuch bedeckten Tisch, Šmíd gegenüber, der seinen Platz gewechselt hatte. «Sie möchten über Römmel Bescheid wissen!»

Sembritzki nickte. Aber er war noch nicht bei der Sache. Er starrte auf Barbaras Rücken am Kochherd.

«Wir waren Studienkollegen!»

Jetzt schaute Sembritzki Šmíd an.

«Wo?»

«Frankfurt am Main.»

«Sie stammen aus Westdeutschland. Aus der heutigen BRD?»

«Meine Mutter war Frankfurterin. Mein Vater Tscheche.»

«Und Römmel?»

«Römmel war Sudetendeutscher.»

Hatte Sembritzki jetzt das Ende eines Fadens in der Hand? Barbara stellte eine dampfende Tasse Tee vor ihm auf den Tisch. Dabei streifte ihre Hüfte seine Schulter. Šmíd registrierte Sembritzkis Irritation.

«Barbara, lass uns bitte eine halbe Stunde allein!»

Es war kein Befehl. Es war eine Bitte, die aber so bestimmt klang, dass Sembritzki aufschreckte. Šmíd war ein Mann, der keinen Widerspruch duldete. Barbara schaute im Vorbeigehen über den Kopf ihres Vaters hinweg Sembritzki mit einer kleinen Grimasse an und ging dann hinaus.

«Wir studierten beide bei Ernst Forsthoff.»

Sembritzki versuchte, sich an diesen Namen zu erinnern.

«Forsthoff? Ein Jurist?»

Šmíd nickte.

«1933 wurde er als junger Rechtsgelehrter nach Frankfurt am Main berufen. Zwei Jahre später wurde er Professor in Hamburg.»

«Sie folgten ihm?»

Šmíd schüttelte den Kopf.

«Römmel ja. Ich blieb bis Kriegsausbruch in Frankfurt und schloss dort auch meine Studien ab. Aber Römmel konnte sich Forsthoffs Einfluss nicht entziehen. Sie kennen sein Buch mit dem Titel ‹Der totale Staat›?»

«Tut mir leid. Da kenne ich mich überhaupt nicht aus.»

«1933 hat Forsthoff ein Buch herausgegeben, in dem er Hitler und Mussolini als grosse Staatsmänner hochjubelte.»

«Das war ja nichts Aussergewöhnliches damals.»

«Das ist richtig. Aber seine Attacken gegen die Juden, die Vehemenz und Entschlossenheit, mit der er auf die Liquidierung des bürgerlichen Zeitalters und auf eine bessere Zukunft hindrängte, machten ihn zum Vorkämpfer der Judenverfolgung. Ernst Forsthoff war ein Fanatiker. Es gibt da einen Satz, den ich nie mehr vergesse: ‹Die nationalsozialistische Revolution hat das deutsche Volk zu einer wirklichen Gemeinschaft geformt. Erst damit ist die grosse Aufgabe, das Deutsche Reich zu einem Staat des Rechts zu machen, wieder verheissungsvoll geworden, denn erst jetzt kann wieder gemeinschaftsverbindlich das Recht von dem Unrecht unterschieden werden.›»

«Das hat Sie als Jurist getroffen!»

«Anders, als es Römmel getroffen hat. Mich hat es verletzt. Römmel aber wurde von solchen Sätzen infiziert. Er wurde zu Forsthoffs glühendem Partisanen.»

«Sie haben also Römmel aus den Augen verloren?»

«Nur vorübergehend. 1936 lehrte Forsthoff in Königsberg. Da habe ich dann Römmel während der Semesterferien noch einmal getroffen, bevor der Krieg losging.»

«Römmel war Nazi!»

«Ein überzeugter Nazi!» Šmíd nickte verbissen.

«Wie kommt es, dass dieser Mann jetzt in leitender Stellung im BND sitzt?»

«Wie kommt es?» Šmíd stiess ein meckerndes Lachen aus. «Das ging doch nahtlos ineinander über. Nazigeheimdienstleute waren Profis. Und Profis konnten die Amis auch in ihren Reihen brauchen! Gehlen war ein guter Mentor!»

«Römmel war doch kein Nazi-Geheimdienstmann!»

«Nicht gleich, Herr Sembritzki. Er war noch vor Stalingrad dabei. Panzeroffizier!»

«Ich weiss. Division Brandenburg.»

«Eine taktische Truppe der Abwehr.»

«Die Haustruppe von Canaris.»

«Wir haben Mansteins grossen Panzerangriff auf Dünaburg mitgemacht. Damals hatten wir mit dem 56. Panzerkorps 275 Kilometer in vier Tagen hinter uns gebracht. Wir waren noch zu weit vor Stalingrad, als die Retourkutsche der Sowjets kam.» Šmíd holte tief Atem. Er schaute jetzt durch Sembritzki hindurch, beschwor jene unauslöschlichen Bilder aus seiner Erinnerung in einer Weise, die Sembritzki an Stachow erinnerte. Und in diesem Augenblick wurde ihm auch klar, wie wenig er eigentlich von Stachow wusste, viel weniger als jetzt von Römmel.

«Tazinskaja!»

Das Wort schwirrte durch die Luft wie eine verirrte Kugel. «Weihnachten 1942?»

Šmíd nickte. «Badanows Weihnachtsbescherung! Tazinskaja war Versorgungszentrum und Verkehrsknotenpunkt. Es lag hinter der zerbrochenen italienischen Front. Die Armeeabteilung Hollidt, östlich von Tazinskaja am Tschir, sah sich im Rücken angegriffen. Damals gehörten Römmel und ich zum 48. Panzerkorps. Manstein befahl Hoth – das war unser Chef –, einen Teil seiner Truppen zur Rettung Tazinskajas abzugeben. Und die schlagkräftigste seiner Divisionen, die 6. unter General Raus, wurde dazu ausersehen!»

«Sie und Römmel waren dabei?»

«Wir haben Badanows Panzern standgehalten. Am 28. Dezember haben wir die Sowjets verjagt. Aber das hat Römmel nicht mehr mitbekommen. Er war verwundet worden und lag bis zu unserem Sieg mit hohem Fieber ohne Bewusstsein. Und in seinen Fieberfantasien glaubte er immer, wir seien geschlagen worden. Wissen Sie, was er immer und immer wieder gemurmelt hat?»

Sembritzki antwortete auf diese rhetorische Frage nicht. Er hatte die Teetasse mit beiden Händen umfasst und schaute über deren Rand sein Gegenüber an, auf dessen eingefallenen Wangen fiebrige Flecken aufgetaucht waren.

«Da bin ich auch hier eiskalt. Wenn das deutsche Volk nicht bereit ist, für seine Selbsterhaltung sich einzusetzen, ganz gut: Dann soll es verschwinden!»

«Ein Hitler-Zitat!»

«Ich war mit Römmel als Offiziersanwärter dabei, als uns Hitler solche Worte einhämmerte. 1940 war das. Und Römmel hat sie niemals mehr vergessen!»

«Und dann?»

Šmíd lehnte sich jetzt wieder zurück. Die fiebrige Spannung fiel von ihm ab. «Römmel bekam Heimaturlaub. Genesungsurlaub. Bis März 1943 war er in der Tschechoslowakei bei seinen Eltern. Dann wurde er an die Westfront verlegt. Aber er war jetzt ein anderer Mann geworden. Ich habe ihn noch einmal in Prag getroffen. Er hatte sich damals über Anzeichen von Defätismus im deutschen Volk geäussert und gesagt, dass solche Auswüchse von innen her bekämpft werden müssten. Ich bekam die Gewissheit, dass Römmel für den Geheimdienst arbeitete. Sein Einsatz an der Westfront hatte nicht rein militärischen Charakter. Ein paarmal soll er hinter den feindlichen Linien sogar in Schottland abgesprungen und immer wieder zurückgekehrt sein.

Ich weiss nicht, wie viele eigene Leute, die sich negativ über Hitler äusserten, er ans Messer geliefert hat. Ich habe da nur einiges munkeln gehört.»

«Römmel hat sich als Rechtsvertreter des deutschen Gedankens im Dunstkreis Forsthoffs verstanden. Ein Rächer? Ein Vertreter eines ehernen Gesetzes?»

«Ganz recht, Herr Sembritzki. Das war Römmel. Und ich denke, das ist er heute noch.»

«Und dann? Wie ging es weiter?»

Šmíd zuckte die Achseln.

«Ich habe mich abgesetzt, Herr Sembritzki. Ich bin in Böhmen untergetaucht. Heimaturlaub. Als Tscheche hatte ich mit den Deutschen gekämpft. Weil ich mich als Deutscher gefühlt habe. Und dann musste ich merken, dass ich eben mit Leib und Seele Tscheche war.»

«Sie waren bei der Vertreibung der Sudetendeutschen aus der Tschechoslowakei dabei?»

Šmíd nickte.

«Als Beobachter. Als feiger Beobachter, der zusah, wie deutsche Frauen von Tschechen geschändet und erniedrigt wurden. Der all die Grausamkeiten wie von einer Loge aus als unbeteiligter Zuschauer verfolgte, um festzustellen, dass er in seiner Seele kein Deutscher war. Wenn du das aushältst, sagte ich mir, dann kannst du dich ruhig von diesem Volk, dessen Blut auch in deinen Adern rollt, lossagen. Ich habe es geschafft. Es war eine Tortur. Ich habe mich tagelang erbrochen. Aber ich habe es überlebt.»

«Und Römmel?»

Šmíd nickte vielsagend.

«Römmel war damals auch dabei. Und auch er hat es geschafft. Und dabei habe ich an die Hitler-Worte denken müssen: Wenn sich das deutsche Volk nicht für seine Selbsterhaltung einsetzen will, soll es verschwinden.»

«Damals fühlte sich Römmel nicht als Sudetendeutscher?»

«Römmel hatte seinen Namen geändert. Offiziell war der Römmel von der 6. Panzerdivision vermisst gemeldet worden. Vermutlich beim Fronteinsatz an der Westfront von Kampffliegern getroffen. Der Mann, der damals im Mai 1945 in Prag war und zu den geheimen Fadenziehern der Massaker an Sudetendeutschen gehörte, hiess Havel.»

«Es war Römmel?»

Šmíd nickte.

«Ich habe ihn gesehen. Und obwohl er damals einen Schnurrbart trug und seine Haare blond gefärbt hatte, habe ich ihn erkannt. Er war noch den ganzen Sommer 1945 über in Prag, als das Hin und Her zwischen den Siegermächten um die Vertreibung der Sudetendeutschen aus jenen Gebieten, die sie immerhin siebenhundert Jahre lang bewohnt hatten, immer grössere Ausmasse annahm.»

Sembritzki liess den kalt gewordenen Tee in grossen Schlucken durch seine Kehle gurgeln. Dann stellte er die Tasse mit heftiger Bewegung hin, sodass Šmíd, der gedankenverloren vor sich hin starrte, aufschreckte.

«Und wann ist Römmel wieder auferstanden?»

«Das kann ich nur vermuten. Ich nehme an, dass er offiziell zwar als vermisst gemeldet worden war, dann aber scheinbar aus amerikanischer Kriegsgefangenschaft wieder auftauchte. Dann kam die juristische Arbeit bei BMW. Später der offizielle Eintritt in den Bundesnachrichtendienst.»

«In Wirklichkeit war er von den Amerikanern schon lange auf diesen Einsatz vorbereitet worden?»

«Anzunehmen. Der Übergang war fliessend. Nicht nur bei Römmel. Gehlen baute mit seinen alten Leuten einen neuen deutschen Geheimdienst auf. Diesmal einfach auf der Seite der ehemaligen Gegner.»

«Unter Protektion der CIA!»

Mehr gab es jetzt wohl nicht mehr zu sagen. Und trotzdem. Gab das alles einen Sinn? Römmel, ein Mann der Amerikaner? Und was unterschied ihn denn von Stachow? Hasste er nun die Tschechen, die ihn und seine Landsleute aus der ČSSR vertrieben hatten? Hasste er die Deutschen, deren Selbsterhaltungstrieb nicht stark genug gewesen war? Oder setzte er auf ein neues, starkes deutsches Volk, das sein Territorium mit aller Gewalt, mit letzter militärischer Kraft, gegen alle seine Feinde verteidigen sollte, um eine Wiederholung dessen, was ihm widerfahren war, zu verhindern? Was von all dem traf zu? Sembritzki wusste, dass er die Antwort erst dann kennen würde, wenn er herausgefunden hatte, mit wem Römmel in Verbindung stand. Leise betrat Barbara den Raum, als ob sie gespürt hätte, dass das Gespräch nichts mehr hergab.

«Noch etwas Tee?»

Sie schaute Sembritzki über die Schulter ihres Vaters hinweg an. Was war es, was Sembritzki anzog? Ihr klarer Blick? Ihr eigenartiges Lächeln? Oder war es ganz einfach seine Angst vor Evas Umarmung, nach der er sich während all der Zeit, in der er sie nicht mehr gesehen hatte, gesehnt hatte und vor der er sich jetzt plötzlich zu fürchten begann?

«Sie bleiben doch noch?»

Barbara schaute ihn noch immer an. Erst als er jetzt ihren Blick bewusst erwiderte, wanderten ihre Augen ab.

«Herr Sembritzki ist verabredet», antwortete jetzt Šmíd an seiner Stelle. Ihre Augen kamen zurück. Aber Sembritzki wich ihrem Blick aus. Šmíd hatte die Situation im Griff, das spürte er. Und Šmíd war nicht der Mann, der je die Fäden aus der Hand gab. Sembritzki stand auf.

«Sie haben recht, Herr Šmíd. Es ist Zeit. Sie haben mir sehr geholfen.»

Auch Šmíd hatte sich jetzt erhoben, stand steif und ganz aufrecht vor Sembritzki und schaute ihn ausdruckslos an.

«Wenn Sie den Mann zur Strecke bringen, Herr Sembritzki, bin ich Ihnen zu Dank verpflichtet. Kennen Sie folgenden Satz: ‹Böhmen ist ein kleines Land mitten in Europa, und wer dort wohnt, kann nirgendwohin mehr ausweichen, um neu zu beginnen!› »

Sembritzki nickte. «Römmel hat neu begonnen, Herr Šmíd!»

«Die Vergangenheit wird ihn einholen. Mit Ihrer Hilfe, Herr Sembritzki. Ich bin der Gefangene dieses Regimes und dieser Landschaft. Aber Sie …!»

Er griff nach Sembritzkis Händen und drückte sie fest. Was hätte er jetzt antworten können oder sollen? Er nickte nur, obwohl er wusste, dass auch er ein Gefangener Böhmens und seiner Geschichte war.

‹Das Spiel mit der Vergangenheit musste einmal aufhören.› Diesen Satz hatte Šmíd nicht ausgesprochen. Und er war doch viel wichtiger als der andere.

«Leben Sie wohl, Herr Šmíd!»

Sembritzki wandte sich zur Tür.

«Du begleitest Herrn Sembritzki besser nicht weiter als bis zur Haustüre, Barbara!»

Šmíd blockierte Sembritzkis Abgang, der auf Barbaras Begleitung gehofft hatte.

«Es ist zu gefährlich, wenn man Herrn Sembritzki in deiner Begleitung sieht. Du bist meine Tochter!»

«Und deine Gefangene, Vater!»

Dieser Vorwurf kam ganz emotionslos. Und Šmíd reagierte auch nicht darauf. Er hatte sich wieder an den Tisch gesetzt, aufrecht, steif, während Sembritzki, von Barbara begleitet, wieder in den schneeweiss gestrichenen Flur mit den Schmetterlingen hinaustrat. Barbara hatte die Küchentür leise geschlossen und löschte jetzt auch das Licht im Flur, als sie die Türe zum Hof halb aufzog. «Leben Sie wohl!»

Sie küsste ihn schnell und flüchtig auf den Mund. Impulsive Bewegungen gehörten nicht zu Sembritzkis Wesen, und trotzdem zog er sie jetzt schnell und heftig an sich. Er hatte Angst, Unausgesprochenes hier zurücklassen zu müssen. Seine Sehnsucht, diese Frau kennenzulernen. Aber als er sie küsste, fühlte er auch schon, dass er nur in seine eigene Trauer, in seine eigene Sehnsucht eintauchte, die sich zwar mit jener Barbaras decken mochte, die aber doch nichts miteinander zu tun hatten.

«Leb wohl!»

Langsam löste er sich von ihr und trat einen Schritt zurück. Sie hatte beide Hände, die Handflächen gegen ihn, erhoben, stand da, wie von einer Waffe bedroht, als er ihr ein letztes Mal über den fein geschwungenen Nasenrücken strich, dann über ihre leicht geöffneten Lippen.

«Komm wieder, Konrad Sembritzki!», flüsterte sie. Und er nickte, obwohl er wusste, dass jetzt schon alles gesagt und getan worden war. Noch einmal schaute er zurück, als er durch den Hof ging und dann unter dem Tor angekommen war. Aber obwohl er ihre dunklen Umrisse in der Haustüre stehen sah, starrte er jetzt, bevor er sich der Strasse zuwandte, fasziniert auf den strahlend weissen Satz auf dem brüchigen Holz des Eingangstores: «Punk is not dead!»

«But love!»

Sembritzki hatte das Bedürfnis, den Satz zu ergänzen, der auf dem Tor stand. Wozu? Solange der Satz nicht dastand, hatte die Liebe noch eine Chance.

In der Nähe der Karlsbrücke fand er ein Taxi und liess sich zum Praha Střed, zum Bahnhof Prag-Mitte, fahren. Dort tauchte er in der Halle unter und erschien dann nach ein paar Arabesken, um mögliche Beschatter abzuschütteln, in der Sokolovská wieder, ging unter der Eisenbahnunterführung durch und schwenkte dann nach links in die Pobřežní ab. Der Schatten einer langen Zeile gleichförmiger Häuser verschluckte ihn. Im Dunkel versuchte er, die Hausnummern zu erkennen. Vorsichtig drückte er auf die Klinke, als er sich vor der richtigen Tür wähnte. Eine mattgelbe Glühbirne erhellte kaum die ersten Treppenstufen. Sembritzki horchte. Keine Stimmen. Nur ab und zu Füsse scharren. Er stieg über eine ausgetretene Treppe nach oben. Vor einer Türe aus geripptem Glas, verziert mit Jugendstilmotiven, stand er still. Obwohl da ein Klingelknopf war, klopfte er gegen das Glas. Er fürchtete sich davor, diese unheimliche Stille zu brechen. Das Füssescharren hatte aufgehört. Stille. Er klopfte ein zweites Mal. Diesmal stärker. Jetzt hörte er Schritte. Jemand manipulierte umständlich am Schloss herum. Dann tat sich die Türe einen Spaltbreit auf. Ein Männergesicht mit schwarzem Bart erschien in der Öffnung.

«S kým mám tu čest? – Mit wem habe ich die Ehre?»

«Konrad Sembritzki!»

Die Türe ging ganz auf, und Sembritzki betrat einen hohen kahlen Korridor.

«Ich bin Zdenek», sagte jetzt der andere und streckte Sembritzki die Hand hin. «Kommen Sie!»

Er führte ihn in eine grosse kahle Wohnküche, wo ein Dutzend junger Männer und Frauen auf Kisten, Hockern und Kissen sassen. Eva lehnte am Fenster, das mit einem schwarzen Karton abgedeckt war. Sie bewegte sich nicht, als er eintrat. Es roch nach Zigarettenrauch und Verbranntem.

«Das ist Konrad Sembritzki», sagte jetzt Eva.

«Ahoj!» Ein paar von den Anwesenden murmelten einen Gruss. Eine junge Frau mit schneeweissem, ovalem Gesicht, die Haare im Nacken zusammengebunden, hielt ihm ein Glas hin.

«Wein?»

Sembritzki nickte. Was hatte er hier zu suchen? Er fühlte sich als Fremder, und auch Eva unternahm gar nichts, ihn aus dieser Position herauszuholen.

«Ich heisse Dagmar», sagte jetzt die junge Frau mit dem ovalen Gesicht, schenkte Sembritzkis Glas voll und rutschte dann zur Seite, sodass er neben ihr auf einem Schaumgummikissen am Boden Platz fand. Da sass er nun. Seine Knie ragten spitz vor ihm auf und verdeckten ihm die Sicht auf die andern, die zum Teil wie er auf Kissen sassen. Lagerfeuererinnerungen tauchten auf. Bilder, wo er sich in der verschworenen Gemeinschaft der Hitlerjungen wohlgefühlt hatte. Aber jetzt kam er sich deplatziert vor. Und so alt. Er hatte keinen Sinn für alles Sektiererische mehr. Bekenntnisse in der Gemeinschaft waren ihm verhasst. Waren das die «Hussiten»? Er war sich bewusst, dass er, seit er wieder nach Prag zurückgekommen war, eine Menge neuer Leute kennengelernt hatte, aber die Leute, die er treffen wollte, derentwegen er hier war, hatte er noch nicht wiedergesehen.

«Was ist mit den Kontakten zu Holland?»

Zdenek stellte diese Frage. Aber sie galt nicht Sembritzki. Es wurde ganz einfach eine Diskussion wieder aufgenommen, die bei seiner Ankunft unterbrochen worden war.

«Man kann doch nicht einfach die nuklearen Probleme von den gesamten Rüstungsproblemen isolieren», sagte Eva. «Die Rüstungsprobleme sind gesellschaftliche Probleme. Wer steckt hinter diesem Rüstungswettlauf? Gesellschaftliche Kräfte. Interessengemeinschaften. Damit müssen wir uns beschäftigen!»

«Krieg ist kein brauchbares politisches Ziel mehr, um politische Zielsetzungen durchzusetzen.» Sembritzki sah verwundert in das magere Gesicht des jungen Mannes mit der Nickelbrille. Was hatte er hier verloren? Er stand auf. Eva sah seine zusammengekniffenen Lippen und wusste, dass er als kalter Krieger, als Geheimdienstmann sich hier fehl am Platze fühlte. Aber das durfte sie jetzt nicht aussprechen. Er wusste, dass sie seine Tarnung als Antiquar selbst Freunden gegenüber nicht durchbrechen würde. Aber was wollte man denn von ihm?

«Konrad, wir brauchen deine Hilfe!»

Er sah Eva irritiert an.

«Wir?» Er schaute sich um. «Wer seid ihr? Gehört ihr zur Charta 77?»

Jetzt schälte sich ein kleiner Mann mit zotteligem dunkelbraunem Haar und Stirnglatze aus einer Wolldecke und stand auf.

«Die Bürgerrechtsbewegung ist isoliert. Die Bevölkerung ist entpolitisiert. Es sind nur wenige von damals übrig geblieben, Milan, Jan, zum Beispiel.»

Er zeigte auf zwei Männer in karierten Flanellhemden.

«Und ihr?»

Sembritzki schaute herausfordernd im Kreis herum.

«Friedensbewegung?»

Eva nickte.

«Du kannst es so nennen!»

«Und welche Rolle ist mir darin zugedacht?»

Sie fühlte den bitteren Unterton.

«Wir möchten, dass du all die Informationen, die wir sammeln, in den Westen trägst!»

«Welcher Art sind diese Informationen?»

«Werkspionage zum Beispiel. Wir wissen, was in tschechischen, zum Teil aber auch in andern Fabriken des Ostblocks für Waffen hergestellt werden. Wir kennen den täglichen Ausstoss. Wir haben sogar Informationen aus der Sowjetunion!»

«Und wie wollt ihr dieses Material einsetzen?»

«Zur Aufklärung, Konrad Sembritzki! Es soll auf keinen Fall militärischen Stellen in die Hand fallen. Wir möchten es ähnlichen Organisationen im Westen weitergeben, als Propagandamaterial gegen Aufrüstung weltweit.»

«Ihr werdet euren westlichen Kollegen die Geheimdienste aus Ost und West auf den Hals hetzen!»

«Damit müssen sie rechnen! Aber der Einsatz lohnt sich!»

Sembritzki musste lächeln. Welcher Einsatz lohnte sich denn überhaupt?

«Früher oder später *werden* diese Informationen den Geheimdiensten in die Hände fallen. So dicht ist kein Netz, dass sich das geheim halten liesse. Und so verschwiegen sind nicht einmal Sektierer!»

Bevor er das Wort ausgesprochen hatte, reute es ihn auch schon. Er wusste, dass sich seine ganze Aggressivität im Grunde genommen gegen Eva richtete, gegen die Tatsache, dass sie sich in einem Zirkel engagiert hatte, der ihm fremd war. Sie hatte ihn verlassen. Jetzt, in diesem Augenblick, fühlte er es. Aber er fühlte auch, wie sie darunter litt, dass sie beide zu Geschäftspartnern geworden waren.

«Sie sind ein Zyniker, Konrad Sembritzki», sagte jetzt Zdenek, und sein schwarzer Bart zitterte leicht.

«Es tut mir leid! Es war nicht so gemeint. Ich habe nun einmal eine Aversion gegen verschworene Gemeinschaften.»

Er leerte sein Glas und hielt es Dagmar hin, die es wieder füllte. «Ihr wollt den westlichen Friedensbewegungen Argumente in die Hand spielen.»

«Fakten, Konrad Sembritzki», sagte Zdenek.

«Man wird sich fragen, woher diese Fakten kommen!»

«Wir werden sie nur einem ganz kleinen Teil von Eingeweihten weitergeben. Absolut vertrauenswürdigen Leuten. Und die sollen sie dann andern Gruppierungen übermitteln.»

«Ein Tanz auf dem Vulkan. Was ihr tut, ist im Grunde nichts anderes als Nachrichtendienst. Spionage.»

«Das wissen wir!» Evas Stimme klang fest, zu bestimmt, dachte Sembritzki. «Wir haben nichts anders im Sinn, als eine Gegenwelt zur bestehenden aufzubauen.»

Jetzt hatte Sembritzki begriffen. Da waren Reformatoren am Werk, die sich ihre eigene Gesellschaftsform zurechtgelegt hatten, eigene Rituale und Gesetze zu leben versuchten. Da bauten sie an der kühnen Vision einer besseren und gerechteren Welt wie damals die Hussiten. Und jetzt sah Sembritzki auch mit einem Male den kleinen silbernen Kelch, der am Armband Dagmars baumelte und der wohl an die Kelchkriege der Hussiten erinnerte, als sie zwischen 1420 und 1431 gegen die Ritterheere angetreten waren.

«Ich nehme an, dass der STB über eure Tätigkeit informiert ist.»

«Man weiss, dass es uns gibt. Aber wir sind noch nicht wirklich identifiziert», antwortete Dagmar.

«Je grösser euer Kreis wird, desto grösser wird die Möglichkeit, dass man euch identifiziert.»

«Wir sind nur dann eine wirkliche Gegenkraft, wenn wir zur Massenbewegung werden.»

«Die Massenbewegung ist euer Ende! Sei nicht Menge, sei Mensch!» – Suso klang so.

«Wenn sich der Kampf gelohnt hat ...!»

Jetzt lachte Sembritzki laut heraus. «Was nützt euer ganzes Märtyrertum! Was nützt es euch, wenn ihr auf dem Scheiterhaufen landet, den die Rüstungsbefürworter in Ost und West schon für euch bauen! Mit Idealismus haltet ihr diesen Krieg doch nicht auf!»

«Auf welcher Seite stehen denn Sie, Konrad Sembritzki?» Zdeneks Frage kam wie ein Peitschenschlag, schnell und scharf. Sembritzki zögerte. Auf welcher Seite stand er denn wirklich? Auf der Seite Stachows wohl. Aber wer war Stachow wirklich gewesen? Und war das, was er zu vertreten vorgegeben hatte, nicht genauso vage, genauso utopisch gewesen wie das, was die Hussiten da vor sich hin sangen? Was aber Sembritzki ärgerte, war die Naivität dieser Leute. Da führten sie sich auf wie die ersten Christen, die unweigerlich in den Löwenkäfigen landen würden.

«Wie ist denn eure Organisation aufgebaut?»

«Wir sind keine militärische Organisation. Die Informationen, die wir erhalten, erreichen uns durch die verschiedensten Kanäle. Aber da ist kein System dahinter. Und vieles ist zufällig, was uns erreicht. Wichtig ist einfach, dass man im Westen und im Osten merkt, dass Gegenkräfte am Werk sind, dass die Rüstungsleute und Militärs nicht mehr einfach machen können, was sie wollen. Wenn wir über östliche Rüstungsanstrengungen informieren, decken wir die Machenschaften der Ostblockstaaten auf.»

«Womit Sie aber nur den Rüstungsbefürwortern im Westen in die Hände arbeiten!»

«Nein. Durch die Veröffentlichung von geheimem Material und durch Aufrufe blockieren wir den Osten und den Westen in ihren Aufrüstungsversuchen.»

«Ihr wollt also eine Gegenmacht zu den bestehenden politischen Systemen schaffen.»

«Das Netz existiert schon. In Deutschland. In Holland. In Schweden. Auch in Frankreich und Belgien und der DDR. Aus diesem vorläufig noch unpolitischen System werden die neuen Führungsleute hervorgehen. In Ost und West.»

Jetzt lachte Sembritzki nicht mehr. Das Sendungsbewusstsein dieser Leute traf ihn zutiefst.

«Ihr wollt eure Macht weitergeben?»

«Wenn sie zur Macht geworden ist. Dann legen wir sie in die Hände verantwortungsbewusster Männer und Frauen. Aber das können wir nur, wenn wir weltweit alle Informationen austauschen und gewissermassen eine inoffizielle Abrüstungskontrolle bilden.»

Sembritzki nahm einen tiefen Schluck und schaute zu Eva hinüber, die noch immer am schwarz verhüllten Fenster lehnte. Welche Rolle spielte sie in dieser Bewegung? Und welche Rolle war ihm zugedacht?

«Du kannst unsere Informationen in den Westen bringen, Konrad.»

«Ein V-Mann der Friedensbewegung?»

Er biss auf die Zähne. Sembritzki im Einsatz an allen Fronten, an der Kriegs- und der Friedensfront.

«Wenn du es nicht aus Überzeugung tun willst, dann wenigstens aus Fairness.»

«Ein Deal! Informationen über einen gewissen Herrn Römmel gegen Dienstleistungen in der Friedensbewegung! So ist es doch!»

«Wenn du es so sehen willst, Konrad!» Evas Stimme zitterte jetzt leicht.

«Wie bringe ich die Informationen auf die andere Seite?»

Er wählte bewusst den geschäftlichen Duktus.

«Wir dachten, dass Sie einen Vorschlag hätten!» Dagmar

sagte das jetzt ganz schüchtern. Er war sich bewusst, dass man ihn für einen Profi hielt. Was mochte Eva erzählt haben? Sicher nichts über seine Verbindungen zum BND.

«Ich werde mir etwas einfallen lassen!»

«Wann reisen Sie wieder ab?», fragte Zdenek.

«Eine Woche bleibe ich sicher noch!»

«Gut! Bis dahin haben wir alles Material gesichtet und zusammengestellt. Eva hält den Kontakt zu Ihnen!»

Zdenek erhob sich, ging auf Sembritzki zu und drückte ihm die Hand. Dann formte er mit beiden Händen einen Kelch. Die anderen hatten sich jetzt auch alle erhoben und taten es ihm nach. Aber Sembritzki brachte es trotz der flehenden Blicke von Eva nicht über sich, seinerseits die Hände zu erheben. «O. K.», sagte er im CIA-Jargon. Er kam sich dabei blöd vor. Aber er suchte einen Ausweg aus der pseudofeierlichen Situation.

«Ahoj!» Es war jetzt Dagmar, die sich klar darüber geworden war, dass sich Sembritzki nicht zum Partisanen ihrer Bewegung machen lassen wollte. Nicht auf die Schnelle jedenfalls. Sie winkte ihm zu und ging dann leise hinaus. Und jetzt bröckelte langsam der Zirkel ab, ging einer nach dem andern; in Abständen von ein paar Minuten gingen sie einzeln und in Gruppen von zweien und dreien. Und dann, als es von weit her elf schlug, war er mit Eva allein. Sie stand noch immer vor dem schwarzen Vorhang und schaute ihn erstaunt an.

«Du hast dich verändert, Konrad. Dieser Zynismus. Diese Härte. So warst du früher nicht!»

«Ich will überleben! Nichts weiter, Eva.»

«Egal, unter welchen Umständen?»

Er wusste, wie sie sich vor seiner Antwort fürchtete. Ein Test für ihre Beziehung.

«Das habe ich mir nicht überlegt, Eva. Liebe wäre ein Motiv, um überleben zu wollen.»

«Und für die Liebe sterben?»

«Nein, Eva. Nicht mehr. Ich will die Liebe leben, aber nicht für sie sterben.»

«So lass uns die Liebe leben, Konrad!»

Sie machte einen Schritt auf ihn zu. Er stand jetzt am Tisch, fühlte die Kante unter dem Gesäss, hatte keine Möglichkeit, einen einigermassen würdigen Rückzug anzutreten.

Sie stürzten sich aufeinander wie zwei Gegner, die sich zerfleischen wollten. Sie teilten aus. Sie bissen sich. Als Eva sich nach einer kurzen Viertelstunde ermattet und geschunden zurückfallen liess, als sie sich ein Schaumgummikissen unter das Kreuz schob, rollte er sich stöhnend von ihr, lag auf dem Bauch und vergrub das Gesicht in den Händen. Er hätte weinen mögen, lauschte auch nach diesem bittersüssen Gefühl in seinem Innern, schaffte es aber nicht, es aufzuspüren.

«Du hast gewonnen, Konrad. Der grosse Sieger in einer grossen Schlacht!»

«Sieger über ein streitbares Mitglied der Friedensbewegung! Was für ein Erfolg!» murmelte er, stand dann auf und zog sich an.

Eva lag noch immer nackt auf dem Kissen auf dem Küchenboden, zwischen umgekippten Aschenbechern, mit Asche verschmiert und ausgelaufenem Wein tätowiert.

«Dobrou noc!», flüsterte er und steckte sich einen Zigarillo in den Mund.

«Gute Nacht», flüsterte auch sie. Aber sie rührte sich nicht. Mit geschlossenen Augen lag sie da. Sembritzkis wilde Attacken hatten ihr nichts anhaben können.

«Gute Nacht», sagte er noch einmal. Dann verliess er die Wohnung Evas, ohne sich noch einmal umzusehen.

9. Kapitel

Es war schon halb zehn, als Sembritzki am andern Morgen erwachte. Das Klappern des Geschirrs und das Klimpern des Bestecks hatten ihn aus einem traumlosen tiefen Schlaf gerissen. Als er unten in der Halle ankam, bemerkte er aufatmend, dass der aufdringliche amerikanische Kollege aus Baltimore schon weg war. Dafür stand Stanislav, der Taxifahrer, vor dem Eingang und schob seine Schirmmütze ins Genick, als er Sembritzki sah.

«Taxi, mein Herr?»

«Nein danke!»

«Heute nicht?» Stanislav schien enttäuscht zu sein. Hatte er Spass an Sembritzkis geheimen Missionen bekommen oder war er von Eva und ihren Leuten als Bewacher Sembritzkis vorgesehen?

«Heute Abend vielleicht?»

Stanislav war wieder glücklich. «Heute Abend. Um fünf Uhr. Ich werde da sein. Ausflug auf den Hradschin –»

«Vielleicht haben Sie einen andern Vorschlag.»

«Habe immer Vorschläge», grinste Stanislav und grüsste, den Zeigefinger am Mützenrand.

Sembritzki ging die Štěpánská hinauf, vorbei an jenem Bierlokal, vor dem er vor zwei Tagen gefilzt worden war. Aber jetzt war da alles still. Sembritzki ging weiter. Erst vor dem Haus mit der Aufschrift «Opravy Hudebních Nástrojů, piana harmoniky» blieb er stehen. Das Herz klopfte ihm bis zum Hals. Der erste Versuch einer Kontaktaufnahme mit einem seiner Hausmeister. Merkur! Er erinnerte sich an das dürre Männchen mit dem weissen, strähnigen Haar, das hinten über den verwaschenen Kragenrand abstand und vorn in einer kunstvollen Tolle die rosafarbene Kopfhaut, die oben durchschimmerte, kaschieren sollte. Wie lange konnte Sembritzki da stehen, ohne aufzufallen? Sein STB-Begleiter stand im Schatten eines Torbogens und war mit einer Zeitung beschäftigt. Dass diesen Leuten nie ein besseres Attribut als eine Zeitung einfiel! Sembritzki konnte nicht länger warten, ohne die Aufmerksamkeit des STB-Mannes zu sehr auf das Musikhaus zu lenken. Er kehrte um und ging zum Hotel zurück. Stanislav stand noch immer da. Sembritzki musste es wagen.

«Taxi!»

«Also doch!» Stanislav öffnete den Schlag und liess Sembritzki hinten einsteigen. «Wohin?»

«Egal, wo! Ich möchte Sie bitten, eine Nachricht für mich weiterzugeben!»

«Wem?»

«Ich kenne den Namen nicht, Stanislav. Der Mann wohnt und arbeitet im Haus an der Štěpánská, wo ‹Opravy piana harmoniky› geschrieben steht.»

Er beschrieb Merkur. Stanislav nickte, fuhr zum Altstädter Ring, wo Sembritzki ausstieg. Es hatte leicht zu regnen begonnen, und er hatte so keine Gelegenheit, im Strassencafé auf seinen wichtigsten Mann zu warten: Saturn! Sein Burberry-Regenmantel wies ihn eindeutig als Westler aus, und so schloss er sich denn auch harmonisch jener Burberry-Gemeinde an, die vor der astrologischen Uhr auf das Erscheinen der Prozession wartete. Weiter hinten sah er die pompöse Fassade der St.-Niklas-Kirche. Der Regen hatte auf dem gelben Verputz grosse dunkle Flecken hinterlassen. Die grünen Kupferdächer glänzten vor Nässe. Noch heute diente diese Kirche den Hussiten als Gotteshaus.

Dieses Stichwort schüttelte Sembritzki wieder aus seinen

Träumen heraus. Er war hierhergekommen, um seine Agenten wieder zu mobilisieren. Allen voran Saturn! Er ging jetzt quer über den Platz zur Niklaskirche hinüber. Jeden Augenblick war er darauf gefasst, den untersetzten Mann mit der schwarzen Einkaufstasche auftauchen zu sehen. Aber die Zeit verging, die astrologische Uhr hatte längst zehn geschlagen und ihre Prozession in den Regen wieder abgeblasen, aber Saturn war nicht erschienen. War er gestorben? Weggezogen? Zum ersten Mal ärgerte sich Sembritzki darüber, dass ihm Saturn nie hatte sagen wollen, wo er wohnte. Saturn war ein vorsichtiger Mann, vorsichtiger und umsichtiger als alle andern Agenten, mit denen es Sembritzki zu tun gehabt hatte. Er hatte alle überflüssigen Kontakte und jeden überflüssigen Informationsaustausch vermieden. War das das Geheimnis seiner Unzerstörbarkeit gewesen? Viele hatten über die Klinge springen müssen. Wie oft hatte Sembritzki bei seinen Besuchen in der Tschechoslowakei neue Leute rekrutieren müssen in langen, mühseligen Prozessen. Nur die Festung Saturn und die andern, Merkur, Venus, Erde, Jupiter und Mond, hatten sich nicht aus ihrer Bahn werfen lassen. Unzerstörbar wie die Himmelskörper waren sie Sembritzkis Fixpunkte geblieben, die ehernen Pfeiler seines Systems.

Es hatte keinen Sinn, länger zu warten. Saturns Einkaufszeit war vorbei. Immer war er zur selben Zeit gekommen. Er war pünktlich gewesen wie der Planet, der ihm seinen Namen geliehen hatte.

Sicher wartete Thornball schon sehnsüchtig auf Sembritzki, und auch andere Antiquare würden seine Abwesenheit bemerken. Sembritzki platzte mitten in das Referat eines französischen Kollegen, der über den Einfluss der Gestirne auf die Gesundheit und den Charakter des Menschen sprach. Er unterstrich seine Ausführungen mit zahlreichen Lichtbildern aus einem Handschriftenband, der im 15. Jahrhundert in Nürnberg entstanden war und eine Reihe von wichtigen Abhandlungen im Zusammenhang mit der spätmittelalterlichen Heilkunde enthielt. Thornball hatte Sembritzki zugewinkt und ihn gebieterisch an seine Seite beordert.

«Sie kneifen, was?»

«Verschlafen!»

«Reges Nachtleben, was?» Thornball stiess Sembritzki den mächtigen Ellbogen in die Rippen, dass ihm beinahe der Atem wegblieb. «Morgen gibt es einen organisierten Ausflug nach Karlstein und Konopiště! Kommen Sie mit?»

Sembritzki überlegte. Er konnte sich nicht gut absetzen, ohne Thornballs Misstrauen weiter zu schüren. Und abgesehen davon hatte er dabei vielleicht Gelegenheit, Kontakte mit der «Erde» aufzunehmen, die als Fremdenführerin im vorübergehenden Refugium Wallensteins arbeitete, der sich nach der Schlacht am Weissen Berg für kurze Zeit dorthin zurückgezogen hatte.

«Ich komme mit», flüsterte Sembritzki.

«Fine», röhrte Thornball. Ein paar Kongressteilnehmer drehten sich empört nach dem transatlantischen Ruhestörer um, der sich aber überhaupt nicht um diese Reaktionen scherte. Für Augenblicke hatte sich Sembritzki von der naiven Unbekümmertheit fesseln lassen, mit der der mittelalterliche Künstler seine vierundfünfzig Miniaturen geschaffen hatte. Erst als dann das Bild Merkurs vorn auf der Leinwand zitterte, fand Sembritzki wieder in die Realität zurück. Er starrte auf die Figur eines nackten Jungen, dessen Geschlechtsteil von einem sechszackigen Stern abgedeckt war, und der in der rechten Hand ein kleines Säcklein aus

Leinen, in der andern eine schwere Kette trug. Merkur! Sembritzki schaute auf die Uhr. In eineinhalb Stunden musste er seinen ersten Kontaktversuch mit Merkur starten. Wenn Stanislav nicht versagt hatte.

«Gehen wir zusammen essen?»

Thornballs Fürsorge war nicht zu überbieten. Sembritzki nickte ergeben. Solange er Thornballs wahre Identität nicht kannte – und er zweifelte keinen Augenblick daran, dass der Amerikaner etwas zu verbergen hatte –, konnte er sich keinen Schlachtplan zurechtlegen, wie man ihn ausschalten könnte. Zusammen schlenderten sie zum Altstädter Ring hinauf, Thornball schwatzte fortwährend auf Sembritzki ein, während dieser überlegte, wie er sich zu gegebener Zeit mit Anstand absetzen und den Kontakt mit Merkur suchen konnte.

«Kriegstreiber!», murmelte Thornball zwischen den Zähnen und wies mit seinem dicken Zeigefinger auf eine Gruppe von Uniformierten der Tschechischen Volksarmee. «Überall Militär!»

«Wie in der Bundesrepublik auch, Mr. Thornball», antwortete Sembritzki. «Überall Amerikaner!»

«Wissen Sie, dass sich das Wirtschaftswachstum der Sowjets immer mehr verlangsamt und die Militärausgaben pro Jahr um fünf Prozent steigen? Alles, was da an Forschung betrieben wird, kommt den Militärs zugute. Alles, was in Fabriken an Metall bearbeitet wird, landet bei der Armee. Fast alles.»

«Ein Fünftel, Mr. Thornball!», korrigierte Sembritzki.

Sie sassen jetzt in einer Weinstube und starrten über das sanft in den Gläsern vibrierende Getränk auf den Platz hinaus.

«Von mir aus ein Fünftel! Sie sind gut informiert, Mr.

Sembritzki! Ein Amerikahasser, was?»

Er leerte das Glas mit dem Weisswein in einem Zug und knallte es dann auf den Tisch.

«Another one!», brüllte er durch den Raum. Eine stämmige Serviererin stellte Thornball wortlos gleich zwei gefüllte Weingläser hin. Thornball griff zu, leerte das erste in einem Zug und schaute dann Sembritzki aus seinen glitzernden Äuglein böse an.

«Wissen Sie, dass unsere Freunde vom KGB genaue Statistiken haben, wie sich das westliche Bündnis weiter entwickeln wird?»

«Möglich!» Sembritzki zuckte gleichgültig die Schultern und steckte sich dann einen Zigarillo zwischen die Lippen. Er war auf der Hut. Wohin wollte ihn Thornball führen?

«Sie wissen, dass der GRU –!»

«GRU?» Sembritzki beschloss, die naive Tour zu spielen.

«Der Sowjetische Geheimdienst!»

«Ist das nicht der KGB?»

«Das ist das sowjetische Komitee für Staatssicherheit!»

«Nicht dasselbe?»

«Wollen Sie mich auf den Arm nehmen, Sembritzki? Ich weiss doch, wer Sie sind!»

«Und wer sind Sie, Mr. Thornball?»

«Ein Antiquar aus Baltimore, Mr. Sembritzki. Und ein glühender Patriot!»

«Das soll ich Ihnen abnehmen?»

«Was bleibt Ihnen anderes übrig, Mr. Sembritzki! Sie sind hier nicht im Westen. Keine Datenbanken stehen Ihnen zur Verfügung! Sie sind isoliert. Für Sie bin ich, solange Sie hier in Böhmen sitzen, Mr. Thornball. Antiquar aus Baltimore. Ein Freund, der es gut mit Ihnen meint. Das dürfen Sie mir glauben.»

Er streckte Sembritzki seine Pranke hin. Aber dieser übersah sie. Stattdessen griff er nach dem Weinglas.

«Was tun Sie denn hier in der Höhle des Löwen, Thornball?»

«Ein Büchernarr!», kicherte der Amerikaner. Er genoss es, Sembritzki zappeln zu sehen.

«Sie kennen sich auch in der weltweiten Buchhaltung aus!»

«Eben, Sembritzki! Zum Beispiel weiss ich, dass die Sowjets mit ihren SS-Raketen vom eigenen Territorium aus jedes wichtige Ziel in Westeuropa treffen.»

«Nichts Neues!», wehrte Sembritzki ab.

«Aber Sie wissen vielleicht auch, dass keine der landgestützten Raketen der NATO in Europa bis in die Sowjetunion hinein eindringen kann!»

«Konnte, Mr. Thornball. Wir haben jetzt ja die Pershings. Und der neue Boden-Boden-Marschflugkörper Tomahawk ist auch bald einsatzbereit!»

Thornball pfiff bewundernd durch die Zähne.

«Ihr wisst, dass ihr ohne die Amis begraben werdet, mein Lieber. Die Sowjets rechnen doch mit all den europäischen Absatzbewegungen vom Bündnis. Sie rechnen mit Streiks und Demonstrationen. Sie rechnen mit der Solidarität der westeuropäischen Regierungen. Friedensbewegung, Studenten, Umweltschützer, das sind doch die Partisanen der Sowjets. Das ist ihre fünfte Kolonne im Westen. Und dann schlagen sie zu. Und sie werden zuschlagen, das garantiere ich Ihnen, Sembritzki. Sie schlagen zu, wenn ...!»

«Wenn wir nicht aufrüsten. Wenn wir nicht ganz Europa zum waffenstrotzenden Territorium machen.»

«Wir brauchen neue Waffen. Das ist richtig.»

«Sie rüsten auf einen Dritten Weltkrieg hin!»

«Wir rüsten auf den ewigen Frieden hin, Mr. Sembritzki. Das ist der Unterschied. Unser Gegner ist stark, aber doch nicht so stark, dass sich für ihn, wenn wir ihm Paroli bieten, ein Angriff lohnt. Abschreckung!»

«Die Bundesrepublik als Schild der NATO!»

«Schön formuliert. Und ganz in der Terminologie unserer Militärs!»

«Sie gehören zu den Totengräbern der europäischen Geschichte!»

«Was haben die Europäer aus ihrer Geschichte gemacht? Sie haben sie zweigeteilt. Das Heilige Römische Reich Deutscher Nation ist vor die Hunde gegangen.»

«Weil wir Europäer uns nicht von den Supermächten emanzipieren!»

«Ohne die Supermächte krepieren die Europäer, auf welcher Seite des Vorhangs auch immer sie beheimatet sind.»

«Mit Landesverteidigung hat das alles doch gar nichts mehr zu tun. Wir verteidigen Blöcke. Wir verteidigen die Ideologie der Amerikaner und der Spanier. Und jene der Schweden und Niederländer. Aber nie die eigene!»

«Weil wir alle im selben Boot sitzen!»

«Als Kanonenfutter, lieber Mr. Thornball. Die Führungsleute werden von den Amis gestellt. Und sie sitzen doch alle jenseits des Atlantiks.»

«Saceur sitzt in Brüssel!»

«Ja, der oberste alliierte Befehlshaber in Europa: ein Amerikaner!»

Jetzt hob Thornball langsam und beinahe feierlich sein Glas. «Auf unseren obersten Schirmherrn: Saceur!»

Sembritzki lächelte nur mitleidig.

«Ist das nicht auch Ihr oberster Schirmherr, schliesslich ...»

«Schliesslich was?»

Sembritzki musterte den Amerikaner misstrauisch.

«Hören Sie, Sembritzki!» Thornball lehnte sich vor und legte seine Pranke anbiedernd auf Sembritzkis Unterarm. «Leute wie Sie haben es in der Hand!»

Das hatte Sembritzki schon einmal gehört.

«Sembritzki, Sie kommen an Informationen heran, an die ein gewöhnlicher Sterblicher nicht herankommt!»

«Das sagen Sie!»

Sembritzki fühlte sich wie als Kind im Karussell. Immer glaubte er sich hoch zu Pferde unterwegs, hatte sich verzweifelt in die Mähne des weissen Renners verkrallt oder in seine Ohren, glaubte, den scharfen Wind im Gesicht zu spüren und das Getrampel der Hufe auf der Steppe, und immer und immer wieder hatte er doch im Vorbeireiten dieselben Gesichter gesehen, lachende Münder, Vater, Mutter, winkende Hände und immer dieselben wehenden Taschentücher in immer denselben Farben. Und jetzt hatten Thornball und der geheimnisvolle Monsieur Margueritte aus Frankreich die Stelle seiner winkenden Eltern eingenommen.

«Sembritzki, Sie wollen doch wieder zurück in die Bundesrepublik!»

«In die Schweiz, Mr. Thornball!»

Thornball wiegte den mächtigen Schädel, und Sembritzki dachte darüber nach, was der Amerikaner vorhin gemeint hatte.

«Bis später!»

Sembritzki erhob sich und ging davon, ohne sich noch einmal umzuschauen. War er jetzt überhaupt noch auf das angewiesen, was Seydlitz und seine Helfershelfer zu Hause über die Identität des Amerikaners herausbekommen hatten?

Es hatte aufgehört zu regnen, und eine fahle Sonne versuchte, sich gegen wallende Nebel durchzusetzen. Langsam schälte sich die Karlsbrücke aus dem Dunst und gab den Blick auf den Hradschin auf der Kleinseite frei. Ein einsames Fischerboot war unterhalb der Brücke inmitten der Moldau verankert. Sembritzki bemerkte seinen Schatten sofort, als er sich sinnend am Ende der Brücke vor die Skulptur des heiligen Veit hingestellt und dabei auch einen Blick über seine rechte Schulter geworfen hatte. Gegen Frömmigkeit hatte man beim STB sicher etwas einzuwenden, besonders deshalb, weil die zahlreichen Orte christlicher Einkehr beliebte Treffpunkte von Agenten und Rebellen aus dem eigenen Lager waren, wo man sich im Dunstkreis des lieben Gottes immer wieder der direkten Bewachung entziehen konnte.

Sembritzki ging unter dem Kleinseiter Brückenturm hindurch und am Rathaus vorbei zur Kleinseiter Niklaskirche. In seinem Rücken hatte er jetzt ein lang gestrecktes Gebäude, dessen eine Toreinfahrt von einem Uniformierten bewacht wurde: «Vysoká Škola Politická ÚV KSČ», stand da auf einer braunroten Tafel, und etwas kleiner: «Studijní Středisko». Aber er schaute nur schnell zurück, als eine Troika von schwarzen Tatra-Limousinen vom Hradschin her mit kostbarer politischer Fracht heruntergesaust kam und um die Kurve verschwand. Dann betrat er die Kirche, erging sich unter dem monumentalen Deckengemälde im Mittelschiff, das Szenen aus dem Leben des heiligen Nikolaus wiedergab, und widmete dann seine Aufmerksamkeit vor allem den zahlreichen Seitenaltären. Ein Bild eines geflügelten Jünglings, der im Begriff war, einen angeketteten nackten, sich vor ihm auf dem Boden wälzenden Teufel ins Gesicht zu treten, zog Sembritzkis Aufmerksamkeit besonders an.

«Nevstupovat! – Nicht betreten» stand auf einem kleinen Täfelchen, das an den Altarstufen befestigt war.

Er warf einen Blick über die rechte Schulter, um seinen Beschatter auszumachen. Dieser stand im Eingang, von einer Säule leicht abgedeckt. Sembritzki zog eine Rose, die er unterwegs gekauft hatte, unter der Jacke hervor und machte dann einen Schritt auf das verbotene Territorium, und während er mit der rechten Hand die Blume in eine der Vasen steckte, klaubte er mit der linken schnell den kleinen grauen Karton aus der Ritze zwischen Altar und Altaraufsatz hervor. Dann, nach einem kleinen Kniefall, verliess er die Kirche wieder. Sein Begleiter mochte sich den Kopf darüber zerbrechen, warum Sembritzki ausgerechnet dem geflügelten Teufelsbezwinger seine Referenz erwiesen hatte. Er musste jetzt die Zeit, die der STB-Mann brauchte, um beim Seitenaltar zu überprüfen, ob Sembritzki dort eine Nachricht hinterlassen hatte, nützen, um ihn abzuschütteln. Er wandte sich beim Kirchenausgang nach links, scheinbar in der Absicht, über die Karlsbrücke ins eigentliche Zentrum zurückzukehren, ging an der Parteischule, im ehemaligen Palais Liechtenstein untergebracht, vorbei und kehrte dann in einem Bogen auf der andern Seite der Niklaskirche zurück, vorbei an der Dechiffrierabteilung seiner ČSSR-Kollegen, und stieg jetzt die steil ansteigende Treppe zum Hradschin hinauf, vorbei an den pittoresken Fassaden der Mostecká.

«Kloster Strahov, Gedenkstätte für Nationale Literatur. 15.00» stand mit blauem Farbstift auf dem kleinen grauen Karton geschrieben, den Sembritzki im Gehen zwischen den Fingern drehte. Oben auf dem Hügelzug sah er das Kloster, einen lang gestreckten gelbbraunen Bau, hinter dem die beiden Türme mit ihrem zwiebelartigen Aufsatz hervorragten.

Er ging jetzt auf der schmalen Rampe unterhalb der Stützmauer, erregt beim Gedanken, dass er endlich den ersten
Kontakt herstellen würde: Merkur! Durch das grosse
Barocktor betrat er den Klosterhof, stieg dann vom Kreuzgang aus über die Treppe nach oben in den ersten Stock und
betrat den Philosophischen Bibliothekssaal. Und da sah er
ihn auch schon. Er stand, den gebeugten Rücken Sembritzki
zugewandt, vor einem gewaltigen Globus, in dessen Plexi-
glasschutzhülle sich Szenen aus der Geistesgeschichte der
Menschheit vom Deckenfresko Franz Albert Maulpertschs
spiegelten. Sembritzki stellte sich neben Merkur, der schnell
über seine weisse Tolle strich und dann murmelte: «Lange
her, Konrad Sembritzki!»

«Nichts vergessen?»

«Nichts», murmelte Merkur. «Neue Aufträge?»

«Ja», flüsterte Sembritzki und ging weiter, hinüber zu
einem schweren Tisch aus Eichenholz, auf dem ein gewaltiger, geöffneter Foliant lag. Merkur folgte ihm nach einer
Weile, starrte an seiner Seite auf die vergilbten Pergamentsei-
ten und fragte dann: «Worum geht es?»

«Sie reisen noch immer durch das Land?»

Merkur nickte.

«Ich brauche Informationen über Truppenverschiebungen. Und vor allem: Was hat es mit der Stationierung von
SS-Raketen in Böhmen auf sich?»

«Sie wissen, dass die SS-Raketen auf mobilen Startram-
pen befestigt sind. Schwer auszumachen!»

«Ich weiss. Aber ich weiss auch, dass Sie überall Ihre Fühler haben!»

Merkur strich sich geschmeichelt übers Haar. Er ging zu
einem der reich geschmückten Bücherschränke hinüber und
hob dann plötzlich wie zufällig die rechte Hand, spreizte die

Finger weit ab und ballte sie dann wieder zur Faust. Sembritzki kannte die Geste. Merkur hatte den Preis genannt. Fünftausend also? Wenn er Merkur einfach über die deutsche Botschaft bezahlen liesse? Offiziell war das ja ein Auftrag des BND. Nur musste er verhindern, dass Merkur identifiziert wurde. Stachow hatte nicht gewollt, dass Römmel von Sembritzkis Kontakten erfuhr. Aber fünftausend Dollar: Das konnten weder Seydlitz noch er selbst bezahlen.

«Fünfhundert?», sagte er darum im Vorbeigehen.

«Fünftausend», zischte Merkur.

«Tausend, wenn die Informationen brauchbar sind.»

«Fünfhundert sofort!»

Merkur hatte sich jetzt Sembritzki direkt zugewandt und grinste ihn mit feuchtem Lächeln an. Er roch den säuerlichen Atem und sah, wie aus Merkurs Mundwinkel ein kleines bräunliches Rinnsal seinen Weg durch die Falten und Runzeln zum Kinn hinunter suchte. Der Mann war alt und tatterig geworden. Aber seine Verschlagenheit hatte er wohl bewahrt. Merkur klaubte einen Krümel aus der Mundecke und stopfte sich neuen Tabak in den Mund. «Möchten Sie in meinen Katalog sehen?»

Er hielt Sembritzki den geöffneten Katalog hin, den dieser dankend entgegennahm, scheinbar interessiert darin herumblätterte und ihn dann, nachdem er fünf Hundertdollarscheine hineingelegt hatte, dankend zurückgab.

«Am Samstag vor der astrologischen Uhr. Zwölf Uhr Mittag!» Mit einem Nicken ging Merkur davon. Schien es nur so, oder war im Abgang Merkurs eine Grazie enthalten, die Sembritzki vorher nicht bemerkt hatte? Der Handel mit dem Gott des Handels war gemacht. Die fünfhundert Dollar hatten dem dürren Männchen seine Jugend zurückgegeben.

Es war bereits vier, als Sembritzki endlich wieder im Carolinum unter seinen Kollegen auftauchte. Es war gerade Pause. Thornball, wie immer unübersehbar, winkte ihm mit verschwörerischer Geste zu. Sembritzki bedachte ihn mit einem schiefen Lächeln, hütete sich aber, erneut in seinen Sog zu geraten. Um fünf wartete Stanislav auf ihn. Es war sinnlos, für eine halbe Stunde am Kongress teilzunehmen, selbst auf die Gefahr hin, dass seine Kollegen den unzuverlässigen Mann aus Bern längst im Visier hatten. Als die Pause vorüber war, verliess Sembritzki das Carolinum und ging zum Hotel zurück. Zusammen mit dem Schlüssel übergab ihm der Concierge, den Sembritzki unschwer als Spitzel ausmachen konnte, einen Briefumschlag, der das Wappen der Stadt Prag trug, die drei Türme, flankiert von drei aufrecht stehenden Löwen; «Praha, matka měst – Prag, die Mutter aller Städte». František Pospíchal nahm sich die Freiheit, Herrn Sembritzki diesen Abend im Hotel aufzusuchen, um ihm bei seinen Forschungen im Zusammenhang mit dem Geburtsstundenbuch des Martin Pegius behilflich zu sein.

Als Sembritzki gegen sieben Uhr von seinem Ausflug mit Stanislav in die nähere Umgebung Prags zurückkam, sass František Pospíchal schon rauchend in der Halle hinter einem Campari. Der Funkkontakt mit München hatte sich problemlos abgewickelt, allerdings hatte er noch nichts Präzises über Thornball erfahren. Hingegen – und das war mindestens ein aufschlussreiches Negativergebnis – schien die Akte Römmel im CIA-Archiv von Langley zurzeit nicht greifbar zu sein. Jedenfalls machte es den Anschein, als ob die verantwortlichen Dokumentalisten, die von Bartels im Umweg über einen befreundeten amerikanischen CIA-Mann aufgeschreckt worden waren, nicht in der Lage wären, das gefragte Material schnell zu beschaffen.

«Immer auf Achse, Herr Sembritzki!»

Pospíchal hatte seinen Kunden sofort erkannt und präsentierte seine weit auseinanderstehenden langen Pferdezähne. Sembritzki irritierte diese urdeutsche Formulierung.

«Herr Pospíchal? Darf ich Ihnen sagen, wie sehr ich mich über Ihre Hilfe freue!»

«Es ist mir eine Ehre, für Sie arbeiten zu dürfen!»

Oder gegen Sie, hätte Sembritzki am liebsten ergänzt. Aber Freundlichkeiten gehörten nun einmal zu den Spielregeln. Beide wussten, wer der andere war oder mindestens welcher Berufsgattung man ihn zuzuordnen hatte, und trotzdem behielt man die Maske auf, ganz nach der alten Regel, wo es hiess: «Ich bin alles, was du siehst, und alles, was du dahinter fürchtest!» Und dieses zweite Gesicht hinter der lächelnden Maske war das Kapital des Agenten und vor allem das seines Beschatters. Sembritzki wusste nicht, was der andere von ihm alles wissen mochte.

«Gehen wir zusammen essen? Auf Kosten der Regierung, selbstverständlich», lächelte Pospíchal und deutete damit an, dass sich die Regierung den Kontakt mit Sembritzki etwas kosten lassen wollte.

In Pospíchals Škoda fuhren sie aus der Stadt hinaus in westlicher Richtung. Die Pferderennbahn lag ausgestorben da. Oben auf dem Hügelzug thronten die Mächtigen der tschechischen Zelluloidbranche, die für hartes Westgeld schon so oft ihre Studios und ihr Gelände aufwendigen amerikanischen Produktionen überlassen hatten. Wie viele amerikanische Cowboys sind schon auf tschechischem Boden gestorben! Die Moldau lag wie ein bleiernes Band zwischen den Wäldern. Doch jetzt bog die Strasse scharf nach Norden ab und stieg steil an. Sie erklommen mit klopfendem Motor ein Hochplateau und fuhren dann eine von

Nussbäumen gesäumte Strasse entlang, wortlos, begleitet nur von amerikanischen Folksongs, die aus dem Autoradio tönten. Sembritzki hatte sich einen Zigarillo zwischen die Lippen gesteckt und wartete ab.

«Wir sind gleich da, Herr Sembritzki. Ich möchte noch einen kleinen Besuch machen, bevor wir zum Essen gehen. Eine Überraschung!»

Sembritzki lächelte, aber er war jetzt aufmerksam geworden.

«Ich habe bereits meine Fühler ausgestreckt, müssen Sie wissen. Es gibt da einen Mann in Třebotov …»

«Třebotov!», sagte Sembritzki schnell. Zu schnell.

Pospíchal wandte den Kopf. «Kennen Sie den Ort?»

Aber jetzt hatte sich Sembritzki wieder in der Gewalt.

«Nein. Es klang nur so vertraut.»

«Tschechische Namen sind Heimwehnamen, Herr Sembritzki. Die vielen O und A nehmen den Heimatlosen auf wie grosse, weiche Heuhaufen.»

Nach einer kleinen Pause, während der Pospíchal das Radio abdrehte, sagte er mit einer Stimme, die die Spannung nicht ganz zu unterdrücken vermochte: «Ich war nicht untätig. Der Mann, den wir treffen, wird Sie interessieren. Vor allem weiss er über Dinge Bescheid, über die auch Sie genau Bescheid wissen wollen!»

«Pegius und Wallenstein?», fragte Sembritzki und merkte schon, dass diese Frage überflüssig, ja beinahe tödlich gewesen war.

«Natürlich Pegius und Wallenstein. Was denn sonst, Herr Sembritzki. Das ist doch Ihr Interessengebiet!»

Was hätte er darauf antworten können? Pospíchal war ein Meister in seinem Fach. Und so sehr sich Sembritzki auch bemühte, er fand den Tschechen nicht einmal unsympathisch. Aber er war jetzt auf der Hut und würde künftig alle verbalen und anderen Schachzüge Pospíchals zu parieren versuchen. Rechtzeitig. Třebotov war eine Falle, das wusste er. Aber was wusste Pospíchal?

Er wusste sehr viel. Dies stellte Sembritzki gleich fest, als der Tscheche seinen Škoda am westlichen Dorfausgang zum Stehen brachte, von wo aus man den kleinen Friedhof zwischen den Bäumen sehen konnte. Sembritzki warf nur einen schnellen Blick auf das geduckte graue Haus, das inmitten eines gepflegten Gemüsegartens stand, um festzustellen, was jetzt auf ihn zukam.

«Bitte, wir sind angekommen», sagte Pospíchal und versuchte seine Stimme neutral klingen zu lassen. Aber schwang da nicht Vorfreude mit? War Pospíchal noch nicht so abgebrüht, dass er seine Falle stellen konnte, ohne Aufmerksamkeit zu erregen? Sie gingen hintereinander über den schmalen Gartenweg. Der Kies knirschte unter ihren Schuhen, und im Gehen überlegte Sembritzki, wie er sich jetzt, in diesem entscheidenden Augenblick, verhalten sollte. Als sie vor der Türe standen und Pospíchal seinen gekrümmten Zeigefinger dreimal gegen das Holz hatte schnellen lassen, begann Sembritzki mit lauter Stimme zu sprechen. Es kam jetzt darauf an, dass der Mann hinter der Türe seine Stimme erkannte, bevor er ihn zu Gesicht bekam:

«Nun brennt der Mond geruhig
Über die Wälder hinaus
Und legt die funkelnde Heimat
Wie einen Kronschatz aus.»

Pospíchal war irritiert. Das merkte Sembritzki sofort. Er mochte die Absicht ahnen, fand aber keine Replik auf diese überraschende Finte.

«Sind Sie ein Dichter?»

«Kennen Sie Hans Watzlik nicht?»

«Ein deutscher Name!»

«Trotzdem ein grosser Böhme!»

Und als das Licht innen aufflammte, obwohl Sembritzki das Gefühl gehabt hatte, dass jemand schon eine Weile hinter der Türe gestanden und gelauscht habe, setzte er seine Rezitation fort:

«Des Dorfes weisse Mauern,

Die Firste silbergesäumt,

Und silbrige Ährenwipfel –

Gedämpft der Brunnen träumt –»

Mit dem letzten Wort der zweiten Strophe öffnete sich die Türe, und im Lichtschwall, der von innen hinausdrängte, wurde die Fortsetzung mitgeschwemmt:

«Ein letztes Einödglöcklein

Zagt fernwo und verhallt.

Vergessen Schwedenschanzen

Umschlummert der schwarze Wald.»

Jetzt trat der Mann über die Schwelle und hielt Pospíchal und Sembritzki beide Hände entgegen. Und als Sembritzki zugriff, schnell die rechte Hand des Mannes in der Türe drückte, rezitierten sie gemeinsam die letzte Strophe:

«Heimat, du meine Erde!

Du muttereinz'ger Ort!

Heimat, du wundervolles,

Du starkes, gutes Wort!»

«Die Herren kennen sich?», wollte der verwirrte Pospíchal wissen.

«Woher denn, Herr Pospíchal? Wir kennen nur die deutsch-böhmische Literatur. Ein schöner Zufall!»

«Hans Watzlik!», sagte jetzt der Mann in der Türe. «Viel Gefühl und viel Schmalz. Mit wem habe ich die Ehre?»

«Konrad Sembritzki aus dem Westen. Aus der Schweiz.»

«Willkommen, Herr Sembritzki. Willkommen auch Sie, Herr Pospíchal.» Das Deutsch des Hausherren war makellos. Er öffnete jetzt die Türe ganz, und sie betraten ein blitzsauberes Haus, überall mit alten braunen Fotografien aus Böhmens Vergangenheit geschmückt: Ansichten von Landschaften, von Häusern, Menschen auf Hochzeiten, Taufen und Begräbnissen.

«Was führt Sie zu mir?»

Der Hausherr stand im Licht einer schmiedeeisernen Lampe, die von der Decke hing. Sembritzki sah das feine Lächeln im geröteten Gesicht dieses weisshaarigen Mannes, der auch zu Hause seine Krawatte nicht ablegte, wie er überhaupt makellos angezogen war, in schwarz gestreifter Hose, einem hellgrauen Sakko und darunter einer weinroten Weste. Sembritzki war, als ob die Zeit stehen geblieben sei.

«Herr Sembritzki interessiert sich für Wallensteins Sternenhörigkeit!»

«Interessant, sehr interessant!», nickte der Hausherr. «Mein Name ist Hájek. Milan Hájek! Darf ich Sie bitten?»

Er öffnete die Türe zum Wohnzimmer und sagte laut und deutlich: «Darf ich dir Herrn Sembritzki vorstellen!»

Sembritzki fiel auf, wie sehr Hájek seinen Namen betonte. Die Frau mit dem schneeweissen Haar unter einem kleinen Spitzenhäubchen sah denn auch nur einen ganz kurzen Augenblick lang überrascht auf ihre Besucher. Dann brachte ein feines Lächeln ein verzweigtes Netz von Falten und Furchen zum Tanzen. Sie sass da, eine scheinbar unendlich lange Schleppe aus weissem Tüll mit Spitzen auf den Knien, die sich durch das ganze Zimmer wand und den Besuchern den Eintritt verwehrte.

«Bitte, treten Sie ein, meine Herren», sagte sie mit feiner

und leicht zitternder Stimme auf Deutsch und holte mit kleinen Bewegungen das kostbare Gebilde aus Spitzen und Tüll wie ein Fahnentuch ein. Sembritzki stand jetzt mitten im Zimmer, neben ihm Pospíchal, der seinen braunen Hut in der Hand hielt und völlig aus dem Konzept geraten war. Auf diesen Empfang war er nicht gefasst gewesen. Die Falle hatte nicht zugeschnappt. Sie setzten sich, nachdem Milan Hájek ihnen die Mäntel abgenommen hatte, an einen Tisch, der von einem mit weissen Spitzen eingefassten Damasttischtuch bedeckt war. In der Mitte des Tisches stand eine kleine Vase aus dunkelblauem Glas mit einem Schneeglöckchenstrauss. Hájek kam mit zwei Flaschen Wein.

«Veltliner?»

Sembritzki schaute seinen Gastgeber erstaunt an.

«Ein Überrest von früher. Freunde aus dem Westen haben mir einmal eine Kiste voll davon geschenkt.»

«Ein würdiges Getränk für ein Gespräch über Wallenstein!»

Pospíchal hatte den Faden noch immer nicht gefunden, als Hájek den Wein in kostbare Kelche aus Kristall gurgeln liess.

«Na vaše zdraví!», sagte Hájek und hob sein Glas gegen das Licht der Jugendstillampe in der Form eines Blumenkelches aus milchigem Glas.

«Na vaše!», knirschte Pospíchal zwischen den Zähnen.

«Prost!», murmelte Sembritzki und hob ebenfalls sein Glas. Er schaute Hájek in die glasklaren Augen.

«Mit Veltliner hat Wallenstein seine Gicht zu vertreiben versucht! Wir vertreiben mit ihm allen Hass und alle Feindschaft aus unseren Herzen!»

Frau Hájek nickte ihrem Mann anerkennend zu. Sie sass in einem hochlehnigen Stuhl, die Füsse in einem Futteral aus besticktem Filz.

«Wie kann ich Ihnen helfen, Herr Sembritzki?»

«Herr Hájek, Sie sind ein Wallensteinkenner, habe ich mir sagen lassen. Sie wissen Bescheid über alle seine Feldzüge, über seine Bewaffnung, über seine Feldlager.»

Hájek wiegte den Kopf hin und her. «Leider, Herr Sembritzki, muss ich Sie enttäuschen. Mit fortschreitendem Alter interessieren einen die kriegerischen Belange weniger. Da konzentriert man sich eher auf ideelle Werte.»

«Welches sind die ideellen Werte bei Wallenstein?»

«Wallenstein war ein Sternengläubiger, sagt man.»

«Glauben Sie an die Macht der Sterne, Herr Sembritzki?»

Es war Pospíchal, der wie mit einer Peitsche diese Frage knallen liess.

Sembritzki schreckte aus tiefem Nachdenken auf. Was hatte das wohl zu bedeuten, was Hájek vorhin gesagt hatte, er interessiere sich nicht mehr für Feldzüge? War er ausgestiegen? Hatte Sembritzki einen wichtigen Mann in seinem Netz eingebüsst? Hájek, der Mond! Der Dorfschullehrer und Organist hatte früher seine Augen und Fühler überall in der Gegend gehabt. Er war in seiner Funktion als Organist der ganzen Landschaft hier oben überall in den Dörfern herumgekommen, hatte zu Hochzeiten, Begräbnissen und Taufen gespielt, so wie schon sein Vater und sein Urgrossvater vor ihm. Hájeks Informationen waren immer sehr präzis und vor allem immer von äusserster Wichtigkeit für den Westen gewesen. Er hatte über Truppenbewegungen, über den Einsatz neuer Waffen und auch über die Truppenstärke immer sehr genau Bescheid gewusst. War jetzt Sembritzkis Mond untergegangen? Hájek hatte beim Zusammentreffen, das von Pospíchal zweifelsohne ganz bewusst inszeniert worden war, seine Kaltblütigkeit bewahrt und keinen Augenblick lang zu erkennen gegeben, dass er Sembritzki zuvor schon gesehen hatte. Aber das war jetzt das mindeste, was er hatte tun können.

Pospíchal hatte, aus welchen Gründen auch immer, Hájek als Mann des Westens ausgemacht. Er hatte ihn lahmgelegt. Man würde ihn, mindestens solange Sembritzki im Land war, nicht mehr aus den Augen lassen.

«Sie träumen, Herr Sembritzki!»

«Nein, Herr Pospíchal. Ich habe eben über Ihre Frage nachgedacht.»

«Und?»

«Da bin ich doch in guter Gesellschaft, wenn ich an die Macht der Sterne glaube, Herr Pospíchal. In guter, was Wallenstein betrifft, in zweifelhafter, was Heinrich Himmler angeht, ebenfalls ein Sternenhöriger. Und wissen Sie, dass in Deutschland jeder zweite Bürger an den Einfluss der Gestirne auf sein Leben glaubt?»

«Tschechen sind weniger anfällig für Horoskope», sagte Pospíchal.

«Da wäre ich mir nicht so sicher», erwiderte Hájek. «Nur, weil bei uns die Horoskope in den Zeitschriften eine weniger grosse Rolle spielen? Die Astrologie ist eine Vorform der Wissenschaft. Sie hat jedenfalls nicht weniger Gewicht und Aussagekraft als die Grafologie!»

«Es ist doch anzunehmen, dass die astrologischen Orakel der Vulgärastrologie gewissen sozialpsychologischen Bedürfnissen mancher Menschen entgegenkommen», ergänzte Sembritzki.

«Obwohl solche Horoskope in Zeitschriften nur vom jeweiligen Stand der Sonne in Bezug auf die zwölf Tierkreise ausgehen!»

Hájek nickte und ergänzte. «Während die seriöse Astrologie zehn Planeten als Ausgangslage benützt, was im Endeffekt die astronomische Zahl von zwölf hoch zehn verschiedenen Kombinationsmöglichkeiten von Planet und Zeichen ergibt. Und das ist nur ein Teil der Interpretationsgrundlage eines individuellen Horoskops.»

Sembritzki war unter Kennern. Auch Pospíchal war auf diesem Gebiet zu Hause, das war offensichtlich: «Mit andern Worten: In einem Land von der Grösse der Bundesrepublik Deutschland haben im Durchschnitt nur zwei Menschen in Wirklichkeit ein identisches Horoskop.»

«Bravo, Herr Pospíchal. Sie sind ausgezeichnet vorbereitet.»

Pospíchal hörte den Spott in Sembritzkis Worten und versuchte, dem Gespräch eine andere Richtung zu geben.

«Wir sind wegen Wallenstein und Pegius hergekommen. Ein anderer Grund bestand wohl nicht!»

Jetzt hatte der STB-Mann wieder die Initiative an sich gerissen. Und mit dem kleinen Schlenker am Schluss des Satzes wollte er Sembritzki deutlich machen, dass er ihn am Kragen gepackt hatte.

«Zweifelsohne hat sich das Geburtsstundenbuch des Pegius in Wallensteins Bibliothek befunden. Ich habe genügend diesbezügliche Hinweise in der einschlägigen Literatur gefunden. Eger!»

«Cheb!», korrigierte Pospíchal schnell.

Hájek lächelte: «Zu Wallensteins Zeiten hiess die Stadt Eger, Herr Pospíchal. Und wir beziehen uns jetzt auf diese Zeit.»

Frau Hájek hatte ihre Stickarbeit wieder aufgenommen. An der Wand tickte eine alte böhmische Uhr, und jeder der drei Männer träumte sich auf seine Weise in die Vergangenheit hinein, gegängelt vom schweren Wein, der ihr Denken langsam vernebelte und sie empfänglicher machte für die Botschaften der Planeten. Wer würde sich am längsten dem Einfluss von Wein und Gestirnen entziehen können, dachte Sembritzki, als Hájek die zweite Flasche entkorkte.

«Und wenn der Stern, auf dem du lebst und wohnst,
Aus seinem Gleis tritt, sich brennend wirft
Auf eine nächste Welt und sie entzündet,
Du kannst nicht wählen, ob du folgen willst;
Fort reisst er dich in seines Schwunges Kraft,
Samt seinem Ring und seinen Monden.»

Es war Hájek gewesen, der in das Schweigen hinein diese Schillerverse rezitiert hatte. Was wollte er damit sagen? War das der blosse Versuch, den Geist Wallensteins zu beschwören, oder war in diesen Versen eine Botschaft versteckt, die Hájek Sembritzki zukommen lassen wollte?

Der Name Saturn war verschlüsselt gefallen.

«Ich sagte Eger!», nahm jetzt Hájek nach diesem Exkurs den Faden wieder auf. «In Eger ist Wallenstein ermordet worden. Und in Eger gibt es weitere Dokumente, die Ihnen nützlich sein könnten, Herr Sembritzki.»

«Sie meinen, eine Reise dahin lohnt sich?»

«Ganz bestimmt!»

Pospíchal war irritiert. Er wusste nicht, handelte es sich hier um eine chiffrierte Botschaft oder um die Ansätze zu einem mehr oder weniger wissenschaftlichen Gespräch.

«Sie haben Zweifel, Herr Pospíchal», lächelte Hájek. «Die Astrologie ist keine geistige Epidemie wie der Hexenglaube. Das sagt Golo Mann. Vergessen Sie nicht, Wallensteins Astrologen waren alles seriöse Wissenschaftler, Giovanni Pieroni, von Beruf Baumeister, die Ärzte Herlicius und Fabricius und Pater Forteguerra, der Generalvikar des Heeres war.»

«Aber da war noch dieser Scharlatan Senno!», sagte Pospíchal.

«Aber auch Johannes Kepler», ergänzte Sembritzki.

«Aber es war Sennos Einfluss, der zersetzend auf Wallensteins Geist gewirkt hat», hielt Pospíchal fest.

«Wallenstein war kein wirklichkeitsfremder Mann, Herr Pospíchal», warf Hájek ein. «Zwar liess sich Wallenstein im Umweg über die Sterne erzählen, was sich in Spanien, Schweden oder Deutschland in den Köpfen seiner Gegner und in der scheinbaren Realität tat. Wie hat es doch Golo Mann gesagt: Die Sternkunde war für Wallenstein eine Art verkürzter Nachrichtendienst. Trotzdem hat er sich von Senno nicht so weit verführen lassen, dass er in entscheidenden Augenblicken nicht allein auf seinen gesunden Menschenverstand vertraut hätte.»

«Wie heisst es doch bei Schiller?» Einen Augenblick lang überlegte Sembritzki. «‹Des Himmels Häuser forschend zu durchspüren, ob nicht der Feind des Wachsens und Gedeihens in seiner Ecke schadend sich verberge!›»

Er wusste, was er jetzt für ein gefährliches Spiel trieb. Während er die Schillerverse rezitierte, hatte er Pospíchal genau beobachtet. Aber dieser hatte keine Reaktion gezeigt. Zwar schien er über Sembritzkis Identität genau im Bilde zu sein, wusste anscheinend auch, dass Hájek in Sembritzkis Tätigkeitsbereich eine gewisse Rolle spielte, aber über das Prinzip, nach dem Sembritzki sein Netz konstruiert hatte, und die Namen, die dahinterstanden, war Pospíchal offensichtlich im Unklaren. Sicher war ihm Sembritzki als romantischer Spinner, als verschrobener Antiquar, der einen mittelalterlichen Astrologiewälzer mit sich herumschleppte und dessen Spuren in der Vergangenheit auszumachen versuchte, beschrieben worden. Und er hatte wohl die Aufgabe bekommen, sich an Sembritzkis Fersen zu heften, um herauszufinden, welche Kontakte er aufnehmen würde. Aber in wessen Auftrag? Da ging die Rechnung für Sembritzki nicht auf. Es war doch der BND gewesen, der ihn auf seine ehemaligen ČSSR-Agenten angesetzt hatte, und jetzt hatte er plötzlich einen STB-Mann im Nacken.

«Als Kepler 1630 starb, wurde Wallenstein vom Glück verlassen», sagte jetzt Pospíchal mit einem hämischen Lächeln. Wusste der Mann doch mehr, als er zugeben wollte?

Hájek schenkte die Gläser wieder voll. Alle drei schwiegen jetzt. Man hörte nur das Ticken der Uhr und das Rascheln, wenn Frau Hájek die grosse weisse Schleppe näher zu sich heranzog.

«Die Glückssträhne Wallensteins war gerissen. Er zerfiel gesundheitlich und trank nur noch Veltliner, um seine Schmerzen abzutöten!» Noch einmal hatte Pospíchal den Faden aufgenommen. Doch Sembritzki war nicht mehr bereit, ihm weiter zu folgen. Zu gefährlich war das Territorium, auf das ihn der Tscheche zu locken versuchte. Hájek war aufgestanden, war hinüber zu einem alten Biedermeiersekretär gegangen und hatte eine Weile darin herumgekramt. Dann kam er mit einem Blatt Papier zurück, das er vor Sembritzki auf den Tisch legte. Es war eine Fotokopie, kaum leserlich, aber Sembritzki wusste sofort, um was es sich handelte: Es war die Kopie der Titelseite des Geburtsstundenbuchs.

«Woher haben Sie diese Kopie, Herr Hájek?»

«Ich habe sie in einem Archiv gefunden!»

«Wo?»

«Eger. Sie muss schon ziemlich lange dort gelegen haben.»

«1570 ist das Buch herausgekommen. Wer hat diese Kopie angefertigt?»

«Ich weiss es nicht, Herr Sembritzki. Jedenfalls ist sie schon alt. Es ist die Kopie einer sorgfältigen Abschrift. Da unten ist eine Zahl, wahrscheinlich irgendeine Karteinummer.» Sembritzki erkannte das Zeichen sofort: Es war das Venussymbol. Ob es wohl Pospíchal ebenfalls erkannt hatte? Jedenfalls wollte Sembritzki ihm gleich zu Anfang den Wind aus den Segeln nehmen.

«Das ist leider keine Archivnummer, Herr Hájek. Da hat jemand ganz einfach das Venussymbol hingekritzelt.»

«Zeigen Sie her!» Hájek spielte das Spiel mit. «Tatsächlich. Ich hätte es erkennen müssen. Aber meine Augen!»

«Jedenfalls ist der Hinweis äusserst interessant, Herr Hájek. Ich habe das Buch in Österreich erstanden. Diese Kopie stammt aus Böhmen. Demzufolge muss sich das Buch doch einmal in Böhmen befunden haben.»

«Der Besuch scheint doch nicht ganz erfolglos gewesen zu sein, Herr Sembritzki», lächelte Pospíchal.

«Ich bin Ihnen zu Dank verpflichtet. Und auch Ihnen, Herr Hájek.»

Pospíchal war aufgestanden. Der Wein war ihm in den Kopf gestiegen und hatte feuerrote Male auf seine Wangen gezaubert. Auch Sembritzki hatte sich erhoben, machte ein paar Schritte auf Frau Hájek zu, griff vorsichtig nach ihrer zerbrechlichen Hand und schüttelte sie dann wortlos.

«Auf Wiedersehen, Herr Sembritzki!» – Dann korrigierte sie sich. «Auf Wiedersehen im Himmel!»

Sembritzki schaute erstaunt zu Hájek hinüber.

«Meine Frau ist sehr krank, Herr Sembritzki. Glauben Sie mir, ich hätte Ihnen sehr gerne bei Ihren Nachforschungen geholfen. Aber ich kann sie jetzt wirklich nicht allein lassen.

Keinen Augenblick.»

Sembritzki hatte begriffen. Sein Mond würde nicht mehr aufgehen. Eine weisse Stelle in seinem System. Sie waren zum Ausgang gegangen. Hájek warf jetzt einen langen Blick zum kleinen Friedhof hinüber, drückte Sembritzki die Hand und sagte: «Ich liebe dieses Land, Herr Sembritzki. Ich könnte es nie verlassen, weil es so voller Erinnerungen ist. Ich bin ein Gefangener meiner Erinnerungen und darum – verzeihen Sie, Herr Pospíchal – werde ich ihm treu bleiben, selbst wenn ich mich mit unserem politischen System nie werde befreunden können.»

Pospíchal schaute Hájek schweigend an und ging dann wortlos über den knirschenden Kies. Ob nun seine Reaktion echt oder gespielt war, jedenfalls gab sie Sembritzki und Hájek Gelegenheit, ein paar letzte Worte unbeaufsichtigt zu wechseln.

«Leb wohl, Milan! Ich danke dir!»

«Konrad, ich kann es nicht. Glaub mir. Meine Frau stirbt. Ich kann sie nicht allein sterben lassen. Ich muss bei ihr bleiben. Venus, Konrad! Halte dich an sie!»

«Ich weiss! Mach dir keine Sorgen! Leb wohl!»

Sembritzki wandte sich schnell ab und folgte Pospíchal, der am Gartentor wartete. Nur noch einmal blickte er zurück, sah Hájek als Umriss im hell erleuchteten Türausschnitt stehen, die Hand zum Gruss erhoben, zu seinen Füssen der Kiesweg, im Licht des Mondes wie ein kostbarer Brautschleier. Hájek, auch er ein Gefangener Böhmens und ein Gefangener seiner und Böhmens Vergangenheit.

Schweigend fuhren sie davon. Pospíchal schien verstimmt zu sein. Er hatte sich eine Zigarette angesteckt und starrte angestrengt auf die Strasse.

«Gehen wir essen», brummte er endlich, verliess die

Hauptstrasse und fuhr jetzt auf einem Feldweg quer durch die mondbeschienene Landschaft.

«Nun brennt der Mond geruhig über die Wälder hinaus», murmelte Sembritzki vor sich hin.

«Solchen Schwulst kann nur ein Deutscher geschrieben haben!», knirschte Pospíchal zwischen den Zähnen.

«Ein Deutscher mit einer böhmischen Seele!», korrigierte Sembritzki.

Sie waren jetzt in einem verlassenen Dorf angekommen, das Sembritzki nicht kannte. «Kuchar» oder ähnlich, hatte er auf der Tafel am Dorfeingang gelesen, nachdem sie unter einer Bahnunterführung durchgefahren waren. Pospíchal brachte seinen Wagen vor der Dorfwirtschaft zum Stehen. Als sie eintraten, verstummte der Lärm, den ein paar Karten spielende Bauern an einem runden Tisch verursachten.

«Dobrý večer!», schnarrte Pospíchal und musterte die Gäste.

«Dobrý večer», tönte es mürrisch zurück. Man hatte den Städter, den Mann der Regierung, sofort erkannt, und war nicht bereit, sich den Abend verderben zu lassen, Witze über das Regime zu unterdrücken.

Sie setzten sich an einen Tisch auf der entgegengesetzten Seite unter eine tief hängende Imitation einer Petroleumlampe. Der Wirt, ein mürrisch dreinblickender Bauer in einer abgetragenen Militärjacke, schlurfte heran.

«Čím vám mohu posloužit? – Womit kann ich dienen?»

«Mögen Sie Speckknödel, Herr Sembritzki?», fragte Pospíchal auf Deutsch.

«Ja.»

«Špekové knedlíky. Dva krát!»

«Ich habe schon verstanden», brummte der Wirt. «Habe mein Deutsch nicht vergessen. Wodka?»

Sembritzki nickte. Er war jetzt gespannt, was Pospíchal mit ihm vorhatte. Der Abend war noch nicht gelaufen. Jetzt würde wohl Pospíchals Attacke kommen.

«Prost, Konrad Sembritzki», sagte Pospíchal und benützte zum ersten Mal den Vornamen.

«Na vaše! Pane Pospíchal», gab Sembritzki zurück und leerte sein Glas in einem Zug. Würde Pospíchal mithalten? Und wer hatte das grössere Standvermögen? Sembritzki wollte es darauf ankommen lassen. Der Wirt schenkte ein und liess die Flasche auf dem Tisch stehen. Zwei lahme Fliegen kreisten müde unter der Lampe. Die Bauern hämmerten ihre Karten auf den Tisch. In der Küche brutzelten die Speckknödel. Der Zigarettenrauch Pospíchals kräuselte sich im Licht und drängte dann in grossen Schwaden zum halb geöffneten Fenster. Jetzt kam der Wirt mit den Knödeln, und immer noch hatte Pospíchal kein Wort gesprochen. Sie assen schweigend, und Sembritzki achtete darauf, dass er nicht mehr trank als sein Gegner am Tisch.

«Sie sind eben doch ein Sternengläubiger, Konrad Sembritzki», sagte Pospíchal endlich und spülte die Knödel mit Wodka hinunter. Seine Augen waren vom Alkohol und Rauch gerötet.

«Nicht mehr oder weniger als Wallenstein, Pospíchal. Ich vertraue mich keinem Scharlatan an, wenn mein gesunder Menschenverstand von mir eine realistische Lösung verlangt.»

Sie tranken gleichzeitig, und Sembritzki hatte das Gefühl, dass es auch Pospíchal darauf ankommen lassen wollte, wer am Ende mehr Widerstandskraft hatte.

«Vertrauen Sie sich meinem Horoskop an, Herr Sembritzki?»

Worauf hatte es der Tscheche abgesehen?

«Wenn Sie ein gewiegter Astrologe sind!»

«Ihr Geburtsdatum, wenn ich bitten darf.»

Sembritzki zog seinen Pass aus der Tasche und hielt ihn Pospíchal geöffnet hin. Täuschte er sich, oder schaute der STB-Mann kaum auf das Geburtsdatum? Hatte er es bereits im Kopf? Pospíchal holte eine abgegriffene Tabelle mit vielen Zahlen aus der Tasche und breitete sie vor sich auf dem Tisch aus. In der linken Hand hielt er das Wodkaglas, als er sich tief über das Papier beugte und dazu die Lippen bewegte. Dann holte er ein Notizbuch aus der Tasche und kritzelte ein paar Zahlen hinein. Als er das Glas leerte, hielt sich Sembritzki zurück.

«Sie trinken nicht?»

Pospíchal hatte bemerkt, dass sein Gegner eine Runde auslassen wollte. Beinahe verschämt goss Sembritzki den Wodka hinunter und schaute weiterhin verwundert Pospíchals astrologischen Vorbereitungen zu, immer noch im Unklaren darüber, wo die Grenze zwischen Schein und Sein verlief. Endlich schaute Pospíchal auf. Seine Hand zitterte leicht, als er Wodka nachgoss und in der zerknautschten Packung nach seiner letzten Zigarette fingerte.

«Sie sind ein Saturngeborener, Sembritzki!»

Pospíchal sprach diesen Satz wie ein Todesurteil aus, und Sembritzki erschrak. Aber nicht wegen dieses Verdikts, sondern wegen der Tatsache, dass aus den Daten, die in Sembritzkis gefälschtem Pass standen, nicht hervorging, dass er unter dem Schatten des Saturns auf die Welt gekommen sei, sondern daraus liess sich eindeutig der Jupitergeborene ableiten. Aber Sembritzki schwieg.

«Haben Sie wohl gewusst?»

Sembritzki nickte.

«Erinnern Sie sich an Wallenstein. Auch er war ein

Saturngeborener. Und er fiel durch die Hand von Verrätern.»

«Zu viel der Ehre, Pane Pospíchal. Wallenstein war ein grosser Feldherr, ein politischer Kopf.»

Wieder leerte Pospíchal sein Glas in einem Zug, und wieder tat Sembritzki es ihm nach. Der Tscheche grinste hinterhältig.

«Walleinstein war doch im Grunde genommen nichts anderes als ein Gekaufter, ein Söldner!«

Sembritzki wusste jetzt, worauf Pospíchal hinauswollte.

«Seine Erfolge als Feldherr und Stratege veredelten diese Tatsache.»

«Aber er entging seinem Schicksal trotzdem nicht. Saturngeborene sind gefährdete Menschen. Sein Einfluss ist schwer und dauerhaft. Er ist der Planet der Melancholie, der Stern der Kälte.»

Der Wirt war unbemerkt an den Tisch geschlurft und fragte, ob eine zweite Flasche Wodka gefällig sei. Pospíchal schaute wütend auf. «Bringen Sie die Pulle und lassen Sie uns in Ruhe, Dušan!»

Pospíchal konnte den eiskalten Blick, den der Wirt ihm zuwarf, nicht sehen, auch nicht die Grimassen, die die Bauern am runden Tisch schnitten. Funktionäre waren hier nicht beliebt.

«Saturn vergeudet die Zeit des Menschen, Konrad Sembritzki. Er hemmt den Fortschritt. Er zehrt Energien auf. Er ist stärker als all das, was andere Planeten an Positivem versprechen.»

Er schaute Sembritzki triumphierend an. Jetzt war alles gesagt.

Sembritzkis Bemühungen waren umsonst. Die Gegenseite war stärker. Dass Sembritzki wirklich ein Saturngeborener war, wusste nur der BND, weil Sembritzki, mehr aus einer Laune als aus der Überzeugung heraus, dass ein gefälschtes Geburtsdatum als Tarnung besonders hilfreich sein könnte, seinen Geburtstag um drei Jahre in die Zukunft hineingeschoben hatte. Auf diese Weise hatte er sich etwas mehr aus dem Sog des Zweiten Weltkrieges manövriert, hatte die Spuren seines Herkommens verwischt. Woher hatte Pospíchal die richtigen Daten? Pospíchal, das war jetzt klar, war mit gewissen Informationen über Sembritzkis Horoskop zum Gefecht angetreten, um seinen Gegner zum Rückzug zu veranlassen oder ihn mindestens so zu verunsichern, dass er einen Fehler beging. Aber Pospíchal hatte sich auf Sembritzkis richtiges Geburtsdatum abgestützt, das er in Wirklichkeit gar nicht kennen sollte, es sei denn, man habe ihn aus einer BND-internen Datenbank gespeist. Wer war Pospíchal? Ein Doppelagent? Aber diese Möglichkeit wollte Sembritzki einfach nicht gefallen. Viel eher nahm jetzt eine andere Möglichkeit immer mehr Kontur an.

«Ein gut akzeptierter Saturn übt einen veredelnden und Würde verleihenden Einfluss aus», sagte jetzt Sembritzki endlich.

«Ein schlecht akzeptierter Saturn bewirkt Ängste und langwierige, schwer zu diagnostizierende oder depressive Krankheiten», konterte Pospíchal.

Jetzt schwiegen beide. Dušan, der Wirt, hatte eine neue Wodkaflasche auf den Tisch geknallt. Pospíchal war aufgestanden und hatte mit dem Zeigefinger auf die angelaufene Fensterscheibe im Rücken Sembritzkis das Symbol des Saturn gezeichnet, dieses Kreuz, das in eine geschwungene Linie mündet, einem kleinen H ähnlich. Eine Weile starrte der Wirt gebannt auf das Zeichen, dann schaute er zu Sembritzki hinüber und fragte: «Sind Sie ein Saturngeborener?»

Sembritzki nickte. «Der Herr da sagt es!» Er zeigte auf Pospíchal.

«Ich bin auch ein Saturngeborener», sagte jetzt der Wirt. «Schweigsamkeit und Zurückhaltung gehören auch zu unserm Wesen. Sehr hilfreiche Charakterzüge im Leben», ergänzte er mit einem Blick zu Pospíchal hinüber.

Sembritzki hob sein Glas. «Trinken Sie ein Glas mit, Dušan?»

Der Wirt nickte und verzog die harten Lippen zu einem schiefen Grinsen. Er schlurfte zum Tresen und kehrte mit einem Glas zurück, das er füllte und dann gegen das Licht der Lampe hielt.

«Na zdraví!»

«Na vaše!», antwortete Sembritzki, hielt Dušan sein Glas entgegen und leerte es dann wie der Wirt in einem Zug. Pospíchal schaute diesem Zeremoniell mit bitterem Lächeln zu. Ihm war diese Verbrüderung zwischen seinem Schützling und dem böhmischen Wirt zuwider.

Dušan stellte das Glas mit hartem Knall auf den Tisch, füllte die Gläser seiner beiden Gäste und zog sich dann wieder hinter den Tresen zurück. Die Bauern, die angespannt zu ihnen hinübergeschaut hatten, nahmen ihr Kartenspiel wieder auf, aber der magische Ring, der wie die Fesseln des Saturns Pospíchal und Sembritzki aneinandergekettet hatte, war jetzt gesprengt. Und wenn auch Pospíchal einen letzten Versuch machte, seinen Gegner noch einmal festzunageln: «Saturngeborene im Zeichen des Wassermanns, mein lieber Konrad Sembritzki, haben etwas Kauziges an sich. Und oft kommen sie mit dem Gesetz in Konflikt.»

Diesen letzten Satz hatte Pospíchal stehend gesagt. Auch wenn er sich dabei mit der einen Hand an der Tischkante festhielt, konnte er nicht verstecken, dass er seine Glieder nicht mehr unter Kontrolle hatte.

«Saturngeborene im Wassermann haben sehr viel gesunden Menschenverstand. Ihre Vorstellungen sind nüchtern und realistisch, lieber František», antwortete Sembritzki und erhob sich ebenfalls. Auch er hielt sich mit der linken Hand an der Tischkante fest, als er erneut sein Glas hob und es auf Augenhöhe Pospíchal entgegenhielt. Mit unsicherer Bewegung grabschte dieser nach der Flasche, versuchte in mehreren Anläufen sein Glas zu füllen, wobei der Wodka auf den Tisch schoss. Der Wirt und auch Sembritzki hatten Pospíchals Niederlage unbewegt zugeschaut. Sembritzki führte jetzt sein Glas mit aufreizender Langsamkeit zum Mund, wobei auch er nicht verhindern konnte, dass seine Hand ins Zittern geriet und ein Teil des Getränks überschwappte. Aber er schaffte es. Und im Augenblick, als er die Lippen öffnete, hatte auch Pospíchal mit letzter Anstrengung den Weg zum Mund gefunden und liess wenigstens einen kleinen Teil des Wodkas in die feuchtglänzende Höhle gurgeln. Jetzt stand Pospíchal mit zusammengepressten Lippen da. Schweisstropfen sammelten sich an seinem spärlichen Haaransatz, und Sembritzki sah, während es ihn selbst im Hals zu würgen begann, wie Pospíchal das Glas aus der Hand fiel und am Boden zerscherbelte, wie er dann die Hand zum Mund führte, sie gegen die Lippen presste, und während zwischen seinen Fingern langsam eine braungelbe Flüssigkeit hervorsickerte, hörte Sembritzki noch die keuchend hervorgewürgten Worte: «Heute bist du Sieger, Sembritzki», und dann stürzte Pospíchal am Wirt vorbei durch die Türe hinaus, wo er sich lange und ausgiebig im Schein des Mondes über der böhmischen Landschaft erbrach.

Als sie dann eine halbe Stunde später langsam nach Prag zurückfuhren, erinnerte sich Sembritzki noch einmal an die

Worte, die ihm der Wirt zugeflüstert hatte, den Blick durchs angelaufene Fenster hinaus zum kotzenden Funktionär.

«Das wird er Ihnen nicht verzeihen. Bis jetzt hat er jeden unter den Tisch gesoffen, vergessen Sie das nicht!»

Sembritzki tastete nach der Pistole unter seiner linken Achselhöhle und dachte an Miroslav Havaš und seinen Vater.

10. Kapitel

So viel Mühe hat es Sembritzki noch nie gekostet, am Morgen aus dem Bett zu steigen. Wohl eine Viertelstunde hielt er den Kopf unter den eiskalten Wasserstrahl. Erst dann fühlte er sich etwas besser. Der Gedanke, dass er jetzt an Thornballs Seite in einem mit Antiquaren vollbesetzten Reisebus durch die Gegend schaukeln musste, verursachte ihm erneut Übelkeit. Er verzichtete auf das Frühstück und nahm nur eine Tasse Kaffee zu sich, in gebührendem Abstand zu Mr. Thornball, der geniesserisch an Eiern und Speck herumhantierte. Zusammen fuhren sie dann im Taxi zum Hotel Intercontinental, wo der Bus des Tschechischen Fremdenverkehrsbüros ČEDOK schon bereitstand. Wieder fuhr Sembritzki anfangs dieselbe Strecke, die er in der Nacht zusammen mit Pospíchal absolviert hatte. Vorbei an den langen Fabrikanlagen an der südlichen Peripherie der Stadt, vorbei an der verlassenen Pferderennbahn, vorbei an den Barandov-Studios auf dem Hügel. Aber Sembritzki schreckte aus seinem Halbschlummer erst auf, als sie, auf dem Hochplateau angekommen, am Friedhof von Třebotov und an Hájeks Haus vorbeifuhren. Thornball, der bis dahin Sembritzki in Ruhe gelassen hatte, war dessen Irritation nicht entgangen.

«Schlechte Erinnerungen, Konrad?»

«Warum sollte ich?»

Thornball grinste nur vor sich hin, schwieg aber. Überhaupt war es auffallend, wie zurückhaltend sich der Amerikaner heute gab. Als sie auch jetzt wieder durch Kuchar fuhren und Sembritzki die Szenerie bei Tag begutachten konnte, vermochte er die eigenartige mysteriöse Stimmung von der Nacht zuvor nicht mehr zu beschwören. Als ob das alles ein anderer erlebt hätte. Sie fuhren jetzt durch eine Fahrverbotstrasse, die, abgesehen von Militärkonvois und Polizeifahrzeugen, nur noch der ČEDOK offenstand, durchquerten dann einen dichten Wald, stürzten sich auf einer steil abfallenden Strasse gleichsam ins Gehölz hinein, wobei Sembritzki der kalte Schweiss ausbrach und er sich verzweifelt gegen Schwindelanfälle wehren musste. Endlich kam der Bus an einer Strassenverzweigung im Wald zum Stehen. Durch die Bäume konnte man die glänzendste Perle unter Böhmens Burgen sehen: Karlstein. Sembritzki erinnerte sich, dass auch die Hussiten zu den zahlreichen und erfolglosen Belagerern dieser Burg gehört hatten. Und jetzt war sie der Invasion einer Horde von Antiquaren preisgegeben. Er hatte Karlstein schon öfter besucht, und er wollte sich diese Erinnerungen nicht zerstören lassen. Erinnerungen an Eva.

«Ich mache mir auch nichts aus Schlossbesichtigungen», sagte jetzt Thornball, als er sah, dass Sembritzki zurückblieb. Damit hatte dieser nicht gerechnet. Doch jetzt war es zu spät, sich den anderen noch anzuschliessen. Sie setzten sich nebeneinander auf eine Holzbank im Schlosshof, die von den ersten Strahlen einer schüchternen Morgensonne beschienen war.

«Haben Sie Ihre Meinung geändert?

Sembritzki schaute den Amerikaner verwundert an. Worauf spielte er an?

«Ich weiss nicht, was mich in so kurzer Zeit dazu veranlassen könnte, meine Meinung zu ändern!»

«Sind Sie denn so naiv, Sembritzki? Das mag und kann ich nicht glauben!»

Sembritzki schaute Thornball verwundert an.

«Sembritzki, ich sagte es Ihnen schon letztes Mal. Hier kommen Sie nicht lebendig heraus, wenn Sie sich nicht uns anvertrauen!»

Sembritzki war irritiert. «Uns? In wessen Namen sprechen Sie denn, Thornball?»

«Im Namen der Vernunft. Und als vernünftiger Mensch fühle ich mich auf dieser Welt, Gott sei Dank, nicht ganz allein.»

«Im Namen welcher Vernunft, Thornball?»

«Gibt es nicht nur eine einzige Vernunft, lieber Freund?»

In diesem Augenblick fiel ein verlorener Sonnenstrahl auf Thornballs Kopf und verlieh ihm das Aussehen eines grotesken Heiligen. Thornball blinzelte und hielt die Pranke vor die geblendeten Augen, als er sagte: «Das Waffenarsenal in der Bundesrepublik ist nicht gross genug. Das sollten Sie jetzt festgestellt haben.»

Sembritzki schüttelte den Kopf: «Ich habe gar nichts festgestellt, Mr. Thornball.»

«Sie lügen, Sembritzki! Sie stecken Ihre Nase in jede finstere Ecke dieses verfluchten Landes. Sie ziehen in Begleitung immer anderer Leute durch die Gegend. Zum Teufel, Sie müssen doch davon gehört haben, dass nicht nur die Tschechoslowakei, sondern auch all die andern verdammten Ostblockstaaten gut gefüllte Waffenkammern der Sowjets sind. Wenn man da nicht mit gleicher Münze zurückzahlt ...»

«Zurückzahlt? Bis jetzt ist doch noch gar nichts geschehen!»

«Stellen Sie sich naiv oder sind Sie es wirklich, Sembritzki? Wenn wir nicht aufrüsten, wenn wir nicht für den atomaren Gegenschlag bereit sind, werden die uns begraben.»

«Das hat schon Chruschtschow damals gesagt!»

«Und er hat es auch so gemeint. Die Sowjets haben einen

langen Atem. Merken Sie denn nicht, dass Sie die Argumente in der Hand haben, die eine Nachrüstung im Westen rechtfertigen?»

«Was wissen Sie, Thornball? Noch einmal: Wer sind Sie? Mit welchen Informationen handeln Sie?»

Vom Wehrgang her winkten ein paar verlorene Antiquare in den Hof hinunter. Müde winkte Thornball zurück. Die Türme von Karlstein lagen im goldgelben Licht der Morgensonne. Irgendwo krähte ein Hahn. Hühner gackerten. Ein Bild des Friedens, und Sembritzki weigerte sich, nur einen einzigen Gedanken an Krieg und Zerstörung zu verschwenden. Jetzt packte Thornball mit seiner gewaltigen Pranke Sembritzkis Oberarm und drückte zu. Und dann plötzlich verklärte ein spitzbübisches Lachen sein Gesicht: «Da laufen Sie mit einer Schulterhalfter samt Inhalt durch die Gegend und weigern sich, an irgendeine Gefahr zu glauben!»

Sembritzki ärgerte sich, dass er nicht, wie ursprünglich vorgehabt, seine Pistole im Hotel gelassen hatte. Er wusste, dass er jetzt noch keine Waffe benötigen würde. Der grosse Showdown war für später vorgesehen. Aber er fürchtete, jemand könnte bei der Durchsuchung des Hotelzimmers auf seine Pistole stossen. Und so hatte er sie eben mitgenommen. Aus demselben Grund hatte er dem Taxifahrer Stanislav sein Funkgerät anvertraut.

«Machen Sie mir nichts vor, Sembritzki. Ich weiss, wer Sie sind und für wen Sie arbeiten!»

«Wissen Sie das wirklich?» Sembritzki genoss es, diese doppeldeutige Frage zu stellen. Sicher wusste Thornball, woher auch immer, dass er für den BND arbeitete. Aber er wusste über Stachows Parallelauftrag nicht Bescheid. Und Sembritzki fühlte sich noch immer als Stachows Mann.

«Wie viel wollen Sie?» Thornballs Stimme war jetzt drohend.

«Wofür?» Immer wieder dieselben Fragen.

«Wie auch immer, Sembritzki: Entweder rüstet der Osten gewaltig auf. Entweder haben Sie von Ihren Leuten erfahren, was sich hier tut, wo neue Raketenstellungen vorbereitet werden oder ...»

«Ich habe gar nichts erfahren, Thornball.»

«Oder dann ...»

«Ja?», sagte Sembritzki schnell und steckte sich einen Zigarillo zwischen die Zähne. Was kam jetzt? Wieder krähte der Hahn. Wieder gackerten die Hühner. Eine Staffel von MIG donnerte im Tiefflug über das Schloss und zerstörte die Idylle. Und noch in den gewaltigen Donner der davonbrausenden Jagdbomber hinein begann Thornball zu sprechen, formulierte er, sekundiert vom Kriegsgebrüll des östlichen Mars, sorgfältig und kalt seine Offerte: «Auch wenn Sie keine Informationen haben, Herr Sembritzki, können Sie mit Informationen in den Westen zurückkehren, die den Interessen der westlichen Welt entgegenkommen!»

«Welches sind die Interessen der westlichen Welt?», fragte Sembritzki und horchte den entschwindenden Flugzeugen nach.

«Die Nachrüstung ist unumgänglich. Sie lässt sich aber nur dann abstützen, wenn die Öffentlichkeit von verantwortungsbewussten Männern davon überzeugt werden kann, dass der Ostblock schon nachgerüstet hat.»

Sembritzki hatte verstanden: «Sie verlangen von mir nichts anderes, als dass ich Phantominformationen weitergebe.»

«Wer sagt Ihnen, dass es diese Raketenstellungen nicht gibt? Haben Sie nicht vorhin behauptet, dass es Ihnen noch nicht gelungen ist, Informationen einzuholen?»

«Ich habe gar nichts behauptet!»

«Hören Sie, Sembritzki!» Thornball rückte jetzt ganz nahe, und Sembritzki steckte einen neuen Zigarillo zwischen die Zähne. Den alten hatte er während des vorangegangenen Gesprächs bis zum Ansatz abgenagt.

«Hören Sie, Sembritzki. Sie werden nie und nimmer an die Informationen herankommen, die Sie wünschen. Da haben Sie es mit cleveren Gegnern zu tun.»

«Das lassen Sie meine Sorge sein!»

War das nicht schon wieder ein Eingeständnis seiner Agentenfunktion? Aber darauf kam es wohl jetzt gar nicht mehr an.

«Warum gehen Sie dieses Risiko ein? Warum machen Sie es sich und uns nicht leichter? Liefern Sie uns und der westlichen Welt jene Informationen, die wir brauchen, und jedermann lässt Sie in Ruhe!»

«Informationen über Raketenstellungen in der ČSSR?»

«Und anderswo im Ostblock», nickte Thornball. «Nicht umsonst, Mr. Sembritzki!»

Jetzt lachte Sembritzki laut heraus. Maître Margueritte grüsste von Weitem. Thornball war wütend. Sein Gesicht war dunkelrot angelaufen, als er sagte: «Ich wiederhole es noch einmal. Sie kommen da nicht mehr lebend heraus, wenn Sie nicht klein beigeben, Sembritzki!»

«Und wer will mir denn da heraushelfen? Sie zum Beispiel, Mr. Thornball?»

«Ich zum Beispiel», nickte der Amerikaner. «Andernfalls …» Er brach ab.

«Andernfalls werden Sie dafür sorgen, dass ich da nicht lebend herauskomme! Das wollten Sie doch sagen?»

«Sie haben noch eine Gnadenfrist, das wissen Sie, Sembritzki. Sie sind ein raffinierter Mann. Vielleicht schaffen Sie es wirklich, im Umweg über Ihre Mittelsmänner Raketenstellungen in Böhmen auszumachen. Und Informationen über östliche Rüstungsanstrengungen im Allgemeinen. Wenn nicht …»

«Bin ich für den Westen ein toter Mann! Und wenn ich es herausfinde, bin ich für den Osten ein toter Mann!»

«Im zweiten Fall können Sie auf unsere Hilfe zählen. Ich sagte es schon. Das Beste für Sie wäre, Sie verlassen das Land mit Phantominformationen, die den Nachrüstungsbeschluss untermauern.»

Sembritzki war jetzt aufgestanden.

«Sie vergessen etwas, Mr. Thornball. Der Nachrüstungsbeschluss mag vielleicht im Interesse der NATO sein. Atomwaffen auf deutschem Boden! Ist das aber auch im Interesse der Bundesrepublik?»

Ohne sich umzudrehen, ging er durch das Schlosstor hinaus und über die schmale Strasse zum Bus zurück. Hatte er jetzt Stachow richtig interpretiert? War das sein Interesse gewesen? Die Bundesrepublik aus diesem Teufelskreis doch noch herauszuhalten?

Als die andern, unter ihnen Thornball, zurückkehrten, sass Sembritzki schlafend auf seinem Sitz, einen abgekauten Zigarillo zwischen den Lippen. Ob Sembritzki wirklich schlief, konnten die zusteigenden Kollegen nicht ausmachen. War es nicht vielmehr dieser Erschöpfungszustand, der ihn immer dann heimsuchte, wenn die Ereignisse ihn zu überrollen drohten? Immer dann flüchtete er sich in einen tiefen Schlaf, der ihn aus der Realität davontrug und ihm für Augenblicke Ruhe verschaffte.

Thornball setzte sich ganz vorn neben den Fahrer. Er hatte beschlossen, Sembritzki schmoren zu lassen. Sembritzki erwachte nur einen Moment lang, als der Bus anfuhr, sank dann wieder in seinen Erschöpfungsschlaf zurück. Zwischenhinein schreckte er auf, nahm eine Ortstafel wahr, Dobřichovice, sah einen abgelegenen Bahnhof, nahm die Einfahrt in einen dichten Eichenwald zur Kenntnis, durch den sich der Bus mühsam in die Höhe frass und dann in die Autobahn einspurte. Erst als erneut die Moldau im Blickfeld auftauchte, schüttelte Sembritzki seine Lethargie ab. Die böhmische Landschaft nahm ihn wieder ganz gefangen. Er starrte auf das verschlammte Ufer, duckte sich, als rechter Hand ein gewaltiger Steinbruch die Strasse bedrohte, und atmete erst auf, als das Tal breiter wurde und ihm die Moldau gemächlich entgegenfloss. Auf diesen Augenblick hatte er gewartet. Er starrte auf die glatte Oberfläche, in der sich der Wald spiegelte. Er atmete auf. Noch einmal fühlte er Zuversicht in sich aufsteigen, die ihn auch dann noch wach hielt, als der Bus jetzt die wieder schmaler werdende Moldau links liegen liess und erneut über eine steil ansteigende Strasse an Höhe gewann und, endlich auf der Hügelkuppe angekommen, Böhmens Geschichte der Niederlagen einmal mehr beschwor, als der Fahrer über das Mikrofon auf den Ort Štěchovicce hinwies, der als ehemaliger Exerzierplatz der Waffen-SS eine Bastion Hitlers in Böhmen gewesen war. Erst jetzt erinnerte sich Sembritzki daran, dass er im Halbschlaf schon zuvor, unten am Ufer noch, den Hinweis auf eine Gedenksäule mitbekommen hatte, die nach dem Krieg errichtet worden war, zur Erinnerung an eine Unzahl erschossener tschechischer Geiseln, die dafür hatten büssen müssen, dass ein einzelner Böhme während einer Stunde einen deutschen Panzer an der Brücke aufgehalten hatte. Wie hatte es doch Stachow formuliert: «Es kann doch nicht alles umsonst gewesen sein!»

Diese Worte klangen in Sembritzki noch nach, als sie über den gewaltigen Staudamm fuhren und dann durch eine unendlich weite braungelbe Gegend auf Klonoriče zuhielten: *Die Langeweile in Böhmen.* Wohl nirgends anderswo in der Tschechoslowakei hatte dieser Satz mehr Gültigkeit als hier: Slopy, ein Dorf, eine Gegend, in der die Prager ihre Wochenenden verbrachten, eingeklemmt von schnurgerade angelegten Äckern und Feldern, in hellem Braun zwischen wenigen schmalen Streifen blassgrünen Wiesenlandes.

Gegen Mittag kamen sie beim Motel an, in dem das Essen schon bereitstand. Auch hier gelang es Sembritzki, sich von Thornball fernzuhalten. Allerdings war auch das Gespräch über die Reize der böhmischen Landschaft mit Kollegen aus Spanien, Belgien und Österreich mühsam, und Sembritzki war froh, als man sich endlich aufmachte, um nach einem halbstündigen Gang quer durch den Wald hinunter das Schloss Konopiště zu besuchen. Sembritzki fühlte sich jetzt wieder besser. Der Gedanke an die Begegnung mit Vera hatte ihn wieder stimuliert. Gleichzeitig aber hatte ihn erneut die Angst gepackt. Milan Hájek war ausgestiegen. Würde ihm Vera erhalten bleiben? Als er in der Schlange vor dem gläsernen Windfang stand, wo die Kasse untergebracht war, schaute er sich nach Thornball um. Er wollte nicht, dass ihn der Amerikaner bei seiner Kontaktnahme mit «Erde» beobachtete. Aber da war noch ein zweites. Sembritzki war überzeugt, dass sich unter den Fahrgästen ein STB-Mann befand. Aber bis jetzt hatte er nicht herausgefunden, wer es war. «Wollen Sie mir bitte folgen?»

Sembritzki erschrak, als er die Stimme hörte. Es war Vera, die im Eingang stand. Sie hatte ihn zuerst entdeckt, und er hörte, wie ihre Stimme leicht zitterte. Aber das war sicher nur ihm aufgefallen. Thornball unterhielt sich mit einem

Kollegen, und auch sonst richtete keiner der Besucher den Blick auf Sembritzki, sondern starrten alle verzückt auf die dunkelhaarige Frau mit den glasklaren grossen Augen, die wie Seen in einer Landschaft lagen: Erde! Noch nie war Sembritzki aufgefallen, wie gut der Name passte. Jetzt drehte sich Vera um, und die Gruppe von Antiquaren aus aller Welt folgte der kundigen Führerin willig in das Schloss des habsburgischen Thronfolgers, dessen gewaltsamer Tod in Sarajewo den Ersten Weltkrieg ausgelöst hatte.

Im unendlich langen Korridor, wo der Habsburger seine Jagdtrophäen versammelt hatte, wo sich Büffel aus den nordamerikanischen Steppen, russische Bären, Antilopen, Gemsen, Hasen, Füchse und mancherlei Geflügel und Wild aus einheimischen Wäldern in gewaltiger Anzahl gefunden hatten, ein Gewirr von Schädeln, Geweihen und ausgestopften Körpern, schaute Vera Sembritzki zum ersten Mal in die Augen. Täuschte er sich, oder musste sie sich zwingen, seinem Blick standzuhalten? Im Salon mit dem sogenannten Theynitzer Steingut kam sie für einen kurzen Augenblick an seine Seite. Er stand da, den Rücken seinen Kollegen zugewandt, und starrte durch das Fenster in den Park hinunter auf die Säule eines Heiligen, den er nicht zu identifizieren vermochte.

«Nach der Führung im Pavillon dort drüben», flüsterte sie ihm zu und ging gleich wieder weiter. Erst jetzt bemerkte er unter den verkrüppelten Resten einer gewaltigen Eiche den kleinen kapellenartigen Turm mit den Fresken rechts und links des Rundbogeneingangs. Ob die Kontaktnahme glücken würde? Oder ob sich der noch nicht identifizierte STB-Mann dazwischenstellen würde? Thornball würde sich höchstwahrscheinlich zurückhalten, denn ihm war ja auch daran gelegen, dass er im Umweg über Sembritzki zu seinen

Informationen kam. Und dem tschechischen Agenten ging es wohl in erster Linie darum, Sembritzkis Kontaktperson zu identifizieren. Sembritzki musste also darauf achten, dieses Zusammentreffen möglichst unauffällig zu gestalten, um Vera nicht zu gefährden. Den Rest der Führung absolvierte er wie im Traum. Nur in der Rüstkammer mit Stücken aus der Sammlung des Ferdinand d'Este war er noch einmal hellwach, als er in der zweiten Reihe einer Gruppe von Kolleginnen und Kollegen stand, die eine prachtvolle silberne Turnierrüstung bestaunten. Und da sah er den kleinen silbernen Ring mit dem braungoldenen Bernstein an der Hand der Frau, die unmittelbar vor ihm stand. Es war nicht eigentlich der Bernstein, der ihn aufmerksam werden liess, sondern die geschwungene Form des Ringes. Eva hatte den gleichen Ring, und sie hatte ihm damals auch gesagt, als er ihn bewundernd zwischen den Fingern gedreht hatte, dass es nur ganz wenige Exemplare mit genau dieser Fassung gebe, und dass nur ein einziger Mann in einem verlassenen Dorf in der Hohen Tatra diesen Ring genau in der Art herstelle. Ein Tipp für Eingeweihte, für Einheimische. Die Frau aber gab sich als Fremde aus: «Gisela Breitwieser, Wien», stand auf dem Schildchen, das an ihrem Schal steckte. Und jetzt erinnerte sich Sembritzki auch, dass diese Frau beim Mittagessen an seinem Tisch gesessen hatte. Die Auswahl an Beschattern und Beschatterinnen, die der STB mobilisiert hatte, war wirklich beeindruckend. Und alle, um einen einzigen Mann zu überwachen. Konrad Sembritzki, ein Agent des BND, unter irgendeiner Codenummer in den Archiven des STB geführt. Aber Sembritzki war jetzt froh, dass er den weissen Fleck auf seiner ganz persönlichen Landkarte ausgefüllt hatte. Und so begab er sich denn auch nach Schluss der Führung, die im Schlosshof geendet hatte, rund um das imposante Gebäude herum auf die andere Seite, schaute, dass ihm niemand folgte, liess die Dame mit dem Ring bei einem Abstecher auf die Toilette zurück und fand sich schliesslich im Schatten des kleinen Pavillons an der Seite Veras wieder.

«Du hast sie abgeschüttelt?»

«Sie? Wen meinst du?»

Er stand jetzt ganz nahe vor ihr und wehrte sich dagegen, in ihren klaren wasserblauen Augen zu ertrinken.

«Ich habe dich genau beobachtet, Konrad, als du die Frau als STB-Agentin identifiziert hast.»

«Du kennst sie?»

Vera nickte. Aber ihre Stimme und ihre Bewegungen wirkten traurig. Als ob sie sich nicht freute, ihn wiederzusehen.

«Was ist los, Vera? Wir haben uns zwei Jahre nicht mehr gesehen.»

«Eben!» Sie schaute an ihm vorbei in den Park. Man hörte Gesprächsfetzen herüberschwirren, Schritte auf dem Weg und das Plätschern eines Springbrunnens.

Brauchte er jetzt überhaupt noch eine Antwort? Die Erde war geborsten. *Seine* Erde war geborsten. Er hatte auch hier den Boden unter den Füssen verloren.

«Du willst nicht mehr, Vera?», flüsterte er. Ein bitteres Gefühl stieg in ihm auf und Wut über die Einsamkeit um ihn herum, die immer grösser wurde. «Böhmen, Geschichte der Niederlagen.» Noch blieb ihm Merkur. Noch hatte er Venus nicht getroffen. Jupiter war aufzusuchen. Und dann Saturn! Aber die Erde war für ihn verloren. Auch der Mond. Warum? Er fühlte sich verraten, im Stich gelassen, ausgestossen, ausgespuckt, ein Fremdkörper in einem Land, das er zu lieben glaubte und das ihm jetzt immer fremder wurde, mit jedem Freund, den es ihm entriss.

«Warum denn, Vera? So sag mir doch, um Himmels willen, warum!»

Jetzt lächelte sie. Aber das Lächeln galt nicht ihm. Es galt einem Bild, das vor ihren Augen immer mehr an Kontur anzunehmen schien. «Die Liebe!», murmelte er. Er hatte dieses Wort neutral, ganz emotionslos aussprechen wollen, aber es gelang ihm nicht. Klang da nicht Verachtung mit? Hatte sie ihn um eines andern willen geopfert? Aber was hatte sie denn überhaupt geopfert? Eine Überzeugung? Sie hatte ihn verraten oder preisgegeben, um ihr Land nicht mehr zu verraten? Oder war es nur die Liebe, die sie gepackt hatte?

«Ein Mann?»

Sie nickte, und ihre Augen glänzten. Sembritzki ärgerte sich. War es die Eifersucht auf einen Mann, den er nicht kannte, dessen Gegenwart stärker zu sein schien als die Vergangenheit, die ihn mit Vera verband? Ihre Zusammenarbeit war mehr als nur ein geschäftlicher Austausch gewesen. Er hatte sie gern gehabt. Ihre Wärme in der Begegnung und ihre Professionalität in der Abwicklung aller Geschäfte.

«Kannst du nicht noch ein einziges Mal …?» Er konnte den Satz nicht zu Ende sprechen, weil er sich vor ihrer Antwort fürchtete.

Sie hob beide Hände, griff unter das lange braune Haar, schob es über die Schulter nach hinten und schaute ihn dann, die Hände hinter dem Nacken gefaltet, traurig an.

«Konrad Sembritzki, ich habe dir alles geliefert, was du brauchtest. Und mehr. Und du hast mich dafür bezahlt wie eine Prostituierte. Was ich in gewissem Sinne auch war. Jetzt nicht mehr, Konrad Sembritzki. Ich liebe einen Mann. Und ich lasse mir diese Liebe nicht durch deine Geschäfte zerstören. So weit hast du mich noch nicht gebracht, dass ich nicht noch zu echten Gefühlen fähig wäre. Ich bin nicht mehr käuflich. Ich habe nicht deine Kälte und nicht deinen Zynismus. Lass mich, Konrad Sembritzki. Gib der Liebe eine Chance, wenn du nicht imstande bist zu lieben!»

Ihre Hände wurden langsam unter ihrem Haar wieder sichtbar. Eine Weile hielt sie ihren Hals umklammert, dann liess sie die Arme plötzlich sinken.

«Geh, Konrad Sembritzki», flüsterte sie. «Und komm nie wieder!»

«Wer ist der Mann?», fragte er, obwohl er wusste, dass diese Frage überflüssig war. Aber er wollte jetzt wieder ein Stück Wirklichkeit spüren, wollte etwas in den Händen haben, nicht nur Gefühle, Hass, Ablehnung. Er wollte, dass das Bild eines Mannes Kontur annahm, auf das sich seine ganze Verachtung, seine ganze Bitterkeit richten konnte.

«Ein Offizier der Volksarmee! Begreifst du jetzt?», murmelte sie und schaute dabei wieder über seine Schulter in den Park hinaus. Und er wusste jetzt auch, dass sie log. Sie hatte diesen Offizier in seiner braunen Uniform mit den silbernen Achselstücken erfunden, um ihren Abgang für ihn erträglicher zu gestalten.

«Leb wohl, Vera!», sagte er und konnte nicht verhindern, dass sein Lächeln zur Grimasse wurde.

«Lass mich zuerst weggehen!»

Das waren die letzten Worte, die er von ihr hörte, als sie grusslos aus dem Schatten in den Park hinaustrat und zwischen den Büschen, am unbekannten Heiligen auf seiner Säule vorbei, zurück zum Schloss ging. Kein Abschiedsgruss, nichts. Die Erde war tot.

Die argwöhnischen und später spöttischen Blicke Thornballs, als er sich beim Schlosseingang wieder der Gruppe anschloss, ärgerten ihn. Doch dieser Ärger machte dann auf der Rückfahrt nach Prag leisem Spott und Schadenfreude Platz, als er beim Blick über die Schulter sah, wie sich der Amerikaner ganz hinten im Bus unter dem Einsatz all seiner plumpen Mittel der Verführungskunst ausgerechnet um die mysteriöse Dame mit dem Bernsteinring bemühte.

Als Sembritzki zwei Stunden später in einem Wäldchen im Osten Prags am Boden kauerte, den Draht, der ihn mit München verband, über den verdorrten Ast einer Eiche, fühlte er diese Verlassenheit etwas weniger, die ihn seit seiner Begegnung mit Vera einhüllte. Da verbanden ihn ein paar Impulse mit einem Freund, selbst wenn dieser Kontakt mit Seydlitz nur im Umweg über eine Frau hergestellt wurde, mit der er ein paar beinahe emotionslos absolvierte Minuten körperlicher Annäherung gemeinsam hatte. Und doch unternahm er jetzt, als er seine Lebenszeichen im wahrsten Sinne des Wortes durch den Äther jagte, den lächerlichen Versuch, wie ein Pianist Gefühl, Ausdruckskraft in seinen Tastenanschlag zu legen. Es war dies das hoffnungslose Kommandounternehmen eines Mannes, sich Anteilnahme, Liebe aus jener Ecke der Welt zu ergattern, wo er noch die Partisanen seines ganz persönlichen Engagements wähnte. Doch wofür engagierte er sich überhaupt? «Ich habe nicht deine Kälte und nicht deinen Zynismus», hatte Vera gesagt. Wie hatte sie das gemeint? Immer mehr bekam er das Gefühl, dass seine Aktionen in Böhmen einem Postenlauf gleichkämen, wo ihm jedes Mal, wenn er sich angekommen wähnte, ein neues Ziel gegeben wurde, dem er nachzujagen hatte, ein Parcours ohne Ende. Sembritzki lehnte sich erschöpft zurück. Er hatte all seine Enttäuschungen, sein vergebliches Bemühen um Kontakte, um zählbare Resultate, in seine Botschaft hineingelegt und wartete gierig auf ein

Lebenszeichen von jenen, die zwar wie er auf geheimen Pfaden wandelten, aber doch auf jenem Boden standen, den sie als Heimat bezeichnen durften, während dieses Gefühl, dem Sembritzki seit seiner Rückkehr nach Böhmen nachhorchte, sich einfach nicht mehr einstellen wollte. Böhmen war nicht seine Heimat, wie er geglaubt hatte. Du hast deine Heimat, wo du geliebt wirst und wo du liebst, dachte er für sich. Und hier stiess er nur immer wieder auf gebrochene Beziehungen, und nur ganz im Geheimen gestand er sich ein, dass eben all diese scheinbar gefühlsgeladenen Beziehungen auf falschen Voraussetzungen beruht hatten: Es waren Geschäftsbeziehungen gewesen. Prostitution hatte Vera gesagt. Mit echten Gefühlen konnte das wohl gar nichts zu tun haben. Auch mit Vaterlandsliebe nicht. Verzweifelt suchte Sembritzki nach einem Motiv, das ihn hier festhielt, das seinen abgewürgten Motor wieder in Bewegung setzte, das ein Durchziehen der Aktion Eger rechtfertigte. Eger – ein Name, der für Verrat stand.

Stachow! War das ein Motiv, das vertretbar war? Darüber dachte er nach, als ihm endlich auf der neuen Frequenz eine Reihe von V entgegenkam und in ihrem Schlepptau dann endlich die erwarteten Informationen über die Identität Thornballs, die er später im Hotel dechiffrierte: «Thornball, Mike, alias Hawk, Ken, früherer Mitarbeiter der CIA, heute Führungsmitglied im amerikanischen Rüstungskonzern M. M. in Maryland; Herstellung erster Prototypen der Flugabwehrwaffe Stinger, die ab 1983 bei USAREUR im Einsatz stehen soll.» Thornball war also ein Mann der Aufrüstung, ein Kriegsprofiteur, der die Streitkräfte der Vereinigten Staaten in Europa mit Raketenabwehrwaffen ausrüsten sollte. Doch Thornball gab noch mehr her. Er war gleichzeitig Berater jener Kreise in Deutschland und Frankreich, die an der Weiterentwicklung des deutsch-französischen Panzerabwehr-Lenkwaffensystems HOT arbeiteten. Jetzt waren also auch Deutschland und Frankreich im Gespräch. Der Kreis weitete sich. Sembritzki dachte an Monsieur Margueritte. Er fühlte sich jetzt wieder etwas besser. Mindestens ein paar brauchbare Informationen hatte sein Böhmenaufenthalt provoziert. Und dann, als Sembritzki schon das Ende der reichen Botschaft aus Münchens Umgebung gekommen geglaubt hatte, war noch ein Nachsatz gekommen. Nara, der schlagkräftige Söldner in Seydlitz' Diensten, hatte Informationen über den mysteriösen Freizeitreiter und SembritzkiBeschatter von Bern anzubieten. Abzuholen bei einem Vertreter der thailändischen Botschaft in Prag in der Halle des Hotels Alcron.

Langsam fügten sich jetzt die Teile eines gigantischen Puzzles zusammen. Sembritzki wusste jetzt, warum ihm Thornball so auf der Seele herumkniete. Aber ihm war nicht klar, warum er jetzt zusätzliche Informationen über seinen Berner Beschatter erhalten sollte. Der Mann war von der Bildfläche verschwunden, und Sembritzki war überzeugt, dass er ihm sicher nicht entgangen wäre, wenn er sich in Prag aufgehalten hätte. Andererseits war Nara ein mit allen Wassern gewaschener Mann, der sicher an Informationen herankam, die nicht jedermann in diesem Zirkel zugänglich waren. Sembritzki beschloss, die Augen offen zu halten.

Weit und breit kein Asiate in der Halle, als Sembritzki nach seiner Dechiffrierarbeit in die Hotelhalle zurückkehrte. Thornball war da, aber er würdigte Sembritzki keines Blickes, sondern war noch immer mit der scheinbaren Wienerin beschäftigt, die Sembritzki einen kurzen Blick zugeworfen hatte, als er eintrat. Er setzte sich an einen freien Tisch und wartete ab. Unter den Augen des ehemaligen

CIA-Agenten und einer Vertreterin des tschechischen Geheimdienstes würde er jetzt mit einem Mann von der thailändischen Botschaft, wahrscheinlich auch der geheimdienstgeschult, Kontakt aufnehmen. Ein Vierertreff. Wer wusste was von wem? Sembritzki grinste in sein Campariglas hinein, als sich ein Mann mit gelbbrauner Hautfarbe, aber kaum geschlitzten Augen und mit ein paar braunen Strähnen im sonst schwarzen Haar nach einer kleinen Verbeugung zu ihm setzte.

«Ist es erlaubt?», fragte er in perfektem Deutsch. Schimmerten da Seydlitz' pädagogische Fähigkeiten durch? War der Mann Student am Goethe-Institut unter Seydlitz gewesen?

«Bitte», antwortete er und stellte sein Glas auf den Tisch. Die Eisstücke schaukelten sanft im roten Getränk. Thornball schenkte dem Neuankömmling, sekundiert von seiner Gesprächspartnerin, einen aufmerksamen Blick. Blitzte Misstrauen in seinen Augen auf? Spannten sich seine Muskeln unter dem straff sitzenden Anzug? Umklammerten die Finger der Dame den Handgriff ihrer Tasche nicht plötzlich fester?

«Ein Bier!», sagte der Fremde zum Kellner. Und dann zu Sembritzki: «Nara lässt grüssen!»

Jetzt fühlte sich Sembritzki wieder besser. Seydlitz hatte seine Vasallen in Trab gesetzt. Man würde ihn nicht im Stich lassen. Doch es kam jetzt darauf an, dass der Austausch mit dem Mann von der thailändischen Botschaft schnell und sachlich ablief und dass beide sich den Anschein gaben, ein oberflächliches Zufallsgespräch zu liefern.

«Sein Name ist Ronald Malone. Früher war er bei den Green Berets!»

«Ein Amerikaner?»

Sembritzki hatte Mühe, diese Frage mit einem Lächeln zu formulieren, um den Anschein der Harmlosigkeit zu wahren.

«Er hatte eine deutsche Mutter. Und zudem war er lange bei der Rheinarmee. Geboren 1937 in Seattle.»

Jetzt hob der Asiate lächelnd sein Glas und prostete Sembritzki zu.

«Malone wurde 1959 zur Ausbildung einer Spezialeinheit der Army zugeteilt!»

«Geheimdienstausbildung? Fort Bragg?»

«Einsatz in Südostasien. Kontrolliert von der CIA. Vietnam. Ausbildung von zivilen Kräften im Einsatz gegen den Vietcong.»

Der Mann bestellte noch ein Bier.

«1965 Einsatz in der Dominikanischen Republik.»

«Kuba?», fragte Sembritzki lächelnd.

«Auch Kuba!» Lächelnd hob Naras Mann sein Glas. «Er war an der Ermordung Che Guevaras beteiligt.» Er wischte sich den Schaum von den Lippen und schaute einen Augenblick lang zu Thornball und der Frau hinüber, die aber an Sembritzkis Gesprächspartner nicht interessiert zu sein schienen. Oder hatte es nur den Anschein?

«Später kehrte er nach Südostasien zurück. Vietnam und Diensteinsätze in Thailand. Nara hat ihn dort gesehen.»

«Weiter? Welche Funktion hat er jetzt?»

Der andere zuckte die Achseln. «In Libyen hat er Terroristen ausgebildet. Dann ist er eine Weile von der Bildfläche verschwunden. Soll geheiratet haben. Eine Belgierin. Aber nach einem Jahr hat sie ihn verlassen, und gleich danach tauchte Malone wieder auf, erst in El Salvador, dann plötzlich in Europa.»

«Kaum anzunehmen, dass Malone, ein Mann mit dieser

Vergangenheit, einfach so nach Europa kommen kann, ohne identifiziert zu werden.»

«Die Amerikaner in Europa wissen natürlich Bescheid. Und es scheint, dass noch andere Kreise eingeweiht sind!»

«Wer?», fragte Sembritzki schnell.

Aber der Thailänder mit dem europäischen Touch zuckte die Achseln. «Blosse Vermutungen. Offiziell ist Malone wirklich als Geschäftsmann hier.»

«Gefälschte Papiere!»

Der andere stiess gleichgültig die Luft durch die Nase. «Wundert Sie das?»

Sembritzki schwieg. Wie gerne hätte er gewusst, wer alles über Malone informiert war. Aber was hatte das überhaupt mit ihm zu tun? Sollten sich doch Nara und Seydlitz um diesen Killer kümmern. Er balancierte zwei beinahe geschmolzene Eisstücke auf der Zunge, als ihm der Asiate gleichsam den Todesstoss versetzte.

«Malone ist heute von Zürich nach Prag abgeflogen.»

Sembritzki schaute erschrocken auf. Er stellte das Glas so heftig ab, dass der Rest des Campari überschwappte und auf den Fingern seiner rechten Hand eine rote Spur zeichnete. Thornball war jetzt aufmerksam geworden und schaute zu ihnen herüber. Aber Sembritzki hatte sich wieder in der Gewalt. Er lächelte seinen Tischpartner freundlich an, wischte sich entschuldigend mit dem Taschentuch den Campari von der Hand und fragte: «Kann ich irgendwelche Hilfe von Ihnen erwarten?»

Der Thailänder schüttelte bedauernd den Kopf. «Das einzige, was wir tun konnten, war, Sie zu warnen. Unsere Interessen sind zu sehr mit jenen der Amerikaner verknüpft. Auch wenn Malone nicht unser Mann ist, können wir es uns in diesem Land nicht erlauben, Aufmerksamkeit zu erregen.»

«Warum haben Sie und Nara dann überhaupt für mich gearbeitet?»

Jetzt lächelte der andere entschuldigend. «Für Geld tut mancher manches, mein Herr, was er vielleicht offiziell nicht verantworten könnte.»

«Sie wurden bezahlt?»

Der Thailänder nickte.

«Von wem?»

Jetzt lachte er laut heraus, als ob ihm Sembritzki einen Witz erzählt hätte. Nichts mehr von der asiatischen Verschlossenheit und Würde. Der Thailänder schüttelte den Kopf und schaute Sembritzki mit leicht herabgezogenen Mundwinkeln und leiser Verachtung an. «Nara hatte recht, als er sagte, sie seien naiv, Mister. Geldgeber pflegen anonym zu bleiben. Sollten Sie das etwa nicht gewusst haben?»

Sembritzki lächelte. Natürlich hatte er das gewusst. Er hatte nur gehofft, dem Thailänder die Würmer aus der Nase ziehen zu können. Aber der Mann hielt dicht. Anfangs hatte Sembritzki vermutet, dass Seydlitz, als Stachows Gefolgsmann gewissermassen, die ganze Aktion aus seinem eigenen Ersparten bezahlte. Aber jetzt war ihm klar, dass dieser Apparat, der doch grösser war, als Sembritzki anfangs gedacht hatte, nur von potenteren Geldquellen gespeist werden konnte, als sie Seydlitz zur Verfügung standen.

Der Asiate war jetzt aufgestanden. Er zeigte wieder sein undurchsichtiges Lächeln, als er zum Schluss leise sagte: «Leben Sie wohl!»

Wie viel Ironie lag doch in diesen Worten! Geradesogut hätte er sagen können: «Sterben Sie wohl!» Überall, wo Malone aufgetaucht war, waren Tote übrig geblieben. In Vietnam, in der Dominikanischen Republik, in Kuba, in Thailand, in Libyen. In Deutschland? Stachow war tot und der tschechische Kellner in Konstanz auch.

«Vergessen Sie nicht, Malone hat früher, als Junger, wegen bewaffneten Raubüberfalls gesessen! Den Mord konnte man ihm nicht nachweisen. Der ging auf die Kappe eines Komplizen. Erst später hätte man die unverwechselbare Handschrift Malones erkannt. Er kann alles: ein perfekter Schütze, ein mit allen Wassern gewaschener Nahkämpfer. Der perfekte Killer!»

All das sagte der Thailänder lächelnd im Stehen, blätterte eine Banknote auf den Tisch und ging dann mit federndem Schritt davon. Sembritzki schaute ihm nach und beneidete diesen Mann, der jetzt in seine Diplomatenwohnung mit Türwache, in die Arme seiner Frau und zu seinen Kindern zurückkehren konnte. Sembritzki hatte keine Wache und keinen diplomatischen Schutz. Er war Freiwild, zum Abschuss freigegeben. Ihm blieb noch eine Gnadenfrist, so lange, bis er auch Saturn gefunden hatte. Dann war die Endzeit abgebrochen. Wäre es nicht besser, jetzt abzureisen? Er hatte noch immer Gelegenheit, Thornballs alias Hawks Vorschlag anzunehmen. Aber konnte er Seydlitz im Stich lassen? Konnte er Stachows Erbe einfach so verraten? Wie auch immer: Ohne Verrat würde er aus dieser Geschichte nicht herauskommen. Verrat an der Sache. Verrat an sich selbst. Verrat an andern, so wie sie ihn verraten hatten.

Hatte Thornball seine Unsicherheit bemerkt? Er kam jetzt mit einem vollen Glas Campari zu Sembritzki herüber, nachdem er seine Gefährtin verabschiedet hatte, und liess sich mit einem zufriedenen Seufzer in den Sessel an Sembritzkis Seite fallen. «Werden Sie weich, Sembritzki?»

Was sollte er darauf antworten? Konnte und wollte er zurückhalten, was er über den Amerikaner wusste? Aber was half es ihm, wenn er sein angeschlagenes Selbstbewusstsein daran aufrichtete, dass er dem Amerikaner zeigte, wie gut informiert er sogar diesseits des Eisernen Vorhangs war. Aber würde das Sembritzkis Abgang aus dieser Welt nicht beschleunigen? Eine kleine Rache konnte er wenigstens noch anbringen. Er griff über den Tisch nach Thornballs Glas, leerte es in einem Zug, stand dann auf, schaute mit bösem Lächeln auf den Koloss hinunter und sagte: «Ich habe gar nicht gewusst, Mr. Thornball, dass Ihr Herz für tschechische Geheimagentinnen schlägt!»

Jetzt starrte ihn Thornball mit offenem feuchtem Mund an. «Wie meinen Sie das? Wollen Sie sich über mich lustig machen?»

«Aber nein, Mr. Unbekannt. Die Dame vorhin an Ihrem Tisch ist Mitglied jenes Vereins, den Sie so hassen: STB!»

Und im Augenblick, als er das Wort STB aussprach, liess er wie aus Versehen das Campariglas aus der Hand fallen. Mit lautem Knall explodierte es auf der Tischplatte vor Thornballs gespreizten Beinen. Sembritzki aber liess zwei Banknoten auf den Tisch flattern und ging, ohne sich umzusehen, durch die Halle hinaus auf die Strasse. Es war zehn nach acht. Malone musste sich bereits seit über zwei Stunden in Prag befinden. Das letzte Kapitel war eröffnet.

11. Kapitel

Am anderen Vormittag sass Sembritzki schon zeitig im Café am Altstädter Ring und wartete auf Saturn. Aber auch diesmal war sein Warten vergeblich. Weder Saturn noch Malone bekam er zu Gesicht. Je weiter der Vormittag fortschritt, desto deprimierter wurde er. Er hatte vielleicht den fünften Kaffee getrunken, als er Havaš über den weiten Platz gehen sah. Und in diesem Augenblick hatte er eine Idee, die ihm wieder etwas von der versickernden Lebenskraft zurückgab. Hatte er doch noch eine Chance? Er stand auf und ging zum Hotel zurück.

Die Sonne schien warm. Es war richtig Frühling geworden. Oder schien es nur so? Über den Türmen der Teynkirche, deren Helme wie riesige Flugkörper wirkten, bestückt von zusätzlichen Raketen, baute sich ein gewaltiges schwarzes Wolkengebirge auf. Ein Schwarm Tauben fiel vom Himmel, als ob sie von einem unsichtbaren Schützen heruntergeholt worden wären.

Vor dem Hoteleingang stand schon František Pospíchals Škoda. Er selbst ging auf dem Trottoir ungeduldig auf und ab, eine Zigarette zwischen den Lippen. Eger! Heute würde er Venus treffen. Wie aber konnte er sich seines Begleiters entledigen?

«Konrad Sembritzki!» Pospíchal verzog sein Gesicht zu einem künstlichen Lächeln, das es nicht einmal schaffte, die auseinanderstehenden Pferdezähne freizulegen. Die Erinnerung an seine Niederlage von Třebotov war noch nicht weggewischt. War heute der Tag seiner Rache?

Sembritzki fiel auf, dass Pospíchal nicht den direkten Weg nach Eger, hin zur deutsch-tschechischen Grenze wählte, sondern die gleiche Richtung wie damals in der Nacht einschlug.

«Sie haben es nicht eilig, Herr Pospíchal?»

Pospíchal schüttelte den Kopf. «Die Gegend bei Tag zu sehen, die wir letztes Mal nur nachts durchfahren haben, ist einen Umweg wert.»

«Wollen Sie Erinnerungen aufwärmen?»

«Ich erinnere mich nur an das, was mir eine Erinnerung wert ist.»

«Zum Beispiel?»

«An ein Gedicht von Hans Watzlik.»

«Diesen Namen haben Sie nicht vergessen.»

«Er hat mir einen unauslöschbaren Eindruck hinterlassen», sagte Pospíchal spöttisch.

Es hatte leicht zu regnen begonnen, und Pospíchal schien es mit Befriedigung zur Kenntnis zu nehmen. Auf jeden Fall begann er plötzlich zu pfeifen, präsentierte seine ganz eigene Vulgärfassung von Smetanas Moldau, als sie durch ein grosses Dorf mit dem Namen Netvořice fuhren. Täuschte sich Sembritzki, oder war Pospíchal wirklich gespannt? Er hatte aufgehört zu pfeifen und starrte mürrisch auf die schwarz glänzende Strasse. Als sie an einem lang gestreckten grünen Gebäude vorbeifuhren, auf dem Hradištko stand, fluchte Pospíchal auf Tschechisch leise vor sich hin.

«Ich hätte den andern Weg nehmen sollen. Es tut mir leid. So verpassen wir die Einfahrt auf die Autobahn.»

Er bremste kurz, wendete dann auf dem Dorfplatz seinen Wagen und fuhr über eine schmale Strasse quer durch die Landschaft auf einen nahen Wald zu. Die Wolken hingen grau und schwer in die geometrisch angelegten Äcker und Felder hinunter.

«Dort drüben, jenseits des Waldes, kommen wir wieder

auf die Hauptstrasse», sagte Pospíchal, den Blick geradeaus gerichtet. Sie fuhren durch eine Nussbaumallee, und ein paar Hundert Meter später nahm sie ein dichter Wald auf. Sembritzki tastete nach seiner Pistole unter der linken Achsel, obwohl er sich nicht vorstellen konnte, dass es Pospíchal jetzt schon auf sein Leben abgesehen hatte. Aber welcher Plan lag Pospíchals Sternfahrt zugrunde? Warum dieses Umwegmanöver?

Als sich die Bäume schon lichteten und Sembritzki nach einer langen Rechtskurve darauf wartete, wieder ins freie Feld hinauszugelangen, bremste Pospíchal plötzlich so scharf, dass Sembritzki beinahe in der Windschutzscheibe gelandet wäre. «Verdammt», brüllte Pospíchal und brachte seinen auf der nassen Strasse schlitternden Wagen endlich zum Stehen. Einen Meter vor der Kühlerhaube von Pospíchals Škoda versperrte ein Laster die Fahrbahn. Er stand quer auf der Strasse. Schmutzige Leinensäcke, wahrscheinlich mit Kohle gefüllt, lagen wild verstreut überall herum. Hinter der Ladebrücke stieg eine dünne blaue Rauchsäule in den grauen Himmel. Und erst jetzt sah Sembritzki, der sich vom ersten Schrecken wieder erholt hatte, dass da ein Zusammenstoss zwischen zwei Wagen stattgefunden haben musste.

«Kommen Sie, schnell!», befahl Pospíchal und sprang auch schon aus dem Wagen. Sembritzki folgte ihm, ein ungutes Gefühl in der Magengrube. Er ging mit Pospíchal auf die andere Seite des Lasters. Der Aufprall musste tödlich gewesen sein. Ein beiger PKW, ein Wartburg, war seitlich direkt in den Laster hineingefahren, der vermutlich aus einem Waldweg auf der Innenseite der Kurve auf die Hauptstrasse hinausgefahren war, ohne sich vorher zu versichern, dass die Fahrbahn frei war. Der Fahrer, ein breitschultriger junger Mann, ein Bauer wahrscheinlich, in einen grünbraunen Overall gekleidet, stand mit hängenden Armen neben seinem Laster. Pospíchal redete auf Tschechisch auf ihn ein, doch Sembritzki verstand nur wenig. Er ging um den verunfallten PKW herum. AJR-74-51. Eine Prager Nummer. Und in diesem Augenblick stieg ein schrecklicher Verdacht in ihm auf. Er schaute zu den beiden diskutierenden Männern hinüber. Wer war der Regisseur dieser tödlichen Show? Pospíchal? Doch die Rache von Třebotov?

«Da liegt ein Mann hinter dem Steuer.» Sembritzki sagte es kalt und teilnahmslos. Dabei beobachtete er Pospíchal. Dieser schlug sich mit der Hand gegen die Stirn.

«Verzeihen Sie, Sembritzki. Meine Wut über diesen Trottel macht mich blind für die Situation. Helfen Sie mir?»

Aber Sembritzki schüttelte den Kopf.

«Ich kann kein Blut sehen.»

Der STB-Mann schaute ihn überrascht an. «Sie können kein Blut sehen?», fragte er zweifelnd. «Dann kotzen Sie doch.»

«Wir sind dann wohl quitt, meinen Sie!»

Sembritzki verzog sein Gesicht zu einer Grimasse. Jetzt war der Fahrer hinzugetreten. Pospíchal wandte sich von Sembritzki ab und forderte den Fahrer auf, ihm beim Öffnen der Türe des Wartburgs zu helfen. Sembritzki hatte sich an einen Baum gelehnt, einen Zigarillo zwischen den Zähnen. Sie griffen ins Innere, zogen den Verunglückten vorsichtig aus seinem Auto und legten ihn auf eine ausgebreitete Wolldecke an den Strassenrand. Der Mann stöhnte. Seine Gesichtszüge waren nicht zu erkennen, aber Sembritzki sah die graue Haartolle, mit Blut verkrustet, die über die geborstene Stirn hing.

Merkur! Wieder war ein Stern untergegangen. Gewaltsam von Sembritzkis Firmament geholt worden. Zwar lebte er noch. Und vielleicht würde er auch überleben. Aber für Sembritzki war er tot. Pospíchal hatte ganze Arbeit geleistet. Er hatte seine Niederlage mehrfach gerächt. Er hatte sich als Meister des blutigen Arrangements erwiesen. Und vor allem hatte er über Merkurs Parcours genau Bescheid gewusst. Dass er Sembritzki zum Zuschauer dieses blutigen Aktes gemacht hatte, war nichts anderes als seine ganz persönliche Rache.

«Wollen Sie hier warten, Herr Sembritzki?», fragte jetzt Pospíchal ganz formell und schaute ihn lauernd an. Aber Sembritzkis Züge blieben gefroren. Kein Muskel zuckte.

«Warten worauf?»

«Bis ich im nächsten Dorf Hilfe angefordert habe!»

«Ist dem Mann noch zu helfen?»

Pospíchal zuckte die Schultern. «Es geschehen Wunder...» Er wendete seinen Wagen und fuhr ins Dorf zurück.

Sembritzki zögerte, den Verletzten näher anzuschauen. Er fürchtete sich vor Merkurs geöffneten Augen, vor einem Schrei des Erkennens, vor dem Fluch, der über seine Lippen kommen würde. Doch im Augenblick, als der Fahrer des Lasters damit beschäftigt war, die Schaufel zu versorgen, mit deren Hilfe Merkur aus dem Wrack befreit worden war, trat Sembritzki näher. Merkur stöhnte, und ein paar wässerige Blutbläschen zerplatzten in seinen Mundwinkeln. Ein Auge klappte auf, ein Zyklopenauge, und starrte Sembritzki an, böse, ohne zu zwinkern.

«Sembr...», gurgelte der Verletzte. Er hatte ihn erkannt. «Du bist ein Mann des Todes ...»

Der Nachsatz kam deutlich. Dann klappte das Auge wieder zu wie ein Sargdeckel. Und dann begann Merkur zu schreien. Er schrie in Sembritzkis Schoss so lange, bis endlich Pospíchal zurückkam und mit ihm der Arzt aus dem benachbarten Dorf, der Merkur mit einer Spritze zum Schweigen brachte – vorläufig –, denn das grosse Ausholen stand noch bevor. Die Schergen des STB würden nicht ruhen, bis sie auch den letzten Rest von Wahrheit aus Merkur herausgewühlt hatten.

«Kommen Sie, Konrad! Das ist jetzt nicht mehr Ihr Fall!» Sembritzki verstand den Doppelsinn dieser Worte. Aber er antwortete nicht, sondern setzte sich schweigend an Pospíchals Seite. Nebelschwaden hatten sich bis in den Wald hineingefressen, und als sie wieder ins freie Feld hinausfuhren, hing ein grauer Schleier über Böhmen und erstickte alles Leben und auch das Gespräch zwischen den beiden einsamen politischen Touristen. Es war schon dunkel, als sie endlich in Cheb eintrafen. Jetzt waren sie mitten im ehemaligen Sudetendeutschland, in Römmels Heimat. Von hier aus waren es nur ein paar Kilometer bis zur deutschen Grenze, und Sembritzki spielte mit dem Gedanken, sich einfach abzusetzen, sein Leben – wenigstens das – in Sicherheit zu bringen.

«Sie sind hier ja beinahe zu Hause, Konrad Sembritzki», sagte Pospíchal mit einem schiefen Grinsen, als sie auf dem alten Marktplatz angekommen waren. Sembritzki sah auf der Nordseite die schwarzen gedrungenen Umrisse des Stadthauses, wo Wallenstein den Tod gefunden hatte. Pospíchal war seinem Blick gefolgt. «Oder wollen Sie auf Wallensteins Spuren bleiben bis zum bitteren Ende?»

«Bitter?» Sembritzki schaute Pospíchal kalt und herausfordernd an.

«Sie sind ein Saturngeborener wie Wallenstein. Vergessen Sie das nicht!»

«Ich vergesse es nicht, lieber Franz. Ich vergesse nie etwas.»

Sie stiegen aus und gingen quer über den Marktplatz, der ausgestorben und matt glänzend im Licht ein paar kümmerlicher Laternen dalag.

«Wissen Sie, an wen wir uns wenden müssen?»

«Ich habe von Herrn Hájek eine Adresse bekommen. Es gibt da eine Gruppe von Schauspielern, die früher einmal in Prag gespielt haben und die jetzt in die Provinz abgeschoben wurden.»

«Dubček-Leute?»

«Dubček? Den Namen kennen wir hier nicht. Kein geläufiger Name, Konrad Sembritzki.»

«Kennen Sie Namen, die geläufiger sind?»

Pospíchal zuckte die Achseln. Er hatte den Kragen hochgeschlagen und den braunen Hut tief ins Gesicht gezogen. Ihre Schritte hallten laut auf dem Pflaster. Sie gingen am Stadthaus vorbei und schwenkten dann in eine schmale Gasse ein. Nach etwa hundert Metern, die sie in beinahe völliger Dunkelheit zurückgelegt hatten, blieb Pospíchal vor einem Haus stehen, dessen Fassade sich bedrohlich gegen die enge Strasse hin senkte. Er öffnete eine eisenbeschlagene Türe und trat dann in einen niedrigen Raum, mit schweren Balken an der Decke, in dem blaue Rauchschwaden die Sicht behinderten und aus dem scharf und bestimmt die Stimme eines einzelnen Mannes ertönte. Aber im Augenblick, als die Türe ganz geöffnet war, als jetzt die Feuchtigkeit von aussen hinein- und der Rauch hinausdrängte, und für die Leute im Raum sich Pospíchals Figur langsam aus den Schwaden herausschälte und zu erkennen war, wurde es still. Der Mann mit der scharfen Stimme drehte sich langsam und drohend um und sagte: «Sie platzen mitten in eine Leseprobe, mein Herr!»

Sembritzki hatte den Inhalt dieses Satzes verstanden,

obwohl er seinen Blick unruhig durch den Raum wandern liess auf der Suche nach Venus. Sie sass ganz unten am Tisch, die Haare zu einem straffen Knoten hochgesteckt. Die harten, beinahe männlichen Züge, die ihn früher oft erschreckt hatten, waren etwas gemildert dadurch, dass sie im Gesicht rundlicher geworden war. Aber ihre Lippen waren noch immer schmal und verschlossen. Ihre Augen blickten durchdringend, zuerst auf Pospíchal und dann auf Sembritzki, der ebenfalls ins Licht getreten war. Aber sie reagierte in keiner Weise. Gleichgültig wandte sie sich wieder ab und blickte auf das Textbuch auf dem Tisch vor sich. Unterdessen sprach Pospíchal noch immer tschechisch auf den Mann mit der scharfen Stimme und dem beinahe ganz kahlen schmalen Kopf ein. Endlich wandte sich Pospíchal wieder Sembritzki zu.

«Wir sind da mitten in eine Probe geplatzt, Herr Sembritzki. Eine Stunde noch, dann steht uns der Herr hier zur Verfügung.»

«Probe? Was für ein Stück wird geprobt?»

Pospíchal machte eine bedeutungsvolle Pause und sagte dann mit boshaftem Lächeln: «Ob Sie es nun gerne hören oder nicht, lieber Konrad Sembritzki: Wallensteins Tod von Friedrich Schiller. Auf Tschechisch natürlich.»

Sembritzki erschrak. Natürlich war es ein Zufall. Und trotzdem hatte er mit einem Mal das Gefühl, er sei Gefangener einer Situation, der er nicht mehr gewachsen war. Er war Figur eines Dramas geworden, dessen Textbuch er nicht kannte.

«Eine Stunde, Sembritzki. Wir gehen unterdessen essen. Ich habe Hunger.»

Er wandte sich zur Türe, aber Sembritzki hielt ihn am Ärmel zurück.

«Ich möchte zuhören, wenn es erlaubt ist.»

«Ein Theaterliebhaber?», schnaubte Pospíchal verächtlich.

«Es ist erlaubt», sagte jetzt der Kahlköpfige auf Deutsch.

Jetzt war Pospíchal in der Klemme. Sembritzki merkte, wie ungern er ihn hier zurückliess. Aber er würde sich sicher beeilen und schnell wieder zurückkommen, um Sembritzki keine Möglichkeit zu Extratouren zu geben. Er zuckte die Achseln. «Wie Sie wollen! Aber ich warne Sie: Sie verpassen den besten Entenbraten mit Rotkraut, den es weit und breit gibt.»

«Ich lebe nun einmal von der Kunst, lieber Herr Pospíchal.»

«Wie Sie meinen.» Wütend schloss er die Türe.

Anzunehmen, dass Pospíchal auch hier unter diesen Schauspielern einen Spitzel platziert hatte. Eine Weile noch war es still im Raum. Alle schauten zu Sembritzki, der sich auf einen Stuhl in eine Ecke gesetzt hatte, von wo aus er Venus im Blick hatte. Der Kahlköpfige gab ein Zeichen und begann zu sprechen. Es dauerte eine Weile, bis Sembritzki wusste, worum es ging. Aber plötzlich begannen die tschechischen Worte zu klingen, erreichten sie zuerst seinen Verstand und dann sein Herz. Es waren Wallenstein und Terzky, die miteinander im Gespräch waren. Jetzt kam Buttler hinzu, und dann hätte Sembritzki, kurz bevor Venus, die die Rolle der Gräfin Terzky innehatte, zu Worte kam, Wallensteins Text gewissermassen simultan mitsprechen können:

«Es ist entschieden, nun ists gut – und schnell
Bin ich geheilt von allen Zweifelsqualen,
Die Brust ist wieder frei, der Geist ist hell,
Nacht muss es sein, wo Friedlands Sterne strahlen.

Mit zögerndem Entschluss, mit wankendem Gemüt
Zog ich das Schwert, ich tats mit Widerstreben,
Da es in meine Wahl noch war gegeben!
Notwendigkeit ist da, der Zweifel flieht,
Jetzt fecht ich für mein Haupt und für mein Leben.»

Sembritzki war, als ob ihn der Darsteller des Wallenstein anschaute. Oder war es Venus? War es ihr durchdringender Blick, der ihn wieder zurückholte? Nein, es war ihre Stimme, die ihn jetzt elektrisierte, ihn eindringlich in ihren Bann zog. Und langsam schälten sich aus dem tschechischen Idiom jene Worte, die sie ganz eindeutig ihm zugedacht hatte: «Wenn wir / Von Land zu Lande wie der Pfalzgraf müssten wandern, / Ein schmählich Denkmal der gefallnen Grösse – / Nein, diesen Tag will ich nicht schaun! und könnt / Er selbst es auch ertragen, so zu sinken, / *Ich* trügs nicht, so gesunken ihn zu sehn.»

Sembritzki fühlte, wie der Schweiss ihm auf die Stirne trat, wie ihm das Atmen schwer wurde und seine Beine zu zittern begannen.

«Promiňte», murmelte er und stand auf. Venus, die ihn scharf beobachtet hatte, fasste nach seinem Arm.

«Ist Ihnen nicht gut?»

Sembritzki nickte. «Es geht vorüber», murmelte er. Er fühlte, wie ihre Finger stärker zudrückten.

«Die Luft hier drin. Kommen Sie ins Nebenzimmer. Dort können wir ein Fenster öffnen.»

Und sie führte ihn wie einen Blinden am Ellbogen hinüber in eine Art Aufenthaltsraum, wo altmodische Sessel an den Wänden entlang standen, die mit verschiedenen Ansichten des Prager Theaters am Geländer geschmückt waren. Auf dem niedrigen Holztisch stand in einem weissen Tellerchen eine abgebrannte Kerze. «Setz dich, Konrad.»

Ihre harte Stimmte klang plötzlich ganz weich. «Ich habe dich erwartet.»

«Der Mond?»

Sie nickte. «Komm, wir haben wenig Zeit.»

«Ich weiss, ich habe wenig Zeit!»

«Warum bist du zurückgekommen, Konrad? Was willst du wem beweisen? Es ist doch alles vorbei.»

Er schaute sie erstaunt an. «Nein, es ist nicht vorbei. Noch nicht.»

«Was willst du wem beweisen? Das hat doch alles nichts mehr mit dem zu tun, was uns vor ein paar Jahren noch verband.»

Sie kratzte mit ihrem rot lackierten Fingernagel das Wachs vom Teller. Dann liess sie das zerbröselnde Wachs wie einen feinen Schneeschauer auf den Tisch rieseln und schaute ihn nachdenklich an.

«Tust du es für Geld? Ein Söldner? – Ein schmählich Denkmal der gefallnen Grösse! – Wessen Überzeugung ver- trittst du?»

«Meine eigene», sagte er ohne Überzeugung in der Stim- me.

«Du *suchst* deine eigene Überzeugung. Du wirst sie nicht finden. Nicht in diesem Land!»

«Was hat sich denn geändert?»

«*Wir* haben uns geändert, Konrad. Ich will wieder spielen. Ich will zurück nach Prag. Zurück in unser Theater, aus dem wir damals verjagt wurden. Ich habe es satt, mich auch im Leben zu verstellen. Die Bühne ist genug, Konrad Sembritz- ki.»

«Ja, die Bühne ist genug!» Er nickte mit einem schiefen Lächeln auf dem Gesicht.

«Du spielst im falschen Stück, Konrad Sembritzki!»

«Und wenn schon! Ich muss es zu Ende spielen. Wer wüsste das besser als du! Man kann nicht mitten im Stück aussteigen.» Und nach einer Pause murmelte er: «Jetzt fecht ich für mein Haupt und für mein Leben.» Ihm fielen keine eigenen Worte ein. Es waren die Worte eines andern, die Sätze, die Schiller Wallenstein in den Mund gelegt hatte, dessen Schatten Sembritzki bis hierher nach Eger nachgejagt war.

«Hilf mir!» Er schämte sich über eine Stimme, die so schwach und dünn klang.

«Ich kann dir nicht helfen. Nur einer kann dir jetzt noch helfen – wenn es nicht zu spät ist.»

«Saturn», sagte Sembritzki schnell.

Sie nickte.

«Was ist mit Jupiter?»

«Vergiss Jupiter, Konrad Sembritzki. Jupiter sitzt im Gefängnis. Er war Mitglied der Charta 77. Sie haben es erst spät herausgefunden.»

«Ein Agent darf sich politisch nicht exponieren!», sagte Sembritzki wütend.

«Was tust du anderes? Dein Engagement macht dich verletzlich. Du bist nicht mehr zurückgekommen. Wir haben dich aufgegeben. Auch Jupiter hat dich aufgegeben. Da hat er selbst zu handeln begonnen.»

«Du auch!»

Sie nickte.

Sie schwiegen beide. Von drüben hörte man dumpf Fragmente aus Schillers Wallenstein. Venus hatte eine Zigarette angezündet. Sie lehnte sich in ihrem Sessel zurück und wartete. Worauf? Auf Sembritzkis Kapitulation?

«Saturn!» Noch einmal würgte Sembritzki diesen klobigen Namen heraus. «Wo ist Saturn?»

«Er allein ist übrig geblieben. Wahrscheinlich war er schon damals zu alt, um sich noch einmal nur ganz auf sich selbst zu besinnen. Das heisst . . .» Sie machte eine Pause und verschlang eine grosse blaue Rauchwolke.

«Das heisst . . .?»

«Wenn er noch lebt!»

Jetzt war sie wieder die Alte. Erbarmungslos, hart. Sie sprach den Satz aus wie ein Todesurteil. Und Todesurteile hatte Sembritzki in den vergangenen Tagen schon genug gehört.

Sie drückte ihre Zigarette im Teller mit der Kerze aus und lehnte sich dann zurück.

«Saturn ist schwer krank. Krank auf den Tod.»

«Wo ist er?»

«Er war bis gestern noch in einem staatlichen Sanatorium, nicht weit von hier im Böhmerwald.»

«Bis gestern?»

«Ich habe ihn besucht und ihm erzählt, dass du zurückgekommen bist.»

«Und wie hat er reagiert?»

Wie viel hing doch von der Antwort auf diese Frage ab.

«Er hat es gewusst. Saturn kehrt nach Prag zurück. Vielleicht ist er schon zurückgekehrt.»

«Meinetwegen?»

«Deinetwegen.»

Aufatmend lehnte sich Sembritzki zurück und dachte an den alten Mann mit den vielen bunten Krawatten und seiner Einkaufstasche aus Kunstleder. Was konnte ihm Saturn bieten? Eine Lebensversicherung? Oder den Tod?

«Wie hat er es geschafft, nach Hause entlassen zu werden, wenn er doch krank ist?»

«Er wollte nach Prag zurück, um dort sterben zu können.»

«So schlimm ist es?»

Sie nickte.

«Der Unzerstörbare stirbt.» Sembritzki sagte diesen Satz eher für sich.

«Täusch dich nicht in Saturn. Der Mann ist wirklich unzerstörbar. Das ist deine Chance. Er ist unsterblich.»

Sembritzki verstand nicht, was sie damit sagen wollte.

«Nur darum hat er überlebt, Konrad. Nur darum ist nie einer vom STB oder KGB in sein Spannungsfeld eingedrungen. Er ist ein Meister der Tarnung.»

Sembritzki dachte daran, dass Saturn nicht einmal ihm seine Adresse gegeben hatte. Aber wie war Venus in Kontakt mit diesem Mann getreten, der niemandem als sich selbst zu trauen schien?

«Wie hast du seinen Aufenthaltsort ausgemacht?»

«Er weiss, dass er sterben muss. Und er hat, woher auch immer, erfahren, dass du in Prag bist. Ich weiss nicht, woher er wusste, dass ich zu deinem Netz gehörte, Konrad. Jedenfalls hat er es gewusst und hat über einen jungen Schauspieler zu mir Kontakt aufgenommen. Ich habe ihn dann besucht und mit Hájek Kontakt aufgenommen, um dich zu benachrichtigen.»

«Woher wusste Hájek, dass ich in Prag bin?»

Sie schüttelte den Kopf. «Nicht Hájek wusste es. Saturn war darüber informiert. Er weiss alles, Konrad.»

Sie zündete eine neue Zigarette an, und Sembritzki steckte sich einen Zigarillo zwischen die Lippen.

«Wo finde ich Saturn?»

«Er hat mir seine Adresse gegeben, Konrad. Für dich. Seminařská 12. Wenn eine Topfpflanze im Fenster des ersten Stockwerkes steht, kannst du hinein. Das Haus erkennst du an einer steinernen Rosette auf der Hausmauer.»

Jetzt war alles gesagt. Die Schauspielerin hatte die Eröffnungsworte zum letzten Akt gesprochen. Sie war aufgestanden. «Ich muss zurück, Konrad. Komm bald nach. Und leb wohl!»

Sie reichte ihm die ausgestreckte Hand. Keine Zärtlichkeit. Keine Sentimentalität. Ein sachlicher, untheatralischer Abschied. Und dann sagte sie noch einen Satz zum Abschied, das Vermächtnis einer Schauspielerin: «Man kann eine Rolle nicht nur spielen, man kann sie auch leben, Konrad Sembritzki. Auf die Gefahr hin, dass man an ihr zerbricht.»

Dann ging sie zurück zu den andern. Sembritzki sass noch eine Weile benommen da und dachte über all das nach, was ihm Venus erzählt hatte. Venus! Was für ein Deckname für diese harte Frau!

Als er die Tür öffnete, schlug Wallenstein wieder zu. Zwar brauchte Sembritzki eine Weile, bis er sich wieder im Stück orientiert hatte. Dann aber löste er vorsichtig unter dem Tschechischen Schillers Originalverse heraus, identifizierte im rothaarigen Schauspieler an der Seite des kahlköpfigen Wallensteindarstellers den wendigen Seni, der Wallenstein drohte, dass der Planetenstand Unglück von falschen Freunden verheisse. Aber was kümmerte das den kahlköpfigen Wallenstein? Leichthin antwortete er: «Von falschen Freunden stammt mein ganzes Unglück, / Die Weisung hätte früher kommen sollen, / Jetzt brauch ich keine Sterne mehr dazu.»

Sembritzki war froh, dass der Schauspieler in der Leseprobe diese Worte so beiläufig sagte, wahrscheinlich beiläufiger, als er sie dann auf der Bühne sprechen würde. Und trotzdem trafen ihn diese Sätze. Sie trafen ihn und betrafen ihn. Saturn war der letzte noch mögliche Freund. Alle andern waren von ihm abgefallen. Freundschaften, die wohl nichts anderes gewesen waren als Handelsbeziehungen, Interessen. Sembritzki hörte erst wieder hin, als František Pospíchal die Türe aufstiess und hereinstampfte, mitten in die Mordszene, die jedoch in diesem Kreis nur angedeutet wurde, so aber nur noch hinterhältiger wirkte.

«Hilfe! Mörder!», sagte der Schauspieler, der den Kammerdiener mimte, sachlich unterkühlt.

«Nieder mit ihm!», antwortete der Darsteller Buttlers in gleicher Weise.

«Jesus Maria!» Diesmal hob der Kammerdiener die Stimme etwas. Und auch Buttler nahm die Tonlage auf, als er abschliessend brüllte: «Sprengt die Türen!»

Einen Augenblick lang schaute Pospíchal irritiert. Glaubte er sich in einem falschen Stück? Glaubte er, die Revolution sei ausgebrochen? Fürchtete er um seinen Kopf? Aber dann wich seine Irritation einem verständnisvollen Grinsen. Schliesslich war Pospíchal ein gebildeter Mann, der seinen Schiller kannte. Leise schloss er die Türe und schmuggelte sich diskret an Sembritzkis Seite, während die Schauspieler auf das Ende hindrängten. Wallenstein war tot.

Hier in Eger war Wallenstein am 25. Februar 1634 ermordet worden. Vor etwas mehr als einer Stunde war Sembritzki mit Pospíchal zusammen am Stadthaus vorbeigegangen, wo jene Szene in der Realität gespielt hatte, die jetzt hier im Rauch von Zigaretten und Pfeifen nur angedeutet worden war. Von Schauspielern, die es von der Grossstadt in die Provinz verschlagen hatte, weil sie sich nicht für die richtige Seite entschieden hatten.

«Sie haben etwas verpasst, Sembritzki», flüsterte ihm Pospíchal zu und rieb sich die Hände. «Die Ente war vorzüglich!»

Sembritzki nickte gleichgültig. Er war zu seinen Informationen gekommen. Das Stück war unterdessen zu Ende gegangen. Die Schauspieler klappten ihre Textbücher zu, und man öffnete die Fenster. Der Kahlköpfige trat auf Sembritzki zu und fragte in leicht gefärbtem Deutsch: «Herr Pospíchal sagte mir, Sie interessieren sich für Wallensteins Bibliothek?»

Sembritzki nickte, obwohl ihm jetzt alles, was nicht mit Saturn zusammenhing, viel weniger wichtig schien.

«Das ist Jaroslav ...»

«Jaroslav genügt», unterbrach der Schauspieler Pospíchal. Er hatte eine dicke Jacke mit grün-rotem Schottenmuster angezogen und eine Strickmütze über den kahlen Schädel gestülpt.

«Gehen wir!»

«Nur wir allein?», fragte Pospíchal misstrauisch.

«Mein Wissen muss Herrn Sembritzki genügen», sagte Jaroslav, als sie jetzt aus der schmalen Gasse auf den Marktplatz hinaustraten. Es regnete immer noch, und dazu hatte sich jetzt ein immer dichter werdender Nebel über die alten Giebel gesenkt. «Mlha houstne», murmelte Jaroslav und schaute Sembritzki dabei an.

«Der Nebel wird dichter», übersetzte Pospíchal. Hatte er den Code geknackt, jenen Satz, mit dem Sembritzki Freunde identifizieren konnte? Und mit dem sich Freunde zu erkennen gaben?

«Ich habe es verstanden, Herr Pospíchal. Einer der wenigen tschechischen Sätze, die ich verstehe.»

Der Nebel war wirklich dichter geworden, sodass Sembritzki die beiden gotischen Häuser, vor denen sie einen Augenblick stehen geblieben waren, nur noch schemenhaft erkennen konnte. «Kavárna Spalicek» stand auf dem einen

Haus mit dem hohen Giebel und dem Erker, das die Farbe gebrannter Siena hatte. Jaroslav hatte jetzt seinen rechten Arm theatralisch erhoben und deklamierte Verse, die Sembritzki vertraut in den Ohren klangen: «Unsäglich ist's, in welche übergrosse Herrlichkeit Gott der Herr seinen geschaffenen Menschen gesetzt und ihn mit seiner göttlichen Leh seines gefälligen Willens erleuchtiget hatte.»

«Pegius! Sie kennen Pegius?», fragte Sembritzki überrascht, obwohl ihm klar war, dass Hájek Jaroslav auf Sembritzkis Besuch vorbereitet hatte und dass das, was er vorgesetzt bekäme, nichts anderes war als die perfekte Show eines raffinierten Schauspielers, der seine Rolle gut gelernt und jetzt Sembritzkis Besuch in Eger gleichsam absegnen würde. Man würde, was Pegius und Wallenstein betraf, Sembritzki ein paar Scheininformationen liefern, um Pospíchals Misstrauen nicht zu schüren. Jaroslav wusste über Pegius nicht mehr als irgendeiner. Und als sie dann zusammen das alte Haus betraten, wo Jaroslav ein Zimmer gemietet hatte und wo er, wie er sagte, alle Unterlagen hortete, die im Zusammenhang mit der *Wallenstein*-Inszenierung von Bedeutung waren, hatte Pospíchal auch schon gemerkt, dass ihn Rotkraut und Entenbraten von seiner Arbeit abgelenkt hatten. Der Abend war für Pospíchal gelaufen. Nicht nur für ihn. Auch Sembritzki verfolgte Jaroslavs «Pegius»-Inszenierung nur noch mit halbem Herzen, konnte nicht einmal mehr Bewunderung für dieses Scheingefecht um den Bestand von Wallensteins Bibliothek aufbringen, das der Schauspieler lieferte, ohne auch nur einmal aus der Rolle zu fallen.

«Was halten Sie von dem, was Jaroslav Ihnen geliefert hat?», fragte Pospíchal, als sie zwei Stunden später nach Prag zurückfuhren.

«Ein paar interessante Informationen. Aber den Beweis, dass sich das Geburtsstundenbuch wirklich in Wallensteins Bibliothek befunden hatte, hat mir Jaroslav nicht liefern können.»

«Spekulationen. Aber dafür, so nehme ich an, sind Sie in den Genuss anderer Informationen gekommen», sagte Pospíchal hinterhältig.

Einen Augenblick lang war Sembritzki versucht, die Maske fallen zu lassen. Sie wussten ja beide, was gespielt wurde. Und Pospíchal wusste genauso wie Sembritzki, dass Pegius nur ein Vorwand gewesen war, um alte Kontakte wieder aufzunehmen. Was für ein lächerliches Zweigespann, Sembritzki und Pospíchal. Aber Sembritzki war jetzt entschlossen, die endgültige Trennung herbeizuführen.

«Das Unternehmen Pegius ist beendet. Vorläufig mindestens.»

«Ihr Vorgehen kann man wohl nicht in guten Treuen als wissenschaftlich bezeichnen, lieber Konrad Sembritzki. Hier ein wenig recherchieren, dort ein wenig graben.»

«Ich bin es müde geworden. Es gibt nichts her.»

«Sie resignieren?», fragte Pospíchal und schaute Sembritzki von der Seite an.

«Vielleicht, Herr Pospíchal, vielleicht», murmelte er und starrte auf den weissen Strich in der Mitte der Strasse, der durch den Nebel zu einem unbestimmten Ziel führte.

Als sich Sembritzki dann vor dem Hotel Alcron dankend vom lächelnden Pospíchal verabschiedete, wusste er, dass es das letzte Lächeln des STB-Mannes gewesen war, das einem lebenden Sembritzki gegolten hatte. Jetzt war die Jagd eröffnet, und Pospíchal hatte sein Gewehr schon im Anschlag und wartete auf eine günstige Gelegenheit zum erfolgreichen Blattschuss. Unter dem Eingang drehte sich Sembritzki noch einmal um, hob ironisch die Hand zum Abschiedsgruss, und dann sah er über Pospíchals rechter Schulter im Hauseingang gegenüber einen bekannten Umriss. Mr. Ronald Malone hatte Stellung bezogen.

Die Staffettenübergabe funktionierte reibungslos. Pospíchal lieferte Sembritzki im Alcron ab, die Dame mit dem deutschen oder österreichischen Namen Gisela Breitwieser nahm ihn in der Eingangshalle gewissermassen in Empfang. Und auch der unvermeidliche Mr. Thornball sass schon dort. Alle waren sie da. Draussen der Mann der CIA und František Pospíchal. Drinnen der Rüstungsvertreter Thornball und Pospíchals Kollegin. Wer fehlte noch? Doch auch diese Frage erfuhr bald eine Antwort, denn im Augenblick, als Sembritzki, den Schlüssel in der Hand, zum Lift gehen wollte, schnitt ihm ein gut gekleideter, distinguierter Herr den Weg ab.

«Verzeihen Sie, Herr Sembritzki.»

Er legte ihm die Hand auf den Arm.

«Bitte?»

«Ich bin von der Botschaft der Bundesrepublik Deutschland. Haben Sie einen Augenblick Zeit für mich?»

Römmels Sendbote griff jetzt auch ein.

«Ich bin müde, Herr ...»

«Vieweg.»

«Herr Vieweg.»

«Im Černy pivovar!»

«Karlovo náměstí?» Sembritzki schaute den Mann von der Botschaft belustigt an. «Die Restaurants sind voll von Spitzeln.»

Aber Vieweg zuckte nur die Schultern. «Wen kümmert das, Herr Sembritzki? Wir haben nichts zu verbergen!»

Vieweg zog eine Dunhill aus einem silbernen Futteral,

zündete sie an und verschwand. Zehn Minuten später sah er ihn im Bierlokal wieder. «Herr Sembritzki, man interessiert sich für die Resultate Ihrer Recherchen.»

«Man?» Sembritzki hatte sich einen Zigarillo zwischen die Zähne gesteckt und kaute wild darauf herum.

«Sie brauchen keine Namen.»

«Ich will aber einen Namen, Herr Vieweg.»

«Ist Rübezahl ein Name, der Sie befriedigt?»

Sembritzki nickte. «Das ist ein Name.»

«Und?» Vieweg lehnte sich leicht nach vorn und wartete gespannt auf eine Antwort.

«Nichts, lieber Herr Vieweg. Rein gar nichts. Ich habe nichts herausgefunden.»

Vieweg lächelte mitleidig. «Das glaube ich Ihnen nicht. Unsere Informationen ...»

«Unsere?», unterbrach ihn Sembritzki. «Sie sprechen im Plural?»

Aber auf diese Frage ging Vieweg nicht ein. «Ihnen bleibt ja noch Zeit, lieber Herr Sembritzki.» Viewegs Lächeln war voller Hinterhältigkeit.

«In drei Tagen reise ich ab. So oder so. Ich habe meinen Flug schon gebucht.»

«Wir haben den Flug für Sie gebucht, vergessen Sie das nicht. Und vergessen Sie nicht, dass wir von Ihnen konkrete Informationen erwarten.»

«Das heisst ...»

«Das heisst, dass Ihr Rückflug annulliert wurde.» Mit einem Male hatte Viewegs Stimme einen metallenen Klang angenommen. Er liess den zerfleddernden Schaum in seinem Bierglas kreisen.

Jetzt war also die Falle zugeschnappt. Sembritzki durfte ohne Informationen nicht mehr aus diesem Land hinaus.

Dafür würde man beim BND sorgen. Man würde ihn so lange schmoren lassen, bis er brauchbares Material zusammengekratzt hatte. Und mit brauchbarem Material in der Tasche würde der STB dafür sorgen, dass er das Land nicht mehr verliess. Sembritzki schaute den eleganten Herrn beinahe verwundert an. Und während er jetzt selbst das Bier in sich hineingurgeln liess, kam ihm ein fürchterlicher Gedanke. Er fühlte, wie seine Hände feucht wurden, und er musste das Glas hinstellen, um es nicht fallen zu lassen. Hatte er denn überhaupt noch eine Chance?

Er hatte eine. Vieweg zeigte ihm einen Ausweg.

«Sembritzki!» Er hatte die höfliche Anrede beiseitegelassen. «Sie sind doch nicht so naiv, wie Sie sich geben!»

Sembritzki antwortete nicht. Worauf wollte der andere hinaus?

«Sie wissen doch genau, dass die neue Regierung ein schweres Erbe übernommen hat.»

Sembritzki schwieg.

«Was den BND betrifft!»

«Ach!» Jetzt war der Schuss draussen. «Was hat das mit mir zu tun?»

«Sie sind nicht kompromittiert. Sie waren eine Weile weg vom Fenster. Sie wären ein möglicher Mann in der Zentrale.»

«Nein, lieber Herr Vieweg. Das war mein letzter Auftrag. Ich kehre nicht mehr in den BND zurück.»

«Ihr letzter Auftrag.» Vieweg nickte abwesend. «Wollen Sie es sich nicht doch überlegen?»

Sembritzki stand auf und schaute auf den makellosen Scheitel des BND-Mannes hinab.

«Gute Nacht!»

Er leerte sein Glas und ging und trat in die Nacht hinaus.

Mit Heldentum hatte das gar nichts zu tun, wenn er Viewegs Offerte abgelehnt hatte. Er kauerte vor dem Kühlschrank in seinem Zimmer und angelte nach der Wodkaflasche. Er war nicht auf Römmels Seite. Das war ganz einfach. Aber Römmel bedeutete überleben. Diese Rechnung wollte nicht aufgehen. Er nahm einen tiefen Schluck aus der Flasche und setzte sich dann auf das Bett. Morgen würde er, wenn alles nach Plan lief, Saturn treffen. Aber dann war es auch höchste Zeit unterzutauchen. Man würde ihn nicht abfliegen lassen, das wusste er. Aber man würde damit rechnen, dass er es mindestens versuchte. Er musste auf andere Weise aus dem Land kommen. Aber nicht mit dem Zug. Im Zug gab es kein Entkommen, wenn man ihn einmal entdeckt hatte.

Nara! Seydlitz musste den Japaner einfliegen lassen. Ihn oder einen andern Babysitter. Er brauchte eine Eskorte, die sich auskannte. Die ihn gegen Anschläge von links oder rechts abschirmen konnte. Morgen würde er wieder mit München in Funkkontakt treten, morgen musste er Naras Hilfe anfordern. Und dann mussten sie gemeinsam Saturns Material aus dem Land schmuggeln, in die Hände seines geheimnisvollen Auftraggebers. Nur etwas wusste Sembritzki jetzt auch. Dass seine Bewegungsfreiheit mit dem Auftauchen Malones noch mehr eingeschränkt worden war. Malone war ein Profi. Das Netz zog sich immer enger zusammen.

12. Kapitel

Am andern Morgen ging er schon früh aus dem Haus. Er wollte den Kontakt zu Thornball vermeiden. In der Halle nickte ihm Gisela Breitwieser freundlich zu. Sie war es wohl, die ihn heute beschatten würde. Er schlenderte durch die Lucerna-Passage, die am Tag verlassen und noch unwirtlicher wirkte als bei Nacht. Dann bog er, wieder unter freiem Himmel, nach rechts ab und bog in die Václavské Náměstí ein. Hier auf dem breiten Boulevard war beinahe mehr Betrieb als in der Nacht. Er machte sich nicht die Mühe, über die Schulter nach einem Beschatter Ausschau zu halten. Er überquerte die Strasse und schwenkte dann nach rechts in die Na Příkopé ab. Beim Pulverturm überquerte er erneut die Strasse und betrat dann an der Ostseite auf der Náměstí Republiky das Kaufhaus Kotva. Er schlenderte zwischen den Gestellen, auf denen Dinge gestapelt waren, die ihn nicht interessierten.

Es war nicht Gisela Breitwieser und nicht František Pospíchal. Es war ein neuer Mann, der heute auf Sembritzki angesetzt worden war, ein kurzbeiniger, gedrungener Herr, der den Zenit seiner Jugend schon um einiges überschritten hatte. Erst jetzt wurde Sembritzki bewusst, dass Malone sich nicht hatte blicken lassen. Aber warum sollte er auch! Malone war wohl nur eingeflogen, um Sembritzkis Abreise zu verhindern. In Thornballs Auftrag? Ein Versuch, ihn weichzukriegen?

Es fiel Sembritzki nicht schwer, seinen Verfolger abzuschütteln. Ein paar Haken zwischen den Gestellen genügten, und er war wieder an der frischen Luft, während sein Bewacher ihn wohl noch zwischen chinesischem Kunsthandwerk und Möbeln aus der DDR auszumachen versuchte. Es kostete ihn ein paar Minuten, bis er endlich die kleine Gasse gefunden hatte, in der Saturn wohnte. Eine traurige Umgebung. Verfallende Gemäuer, mit Brettern vernagelte Türöffnungen, blinde Fensterscheiben, viele davon in Scherben. Eine Reihe von blauen Hausnummern, eine der grünen Prager Laternen an einer Stützmauer, beinahe das einzige intakte Element in dieser zerbröckelnden Welt. Jetzt hatte Sembritzki die Rosette auf der Mauer unmittelbar neben der Laterne entdeckt. Aber da war keine Topfpflanze im Fenster. Kein Vorhang bewegte sich in diesem Haus, das wie eine Oase in einer trostlosen Wüste stand. Er durfte nicht stehen bleiben. Schon glaubte er, Schritte zu hören. Und wirklich, als er nach ein paar Schritten am Brückenkopf der Karlsbrücke wieder die intakte mittelalterliche Welt Prags betrat, sah er den kurzbeinigen Verfolger mit rotem Kopf und ausser Atem in seinem Rücken auftauchen. Sembritzki war enttäuscht. Nicht deshalb, weil ihn sein Beschatter wieder eingeholt hatte, sondern weil eine Kontaktaufnahme mit Saturn ein weiteres Mal gescheitert war. Er bog nach rechts ab, und obwohl es ihn mit aller Macht über die Brücke zog, hinauf zum Hradschin, der jetzt in strahlendstem Sonnenlicht über der Moldau thronte, unterdrückte er all seine ganz persönlichen Bedürfnisse, noch einmal auszubrechen, wie ein Tourist durch Prag zu schlendern, dann auf die Kleinseite hinüber, hinauf auf den Hügel zum Loretoplatz, ein Pilger, der Böhmens berühmtesten Wallfahrtsort seine Referenz erwies. Aber da würde ihn schon wieder Wallensteins Schatten einholen, wenn er ganz in der Nähe in den Sog von Wallensteins ehemaligem ganz persönlichem Reich geraten würde, wo der Generalissimus zwischen 1624 und 1630 residiert hatte. Überall, wo er ging, verfing er sich wie in einem weiten Mantel in Wallensteins noch immer drohender Präsenz. Sembritzki riss sich los, zwang sich in die Gegenwart zurück, und Gegenwart bedeutete für ihn jetzt Carolinum, bedeutete einen Kongress über die Geschichte der Medizin und bedeutete auch die erdrückende Gegenwart von Mr. Thornball. Aber dem war nun nicht mehr auszuweichen. Die nächsten zwei Stunden lenkten ihn aber doch mehr ab, als er erhofft hatte. Für Minuten liess er sich von den engagierten Ausführungen eines italienischen Kollegen davontragen, tauchte noch einmal, vorübergehend nur, in jene Welt ein, die ihn während Jahren beschäftigt hatte. Doch das war nur ein kurzer Ausflug in einen Bereich, der ihm immer fremder wurde. Der Faden war gerissen.

In der Pause dann schlenderte er, unbelästigt von Thornball, auf Distanz von Frau Breitwieser im Auge behalten, noch einmal wie zufällig durch die Semianka. Aber auch diesmal war keine Topfpflanze auf dem Fenstersims des Hauses mit der steinernen Rosette. Saturn war entweder noch nicht zurückgekehrt oder er wusste, dass das Haus bewacht wurde, und wollte eine günstige Gelegenheit abwarten. Die Zeit verrann langsam, und Sembritzki war ihr Gefangener. Zum Mittagessen ging er wieder durch die Semianka, wieder erfolglos, zum Hotel zurück. Der Funkaustausch mit München war auf dreizehn Uhr festgelegt worden. Stanislavs Wagen stand schon vor dem Hotel, aber Sembritzki nickte ihm nur kurz zu und ging dann hinein. Aber ihm war es nicht nach Essen. Er fühlte sich müde, ausgebrannt. Und er war froh darüber, dass ihm der Kontakt mit München einen Anflug von Geborgenheit, von Heimatgefühl zurückgeben konnte.

Stanislav schaute heute mürrisch in die Welt. «Ich bin verhört worden.»

Sembritzki war nicht überrascht. Trotzdem traf ihn diese Mitteilung stärker, als er sich anmerken liess. Wieder geriet ein Pfeiler ins Wanken.

«Was wollte man von Ihnen wissen?»

«Wohin ich Sie fahre.»

«Was haben Sie geantwortet?»

Stanislav grinste. «Was hätte ich antworten sollen? Sightseeing und Frauen.»

«Das hat man Ihnen nicht abgenommen.»

«Natürlich nicht.»

«Man wollte Sie einschüchtern?»

Stanislav nickte und startete den Motor.

«Bei Tag ist es schwieriger, einen Verfolger abzuschütteln.»

Stanislav lachte. «Ich habe vorgesorgt.»

Jetzt sah Sembritzki, als er sich zurückwandte, wie Malone aus der Lucerna-Passage trat und ein Taxi herbeiwinkte. Und gleichzeitig fuhr ein schwarzer Tatra aus einer Parklücke. Doch im Augenblick, als Stanislav in die Václavské Náměstí einbog, schoss hinter ihnen ein grauer Lada aus einer Lücke und blockte die Verfolger ab.

«Gut gemacht, Jiří!», jubelte Stanislav. Und wirklich, der graue Lada blieb mit abgewürgtem Motor wie eine dicke Schildkröte mitten in der Štěpánská stehen und verwehrte den Verfolgern jede Sicht auf den davonbrausenden Sembritzki. Natürlich war es wahrscheinlich, dass die Verfolger jetzt über Funk Verstärkung anforderten. Aber das würde eine Weile dauern, und bis dahin würde sich der clevere Stanislav verkrümelt haben. Sie fuhren jetzt aus der Stadt hinaus, diesmal in östlicher Richtung, wo sich Sembritzki weniger auskannte. Vorerst sah er linker Hand noch die Moldau, doch dann bog Stanislav nach Süden ab und brachte seinen

Wagen in einer Waldschneise in Deckung.

«Beeilen Sie sich, Konrad. Ich weiss nicht, wie lange mein Kollege Ihre Verfolger aufhalten kann.»

Sembritzki arbeitete sich mit seiner schwarzen Ledertasche durch das hüfthohe Gebüsch tiefer in den Wald hinein. Endlich hatte er in einer Lichtung einen ihm günstig scheinenden Platz gefunden. Er rollte sein Kabel ab und warf es über einen vorspringenden Ast. Dann hockte er sich nieder und strahlte Punkt dreizehn Uhr seine Identifikationssignale aus. Und schon kam die Antwort, und gleich darauf Seydlitz' erste Information.

Sembritzki wartete. Aber das war vorläufig das Ende. Wanda schwieg. Dann kam das Zeichen, dass keine weiteren Meldungen folgen würden. Jetzt war Sembritzki an der Reihe. Er biss auf die Zähne. Es fiel ihm nicht leicht, seinen Hilferuf durch den Äther zu schicken: «Brauche Hilfe. Schickt mir Nara. Umgehend. Dringend.»

Er lehnte sich gegen die rissige Rinde der Eiche und wartete auf die Quittung. Wanda würde wahrscheinlich ein paar Augenblicke brauchen, um Sembritzkis Meldung zu dechiffrieren. Die Minuten verrannen. Es kam keine Antwort aus München. Sembritzki forderte Replik. Wieder nichts. Er wechselte die Frequenz. Wieder nichts. Noch einmal versuchte er es auf der ersten Frequenz. Aber der Kontakt war abgewürgt. Sembritzki wusste nicht, ob seine Botschaft angekommen war. Er packte sein Funkgerät wieder ein, zog den Draht vom Baumast, rollte ihn zusammen und ging zu Stanislav zurück.

«Geklappt?»

Sembritzki schüttelte den Kopf. «Ich weiss nicht, ob meine Nachricht angekommen ist. Ich habe keine Bestätigung erhalten.»

«Versuchen Sie es später noch einmal!»

«Um zwei Uhr. Das ist der nächste Ausweichtermin. Was machen wir bis dahin?»

«Warten. Es ist zu riskant, wenn wir uns in der Gegend zeigen. Wir müssen in Deckung bleiben.»

Er zog eine kleine Wodkaflasche aus der Jackentasche, hielt sie Sembritzki hin, der einen grossen Schluck nahm und sie dann zurückgab. Eine Stunde später war die Flasche leer, und Sembritzki fühlte sich wieder voller Hoffnung. Noch einmal pirschte er durch den Wald, noch einmal rollte er den Draht aus, noch einmal beschwor er Wanda im fernen München. Aber Wanda schwieg. Sie schwieg auch auf allen anderen möglichen Frequenzen. Wanda war aus dem Verkehr gezogen worden. Diese Möglichkeit bestand, und je länger er darüber nachdachte, desto mehr setzte sie sich in seinem Kopf fest. Aus München hatte er keine Hilfe zu erwarten. Noch einmal katapultierte er seine Signale in den Äther, eine Reihe von drei Punkten, gefolgt von einem Strich: V wie Victory. V wie Verdammnis, V wie Venus, V wie Verrat.

Was hatte er hier verloren, im böhmischen Frühling, der sich mit Macht durchgesetzt hatte, der ihn jetzt in seine Wärme hüllte, ihm zwitschernd in die Ohren sprang und seine Nasenflügel zum Beben brachte?

Stanislav stellte keine Frage. Er hatte sofort gemerkt, dass Sembritzkis Kontaktversuche auch diesmal umsonst gewesen waren.

«Morgen noch einmal! Zum letzten Mal, Stanislav. Wenn morgen kein Kontakt ...»

Er sprach den Satz nicht zu Ende. Er mochte mit dieser Möglichkeit nicht rechnen. Auf der Rückfahrt in die Stadt dechiffrierte Sembritzki Wandas letzte Nachricht: «Treffpunkt Konstanzer Inselhotel. Dort weitere Meldungen an der Reception. Termin offen. Aber sofort nach Rückkehr.»

War das Wandas Vermächtnis? Würde er in Konstanz den grossen Unbekannten treffen, Stachows Auftraggeber?

Wenn Sembritzki überhaupt zurückkehrte! Saturn war seine letzte Hoffnung. Und da war noch eine Möglichkeit, die ihm damals auf dem Altstädter Ring in den Sinn gekommen war.

«Setzen Sie mich im Osten der Stadt ab, Stanislav. In der Nähe des Bahnhofs Prag-Mitte. Und gib mir meine Tasche, Stanislav. Es war wohl das letzte Mal.»

Er fasste Stanislav an die Achsel und drückte zu. Worte kamen ihm keine. Der Tscheche nickte.

«Leb wohl, Konrad Sembritzki. Und gute Rückkehr!»

Sembritzki schob ihm einen Umschlag mit Westgeld in die Jackentasche. Dann schwiegen beide. Wieder eine Freundschaft, die mit Geld abgegolten wurde. Beim Bahnhof verliess Sembritzki den Škoda und tauchte ins Gedränge ein, absolvierte noch einmal den Parcours, den er vor ein paar Tagen schon einmal hinter sich gebracht hatte. Ihm schien, als lägen Jahre dazwischen. Und dann stand er wieder vor Marikas Pedikura. Er drückte auf die Klinke. Die Türe war nicht verschlossen. Er hörte Gelächter, als er durch den Flur schritt. Marika, in einen weissen Arztkittel gekleidet, kam ihm entgegen, in der Hand eine Schere und ein Stück Verbandstoff.

«Konrad Sembritzki!», rief sie und zeigte ihre weissen Zähne. «Was machen Sie hier?»

«Wo ist Havaš?»

Ihm war jetzt nicht nach einem Präludium. Er hatte Angst. Und Marika schien es ihm anzusehen.

«Mirek kommt erst in einer Stunde. Ich habe noch eine

Kundin, Sie müssen warten, Konrad. – Wodka gefällig?» Sie lachte ihn an in Erinnerung an das letzte Mal.

Aber er schüttelte den Kopf. Miroslav Havaš war ein ernst zu nehmender Gegner. Man konnte ihm nicht alkoholisiert entgegentreten. Er setzte sich unter die vielen Pferdedarstellungen auf Marikas Sofa und wartete. Manchmal hörte er draussen auf der engen Strasse Absätze über das Kopfsteinpflaster klappern. Tauben gurrten oben unter dem Dach. Dazwischen schoss Marikas Lachen wie eine Fontäne in Sembritzkis Gedankengänge hinein. Eigenartig, dass er sich hier für Augenblicke zu entspannen vermochte. Er war in einer Wohnung und nicht in einem Hotelzimmer. Da wurde gelebt und auf diesem Sofa wahrscheinlich auch geliebt. Und dieses Leben kroch ihm langsam aus allen Ritzen und Ecken entgegen. Es nistete in den samtenen Kissen, schwebte aus den Spitzen des goldgelben Tischtuchs und fiel wie feiner Staub aus den schweren Damastvorhängen.

Er trat ans Fenster und schaute hinaus. Die Sonne fiel schräg auf das gegenüberliegende Haus und brach einen goldenen Streifen aus dem grauen Gemäuer, in dem noch die Kälte des Winters hockte. Und als dann eine halbe Stunde später die Sonne weitergewandert war und das dunkelrote Holz der Haustüre gegenüber zum Glühen brachte, kam Havaš endlich. Er ging ganz nahe der Hausmauer entlang. Sein Schritt war geschmeidig, lautlos, und immer wieder drehte er sich um, schaute nach rechts und links und hatte Sembritzki auch schon hinter dem Vorhang ausgemacht, bevor dieser in Deckung hatte gehen können. Da stand er jetzt von der Frühlingssonne vergoldet im Türrahmen und hob ganz leicht die rechte Hand zum Gruss. Dann ging er hinein.

Leise verliess Sembritzki Marikas Wohnung, machte ein

paar schnelle Schritte über die Gasse und trat in Havaš'
Wohnung. Havaš stand da, den rechten Arm unter seinem
weiten Pullover, und schaute mit wachsamem Blick zur
Türe.

«Sie bringen mir meine Pistole zurück?»

Er sagte es mit einem feinen hintergründigen Lächeln,
das Sembritzki nicht zu deuten vermochte.

«Nein. Ich komme, um Sie um Hilfe zu bitten!»

Jetzt war es gesagt. Havaš sah ihn erstaunt an. Dann
schüttelte es ihn plötzlich.

«Hilfe! Mich hat noch nie jemand um Hilfe gebeten,
Konrad Sembritzki.» Er holte die Hand unter dem weiten
Pullover hervor und schlug sich gegen die Stirn. «Havaš bit-
tet man nicht, Sembritzki. Havaš ist nur für Geschäfte zu
haben.»

«Dann eben ein Geschäft. Entschuldigen Sie die falsche
Formulierung. Ich dachte, ich spreche mit dem Sohn eines
toten Freundes.»

«Lassen Sie die Toten ruhen, Sembritzki!», sagte Havaš
schnell und schaute ihn dabei hasserfüllt an. «Mein Vater
war ein Narr. Ich bin nicht sein Testamentsvollstrecker.»

Er ging zum Tisch hinüber und liess sich schwer auf den
Stuhl fallen. Eine Weile sass er schweigend da, das Kinn auf
die rechte Hand gestützt. Dann fegte er mit einer wilden
Bewegung einen Apfel vom Tisch und schaute Sembritzki
mit zusammengepressten Lippen an.

«Was für ein Geschäft?»

«Bringen Sie mich an die Grenze, Mirek!»

Havaš' Augenbrauen bildeten einen frühgotischen Bogen.
«Sind Sie nicht allein Manns genug?»

«Zu viele wollen meinen Skalp.»

Sembritzki ärgerte sich über diese Formulierung, bevor er

sie ganz ausgesprochen hatte. Da hatte er sich, ohne es zu wollen, in seine eigene Kindheit zurückgeträumt, hatte Bilder heraufbeschworen, die sich in seinem Gedächtnis festgesaugt hatten, Tomahawks aus Holz, das Wäscheseil seiner Mutter, Hosen aus Sacktuch. Aber diese Erinnerungen an kindliches Kriegsgeheul und Szenen am Marterpfahl hatten damals doch immer im warmen Wasser der Badewanne geendet und waren endlich beinahe übergangslos in den kindlichen Traum hinübergeschwommen, der dann in einem neuen und hellen Morgen seine scheinbar tödliche Endgültigkeit abgestreift hatte. Diesmal aber war es kein Traum. Diesmal erwartete ihn kein versöhnlicher Morgen.

«Wer hat es auf Sie abgesehen?», fragte Havaš und forderte Sembritzki mit einer Handbewegung auf, sich zu setzen.

«Ihre Landsleute zuerst.»

«Der STB?» Havaš wiegte den Kopf. «Ich kann Sie doch nicht vor dem STB beschützen, Konrad Sembritzki!»

«Warum können Sie das nicht? Ein Geschäftsmann kann alles!»

Havaš erhob sich, ging zum Schrank und kam mit einer Flasche Weisswein aus Ungarn zurück. Er liess sich Zeit. Sein Gehirn hatte schon zu arbeiten begonnen. Jetzt kam er mit den Gläsern. Dann holte er sich eine rot-weiss karierte Serviette und rieb lange und gründlich an den Gläsern herum, die er dazu unter den Armstumpf klemmte. Dann kramte er ein grosses Stück Käse aus dem weissen Küchenschrank mit den weiss-rot karierten Vorhängen. Dann setzte er sich wieder an den Tisch und starrte Sembritzki an.

«Wer noch? Wer hat es ausser dem STB auf Sie abgesehen?»

«Die Amerikaner!»

«Was?» Havaš' Mund blieb erstaunt offen. «Die Amis wollen Sie killen? Das glaube ich Ihnen nicht!»

Sollte Sembritzki ihm alles erzählen? Seinen Verdacht? Aber mindestens einen Teil dessen, was er wusste und vermutete, musste er Havaš mitteilen, wenn er ihn überzeugen wollte.

«Aus irgendeinem Grund haben Ihre Leute …»

«Es sind nicht meine Leute, Sembritzki!», unterbrach ihn Havaš brüsk.

War das so gemeint, wie es gesagt wurde? Es würde Sembritzkis Aufgabe erleichtern. Er nahm den Faden wieder auf.

«Aus irgendeinem Grund, den ich hier nicht aufrollen möchte, haben der STB und der BND zusammengespannt.»

«Der STB und der BND! Sie sprachen von den Amerikanern!»

«Warten Sie. Das kommt noch. Ich weiss, dass der STB über meine Mission hier in Böhmen genau Bescheid wusste.»

«Auch der STB hat seine Spione im Westen. Oder glauben Sie, die Zentrale in Pullach ist sauber?»

«Eben, das ist es. Der STB muss aus irgendeiner Quelle vom BND erfahren haben, dass ich in Böhmen einen bestimmten Auftrag zu erledigen habe.»

«Was für einen Auftrag?», fragte Havaš gleichmütig.

«Das gehört wohl nicht zu unserem Geschäft, Miroslav!»

«Wir werden sehen. Fahren Sie fort!»

Havaš schenkte die Gläser voll und prostete dann Sembritzki zu.

«Na zdraví», sagte Sembritzki einmal mehr und trank sein Glas in einem Zug leer. Havaš füllte es von Neuem und zündete sich dann eine Zigarette an.

«Es gibt Hinweise, dass der STB genau wusste, warum ich hergekommen bin. Und diese Hinweise konnten nur aus dem BND stammen.»

«O. K. Sembritzki. Was aber ist mit den Amerikanern?»

«Die Amerikaner wollen von mir Informationen!»

«Welcher Art?»

«Ungefähr dieselben, die man im BND von mir erwartet.»

«Man hat Kontakt mit Ihnen aufgenommen?»

Sembritzki nickte und griff nach dem Käse, den Havaš ihm hingeschoben hatte.

«Drohungen?»

Sembritzki nickte wieder.

«Haben Sie Hinweise dafür, dass diese Drohungen ernst zu nehmen sind?»

«Ein CIA-Killer ist in Prag aufgetaucht.»

«Woher wissen Sie ...»

«Meine Sache, Havaš!»

Er durfte Havaš nicht mehr sagen als unbedingt nötig.

«Und der BND? Ist der in diesem Mordkommando auch vertreten?»

«Dafür habe ich keine Hinweise. Aber das ist auch gar nicht nötig. Der BND kann damit rechnen, dass mich der STB nicht aus dem Land lässt.»

«Warum wollen Ihre Leute Sie hochgehen lassen, Sembritzki?»

«Kein Kommentar!»

Sembritzki brach sich eine Ecke vom harten Brot ab und spülte es mit dem Wein vom Plattensee hinunter. Havaš war aufgestanden. Mit grossen Schritten ging er im Raum auf und ab. Auf der Gasse hörte man die klappernden Absätze einer Frau. Die Türe ging auf, und Marika, mit feuerrotem Pullover und schwarzem Rock, stand vor ihnen, lächelnd, herausfordernd. Sie wippte in den Hüften und streckte ihr rechtes Bein herausfordernd vor.

«Hinaus!», brüllte Havaš. «Hau ab, Schlampe!» Er stürzte sich auf sie, fasste sie an der Schulter und schüttelte sie wild hin und her. Dann plötzlich fiel sein Zorn von ihm ab wie ein zu grosser Mantel. «Promiň, Marika!» Er küsste sie auf die Stirn und schob sie dann durch die Türe hinaus auf die Strasse.

Sembritzki hatte die Szene zuerst verwundert, dann erschreckt verfolgt. Dieser brüske Stimmungswechsel, das Hin und Her zwischen unbeherrschtem Zorn und Zärtlichkeit irritierte ihn. Aber als dann Havaš an den Tisch zurückkehrte und sich sein Glas von Neuem vollschenkte, sah er, dass nicht eine Spur von Zärtlichkeit in seinen Augen schwamm.

Havaš hatte sich wieder in der Hand. Er wollte Marika keinen Anlass liefern, irgendwo jemandem etwas zuzutragen, was seinen Plänen hinderlich sein könnte. Havaš war ein Rechner. Und ein gnadenloser Killer. Malone würde einen vollwertigen Gegner haben, wenn Havaš Sembritzkis Angebot annahm.

«Sorry, Sembritzki. War nicht so gemeint.»

Sembritzki wusste, dass es wohl so gemeint gewesen war. Doch er schwieg.

«Wenn ich Ihnen helfen soll, muss ich genau wissen, mit wem wir es zu tun haben.»

«Ich kann Ihnen nicht sagen, wen der STB auf mich ansetzt.»

Havaš machte eine wegwerfende Handbewegung.

«Der STB kümmert mich nicht, Konrad Sembritzki. Mich interessiert der Mann aus den Staaten.»

Sembritzki erzählte ihm, was er über Malone wusste. Havaš hörte aufmerksam zu.

«Ein Profi!» Das war sein ganzer Kommentar.

«Sie sind auch ein Profi, nehme ich an!» Sembritzki lächelte hoffnungsvoll.

«Woher wollen Sie das wissen, Konrad Sembritzki? Sie vergessen, dass ich nur einen Arm habe.» Er schaute verächtlich auf den leeren Ärmel an der linken Seite. «Etwas ist sicher, Sembritzki. Der STB wird Sie nicht killen. Die werden Sie ganz einfach als Spion entlarven und einbuchten.»

Der Gedanke an ein tschechisches Gefängnis liess Sembritzki zusammenzucken. Natürlich. Man würde ihn abservieren. Mehr brauchte es nicht. Damit war auch Römmel gedient, wenn er ihn wirklich loshaben wollte.

Havaš hatte sich jetzt wieder erhoben und schritt mit flatterndem Ärmel in der Küche auf und ab. Sembritzki trank sein Glas leer. Plötzlich blieb Havaš stehen und wandte sich brüsk seinem Gast zu. «Und was zahlen Sie?»

Sembritzki zuckte mit den Schultern. «Was fordern Sie?»

«Geld, natürlich. Zuerst einmal Geld!»

«Wie viel?»

«Tausend Dollar!» Er schaute Sembritzki lauernd an.

«Tausend Dollar. O.K., Mirek. Ein hoher Preis. Aber schliesslich geht es um mein Leben! Ist ein Scheck gut genug?»

Havaš nickte. «Ich habe Freunde, die ihn einlösen können.»

Sembritzki war erleichtert. Er stand auf und streckte Havaš die Hand hin. Aber Havaš griff nicht zu. Er trat einen Schritt zurück und lächelte Sembritzki zwinkernd an.

«Das wäre die Geldgeschichte, Sembritzki.»

Sembritzki setzte sich wieder. Was wollte der Mann denn noch?

«Ich verstehe Sie nicht!»

«Ich brauche auch eine Lebensversicherung, Sembritzki. Geld allein genügt nicht.»

Sembritzki griff mit zitternder Hand nach dem Glas und verschüttete etwas vom Wein, als er es zum Mund führte. Havaš hatte seine Nervosität bemerkt.

«Was wollen Sie, Havaš?»

Wollte er Informationen wie alle andern? Auch er?

«Nicht jetzt. Den Scheck jetzt. Den Rest nach geleisteter Arbeit. So ist es üblich unter Geschäftspartnern.»

«So ist es üblich, Havaš. Das ist richtig.« Sembritzki hatte sich jetzt wieder in der Gewalt. «Aber es ist auch üblich, dass der Preis genau festgelegt wird. Bei Vertragsabschluss!»

«Wollen Sie an die Grenze, Sembritzki? Oder wollen Sie ins saftige böhmische Gras beissen oder hinter tschechischen Mauern vermodern?»

Sembritzki wusste, dass er sich jetzt in Abhängigkeit von Havaš manövriert hatte. Natürlich konnte er einen Ausbruchsversuch auf eigene Faust versuchen, dann aber würde er zusätzlich noch Havaš, der schon zu viel wusste, auf dem Hals haben. Es war besser, Havaš als Freund, als gekauften Freund, als in der Rolle des Feindes zu wissen.

«Warum nennen Sie den Preis erst später?»

«Lassen Sie das meine Sache sein, Konrad Sembritzki.»

«Es ist unsere Sache, Miroslav Havaš!»

«Gibt es etwas, was mehr wert ist als das Leben? Der Preis kann gar nicht hoch genug angesetzt werden», sagte Havaš voller Zynismus.

«Was führen Sie im Schild?»

Aber Havaš antwortete auch diesmal auf Sembritzkis drängende Frage nicht. Er hatte die Gläser wieder vollgeschenkt und holte zu einem neuen Trinkspruch aus: «Auf das Gelingen der Aktion Eger!»

Sembritzki stellte erschrocken sein Glas, das er schon erhoben hatte, wieder auf den Tisch.

«Eger? Wie kommen Sie auf diesen Namen, Havaš?»

Havaš sah seinen Auftraggeber erstaunt an.

«Ein naheliegender Name, Sembritzki. Eger liegt in der Nähe der deutschen Grenze. Dort müssen wir einen Übergang finden!»

«Aber Eger ist befestigt, eine totale Grenze. Da ist doch eine Warschauer-Pakt-Garnison in der Nähe! Das weiss ich!» Wieder machte sich Wallensteins Schatten breit. Der Schatten des Verrats auch.

«Wann läuft die Sache?», fragte jetzt Havaš, ohne auf seinen Einwand einzugehen.

«Morgen oder übermorgen. Oder auch erst in drei Tagen. Es hängt davon ab ...» Sembritzki brach den Satz ab. Den Namen Saturn wollte er nicht fallenlassen.

«Wovon hängt es ab?», fragte Havaš gespannt.

«Auch ich habe meine Geheimnisse, Mirek. Wie nehme ich Kontakt mit Ihnen auf, wenn es so weit ist?»

«Sie rufen Marika an und melden sich unter dem Namen Farda zur Behandlung an. Lassen Sie sich von Marika die genaue Uhrzeit geben und halten Sie sich dann daran!»

«Wo treffen wir uns?»

«Auf der Ostseite des Loreto. Dort wird zurzeit gebaut. Und dort wird ein Laster stehen, grau mit einem roten Pfeil auf der rechten Türe.»

«Sie fahren einen Laster?», fragte Sembritzki zweifelnd und schaute auf den traurig hängenden Pulloverärmel.

«Ich habe jemanden, der den Laster fährt. Wir müssen so schnell wie möglich aus der Stadt, bevor die Sperren errichtet sind. Und dann in die Wälder. Und jemand muss dann den Wagen zurückfahren. Weitere Fragen?»

Sembritzki fühlte die Ironie in der Frage beinahe körperlich. Er durfte Havaš' Kompetenz nicht weiter infrage stellen. Auch wenn es sich hier um ein reines Geschäftsabkommen handelte, so musste sein Zusammenspiel mit Havaš doch reibungslos funktionieren, wenn er lebend über die Grenze kommen wollte.

«Keine weiteren Fragen», sagte jetzt Sembritzki wie im Verhör und unterschrieb beinahe feierlich den Scheck. Havaš nahm ihn wortlos entgegen und steckte ihn in die Gesässtasche seiner Hose.

«Das wärs wohl!»

Sembritzki erhob sich und schaute seinen Begleiter ruhig an. Havaš lächelte nicht. Er wartete ab, bis Sembritzki seinen Blick von ihm abwandte, und ging dann zur Tür.

«Auf bald, Konrad Sembritzki!»

Die schnelle Bewegung mit dem Zeigefinger auf Sembritzkis Brust, als ob er dort anklopfen wollte, war wohl die einzige Äusserung von Zuwendung. War es seine Unterschrift unter ein fragwürdiges Abkommen?

«Auf bald, Mirek!», antwortete Sembritzki. Aber seine Stimme klang unnatürlich, als ob sie einem andern gehörte.

Die Sonne war untergegangen. Noch einmal kroch Winterkälte aus den Ritzen, als Sembritzki, die Hände tief in den Taschen einer dunkelgrünen Lederjacke vergraben, über das Kopfsteinpflaster ging. Noch zwei Menschen hatte er zu treffen, bevor er einen Ausbruchsversuch wagte. Saturn und Eva.

«Das Spiel mit der Vergangenheit musste einmal enden.» Das war ein Satz, der ihn wie ein Leitmotiv immer wieder einholte. Und dann der andere: «Die Geschichte Böhmens ist eine Geschichte der Niederlagen. Jedes Mal hatte es mit einem gut gemeinten Aufstand begonnen. Es ist nicht vollbracht, soll auf unserem Kreuz stehen.»

Es war schon dunkel, als er nach vielen Umwegen endlich bei Eva ankam. Er fühlte, wie die Beklemmung in ihm hochstieg. Noch nie, seit er wieder in Prag war, hatte er sich so nach ihrer Nähe gesehnt wie gerade jetzt. Aber wenn er ehrlich war, musste er sich auch eingestehen, dass es seine Angst vor der Einsamkeit – vor der Einsamkeit eines möglichen Todes, vor der Einsamkeit im Sterben – war, die ihn mit aller Macht zu ihr zurücktrieb, und gleichzeitig war er sich auch der Absurdität dieses Bedürfnisses bewusst, denn auf der Flucht vor dem körperlichen Tod begab er sich in den scheinbaren Schutz einer sterbenden Liebe, und einen Augenblick lang fragte er sich, was denn schlimmer sei, eine sterbende Liebe oder der eigene Tod.

Eine Weile stand er wartend und lauschend vor ihrer Wohnungstür. Aber da war kein Wispern und Schlurfen. Da war nur Stille, die ihn von allen Seiten umfing. Sein rechter Arm hing wie Blei an seiner Seite, und er benötigte all seine Willenskraft, um ihn zu heben und dann seinen gekrümmten Finger gegen das gerippte Glas schnellen zu lassen. Aber nur einmal. Es kostete ihn zu viel Kraft.

Die Türe ging sofort auf. Hatte sie auf ihn gewartet? Sie stand im weinroten Pullover vor ihm, verletzlich und verletzt. Noch immer hatte sie den flackernden Blick des Verlierers, den er nach dem letzten wilden Kampf auf dem Küchenboden mit sich in die Nacht hinausgetragen hatte. Er war Sieger geblieben. Jetzt wusste er es. Und er hatte ihr und ihrer Liebe damals endgültig den Todesstoss versetzt.

«Böhmen, eine Geschichte der Niederlagen.»

Sie zog ihn schnell in den Flur und dann in die Küche, die diesmal aufgeräumt und freundlich wirkte. Es war niemand sonst in der Wohnung. Sie standen sich gegenüber, zwischen ihnen ein kahler Küchentisch. Und zwischen ihnen eine Reihe von Erniedrigungen, von Abwehr- und Rettungsversuchen und auch der Gedanke, dass es aus dieser Bindung kein Aussteigen mehr gab. Sie gehörten zusammen.

«Ich reise ab», murmelte er und wusste auch schon, wie verlogen diese Formulierung war. Eine Reise in Havaš' Gesellschaft war keine Reise.

«Wann?» Ihre Frage kam beinahe ohne Atem daher. Sie war einfach so hingehaucht, ohne Echo.

«Morgen oder übermorgen. Es kommt darauf an.»

Sie fragte ihn nicht, worauf es ankam. Doch jetzt streckte sie den Arm aus. Eine Weile hing er zitternd über dem Tisch, dann griff Sembritzki nach ihrer Hand und hielt sie fest. War das ein Versprechen? Wer aber versprach wem was?

«Du kommst nie wieder?»

Sembritzki schüttelte den Kopf.

«Das Netz hat sich zugezogen. Ich kann nicht mehr zurück, Eva. Nie mehr!»

Das galt in jeder Hinsicht, und sie wusste es.

«Und wenn ich käme ...?»

Sembritzki erschrak, und er wusste, dass sie sein Erschrecken bemerkt hatte.

«Keine Angst, Konrad. Ich komme nicht. Jetzt nicht mehr. Hättest du mich damals darum gebeten, wäre ich mit dir gegangen. Aber jetzt haben wir den richtigen Augenblick verpasst. Wir müssen mit unserer Erinnerung leben und mit der Aufgabe, die wir uns anstelle der Liebe vorgenommen haben.»

Er zog sie über den Tisch zu sich her. Und als er ihren Kopf an seinem Hals fühlte, merkte er, dass sie weinte. Da kniete er nun mit einem Bein auf dem Hocker und war froh, dass ihn der Schmerz im Bein, verursacht durch die unbequeme Stellung, davon abhielt, auf einer sentimentalen Welle davonzuschwimmen. Hatte sie es auch bemerkt? Jedenfalls löste sie sich von ihm, stützte sich mit beiden Händen auf dem Tisch ab und schaute ihn aus verschwommenen Augen prüfend an.

«Kommen wir zur Sache, Agent Sembritzki. Der geschäftliche Teil!»

Jetzt war es an ihm, verletzt zu sein. Ihre Distanzierungsversuche schmerzten ihn, obwohl er nicht wusste, ob es verletzte Liebe oder brüskierte Eitelkeit war. Er setzte sich und wartete ab. Sie war unterdessen zu der alten braunen Kommode in der Ecke gegangen und kam mit einem gelben Briefumschlag zurück.

«Hier sind die Informationen, die du in den Westen bringen sollst.»

«Holland?»

Sie nickte. «Die Adresse des Empfängers findest du im Umschlag.»

«Einfach so?», fragte er verwundert. «Und wenn ich die Unterlagen verlieren sollte?»

«Nein, nicht einfach so. Verschlüsselt natürlich.»

«Und wer hat den Schlüssel?»

«Die Empfänger in Holland.»

«Du traust mir nicht?»

Sie zuckte die Achseln. «Es geht nicht immer um dich, Konrad. Es geht darum, dass niemand anders als der Empfänger die Informationen entschlüsseln kann.»

«Und die Adresse?»

«Die lernst du jetzt auswendig!»

Sie klaubte einen rosa Zettel aus dem Umschlag und hielt ihn Sembritzki hin, Name und Anschrift sagten ihm nichts.

«Gut.» Er gab ihr den rosaroten Zettel mit zitternder Hand wie ein Billetdoux zurück. Damit war wohl alles gesagt. Aber noch nicht alles getan.

«Du weisst, was für uns von dir abhängt, Konrad!»

«Für euch? Ich dachte, für die ganze Welt?»

«Vielleicht für die ganze Welt.» Hatte sie resigniert? Glaubte sie schon nicht mehr an den Erfolg ihrer selbst gewählten Mission? Oder war ihr die Liebe wieder dazwischengekommen? Sembritzki fühlte, wie auch er ganz nahe daran war, alles fahren zu lassen. Alles aufzugeben, was er mit sich herumschleppte, Aufträge, Codes, Verstellungen. Aber auch hier hatte er seine Maske nicht abgelegt. Auch hier war es ihm nicht gelungen, den Code Evas zu knacken, und auch Eva war nicht bereit, sich zu öffnen. Was brauchte es denn noch? Welche Chiffre verschaffte ihm Zugang zu ihr, hinter ihre Maske?

Und dann war es Eva, die den Schlüssel gefunden hatte. Sie hob langsam die rechte Hand über den Tisch und spreizte den Daumen ab. Aber nicht wie früher. Sie bemühte sich nicht, den Winkel zwischen Daumen und Zeigefinger möglichst gross anwachsen zu lassen, sondern sie begnügte sich, ohne sich anzustrengen, mit einem Winkel von sechzig Grad. Sie gab sich geschlagen. Sie wollte geliebt werden, nicht ihre Durchschlagskraft unter Beweis stellen.

Und noch einmal liebte er sie wie früher. Noch einmal kam all das zurück, was sie verband, tauchten sie zusammen in dieselben Bilder ein und vergingen in denselben Lauten und Seufzern. Dann war auch das getan. Sie lagen beide in Evas Bett auf dem Rücken, in zartblauen Leinentüchern, und starrten zur Decke, auf der grosse gelbe Wasserflecken eine bizarre Landkarte bildeten.

«Wie kommst du über die Grenze, Konrad?»

Sie hatte den magischen Zirkel wieder gesprengt, wollte zurück in eine Realität, die sie nicht mehr gemeinsam bewältigen würden.

«Ein Tscheche bringt mich rüber.»

«Zuverlässig?»

«Ich weiss es nicht, Eva», murmelte er und schaute starr zur Decke, verzweifelt bemüht, aus dem gelben Flecken bekannte Landstriche herauszulösen, ein Stück Heimat, den Umriss der Schweiz vielleicht oder den Deutschlands.

Eva drehte sich auf den Bauch und legte ihren Arm über seine Brust. «Gibt es keinen andern Mann?»

«Es gäbe einen. Aber der Funkkontakt mit München ist unterbrochen, Eva. Das andere Geschäft dagegen ist perfekt!»

«Willst du es nicht noch einmal versuchen, Konrad? Vielleicht ...»

Sie sprach den Satz nicht zu Ende. Wovor fürchtete sie sich?

«Jetzt? Hier?»

Sie nickte. Zum letzten Mal würde er es versuchen. Er rollte sich seitlich aus dem Bett und angelte nach seiner schwarzen weichen Tasche. Langsam und wie in Trance machte er sein Gerät funkbereit. Als er nackt am Fenster stand, als ihn ein kühler Wind von aussen her angriff und er vorsichtig den Draht über den Fensterladen in den Hinterhof hängen liess, hatte sie sich im Bett aufgesetzt, ein Schemen im verdunkelten Zimmer, ein verschwimmender Schatten in seinem abgelebten Leben. Er schaute auf die Uhr. Achtzehn Uhr. Noch fünf Minuten.

Draussen im Hof liess jemand einen Eimer fallen. Eva schrak zusammen, als er scheppernd über den Asphalt rollte und dann an einer Hausmauer zum Stillstand kam. Ein

Fensterladen wurde zugeklappt. Dann war es totenstill. Sembritzki hatte sich die Wolldecke über die Schultern gezogen. Sie warteten schweigend. Endlich katapultierte er seine Signale in den Äther: V – V – V!

Eva hatte sich nach vorn gebeugt. Und dann warteten sie auf die Antwort aus München. Beide hielten den Atem an. Beide hatten die Finger ineinander verflochten. V – V – V! Sembritzki wechselte die Frequenz und versuchte es noch einmal. Langsam schob Eva ihre Hand in seine, die beschwörend über der Morsetaste zitterte.

«Nichts, Eva. München antwortet nicht mehr. München ist tot. Von daher habe ich keine Hilfe mehr zu erwarten.»

Er lehnte sich zurück gegen die Bettkante. Havaš war jetzt seine letzte Hoffnung. Langsam erhob er sich, holte das Kabel ein, versorgte alles in der schwarzen Tasche und zog sich dann langsam an, ein Kleidungsstück nach dem andern, so, als ob er sich für eine Hinrichtung vorbereitete.

«V wie ‹Verlass mich nicht›!», sagte jetzt Eva beschwörend.

«Die Signale kommen nicht mehr an, Eva. Es ist vorbei. V wie vorbei!» Er lächelte matt. Er ging quer durch den Raum und setzte sich in einen zerschlissenen hellblauen Sessel neben dem Fenster. Noch immer hatten sie kein Licht angezündet.

«Wir sind allein, Eva!»

«Nein, Konrad. Ich bin nicht allein. ‹Im Osten wie im Westen gilt – Atomkraft killt!›»

Sembritzki lachte spöttisch: «Overkill! Woher hast du diesen albernen Spruch? Glaubst du an solche Worte als völkerverbindenden Slogan?»

«Kein Slogan, Konrad. Bei euch in Deutschland gibt es die Linken, Gewerkschaftler, Kriegsdienstgegner, Naziverfolgte. Es gibt die Kirche, es gibt die Alternativen. Du weisst, wie alt die Friedensbewegung ist.»

«Eine sehr erfolgreiche Bewegung», murmelte er. «Es hat sie schon im Ersten Weltkrieg gegeben.»

«In Böhmen gab es sie schon früher, Konrad. 1781 gab es ein Toleranzpatent zwischen Maria Theresia und der katholischen Kirche.»

«Eva, in Deutschland sind siebentausend Atomwaffen stationiert. Und wenn es nach den Amerikanern geht, kommen noch einmal mindestens hundert dazu. Moderne Raketen. Pershing 2. Und dann die Cruise-Missiles. Noch einmal gegen hundert Stück.»

«Das ist es ja, Konrad. Diese Angst vor der Nachrüstung hat die letzten Zweifler aufgeschreckt. Wir haben nur dann eine Überlebenschance, wir und die, die nach uns kommen, wenn man diesen Rüstungswettlauf bremst!»

«Ihr wollt euch mit Pfeil und Bogen verteidigen? Mit Steinschleudern?» Sembritzki lachte, aber der Spott wollte sich nicht in diese rauen Laute hineinschleichen. Eher war es Verzweiflung.

«Wenn wir den Frieden nicht von den Politikern erwarten können, müssen wir ihn eben aus dem Volk heraus erzwingen.»

«Wir? Wer ist denn wir? Alle, mit denen ich in diesen Tagen gesprochen habe, haben sich in der Mehrzahl ausgedrückt. In wessen Namen sprichst denn du?»

«Im Namen aller, die den Frieden wollen, Konrad.»

Zwar sagte sie es ganz leise und ohne jedes Pathos. Aber er glaubte trotzdem, falsche Töne herauszuhören. Oder war es ganz einfach der Zweifel, der in ihrer Stimme mitschwang?

«Die Geschichte der Friedensbewegung ist eine Geschichte der Niederlagen. Nicht nur in Böhmen, Eva!»

«Diesmal unterschätzt du die Kraft der Bewegung, Konrad. Das ist keine Modeerscheinung, das ist ein Bewusstseinswandel!»

«Man wird auch diesen Bewusstseinswandel zu ersticken wissen, Eva. Die Argumente sind auf der Seite der Militärs und der Rüstungsindustrie. Es gibt keine einseitige Abrüstung.»

«Eben! Darum haben wir mit westlichen Bewegungen Kontakt aufgenommen. Wir tauschen unsere Informationen aus. Nur so können wir die Politiker zwingen, abzurüsten. Auf beiden Seiten!»

Sembritzki zog seine Lederjacke an.

«Auf wessen Seite stehst du, Konrad Sembritzki? Auf der Seite der Politiker oder auf der Seite der Opfer oder des Rechts?»

Einen Augenblick lang zögerte er die Antwort hinaus.

«Ich weiss es nicht, Eva. Ich weiss nur, dass ich nicht zu den Opfern gehören will.»

Aber als er das sagte, wusste er schon, wie absurd seine Antwort war. Wie auch immer man es drehte und wendete: Immer gehörte er zu den Opfern. Opfer der Politiker und Opfer jener, die sich gegen die Entscheidungen der Politiker wehrten. Unter wessen Fahne marschierte sich besser?

Langsam ging er auf das Bett zu, beugte sich noch einmal zu Eva hinunter und küsste sie leicht auf die Stirn. Sie liess es ohne Reaktion mit sich geschehen.

«Na shledanou», murmelte er.

«Auf Wiedersehen?» Sie lachte ein tonloses Lachen. «Mnoho štěstí, Konrad Sembritzki!» Und dann sagte sie es noch einmal auf Deutsch: «Viel Glück, Konrad Sembritzki!»

Als er schon unter der Türe stand und sich noch einmal nach ihren verschwommenen Umrissen auf dem Bett umwandte, zeigte er auf die schwarze Tasche mit dem Funkgerät, die er neben dem Bett am Boden zurückgelassen hatte. Es war so etwas wie ein letztes Band, das sie zusammenhielt, eine trügerische Hoffnung, dass sich ihre Gedanken im Äther noch einmal finden würden.

«V wie ‹Verlass mich nicht›», flüsterte sie noch einmal.

Sembritzki schloss leise die Tür und kehrte in sein Hotel zurück.

Wieder sass er wie am Tag seiner Ankunft im grossen Esssaal zu Füssen der braunen, nackten Frauenfigur, die sich emporzuschwingen versuchte. Wieder half der Stehgeiger mit den Augenbrauen den durchhängenden Tönen nach, beschwor er Wien und die ungarische Puszta herauf und liess die kauenden Zuschauer mit vollem Magen sogar in den Fluten von Smetanas Moldau davonschwimmen. Und wieder strahlte ihn Thornball an, winkte ihm aufgeräumt zu. Ein letzter Akt der Freundschaft, bis der Vorhang endgültig riss.

«Bereit zum Aufbruch?» Thornball liess sich krachend auf den Kunstledersessel fallen. Was wusste Thornball alias Hawk? Hatte ihn Malone über alle Schritte Sembritzkis informiert?

«Bereit, schlafen zu gehen, Mr. Thornball.»

Sembritzki betonte den Namen mehr als sonst, und der Amerikaner schaute ihn auch einen Augenblick lang irritiert an.

«Und?»

Thornball erwartete eine Antwort, eine Antwort, die für Sembritzki über Leben und Tod entscheiden konnte. Nur für ihn allein?

«Streichen Sie mich von Ihrer Wunschliste, Mr. Thornball.»

Thornball schaute ihn ungläubig an.

«Sie sind also ein Selbstmörder?»

«Ich wäre ein Selbstmörder, wenn ich es zulassen würde, dass nur wegen einer gezielten Falschinformation amerikanische Raketen in Überzahl aufgestellt würden.»

«Es ist an der Zeit, dass der Westen endlich ein Gegengewicht zu den sowjetischen Raketen schafft. Auch wir müssen die russischen Städte auslöschen können!» Thornball stampfte wie ein kleines Kind mit dem rechten Fuss auf den Boden.

«Seit einem Vierteljahrhundert liegt die Bundesrepublik vor den sowjetischen Abschussrampen!»

«Eben!»

«Nicht aufrüsten, Mr. Thornball. Abrüsten! Die Sowjets sollen ihre Raketen zurückziehen.»

«Die Abrüstung ist ein Mythos», belferte Thornball.

«Sie wollen Ihr Atomspiel auf Kosten Deutschlands spielen?» Interpretierte er jetzt mit einem Male Stachows Programm? Stachows Überzeugung? Irgendwie fühlte er sich programmiert, als ob das, was er jetzt sagte, gar nicht aus seinem Innersten herauswüchse. «Ein einseitiges Spiel, lieber Thornball. Die Stationierung der Pershings und der Cruise-Missiles dient den Interessen der USA und jenen Frankreichs. Erstens verdient ihr euch dort drüben eine schöne Stange Geld damit. Und zweitens macht ihr so die Bundesrepublik Deutschland zum Schlachtfeld. ‹Du heiliger Sankt Florian ...›»

«Deutschland, die Bundesrepublik, ist nun einmal strategisch gesehen das geeignete Territorium für die Stationierung von Raketen mit kurzer Vorwarnzeit.»

«Keine Abrüstungsbereitschaft mehr, Thornball?»

Thornball schüttelte verbissen den Kopf. «Der Punkt ist überschritten. Die Sache ist ausgereizt. Bluff genügt jetzt nicht mehr. Jetzt müssen die Karten auf den Tisch. Und jetzt muss man zeigen, wer die stärkere Hand hat!»

«Sie rechnen nicht mit dem Widerstand der Friedensbewegung?»

Sembritzki kam sich wie ein fahrender Händler vor, der mit dem hausierte, was er mit sich herumtrug.

«Friedensbewegung!» Thornball machte eine wegwerfende Handbewegung. «Wenn man diese Spinner vor Tatsachen stellt, stürzen ihre Argumente wie Kartenhäuser zusammen. Die breite Öffentlichkeit steht nicht hinter diesen Fantasten! Also, Sembritzki, liefern Sie uns nun die Informationen, die wir von Ihnen erwarten?»

Sembritzki stand auf.

«Ich bin nicht Deutschlands Totengräber!»

Jetzt hatte sich auch Thornball aus der Tiefe seines Sessels erhoben. Er war um einen Kopf grösser und schaute auf Sembritzki wie der Vater auf seinen Sohn herab: «So werden Sie zum Totengräber des gesamten Westens! Deutschlands Interessen lassen sich von jenen des gesamten Westens nicht mehr trennen!»

«Gerade das glaube ich nicht, Thornball. Weil ihr uns damals aus dem Dreck gezogen habt, könnt ihr nicht auf unsere ewige Gefolgschaft zählen. Wir wollen nicht noch einmal in denselben Dreck hinein. Alles kann doch nicht umsonst gewesen sein!»

Wieder hatte er Stachow zitiert. Und wieder kam er sich als Nachgeborener vor, als Secondhand-Händler von Überzeugungen, die nicht aus seinem Innern hervorgewachsen waren. Hatte er denn überhaupt noch eine Beziehung zu jenem Land, in dem er aufgewachsen war, und in das die sogenannten Befreier ihre Plastik- und Colakultur hineingetragen hatten?

«Ihr letztes Wort, Sembritzki?»

Was blieb ihm anderes übrig, als die Rolle bis zum bitteren Ende zu spielen. Wie hatte es Venus doch formuliert: «Man kann eine Rolle nicht nur spielen, man kann sie auch leben. Auf die Gefahr hin, dass man an ihr zerbricht!»

«Mein letztes Wort, Thornball!»

Thornballs Gesicht lief rot an. Seine Augen waren nur noch Schlitze, und langsam lief eine dünne Schweissspur über seine rechte Schläfe. Jetzt hob er mit einem höhnischen Grinsen feierlich den rechten Arm und deutete eine segnende Bewegung an. Dann wandte er sich mit glucksendem Lachen ab und stapfte zur Bar hinüber.

Als Sembritzki zum Lift ging, kreuzte er den Weg eines jungen Kellners, der ihm im Vorbeigehen zuflüsterte: «Saturn ist zurück. Morgen Vormittag!»

Sembritzki blieb erstaunt stehen und schaute dem jungen Mann nach. Saturn war zurück! Die Zeit zum Aufbruch war gekommen. Thornball würde seine Hunde jetzt von der Kette lassen. Und alle andern.

In dieser Nacht schlief er in den Kleidern. Die Pistole lag in Griffnähe. Nur den Koffer hatte er absichtlich nicht gepackt. Alles, was er benötigen würde, hatte er in seiner Lederjacke mit den vielen Taschen verstaut, zum Teil sogar eingenäht. Am Fenstergriff hatte er einen Faden befestigt, den er am andern Ende um einen Löffel wandte, der seinerseits wieder im Zahnputzglas steckte. Die Türe hatte er mit Stühlen blockiert. Trotz all dieser Vorsichtsmassnahmen und der relativen Gewissheit, dass in dieser Nacht noch nichts geschehen würde, fand er kaum Schlaf und war froh, als sich endlich der Morgen durch die Vorhangritzen schlich. Er nahm ein Bad. Er rasierte sich lange, starrte in den Spiegel, um sich vielleicht ein letztes Mal von Angesicht zu

Angesicht zu sehen, und ging dann betont langsam in den Frühstückssaal hinunter. Er ass viel. Eier, Speck, Wurst. Er trank Orangensaft und drei Tassen Kaffee. Dann steckte er sich einen Zigarillo zwischen die Zähne und zündete ihn – zum ersten Mal seit Jahren wieder – an. Aber er nahm nur drei tiefe Züge. Dann drückte er den glühenden Stängel im Aschenbecher aus und verliess das Hotel. In der Telefonkabine in der Lucerna-Passage rief er Marika an. «Farda», murmelte er, als Marika den Hörer abnahm. «Chtěl bych se přihlásit» las er von einem Zettel ab. «Ich möchte mich anmelden.»

Marika unterdrückte nur mühsam ein Kichern.

«Vaše příjmení?», fragte sie.

«Farda», antwortete er.

«Vaše křestní jméno?», bohrte sie weiter. Das war boshaft.

«Antonin», gab er zurück. Dieser Vorname war ihm gerade so eingefallen.

«Přesně v dvanact», sagte sie jetzt.

Um zwölf Uhr also! Wenn er es bis dahin nur geschafft hatte! «Na shledanou!»

Sie hängte auf. Als Sembritzki die Telefonzelle verliess, sah er im spiegelnden Glas die Umrisse des CIA-Mannes, der, den Rücken Sembritzki zugekehrt, in das Schaufenster eines Reisebüros starrte. Als Sembritzki dann auf der andern Seite der Passage wieder in den nebligen Morgen hinaustrat, fühlte er, wie ihm die Kälte über den Rücken kroch, und er hatte Mühe, unbefangen weiterzugehen. Malone würde sich so leicht nicht abschütteln lassen!

Im Carolinum bereitete man sich für den letzten Konferenztag vor. Alles gab sich locker. Es wurde gelacht, gescherzt, und es wurden Adressen ausgetauscht. Nur für Sembritzkis Anschrift interessierte sich keiner. Er hatte nicht wirklich dazugehört. Er war gekommen und gegangen, hatte kaum jemals mit jemandem ein mehr als oberflächliches Gespräch geführt. Frau Breitwieser war da, auch Thornball. Sembritzki setzte sich auf einen Platz ganz aussen an der Reihe. Auch Frau Breitwieser hatte einen Randplatz gewählt. Thornball dagegen thronte in der Mitte. Er hatte es ja auch gar nicht nötig. Er hatte Malone, den Killer von Fort Bragg.

Sembritzki wartete, bis der Redner vorn eine kleine Diskussionspause einschaltete. Dann schlich er sich aus dem Saal, in der Hoffnung, dass ihm seine pseudoösterreichische Beschatterin genügend Vorsprung lassen würde. Er hastete über die graue Treppe hinunter, vorbei an der Leninbüste, und bog dann, anstatt das Hauptportal zu benützen, nach rechts ab, ging an Studentinnen und Studenten vorbei, die den ihrem Alter entwachsenen Kommilitonen eher belustigt betrachteten, und gewann endlich nach einem Orientierungslauf durch Korridore und Türen das Freie. Er schaute sich um. Da, wo er jetzt stand, schien man keine Wache aufgezogen zu haben. Er tauchte von Neuem in das Gewirr der Altstädter Gassen und Gässchen ein, und dann endlich in die Semiarska. Auf dem Fenstersims im ersten Stockwerk stand eine grüne, halb verwelkte Topfpflanze. Sembritzki sah die Rosette aus Stein an der Mauer. Er glaubte, das Trillern eines Kanarienvogels zu hören. Aber weit und breit war kein Mensch zu sehen. Schnell schob er die Türe auf, die aus lose zusammengenagelten Brettern bestand, und betrat einen niedrigen Hausflur, wo an den Wänden die gelbe Farbe abblätterte und grosse feuchte Flecken sichtbar wurden. Die Treppenstufen waren beinahe durchgelaufen; schmutziggelbes Holz bildete eine eigenartige Spur, der Sembritzki folgte, bis er auf dem zweiten Treppenabsatz vor einer niedrigen Tür aus weiss gestrichenem Pavatex stand. Er klopfte, aber so vorsichtig, dass es wohl niemand hören konnte. Er hatte Angst, weil er wusste, dass der Kontakt mit Saturn sein Todesurteil bedeutete. Er klopfte noch einmal. Dann hörte er, begleitet von einem eruptiven Hustenanfall, eine Stimme: «Herein, Konrad Sembritzki!»

Er stiess die Türe auf und trat in einen düsteren Korridor, der überall mit Möbeln verstellt war. Tische, auf denen Geschirr aufgetürmt war, zerschlissene Sessel, aus denen Sprungfedern den Weg hinausgefunden hatten, und überall, über Stuhllehnen, Tischkanten, Schranktüren und auf Tablaren hingen und lagen farbige Krawatten, rote, gelbe, grüne, blaue, schwarze mit und ohne Muster, ja sogar hinter den Rahmen der Bilder an der Wand wuchsen sie hervor und bildeten in dieser chaotischen Umgebung exotische Ornamente. Mühsam bahnte sich Sembritzki einen Weg durch diesen Dschungel.

«Hier bin ich!», hörte er jetzt wieder die Stimme Saturns. Und wieder folgte eine Kaskade von bellenden Hustengeräuschen. Am Ende des Korridors stand eine Türe halb offen, und als Sembritzki sie ganz aufstiess, sah er ihn endlich.

Saturn lag auf einem blau-rot gestreiften Liegestuhl inmitten eines sonst völlig kahlen Raumes. Auf einer Kiste neben ihm stand eine beinahe abgebrannte Kerze, lag ein beinahe leeres zerknautschtes Zigarettenpaket und standen drei Bierflaschen. An einem Haken an der Decke hing ein Käfig mit einem Kanarienvogel.

Sembritzki erschrak, als er den Mann sah. Die fiebrig glänzenden Augen blickten ihn aus tiefschwarzen Höhlen an. Seine Lippen waren aufgerissen, blutig gebissen. Und wie Pergament knitterte die Haut über den Schädelknochen. Aber er trug keinen Bart und machte einen gepflegten Eindruck. Sembritzki erinnerte sich an die Arbeit der Leichenwäscher, die auch seine Mutter noch einmal aus ihrem verschrumpelten Mumiendasein zu beinahe glühendem Leben im Tod zurückpräpariert hatten. Und auch Saturn hatte bereits dieses unnatürliche, dieses übernatürliche Aussehen. Er trug eine silberne Krawatte, ein schwarzes Jackett, und nur die graue Flanellhose war an den Knien ausgebeult.

«Setz dich!» Er tastete mit der linken Hand nach der Kiste. «Lass dich noch einmal ansehen, Konrad Sembritzki.»

Wie wenig hätte gefehlt, und Sembritzki wäre vor diesem sterbenden Mann auf die Knie gesunken. Es war nicht Ehrfurcht, die ihn gepackt hatte. Es war vielleicht die unendliche Erleichterung, nicht mehr allein zu sein, so etwas wie einen Freund um sich zu wissen, selbst wenn es nur ein sterbender Freund war. Und da kam noch ein anderes Gefühl in ihm hoch, das nie mehr in ihm vibriert hatte: das Gefühl, das ein Sohn einem lange vermissten Vater gegenüber empfindet.

Langsam schwammen Saturns Augen in seine Richtung, als Sembritzki jetzt auf der abgeräumten Kiste sass und fühlte, wie sich die Späne in seine Haut drängten.

«Jan!», flüsterte er und griff nach der welken Hand des Kranken.

«Letzter Akt!», lächelte Saturn.

«Ich weiss», nickte Sembritzki.

Aber Saturn schüttelte den Kopf. «Nicht dein letzter Akt, mein Lieber. Nur *mein* Exitus steht bevor.»

Wieder schüttelte ein Hustenanfall seinen Körper, der ihn nach vorne schnellen liess und dann in immer neuen Zuckungen das Leben aus ihm herauspresste. Der Kanarienvogel trillerte.

«Hast du deine Flucht vorbereitet?»

Sembritzki nickte.

«Wer? Havaš?»

Sembritzki zuckte zusammen. «Woher weisst du es?»

Ein Anflug von erlöschendem Stolz huschte über Saturns eingefallene Züge. «Ich weiss noch mehr, Konrad Sembritzki. Havaš ist gut. Eine perfekte Eskorte.»

«Ich werde sie brauchen können. Da ist der STB und auch ein CIA-Mann!»

«Den STB brauchst du nicht zu fürchten! Du wirst dich durchmogeln. Der CIA-Mann ist gefährlich!»

Woher das Saturn wusste, war Sembritzki schleierhaft. Auch er schien wie Nara über eine geheime Informationsquelle zu verfügen, die Sembritzki verborgen war.

«Zur Sache, Konrad. Wir haben wenig Zeit.»

«Hast du Informationen über Truppenbewegungen im Land oder die Montage neuer Raketenstellungen?»

«Nichts Neues, Konrad. Das Übliche.»

«Bist du ganz sicher?»

Ein verschmitztes Lächeln erschien auf den zerfasernden Lippen.

«Ich bin ganz sicher!

«Jan, du bist krank. Schwer krank. Woher ...?»

«Später», wehrte Saturn ab. «Das kommt später. Vorerst musst du mir einfach einmal glauben, was ich dir sage. Ein Bier!» Er zeigte zur Tür. «Im Kühlschrank!»

Als Sembritzki sich draussen im Korridor umschaute, sah er denn auch den Kühlschrank, von dem beinahe alle Farbe abgeblättert war, halb zugedeckt von einem gehäkelten Tischtuch. Mit drei Flaschen Pils kehrte er zu Saturn zurück, den unterdessen ein neuer Hustenanfall geschüttelt hatte. Sie liessen die Flaschen aneinanderprallen, tranken ein paar Schlucke und rückten dann wieder zusammen.

«Es tut sich nichts Neues hier, Konrad. Die Sowjets haben Angst vor einer westlichen Überreaktion.»

«Aber darüber wissen die NATO-Leute doch Bescheid!»

«Natürlich wissen sie Bescheid. Satelliten genügen doch.»

«Satelliten genügen nicht in jedem Fall. Für irgendetwas hat man mich doch hierher geschickt!»

«Satelliten genügen nicht in jedem Fall. Das stimmt. Sie genügen für Raketenstellungen. Sie genügen bei Manövern. Sie genügen nicht, wenn neue Waffen im Spiel sind.»

«Sind neue Waffen im Spiel, Jan?» Sembritzki erschrak. Hatte Thornball doch recht? Und war es jetzt noch Zeit, sich mit ihm zu einigen?

«Die Sowjets haben den Prototyp eines Marschflugkörpers entwickelt, der von mobilen Abschussrampen aus den am westlichsten gelegenen Warschauer-Pakt-Ländern aus Westeuropa erreichen könnte! 3050 Kilometer Reichweite!»

«Bist du ganz sicher, Jan?»

«Ganz sicher bin ich nicht. Aber gewisse Informationen deuten darauf hin. Ein Gegengewicht zu den Cruise-Missiles.»

«Weiter?»

«Neue Lager von C-Waffen sind geplant.»

«In der ČSSR?»

«Unter anderem.»

«Und all das in nächster Zeit?»

«Es hängt von der Reaktion des Westens ab.»

Saturn schüttete Bier in sich hinein. Der Schaum klebte an seinen Lippen, aber er war zu erschöpft, um ihn wegzuwischen.

«Was geschieht, wenn die NATO mit den Pershing 2 auffährt?»

«Ich bin kein Militär und kein politischer Kopf, Konrad.

Aber mein gesunder Menschenverstand sagt mir, dass dann die Sowjets nachziehen werden.»

Jetzt schwiegen beide. Sembritzki fragte sich, warum Saturn, dieser kranke, immobile Mann, so gut informiert war. Er hatte die Frage schon einmal gestellt. Er würde sie später noch einmal stellen. Aber jetzt war Saturn erschöpft. Mit geschlossenen Augen lag er da, seitlich abgedreht, um den Hustenattacken besser begegnen zu können.

Sembritzki war zum Fenster getreten und schaute auf die enge Strasse hinab, vom zerschlissenen Vorhang geschützt. Täuschte er sich, oder hatte er hinter der mit Brettern verbarrikadierten Türe im Haus gegenüber wirklich einen Schatten gesehen?

«Natürlich warten die auf dich, Konrad!»

Saturn hatte seinen Gang zum Fenster verfolgt.

«Die wissen über deine Tätigkeit Bescheid?»

Saturn lächelte müde.

«Ich habe es bis zuletzt verbergen können, Konrad. Aber als ich dann zurückverlangte, als ich denen sagte, ich wolle zu Hause sterben, haben sie Verdacht geschöpft.»

«Und warum haben sie dich gehen lassen?»

«Um sicherzugehen, dass ich der letzte Mann in deinem Netz bin.»

«Du bist der letzte Mann!»

Saturn lächelte wieder. Aber er schwieg.

«Wäre ich nicht zu dir gekommen, hätte ich dich nicht enttarnt.»

Aber Saturn wehrte mit einer müden Handbewegung ab. «Was gibt es bei einem Sterbenden noch zu enttarnen? Deshalb bin ich das Risiko eingegangen. Und deshalb habe ich versucht, mit dir Kontakt aufzunehmen.»

«Was können die aus dir herausholen, Jan?»

«Ein Leben, das schon unterwegs hinüber ist, mehr nicht.»

Wieder griff er mit unsicherer Hand nach der Flasche und führte sie zum Mund. Aber die Hand zitterte so sehr, dass Sembritzki nachhelfen musste und ihm endlich das Bier wie einem Säugling einflösste.

«Ich sitze in der Falle?»

«Vielleicht, Konrad. Du bist ein guter Mann. Du hast eine Chance, herauszukommen. Und du hast Havaš!»

«Wenn ich es bis zu Havaš schaffe!»

«Sie werden dich erst dann packen wollen, wenn sie deine Fluchtabsichten merken. Und auch dann noch werden sie zuwarten, bis du aus dem Zentrum hinaus bist. Die Semiarska liegt zu nahe bei der Karlsbrücke. Zu viele Touristen, Konrad.»

Wieder ging Sembritzki zum Fenster und spähte hinaus. Jetzt sah er ganz deutlich hinter der geborstenen Scheibe im Nachbarhaus die weissen Umrisse eines Gesichts. Mit dem Rücken zum Zimmer sagte er: «Wie kommt es, dass der STB mich so ungehindert hat agieren lassen? Warum überhaupt haben die mich ins Land gelassen?»

Saturns keuchendes Lachen trieb ihn ins Zimmer zurück. «Das war doch ein Abkommen zwischen dem STB und deinen sauberen Freunden in Pullach.»

Sembritzki verstand nicht.

«Bist du denn so naiv, Konrad?»

Wie oft hatte er diese Frage schon gehört. Naivität gehörte zu seiner Tarnung, aber diesmal sah er wirklich nicht durch. «Der STB war froh, wenn dein altes Netz endlich ganz aufflog. Deshalb spannten sie mit deinem Auftraggeber in Pullach zusammen, dem genauso viel daran gelegen war, dich und deine Leute in der ČSSR aus den Verkehr zu ziehen.»

«Also ist Römmel doch ein Doppelagent?»

«Warum sollte er? Römmel ist Stachows Nachfolger. Du warst ein Mann Stachows. Er wollte dich und dein Netz unschädlich machen und neue Leute einschleusen.»

«Aber weshalb denn, Jan?»

«Hättest du das Stachow gefragt. Der Schlüssel liegt bei Stachow.»

«Stachow ist tot!»

«Finde seine Mörder, und du hast den Schlüssel in der Hand, Konrad.»

War jetzt alles gesagt?

«Römmel hat es geschafft, Jan. Das Netz ist tot, wenn du nicht mehr lebst. Merkur wurde aus dem Verkehr gezogen. Der Mond will nicht mehr, die Erde will nicht mehr, Venus will nicht mehr, Jupiter sitzt im Gefängnis. Römmel hat gesiegt. Und ich habe genau das getan, was er von mir wollte. Das Netz ist zerrissen. Im Sinne Römmels und im Sinne des STB. Das Abkommen hat Früchte getragen.»

Saturn schwieg.

«Es ist Zeit, Jan!»

Sembritzki sass auf der Kiste, den Kopf in die Hände gestützt. Alles war zu Ende. Und wenn er jetzt versuchte, trotz allem über die Grenze zu entkommen, mit Havaš' Hilfe, dann würde er wohl nichts anderes hinüberretten können als das klägliche Material, das Evas Friedensleute zusammengerafft hatten. Sembritzki, der BND-Agent, war schon jetzt zum Privatmann geworden, zum Touristen in Sachen Friedenssicherung. Aber ob dieses verschlüsselte Material da Garant genug war? Er stand auf.

«Setz dich, Konrad!»

Sembritzki war überrascht, wie kräftig Saturns Stimme plötzlich klang.

«Es war nicht umsonst, Konrad.»

Sembritzki schaute den Kranken an, der sich jetzt nach vorne gebeugt und Sembritzkis Hand ergriffen hatte.

«Leider verkrallst du dich nur immer in deine astrologischen Lehrbücher, lieber Konrad Sembritzki. Und darüber verlierst du die Astronomie aus den Augen. Du bist eben doch ein Mann von gestern.»

Er griff in seine obere Brusttasche und zog eine säuberlich zusammengefaltete Schweizer Zehnfrankennote heraus. «Schau! Das war dein Prinzip. Das Planetenbild des Leonard Euler. Aber auf diesem Stand bist du stehen geblieben. Für dich war und ist Saturn ein ferner Planet geblieben, geheimnisvoll, undurchschaubar, unerforschbar. Zwar weisst auch du, dass der Saturn Ringe hat, aber für dich waren sie nur eine Art dekoratives Element, ein Kennzeichen des Saturns. Etwas hast du vergessen: dass nach der neuesten Forschung der Saturn nicht all seine Energie von der Sonne bekommt. Die Sonne bist du, Konrad. Du hast uns in Trab gehalten, hast uns eingeheizt all die Jahre, in denen wir für dich arbeiteten.»

«War es denn nicht so?»

«Nicht in allen Fällen, Konrad. Jedenfalls nicht im Falle Saturn. Der Saturn – und Jupiter – beide erzeugen Eigenwärme.»

«Du und Jupiter?»

Saturn nickte. «Wir beide. Nur hat Jupiter sich verzettelt. Er hat Eigenwärme auf anderem Gebiet erzeugt. Er ist der Charta beigetreten. Und das hat ihn gefällt.»

«Und du, Jan?»

«Auch ich habe eigene Energie erzeugt.»

Sembritzki schwieg. Noch verstand er nicht alles, was Saturn sagte. Aber er fühlte, dass ihm hier etwas wie ein

Rettungsring zugeworfen wurde.

«Noch heute rätseln die Himmelsforscher über die Entstehungsgeschichte der Saturnringe, Konrad. Bereits hat man sechs davon entdeckt. Aber das ist noch nicht das Ende. Moderne Forscher nehmen an, dass diese Ringe die Reste eines alten Urnebels sind, aus dem sich auch Saturn spiralisierend zusammenballte. Das war die Stunde null.»

«Du sprichst in Bildern, Jan.»

Saturn lehnte sich erschöpft zurück. Seine Geschichte war erzählt, nur Sembritzki schien sie noch nicht ganz enträtselt zu haben.

«Konrad, dein mittelalterliches Weltbild verbaut dir die Sicht auf die Gegenwart! Ich sagte dir doch, Saturn entwickelt eigene Energien. Ich sagte dir doch, dass die Ringe des Saturns Teile des Urplaneten selbst sind.»

Saturns Stimme war jetzt ganz schwach geworden, und es gelang ihm nur unter letzter Kraftanstrengung, seine Sätze einigermassen verständlich zu artikulieren. Doch dann kehrte noch einmal Kraft in seinen abgeschlafften Körper zurück.

«Ich habe meine eigenen Satelliten geschaffen, Konrad. Die Ringe des Saturns. Ich habe mein eigenes Netz aufgebaut. Eigene Leute. Ein verzweigtes Netz über ganz Böhmen. Das ist mein Vermächtnis!»

Jetzt sank er wieder zurück und lag mit geschlossenen Augen da. Dann hob er langsam seine Arme in die Höhe und riss den rostroten Schweizer Zehnfrankenschein mit dem Planetenbild Leonard Eulers in kleine Streifen. Sembritzkis Himmel war geborsten, und seine Teile tanzten wie roter Schnee auf den Fussboden. Und wieder jubelte der gelbe Vogel im Käfig.

«Wer weiss, wie viele Ringe Saturn wirklich hat? Lass die

Forscher weiter rätseln, Konrad Sembritzki!»

Es war still im Zimmer. Saturns Brustkorb hob und senkte sich, und Sembritzki wartete darauf, dass die Haut platzen, in gewaltigen Blasen aufklaffen und eine einzig brodelnde rote Masse freigeben würde.

«Hier, Konrad!»

Saturn zog sich die silberne Krawatte vom Hals und hielt sie Sembritzki hin.

«Hier drin, eingenäht, ist mein ganzes Netz, nach unserem alten Code chiffriert. Da findest du die Namen, die Kontaktstellen. Bring es heil über die Grenze.»

Langsam zog Sembritzki die silberne Schlange aus Saturns Hand und band sie sich dann um den Hals. Zu sagen blieb jetzt nichts mehr.

«Geh über das Dach, Konrad. Da draussen ist eine Türe in der Decke, die auf den Boden führt. Dann findest du allein weiter!»

Sembritzki griff nach seiner Hand, aber sie liess sich nicht mehr greifen, sie hing leer und kraftlos auf der Seite herab.

«Leb wohl, Konrad Sembritzki.»

«Leb wohl», flüsterte Sembritzki, obwohl er wusste, wie unsinnig dieser Abschiedsgruss in Gegenwart eines Sterbenden war.

«Leb wohl, ganz richtig, Konrad Sembritzki. Alles ist schon gepackt. Mein ganzer Hausrat steht draussen bereit. Ich bin unsterblich, Konrad Sembritzki!»

Sembritzki zögerte. Noch stand er unter der Türe und schaute zu jenem Mann zurück, der ihm bis zum Schluss die Treue gehalten hatte. Aber aus welchen Gründen denn? Saturn, der Mann, der eigene Energien entwickelt hatte. Der Mann, der sich wahrscheinlich eine eigene Lebensphilosophie oder eine eigene Ideologie zurechtgelegt hatte. Einer, der nicht nur von Sembritzkis Aufträgen und jenem Geld, das er hierher transferierte, als Bezahlung für geleistete Dienste, lebte und gelebt hatte.

«Geh nur, Konrad», flüsterte Saturn, und der Kanarienvogel in seinem Käfig an der Decke jubilierte.

«Und wer kümmert sich um dich?»

«Die werden schon kommen, wenn du weg bist. Das heisst, am liebsten würden die dich schon hier bei mir pflücken. Aber du musst ihnen zuvorkommen, Konrad. Die erwarten dich beim Hauseingang. Geh!»

«Kein Arzt, Jan?»

«Die haben alles, was du willst, Konrad. Die haben auch einen Arzt, wenn es sein muss. Die haben Methode. Aber bei mir kommen die nicht mehr an. Da trete ich einfach weg. Für immer. Dich dürfen sie nicht erwischen. Geh jetzt. Geh!»

Sembritzki hob seine Hand und ging dann hinaus. Oben an der Decke sah er einen Haken und darum herum in Form eines langen Rechtecks den Umriss der Treppe, die auf den Boden führte. Er schaute sich um. In der Ecke lehnte ein Stab, der oben in einen eisernen Haken mündete. Sembritzki griff danach und steckte den Haken oben an der Decke in den andern Haken und zog dann langsam, bis oben eine bewegliche Leiter sichtbar wurde, die er nun ganz herabziehen konnte. Er klemmte sich den Stock unter den Arm und kletterte über die Leiter hinauf. Oben angekommen zog er die Leiter wieder ein und schaute sich dann um. Im Gegensatz zum Chaos in Saturns Wohnräumen war es hier blitzsauber. Zu sauber beinahe. Und bald merkte er auch, dass da jemand Ordnung gemacht hatte. Da waren Kisten abtransportiert und Drähte aus ihren Halterungen entfernt worden. Er befand sich jetzt in Saturns ehemaligem

Operationsraum. Aber wer auch immer hier Ordnung gemacht hatte, er hatte das gründlich getan. Keine Spuren waren zurückgeblieben. Täuschte er sich, oder hörte er jetzt unter sich Geräusche, ein Klopfen, dann wieder und endlich Stimmen? Er trat zur Dachluke und schaute hinaus.

Eine schwarze Katze hockte auf einem Dachvorsprung und fixierte ihn mit ihren bernsteinfarbenen Augen misstrauisch. Aus dem Schornstein kroch dünner blauer Rauch. Auf dem Dachfirst kippte ein schwarzes Amselmännchen seine Schwanzfedern auf und ab, von der Katze jetzt aufmerksam begutachtet. Ein Bild des Friedens. Sembritzki schwang sich hinaus aufs Dach und verscheuchte zuerst einmal die Amsel, die schimpfend entflog. Die Katze dagegen nahm sich Zeit. Sie machte einen Buckel, dass die Rückenhaare knisterten, und setzte sich dann mit einem Sprung in die Dachtraufe ab. Das war auch Sembritzkis Weg. Langsam liess er sich über das Dach hinuntergleiten, bis er mit den Füssen Halt fand. Wenn die Dachtraufe nur nicht durchgerostet war! Aber da waren ja noch immer diese eisernen Halterungen im Dach, an denen er sich festklammerte, während er vorsichtig einen Fuss vor den andern setzte. Endlich war er am Ende des Daches angekommen. Aber schon war da ein zweites Dach, dessen Traufe aber um etwa einen halben Meter höher lag als die von Saturns Haus. Sembritzki äugte hinab in den Hinterhof. Da war kein Mensch, da wurde nur alter Plunder gelagert, Autoreifen, rostige Fahrräder und löcherige Fässer. Er fand Halt auf einem Mauervorsprung und zog sich dann auf das Dach des benachbarten Hauses hinauf. Hier bot eine aus rohem Holz schnell zusammengenagelte Leiter Hilfe. Sie war wohl von einem Dachdecker vergessen worden und führte hinauf zum First des Hauses. Über den First hinweg versuchte er in die enge Gasse hinabzuschauen. Aber die Perspektive war ungünstig. Er konnte nur einen Ausschnitt erhaschen, ganz am unteren Ende der Semiarska, wo sie zur Karlsbrücke führte. Sembritzki konnte das Dach einer schwarzen Limousine sehen, die quer zur Strasse stand und sie scheinbar gegen die Brücke hin abriegelte. Er musste weiter und versuchen, auf der Gegenseite in eine Nebenstrasse hinabzugelangen. Mit den Händen am First hangelte er sich weiter vorwärts, kam auf ein nächstes Dach, dann auf eine Zinne, dann sogar in einen kleinen Dachgarten, auf dem ein Säugling in einem Korbwagen schlief, die beiden Fäustchen geballt.

Vom Dachgarten aus erreichte er das Flachdach einer kleinen Fabrik, gekrönt von einem kleinen Aufbau, durch den er ins Innere gelangen konnte. Vorsichtig stiess er die mennigerote Eisentür auf und horchte dann. Aber es blieb still. Nur von ferne hörte er ein Trillern, das von Saturns Kanarienvogel stammen konnte. War alles blockiert? Blieb kein Ausweg?

Er musste es versuchen. Langsam stieg er über eine steile Treppe hinab. Er gelangte in einen Lagerraum, wo alte Kabel in Türmen aufeinandergeschichtet waren. In der Ecke hinter einer grossen Holzspule entdeckte er eine Tür. Nur mit Mühe vermochte er den verrosteten Riegel zurückzuschieben. Doch warum war diese Türe von innen verriegelt? Gab es noch einen andern Ausgang hinter den aufgeschichteten Kabelrollen? Jedenfalls schien schon lange niemand mehr hier gewesen zu sein.

Die Treppe knarrte, als er hinunterschlich. Er horchte. Es blieb still, nur von draussen drangen ab und zu gedämpfte Geräusche von vorbeifahrenden Autos herein. Durch ein verrusstes Fenster konnte er jetzt hinausschauen. Er war nicht mehr auf der Seite der Semiarska. Das hatte er schon feststellen können, als er bei seiner Wanderung über die Dächer mehrmals die Richtung gewechselt hatte. Die Sonne schien jetzt von vorn auf die Fassade. Vorhin noch hatte alles im Schatten gelegen. Er musste sich weiter südlich befinden. Jetzt entdeckte er in der südwestlichen Ecke des Raumes, in dem er sich jetzt befand und in dem verrostete Maschinen mit riesengrossen Rädern unter einer dicken Russschicht vor sich hin dämmerten, eine eiserne Wendeltreppe. Langsam und vorsichtig, um keine unnötigen Geräusche zu verursachen, schlich er sich nach unten. Wieder gelangte er in eine Halle, wieder standen Maschinen herum, diesmal noch grössere, aber auch diese verrostet und ausser Betrieb. Linker Hand war ein Fabriktor, das sich auf Rollen, sofern diese nicht verrostet waren, aufschieben lassen sollte. Rechter Hand führte eine doppelflüglige Türe wahrscheinlich auf die Strasse. Am Kopfende der Halle war eine dritte Türe, die wahrscheinlich zu den Büroräumen führte. Sembritzki beschloss, durch das grosse Tor in den Hof hinaus und von dort aus weiter in eine Strasse zu gelangen, die möglichst weit von der Semiarska abgelegen war.

Wo war Malone? Sembritzki war überzeugt, dass er den STB-Leuten die Abriegelung der Semiarska überliess und sich überlegte, welchen Fluchtweg sein Opfer nehmen würde. Und dieser Fluchtweg über die Dächer war eine Möglichkeit, mit der Malone sicher rechnete. Sembritzki versuchte mit aller Kraft, das Tor aufzustossen. Aber es gelang ihm nicht. Entweder war es gänzlich verrostet oder abgeschlossen. Ihm blieb nur die Flucht durch die Büroräume. Als er einen letzten wütenden Blick in den Hof warf, sah er Malone. Er stand, eine Zigarette in der Hand, in eine blaue Lederjacke und eine blaue Hose gekleidet, im Schatten der gegenüberliegenden Mauer und schaute zum Tor hinüber.

Jetzt warf er die Zigarette weg, drückte sie mit dem Absatz seines halbhohen, silberbeschlagenen Cowboystiefels aus und griff mit der rechten Hand unter seine Jacke. Aber die Hand kam nicht zurück. Sie blieb dort, am Griff seiner Waffe. Malone würde hier nicht schiessen, auf jeden Fall nicht ohne Schalldämpfer. Und mit Schalldämpfer war die Distanz zu gross.

Leise zog sich Sembritzki zurück, öffnete die Tür zu den Büroräumen und suchte nach einem andern Ausweg. Vorn waren die STB-Leute, hinten lauerte Malone. Malone konnte ihn nicht verhaften. Malone musste ihn erschiessen. Aber das konnte er sich nur ausserhalb der Stadt oder in einer stillen Ecke erlauben. Auch Malone war ein Fremder in diesem Land.

Der STB dagegen konnte es sich nicht erlauben, ihn einfach so abzuschiessen. Sie mussten ihn verhaften, ohne viel Aufsehen zu erregen. Solange er unter Leuten war, war er sicher vor beiden. Sembritzki sah sich in dem mit gelbbraunen Büromöbeln verstellten Raum um. Wieder schaute er durch das Fenster. Er sah, wie Malone langsam, der Hausmauer entlang, zum grossen Tor vordrang. Sembritzki war im Vorteil. Er hätte schiessen können, aber dann hätte er sofort die Meute der STB-Leute auf dem Hals gehabt, die damit einen offiziellen Grund zur Festnahme gefunden hätten. Er ging durch eine Doppeltüre und fand sich in einem hellgrün gestrichenen steinernen Treppenhaus wieder, das einen strahlenden Gegensatz zu den trostlosen Fabrikräumen bildete. Aber auch hier war die Eingangstüre, die auf die Strasse hinausführte, verschlossen. Es blieb nur das Fenster. Vorsichtig öffnete Sembritzki einen Flügel und spähte hinaus. Die Strasse war leer. Und obwohl er im Augenblick die Orientierung verloren hatte, konnte er mithilfe des Son-

nenstandes ausmachen, wo sich die Moldau befand. Schnell
sprang er aus dem Fenster, das er sorgfältig hinter sich wieder schloss. Aus dem geöffneten Fenster im Haus gegenüber
hörte er Musik. Es war zehn Minuten nach zwölf. Er hatte
sich verspätet. Schnell wandte er sich nach rechts. Er hatte
sich nicht getäuscht. Die kleine Strasse, deren Namen er
nicht kannte, mündete in den Smetana-Quai. Dort war er
wieder unter Leuten. Ein Taxi würde er sich nicht ergattern
können. Prag war nicht Paris und nicht London. Er musste
sich mitten unter die Touristen mischen und mit dieser Prozession hinauf zum Hradschin ziehen. Noch ein paar
Schritte, und er hatte es geschafft.

Er wagte sich nicht umzusehen, aus Angst, Malone könnte über seinen linken aufgestützten Unterarm hinweg auf
ihn anlegen. Aber nichts geschah. Er hatte die Hauptstrasse
erreicht und rettete sich mit ein paar Sprüngen in den Schatten des Altstädter Brückenturms. Jetzt hatte er eine Eskorte
erspäht, die ihm Schutz versprach. Eine Gruppe von Amerikanern sog ihn auf, schleppte ihn mit sich hinaus auf die
Brücke, aber nur bis zum bronzenen Kruzifix, der ältesten
Brückenplastik. Hier konnte er nicht bleiben. Er machte
eine weitere Gruppe aus, die sich vor der Statue Johannes des
Täufers aufgestellt hatte, und so schmuggelte er sich von
Heiligem zu Heiligem, von Christopherus zu Johannes, von
Ludmilla zu Antonius von Padua, von Augustinus zum heiligen Adalbert und weiter zu Wenzel. Er absolvierte ein
gewaltiges Stück Kirchengeschichte in Raten, in englischer,
deutscher, polnischer, jugoslawischer und amerikanischer
Gesellschaft.

Wie aber kam er ungeschoren auf den Hradschin, konnte
er sich in Havaš' Obhut flüchten? Er stand in einem Men-
schenknäuel vor den Kleinseiter Brückentürmen und sah

zwischen diesen trutzigen Wahrzeichen der Kleinseite einerseits Kuppel und Turm der Niklaskirche, davor das Dach des lang gestreckten graugelben Hauses, wo der STB seine Dechiffrierzentrale eingerichtet hatte, und rechter Hand auf dem Hügel den Hradschin, dessen grüner Kupferhelm in der Sonne leuchtete. Dort war sein Ziel. Noch war er unter den Touristen, als er unter dem Bogen, der die beiden Türme verband, durchging und am Kleinseiter Rathaus vorbei hinaufstrebte. Gerade, als er beschloss, das Risiko auf sich zu nehmen und die Besteigung des Hradschin gewissermassen im Alleingang zu wagen, sah er den Iserlohner Reisebus, sah die bunte Reisegesellschaft, die ihn gerade bestieg, und entdeckte auch den Fahrer, der, eine Zigarette im Mundwinkel, neben der geöffneten Tür lehnte.

«Nehmen Sie mich mit hinauf zum Hradschin, Kamerad?»

Der Fahrer nahm die Zigarette aus dem Mund und schaute Sembritzki verwundert an. «Wie käme ich dazu, Landsmann?»

«Eben deshalb, weil ich ein Landsmann bin. Ich habe Blasen an den Füssen. Und es ist ja nicht umsonst, Kamerad!» Er schmuggelte ihm einen Zehnmarkschein in die Hand.

«Ach, so ist das, mein Herr. Sie sind Sauerländer! Das hätten Sie doch gleich sagen müssen. Steigen Sie zu!»

Sembritzki stieg ein und setzte sich mit einer verlegenen Entschuldigung neben einen umfangreichen Touristen, der ihn verwundert von der Seite anschaute. Gerade als der Fahrer den Bus anrollen liess, kurvten zwei schwarze Tatra-Limousinen auf den Platz. Dann tauchte Malone im Taxi ebenfalls auf. Und jetzt waren sie wieder alle versammelt. Nur Thornball, der grosse Fadenzieher, zog wohl einen Campari oder einen Bourbon in der Hotelhalle vor. Semb-

ritzki zweifelte nicht, dass man seine Witterung wieder aufgenommen hatte. Er würde zwar heil auf dem Hradschin
oben ankommen, aber dann war es an Havaš, ihn aus dem
Land zu bringen.

«Vielen Dank, Kamerad», flüsterte Sembritzki dem Fahrer
zu, als er sich zusammen mit den anderen Passagieren, immer
schön abgeschirmt von irgendeinem westfälischen Körper,
aus dem Bus quetschte. Dann aber war er allein. Er ging mit
ausgreifenden Schritten an der Umzäunung des Hradschin
vorbei hinüber zum Loreto-Heiligtum, das ihn auch dieses
Mal an Italien erinnerte. Warum umfing ihn hier italieni-
scher Geist? War es die gelbe Fassade, waren es die pinienar-
tigen Bäume, der blaue Himmel? Die Luft war lau. Genau
im Augenblick, als er durch das Hauptportal, das sich unter
dem frühbarocken Glockenturm befand, verschwand,
erschien die Eskorte. Sembritzki hastete durch den Kreuzgang, hinein in die Kapelle. Er würdigte weder die Skulptu-
ren noch die Stuckreliefs mit Szenen aus dem Leben der alt-
testamentlichen Propheten eines Blickes, sondern suchte mit
seinen Augen, die sich erst an das schummerige Licht im
Innern der Kapelle gewöhnen mussten, nach seinem Begleiter. Hier fand er Havaš nicht. Er verliess die Kapelle und
suchte auf der Ostseite nach einer Türe, die ins Freie führte.
Er musste sich beeilen, wenn er vor seinen Verfolgern, die
jetzt sicher das ganze Loreto-Heiligtum umstellten, mit
Havaš zusammentreffen wollte. Gerade, als er beschloss, die
Kirche Christi Geburt zu betreten, sah er zwischen den Säulen des Kreuzganges eine Gestalt in einer abgetragenen Uniformjacke, in Gummistiefeln und mit einer wollenen Mütze
auf dem Kopf auftauchen. Der Mann trug eine Schaufel und
einen Jutesack in der einen Hand; eine Hacke hatte er unter
seinen Armstumpf geklemmt. Havaš!

«Sie kommen spät, Sembritzki! Schnell, ziehen Sie das an!» Er hielt ihm den Jutesack hin. Sembritzki zog eine gleiche Militärjacke heraus, wie sie Havaš trug, dazu eine hellbraune, weiche Militärmütze und einen grauen Schal. Schnell zog er die Jacke über und stopfte seine Lederjacke in den Sack. Er setzte die Mütze auf, deckte sein Gesicht mit dem Schal ab, so gut es ging, ohne dass es zu auffällig wirkte, griff nach der Hacke und folgte dann Havaš, der ihn durch den Kreuzgang geleitete, dann durch eine schmale Türe in der Mauer plötzlich wieder hinausführte. Dort stand der Laster, den ihm Havaš beschrieben hatte. Ein Mann schaufelte Sand auf die Ladebrücke, warf jetzt die Schaufel ebenfalls auf die Brücke und kletterte in die Kabine.

«Folgen Sie dem Mann. Setzen Sie sich vorne hin!», flüsterte Havaš und schwang sich auf die Brücke. Sembritzki gehorchte. Er getraute sich nicht, sich umzusehen. Er entledigte sich seiner Hacke und stieg zu. Der Motor sprang an. Die Führerkabine vibrierte. Der Fahrer löste die Bremse, und sie fuhren los. Aber es ging nicht hinunter in die Stadt. Sie fuhren zwar am Hradschin vorbei, passierten zwei schwarze Tatra-Limousinen und einen hellblauen Renault von Avis, an dessen Steuer Malone sass – wie schnell hatte der CIA-Mann doch das Fahrzeug gewechselt! – und fuhren dann in nordwestlicher Richtung an der alten Reithalle vorbei. Sembritzki schaute den Fahrer von der Seite an. Er sah dessen scharf hervorspringende, kühn gebogene Nase, die schräg geschnittenen Augen und die braungelbe Haut. Der Mann war noch jung und trug einen Kinnbart.

«Wohin fahren wir?»

Der Fahrer schüttelte nur den Kopf. Entweder verstand er Sembritzki nicht oder er durfte ihm keine Informationen weitergeben.

«Promiňte!», murmelte Sembritzki, aber der andere zuckte nur die Achseln. Ab und zu warf er einen aufmerksamen Blick in den Rückspiegel, um etwaige Verfolger auszumachen. Später schälte er dunkles Brot und Leberwurst aus Zeitungspapier.

Sembritzki kannte sich nicht mehr aus. Die Landschaft war ihm fremd. Erst nach einer Weile merkte er, dass sie einen grossen Bogen fuhren, zuerst nördlich, dann in südlicher Richtung. Sie fuhren jetzt auf einem grünbraunen, flachen Hochplateau. Auf den Äckern hockten Krähen. Der Himmel hatte sich mit verwaschenen Wolken überzogen. Als in der Ferne ein kleines Dorf in Sicht kam, klopfte Havaš von hinten an die Rückscheibe. Der Mann am Steuer machte mit der Hand ein Zeichen und verlangsamte dann die Fahrt.

Bratronice, las Sembritzki auf der Ortstafel. Rechter Hand sah er ein schmuckloses gelbgraues Haus am Dorfeingang. Im verwilderten Garten stand ein windschiefer, verlotterter Holzverschlag. Der Laster stand still.

Havaš sprang von der Brücke und ging durch den Garten zum Haus. Er klopfte. In der Türöffnung erschien ein Mann in einem grauen Regenmantel. Zusammen mit Havaš ging er durch den Garten zum Bretterverschlag und riss die klemmenden Türflügel auf. Dann, nach einer Weile, fuhr rückwärts ein dunkelgrüner Lada aus dem Verschlag.

«Štastnou cestu!», sagte der Fahrer zu Sembritzki.

Der nickte dem Spitznasigen zu und kletterte aus der Kabine.

Er ging über einen Weg aus klebrigem Lehm zum dunkelgrünen Lada hinüber, der mit angelassenem Motor auf ihn wartete. Er stieg hinten ein, und im Augenblick, als er sich auf dem zerschlissenen Kunstlederpolster zurücklehnte, fuhr der Wagen auch schon los, auf der Strasse zurück, auf der sie gekommen waren.

«Wohin fahren wir?«, fragte Sembritzki.

«Zuerst ein Stück zurück, um festzustellen, was sich in unserem Rücken tut. Legen Sie sich hinten flach, ich werde Sie während der Fahrt orientieren.«

Gehorsam legte sich Sembritzki hin. Der Rücksitz roch nach Kohl und kaltem Rauch.

«Wir versuchen es vorerst über die Nr. 5.«

«Cheb?«, fragte Sembritzki, und er merkte, wie die Angst in ihm hochstieg. Er fürchtete sich vor dem Schatten Wallensteins.

Sie kreuzten einen entgegenkommenden Wagen. Sembritzki hörte das sausende Geräusch und die kleine Explosion, als die beiden Luftpuffer, die die Autos vor sich herschoben, aufeinanderprallten.

«Der STB«, murmelte Havaš, ohne sich im Geringsten aufzuregen.

«Was sagen Sie?«

«Eine STB-Patrouille hat uns soeben gekreuzt. Weiter nicht gefährlich. Sie wissen ja nicht, dass wir das Fahrzeug gewechselt haben. Und überhaupt können sie jetzt nicht mehr feststellen, dass wir den Laster benützt haben, der unterwegs zu einem Steinbruch ist.» Eine Weile schwiegen sie. Der Fahrer hatte eine stinkende Zigarre angezündet, und Havaš hatte das Radio angedreht.

«Haben Sie den CIA-Mann gesichtet?»

«Jetzt nicht. Aber der Mann ist nicht so dumm, dass er sich an unsere Fersen heftet. Er wird uns irgendwo auflauern!»

«Irgendwo!» Sembritzki lachte. «Mit welcher Chance?»

«Mit einer grossen Chance, Sembritzki! Er wird genau dort warten, wo die STB-Leute nicht sind. Er braucht nur unsere tschechischen Verfolger im Auge behalten. Er weiss ja genau, dass wir nicht einen der üblichen Grenzübergänge wählen werden.»

«Das weiss doch der STB auch!»

«Ganz richtig. Aber der STB wird versuchen, uns schon vor der Grenze abzufangen. Bevor wir in unwegsames Gebiet kommen. Der STB wird einen Kordon ziehen und alle Zufahrtsstrassen blockieren, die zur Grenze führen.»

«Und Malone?»

«Malone?», fragte Havaš.

«Der CIA-Mann!»

«Ach, Malone heisst er! Malone wird erst hinter diesem Kordon auf uns warten. Er weiss genau, dass wir nur wenige Möglichkeiten haben. Er kennt das Gebiet genau, davon bin ich überzeugt.»

Davon war auch Sembritzki überzeugt. Er steckte sich einen Zigarillo zwischen die Zähne und dachte nach.

«Noch heute Abend?», fragte er endlich.

«Wir können es erst in der Dunkelheit versuchen. Wir müssen Umwege in Kauf nehmen.»

Sie fuhren eine Stunde lang, ohne dass weitere Worte gewechselt wurden. Sembritzki hatte bemerkt, dass sie erneut die Richtung gewechselt hatten und jetzt in westlicher Richtung fuhren. «Karlovy Vary!», sagte jetzt der Fahrer. Es waren seine ersten Worte.

«Karlsbad», übersetzte Havaš. «Setzen Sie sich auf, Sembritzki, sonst fällt es auf, wenn wir anhalten!»

«Sie halten an?»

«Wir brauchen Informationen. Setzen Sie die Mütze auf!»

Sembritzki setzte sich auf und zog die Mütze über. Karlsbad. Hier waren die heissen Quellen, so mindestens wusste es die Sage, von Jagdhunden entdeckt worden, die im Tross Kaiser Karls IV. einem Wild auf der Spur gewesen waren. Sembritzki quälte sich ein müdes Lächeln ab, als er daran dachte. Heute war er das Wild.

Jetzt hatten sie die lang gestreckte Kolonnade zur Linken. Der Fahrer hatte am Strassenrand eine Parklücke entdeckt. Während Havaš ausstieg und in einem schmalbrüstigen grauen Haus verschwand, schaute sich Sembritzki vorsichtig um. Malone war nirgends zu sehen. Es hätte Sembritzki auch gewundert, obwohl er dem Amerikaner einiges zutraute. Auf dem grossen Platz vor der Kolonnade promenierten Touristen und Kurgäste. Es war wohl wie früher, als sich hier die gute Gesellschaft traf, nur es fehlten der Glanz und der Luxus. Ein Volkspolizist wirkte wie ein Fremdkörper zwischen bunten Tuchfetzen und beigen Regenmänteln. Nur einen kurzen Augenblick lang sehnte sich Sembritzki nach einem harmlosen Touristendasein, nach belanglosem Geplauder mit einer zufälligen Bekanntschaft, mit ein paar bedeutungsvollen Blicken und zufälligen Berührungen ihrer Hände im Gehen. Nach einem Essen im Grandhotel oder im Hotel Central unter Kristallleuchtern und langsam zerbröckelnder Pracht.

Jetzt kam Havaš zurück und setzte sich wieder an seinen Platz neben den Fahrer. Er sagte ihm etwas auf Tschechisch, was Sembritzki nicht verstand. Einzig das Wort Cheb konnte er verstehen. Sie fuhren los. Sembritzki legte sich wieder auf den Rücksitz und fragte: «Wohin jetzt?»

«Wir können nicht nach Cheb hinein», antwortete Havaš. «Da sind Kontrollen. Cheb ist abgeriegelt.»

«Was tun wir jetzt?»

«Wir nehmen die 21 nach Pilsen.»

Sembritzki war irgendwie erleichtert. Cheb lag nicht mehr an seiner Fluchtroute. Wallensteins Schatten reichte nicht nach Pilsen und nicht weiter bis zur Grenze im Böhmerwald.

«Woher haben Sie die Informationen, Havaš?»

«Meine Sache, Sembritzki. Die Strecke bis zur Grenze ist unter Kontrolle. Fast die ganze Strecke.»

«Fast?»

«Den Grenzgürtel haben wir nicht mehr im Griff. Und dort, Sembritzki …»

«Dort kommt es darauf an!»

«Dort werden wir unseren letzten Handel abschliessen.» Havaš lachte in sich hinein und lehnte sich dabei zufrieden zurück. Bis die Hochkamine von Pilsen in Sicht kamen, sprachen sie kein Wort mehr. Erst dann wandte sich Havaš grinsend um und sagte: «Malone wurde gesichtet!»

«Wo?» Sembritzki setzte sich kerzengerade auf.

«Legen Sie sich hin, Sembritzki!», fuhr ihn Havaš wütend an. «Wenn Sie der Name Malone so elektrisiert, schaffen Sie den Sprung über die Grenze nie!»

«Wo wurde er gesichtet?», fragte Sembritzki noch einmal.

«Bei Klatovy! In einem hellblauen Renault. Mietwagen!»

«Und?»

«Wir lassen Klatovy aus!»

Jetzt wurde der Verkehr dichter. Die Stadt des Biers und der Škodafabrik nahm sie auf. Sie fuhren an der Bartolomäuskirche vorbei und bogen dann in südlicher Richtung ab. Sembritzki hatte selbst aus seiner liegenden Position heraus den Wegweiser lesen können: Klatovy.

«Havaš, was führen Sie im Schild? Wir fahren also doch nach Klatovy?»

Havaš lachte nur. «Wir fahren in Richtung Klatovy. Aber nicht lange, mein Lieber!»

Sembritzki war beruhigt. Wieder schwiegen sie. Aus dem Autoradio klang Countrymusik. Erinnerungen an den Cowboy von Fort Bragg schlichen sich wie Rauch in Sembritzkis Denken. Eine knappe halbe Stunde später hatte er es wirklich geschafft zu schlafen. Er erwachte, als der Lada brüsk abbremste und dann eine scharfe Rechtskurve nahm.

«Přeštice», murmelte Havaš, und meinte den Namen der Ortschaft. Die Dämmerung war hereingebrochen. Zwischen Wolkenfetzen blitzten ein paar Sterne.

«Nacht muss es sein, wo Friedlands Sterne strahlen!»

«Ach, der Herr von Wallenstein!», lachte Havaš boshaft. «Sie wissen, wie der Sternengläubige gestorben ist, Sembritzki?»

«Nicht die Sterne waren sein Verderben, Havaš. Seine falschen Freunde haben ihn gefällt!»

«Ich bin nicht Ihr Freund, Sembritzki. Von mir haben Sie nichts zu fürchten.»

Sembritzki antwortete nicht. Er hatte sich wieder aufgesetzt und schaute zwischen seinen beiden Vorderleuten auf die Strasse, die jetzt immer schmaler wurde. In der Ferne türmten sich waldige Hügelzüge.

«Der Böhmerwald», sagte Havaš, der Sembritzkis unausgesprochene Frage damit beantwortete.

Über dem Horizont tauchte jetzt ein rotes Licht auf, das immer näher kam und sich endlich knatternd über den dahinbrausenden Lada ergoss. Ein Helikopter der Volksarmee. Oder des STB?

«Zu spät», grinste Havaš. «Das hättet ihr euch früher einfallen lassen müssen!»

Der Hubschrauber kreuzte im Tiefflug die schmale Strasse, auf der sie dahinfuhren, kippte dann wie ein steifbeiniges Insekt bedrohlich nach rechts, gewann an Höhe und knatterte in Richtung Pilsen davon. Havaš hatte sich eine Zigarette angezündet, der Fahrer erneut eine stinkende Zigarre, und Sembritzki kaute an seinem Zigarillo. Dazwischen überprüfte er das Magazin seiner Pistole und bemerkte, wie ihn Havaš bei dieser Manipulation im Spiegel, der in der rechten Sonnenblende angebracht war, beobachtete.

«Sie werden sie noch brauchen können, Sembritzki!»

Havaš rechnete also mit einem Showdown nach Westernmanier. Sie durchfuhren eine tote Ortschaft, in der nur wenige Lichter von Menschen zeugten. Erneut bog der Fahrer scharf in südlicher Richtung ab. Havaš hatte jetzt seine Pistole aus seiner Uniformjacke hervorgeholt und machte durch die Frontscheibe ein paar Zielübungen. Noch immer Western-Folksongs aus dem Radio. Es hatte leicht zu regnen begonnen. Ein Wind war aufgekommen, und Sembritzki spürte den Widerstand, den er dem Lada entgegensetzte. Die Bäume, die die schmale Landstrasse säumten, bogen sich mit ihren Kronen ihm entgegen. Sembritzki war müde und nickte immer wieder ein. Nur die immer zahlreicher werdenden brüsken Richtungswechsel schüttelten ihn aus seinem Halbschlaf in die Wirklichkeit zurück. Die Namen auf den Ortstafeln las er wie im Traum, eine Reihe von Stationen, die ihn seinem Ziel näher brachten.

«Wir sind bald so weit!», sagte Havaš, als sie ein Dorf namens Zahoľany passiert hatten und mitten durch einen Wald fuhren.

«Wir sind bald so weit? Was heisst das? Die Grenze ist doch noch weit!»

«Sehen Sie nicht, wie die Strasse ansteigt? Der Wald hat uns jetzt aufgenommen, aber gleichzeitig laufen wir Gefahr, in eine Sperre hineinzufahren!»

Der Fahrer bremste langsam ab und brachte endlich seinen Lada neben einer Reihe von geschälten, lang gestreckten Baumstämmen zum Stehen. Havaš und der Fahrer beratschlagten leise, ohne dass Sembritzki ein Wort mitbekam. Endlich öffnete Havaš die vordere Türe. «Wir steigen hier aus, Sembritzki!»

«Wie viele Kilometer sind es noch bis zur Grenze?»

«Ungefähr zwanzig. Wir sind nicht allzu weit von der Fernstrasse entfernt, die Domažlice mit Furth im Wald verbindet.»

«Über diesen Durchgang können wir unmöglich gehen. Er ist durchgehend geöffnet. Da haben wir keine Chance, Havaš!»

Er konnte dessen mitleidiges Lächeln im Dunkel nur erraten. «Sie werden die Grenze irgendwo zwischen den Hauptverbindungsstrassen überqueren!»

Sie! Damit war er gemeint. Den Gang über die Grenze würde Havaš nicht mitmachen. Und er würde ihn nur dann hinüberlassen, wenn Sembritzki dessen letzte noch unausgesprochene Forderung erfüllen würde.

Havaš ging jetzt nach hinten zum Kofferraum und holte zwei Rucksäcke heraus und ein paar wadenhohe gefütterte Lederstiefel aus sowjetischen Armeebeständen. Sie waren für Sembritzki bestimmt. Havaš war bereits ausgerüstet.

«Wozu die Rucksäcke?»

«Proviant für alle Fälle. Wir wissen nicht, wie lange uns die Leute an der Grenze hinhalten. Es kann Stunden dauern. Vielleicht sogar Tage!»

Diese Aussicht erschreckte Sembritzki.

«Lassen Sie die Uniformjacke hier, Sembritzki! Ziehen Sie Ihre Lederjacke an!»

Sembritzki gehorchte schweigend. Der feine Regen tropfte ihm in den Kragen. Er setzte seine braune Schirmmütze auf, wickelte sich den grauen Schal zweimal um den Hals. Dann griff er nach dem Rucksack. Der Gedanke an einen langen Fussmarsch bedrückte ihn weniger als die Aussicht auf eine Begegnung mit den patrouillierenden STB-Leuten und Malone.

«Der Kordon, den Volksarmee und STB ziehen, ist enger. Ich nehme an, dass sie die gesamte Grenze in mehreren Staffeln abschirmen.»

«Und irgendwo dazwischen pendelt Malone hin und her.»

Havaš nickte.

«Der erste Kordon beschränkt sich nur auf die Durchgangsstrassen. Da kommen wir problemlos durch. Der zweite ist weniger leicht zu durchbrechen. Kommen Sie!»

Er wandte sich noch einmal kurz nach dem Fahrer um, hob den rechten Arm zum Abschiedsgruss und ging dann in den Wald hinein. Sembritzki folgte ihm. In seinem Rücken hörte er den anspringenden Motor des Lada, hörte, wie er auf der nassen Strasse wendete und dann davonfuhr, zurück in die Richtung, aus der sie gekommen waren. Eine Weile noch drangen die immer schwächer werdenden Motorengeräusche zu ihm, dann war er allein mit seinen Schritten und denen seines Begleiters. Ab und zu knackten Äste unter ihren Sohlen. Ein aufgescheuchter Vogel flatterte kreischend davon. Das knirschende Geräusch seiner Lederstiefel begleitete ihn und sein gefrorener Atem, der bei jedem Atemzug vor seinen Augen tanzte. Sie marschierten eine Stunde immer bergan, ohne nur einmal anzuhalten oder ein Wort zu wechseln. Havaš ging ihm wie ein Schlafwandler voran. Manchmal folgten sie schmalen Pfaden, dann wieder gingen sie quer durch das Gehölz. Sembritzkis Hände waren längst von Dornen zerkratzt, und oft war er über Wurzeln und Gesträuch gestolpert, einige Male auch hingefallen. Havaš dagegen schien Radaraugen zu haben. Nicht ein einziges Mal kam der Einarmige aus dem Gleichgewicht.

Plötzlich blieb er stehen, sodass Sembritzki, der sich an den Marschrhythmus und an die Dunkelheit gewöhnt hatte und sich eigentlich auch schon mechanisch vorwärtsbewegte, auf seinen Vordermann auflief. Er sah, wie Havaš nach rechts zeigte. Und jetzt konnte Sembritzki ebenfalls, etwa hundert Meter entfernt, den zitternden Strahl einer Taschenlampe sehen.

«Das ist die Hauptstrasse Nummer 22 von Klatovy nach Domažlice. Da müssen wir hinüber!»

«Eine Sperre?», fragte Sembritzki.

«Ja. Aber die konzentrieren sich ganz auf den Autoverkehr.»

«Keine Hunde?»

«Nein. Die nicht. Die Patrouillen an der Grenze haben Hunde! Kommen Sie!»

Sie gingen etwa hundert Meter in entgegengesetzter Richtung. Dann wandte sich Havaš wieder nach Westen. Sembritzki hörte das Gurgeln eines Gewässers.

«Ein Fluss?», flüsterte er.

«Die Zubřina», antwortete Havaš. «Da müssen wir hinüber.»

Er blieb jetzt stehen. Das Rauschen des Flusses wurde stärker. «Wenn wir den Fluss überqueren, solange er noch durch den Wald fliesst, kann man uns nicht sehen. Später, im freien Feld, haben wir keine Möglichkeit, hinüberzukommen. Die Brücke ist ohnehin bewacht.»

Er ging weiter. Wieder stand er still und streckte den Arm aus. Jetzt sah auch Sembritzki den Fluss unter sich, der sich durch ein lehmiges Bett wälzte. Das Ufer fiel steil ab, und er fragte sich, wie er überhaupt heil unten ankommen sollte, geschweige denn das andere Ufer erreichen.

«Da sollen wir hinüber?», flüsterte er.

«Da etwas weiter unten gibt es eine Hängebrücke.»

«Bewacht?»

«Nein. Die können nicht jeden Steg bewachen. So viele Leute haben die nicht. Kommen Sie!»

Er wandte sich wieder nach Osten und führte Sembritzki über eine steile, in den Lehm gegrabene Treppe zum Wasser hinunter. Jetzt sah Sembritzki die Brücke, die ihn an japanische Stege erinnerte, die er auf Holzschnitten gesehen hatte, zerbrechlich, tödlich. Aber sein Vertrauen in Havaš war gross, und so folgte er ihm, der vorangegangen war und ihm dann vom andern Ufer her ein Zeichen machte, ohne zu zögern. Sie gingen bis zum Waldrand. Jetzt sah Sembritzki die Lichter einer Ortschaft.

«Kout!», flüsterte Havaš und zeigte mit dem Arm in die Gegenrichtung, wo eine Reihe von Fahrzeugen die Strasse blockiert hatte. «Wir müssen den Ort umgehen.»

Er wandte sich wieder ab, und sie gingen erst den Waldrand entlang und schlichen sich dann, im Schatten einer Hecke, die gleichsam aus dem Gehölz herauswuchs, bis zur Strasse hinunter. Dort legte sich Havaš hin, und Sembritzki tat es ihm nach.

«Wir müssen warten!»

«Worauf?», flüsterte Sembritzki.

«Bis ein Auto aus dieser Richtung hier kommt und die Vopos dort oben blendet und ablenkt.»

Sie lagen vielleicht eine Viertelstunde im feuchten Gras, bis endlich die Scheinwerfer eines Autos im Südwesten auftauchten. Wie zwei dünne Greifarme wuchsen die Lichtstrahlen in den tief hängenden Himmel.

«Jetzt!», rief Havaš, als der Wagen an ihnen vorbeibrauste und, von kreisenden roten Lichtern bedroht, scharf abbremste.

Gebückt rannten sie über die Strasse und weiter über das freie Feld, bis sie erneut in einem Gehölz Schutz fanden. Eine Weile lehnten beide schwer atmend an einem Stamm, dann zog Havaš eine kleine Flasche aus seinem Rucksack, nahm einen tiefen Schluck daraus und hielt sie dann Sembritzki hin. Das Getränk war scharf und brannte Sembritzki in der Kehle. Er schaute auf die Uhr. Zwei Stunden waren sie jetzt schon unterwegs, seit sie das Auto verlassen hatten. Es war halb zehn. Und die Nacht war noch lange nicht zu Ende.

«Gehen wir!», brummte Havaš und schob mit dem rechten Arm den Riemen des Rucksackes über den linken Armstummel. Der Weg stieg jetzt steiler an, und immer dann, wenn sie einen ausgetrampelten Pfad verliessen und sich durch das Gebüsch schlugen, rutschte Sembritzki aus. Er spürte die Müdigkeit, und er fragte sich, ob er denn im Falle, dass sie entdeckt würden, überhaupt noch imstande wäre, zu reagieren.

Nach einer weiteren Stunde kamen sie plötzlich auf eine Waldlichtung. Vor ihnen lag ein kleiner See. Am gegenüberliegenden Ufer blinkten zwei Lichter. «Šumawa», sagte Havaš.

«Können wir uns da zeigen?»

Havaš nickte. «Ich habe da einen Freund.»

«Ist das nicht gefährlich?»

Havaš schwieg eine Weile.

«Ich weiss nicht, ob Sie die Geschichte des Egerlandes kennen, Sembritzki?» Und ohne eine Antwort abzuwarten, fuhr er fort: «Nachdem die Deutschen aus dem Sudetenland und aus dem Egerland vertrieben worden sind, wurden da neue Leute angesiedelt, die überhaupt keine Beziehung zu dieser Gegend hatten, in die man sie verpflanzt hatte. Da waren viele Kriminelle darunter, Leute, die anderswo nicht unterzubringen waren. Später hat man dann einen neuen Anlauf genommen. Neue Leute wurden hierhergebracht. Aus allen Gegenden unseres Landes. Sogar aus benachbarten Ländern. Da waren viele Slowaken drunter. Alles Leute, denen die Wurzeln abgeschnitten worden waren.»

«Heimatlose», sagte Sembritzki überflüssigerweise.

«Gehen Sie einmal nachts durch diese Dörfer, Sembritzki. Da sehen Sie so gut wie kein Licht. Da sind alle Fensterläden gegen die Strasse hin geschlossen. Aber dahinter, sage ich Ihnen. Dahinter, da lauern sie. Diese Leute sind die geborenen Spitzel. Sie haben kein Verhältnis zu irgendwelchen moralischen Werten. Sie kaufen und sind käuflich.»

«Und Sie, Havaš?»

Havaš schüttelte den Kopf. «Ich bin hier aufgewachsen, Sembritzki. Bei einem Onkel. Damals, als sich mein Vater von meiner Mutter getrennt hatte. Zwanzig Jahre erst wohnen die Leute hier. Die sind eben so.»

«Und Sie sind auch so?»

«Kommen Sie!», sagte Havaš rau. «Wir müssen um den See herum. Und keine überflüssigen Geräusche!»

Über dem Gewässer hing ein feiner Nebelschleier. Ein Wasservogel liess einen müden Schrei hören. Hektisches Geflatter riss für Augenblicke die spiegelglatte Fläche auf. Der Boden entlang des Sees war weich, und Sembritzki sank bei jedem Schritt ein. Über dem Hügelkamm schoss mit einem Male eine weisse Rakete in den Himmel und sank dann zurück in den Wald.

«Die warten schon auf uns!», murmelte Havaš, der wieder stehen geblieben war.

«Eine ganze Armee?»

«Anzunehmen.»

«Gibt es neue Einrichtungen an der Grenze?», fragte Sembritzki weiter. «Selbstschussanlagen? Plastikminen?»

«Sie meinen die SM-70-Selbstschussanlagen, die man an der deutsch-deutschen Grenze benützt? Nein. Hier gibt es nur Maschenzäune. Und diese Drähte, an denen Blechbüchsen aufgehängt sind und durch die man in Sekundenbruchteilen die ganze Grenze in Alarmbereitschaft versetzen kann. Aber keine Schrapnells, keine Plastikminen!»

Sembritzki atmete auf.

«Trotzdem, Sembritzki», schränkte Havaš ein. «Trotzdem wird es schwer. Die ganze Grenze steht in Alarmbereitschaft. Man wird es Ihnen nicht leicht machen. Und da ist noch Malone!»

«Ein einzelner Mann!», sagte Sembritzki und versuchte, Verachtung in seiner Stimme mitklingen zu lassen.

«Malone kennt sicher auch die neuralgischen Stellen an der Grenze!»

«Warum wählen wir denn keinen andern Durchgangsweg?»

«Weil es nur einen Weg gibt, der gefahrlos zu begehen ist.»

«Und den müssen wir uns gegen Malones Widerstand freischiessen?»

Havaš nickte und ging weiter. Sie waren am Dorfeingang angelangt, als er sich noch einmal umwandte und sagte: «Warten Sie hier, Sembritzki! Halten Sie sich im Schatten dieser Scheune hier auf. Ich hole Sie ab, wenn die Luft rein ist.»

Es dauerte beinahe eine halbe Stunde, bis Havaš zurückkam. Plötzlich tauchte er lautlos neben dem frierenden Sembritzki auf, dessen Griff zur Pistole viel zu spät gekommen wäre.

«Kommen Sie!», forderte ihn Havaš auf, und Sembritzki war, als ob Verachtung in seiner Stimme mitklänge. Havaš führte ihn an geschlossenen Fensterläden vorbei zu einem Haus, über dessen Türe er das Wort «Pstruh» – Forelle – zu erkennen glaubte.

«Ist das nicht zu riskant?», flüsterte Sembritzki. «Ein Gasthaus in dieser Gegend. Da kennt doch jeder jeden.»

«Es gibt nur einen Telefonanschluss in diesem Dorf», antwortete Havaš. «Und der ist hier drin. Den haben wir im Auge. Und zudem bin ich hier aufgewachsen. Schweigen Sie, was immer auch geschieht. Das ist alles. Und verschwinden Sie auf der Toilette, wenn ich Ihnen ein Zeichen gebe.»

Havaš stiess die Türe auf. Aus dem Innern schoss ihnen eine dicke Rauchwolke entgegen. Es roch nach Schweiss und feuchten Kleidern.

«Dobrý večer!», schnarrte der bleiche, magere Mann hinter dem Tresen.

«Dobrý večer», antwortete Havaš, und Sembritzki nickte. Havaš steuerte auf eine Eckbank zu, die hinter dem einzigen, von einer trüben Glühbirne beleuchteten Tisch im Raum stand. Die niedrige Decke war von Rauch geschwärzt. Ein gelbes Fliegenpapier, wie es Sembritzki von seiner Kindheit her kannte, wand sich in einer Spirale von einem Balken. In einer zweiten, unbeleuchteten Ecke sassen zwei alte Männer in groben Anzügen, die Ellbogen auf dem Tisch, und flüsterten zusammen.

«Co je?», fragte Havaš.

«Máte rád pstruhy?», fragte der bleichgesichtige Wirt, der jetzt hinter dem Tresen hervorgeschlurft war und seine dünnen Finger mit den brüchigen Fingernägeln auf den Tisch stützte. Forelle? Das würde zu lange dauern. Sembritzki wollte so schnell wie möglich wieder weg. Aber Havaš schien es nicht eilig zu haben. Er bestellte Käse, Brot und Bier. Dann flüsterte er Sembritzki zu: «Spendieren wir denen da in der Ecke eine Runde!»

Sembritzki nickte und schob Havaš fünfzig Kronen hin. Havaš griff danach, ging dann langsam, beinahe feierlich zu den beiden Alten hinüber und unterhielt sich halblaut mit ihnen, wahrscheinlich auf Slowakisch. Dann kam Havaš zurück und flüsterte Sembritzki zu: «Wir müssen die beiden ganz einfach abfüllen. Dann erinnern sie sich an nichts mehr. Oder zu spät.»

Der Wirt hatte unterdessen eine Wodkaflasche und zwei Gläser in die dunkle Ecke gebracht, und eine Weile später kam er mit einem abgeschliffenen Holzteller, auf dem zwei Sorten Käse und ein paar Scheiben von schwarzem Brot lagen, zu Havaš und Sembritzki. Dann knallte er zwei Mass Bier auf den Tisch und zog sich wortlos hinter den Tresen zurück. In keinem Augenblick liess er sich anmerken, dass er Havaš kannte. Er stand beinahe schläfrig hinter dem Tresen, den knochigen Schädel mit den paar blondgrauen Strähnen leicht schräg, aber Sembritzki merkte gleich, dass diesem Mann nichts entging. Er schien sogar über das Bescheid zu wissen, was sich in den Köpfen seiner Gäste tat, denn als einer der alten beiden Männer sich mühsam erhob und leicht schwankend durch die Türe neben dem Tresen hinauswollte, begleitete ihn der Wirt diskret. Als sie nach einer Weile noch immer nicht zurückkamen, ging auch Havaš hinaus. Jetzt sass Sembritzki mit dem Bauern allein in der Stube. Dieser stierte mit tränenden Augen auf die halb leere Flasche und versuchte, mit ein paar fahrigen Bewegungen nach ihr zu greifen, aber immer wieder schlossen sich seine Finger im Leeren. Vor Sembritzkis Augen kreiste eine letzte Fliege in immer enger werdenden Spiralen um das klebrige, sich kringelnde gelbe Papier, das von der Decke hing. Der Bierhahn am Fass tropfte. Eine kleine, schwarze Spinne krabbelte in der Diagonalen über das Husákbild hinter dem Tresen an der Wand.

Endlich kam der Bauer torkelnd und weiss im Gesicht zurück und liess sich aufstöhnend neben seinen Kumpan auf die Holzbank fallen. Dann kam der Wirt mit verkniffenem Mund und stand wieder unbeweglich unter dem Bild des Parteisekretärs. Und endlich tauchte auch Havaš wieder auf. Seine Haare waren triefend nass und klebten ihm an der Stirn. Seine Augen schossen Blitze. Er setzte sich wieder zu Sembritzki an den Tisch und leerte seine Mass in einem Zug.

«Ist etwas?», flüsterte Sembritzki.

«Malone!», knurrte Havaš, und dann lief ein eigenartiges Grinsen über seine Lippen.

«Malone ist draussen? Wie hat der uns gefunden? Das kann doch kein Zufall sein!»

«Es ist kein Zufall, Sembritzki. Das weiss ich jetzt. Malone ist cleverer, als ich dachte. Er hat in meiner Vergangenheit herumgestöbert, als er erfuhr, dass ich Sie über die Grenze bringen will.»

«Was hat ihm das eingebracht?»

«Diese Ortschaft hier! Und diesen verräterischen Onkel.» Er machte eine Kopfbewegung zum Wirt hin, der unbeweglich hinter dem Tresen lehnte.

«Und wie hat er diesen Kontakt hergestellt?»

«Über das einzige Telefon im Ort! Er hat hier angerufen. Geld gegen eine Auskunft.»

«Ihr Onkel hat sich von Malone bezahlen lassen?»

Havaš zuckte die Schultern. «Ich sagte es Ihnen ja. Die Leute hier oben sind käuflich. Für Geld tun sie alles.»

«Aber er ist doch Ihr Onkel?»

«Bedeutet das etwas? Sie haben meinen Vater gekannt. Der Wirt ist sein Bruder. Ich gleiche eher meinem Onkel, Sembritzki. Kann ich es ihm zum Vorwurf machen, wenn er ein gutes Geschäft gemacht hat?»

«Sie gleichen nicht Ihrem Onkel, Mikal. Aber Sie sind bei ihm aufgewachsen, das ist es.»

Sie schwiegen beide. Unterdessen war der zweite Bauer hinausgewankt. Die letzte Fliege klebte jetzt auch auf dem goldenen Todesstreifen. Der Wirt brachte zwei volle Biergläser. Havaš fragte ihn etwas auf Slowakisch. Der Wirt antwortete mürrisch. Dann ging er zurück zum Tresen.

«Wir hätten nicht hierherkommen dürfen, Havaš!»

«Es ist der einzige Ort, wo uns die STB-Leute nicht auf den Pelz rücken.»

«Warum?»

«Weil da der Wirt dichthält. Sie waren schon ein paarmal da heute Abend. Aber er hat sie weiter in Richtung Eger geschickt. Hat behauptet, dass er von Passanten gehört hätte, dass sie einen Mann, auf den ihre Beschreibung passt, dort gesichtet hätten.»

«Warum? Er hätte sich doch auch hier etwas damit verdienen können, wenn er uns an den STB verraten hätte.»

Havaš lachte trocken und böse auf. «Einen Orden vielleicht. Nein, Sembritzki. An den STB verrät hier oben niemand irgendjemanden.»

«Aber an einen Amerikaner?»

«Amerikaner können zahlen. Und noch etwas: Die Deutschen sind in der Tschechoslowakei noch nie beliebt gewesen. Sie haben immer zu den Siegern gehört, zu den Unterdrückern. Sie sind Deutscher, Sembritzki!»

In diesem Augenblick klingelte das Telefon. Sembritzki

merkte, wie Havaš' Muskeln sich anspannten und wie er mit der rechten Hand in die Uniformjacke griff. Der Wirt sprach halblaut in die Muschel. Dann nickte er befriedigt und hängte auf. Havaš war aufgestanden und zum Tresen hinübergegangen. Er unterhielt sich nur kurz mit dem Wirt und kehrte dann zu Sembritzki zurück.

«Kommen Sie!»

Sembritzki erhob sich schnell. «Ist etwas?»

Aber Havaš schüttelte nur den Kopf, stülpte sich seine Mütze auf den Kopf und streifte dann den Riemen des Rucksacks über den Armstumpf.

«Der Weg bis zur Grenze ist mehr oder weniger frei. Ich kenne jetzt die neuralgischen Stellen.»

«Sie trauen dem Wirt plötzlich?»

«Ich weiss genau, wann ich ihm trauen kann. Er hat seinen Sohn, meinen Cousin, auf Kundschaft ausgeschickt. Und sein Sohn schuldet mir etwas, Sembritzki. Jetzt sind wir quitt. Geschäft ist Geschäft. Gehen wir!»

Sie gingen zur Türe im Augenblick, als der besoffene Bauer wieder hereintaumelte. Havaš packte ihn mit seinem rechten Arm, drehte ihn mit einer schnellen Bewegung um, dass der Alte entsetzt aufschrie, und stiess ihn dann vor sich her in die Nacht hinaus.

Es war plötzlich kalt geworden, und der Regen war in Schnee übergegangen, der in fetten Flocken vom Himmel fiel. Sembritzki hielt sich dicht hinter Havaš, als sie einen Augenblick lang im schräg aus der Türe fallenden Licht standen, dann aber sofort ins Dunkel tauchten und den jammernden Bauern vor sich herstossend zum Wald hinüberstapften. Mitten auf dem Weg machte Havaš kehrt, wirbelte den Bauern mit seinem einzigen Arm um sich herum und schleppte ihn wie eine widerstrebende Kuh hinter sich her, denn jetzt war ein Angriff von hinten möglich.

«Schnell!», keuchte Havaš, als sie endlich am Waldrand angekommen waren. Er gab dem Bauern einen Stoss, sodass dieser mit einem Aufschrei vornüber aufs Gesicht kippte, und verschwand dann mit einem Sprung im Gehölz. Sie hasteten wohl ungefähr zehn Minuten keuchend auf einem leicht ansteigenden Pfad durch das Dunkel. Dann endlich stand Havaš still. Sembritzki lehnte sich vornübergebeugt gegen die feuchte und kalte Rinde eines Baumstammes. Er hörte das Keuchen seines Gefährten und das Fallen der Tropfen, die sich von den durchhängenden Ästen lösten. Er horchte nach einem andern Geräusch, nach Malones Gegenwart. Aber vom Amerikaner kein Lebenszeichen. Havaš schien Sembritzkis Gedanken erraten zu haben.

«Ich habe mich getäuscht. Der Mann ist uns vorangegangen. Er wird uns irgendwo auflauern. Wir müssen uns trennen!»

«Ich kenne den Weg nicht, Havaš!»

«Tut nichts. Wir bleiben in Kontakt. Dreissig Meter Abstand genügen. Ich gehe voran, und Sie folgen mir!»

«Er wird Sie vorbeigehen lassen und dann mich erledigen.»

Havaš überlegte einen Augenblick lang. Dann sagte er: «O. K. Wir tauschen die Rollen. Sie gehen voran, immer auf diesem Pfad. Nehmen Sie meine Mütze und meine Jacke. Er wird Sie für mich halten und vorbeigehen lassen.»

«Dann knallt er ganz einfach Sie ab!»

«Das wäre ja nur zu Ihrem Vorteil, Sembritzki!»

«Das wäre Vertragsbruch. Sie geleiten mich bis hin zur Grenze. So war es abgemacht!»

Havaš lachte. «Ich werde nicht genau Ihren Spuren folgen. Alle fünf Minuten bleiben Sie stehen und lassen mich aufschliessen.»

Sembritzki griff nach seiner Pistole.

«Nur mit Schalldämpfer, Sembritzki», flüsterte ihm Havaš zu.

«Was soll ich mit einem Schalldämpfer hier draussen? Da habe ich doch keine Chance zu einem gezielten Schuss auf Distanz!»

«Wie wollen Sie im Dunkel auf Distanz schiessen, Sembritzki? Und wollen Sie den gesamten Grenzschutz und die zusätzlichen Kräfte mit ihrer Detonation aus dem Busch klopfen? Glauben Sie mir, auch Malone wird einen Schalldämpfer benützen.» Und nach einer Pause: «Oder ein Messer!»

Ein Frösteln überfiel Sembritzki, als er sich umwandte und ins Dunkel hineinschritt. Sie marschierten mehr als eine Stunde, ohne dass sich etwas tat. Havaš wusste, dass es für Malone schwierig war, ihre Route präzise auszumachen. Einmal, als sie sich ausruhten, hörten sie in der Nähe eine Zweierpatrouille des Grenzschutzes vorübergehen. Sie hörten das Hecheln eines Hundes und waren froh, als die Geräusche wieder schwächer wurden, ohne dass der Hund Witterung aufgenommen hatte. Sie marschierten weiter. Mitternacht war längst vorbei, und Sembritzki fürchtete die Morgendämmerung.

Havaš hatte zu Sembritzki aufgeschlossen. «Die Grenze ist jetzt noch etwa fünfhundert Meter entfernt!», flüsterte er.

Fünfhundert Meter trennten Sembritzki von Deutschland. Jetzt würde wohl Havaš die endgültige Rechnung präsentieren. Aber davon sagte er noch kein Wort. Er liess den Rucksack über die Schulter gleiten, zog die Schnapsflasche heraus und kauerte sich nieder, einen Baumstamm im Rücken.

«Worauf warten wir?»

«Auf Malone», antwortete Havaš. Er hatte seine Pistole auf den Rucksack gelegt.

«Malone wird nicht kommen. Malone kann warten!»

«Malone hat nicht länger Zeit als wir. Er muss Sie vor Tagesanbruch erledigen, ohne Gefahr zu laufen, von einer Patrouille entdeckt zu werden!»

«Das gilt auch für uns!»

Havaš nickte und nahm einen Schluck aus der Flasche.

«Es kommt darauf an, wer den ersten falschen Zug macht.»

Sembritzki schaute auf die kleine Waldlichtung hinaus, die von einer feinen Schneeschicht überzogen war. Seine Finger waren steif und kalt, und er fragte sich, wie er damit einen gezielten Schuss würde abgeben können. Je länger sie unbeweglich dasassen, desto mehr fühlte er die Kälte und die Müdigkeit, die an ihm hoch und in ihn hineinkrochen. Eine Weile war er dann auch wirklich eingenickt, als ihn eine brüske Bewegung seines Gefährten weckte, der eng neben ihm gehockt hatte und jetzt aufgestanden war.

«Dort!», flüsterte er und zeigte auf die Lichtung hinaus. Und jetzt konnte Sembritzki auch den Umriss eines Mannes ausmachen, der, die Hände an seiner Seite, auf die Lichtung hinaustrat.

Malone wusste genau, dass Havaš auf diese Distanz von fünfzig Metern keine Möglichkeit hatte, mit dem Schalldämpfer einen Treffer zu landen. Malones Auftritt war eine reine Provokation und der Beweis dafür, dass er Havaš und seine Reaktion genau richtig einschätzte. Plötzlich verschwand Malone wieder im Schatten eines Baumes. Eine Weile später sah Sembritzki ein Streichholz aufflammen, und dann war nur noch die Spitze einer Zigarette sichtbar, die in regelmässigen Abständen glühte und dann wieder erlosch. Hatte der Mann die Kühnheit, fünfzig Meter von seinen Gegnern entfernt eine Zigarette zu rauchen?

«Schwein!», murmelte Havaš zwischen den Zähnen. «Der hält mich wohl für einen Trottel. Ein schäbiger Trick. Malone hat da so einen elektrischen Glühstängel mit Batterie und Impuls an einem Baum befestigt, um uns glauben zu machen, dass er dort drüben auf uns wartet. Und unterdessen schleicht er sich durch die Büsche.»

Jetzt hörten sie ein Geräusch auf ihrer linken Seite, doch im Augenblick, als sich Havaš in diese Richtung wandte, knackte ein Zweig auf der rechten.

«Trennen wir uns! Gehen Sie rechts, Sembritzki. Aber vorsichtig!»

Sembritzki kroch in die Dunkelheit hinein. Dann hockte er sich auf die Fersen und lauschte, die entsicherte Pistole in der Hand. Es roch nach Moos und frisch geschlagenem Holz. Dann hörte er plötzlich das dumpfe Geräusch eines Schusses. Dann war es wieder still. Ein Zweig knackte. Ein erschreckter Vogel schoss in den Himmel, flatterte über die Lichtung und fiel wie ein Stein auf die Wiese. Noch immer glühte die Zigarette am andern Waldrand. Sembritzki kroch weiter. Er hatte hinter einem Stapel mit frisch geschlagenem und zugeschnittenem Holz Schutz gefunden. Neben ihm verlief ein schmaler Waldweg, der aus dem Dunkel in die Lichtung hinausführte. Sembritzki hörte das Knacken eines Zweiges, und dann sah er den Umriss einer Gestalt auftauchen und auch sofort wieder verschwinden. Er konnte nicht sehen, ob es Havaš oder Malone war. Er hatte jetzt seine Pistole auf dem rechten Knie aufgestützt und wartete so in hockender Stellung weiter. Bereits hatte sich der Himmel etwas aufgehellt. Jetzt hörte er ein Geräusch rechts, und im selben Augenblick trat der Mann, den er vorhin gesehen hatte, wieder aus dem Dunkel hinaus auf den Weg. Jetzt sah Sembritzki auch den andern. Die beiden Männer standen sich in fünf Meter Entfernung gegenüber.

«Damn!»

Der unterdrückte Fluch kam von links. Und als Sembritzki die Waffe hob und auf Malone anlegte, hatte dieser seinen Colt schon im Anschlag. Doch Havaš schoss zuerst. Zwei-, dreimal blubberte es. Dann stürzte Malone, zuerst auf das rechte Knie, und dann drehte er sich lautlos um, präsentierte seinem Gegner die Kehrseite und fiel auf das Gesicht. Sembritzki hatte sich erhoben und stand noch immer da, die Pistole auf den liegenden Mann gerichtet, als Havaš von hinten an ihn herantrat und ihn anstiess.

«Malone ist tot! Es musste getan werden», flüsterte Havaš beinahe entschuldigend. «Er hatte das Pech, dass ich ihn den Bruchteil einer Sekunde vorher sah. Dass ich schneller schoss.»

«Malone ist tot?», murmelte Sembritzki ungläubig. Sembritzki starrte auf den Rücken des CIA-Mannes, auf die dunkelblaue Lederjacke und den flachen Hinterkopf mit den graurot gestreiften Haaren.

«Gehen Sie!», sagte Havaš, und Sembritzki sah, dass er seine Pistole noch nicht eingesteckt hatte. «Den Rest schaffen Sie jetzt allein!»

Hatte Havaš vergessen, seine zusätzliche Rechnung zu präsentieren? Eine Weile standen sie schweigend über dem Toten.

«Das Material, Sembritzki!», krächzte Havaš.

Was wollte der Mann von ihm? Saturns Material? Sembritzki griff sich an den Hals, um den er Saturns silberne Krawatte geschlungen hatte. Hatte es Havaš darauf abgesehen? Ihn hatte es gewundert, dass sein Pfadfinder während der gesamten Flucht nie eine Bemerkung über die Krawatte hatte fallen lassen.

«Was für Informationen, Havaš? Ich habe nichts, was irgendjemand interessieren könnte.»

«Ich will nicht das strategische Material. Keine Agentenware, Sembritzki. Ich will Namen! Ich will wissen, wer hinter der Organisation der Hussiten steckt!»

Sembritzki fühlte, wie seine Beine zu zittern begannen.

«Ich habe keine Namen, Havaš!»

«Kommen Sie, Sembritzki! Ich weiss es doch genau!»

«Nein!», gurgelte Sembritzki. «Nein!»

«Bieten Sie mir nicht irgendeinen Namen an, Sembritzki! Ich lasse mich nicht täuschen!»

«Warum denn, Havaš? Warum?»

«Ich muss etwas in den Händen haben, wenn ich nach Prag zurückkehre. Informationen, die von Wichtigkeit sind. Tauschware.»

«Ich kann es nicht!», flüsterte Sembritzki und verheddterte sich in seinen Gedanken in Wallensteins Schatten: Von falschen Freunden stammt mein ganzes Unglück. Die Weisung hätte früher kommen sollen. Jetzt brauch ich keine Sterne mehr dazu. Sollte auch er jetzt zum Verräter werden? Er fühlte die Mündung von Havaš Pistole auf der Brust.

«Eva Strakova», würgte er endlich heraus. Jetzt hatte er endgültig mit seiner Vergangenheit gebrochen. Havaš hatte ihm die Entscheidung abgenommen. Sembritzki hatte seine Liebe getötet. Endgültig. Böhmen, eine Geschichte der Niederlagen. Die Vergangenheit war tot.

«Die Papiere noch, Sembritzki. Als Beweis!»

Widerstandslos liess er sich von Havaš Evas Vermächtnis aus der Tasche nehmen. Havaš prüfte die chiffrierten Informationen kurz und steckte sie in die Tasche.

«Das wärs, Sembritzki. Glauben Sie mir, ich habe es ungern getan. Ich mag Sie, Sembritzki. Aber jeder ist sich selbst der Nächste. Das gilt auch für Sie! Kommen Sie!»

Wortlos wandte sich Sembritzki um und ging Havaš voran, immer im Schutz des Waldes um die Lichtung herum, bis sie auf der andern Seite angelangt waren und Sembritzki zwischen den Stämmen die sanft hin und her pendelnden Blechbüchsen sehen konnte.

«Passen Sie auf, wenn Sie hinüberwechseln, Sembritzki. Berühren Sie die Drähte nicht. Und weichen Sie den Hunden aus! Ich halte Ihnen den Rücken frei. Leben Sie wohl, Sembritzki!»

Aber Sembritzki antwortete nicht, sondern ging langsam auf die baumelnden Blechbüchsen zu. Als er vor dem rostigen Draht stand, drehte er sich langsam um. Havaš stand am Waldrand vor einem Baumstamm und hob leicht die Hand zum Gruss.

In diesem Augenblick schoss Sembritzki. Er hatte im Gehen den Schalldämpfer abgeschraubt und sandte eine Folge von drei scharfen bellenden Geräuschen in die fahle Morgendämmerung hinein. Er sah, wie Havaš mit grossen Sätzen und hängendem rechten Arm über die Lichtung hetzte. Er hörte, wie die Blechbüchsen sich zu einem gewaltigen Morgenkonzert fanden und vernahm das heisere Gebell von Schäferhunden. Jetzt schossen Leuchtraketen von allen Seiten her in die Luft und tauchten die Szene in gleissend weisses Licht. Langsam schwebten sie an Fallschirmen der Erde zu, als das Gebelfer der Kalaschnikow-Maschinenpistolen einsetzte.

Sembritzki rannte um sein Leben. Er hechtete unter den Drähten durch und sah, als er sich endlich wieder aufrappelte, wie zwei Gestalten aus dem strahlenden Licht einer

Leuchtrakete, die über einem Ast ein paar Meter von ihm entfernt hing, ausgeklammert wurden. Und bevor die Kalaschnikows ihre Eingeweide nach aussen stülpen konnten, schoss er zweimal in diese Richtung, sodass sich die beiden Verfolger blitzschnell hinwarfen. Er rollte sich unter den Drähten durch und robbte dann auf den Ellbogen mit schlapp durchhängenden Beinen weiter, als er das Hecheln eines Hundes hinter sich hörte. Er warf sich zur Seite, als der schwarze Schatten zum Sprung ansetzte, und feuerte seine letzte Kugel in den schwarz glänzenden, gestrafften Körper.

Er raffte sich auf und rannte im Zickzack zwischen den Bäumen, während in seinem Rücken wieder die Kalaschnikows zu sprechen begannen. Aber der Wald war wieder dichter, und seine Verfolger konnten ihn in der Dunkelheit, die hier nicht durch Leuchtraketen erhellt werden konnte, nur schwer ausmachen. Sembritzki wusste, dass sich der Wald an einer Stelle von der Grenze her bis hinunter zum Dorf Eschlkam zog. Er musste diese Deckung ausnützen, und vor allem musste er versuchen, seinen eigenen Leuten auf dieser Seite der Grenze auszuweichen, die im Augenblick damit beschäftigt waren, die Slowaken in Schach zu halten und daran zu hindern, auf bundesdeutsches Territorium vorzudringen, um Sembritzki doch noch zur Strecke zu bringen. Bevor er Stachows Auftraggeber in Konstanz getroffen hatte, durfte er Römmel und dem BND nicht in die Hände fallen.

Dreimal lief er Gefahr, von Patrouillen des Bundesgrenzschutzes entdeckt zu werden, die eine rege Tätigkeit entfaltet hatten. Allerdings konnten sie damit rechnen, dass ein Flüchtling aus der Tschechoslowakei sich ohnehin früher oder später bei einer Polizeistelle melden würde. Natürlich bestand auch die Möglichkeit, dass der BND die Kollegen an der Grenze davon unterrichtet hatte, dass Sembritzki möglicherweise versuchen könnte, die Grenze inoffiziell zu überschreiten, und dass er sofort anzuhalten und zu isolieren sei, bis die BND-Beamten einträfen.

Es war jetzt beinahe hell geworden. Sembritzki war nur langsam vorwärtsgekommen, weil er immer wieder in Deckung gehen musste. Aber die Todesangst war von ihm gewichen. Hier mindestens würde man ihn nicht einfach abknallen. Ob allerdings ein BND-Verhör viel angenehmer ausfallen würde, bezweifelte er. Er sah einen Traktor mit Anhänger einen Feldweg entlangfahren und dann hinauf zum Waldrand in seine Richtung. Der Bauer hatte seine Zipfelmütze tief in die Stirn gezogen. Hundert Meter von Sembritzkis Versteck entfernt hielt er an. Er kletterte vom Sitz, und während er damit beschäftigt war, eine ganze Reihe von Reisigbündeln hinten auf die Ladebrücke zu werfen, schlich sich Sembritzki näher. Und genau im Augenblick, als der Bauer wieder auf seinen Sitz kletterte und den Anlasser seines Ungetüms betätigte, schwang sich Sembritzki hinten auf die Ladebrücke des Anhängers und ging hinter den Reisigbündeln in Deckung. Er lag auf dem Rücken und starrte in den hellgrauen Himmel hinauf, der immer durchsichtiger wurde und an ein paar Stellen schon blaue Farbe sichtbar werden liess. Über ihm kreiste ein Bussard, und der Rauch aus der Pfeife des Bauern schoss in blauen Schwaden über die Reisigbündel hinweg und löste sich in der glasklaren Luft auf. Zurück blieben der süssliche Geruch von Tabak und ein Hauch von Heimweh.

13. Kapitel

Als Sembritzki dann in der Nacht in seinem Zimmer im Konstanzer Inselhotel lag, kam es ihm vor, als klafften Tage zwischen seiner Flucht über die Grenze und seiner südlichen Deutschlandtraversierung. Er war in Dorfnähe von der Ladebrücke des Bauern gesprungen, hatte in einem Wirtshaus in Eschlkam einen heissen Kaffee geschlürft und war dann per Anhalter nach Lam gefahren. Dort war er in den Zug umgestiegen und dann nach mehrmaligem Umsteigen endlich am Abend in Konstanz angekommen. Und jetzt lag er hier in seinem Zimmer im Dunkeln und wartete. Er hatte sich das Essen heraufbringen lassen und das Täfelchen mit der Aufschrift «Bitte nicht stören» an die Türklinke gehängt. In der Nacht fühlte er plötzlich, wie das Fieber in ihn hineinkroch und sich langsam in seinem Körper ausbreitete. Träume drohten sein Gehirn zu sprengen, und Stimmen bohrten sich in sein Inneres: «Fast ein Jahrzehnt lang gelang es inmitten eines von Kaiser und Papst, Klerus und Adel beherrschten Europa einer Gegenwelt, in ihrer böhmischen Heimat selbst die Welt zu sein, die führende Ordnungsmacht, die die kühne Vision einer besseren und gerechteren Welt zu verwirklichen schien.»

Es war die Stimme seines Geschichtslehrers, die sich wie eine Peitschenschnur um seinen Hals wickelte und sich zusammenzog.

Sembritzki hatte die Utopie gebrochen, zerstört, abgetötet. Und gleichzeitig hatte er seine Liebe mit ins Grab geschickt. Aber er hatte Deutschland gerettet! Und während dieser Gedanke sich in seine Fieberträume frass, begann er zu lachen, wieherte, gluckste, keuchte, bellte er so lange und so laut, dass sein Zimmernachbar an die Wand klopfte. Dann fiel Sembritzki wieder in die Kissen und versank in traumloser Lethargie. In lichten Augenblicken schleppte er sich zum Kühlschrank und schüttete Whisky in sich hinein.

Am Morgen lag er erschöpft und nass am ganzen Körper in seinem Bett. Er hatte nicht die Kraft, ins Badezimmer zu gehen. Er lag auf dem Rücken und wartete. Vor beinahe fünfhundert Jahren war Hus in Konstanz eingetroffen. Man hatte ihm den Prozess gemacht, aber der fünfte Evangelist hatte nicht widerrufen, und man hatte ihn später im Dominikanerkloster eingekerkert. Hier war es gewesen! Aber Sembritzki war kein Märtyrer. Und trotzdem wartete auf ihn der Scheiterhaufen, den Römmel wohl schon für ihn aufgeschichtet hatte. Sembritzki gehörte auf die Seite der Verräter. Stachow war es gewesen, der geopfert worden war. Wofür?

Die Stunden krochen vorbei, ohne dass sich Sembritzki bewegt hätte. Das Fieber war zwar gewichen, aber eine unheimliche Apathie hatte sich breitgemacht. Er dämmerte vor sich hin, hinter den schweren, geschlossenen Vorhängen, in einem Zimmer, das nach Schweiss und verschüttetem Alkohol roch.

Um sieben Uhr liess er sich ein blutiges Steak bringen. Um acht Uhr öffnete er endlich das Fenster und liess frische Nachtluft hereinströmen. Um neun Uhr sass er mit einer Whiskyflasche im Bett. Und um halb zehn klingelte das Telefon.

«Hallo!»

Nach langem Tasten hatte Sembritzki endlich den Hörer packen können.

«Herr Sembritzki?»

«Am Apparat!»

«Hier spricht Brunner. Kann ich heraufkommen?»

Sembritzki liess den Hörer sinken und tastete nach der silbernen Krawatte, die über der Bettdecke lag. Er starrte darauf, als ob er sie noch niemals zuvor gesehen hätte. Wie ein Relikt aus einer versunkenen Welt. Er hatte Mühe, sich zu erinnern. Wie durch einen Nebel sah er Saturns eingefallenes Gesicht.

«Hallo! Sind Sie noch dran?», fragte der Mann.

«Kommen Sie herauf!», sagte Sembritzki brüsk und knallte den Hörer auf die Gabel, liess sich aus dem Bett rollen und ging schwankend zur Türe, die er entriegelte. Dann verkroch er sich wieder im Bett.

Als es an der Türe klopfte, sass er aufrecht da, in der einen Hand die Pistole, in der andern die Whiskyflasche, um deren gedrungenen Hals Saturns silberne Krawatte zu einem kunstvollen Knoten geknüpft war.

«Kommen Sie herein», brüllte Sembritzki und brachte die Pistole in Anschlag.

Der Mann, der in der Türe erschien, zuckte zusammen, als er die Waffe auf sich gerichtet sah. Er schloss die Tür hinter sich, ohne sich von Sembritzki abzuwenden. Das Licht einer Leselampe knallte ihm ins Gesicht. Aber es war mehr Amüsement als Angst auf seinen Zügen herauszulesen. Er trug eine hellbraune Wildlederjacke, darunter ein dunkelblaues Hemd und eine hellgraue Cordhose. Hatte Sembritzki diesen Mann nicht schon einmal gesehen? Dieses noch junge Gesicht mit dem zurückweichenden Haaransatz und der vorspringenden gebogenen Nase?

«Treten Sie näher und schliessen Sie die Tür ab!»

Der mittelgrosse Mann drehte sich um, verschloss die Tür und trat dann auf Sembritzki zu. Dieser hatte seine Pistole auf den Nachttisch gelegt und einen tiefen Schluck aus der krawattenverzierten Whiskyflasche genommen.

«Bitte!»

Er machte eine Kopfbewegung zu einem Empiresessel hin. Der Mann mit dem Namen Brunner setzte sich und schlug die Beine übereinander.

«Whisky?», fragte Sembritzki und hielt ihm die Flasche hin. Aber Brunner schüttelte den Kopf. «Sie haben es geschafft, Herr Sembritzki.» Er schaute den leicht betrunkenen Agenten, der nur mit Unterhose und Unterhemd bekleidet auf dem Bett sass, mit einem amüsierten Lächeln an.

«Wie Sie sehen. Ich habe es geschafft. Und es hat mich geschafft.»

«Schwierigkeiten gehabt?»

Sembritzki stiess ein gurgelndes Lachen aus. «Was wissen Sie schon davon? Sie hocken sicher auf irgendeinem ledernen Verwaltungssessel, von einer hübschen Sekretärin umsorgt ...»

«Was soll das, Herr Sembritzki!»

«Entschuldigen Sie!», blubberte Sembritzki und grabschte nach einem Zigarillo auf dem Nachttisch. Das Zimmer drehte sich, und er riss die Augen weit auf, um die Karussellbewegung abzuwürgen.

«Was wollen Sie – Herr Brunner?»

«Was haben Sie mitgebracht?»

«Das kommt ganz darauf an, Herr Brunner!» Sembritzki betonte den Namen bewusst.

«Worauf?» Jetzt war das Lächeln vom Gesicht des Besuchers gefallen, und seine Augen glitzerten. «Wollen Sie ein Geschäft machen, Herr Sembritzki?»

«Ein Geschäft!», wieherte Sembritzki und schlug sich auf den nackten Oberschenkel. «Was soll das, Herr Brunner? Geschäfte! Ich habe nichts anderes gemacht als Geschäfte in den letzten Tagen! Ich habe genug bis zum Hals von Geschäften!»

«Also: Was haben Sie mitgebracht?»

«Zuerst eine Frage! Was ist mit Seydlitz geschehen? Warum hat man mich hängen lassen?»

«Man hat Sie nicht hängen lassen.»

«Ich habe nach Nara verlangt», sagte Sembritzki störrisch.

«Die Nachricht ist nicht mehr angekommen.»

«Man hat Wanda geortet?»

Brunner nickte und ging dann zum Kühlschrank, wo er sich ein Mineralwasser holte. Über die Schulter murmelte er: «Seydlitz liegt im Krankenhaus.»

«Unter BND-Bewachung?», fragte Sembritzki schnell.

Brunner setzte sich wieder und leerte sein Glas. «Das ist nicht nötig, Herr Sembritzki. Herr von Seydlitz hat einen neuen Schlaganfall erlitten. Er kann nicht mehr sprechen.»

Sembritzki sah seinen Freund vor sich, wie er auf seinem hochlehnigen Stuhl gesessen hatte, mit durchgedrücktem Kreuz und unter Aufbietung seiner letzten Kräfte das Glas mit dem Calvados zum Mund geführt hatte.

«Und Wanda?», fragte er. Er hatte die Decke bis zum Hals hinaufgezogen.

«Wanda Werner wurde vom BND verhört. Später hat man sie dann wieder auf freien Fuss gesetzt. Selbstverständlich wird sie nach wie vor beobachtet.»

«Wanda war die Kontaktperson zu Ihnen und zu mir?»

«Ja. Hätte man Wanda nicht enttarnt, sässe ich jetzt nicht hier, Herr Sembritzki. Dann hätte sie diese Aufgabe übernommen.»

«Und Sie sässen weiterhin diskret im Dunkel und würden von dort Ihre Fäden spinnen.»

«Herr Sembritzki, Sie waren lange genug Agent. Ich bin

für Sie eine Begegnung, die Sie wieder vergessen werden.»

Langsam kroch Sembritzki unter der Decke hervor und schaute Brunner böse an.

«Ich soll Sie vergessen! Das gilt wohl auch in umgekehrtem Sinne! Sie wollen mich vergessen. Glauben Sie denn, Römmel lässt mich einfach so laufen? Ich brauche Protektion, Herr Brunner. Ihre Protektion!»

Brunner füllte sein Glas, hielt es gegen das Licht und leerte es dann wieder in einem Zug.

«Ich kann Ihnen nicht helfen, Herr Sembritzki. Stachow ist umgebracht worden, und ich konnte nichts tun. Sie wird man nicht umbringen.»

«BND-Verhöre sind wie langsames Sterben.»

«Sie werden es überleben, Herr Sembritzki.»

Sembritzki hielt Brunner die Arme entgegen und drehte sie dann langsam in den Gelenken, sodass die weisse Innenseite sichtbar wurde.

«Da, schauen Sie! Brandmale! Im Nahen Osten eingefangen. Und in der ČSSR. Auch hier auf der Brust und auf dem Rücken!»

Er hatte sein Unterhemd mit einer einzigen Bewegung vom Körper gerissen und wies mit anklägerischem Finger auf die roten Narben auf der Brust. Dann erhob er sich mühsam, drehte sich um und zeigte seinen mit Malen übersäten Rücken her. Aber seine Demonstration war ohne Würde und ohne Grazie. Auf der vibrierenden Matratze verlor er das Gleichgewicht und stürzte. Eine Weile lag er da auf dem Bauch, dann zog er die Beine an und vergrub den Kopf zwischen den Händen.

«Der BND wird Sie nicht foltern!»

«Ich habe keine Widerstandskraft mehr», murmelte Sembritzki.

«Nur noch einmal, Herr Sembritzki. Es kann doch nicht alles umsonst gewesen sein!»

Langsam drehte sich Sembritzki wieder um, setzte sich, den Rücken gegen die Wand gelehnt, aufrecht hin und starrte Brunner verwundert an.

«Es kann doch nicht alles umsonst gewesen sein!»

Das hatte schon Stachow gesagt. Jetzt sagte es Brunner. Und dasselbe dachte auch Sembritzki für sich. Nur bei ihm war alles umsonst gewesen. Er war der grosse Verlierer. Alle andern hatten noch immer die Hoffnung, dass sich die Vergangenheit rechtfertigen lassen würde, dass sich alle Anstrengungen gelohnt hatten. Nur er hatte seine Vergangenheit verraten. Er hatte Eva ausgelöscht. Bei ihm war alles umsonst gewesen. Und er sollte jetzt die Vergangenheit der andern retten helfen und deren Zukunft? Aber wessen Zukunft stand hier auf dem Spiel? War er nur der Komplize eines Mannes, der seine Karriere aufbaute?

«Ich will die Zusammenhänge kennen, Herr Brunner. Ich will wissen, wofür und für wen ich all das getan habe!»

Brunner war aufgestanden und ging im Zimmer auf und ab. Vor dem Spiegel blieb er stehen und schaute im Glas Sembritzki an.

«Keine Geschäfte! Sie haben Ihren Auftrag erfüllt. Jetzt wollen wir die Resultate!»

Sembritzkis Lachen klang heiser. Es kam von weit her.

«Resultate gegen ein paar Informationen, Herr Brunner!»

Brunner drehte sich ruckartig um und schaute Sembritzki überrascht an. «Informationen welcher Art?», fragte er, und seine Stimme zitterte leicht.

«Wer sind Sie? Wer verbirgt sich hinter dem Namen Brunner?»

«Keine Antwort. Und wenn Sie mich eines Tages erkennen, so bitte ich um Ihr Schweigen.»

«Sie sind ein Fadenzieher, Brunner. Sie sind die graue Eminenz, der Königsmacher oder der künftige König!»

Brunner schwieg. Er hatte sich wieder gesetzt und scheinbar entspannt auf seinem Sessel zurückgelehnt. Nur sein rechtes Bein, das er über das linke geschlagen hatte, wippte stärker als üblich.

«Was war mit Stachow?», bohrte Sembritzki weiter.

«Stachow hat sich Sorgen gemacht wegen des Rechtsrutsches im BND. Immer mehr Leute, die rechtsradikalen Kreisen nahestehen, wurden eingeschleust. Männer, die jenen nahestanden, die die Aufrüstung befürworten. Raketenritter. Kalte Krieger. Rüstungsprobleme sind gesellschaftliche Probleme, Herr Sembritzki. Das hat auch Stachow erkannt.»

Das hatte auch Eva gesagt, erinnerte sich Sembritzki.

«Die Friedensbewegung ist eine Hoffnung», murmelte Brunner und wühlte weiter in Sembritzkis Erinnerungen. «Die Friedensbewegung in aller Welt. Im Westen und im Osten!»

Sembritzki biss sich auf die Lippen. Er sah, wie Havaš mit grossen Sprüngen über die Lichtung gehetzt war. Der rechte Arm hatte leblos an seiner Seite gebaumelt. Hatte Sembritzki Havaš getroffen? War er verblutet? Gestorben? Hatte ihn der STB eliminiert? Sembritzki wusste, wie klein diese Hoffnung war. Havaš war zu geschickt, zu kaltblütig und zu skrupellos. Havaš würde überleben.

«Krieg ist kein brauchbares politisches Mittel mehr, um politische Zielsetzungen zu erreichen.»

«Schweigen Sie!», brüllte Sembritzki, riss die silberne Krawatte von der Whiskyflasche und band sie sich um den nackten Hals.

Brunner schaute ihm verwundert und etwas besorgt zu.

«Was wollen Sie, Herr – Brunner? Zu wem gehören Sie? Stachow war kein Linker! Stachow war Nationalist. Einer, der sein gelebtes Leben rechtfertigen wollte. Haben Sie ihn ganz einfach für Ihre Zwecke missbraucht?»

«Im Kampf um den Frieden zählen die Motive im Einzelnen nicht. Da kommen die verschiedensten Antriebsmomente zusammen, und die müssen kanalisiert werden. Deutschland muss sich heraushalten. Darauf kommt es endlich an. Auf eine neue Deutschlandpolitik!» Brunner hatte sich jetzt nach vorne gebeugt und fixierte Sembritzki mit seinen kleinen, stechenden Augen. «Sie haben Ihren Agentenring in Prag wieder mobilisiert, Herr Sembritzki! Welche Informationen haben Sie mitgebracht?»

Aber Sembritzki lächelte nur verächtlich und steckte sich einen Zigarillo zwischen die Lippen. «Noch nicht, mein Lieber. Zuerst: Welche Rolle spielte Römmel?»

«Hören Sie auf zu fragen, Sembritzki. Sie haben Ihr Leben gerettet. Sie sind Agent. Das ist Ihr Beruf. Es ist nicht an Ihnen, Fragen zu stellen!»

«Ich *war* Agent. Heute reiche ich meine Entlassung ein. In diesem Augenblick, Herr Brunner!» Er hob die Flasche gegen das Licht.

«Prost, Herr Brunner! –»

Er schaute starr vor sich hin und flüsterte dann: «Einmal in meinem Leben will ich wissen, warum ich was getan habe. Auch ich!»

Er rutschte an dem Bettrand zu Brunner hin und fasste ihn an den Schultern. «Um Himmels willen, geben Sie mir ein Motiv, Brunner. Ich will wissen, warum ich meine Liebe verraten habe!»

Brunner war irritiert. Er schaute über die rechte Schulter

dieses verzweifelten Mannes, der in Unterhosen und einem zerfetzten Unterhemd, eine silberne Krawatte um den Hals, vor ihm auf der Bettkante sass.

«Sie müssen Ihr Motiv selbst finden, Sembritzki!», murmelte er in Sembritzkis rechtes Ohr.

«Römmel ist die Drehscheibe, nicht wahr?»

Brunner schwieg und lehnte sich zurück, um Abstand zu gewinnen.

«Römmel ist ein Relikt aus der Nazizeit. Ein Mann aus der Truppe Gehlens, der von den Amerikanern direkt übernommen und dem BND einverleibt wurde. Die Brücke in Pullach war die grosse Agentenbörse. Dort haben die Transaktionen auf dem Agentenmarkt stattgefunden.»

Brunner nickte.

«Aber welche Rolle spielt Römmel jetzt, Herr Brunner?»

«Das wissen Sie immer noch nicht, Herr Sembritzki? Sie haben doch den Schlüssel in der Hand. Sie haben mit Naras Hilfe den CIA-Mann enttarnt!»

«Malone?», Sembritzki fühlte, wie der Hals ihm trocken wurde. Er griff nach der Flasche.

«Malone!», sagte Brunner, und es klang wie ein Keulenschlag. Und dann fragte er: «Wo ist Malone?»

«Malone ist tot! – Ein Mann Thornballs!»

«Hawk», korrigierte Brunner und schaute Sembritzki gespannt an. Dieser fühlte, dass sein Besucher wissen wollte, was *er* wusste. Und umgekehrt.

«Hawk ist ein Mann der amerikanischen Rüstungspolitik. Und Malone war sein Lakai, der mich liquidieren sollte, wenn ich seine Forderungen, falsche Informationen über sowjetische Rüstungsanstrengungen in der ČSSR zurückzubringen, verweigern würde!»

«Sie haben diese Informationen verweigert?»

«Ich habe es getan, aber der Teufel weiss, warum! Nicht Ihretwegen, Brunner. Vielleicht aus Sentimentalität. Stachows wegen! Oder Seydlitz' wegen. Aus falsch verstandener Freundschaft!» Sembritzkis Lachen klang hohl.

«Malone war nicht nur Thornballs Mann, Sembritzki! –»

Jetzt war Sembritzki mit einem Male wieder hellwach. Er wälzte sich aus dem Bett, ging ins Badezimmer, liess die Dusche laufen und kam erst nach zehn Minuten angezogen zurück.

«Malone war auch Römmels Mann?», sagte er endlich und schaute Brunner verwundert an.

Brunner war jetzt ebenfalls aufgestanden, war zum Fenster getreten, hatte den Vorhang zurückgezogen und schaute auf den Bodensee hinaus. Sembritzki hatte das Licht gelöscht und starrte neben Brunner in die Nacht.

«Ihre Informationen aus Prag haben die Zusammenhänge aufgedeckt. Thornball – Malone – Römmel!»

«Und da ist noch dieser mysteriöse Monsieur Margueritte aus Frankreich.»

«Eine grosse Lobby, Sembritzki. Die Protagonisten des Kalten Krieges und dessen Profiteure. Ein weltweiter Clan, Sembritzki. Was Sie da gesehen haben, waren nur ein paar Spitzen in diesem Eismeer!»

«Römmel ist die Drehscheibe?»

«Römmel ist ein Mann des BND und gleichzeitig ein Mann der CIA! Die CIA hat ihm damals eine Chance gegeben. Römmel ist Stratege genug, um von der Situation zu profitieren. Die Interessen der Amerikaner sind die Interessen gewisser Kreise in der Bundesrepublik. Römmel ist der neue Mann im BND. Er ist der Mann der Aufrüstung und der Schrittmacher einer neuen Generation von BND-Leuten.»

«Stachow hat das gemerkt?»

Brunner nickte.

«Römmel hat Sie im Einvernehmen mit dem tschechischen Geheimdienst und dem KGB in Prag und Umgebung Ihr altes Netz aufstöbern lassen ...»

«Um es zu zerreissen! – Das war ja auch im Interesse des Ostens!»

«Ja. Und Stachow hat dasselbe getan, weil er Ihnen mehr zutraute und überzeugt war, dass Sie es nicht zulassen würden, dass Ihre Agenten auffliegen. Ihr Netz war unsere Hoffnung auf Überleben!»

«Es ist aufgeflogen, Brunner!»

Brunner drehte sich Sembritzki zu und schaute ihn entsetzt an.

«War alles umsonst?»

Aber Sembritzki beantwortete diese Frage nicht. Stattdessen bohrte er weiter.

«Hat Malone Stachow getötet?»

Er erinnerte sich an den amerikanischen Hubschrauber, der vom Ilmensee her über seinen Kopf geknattert war, als er beim Schloss Meersburg gewartet hatte.

«Wir haben keine Beweise, Sembritzki», sagte Brunner leise, und Sembritzki konnte die Enttäuschung aus seiner Stimme heraushören. Er packte Sembritzki jetzt mit beiden Händen an den Schultern und schüttelte ihn.

«Haben Sie Ihr Netz wirklich zerschlagen lassen, Sembritzki?»

Aber Sembritzki war noch immer nicht bereit, diese Frage zu beantworten.

«Was für eine Chance haben denn Sie, wenn mein Netz nicht zerschlagen ist? Was bringt das Ihnen, Herr Brunner?»

Brunners Arme sanken von Sembritzkis Schultern.

«Wir bauen eine Regierung von übermorgen auf, Konrad

Sembritzki! Sie können dazugehören. Als Sachverständiger in Sachen Geheimdienst.»

Sembritzki lachte laut heraus, und Brunner schaute ihn irritiert an.

«Sie sind nicht der erste, Brunner, der mir diesen Posten anbietet. Ich bin ein gefragter Mann.»

«Nicht heute, Sembritzki. Vorläufig wird der BND an den entscheidenden Positionen von München aus gesteuert. Alles Römmel-Leute. Und dahinter steht die grosse, weltweite Rüstungslobby!»

«Thornball, Margueritte, zwei Protagonisten! Was für eine Chance haben Sie denn noch, Brunner?»

«Die Friedensbewegung in Ost und West! Da kann heute keiner vorbei. Nicht die NATO und nicht der Warschauer Pakt. Das ist unsere Chance! Und Sie, Sembritzki!» Brunner schaute ihn fast bittend an. Dachte er wirklich an das Schicksal der Menschheit oder an seine politische Karriere? Eva hatte den Politikern nicht getraut. Sie wollte die Macht der Utopisten, die Macht ihrer Gegenwelt erst zu einem späteren Zeitpunkt den Politikern in die Hände legen. Aber Evas Gegenwelt war zerschellt. Die Hussiten würden aufgerieben werden. Und Sembritzki hatte in diesem letzten Akt die Rolle des Henkerknechts gespielt.

«Sembritzki, noch einmal: Was bringen Sie aus Prag mit? Mit welchen Informationen können wir Römmels gezielte Falschinformationen neutralisieren?»

«Wie wollen Sie das tun?»

«Mit Zeitungsartikeln. Mit Fernsehsendungen, Aufklärungsfilmen!»

«Und wer soll Ihnen glauben?»

«Sie werden auftreten, Sembritzki. Sie sind unser Redner! Sie wissen, wovon Sie reden!»

Sembritzki schwieg. Wieder hatte man eine Rolle für ihn in Vorbereitung. Eine lebensgefährliche Rolle. Langsam ging er zum Bett hinüber, wo die silberne Krawatte lag, griff sie sich mit zwei Fingern wie eine Giftschlange ganz vorn, wo sie breiter wurde, und schritt dann beinahe feierlich durch den Raum auf Brunner zu.

«Hier! Die Ringe des Saturn!»

Brunner schaute ihn verständnislos an.

«Ich verstehe Sie nicht, Sembritzki!»

«Wir werden einander nie verstehen, Herr Brunner.»

«Was ist mit dieser Krawatte?»

«Mein Vermächtnis. Mein Netz ist aufgeflogen. Aber ein neues Netz ist gewachsen. Neue Informationsquellen in ganz Böhmen. Einige auch in der Slowakei und ein paar angrenzenden Ostblockstaaten. Lassen Sie das Ding dechiffrieren. Und Sie haben die Gegenargumente in den Händen, die Sie brauchen!»

Brunner stand noch immer verwirrt, die baumelnde Krawatte Saturns zwischen den Fingern, in der Fensteröffnung, als Sembritzki seine Jacke anzog, die Mütze in die Stirn drückte und Havaš' Pistole einsteckte.

«Leben Sie wohl!», sagte er noch und ging hinaus in die Nacht, während Brunner noch lange am Fenster stand und auf die baumelnde silbergraue Krawatte starrte.

Am folgenden Abend ritt Sembritzki auf seinem Pferd Welf zum letzten Mal über die Berner Allmend. Der Mond stand wie ein weisser Lampion am Himmel. Der Grosse Bär war auf der Jagd, die Zwillinge probten die Trennung und Herkules spannte seine Muskeln. Saturn war tot.

Als der Bauer Brämi eben zu Bett gehen wollte, hörte er einen Schuss in den nahen Stallungen. Mit wehendem

Hemdzipfel, eine Petroleumleuchte in der zitternden Hand, hastete er über den Hof zum Pferdestall hinüber. Welf lag mit Sattel und Zaumzeug auf der Seite im Stroh. Aus einem Auge quoll dunkelrotes Blut. Neben seinen Vorderhufen lag eine Pistole.

Mitternacht war längst vorbei, als Sembritzki noch immer an seinem Schreibtisch sass, vor sich eine Batterie von drei leeren Weinflaschen, auf deren Etikett der Name Veltliner stand, vor ihm aber auch der gewaltige Band des Martin Pegius, das erste astrologische Lehrbuch in deutscher Sprache. Inseln vergossenen Weines schwammen auf der aufgeschlagenen Seite und frassen langsam die kunstvoll verschlungenen Buchstaben auf. Aber Sembritzki brauchte diese Vorlage nicht mehr. Er kannte den Text auswendig, den er jetzt laut zu zitieren begann: «Unsäglich ists / inn welche ubergrosse herzlichkeit / Gott der Herr / seinen geschaffnen menschen gesetzet / und ihne mit seinen gefelligen willens / erleuchtiget hatte.»

Sembritzkis Lachen scholl durch das offene Fenster weit über den Fluss, war stärker als das Rauschen der Aare, als er zum lodernden Kaminfeuer hinüberging und das Geburtsstundenbuch mit aller Kraft in die Flammen schob.

Der Zirkel

Teil 1
1. Kapitel

«… es ist unrecht über den Helden zu lächeln, der mit der Todeswunde auf der Bühne liegt und eine Arie singt. Wir liegen und singen jahrelang.»
Franz Kafka

Der goldstrahlende Ofen spuckte immer neue menschliche Leiber mit verrenkten Gliedern aus und trieb sie in einer steilen Wolke von quirlendem Rauch in den makellosen Himmel. Und immer noch mehr Opfer wurden von einem lavabrodelnden Strom, der sich durch eine kühlgrüne Landschaft wälzte, in den glühenden Schlund getrieben, während im Mittelgrund ein Fluss aus felsiger Höhe strömte, in welchem Kopf an Kopf Erlösungsbedürftige von schwebenden Engeln Rettung erflehten. Und drüben am andern Ufer lagen ausgestreckt und still weisse Leiber. Tote? Ermordete?

Da spiegelte sich Gegenwart in mittelalterlicher Kunst.

Konrad Sembritzki starrte auf die kostbaren Tafeln der Faksimileausgabe jenes mittelalterlichen Stundenbuches, das der Duc de Berry unter dem Titel «Les très riches Heures» hatte herstellen lassen. «Les très riches Heures» – Stunden der Erfüllung, reiche Stunden, so ungefähr mochte die Übersetzung lauten. Sembritzki befasste sich nun schon seit Tagen mit dieser mystischen Welt des Mittelalters, mit den lastenden Bildern, wo Kunst das Leben verbrämt und Angst und Schauder vor Heimsuchung und Tod von Gold überstrahlt wird, ein tiefes himmlisches Blau die Geretteten aufnimmt.

Vor mehr als einem Jahr war Sembritzki nach einem unheilvollen Ausritt ins Dressurviereck des Geheimdienstes aus Böhmen wieder in seine Wohnung unten im Berner Matten-quartier zurückgekehrt und hatte sich geschworen, sich künftig ausschliesslich seinem angestammten Beruf als Antiquar zu widmen und sich nie mehr auf zweideutige Transaktionen einzulassen. Und jetzt hatte ihn dieser Tele-fonanruf aus der Botschaft aufgeschreckt:

Wolfram Barth ist erschlagen worden! Einer von uns!

Alles in seinem Innern sperrte sich gegen diese Formulie-rung, die seine einzige Kontaktperson in der Botschaft am Telefon gebraucht hatte. Konrad Sembritzki wollte weder mit der offiziellen Welt der Bundesrepublik Deutschland noch mit jenen Abgesandten etwas zu tun haben, die in den düsteren Bezirken agierten, wo geheime Pläne und Listen die Hand wechselten und jeder nicht nur die eigene Haut, sondern gleich auch noch die Seele zu Markte trug.

Und nun hatte ihn also der Telefonanruf aus der Bot-schaft aus seiner Ruhe aufgescheucht. Konrad Sembritzki, Angestellter des Bundesnachrichtendienstes in sozusagen freiem Arbeitsverhältnis, war wieder gefragt. Mindestens vorübergehend.

«Identifizieren Sie für uns den toten Wolfram Barth», lau-tete der Befehl.

Als ein schneller Sonnenstrahl den Nebel vor seinem Fenster wie mit einem Messer durchschnitt, sah er für einen kurzen Augenblick die drei Männer am andern Ufer der Aare schattenhaft auftauchen. Stumm starrten sie in eine lehmige Grube, wo der Tote liegen musste. War es blosser Zufall, dass seine Mörder ihn ausgerechnet im Blickfeld Sembritzkis vergraben hatten?

Einer von uns!

Was verband denn Sembritzki mit dem stummen Mann am andern Ufer? Von Zeit zu Zeit hatte er ihn bei seinen Pflichtbesuchen in der bundesrepublikanischen Botschaft im Berner Kirchenfeldquartier zu Gesicht bekommen. Er soll dort als Botschaftssekretär tätig gewesen sein. Solche Funktionsbezeichnungen hatten immer etwas Vages, Hypothetisches, und der Tote mochte hier wohl keine Ausnahme machen.

«Identifizieren Sie für uns den toten Wolfram Barth!»

War er denn noch immer eine Art Strafgefangener auf Bewährung? Noch immer wie mit einer Nabelschnur mit den grossen Strategen in Pullach verbunden, wo der Bundesnachrichtendienst seinen Sitz hat?

Wieder holte ein Sonnenstrahl die drei Männer am andern Ufer des Flusses aus dem Nebel heraus. Einer von ihnen hob jetzt mit beschwörender Geste den rechten Arm. Doch schon brodelte der Nebel erneut heran, und der Mann versank wie ein Ertrinkender in den weissen Schwaden.

Hatte es nicht auch letztes Mal mit einem Toten am Wasser begonnen? Damals hatte ihn sein Vorgesetzter Stachow zu einem Treff an den Ilmensee bestellt, hatte ihm verschlüsselt einen Auftrag übergeben, der ihn nach Prag verschlagen hatte. Und noch bevor Sembritzki abgereist war, war Stachow tot am Seeufer gefunden worden. Ermordet!

Sembritzki beugte sich aus dem Fenster, er lauschte dem Rauschen der Aare und spürte, wie es ihn gleichsam in diesen unsichtbaren Strudel hinunterzog, fühlte die unerklärliche Anziehungskraft, den Sog des Stromes, der ihn immer wieder in tiefe, bewusst gesuchte Melancholie stürzte, in der er dann tagelang verharrte und aus der er nur unter unsäglichen Anstrengungen wieder herausfand. In solchen dumpfen Perioden seines Lebens träumte er sich immer wieder in die schwere Landschaft Böhmens zurück, wo er damals in einem gewaltigen Kraftakt sein zerrissenes Agentennetz wieder zu flicken versucht hatte.

«Böhmen, Land der Niederlagen!»

Was waren denn die paar Informationen gegen den endgültigen Verlust jener Frau gewesen, die er zu lieben geglaubt hatte und die er in einem schäbigen Geschäft, um sich selbst zu retten und um eine klägliche Rechtfertigung für seine Aktionen in Böhmen zu ergattern, verraten hatte?

«Wolfram Barth, geboren am 12. Juni in Essen, Bundesrepublik Deutschland. Zweiter Botschaftssekretär in der Vertretung der Bundesrepublik Deutschland in der Schweiz.»

Wolfram Barth war im Zeichen des Zwillings geboren und im Zeichen der Waage gestorben.

Gewogen, gewogen und zu leicht befunden!

Warum gelang es Sembritzki nicht, sich aus der seltsamen Faszination der Sternbilder zu lösen? Warum suchte er immer wieder hinter Daten und Gestirnkonstellationen nach verborgenen Zusammenhängen, nach jenen zusätzlichen Informationen, die ihm die Realität anscheinend verweigerte? Die Astrologie war für ihn mehr als nur ein Hobby. Sie war seine Leidenschaft, die ihn davontrug und ihm half, Banales einzunebeln und geheimnisvoll erscheinen zu lassen.

Sembritzki starrte auf die Tierkreiszeichnung auf einer der kostbaren Tafeln im Stundenbuch des Duc de Berry. Auch dieser längst verstorbene Fürst war ein Sternenhöriger gewesen, und wie Sembritzki nun die im Oval angeordneten Sternzeichen betrachtete, in der linken untern Bildecke jene lateinisch formulierten Sätze ausmachte, die ihn selbst betrafen, war er einmal mehr irritiert, als er diese eigenartige Konstellation bemerkte, die hier festgehalten war. Da wurden Wassermann, Waage und Zwilling als Wasser- und Feuerzeichen in einem Atemzug genannt, und wenn er auch nicht ganz sicher war, wie der Begriff «sanguinea» zu deuten war, so erschrak er doch über die mögliche Interpretation, wonach eine Blutspur den ermordeten zwillinggeborenen und waagegestorbenen Barth mit dem Wassermann Sembritzki verband.

Die Spur war bereits gelegt, und Sembritzki fühlte, wie sich die Zeichen um ihn herum mehrten, die es ihm verunmöglichten, sich aus Entwicklungen herauszuhalten, als deren einer Akteur er vorprogrammiert zu sein schien.

Wolfram Barth, Zweiter Botschaftssekretär. Und dann noch der Nachsatz, nur für internen Gebrauch bestimmt: «Betraut mit besonderen Aufgaben.»

Diese Zusatzinformation hatte ihm seine Kontaktperson in der Botschaft, Botschaftsrat Körner, nachgeliefert. Sembritzki wusste wohl, was damit gemeint war. Jede Botschaft beschäftigte Leute, die sich in jenen Schattenbezirken bewegten, von denen offizielle Stellen nichts zu wissen vorgaben. Und in dieser Hinsicht machte die Vertretung der Bundesrepublik in Bern keine Ausnahme. Das sogenannt neutrale eidgenössische Territorium war bevorzugtes Aktionsfeld jener Diplomaten, die auf Industrie und Wirtschaft spezialisiert waren. In Ländern wie der DDR, der ČSSR, in Ägypten, dem Libanon oder Spanien, wo Sembritzki ebenfalls im Einsatz gewesen war, hatten sich diese «mit besonderen Aufgaben vertrauten Diplomaten» in erster Linie für militärische Bereiche, für Rüstung und strategische Fragen interessiert.

Und jetzt war also eines dieser Schattengewächse der internationalen Diplomatie eliminiert worden. Und ausgerechnet in der friedlichen Schweiz und sozusagen in Sembritzkis Blickfeld.

Einer von uns! In einer Hinsicht traf diese Umschreibung wohl zu. Barth war so etwas wie ein entfernter Kollege Konrad Sembritzkis, ob er das nun akzeptierte oder nicht. Man konnte nicht einfach aussteigen aus diesem Zirkel. Man gehörte dazu, lebenslänglich. Jetzt war Barth entlassen worden, und es gab Augenblicke, wo Sembritzki sogar seine toten Kollegen beneidete, weil sie es geschafft hatten, sich davonzustehlen, ohne von den grossen Strategen in der Pullacher Zentrale noch einmal zur Rechenschaft gezogen werden zu können.

Ohne Konsequenzen verlässt kein Agent oder Spion diese Welt. Einer wird immer zu seinem Testamentsvollstrecker erkoren! War diesmal Sembritzki an der Reihe?

Diese Frage trug er mit sich, als er sich endlich dazu aufraffen konnte, seine Wohnung zu verlassen, und er in den sich langsam aufklärenden Herbstmorgen hinaustrat. Er nahm sich Zeit. Der Schritt vom Privatmann zum Angestellten brauchte Überwindung und Kraft. Und nur zögernd, von einem unerklärlichen Widerstand gehemmt, betrat er beim Tierpark Dählhölzli die schmale Brücke, die ihn jenes Ufer der Aare erreichen liess, wo der tote Barth, umringt von stummen Berner Polizeibeamten, auf die offizielle Identifikation durch einen designierten Vertreter der bundesdeutschen Botschaft wartete.

Sembritzki war erleichtert, als der scharfe Geruch von Bären, Bisons und Wildschweinen, der aus gelbbraunen Pfützen und feuchten Höhlen in den Gehegen auf ihn eindrang, nachliess. Jetzt ging er längs eines Maschendrahtzaunes, hinter dem nicht wilde Tiere stumpf vor sich hin starrten, sondern der das Areal der bundesrepublikanischen

Botschaft umgrenzte, das sich an dieser Stelle bis an die Aare hinunterzog und dann unmittelbar von der Umzäunung abgelöst wurde, die das Territorium der Sowjetbotschaft schützte. Durch einen verwirrlichen Zufall waren Deutsche und Russen im 18. Jahrhundert zu Nachbarn geworden und es, mindestens in Bern, bis zum heutigen Tag geblieben. Damals hatte die russische Prinzessin Feodora am steil abfallenden Aareufer ein Stück Land für ihre Landsleute gekauft, und da die Deutschen damals ebenfalls ein Auge auf diese Parzelle Schweizer Erde geworfen hatten, war es zu diesem Tête-à-Tête gekommen. Und die beiden Botschafter, unterdessen in feindliche Lager abgedrängt, residierten noch immer sozusagen Tür an Tür, und wenn nicht die permanente Überlagerung der Funkmeldungen der beiden Staaten, die durch die unmittelbare Nachbarschaft der Antennenanlagen der beiden Botschaften bedingt war, gewesen wäre, hätte man von ungetrübtem Nebeneinander sprechen können.

«Konrad Sembritzki von der Botschaft der Bundesrepublik Deutschland», sagte er leise, als er endlich bei den drei Männern angekommen war. Nur keine Emotionen zeigen! Jetzt war Sachlichkeit und Zurückhaltung gefragt.

«Können Sie sich ausweisen?»

Die Stimme des dunkelhaarigen, blauäugigen Mannes mit den angegrauten Schläfen und dem akkurat gestutzten Schnurrbart strahlte Autorität aus.

«Können Sie sich ausweisen?», fragte Sembritzki lächelnd zurück. Der Mann zückte seinen Dienstausweis.

«Kommissär Ramseier», sagte er, und seine Stimme klang leicht belegt.

Sembritzki nickte und streckte ihm seinerseits das kurzfristig ausgefertigte Papier hin, das ihm die Botschaft per

Kurier zugestellt hatte und das ihn als Mann in diplomatischen Diensten auswies. Doch Kommissär Ramseier warf kaum einen Blick auf den Ausweis, und Sembritzki wusste auch, warum. Die Immunität von Botschaftsangehörigen machte Sembritzki in den Augen eines Kriminalbeamten zur uninteressanten Figur.

«Wachtmeister Affolter und Korporal Steiner», sagte Ramseier noch missmutig und zeigte auf die beiden andern Männer, die stumm neben ihm standen. Ramseiers Stimme erstarb immer mehr, und der Name des dritten Mannes wurde beinahe ganz vom Rauschen des Flusses verschluckt. Der Polizeibeamte wusste, wie hierarchische Akzente effektvoll zu setzen waren.

Sembritzki nickte abwesend. Er starrte auf den toten Mann in der lehmigen Grube und wunderte sich darüber, dass dieser, abgesehen vom eingeschlagenen Schädel, einen den Umständen entsprechend korrekten Eindruck hinterliess. Die blaue Wildlederjacke wies kaum Lehmflecken auf. Nur die graue Flanellhose war verschmiert und zerknautscht.

«Kennen Sie den Mann?», fragte Ramseier lauernd. Sembritzki schwieg. Wer kannte schon einen Agenten; ausser Namen und Daten gab ein solcher Mann nichts her. Durfte er nichts hergeben. Und sogar die scheinbar verbindlichen Angaben waren nicht immer zuverlässig. Agenten haben kein Gesicht, und diese Feststellung traf auf den Mann in der Grube im wahrsten Sinne des Wortes zu.

«Wolfram Barth, geboren am 12. Juni 1950 in Essen, Bundesrepublik Deutschland. Zweiter Botschaftssekretär», sagte Sembritzki endlich mit gleichgültiger Stimme.

«Kein Zweifel?»

«Keiner.»

«Sind Sie an Hintergrundinformationen interessiert, Herr

444

Sembritzki?», fragte Ramseier und schaute den Mann von der Botschaft lauernd an.

«Nein», sagte Sembritzki und schüttelte leicht den Kopf.

«Nein?» Ramseier fixierte Sembritzki erstaunt.

«War der Ermordete denn kein Kollege …?»

«Kollege?», unterbrach ihn Sembritzki und starrte in die Grube. Ein Schwan glitt lautlos vorbei. Einer der beiden Polizisten warf Steine ins Wasser.

«Barth wurde nicht an dieser Stelle ermordet!»

Stolz schwang in Ramseiers Stimme mit. Er schaffte es nicht, seine Erkenntnisse zurückzubehalten und belieferte Sembritzki mit dezentem Understatement mit einer Fülle von Informationen. So hörte Sembritzki noch einmal, dass Barth, den die Botschaft schon vor drei Tagen als vermisst gemeldet hatte, nicht an dieser idyllischen Stelle in unmittelbarer Nähe eines Stücks aufgekaufter deutscher Heimaterde ermordet worden war, sondern irgendwo auf einem Bauplatz an der Peripherie der Stadt.

«Barth wurde nicht an dieser Stelle ermordet», sagte jetzt Ramseier zum dritten Mal. «Selbst wenn die Tatwaffe ebenfalls in der Grube gefunden worden ist! Zwischen den gefalteten Händen des Opfers!»

«Die Tatwaffe?», fragte Sembritzki gleichgültig. Agenten werden erschossen oder erstochen. Oder sie werden überfahren. Reicher war das Angebot an Todesmöglichkeiten kaum. Agenten sterben keine originellen Tode. Ihr Abgang steht in keinem Verhältnis zu ihren verschlungenen, vernebelten Lebenswegen.

«Das ist die Tatwaffe», brummte Ramseier, und seine Stimme klang jetzt beleidigt, weil es ihm nicht gelungen war, Sembritzki in Erstaunen zu versetzen. «Ein Maurerfäustel!», fügte er triumphierend hinzu.

Erst jetzt sah Sembritzki den schweren Hammer, der neben dem provisorischen Grab Barths auf einer Plastikfolie lag. Seit wann werden Agenten mit Hämmern erschlagen?, dachte er.

«Drei Schläge! Einer von hinten, zwei von vorn.»

Nachdenklich blickte Ramseier auf den toten Barth und lieferte dann noch einen Nachsatz, der Sembritzki aufhorchen liess. «Dieser Mord hat etwas Rituelles an sich.»

Sembritzki schaute zuerst auf den Fluss, über dem der Nebel in Girlanden quirlte, dann suchte er mit den Augen die Umgebung ab und fragte endlich leise: «Hier gibt es keine Akazienzweige?»

Ramseier wusste, worauf Sembritzki hinauswollte. Auch er hatte den Akazienzweig bemerkt, der sich in der Hose des Toten verhakt hatte.

«Ich sagte ja schon, Barth ist nicht hier ermordet worden. Der Tatort liegt auf einem Bauplatz an der Peripherie. Von dort stammt der Hammer, und dort wachsen Akazien.»

Sembritzki nickte, obwohl er gar nicht zugehört hatte. Ramseiers Bemerkung, dass der Mord einen rituellen Anstrich habe, irritierte ihn. Wenn Barth Opfer eines Ritualmordes geworden war, bedeutete das wohl, dass nicht ein einziger Mörder für diesen Tod zur Verantwortung gezogen werden konnte, sondern eine ganze Gruppe. Hatte der Mörder im Namen einer verschworenen Gemeinschaft gehandelt, oder wurde hier nur ganz einfach versucht, eine bestimmte Fährte zu legen?

«Wahrscheinlich ein Beziehungsdelikt», sagte Ramseier abschliessend.

Barth war Botschaftsangestellter gewesen. Betraut mit besonderen Aufgaben. Wenn auch Ramseiers Bemerkung nicht in diese Richtung zielte, da sie nicht von geheimdienstlichen Überlegungen beeinflusst war, lag sie nicht weit von der Wahrheit. Agenten und Spione sterben immer einen Beziehungstod.

«Möglich», nickte Sembritzki endlich und wandte sich ab. Er hatte genug gehört. Jede weitere Information belastete ihn nur, machte ihn zum Mitwisser und Verschworenen in einer Geschichte, mit der er nichts zu tun haben wollte.

«Hatte Barth homosexuelle Neigungen?»

Sembritzki hatte diese Frage erwartet, und so kam denn auch seine Antwort blitzschnell.

«Nein!»

«Nein?»

Ramseier war sichtlich enttäuscht. Sembritzki hatte seine Theorie ins Wanken gebracht.

«Das wissen Sie genau?»

Sembritzki ärgerte sich über seine schnelle Antwort. Natürlich war es möglich, dass die Botschaft einen homosexuell veranlagten Mann beschäftigte. Aber kaum in einer Position, wie sie Barth eingenommen hatte. Ein Mann, der mit «besonderen Aufgaben» betraut war, was immer das auch heissen mochte, musste sich die totale Durchleuchtung seiner Biografie gefallen lassen. Sollte Barth tatsächlich für den BND gearbeitet haben, durfte die Akte, die in Pullach archiviert war, keinen Makel aufweisen. Aber so genau brauchte das Ramseier nicht zu wissen.

«Das wärs! Den Rest erledigen wir in direkten Gesprächen mit Ihrem Botschafter!»

Sembritzki war entlassen. Ramseier hatte ihm mit dieser letzten Bemerkung wieder die Rolle des Befehlsempfängers, des Untergebenen und Opfers zugewiesen.

Wortlos wandte sich Sembritzki ab. Aber war er wirklich entlassen? Fürs Erste hatte er die lästige Pflicht der Identifizierung hinter sich gebracht. Jetzt blieb nur noch der Rapport beim Botschafter, und dann konnte er wieder seine eigenen Wege gehen, konnte sich wieder zurückziehen in sein Refugium auf der andern Flussseite, in den Schutz seiner Bücher, die ihn wie ein Wall von der Aussenwelt abschirmten.

Agenten sterben nicht an strahlenden Oktobertagen, dachte er, als er im erstrahlenden Herbstlicht den Uferweg zurück zum Tierpark ging und dann steil hinauf zur amerikanischen Botschaft. Das europäische Hoch rührte sich schon seit zehn Tagen nicht von der Stelle und hatte Barth nicht die geringste Chance zu einem geheimdienstwürdigen Abgang in Nebel und Niesel gegeben. Das einzige Zugeständnis an die Legende war die Jahreszeit, in der Barth diese Welt verlassen hatte. Der Herbst war die Zeit der Ernte und des Abschiednehmens.

Als Sembritzki am kleinen Familienhotel vorbeiging, das unmittelbar an das gleissende Gebäude der amerikanischen Botschaft anschloss, wurde ihm bewusst, dass er im Begriff war, einen Parcours zu absolvieren, der, flankiert von all den Wachttürmen – besetzt vom CIA, dem tschechischen STB oder der ostdeutschen HVA –, ihn, den Observierer und Mann im Dunkel, zum Observierten und Opfer werden liess. Er war unvermittelt in die Lage jener arglosen Gesprächspartner der Amerikaner manövriert worden, die in der scheinbar harmlosen Umgebung des intimen Familienhotels, Wand an Wand mit der amerikanischen Botschaft, kein Gespräch führen konnten, das nicht, wenn auch sehr diskret, von amerikanischer Seite mitgeschnitten worden wäre. Wände hatten hier Ohren und Mauern Augen.

Der Botschafter empfing ihn nicht im offiziellen Renommiergebäude, wo er selbst residierte und wo auch die Empfänge stattfanden, sondern im lang gestreckten Diensttrakt, der im rechten Winkel zum Repräsentierbau stand und wo auch alle Büros der Botschaftsangestellten untergebracht waren.

Sembritzki passierte die Eingangskontrolle. Obwohl er die Präsenz der Wachen in ihren Glaskanzeln kannte, überfiel ihn doch jedes Mal ein unangenehmes Frösteln, wenn er die Läufe ihrer Maschinenpistolen im Rücken fühlte. Seit dem Überfall auf die Botschaft der Bundesrepublik in Stockholm waren in allen wichtigen bundesrepublikanischen Vertretungen Wachen aufgezogen worden, die alle toten Winkel im Visier hatten. Und diese kompakte Verteidigung eines kleinen Stückleins fremder Heimaterde dünkte Sembritzki symptomatisch für die Verbissenheit und Gnadenlosigkeit, mit der Ideologien und Territorien abgeschirmt wurden.

«Nehmen Sie Platz, Herr Sembritzki.»

Der Botschafter hatte ihn bereits erwartet. Er sass am schwarzen Chippendaletisch, mit dem Rücken zur Wand, und schaute den Gast mit seinen melancholischen Augen prüfend an. Wie immer trug er einen dunkelblauen Zweireiher und eine blaue Krawatte; sein volles Haar, das in sanften Wellen nach hinten gekämmt war, wirkte gepflegt.

«Es handelt sich beim Toten um Herrn Barth?»

Sembritzki nickte, obwohl der Botschafter diese Bestätigung gar nicht mehr brauchte. Man hatte ihn ohnehin vor Sembritzkis Eintreffen über die Identität des Toten informiert. Also war diese Frage nicht mehr als ein sanftes Orgelvorspiel, auf das wohl bald die gewaltig donnernde Toccata folgen würde.

«Ich nehme an, Sie wissen Bescheid darüber, dass Herr Barth innerhalb unserer Vertretung in der Schweiz mit besonderen Aufgaben betraut war.»

Sembritzki stand noch immer aufrecht da, im Rücken das hohe Büchergestell, wo hinter Glas Deutschlands monarchistische Vergangenheit Seite an Seite strammstand.

«Ich kannte Herrn Barth kaum, Herr Botschafter.»

«Bitte?»

Der alte Herr schaute seinen Landsmann missbilligend an.

«Ich bin nur ein gewöhnlicher Bürger der Bundesrepublik Deutschland mit Wohnsitz in Bern.»

«Ein gewöhnlicher Bürger!»

Für diese Umschreibung von Sembritzkis Identität hatte der Botschafter nur ein sehr dünnes Lächeln übrig.

«Herr Sembritzki, Sie sind noch immer Angestellter des Bundesnachrichtendienstes. Auch wenn man Sie auf Eis gelegt hat. Es gibt kein Aussteigen, Herr Sembritzki. Das wissen Sie genau!»

Das klang wie eine Drohung, und es war sicher auch eine. Sembritzki war Gefangener dieses Vereins, in dem er kaum einen Freund hatte. Alle, denen er sich verbunden fühlte, agierten entweder an der Peripherie des Systems oder waren in Ungnade gefallen, so wie sein Berufskollege Bartels, der in München seine trüben Geschäfte mit Informationen und Büchern trieb, oder wie von Seydlitz, der ehemalige Dozent an verschiedenen Goethe-Instituten im asiatischen Raum, der als Sembritzkis Führungsoffizier und Freund damals selbst Opfer des Versuchs geworden war, Stachows Erbe zu verwalten und Sembritzkis Einsätze in Böhmen zu leiten.

«Ich bin Berufsmann, Herr Botschafter. Antiquar!»

Sembritzkis Stimme tönte sanft. Er klaubte einen Zigarillo aus der Brusttasche seines anthrazitgrauen Kordjacketts, steckte ihn zwischen die Lippen und setzte sich unaufgefordert an den Tisch, dem Botschafter gegenüber. Erst als ihm der Diplomat das grosse Tischfeuerzeug mit dem goldenen Adler hinschob, gab er sich selbst darüber Rechenschaft, dass er zum ersten Mal seit seiner Rückkehr aus Prag seine alte Gewohnheit wieder aufgenommen hatte, in Augenblicken der Konzentration unangezündete Zigarillos lange und lustlos bis zu ihrer völligen Verstümmelung zu kauen. Irritiert starrte der Botschafter auf den traurig in Sembritzkis Mundwinkel hängenden Stängel und fingerte dann nervös eine Havanna aus einem goldenen Etui.

«Antiquar!»

Wie eine düstere Wolke hing das Wort im Raum. Schwang Verachtung in der Stimme des Botschafters mit?

«Kaum mehr als eine Tarnung, Herr Sembritzki. Sie haben Ihr düsteres Geschäft mit Büchern immer nur als Vorwand benützt, um mehr oder weniger unverdächtig zwischen Prag, Kairo, Beirut und Madrid hin- und herpendeln zu können. Um Literatur, um historische Werte ist es Ihnen nie wirklich gegangen, und daran hat sich nichts geändert!»

«Ich bin sesshaft geworden, Herr Botschafter. Das hat sich geändert. Mich interessiert der Ursprung aller Dinge, Herr Botschafter», gab Sembritzki lächelnd zur Antwort.

Der Botschafter verzog sein blasses Gesicht zu einer Grimasse.

«Ursprung! Ausgerechnet Sie! Was sind Sie denn anderes als ein Maskenspieler? Wann sind Sie denn je zum Ursprung des Seins vorgestossen? Wann?»

Das letzte Wort klang wie ein Bellen. Dem altgedienten Diplomaten war es sichtlich unangenehm, sich mit einer Gattung Mensch in einem Raum zu befinden, die sich immer nur in den Schattenbezirken des politischen Handwerks bewegte. In den Augen des Botschafters war Sembritzki ein Handlanger des Verschlagenen, Unlauteren. Er gehörte zur Kategorie der Piraten, der Söldner; ein Mann, der für eine zwielichtige Arbeit bezahlt wurde. Einer, dem es nie um Überzeugungen, um Ideale ging. In der Welt des eleganten Wortfechters auf politischem Parkett war kein Platz für Vertreter des Geheimdienstes, und der Botschafter beabsichtigte auch nicht, in seinem letzten Dienstjahr seine Prinzipien zu ändern. Seine Laufbahn hatte ihn quer durch den asiatischen Kontinent geführt. Er hatte einen Zwischenhalt in Den Haag eingeschaltet und war jetzt in Bern gelandet. Endstation. Sollte nun dieser Zwischenfall mit Barth seine makellose Karriere trüben?

«Wolfram Barth ist tot», sagte er endlich; Abscheu verzerrte sein Gesicht, das aber sofort von einer blauen Zigarrenwolke eingenebelt wurde. Seine lakonische Feststellung verlangte keine Antwort. Sie war als Auftakt gedacht. Die Art und Weise, wie der Botschafter seinen Mitarbeiter Barth abgesegnet und kurzerhand von der Zahltagsliste gestrichen hatte, liess eine Fortsetzung erwarten. Barth war tot. Dem Botschafter war es eindeutig unangenehm, den Fall nicht zu den Akten legen zu können. Aber Wolfram Barth, geboren im Juni 1950, blieb über seinen Tod hinaus lebendig.

Ein Zwilling kommt selten allein, dachte Sembritzki. Oder sollte es heissen: Ein Zwilling stirbt selten allein? Gedankenverloren spuckte er ein paar Tabakkrümel aus, als ihn der Botschafter in seine gepflegte Welt zurückholte. Auf eine Weise, die deutlich machte, wie sehr ihn das anwiderte, was er vorzubringen hatte.

«Ich will den Untersuchungen der Berner Kriminalpolizei nicht vorgreifen, doch es besteht wohl kein Zweifel, dass

Herr Barth keines natürlichen Todes gestorben ist.»

Auch diese Bemerkung verlangte keine Antwort. Sie war Teil jenes Repertoires der Diplomatie, wo Binsenwahrheiten und intellektuelle Gedankenakrobatik miteinander abwechselten.

«Agenten leben gefährlich!», versuchte Sembritzki den Botschafter aus dem Busch zu klopfen.

«Agenten?» Der Diplomat runzelte verärgert die Stirn. «Herr Barth war für besondere Aufgaben freigestellt. Er war kein Agent! Das müssten gerade Sie wissen, Herr Sembritzki!» Die Stimme des Botschafters klang scharf, und gleichzeitig wechselte er die Beinstellung. «Nur Leute von Ihrem Schlag wittern gleich hinter jedem Botschaftssekretär einen Agenten!»

Sembritzki starrte auf das Wappen, das den weissen Aschenbecher auf dem Tisch zierte. Da zeigte der bayerische Löwe seine Krallen unter den zwei gekreuzten blau-weissen Flaggen. Stossrichtung Osteuropa!

«Das Wappen des Panzeraufklärungsbataillons, stationiert in Ingolstadt», sagte Sembritzki nachdenklich. Es erinnerte ihn an seine Flucht aus Böhmen, an seinen Spiessrutenlauf durch den Bayerischen Wald, gejagt von den Schergen des tschechischen STB und seinen Kollegen vom BND. Er war das Wild in diesem Spannungsfeld Bayern–Böhmen gewesen. «Böhmen, Land der Niederlagen», sagte er mehr zu sich als zu seinem Gegenüber. Aber der ehemalige Kavallerist hatte gar nicht die Absicht, auf diese Bemerkung einzugehen. Er war viel zu sehr mit dem beschäftigt, was er jetzt an den Mann zu bringen hatte. Er schaute über Sembritzki hinweg zum offenen Fenster, als er nach einer verlegenen Pause sagte: «Herr Barth hatte homophile Neigungen!»

Langsam wandte sich der Botschafter wieder Sembritzki zu, um die Wirkung seiner Worte zu prüfen.

«Ich habe schon verstanden», murmelte Sembritzki. «Man muss somit den Mörder in entsprechenden Kreisen suchen. Keinesfalls ...» Sembritzki brach mitten im Satz ab und schaute den Botschafter lächelnd an.

«Keinesfalls ...?», fragte der Diplomat endlich.

«Keinesfalls darf man die Untersuchungen auf jene Bereiche ausdehnen, in denen ich früher verkehrt habe. So ist es doch gemeint. Und diese Fassung haben wir nach aussen zu vertreten, nicht wahr?»

«Sie haben mich verstanden, Herr Sembritzki.»

Der Botschafter schien erleichtert zu sein. Sembritzki lächelte müde. Er hatte es satt, Positionskämpfe auszufechten. Der Stummel seines Zigarillos hing feucht und traurig zwischen seinen Lippen, als er sich erhob und sich mit einer knappen Verbeugung verabschieden wollte.

«Setzen Sie sich, Herr Sembritzki!»

Die Stimme des Botschafters klang scharf und dünn. Das Vorspiel war zu Ende.

«Einen Cognac?»

«Bitte.»

Sembritzki steckte einen frischen Zigarillo zwischen die Zähne. Mehr als ein Jahr lang war er ohne diesen Tick ausgekommen, und jetzt knatschte er innerhalb von zehn Minuten schon den zweiten Stengel.

«In zehn Tagen gibt unsere Botschaft einen offiziellen Empfang. Im ‹Du Théâtre›.»

Der Botschafter stand mit dem Rücken zu Sembritzki vor dem Schrank. Sembritzki zuckte die Schultern. Empfänge waren nicht seine Sache. Oder war hier bereits eine Falle aufgebaut, in die er stürzen sollte?

«Was hat dieser Empfang mit Barths Tod und mit mir zu tun?»

Der Botschafter kramte weiter im Schrank herum. Zwei zusammenprallende Flaschen gaben einen hellen Klang.

«An diesem Empfang wird unser Land durch den Staatssekretär im Auswärtigen Amt und mich vertreten sein.»

Das war nicht die Antwort auf die Frage, die gestellt worden war. Sembritzki wartete.

«Der Herr Staatssekretär benützt diesen offiziellen Besuch in der Schweiz, um bilaterale Gespräche mit einem Vertreter der DDR zu führen. Die Thematik dieses Gesprächs hat Sie nicht zu interessieren.»

«Natürlich nicht.»

Sembritzki versuchte gar nicht, seinen Spott zu unterdrücken. Aber der Botschafter hatte im Augenblick kein Gehör für Untertöne.

«Herr Barth war in letzter Zeit ausschliesslich mit Sicherheitsaufgaben im Zusammenhang mit dem Besuch des Staatssekretärs beschäftigt.

Der Botschafter hielt ein Glas mit dem bernsteinfarbenen Getränk prüfend gegen das Licht.

«Barth ist tot», sagte Sembritzki, als ob er mit dieser überflüssigen Feststellung einen Schlussstrich unter eine Geschichte ziehen könnte, die sich vor seinen Augen gewaltig aufzublähen begann.

«Eben.»

Der Botschafter kam mit dem Cognacschwenker, in dem der Schnaps sanft rotierte, auf Sembritzki zu.

«Trinken Sie!»

Sembritzki griff nach dem Glas, ohne seinen Gesprächspartner anzusehen und ohne zu warten, bis dieser sich auch ein Glas eingeschenkt hatte. Er leerte es in einem Zug, atmete tief aus und schnalzte anerkennend.

«Sie haben mich verstanden, Herr Sembritzki?»

«Noch ein Glas, bitte!», antwortete dieser, ohne auf des Botschafters Frage einzugehen. Die Zeit der Höflichkeiten war für ihn abgelaufen.

«Herr Sembritzki!»

Sembritzki stand auf und ging zum Fenster. Auf der andern Strassenseite sah er ein junges Mädchen, das einen Brief in den gelben Postkasten warf. Dann hüpfte es davon, vorbei am schlanken Antennenwald, der auf der Westseite des Dienstgebäudes aus einem doppelt unterkellerten Grund wuchs. Dort unten befanden sich die abhörsicheren Räume der Botschaft, in denen jeden Dienstag, auch in Friedenszeiten, ein informativer Gedankenaustausch gepflegt wurde, und wo neben dem Fernmeldezentrum jene Notvorräte gehortet wurden, die bei einer allfälligen Belagerung der Botschaft durch fremde Elemente ein behagliches Überleben unter Tag garantieren sollten.

Untertagsarbeit war wieder gefragt.

«Ein Zwilling kommt selten allein», murmelte Sembritzki und wandte sich wieder dem Botschafter zu. Da draussen war in Gestalt dieses Mädchens noch einmal kurz und unbeschwert die sogenannt normale Welt vorbeigehüpft. Aber er gehörte schon nicht mehr dazu.

«Ein Zwilling kommt selten allein.»

«Ich verstehe Sie nicht, Herr Sembritzki.»

«Ich soll also in die Lücke springen, die Barth hinterlassen hat! So war es doch gemeint?»

«Wir haben keinen besseren Mann als Sie, Herr Sembritzki. Keinen, der so kurzfristig zur Verfügung steht.»

Sembritzki stiess ein kurzes, trockenes Lachen aus.

«Stehe ich denn zur Verfügung?»

«Stellen Sie diese Frage im Ernst?»

«Ich bin kein Babysitter, Herr Botschafter. Ich habe gewisse Erfahrungen als V-Mann und als Einsatzleiter auf fremden Territorien. Aber im defensiven Bereich bin ich eine Niete!»

Der Botschafter schüttelte missbilligend den Kopf. Sembritzkis Widerstand schien ihn zu verärgern.

«Darum geht es diesmal nicht. Das Sicherheitsdispositiv hat Herr Barth bis ins Detail ausgearbeitet. Der Rest ist reine Routine. Eine Bagatelle für einen Mann wie Sie!»

Wieder lachte Sembritzki kurz und trocken.

«Eine Bagatelle! Warum denn, wenn ich fragen darf, ist Barth umgebracht worden?»

«Herr Barths Tod hat mit seiner Aufgabe nichts zu tun! Das ist auch die Meinung des BND.»

«Sie haben also bereits Kontakt mit Ihren ungeliebten Vettern aufgenommen?»

Der Botschafter stellte sein Glas mit Nachdruck auf den Tisch. Die Pupillen seiner hellblauen Augen glitzerten. Ein rosa Schimmer hatte sein bleiches Gesicht überzogen.

«Ich beabsichtige nicht, mich mit Ihnen in diesem Jargon zu unterhalten, Herr Sembritzki. Sie übernehmen Barths Aufgabe. Das ist ein Befehl. Sie kennen Bern, weil Sie seit Jahren hier wohnen. Sie kennen die Leute in unserer Botschaft. Sie haben Geheimdiensterfahrung. Mehr braucht es nicht!»

«Das heisst, ich habe keine Wahl?»

«Sie haben keine Wahl! So ist es!»

Noch einmal versuchte sich Sembritzki zu retten.

«Ich bin beim Bundesnachrichtendienst in Ungnade gefallen, Herr Botschafter. Das wissen Sie. Meine Reise nach Prag hat nicht die Ergebnisse gebracht, auf die die Herren in Pullach gewartet hatten.

«Ich weiss. Man hat mich informiert. Darum sollen Sie auch nicht als Aussenagent eingesetzt werden. Sie agieren hier in Bern, und das nur so lange, bis der Herr Staatssekretär die Schweiz wieder verlassen hat. Dann können Sie wieder zu Ihren Büchern zurückkehren.»

Sembritzki überhörte den leisen Spott nicht, der im letzten Satz mitschwang. Noch einmal hob der Botschafter das Glas, aber nicht in Sembritzkis Richtung, sondern wieder gegen das Fenster, zum fernen westdeutschen Himmel, dem er sich verpflichtet fühlte.

Sembritzki schloss die Augen. Dieser Trinkspruch betraf ihn nicht. Er lauschte auf das feine reibende Geräusch, das der Jackettärmel verursachte, als der Botschafter den Arm wieder sinken liess. Und er hörte, wie die Schneidezähne des Diplomaten ganz leise einen elfenbeinernen Wirbel schlugen. Als sich der Botschafter wieder setzte, hüllte ein zarter Duft von Rasierwasser Sembritzki ein.

«Ein Vertreter des BND wird mit Ihnen Kontakt aufnehmen.» Sembritzkis Zigarillostummel hing im rechten Mundwinkel, eine kaum sichtbare Speichelspur kroch über sein Kinn. Der Botschafter hatte den Eröffnungszug im Namen jener Mitspieler gemacht, die ihre eigenen Gesetze aufstellten und denen sich Sembritzki nun zu unterwerfen hatte.

«Es gibt kein Entrinnen», murmelte er.

«Bitte?»

Aber Sembritzki schüttelte nur den Kopf. Er fühlte sich wie gelähmt. Als er aus Prag zurückgekehrt war, hatte er geglaubt, fortan das Leben eines Privatmannes führen zu können. Und wenn mit der Zeit der Reiz des behaglichen Daseins auch verdampfte und er sich besonders dann, wenn die Dämmerung aus den Ecken und Nischen seines Studierzimmers kroch, manchmal nach jener Spannung sehnte, die in Böhmen sein Leben bestimmt hatte, wenn jenes Gefühl in ihm hochkroch, das ihn gleichsam zum oszillierenden Partikel in einem Kosmos werden liess, der nur wenigen Eingeweihten reserviert zu sein schien, so war er im Grunde seiner Seele doch davon überzeugt gewesen, endgültig ausgespuckt worden zu sein, ein Stück Schlacke an der Peripherie eines magischen Zirkels.

«Sie können gehen, Herr Sembritzki.»

Die Stimme des Botschafters kam von weit her. Trotz der Aufforderung, die Botschaft, dieses komprimierte Stück Vaterland zu verlassen, dieses künstliche Territorium, wo Nostalgie und Verpflichtung gezüchtet wurden, wo Mutterliebe gepredigt wurde und Väter Unterwerfung forderten, war Sembritzki nicht entlassen. Er war sich erst jetzt wirklich bewusst geworden, dass er für immer Gefangener des Geheimdienstes bleiben würde, ein ewiger Wanderer in einem undurchschaubaren Labyrinth, immer auf der Suche nach Vollkommenheit, ob in der Liebe, ob in einer Verpflichtung für eine scheinbar übergeordnete Instanz.

2. Kapitel

Sembritzki glaubte in seinem Innersten an den brüsken Einfall des Schicksals und flüchtete sich immer wieder willentlich aus der ihm oft fremden und kalten Wirklichkeit in eine Welt, wo die Geschehnisse auf wundersame Weise ineinandergriffen, wo scheinbar feststehende Gesetze sich verselbstständigten, sich gegenseitig aufhoben und neue verwirrliche Ordnungen stifteten. Trotzdem starrte er lange irritiert auf den in braunes Packpapier eingewickelten Gegenstand, den ihm der Postbote, kaum war Sembritzki in seine Wohnung an der Aare zurückgekehrt, abgeliefert hatte. Zum ersten Mal seit seinem letzten Einsatz in Böhmen hatte er an diesem Tag wieder Kontakt zu der Welt des Geheimdienstes gehabt, und schon meldete sich ein weiterer Schatten aus seiner Vergangenheit: «Wolf von Seydlitz, zurzeit Krankenhaus der Bundeswehr, Koblenz am Rhein» stand mit Schreibmaschinenschrift auf dem Etikett. Die Koinzidenz der Ereignisse brachte Sembritzki aus der Fassung. Am liebsten hätte er sich Handschuhe angezogen, als er das Paket an sich genommen und es dann sorgfältig, beinahe ängstlich auf seinen Schreibtisch gelegt hatte.

Wolf von Seydlitz!

Aus welchem Seitenarm des Geheimdienstlabyrinths war dieser Mann, den zwei Schlaganfälle zum körperlosen Denker gemacht hatten, so plötzlich aufgetaucht – Seydlitz, der für Sembritzki eine Art Über-Ich, eine gewaltige, unzerstörbare Vaterfigur war, die die Bezeichnung Freund zwar verdiente, aber auf unerklärliche Weise immer wieder neutralisierte?

Eine unerklärliche Angst befiel Sembritzki, als ihn die

Bilder aus der Vergangenheit so brüsk und unvorbereitet einholten. Denn jedes Mal, wenn er es mit Seydlitz zu tun bekommen hatte, wenn er sich ihm mit beinahe kindlichem Vertrauen anvertraut hatte, mit dem grossen Strategen wie mit einem Faden verbunden gewesen war, hatte er sich verirrt. Immer hatte irgendeine feindliche Instanz im entscheidenden Augenblick die Verbindung zwischen ihm und Seydlitz gekappt und ihn, Sembritzki, zum führerlosen Einzelkämpfer gemacht. Hatte ihn in Geschehnisse verwickelt, aus denen er sich, ohne Hilfe von aussen, immer nur mit letzter Kraft hatte befreien können. Während er sich nach der Niederlage in Böhmen erschöpft dorthin zurückgezogen hatte, wo in ihm so etwas wie Heimatgefühl wach wurde, in seine Wohnung im Berner Mattenquartier, hatte sich Seydlitz dem Tod offenbar um eine weitere Stufe genähert. Doch sein Denken war dabei auf wundersame Weise intakt geblieben. Sein Intellekt hatte sich mit ungeheurer Kraft gegen den körperlichen Zerfall durchgesetzt, hatte sich gleichsam verselbstständigt, während er, Sembritzki, sehr viel Zeit gebraucht hatte, wieder in seinen alten Zustand des Gleichmuts zurückzufinden. Und jetzt hatte sich also der gelähmte Chefdenker wieder gemeldet!

Erst, nachdem Sembritzki drei Gläser Bärenfang geleert hatte, diesen starken Schnaps aus seiner versunkenen masurischen Heimat, wagte er es, das Paket zu öffnen.

«Meinem Freund Konrad Sembritzki zum 45. Geburtstag» stand mit Schreibmaschine auf der Rückseite einer Glückwunschkarte geschrieben, die vorn zwei Frauenfiguren zeigte, die sich freundschaftlich umarmten. Eine schneeweisse blonde und eine bronzefarbene schwarzhaarige Jungfrau. Zum zweiten Mal an diesem Tag wurde Sembritzki vom astrologischen Zeichen der Zwillinge bedrängt. Zuerst war es der unglückliche Barth gewesen, und jetzt hatte auch noch der kranke Seydlitz mit letzter Kraft in den Sternenhimmel gegriffen, obwohl dieser Griff sein Ziel um Monate verfehlt hatte.

Wie kam es, dass Seydlitz Sembritzkis Geburtstag in den Herbst verpflanzte, dieses Fest dazu noch mit einem Junidatum feierte, obwohl er doch genau wusste, dass Sembritzki im Zeichen des Wassermannes geboren war?

War Seydlitz doch schon so sehr angegriffen, dass sich seine himmlische Ordnung aufgelöst hatte und die einzelnen Sternzeichen in wildem Reigen durch seine ganz private Hölle auf Erden tanzten? Sembritzki konnte es nicht glauben. Nie hatte Seydlitz etwas ohne Grund getan. Hinter all seinen Handlungen war, selbst wenn sie auf den ersten Blick nicht durchschaubar gewesen waren und oft absurd gewirkt hatten, ein völlig hermetisches, in sich stimmiges System zutage getreten, wenn man sich die Mühe genommen hatte, diesen subjektiven Gesetzmässigkeiten auf die Spur zu kommen, die dieser Stellvertreter Gottes auf dem irdischen Rollstuhl ausgebrütet hatte. Das Geheimnis musste im Geschenk selbst verborgen liegen, das vor Sembritzki auf dem Tisch lag.

Ein Buch!

Sein Umschlag war weiss. Darauf in vertikalem Rechteck ein braun getöntes Foto: unter einem breitkrempigen Hut unscharf das Gesicht einer noch jungen Frau. Ihre grossen Augen schwammen leicht nach oben davon, und unter der konturlosen Nase war ein grosser ausdrucksvoller Mund zu sehen. Der Hals dieser Frau steckte im schweren Kragen eines Mantels, der das Halbfigurenbildnis nach unten abschloss. Und wenn Sembritzki das Bildnis dieser Frau auch auf den ersten Blick nicht kannte, so irritierte ihn dieses geheimnisvolle Foto doch auf unerklärliche Weise. Erinnerte es ihn an jene Frau in Prag, die er vielleicht geliebt und dann in einem letzten Verzweiflungsakt geopfert, verraten hatte, um seine eigene Haut und mit ihr ein paar Informationen über ein havariertes böhmisches Agentennetz in den Westen zu retten?

Eva!

Doch diese Frau auf dem Buchumschlag hiess nicht Eva, sondern Milena. – Milena Jesenská, eine tschechische Journalistin, mit der der kranke Franz Kafka lange Zeit freundschaftlich verbunden war und in einem intensiven Briefwechsel die Chance, die Liebe auch zu leben, nicht zu packen vermocht hatte. Er nicht und auch Milena nicht.

Franz Kafka: Briefe an Milena.

Sembritzki blätterte im Buch. Er zweifelte keinen Augenblick, dass Seydlitz ihm dieses Buch mit Absicht zur Unzeit geschickt hatte. Denn nur auf diese Weise würde Sembritzkis Aufmerksamkeit geweckt werden, der seit seiner Rückkehr aus Prag – und das wusste Seydlitz – alle Botschaften, verschlüsselt oder unverschlüsselt, unberührt und ungelöst beiseitegelegt hatte. Was war es, das ihn das Geschenk des kranken Seydlitz aufschlagen liess? Er wollte doch nicht noch einmal von diesem Mann abhängig sein, nicht noch einmal gelebtes Leben absolvieren, dieselben Wege immer wieder gehen. Aber gab es denn überhaupt einen Ausweg aus dieser heillosen Verstrickung, aus den verschlungenen labyrinthischen Wegen des Geheimdienstes?

Sembritzki las:

«Ja, es ist wohl das Beste, wenn wir zusammenkommen. Wie lange würde es sonst dauern, ehe wir Ordnung machen? Woher ist das alles eingebrochen zwischen uns? Man sieht ja kaum einen Schritt weit. Und wie musst Du darunter gelitten haben

*inmitten alles Sonstigen. Und ich hätte es ja längst einhalten
können, der Blick war klar genug, aber die Feigheit war stärker.»*

Wieder und wieder las Sembritzki die Briefstelle im Buch,
die sich an die beinahe körperlose Freundin Kafkas richtete.
Da hatte sich ein Einsamer, Verzweifelter in das Phantom-
bild einer Frau verkrallt, hatte sie mit einer Flut von Briefen
eingekreist, sich immer mehr zum Eigentum gemacht, zu
seinem ureigenen Geschöpf, das – weil es mit Worten, mit
Dichterworten zu gängeln war – sich so lange als Geliebte,
Freundin, Mutter und Schwester benutzen liess, als es nicht
Körper geworden war, als nicht die Nähe, die Gegenwart,
das Kunstgebilde zerstörte.

Wie viel Umsicht lag doch hinter diesem zur scheinbaren
Unzeit eingetroffenen Buchgeschenk! Wie immer man das
Ganze, und im besonderen die erste Passage, die Sembritzki
gelesen hatte, auch drehen und wenden würde, immer ergab
sich, mindestens für den designierten Empfänger, ein Sinn,
der sich aus einem verschlüsselten Zusammenhang heraus-
brechen liess!

Sembritzki schob das Buch von sich. Zwar vermutete er,
dass er, darin blätternd, auf eine Fülle von weiteren Anspie-
lungen und auch konkreter Mitteilungen stossen würde, die
im Zusammenhang mit seiner neuen Aufgabe und dem Tod
des Zwillings stehen mochten, doch ihm fehlte die Kraft,
sich all dem zu stellen, was der paralysierte Seydlitz anscheinend schon seit einiger Zeit gewusst oder vorausgesehen und
auf seine Art seinem Freund Sembritzki weitergegeben hatte.
Wieder hatte Seydlitz ihn mit unsichtbarem Faden an sich
gebunden, mit der unausgesprochenen Aufforderung, sich
aufzumachen und einzudringen in eine Welt, wo Schein
und Sein ineinanderflossen, wo die Grenzen zwischen Irrea-

lität und Wirklichkeit nicht mehr auszumachen waren und nur derjenige eine Überlebenschance hatte, der es verstand, seine wahre Identität zu verhüllen, jedem, dem er hier begegnete, in der Verstellungskunst übte und imstande war, mindestens um einen Atemzug länger die Maske oben zu behalten als der andere. Doch noch wehrte sich Sembritzki innerlich gegen diese Abhängigkeit von Seydlitz, gegen diesen Akt einer erneuten Auslieferung an einen Zweiten, an einen Fadenzieher, der mehr wusste als er selbst.

Sembritzki stand brüsk auf. Ein Gefühl der Angst hatte ihn plötzlich gepackt, Todesangst vielleicht, denn er war einfach nicht bereit – und das gestand er sich mit Bitterkeit ein –, sich auf einem Weg weiterzubewegen, den Seydlitz bereits mit sturer Konsequenz eingeschlagen hatte. Dazu fehlte ihm die Kraft der Überzeugung, mit seinem Tun in dieser verqueren Welt etwas ändern zu können. Dazu fehlten ihm die Motive, die ein Selbstopfer sinnvoll hätten erscheinen lassen. Für Theatertode auf dieser Bühne, die er jetzt zu betreten hatte, war Sembritzki immer zu haben. Für den wirklichen Tod aber hatte er nichts übrig.

Wolfram Barth! Der Name stand im Berner Telefonbuch. Eine halbe Stunde später stand Sembritzki mitten in der Berner Altstadt im Schatten der Arkaden und musterte die Namensschilder auf dem grau gerippten Sandstein. W. Barth, 3. Stock.

Den Mann in der Lederjacke auf der andern Strassenseite, der sich im Glas der Haustüre spiegelte, hatte Sembritzki an diesem Tag schon einmal gesehen. Der bronzefarbene Dressman von der Berner Kriminalpolizei hatte ihn mit ersterbender Stimme als Korporal Steiner vorgestellt. Von dieser Seite hatte Sembritzki also nichts zu befürchten.

Viel eher konnte ihm der Mörder Barths gefährlich werden. Der Mörder? Insgeheim sträubte sich Sembritzki dagegen, in diesem Fall nur in der Einzahl zu denken. Barth war nicht einfach Opfer eines mehr oder weniger sinnlosen Gewaltakts geworden. Was hatte er gewusst? Was hatte er zu viel gewusst?

Sembritzki betrat das Haus und stieg über die steinernen Treppenstufen nach oben. Eine Weile stand er wartend vor der Tür aus dunkelgrün lackiertem Holz, hinter der Wolfram Barth sein geheimnisvolles Leben gelebt hatte. Alles schien in diesem Haus von beinahe klinischer Sauberkeit zu sein, und Sembritzki wusste jetzt, warum der Erschlagene selbst in der lehmigen Grube einen so properen Eindruck hinterlassen hatte. Barth hatte etwas von dieser vornehm unnahbaren Kälte mit in den Tod gerettet.

War Sembritzki überrascht, als die Tür plötzlich aufging? Kaum. Er hatte damit gerechnet, dass er nicht als erster in Barths Wohnung eintreffen würde.

«Konrad Sembritzki!»

Der Mann mit dem etwas wirren schwarzen Haar und dem Kinnbart, der nur auf den ersten Blick verwegen wirkte, gab dem grossen S in Sembritzkis Nachnamen mit scheinbar schwerer Zunge einen eleganten Drall.

«Erhard Reusser», sagte Sembritzki ohne Begeisterung.

Also war der Bundesnachrichtendienst schon aktiv geworden. Man hatte einen Mann ausgeschickt, dessen hervorstechendste Eigenschaft seine Ausdauer war, seine Verbohrtheit, seine Unbeirrbarkeit, mit der er seine Ziele verfolgte. Reusser war ein Profi, ein Wolf im Schafspelz, der Bedächtigkeit ausstrahlte, bäuerliche Gemütlichkeit auch, aber hinter seinem so verbindlichen Äussern verbarg sich ein scharfer

Geist. So hatte sich Sembritzki als Schüler immer Ignatius von Loyola vorgestellt.

«Was suchen Sie hier, Herr Sembritzki?», fragte Reusser und drehte eine Rose mit gebrochenem Stiel zwischen den Fingern.

«Ich bin vorübergehend sozusagen Barths Nachfolger, Herr Reusser.»

«Ich weiss.» Reusser nickte mit schiefem Grinsen. «Barth ist tot. Sein Tod hat Sie jedoch nicht zu interessieren, nur die Aufgabe, die Sie zu übernehmen haben.»

«Ich übernehme die Aufgabe eines Toten, ganz recht, Herr Reusser. Die Aufgabe eines Ermordeten! Haben Sie also Verständnis dafür, dass ich mich, wenigstens in Ansätzen, für das Privatleben jenes Mannes interessiere, in dessen Fussstapfen ich zu treten habe.»

«Hier finden Sie nichts», sagte Reusser und gab der Tür in seinem Rücken einen Stoss, sodass Sembritzki Einblick in die Wohnung des Toten erhielt. «Eine Phantomwohnung», dachte er, als er durch den weiss gekachelten Flur einen Wohnzimmerausschnitt sah: beiger Teppich, weisse Knolltischchen, weisse Guzzinilampen, weisse Vorhänge, weisses Büchergestell.

«Keine Spuren, Herr Sembritzki! Diese Rose hier war das einzige störende Element in der Wohnung. Sie lag neben dem Telefon, verwelkt und geknickt.»

Sembritzki wusste, dass Reusser Barths gesamten Hausrat Stück für Stück durchforstet hatte, und wenn er etwas gefunden haben sollte, würde er es wahrscheinlich für sich behalten, falls es im Zusammenhang mit Sembritzkis Temporäreinsatz nicht von Bedeutung war.

«Barths wichtigste Unterlagen waren wohl alle in der Botschaft?» Sembritzki sah Reusser fragend an. Er liess seine

Blicke wandern, von den plumpen schweinsledernen Schuhen über die handgestrickten braunen Socken und die dunkelbraune Flanellhose hinauf zur hellbraunen Lederjackenimitation. Er starrte auf das kanariengelbe Unterhemd Reussers, das unter dem weit geöffneten Hemd hervorblitzte und aus dem sich drahtiges schwarzes Brusthaar kräuselte. Erhard Reusser war eine uneinheitliche Erscheinung; ein Mann, der sich bieder und harmlos gab, dessen Exkursionen ins geistige Niemandsland aber, dessen blitzschnelle Ausfälle aus der behaglichen Enge eines scheinbar arglosen Denkens ihn zum gefährlichen Partner machten. Reusser war immer als potenzieller Feind anzusehen. Das hatte Sembritzki früher schon oft erfahren müssen, wenn er sich mit ihm auf ideologische Auseinandersetzungen über Wesen und Aufgabe des Bundesnachrichtendienstes eingelassen hatte.

Und jetzt war den Drahtziehern in Pullach also nichts Besseres eingefallen, als ihm diesen Wolf im Schafspelz auf den Hals zu schicken.

Reusser hatte lächelnd zur Kenntnis genommen, wie ihn Sembritzki eingehend betrachtet hatte.

«Ganz richtig», sagte er endlich. «Barth hatte alle wichtigen Unterlagen in der Botschaft verwahrt. Aber die brauchen wir nicht einzusehen, weil sie identisch sind, mit dem, was wir in Pullach haben. Die Botschaft hat uns routinemässig alle Kopien von Barths Aufzeichnungen zugeschickt.»

Sembritzki nickte. Man hatte Barth wohl an kurzer Leine gehalten, was bei Debütanten auch üblich war.

«Barth gehört zu unserm Verein?»

«Wie kommen Sie darauf, Herr Sembritzki?»

«Sonst wären Sie nicht hier, Herr Reusser. Es ist nicht Aufgabe des Bundesnachrichtendienstes, Morde an Botschaftsangehörigen zu untersuchen, wenn der betreffende

Mann nicht selbst BND-Mann war.»

«Wie scharfsinnig», lächelte Reusser spöttisch.

«Barth war ein Novize?»

Zu Sembritzkis Überraschung schüttelte Reusser den Kopf.

«Barth war Klasse, lieber Sembritzki. Ein Mann mit erstklassiger Ausbildung!»

«Warum hat man einen solchen Könner nach Bern abgeschoben?» Reusser verzog seinen grossen Mund zu einem gequälten Lächeln. Dann zog er Sembritzki schnell in den Flur, schloss die Tür und betete innerhalb kürzester Zeit eine Liste von Einsatzmöglichkeiten für Agenten herunter, sprach von Waffenhandel, von Industriespionage, Geldtransaktionen und vor allem davon, dass wohl kein Land dieser Welt, das einen einigermassen gut organisierten Geheimdienst unterhielt, es sich leisten könne, nicht auch in der Schweiz Spitzenleute einzusetzen. Reusser sprach schnell und leise; er verlor kein Wort, das irgendwie Bezug auf Barths Tod nahm. Reusser sprach viel und sagte wenig. Mit Worten hatte er Sembritzki auf Distanz zu halten versucht. Und Sembritzki ärgerte sich über die süffisante Art, mit der ihm Reusser diese Pseudoinformationen auftischte. Als ob er ihn damit in die letzten Geheimnisse der Agententätigkeit eingeweiht hätte!

«Das wärs?», fragte Sembritzki bissig.

«Das wärs!», antwortete Reusser mit freundlichem Grinsen und kraulte, zufrieden mit sich selbst, sein Brusthaar.

«Das wars wohl nicht, Herr Reusser! Ich möchte Konkretes wissen! Barth war mit Spezialaufgaben im Hinblick auf den Berner Besuch unseres Staatssekretärs im Auswärtigen Amt betraut. Ich möchte Konkretes wissen, über Barths Hintergründe, seine Bekanntschaften, seine Spezialaufgaben!»

Jetzt blickte Reusser hellwach. «Gehen wir!» Er drehte die gebrochene Rose zwischen den Fingern, von der sich langsam die drei letzten Blütenblätter lösten und auf den Fussboden schaukelten.

«Gehen wir!», sagte Reusser noch einmal und machte eine Bewegung, als ob er mit dem Stängel der Rose Sembritzki durchbohren wollte.

«Wohin?»

«Wir treffen uns auf der Plattform des Münsterturmes, Herr Sembritzki. Zufällig!»

Sembritzki erinnerte sich, dass Reusser eine Schwäche für klerikale Umgebungen hatte; immer waren es Klöster, Kapellen, Kirchen oder Friedhöfe, wo er sich mit seinen Kontaktleuten zu treffen pflegte. Da schleppte ein ausgekochter Profi anscheinend noch immer seine weihrauchgeschwängerte Vergangenheit wie ein Kreuz mit sich, wurde immer wieder von süssen Schwaden eingenebelt, von einem Kreuz gedrückt, das sein Vater damals für ihn geschnitzt haben mochte.

«Und nicht auf direktem Weg, wenn ich bitten darf», ergänzte Reusser überflüssigerweise.

«Für wen halten Sie mich denn?», knurrte Sembritzki wütend, obwohl er wusste, dass ihn Reusser nur hatte provozieren wollen.

Eine halbe Stunde später stand er oben auf der Plattform des Münsterturms und schaute über die Brüstung auf den gepflasterten Vorplatz hinunter, wo Motorräder aufgebockt waren und die bunten Kleider spielender Kinder wie Herbstblätter in der glasklaren Luft flatterten.

Reusser, eine schweinslederne Tasche an langem Riemen an der Seite, auf dem Kopf seine speckige lederne Schirmmütze, ging wie der Heilige Vater in Person über den Platz, strich da und dort einem Kind über den Kopf, als ob er grosszügig seinen Segen verteilte, und tauchte dann im Torbogen unter. Fünf Minuten später tauchte er atemlos oben auf der Plattform auf. Die Schirmmütze hielt er jetzt in der einen Hand, während er mit dem gelben Taschentuch in der andern den Schweiss im Nacken trocknete.

Es dauerte eine Weile, bis er sich von der Anstrengung erholt hatte. Er lehnte neben Sembritzki an der Brüstung, und zusammen blickten sie stumm über die vielen verschachtelten Häuser mit den rotbraunen Ziegeldächern von Berns Altstadt.

«Wer war Barth?», fragte Sembritzki endlich. Seine Stimme wurde vom aufgeregten Gurren der Tauben im Turm zugedeckt.

«Barth hat einen verschlungenen Bildungsweg hinter sich. Angefangen hat er bei uns als Archäologe!»

Sembritzki lachte laut heraus.

«Archäologe, nicht schlecht! Beim BND gibt es ja genug auszubuddeln!»

Reusser schaute Sembritzki verächtlich an. Für solche wenig witzigen Bemerkungen hatte er nichts übrig.

«Barth war als Archäologe in der Türkei und in Nordafrika im Einsatz.»

«Natürlich mit speziellen Aufträgen, nehme ich an!»

Sembritzki steckte einen Zigarillo in den Mund.

Reusser antwortete nicht. Stattdessen wischte er seinen Ärmel von Taubenkot sauber.

«Wie wurde er ausgebildet?», fragte Sembritzki weiter.

«Auf eher ungewöhnliche Weise. Barth hat eine Bundeswehrkarriere absolviert.»

Sembritzki wurde aufmerksam.

«Sonthofen?»

Reusser nickte.

«Sonthofen, dann Euskirchen!»

«Jägerbataillon 532 oder Feldartilleriebataillon 535?»

Reusser schwieg.

«Oder PSV?»

Noch immer gab Reusser keine Antwort.

«Liegt da der wunde Punkt? War Barth Absolvent der Schule für psychologische Verteidigung?»

«Sie fragen zu viel, Sembritzki. Jedenfalls brachte es Barth bis zum Oberleutnant. Auf Empfehlung seines Vorgesetzten wurde er nach Pullach in die Zentrale transferiert. Ein paar Monate hat er zusätzliche Ausbildungskurse des Bundesnachrichtendienstes besucht. Und darauf folgten die Einsätze als Archäologe, bevor er nach Bern delegiert wurde.»

«Archäologie! Hat Barth ein ganz legales Studium absolviert oder nur ein Scheinstudium?»

Reusser zuckte mit den Schultern.

«Seine Studien hat er während seiner Bundeswehrausbildung begonnen. Dann ist er ausgestiegen und erst nach seinem Transfer nach Pullach hat er sie in München zu Ende gebracht.»

Sembritzki warf ein kleines Klümpchen Moos, das er von der Balustrade abgekratzt hatte, in die Tiefe, schaute ihm lange konzentriert nach und verlor es dann doch aus den Augen. Die Tauben gurrten ununterbrochen und stoben in einer blaugrauen Wolke davon, als die Uhr vom Turm einmal schlug. Dann war es eine Weile still, bis die Vögel ihre alten Standplätze wieder eingenommen hatten.

«Gibt es in dieser Laufbahn Anhaltspunkte, die auf den Mord schliessen lassen?», fragte Sembritzki endlich und wandte sich wieder Reusser zu.

«Kaum.»

Reusser starrte weiterhin über die Dächer. Er schien über etwas nachzudenken.

«Also muss seine Ermordung etwas mit dem bevorstehenden Besuch des Staatssekretärs zu tun haben.»

Reusser schwieg.

«Barth hat ein perfektes Sicherheitssystem entwickelt. Der Staatssekretär steigt im Hotel Bellevue ab. Der Empfang, den unser Botschafter gibt, findet im Restaurant ‹Du Théâtre› statt. Barths Aufgabe war es, ein zweites Sicherheitsnetz zu knüpfen für den Fall, dass das offizielle etwa reissen sollte.»

«Offiziell, das heisst wohl: Berner Stadtpolizei und persönliche Eskorte des Staatssekretärs.»

Reusser nickte, spuckte in die Tiefe und schaute aufmerksam dem sich auflösenden Speichel nach.

«Pullach hat Barth jede gewünschte Hilfestellung geleistet.»

Sembritzki schaute Reusser aus den Augenwinkeln an.

«Warum Pullach? Sicherheitsaufgaben im Ausland sind nicht Sache des BND.»

«In diesem Fall sind sie es, lieber Sembritzki!»

«Und warum überhaupt dieses ganze Theater? Ein Staatssekretär ist keine öffentliche Figur.»

Reusser lächelte mitleidig.

«Ich weiss», nickte Sembritzki. «Honecker soll in die Bundesrepublik kommen. Und der Staatssekretär soll sondierende Gespräche mit DDR-Vertretern in Bern führen. Weiter geht es um Transitfragen. Trotzdem, es ist nicht Aufgabe des BND, da mitzumischen. Es sei denn, gewisse Leute in Pullach möchten ganz genau wissen, was da in Bern verhandelt wird. Dies im Interesse gewisser Kreise.»

Sembritzki versuchte, seine Stimme sachlich klingen zu lassen. Reusser wandte sich um, stützte sich mit den Ellbogen auf der Brüstung ab, verzichtete aber vorläufig darauf, Sembritzkis Mutmassungen zu kommentieren. Dieser blickte über die rechte Schulter seines BND-Kollegen hinüber zum Gurten, dem Berner Hausberg, der behäbig und bunt über der Stadt hockte. Ein paar Tauben flatterten über ihren Köpfen auf und ab, als Sembritzki endlich mit wütender Bewegung seinen Zigarillostummel in die Luft warf. Von unten drang das Kreischen der spielenden Kinder wie durch einen Filter zu ihnen. Und endlich begann auch Reusser wieder zu sprechen.

«Wollen Sie schon wieder Politik machen, Sembritzki?»

«Was heisst ‹schon wieder›?»

«Ach, spielen Sie nicht den Ahnungslosen!» Reusser lächelte mitleidig. «Ihre letzte Mission in Prag war doch nichts anderes als der klägliche Versuch, den eigenen Nachrichtendienst aus den Fugen zu heben. Ein gescheiterter Versuch, wie Sie rückblickend zugeben müssen!»

«Wäre mein Versuch, wie Sie meinen, ganz geglückt, würden Sie wohl nicht hier stehen, beinahe hundert Meter über der altehrwürdigen Stadt Bern, und sich als mein Führungsoffizier aufspielen!»

Reusser stiess sich von der Brüstung ab und funkelte Sembritzki aus kaum zehn Zentimetern Distanz wütend an. Ein sanfter Duft von Knoblauch begleitete die vier Worte, die als bellendes Stakkato auf Sembritzki zuschossen.

«Was soll das heissen?»

«Was wohl?», fragte Sembritzki ruhig und trat einen Schritt zurück. «Dass ich der Meinung bin, dass Sie ein strammer Jünger des alten Gehlen sind, den der CIA nach Kriegsende von Hitler sozusagen in fliegendem Wechsel übernommen hat.»

«Gehlen war ein ungewöhnlicher Nachrichtenchef. Das

haben auch unsere amerikanischen Verbündeten gemerkt.»

«Daran zweifle ich nicht. Wie ich auch nicht an der Grosszügigkeit zweifle, mit der unsere amerikanischen Freunde – um die traute Anrede unseres Kanzlers zu brauchen – bei gewissen Protagonisten aus dem Dritten Reich auf beiden Augen blind waren, wenn es darum ging, politische Gesinnung gegen Brauchbarkeit abzuwägen.»

«Sie sind ein kleiner Kläffer, Sembritzki. Ein Mann ohne jeden Sinn für politische Zusammenhänge. Halten Sie sich aus der Politik heraus, sage ich Ihnen. Und führen Sie im friedlichen Bern nicht Ihren Privatkrieg. Das bringt nichts!»

«Das war wohl eine Warnung?»

Reusser trat jetzt wieder an die Brüstung und schaute scheinbar interessiert in die Tiefe.

«Das war ein Befehl, weiter nichts!»

«Barth war wohl auch Ihr Befehlsempfänger?»

«Vergessen Sie Barth, Sembritzki. Eines ist sicher: Er lag auf einer ganz anderen ideologischen Linie als Sie. Und sein Tod hat mit all dem nichts zu tun. Ein reiner Kriminalfall!»

«Rein?», fragte Sembritzki. «Das Ganze hatte einen rituellen Beigeschmack!»

Reusser wandte sich brüsk um.

«Was soll das heissen?»

«Ich wiederhole nur, was der Berner Polizeioffizier gesagt hat.»

«Und Ihre Meinung, Sembritzki?»

«Meine Meinung?» Sembritzki lachte laut heraus. «Ich bin blosser Befehlsempfänger, lieber Herr Reusser. Befehlsempfänger haben keine eigene Meinung zu haben.»

Er stand jetzt in der engen Türöffnung und hob lächelnd die Hand zum Abschiedsgruss.

«Sembritzki, Sie lassen den Staatssekretär in keinem

Moment seines Berner Aufenthalts aus den Augen! Sie kennen unsere Kollegen vom KGB und von der HVA in Ostberlin. Checken Sie, welche Köpfe nicht zu den offiziell geladenen Gästen passen. Sie erhalten eine Liste, auf der all unsere eigenen Leute aufgeführt sind, die in Bern im Einsatz sind. Und natürlich einen genauen Zeitplan, nach dem der Besuch des Staatssekretärs abläuft. Körner ist Ihr Kontaktmann in der Botschaft.»

«Körner? Gut!»

Zwar bekleidete Körner offiziell den Posten eines Botschaftsrates, doch hatte er sich im Verlauf seiner politischen Karriere vor allem als Experte für Rüstung profiliert. Körner war ein Mann mit Verbindungen, ein alter Fuchs im diplomatischen Gewerbe.

«Und Sie, Herr Reusser?», fragte Sembritzki endlich.

Wieder verzog Reusser sein Gesicht zu einem zweideutigen Grinsen.

«Ich reise noch heute ab. Ich bin Ihr Mann in Pullach!»

«Schön, einen Onkel in Bayern zu haben», antwortete Sembritzki spöttisch und tauchte im Dunkel des engen Treppenaufgangs unter. Als er endlich im Hauptportal unter Erhard Küngs gemeisselter Darstellung des Jüngsten Gerichts stand und auf den lichtüberfluteten Platz hinausschaute, hatte er einmal mehr das Gefühl, im falschen Jahrhundert zu leben. Immer wenn Sembritzki durch Räume ging, in denen menschlicher Grössenwahn, Machthunger, Verschlagenheit oder Blutdurst nur noch als harmonische Architektur, als Kunst übrig geblieben war und Geschichte sich gleichsam als Bild in gefrorenem Zustand präsentierte, fühlte er sich frei von jener Bedrückung und unerklärlichen Angst, die ihn sonst oft begleitete. Da hatte sich selbst der böseste Geist veredelt, spiegelte sich in Ornamenten und auf nachgedunkelter Leinwand frei von politischer Intrige, und hohle Begriffe wie Vaterland, Heimatliebe wurden komprimiert in einer einzigen grossen Gebärde ausgedrückt. Da konnte man durch stille Räume gehen, von den Menschen jener Zeit entvölkert, und musste nicht das Messer jener Zeitgenossen im Rücken fürchten. «Welt ist nur erträglich, wenn sie Kunst, Geschichte geworden ist», dachte Sembritzki, als er endlich aus der Sonne trat und in die muffigen Schatten der engen Altstadtgassen einbog.

3. Kapitel

Eine halbe Stunde später sass Sembritzki wieder an seinem Schreibtisch unten in seiner Wohnung am Fluss. Gebannt starrte er auf den Band mit Kafkas Briefen an Milena, wo sich für ihn in den Sätzen eines Liebenden Inhalte verhakten, die nicht nur jene Milena meinten, sondern auch Zusammenhänge aus seinem ureigenen Zeitkreis, wo gelebtes Leben plötzlich lebendiges, aber verborgenes Dasein entlarven helfen sollte. Und alleiniger Adressat dieser doppelt schweren Briefe war jetzt Konrad Sembritzki, von Beruf Antiquar und vorübergehend vom fernen Freund Wolf von Seydlitz in die Rolle des Interpreten gestossen.

«... es steht eine grosse Wahrheit (unter andern Wahrheiten) in Deinem Brief: zě vlastně tyjsi člověk který nemá tušení o tom ... – dass eigentlich Du der Mensch bist, der keine Ahnung davon hat ...»

Da klangen vertraute tschechische Laute von weit her an sein Ohr, wurde ein Stück schmerzlicher Vergangenheit hochgeschwemmt, Erinnerungen an die Liebe einer Frau, die er in einem Gewaltakt abzuwürgen versucht hatte. Und jetzt sollte Sembritzki, der Ahnungslose, erneut mit Bildern und Silben aus dem Land der Niederlagen zum Verbündeten gemacht werden.

«Das ist Wort für Wort wahr. Alles war nur Schmutz, kläglichste Abscheulichkeit, höllenmässiges Versinken und darin stehe ich wirklich vor Dir wie ein Kind, das etwas sehr Böses getan hat und nun steht es vor der Mutter und weint und weint und tut ein Gelübde: Ich werde es nie wieder tun. Aber aus alledem nimmt ja die Angst ihre Kraft: ‹Eben, eben!› sagte sie ‹nemá

tušení! ... hat keine Ahnung!› – *Es ist noch nichts geschehen!*
Also-kann-er-noch-gerettet-werden!»

Wie viel Absicht lag hinter dieser Attacke auf Sembritzki, auf diesen lastenden Bildern, die ihn langsam in die Rolle des schuldigen Kindes, in Abhängigkeit und Unterwerfung schoben. Wie beim ersten Mal, als Sembritzki das Buch zufällig aufgeschlagen hatte, war er auch diesmal auf eine Stelle gestossen, die wie ein Vexierbild die Gesetzmässigkeit von oben und unten, von links und rechts, durcheinanderbrachte. Und so konnten die Sätze in dieser Briefstelle alles bedeuten, konnten sich auf Seydlitz oder Sembritzki oder eine dritte Person beziehen. Nur etwas war ihm klar. Der letzte Satz hatte eindeutig mit ihm zu tun: «Also-kann-er-noch-gerettet-werden!» Da war Seydlitz wieder mit einer Heilsbotschaft aufgetreten und versuchte in einem verzweifelten letzten Akt, seinen Freund, der in die Lethargie zurückgesunken war, der seit seiner letzten Expedition ein Leben wie in Watte führte, von Neuem in Trab zu bringen.

Das konnte es nicht gewesen sein!

Das dachte er jetzt auch, als er das Buch zuklappte. Er musste einmal mehr jenen Eingang suchen, durch den er vor ein paar Monaten herausgekommen war, in der Meinung, er müsste sich in einer Landschaft befinden, die völlig verschieden von der war, aus der er aufgebrochen war.

Sembritzki fühlte, dass das Buchgeschenk seines Freundes Seydlitz gleichzeitig eine Aufforderung war, sich mit ihm in Verbindung zu setzen. Doch so einfach würde das nicht sein, Seydlitz lag im Krankenhaus der Bundeswehr in Koblenz. Und Sembritzki wusste, wie schwer es war, in diesen Gebäudekomplex einzudringen, der nicht nur Offiziere, sondern auch angeschlagene Bonner Politiker und Geheimdienstleute beherbergte. Besuche waren dort nicht an der

Tagesordnung. Sembritzki hatte nur dann eine Chance, mit Seydlitz Kontakt aufzunehmen, wenn er sich selbst als Patient einschleusen konnte.

Er hatte nicht gedacht, dass er auf so schnelle und einfache Art einen Termin für eine medizinische Untersuchung in Koblenz bekommen würde; ein Anruf in der Botschaft hatte genügt. Sembritzkis Bandscheibenschaden war in den Akten vermerkt, und der Hinweis darauf, dass in letzter Zeit wieder Beschwerden aufgetreten waren, hatte vor allem die Versicherungshengste der Bundeswehr aufgeschreckt. Die wollten es nicht riskieren, dass ein Kunde aufgrund eines Einsatzes plötzlich zur finanziellen Dauerbelastung wurde. Eine Stunde nach seinem Telefonanruf hatte Sembritzki schon seinen Termin, noch dazu für den späten Abend des gleichen Tages. Das Flugticket lag der Vorladung bei.

Eine halbe Stunde später stand er in der feuchten Gruft des Berner Hauptbahnhofs und wartete auf den Intercity, der ihn direkt zum Zürcher Flughafen bringen sollte. Am späten Abend des folgenden Tages würde er wieder in Bern sein. Viel Zeit hatte man ihm nicht gelassen. Es würde schwierig sein, mit Seydlitz Kontakt aufzunehmen und vielleicht noch weitere Recherchen in diesem Dressurviereck der Bonner Herrenreiter anzustellen.

Als er die paar Sachen, die er für die Nacht brauchte, in seine braune Tasche stopfte, hatte er zuerst mit dem Gedanken gespielt, auch den Band mit den Kafka-Briefen mitzunehmen. Er hatte dann darauf verzichtet, um mögliche Interessenten nicht auf eine Fährte zu locken, die Seydlitz nur für ihn angelegt hatte. Wieder wurde ihm bewusst, wie schmal der Grat war, auf dem er zu gehen hatte, und wie gross das Misstrauen sein musste, das jede seiner Begegnungen mit sogenannten Kollegen oder Freunden zu bestimmen hatte.

Als Sembritzkis Zug im Flughafenbahnhof einfuhr, stellte er fast beschämt fest, dass er während der ganzen Fahrt nur vor sich hin geträumt und keine einzige Zeile gelesen hatte. Die Zeitungen lagen unberührt und schön zusammengefaltet in seiner Tasche, auch den schmalen Band mit Gedichten von Heinrich Heine hatte er nicht in die Hand genommen.

«Denk ich an Deutschland in der Nacht.»

Sembritzki flog in die stählerne Dämmerung hinaus, höher und höher, bis er beim Blick durch das Fenster am fernen Horizont den feinen Streifen ausmachen konnte, wo helles Blau und zartes Lila ineinanderflossen. In der Flugrichtung weit weg lagen Deutschlands Grenzen im Norden. Wo aber lagen sie im Osten? Darüber dachte Sembritzki immer wieder nach, wenn er aus seiner Wahlheimat Bern in jenen amputierten Teil seines Vaterlandes zurückkehrte, das den Namen Bundesrepublik Deutschland trug. – Aber das war nur ein Teil Deutschlands! Die andere Hälfte lag weit drüben im Osten, jenseits des künstlichen Horizonts, den die berechnenden Friedensstifter von damals aufgestellt hatten, dort, wo noch heute Sembritzkis Schwester lebte. Zwar verband ihn nichts mit dieser einsamen Frau, die mit halsstarriger Ausdauer die Familienfestung der Sembritzkis in der DDR hielt, und doch fragte er sich oft, ob denn nicht dort drüben der bessere Teil Deutschlands liege, und wenn er auch nur aus zerbröselnden Kindheitsbildern bestand und nur von Gerüchen, Lauten und Gefühlen zusammengehalten wurde.

Wo hören echte Gefühle auf, und wo fängt die Sentimentalität an, fragte er sich dann jedes Mal und trommelte mit den Fingern auf jene Stelle an der Brust, wo über dem Herzen der bundesrepublikanische Pass ruhte.

Konrad Sembritzki, Bürger der Bundesrepublik Deutschland. Daran hatte er sich zu halten.

Auf den ersten Blick sah das Bundeswehrkrankenhaus wie andere Spitäler aus. Einzig der Zaun, der um den Gebäudekomplex gezogen war, deutete an, dass hier nicht jedermann ungehindert Zutritt haben sollte.

Sembritzki meldete sich beim Pförtner, passierte dann eine zweite Kontrolle und gelangte endlich, diskret überwacht, in einen Warteraum, in dem schon fünf andere Männer sassen. Dass es sich dabei nicht ausschliesslich um Patienten handelte, erkannte Sembritzki sofort an der Art, wie mindestens zwei von ihnen den Ankömmling musterten und auch daran, wie beiläufig sie in den aufgelegten Illustrierten und Zeitschriften blätterten. Diese Männer warteten nicht auf eine Untersuchung, sondern taten ihre Arbeit!

Sembritzki nahm sich eine Zeitung und beobachtete über den oberen Rand des Blattes alles, was sich um ihn herum und draussen im Flur tat. Vor allem war ihm dort eine Reihe von Bildern aufgefallen, die an nüchternen Wänden hingen, zwischen Türen, die alle in Laboratorien oder Vorzimmer oder sonst geheimnisvolle Räumlichkeiten führten. Was auf den ersten Blick wie blosser Wandschmuck ausgesehen hatte, erwies sich bei längerem Hinsehen als eine Art systematische Ausstellung. Denn etwas wurde Sembritzki beim Betrachten dieser Bilder klar: dass hier ein und derselbe Maler am Werk gewesen war. Da waren Bauernhäuser mit tief hängenden Dächern, verloren in weiten Ebenen, zu sehen. Irgendwo, und das machte Sembritzki stutzig, ragte das Rohr eines zerschossenen Panzers unter einem mit rosafarbenen Blütenblättern übersäten Baum hervor. Auf einem andern Bild grasten fette Kühe auf einem Stoppelfeld. Ein Hund frass eine gelbe grosse Mohrrübe, ein Kind nagte an einem Knochen, und ganz weit hinten an einem giftgrünen Horizont schwebte ein Fallschirmabspringer in einen Fluss, der die Bildfläche in zwei gleiche Hälften teilte. Sembritzki war irritiert von diesen widersprüchlichen Bildinhalten, die, so machte es den Anschein, aus einem fernen Russland hervorzuwachsen schienen, das aber so weit weg gar noch nicht sein konnte. Die Versatzstücke eines modernen Stellungskrieges sprachen da eine ganz andere Sprache.

Russland war das eine Stichwort, das sich in seinem Hirn festgesetzt hatte. Das andere wollte sich einfach nicht formieren. War es nicht Seydlitz gewesen, der solche Bilder beschworen hatte, die aus den Mythen einer versunkenen Märchenwelt auftauchten und nur deshalb nicht wieder versanken, weil Relikte aus der zerstörerischen Welt des Krieges sich wie Pfähle in sie hineinbohrten, sie in dieser Welt verstrebten, festzurrten, aufspiessten und am erneuten Zurücksinken in die Nebel einer nicht existierenden Welt hinderten.

«Herr Sembritzki, bitte!»

Er fuhr zusammen, als ihn eine grobknochige Frau in der Tracht der Rotkreuzschwestern dazu aufforderte, ihr zu folgen.

Wortlos dirigierte sie ihn an den mysteriösen Bildern vorbei. Alle Versuche Sembritzkis, ihr einen Kommentar zu den Gemälden zu entlocken, misslangen. Stumm gingen sie durch die verschiedensten medizinischen Gerüche, vorbei an blassen Männern in ebenso blassfarbenen Bademänteln. Und Sembritzki fragte sich, wer unter diesen Männern wirklich krank war und wer sich nur krank stellte, um die Fiebergespräche und intimen abendlichen Treffs zu überwachen. Und niemand von den Patienten konnte wissen, ob die Lunge seines Gesprächspartners wirklich angegriffen war und ob das Interesse, das Pfleger und Krankenschwestern an den Tag legten, den Gebresten oder der Biografie und dem militärischen oder politischen Wissen des Patienten galt.

Wie ein rotes Auge glühte ihn der Knopf neben dem Aufzug an, den die Schwester gedrückt hatte. Der Lift öffnete sich mit sanftem Schnurren in der Mitte. Keine einzige Dissonanz störte diese Welt der perversen Harmonien, bis die auseinanderklaffenden Schiebetüren mit einem kleinen harten Geräusch in der Arretierung einrasteten.

«Bitte!»

Mit galanter Handbewegung wollte Sembritzki der Unnahbaren den Vortritt lassen. Doch Galanterie und Höflichkeit waren in dieser Umgebung nicht gefragt. Und so stand er denn neben der stummen Frau im engen Aufzug, roch diese eigenartige Duftmischung von Medikamenten und Waschpulver in ihren gestärkten Kleidern und hörte ein feines Schnüffeln, mit dem sie wie ein Feldhase Witterung aufzunehmen schien. Er war froh, als der Aufzug sanft zum Stehen kam und er, die Krankenschwester im Rücken, den Rest seines Parcours hinter sich brachte, bis hin zu einer ledergepolsterten Türe, über der ein grünes Licht sanft schimmerte.

«Treten Sie ein!»

Sembritzki schrak zusammen, als er die Stimme hörte. Menschliche Töne schienen ihm hier deplatziert zu sein; als ob man bereits alles zurückgelassen hätte, was an die Welt draussen erinnerte. Und auch der Arzt, dem er jetzt gegenüberstand, zeigte keine Regung auf seinem langen Gesicht. Seine hellen Augen blickten durch Sembritzki hindurch, als er ihn mit stummer Geste zum dunkelgrünen Wandschirm hin beorderte. Und als sich Sembritzki auszog, schien es ihm, gleichzeitig ein Stück seiner Identität preiszugeben, jenes Stück, das ihn wie eine zweite Haut schützend umgab.

«Bitte husten Sie!»

Sembritzki stand jetzt, die Unterhose auf Kniehöhe, neben dem Schragen und quälte ein trockenes Bellen aus seinem Innern, während ihm der Arzt zwischen die Beine griff. Die Schwester schaute unbeteiligt zu. In der Hand hielt sie eine schwere Lederschürze, die sie leicht hin- und herschwenkte.

«Sie kommen aus Bern?», fragte der Arzt und tastete Sembritzkis Rückgrat ab.

«Ich bin Antiquar!»

Wenn diese hier in Koblenz unübliche Berufsbezeichnung den Mann in Weiss irritierte, liess er es sich jedenfalls nicht anmerken.

«Spezialist?»

«Die Geschichte der Medizin und mittelalterliche Astrologie.»

«Interessant. Für die Moderne haben Sie nichts übrig? Musil, Benn, Kafka …?»

Der Name Kafka war begleitet von einem Nicken, das Sembritzki nicht zu deuten wusste. Als Abschluss einer schnellen ersten Untersuchung oder wollte der Arzt auf diese Weise den Namen Kafka betonen?

«Kafka, ja», gab Sembritzki zurück und überhörte das verächtliche Schnauben der Krankenschwester.

Der Arzt liess seine schmalen Finger auf Sembritzkis Schulterpartie ruhen.

«Ich hatte einen guten Freund, der Kafkas Werk …»

«Sie hatten? Heisst das, er ist …?»

Sembritzki hatte sich aus dem Griff des Mediziners gelöst und starrte ihn erschrocken an.

«Nein. Der Mann lebt noch. Nur ist im Augenblick, wo ein Bekannter oder Freund dieses Haus betritt, die Bezeichnung Freund nicht mehr zulässig. Da gibt es keine Unterschiede, was Zuneigung oder Abneigung betrifft, Herr Sembritzki. Da gibt es nur noch Patienten.»

«Das heisst, der Mann, von dem Sie sprechen, lebt noch?»

«Er lebt!», sagte der Arzt und ging, ohne sich umzusehen, in den Nebenraum.

«Die Röntgenaufnahme», sagte er kurz und leise über die Schulter. Sembritzki zog die Unterhose hoch und wollte dem Arzt in den andern Raum folgen, doch die Schwester, die schwere schwarze Schürze mit beiden Händen auf Augenhöhe schwenkend, verwehrte ihm den Zutritt.

«Mit oder ohne Genitalschutz?», fragte sie völlig emotionslos. Wortlos griff Sembritzki nach der Schürze und drängte an ihr vorbei in den Röntgenraum. Und wieder lag er auf dem Schragen, diesmal nur von der Bleischürze bedeckt, die ihm die Krankenschwester widerwillig auf seine Blösse gelegt und festgemacht hatte.

«Spreizen Sie die Beine, Herr Sembritzki!», sagte der Arzt und berührte leicht Sembritzkis Oberschenkel.

«Sie kennen also Wolf von Seydlitz?», fragte Sembritzki.

«Seydlitz?» Der Mediziner schaute seinen Patienten prüfend von oben an, und Sembritzki fühlte sich in diesem Augenblick wie ein junger Hund, der seinem Peiniger seine Weichstellen freiwillig präsentiert, um ihn vom tödlichen Biss abzuhalten.

«Ich kenne Kafka, Herr Sembritzki», antwortete der Arzt lächelnd.

«Wie gut kennen Sie Kafka?»

«Bitte drehen Sie sich auf die andere Seite!»

Sembritzki wälzte sich mithilfe der resoluten Schwester nach rechts und liess sich so lange hin- und herrollen, bis der Arzt mit der Stellung zufrieden war. Wieder fühlte Sembritzki die kalten knöchernen Finger des unnahbaren Mannes an seinem Rücken und hörte das feine Stöhnen, das jeden seiner Atemzüge begleitete.

«Warum sind Sie Antiquar, Herr Sembritzki?»

Der Arzt war ein Mann der Fragen, nicht der Antworten. Ein Mann der Diagnosen, auf medizinischem wie auch auf rein menschlichem Gebiet. Sembritzki realisierte, dass er keine brauchbare Antwort bezüglich Seydlitz erhalten würde, bevor er nicht auch mindestens einen kleinen Teil seiner Psyche mitgeliefert hatte, die sich nicht einfach ablichten liess wie seine Innereien.

«Das einzig Beständige in einer fragilen Welt, deren Sicherungen blitzschnell schmelzen können, sind die Mythen, Doktor. Ich ziehe mich auf das Gewesene zurück, weil ich allein dort, mit alten Worten, dem unheilbaren Zustand unserer gegenwärtigen Welt begegnen kann.»

Der Arzt nickte.

«Die Kunst hat sich erschöpft. Alles, was den Weg in die Poesie fand, ist bereits gesagt.»

«Es bleibt uns nur noch das blosse Zitieren von bereits Formuliertem», sagte Sembritzki, und seine Stimme, vom kalten Kunstleder der Liege aufgesogen, klang dumpf und gebrochen. Er dachte an den Band mit Kafkas Briefen, den ihm Seydlitz zugeschickt hatte. Die Kunst hat sich erschöpft, hatte der Arzt gesagt. Aber auch Sembritzki fühlte diese tiefe Erschöpfung, dieses lähmende Gefühl, das ihm verunmöglichte, Leben zu gestalten, neu zu erleben. Sein Leben liess sich nur dann bewältigen, wenn er sich immer wieder ins Zitat flüchtete, ins bereits Vorgeformte. Er wusste, was für ein unzeitgemässes Dasein er lebte.

«Ich kann Ihnen über Herrn von Seydlitz keine Auskunft geben, Herr Sembritzki», sagte der Arzt unvermittelt.

«Keine Auskunft! Ich will ihn nur besuchen, Doktor!»

«Wer wen besuchen darf und ob überhaupt, liegt nicht in meiner Kompetenz, Herr Sembritzki. Wir sind hier kein öffentliches Haus. Und unsere Patienten sind keine gewöhnlichen Bürger, sondern teilweise Träger militärischer und politischer Geheimnisse.»

«Die Patienten! Und das Pflegepersonal?», fragte Sembritzki, noch immer auf dem Bauch liegend.

«Ich verstehe Ihre Frage nicht, Herr Sembritzki.»

«Misstrauen gehört zu meinem Beruf, Doktor.»

«Wie verstehe ich das?»

Die Stimme des Arztes klang leicht irritiert.

«Misstrauen der Sprache gegenüber. Misstrauen gegenüber der Authentizität dieser überlieferten Werte.»

Misstrauen schlechthin! Das aber sagte Sembritzki nicht mehr. Dass er seinen eigenen Gefühlen misstraute. Dass er sogar in Augenblicken, in denen ihn eine Landschaft in ihrer Schwermut so fesselte, dass sein Innerstes durcheinandergeschüttelt wurde, wie es in Böhmen der Fall gewesen war, dass er sogar in solchen Momenten nicht imstande war, sie durch eigene Gefühle zu erleben, sondern sich immer auf bereits Vorformuliertes abstützte. In Böhmen war Kliment für Sembritzkis Gefühle zuständig gewesen. Und jetzt hatte ihm das Schicksal mit einem Male Kafka aufgedrängt. Sembritzki lebte in einer fiktiven Welt mit seinen fiktiven Gefühlen. Sich selber fremd! Das war es, was das Dasein eines Agenten schlechthin auszeichnete. Sich selber fremd, weil er sich und dem scheinbar Gegebenen misstraute. Misstrauen! Und in dieser Hinsicht war der Nachgeborene Konrad Sembritzki in seinem Beruf als Geheimagent gleichzeitig ein Prototyp seiner Zeit.

«Das wärs für den Augenblick, Herr Sembritzki!»

Der Arzt berührte ganz leicht seine Schulter.

«Keine Möglichkeit, Herrn von Seydlitz zu besuchen?»

«Nicht meine Sache!»

«Ich habe keine anderen Beziehungen hier im Hause, Doktor!»

«Das sagen Sie! Ihre Vorladung jedenfalls haben Sie prompt erhalten.»

«Von wem?»

«Das wissen Sie nicht?»

Sembritzki trat hinter den dunkelgrünen Wandschirm.

«Nein.»

Der Arzt schien erleichtert zu lächeln. Oder bildete sich Sembritzki, der durch die Ritzen im Tuch linste, das nur ein?

«Dann brauchen Sie es auch nicht zu wissen, Herr Sembritzki!»

Hier war vorläufig nichts mehr zu holen. Sembritzki musste einen andern Ansatzpunkt suchen.

4. Kapitel

Mit einem Blatt Papier in der Hand, sozusagen dem Marschbefehl für eine kurze diagnostische Besprechung am kommenden Vormittag, wurde Sembritzki vorläufig aus den Fängen der Rotkreuzschwester entlassen. Doch sie tat ihre Pflicht bis zum bitteren Ende, dirigierte ihn resolut an den Bildern im Flur vorbei und zeigte erst dann den Anflug eines Lächelns, als sie ihn beim Pförtner abgeliefert hatte. Mit einem kurzen Nicken in Richtung Glaskanzel, wo der Mann, der ihn interessierte, über der Bildzeitung brütete, verliess er das Krankenhaus.

Die Luft war kühl. Ein feiner Nebel war vom Rhein heraufgekrochen. Es roch nach Wasser, faulenden Blättern und Rauch von erstickenden Kartoffelfeuern. Herbst. Vom andern Ufer des Rheins drangen diffuse Lichter zu ihm hinüber. In seinem Rücken erstrahlte eine Front von erleuchteten Fenstern, hinter denen militärische und politische Prominenz, aber auch einige weniger wichtige Chargen vor sich hin dösten. Irgendwie beruhigte Sembritzki der Gedanke, dass auch Prominenz an Infusionsschläuchen angeschlossen war. Die hatten auch keinen direkten Schlauch zum lieben Gott.

Er trat in den Schatten eines weit ausladenden Kastanienbaumes. Durch die löcherig gewordene Baumkrone konnte er den milchigen Himmel sehen. Er fühlte den kühlen Stamm am Hinterkopf. Seine Füsse standen bis zu den Knöcheln im Laub. Eine Glocke schlug neun Uhr. Dann antwortete eine zweite. Ein Telefon schrillte. Jetzt kurvte ein Krankenauto mit müde rotierendem Blaulicht beinahe lautlos auf den Eingang zu. Ein Mann stieg aus. Das Auto fuhr wieder weg. Es war still. Sembritzki wartete. Eine halbe Stunde. Eine Stunde. Dann sah er von seinem Beobachtungsposten aus, wie sich der Pförtner drinnen erhob, wie er seine Thermosflasche zuschraubte, nach Regenmantel und Hut griff, einem Kollegen, der ihn ablöste, kurz zunickte und dann aus der Glaskanzel trat. Drei Minuten später erschien er am entfernteren Ende des Krankenhauses und nahm dann endlich den Weg zur Stadt unter die Füsse. Jetzt trat Sembritzki aus dem Schatten.

Er liess den Mann während ein paar hundert Metern vorausgehen, dann verringerte er den Abstand, und als er ihn vor einer hinter Kastanienbäumen halb versteckten Kneipe still stehen sah, tauchte Sembritzki wieder in den Schatten ein. Eine Weile beobachtete er den kurzen, aber heftigen Kampf des Pförtners gegen sein schlechtes Gewissen; sah ihn einen Schritt heimwärts, dann zwei Schritte in die Gegenrichtung tun, sah, wie er zögerte, sich hoch aufrichtete und dann, als Sieger über Schuldgefühle und Angst vor der Schelte seiner Frau, die Gastwirtschaft betrat. Drei Minuten später stand auch Sembritzki im blau vernebelten, lärmigen Raum. Er hatte sich nicht getäuscht. Der Pförtner sass nicht an einem der Tische, sondern stand in Mantel und Mütze am Tresen, genoss seinen ganz privaten Feierabend sozusagen nur halb, mit einem Bein. Sembritzki stellte sich neben ihn und bestellte ein Bier.

«Tut gut!», sagte er mit Seitenblick auf seinen Nachbarn, als er das Glas wieder abstellte und dann mit dem Zeigefinger ein Kreuz auf das angelaufene Glas zeichnete.

«Gut. Ja.»

Erst jetzt schaute der Mann Sembritzki ins Gesicht.

«Hab Sie doch schon gesehen. Im Krankenhaus? Stimmts?»

Sembritzki nickte und steckte sich einen Zigarillo zwischen die Lippen.

«Feuer?»

Umständlich kramte der Pförtner eine Schachtel Streichhölzer aus seiner schweren Kunstlederjacke. Aber Sembritzki schüttelte den Kopf.

«Danke. Aber ich rauche nicht mehr. Seit meinem Besuch heute im Krankenhaus! Meine Lunge –!»

«Pfeif auf die Lunge! Entweder krepiert man oder nicht. Mit oder ohne Nikotin und Teer!»

Sembritzki leerte sein Glas und schob es dem Wirt hin, der seine beiden Serviererinnen dirigierte. Das Lokal füllte sich immer mehr. Sembritzki sah zwei junge Bundeswehrsoldaten, viele Arbeiter und dann noch einen Passanten im Regenmantel, der nicht so recht in diese lärmige Umgebung passen wollte.

«Interessant, die Ausstellung im Flur.»

Es war Zeit, dem Gespräch eine zielgerichtete Wende zu geben. Der Pförtner drehte den Kopf und blickte Sembritzki mit seinen von Müdigkeit und Rauch geröteten Augen aufmerksam an.

«Experte?»

Sembritzki schüttelte den Kopf.

«Liebhaber. – Noch ein Bier?»

Bevor der Pförtner Zeit hatte zu antworten, schoss das Bier schon aus dem Hahn. Ein aufmerksamer Wirt mit guten Ohren. Sembritzki stutzte. War es Geschäftstüchtigkeit oder stand da ein Aufpasser hinter dem Tresen?

«Noch ein Bier. Danke.»

Der Pförtner nickte, als das Bier bereits vor ihm auf dem Bierteller stand.

«Interessant. Das kann man wohl sagen!», nahm er endlich Sembritzkis Frage auf. «Sie sind nicht der Einzige, dem es diese Bilder angetan haben.»

«Wie kommen diese Bilder denn ins Krankenhaus?»

«Eine lange Geschichte!», sagte der Pförtner und senkte seine Stimme. Er machte eine Pause, starrte auf die Reihe von Biergläsern, die verkehrt auf einem blau-weiss karierten Tuch standen, und murmelte dann vor sich hin: «Auch meine eigene Geschichte!» Sembritzki wusste, dass er jetzt einfach warten musste. Jede weitere Frage würde den Mann in seinem anscheinend mühseligen Tauchversuch in die Vergangenheit nur stören.

«Die Bilder sind vor vierzig Jahren gemalt worden. In einem Gefangenenlager in Russland.»

«Russland?»

Sembritzki erschrak. Die Schatten, die ihn da einholten, hatten ihm seine Kaltblütigkeit geraubt. Seydlitz hatte in Russland gekämpft. Wer war es noch, der in dieser Partie mittat?

«Kennen Sie die Geschichte?», fragte der Pförtner.

Sembritzki schüttelte den Kopf, obwohl er plötzlich ahnte, wie sich die Vergangenheit im Kopf des Pförtners neu formieren würde.

«Ich war im Russlandfeldzug dabei. Landser. Es war die Hölle, sag ich Ihnen. Wir Gewöhnlichen wussten ja gar nicht, was sich oben tat. Wir hatten keine Ahnung davon, dass General Paulus keine Genehmigung zum Ausbruch bekam. Wir hockten schlotternd im Kessel, und die Granaten flogen uns um die Ohren. Und dann plötzlich kam irgendwoher der Befehl zu einem Ausbruchsversuch. Ich habe ja erst viel später erfahren, dass sich da einer unserer Kommandeure über die ausdrücklichen Befehle von General Paulus hinweggesetzt hat. Raus! Das war mein einziger

493

Gedanke. Nicht nur meiner!» Er fingerte eine filterlose Zigarette aus einer zerknautschten gelben Packung und versuchte, sie mit zitternden Fingern anzuzünden. Das Streichholz fiel ihm aus der Hand und erlosch mit einem giftigen Zischen in einer Bierlache. Der Wirt hob den Blick. Ein Spielautomat in Sembritzkis Rücken spuckte eine metallene Salve aus. Ein Mann schlug sich laut lachend auf die Schenkel. Jemand bestellte eine Runde Bier.

«Ihr habt es nicht geschafft», sagte jetzt Sembritzki überflüssigerweise. Aber er musste das Gespräch in Gang halten. Noch hatte er ja erst ein Stück Vorgeschichte gehört.

«Natürlich nicht. Schon eine Stunde nach dem Start unseres Unternehmens blieben wir stecken. Immer mehr meiner Kameraden brachen ein. Und dann waren wir am Ende. Überall Sowjets. Zum Teufel!»

Er leerte sein Glas, und Sembritzki bestellte ein neues.

«Und was hat denn dieser Ausbruchsversuch mit den Bildern im Krankenhaus zu tun?»

Der Pförtner löste seinen Blick von den Gläsern auf dem Tresen, schüttelte den schweren Kopf und nahm dann einen grossen Schluck. Mit dem Handrücken wischte er den Schaum von den Lippen und gleichzeitig ein Stück lastender Erinnerung von den Lidern. Er schaute Sembritzki verwundert an.

«Da erst beginnt die Geschichte der Bilder. Selbst habe ich sie auch nicht erlebt, sondern später nur von Kameraden erfahren. Wir, der Rest unserer Truppe, wurden gefangen genommen. Wir kamen in ein Lager irgendwo an der Grenze zu Sibirien. Ein Marsch über Tage durch den russischen Winter. Die Offiziere wurden von uns getrennt und kamen in ein besonderes Lager, nicht allzu weit weg von uns. Da spielte denn auch eine Art Kurierdienst zwischen den beiden

494

Lagern. Während wir unsere Mitteilungen auf Baumrinde schrieben, haben einige Offiziere eine vornehmere Art der Kommunikation gewählt. Wir erhielten Gedichte, die nach einem ganz bestimmten Code abgefasst waren und die uns über Proviantlager, das Geschehen an der Front und in der Heimat informierten. Das alles gab zwar nicht viel her, aber war doch eine willkommene Abwechslung in unserem trostlosen Lageralltag. Dann hörten wir davon, dass im Offizierslager nicht nur Gedichte geschrieben, sondern auch Bilder gemalt worden seien. Aber diese Bilder habe ich nie zu Gesicht bekommen ... Das heisst ...»

Sembritzki legte seinen feuchten Zigarillostummel in den kupferfarbenen Aschenbecher und holte sich einen neuen aus der Schachtel.

«Die Bilder sind aus Russland zurückgekommen?»

Der Pförtner nickte. Und gab dem Wirt mit einer Kopfbewegung zu verstehen, dass er noch ein Bier wollte.

«Ja, sie sind zurückgekommen. Ich weiss nicht, auf welchen verschlungenen Pfaden. Aber plötzlich, nach dem Krieg, waren sie da. Der Offizier, der sie gemalt hat, konnte sie anscheinend zurückkaufen. Kein Mensch weiss, was er dafür bezahlt hat. Und es hat auch Jahre gedauert, bis die Öffentlichkeit davon erfuhr.»

«Er hat sie niemandem gezeigt?», fragte Sembritzki.

«Bis vor Kurzem. Bis es zu dieser Ausstellung kam.»

«Im Krankenhaus?»

«Nein, nicht bei uns. Das ist ja nur ein Bruchteil dessen, was der Offizier damals im Lager gemalt hat. Und alle Bilder hat er wohl auch nicht zurückbekommen. Es müssen insgesamt über hundert gewesen sein.»

«Wo wurden denn die Bilder zum ersten Mal ausgestellt?»

«In Bayern.»

Sembritzki stutzte. Wenn er an Bayern dachte, kam ihm immer Pullach in den Sinn. Da musste er an seine Kollegen im BND-Zentrum denken, ohne die wohl insbesondere in Bayern nichts lief. «In Allach bei München», präzisierte der Pförtner und goss sich Bier in die Kehle.

«In Allach?»

Sembritzki war überrascht. Mit dem Namen Allach verband sich nur eine Grösse, die hier ins Spiel gebracht werden konnte: Krauss-Maffei!

«Bei Krauss-Maffei?», fragte er endlich und versuchte krampfhaft sich vorzustellen, was dort wohl hinter den Kulissen vor sich gegangen war.

«Krauss-Maffei, ganz recht. Dort, wo unser guter Leo hergestellt wird.»

Was hatte Kunst in den Werkhallen einer Panzerfabrik zu suchen? Und vor allem gerade diese Kunst aus der tiefgefrorenen deutschen Vergangenheit in den sibirischen Ebenen?

«Eine offizielle Ausstellung?»

«Natürlich nicht!», sagte der Pförtner. «Die Bilder hingen nur in der Direktionsetage. Und nur ehemalige Teilnehmer am Russlandfeldzug und Vertreter der Division Brandenburg wurden zur Besichtigung eingeladen. Alles Offiziere.»

Brandenburg!

Dieser Name elektrisierte Sembritzki. Er dachte an die ruhmreiche Geschichte dieser Truppe, die als taktische Formation der deutschen Abwehr einen langen und oft auch verschlungenen Weg zurücklegte, an allen Frontbereichen in Geheimkommandos eingesetzt wurde und erst am Ende des Krieges, im September 1944 erstmals und dann im April 1945 noch einmal, im Panzerkorps «Grossdeutschland», unter die Führung des Generals der Panzertruppen, von Saucken, gestellt wurde und damit sozusagen ihre Autonomie einbüsste. Die Brandenburger – eine Rotte von Abwehrmännern, die über das Kriegsende hinaus Bestand hatte, sich in der Bundeswehr neu formierte und unter anderen Vorzeichen weiterlebte.

«Die Ausstellung war sozusagen eine regimentsinterne Angelegenheit?»

«Es scheint so.»

«Aber warum diese Geheimhaltung? Die Informationen, die damals in diesen Bildern transportiert werden sollten, sind doch heute bedeutungslos.»

«Da fragen Sie mich zu viel. Ich weiss nur, dass diese Landschaften von Kennern genau lokalisiert werden konnten. Sie haben irgendwie als Geheimdokumente gegolten, haben eine Menge von Informationen über militärische Einrichtungen der Sowjets, über Truppenbestände oder Materialreserven geliefert. Nur ist es dem Offizier damals, während seiner Gefangenschaft, nicht gelungen, die Bilder, als Geschenk getarnt, in die Heimat befördern zu lassen.»

«Dann haben sie also heute nur noch dokumentarischen Charakter.»

«Wenn Sie damit meinen, dass der Geheimdienst heute nichts mehr konkret damit anfangen kann, mögen Sie wohl recht haben. Und darum wurden denn auch auf Wunsch einiger Krankenhausinsassen, die von dieser Ausstellung gehört hatten, einige der Bilder bei uns im Haus gezeigt.»

«Die Auswahl wurde wohl in München getroffen?»

«Das weiss ich nicht.»

Jetzt schwiegen beide. Der Pförtner, dem das Bier in den Kopf gestiegen war, stierte in sein leeres Glas. Sembritzki brütete über den Informationen, die er erhalten hatte. Er war überzeugt davon, dass die Bilder in nachrichtendienstlicher Hinsicht heute völlig wertlos waren. Aber als Demonstrationsobjekte für raffinierten Einsatz eines aussergewöhnlichen Codes waren sie noch immer von Interesse. Da hatte Kunst mehr als nur sich selbst transportiert. Kunst hatte Wirklichkeit in verschlüsselter Form an einen elitären Kreis von Betrachtern vermittelt, und diesem elitären Kreis gehörte Sembritzki ja auch irgendwie an. Er bewunderte den ausgeprägten Sinn seiner Landsleute für Tradition und Geschichte. Die Bilder aus dem Dunstkreis des Panzergenerals von Saucken wurden in der modernen Waffenschmiede der Herren Krauss und Maffei mit den Nachfahren der eisernen Ritter von damals verschweisst. Brandenburg forever, dachte Sembritzki, aber es gelang ihm nicht, seine Gedanken mit Spott und Ironie zu tränken. Im Grunde seines Herzens war er ein sentimentaler Mensch, der sich selbst immer wieder in den Strängen der deutschen Geschichte verhedderte.

«Eine letzte Frage!»

«Ich bin müde», winkte der Pförtner ab. «Und ich will jetzt nach Hause.»

Sembritzki schob eine Banknote über den Tresen, nickte dem Pförtner zu und verliess dann schnell die Kneipe. Die feuchtkalte Luft griff ihm ins heisse Gesicht. Ihn fröstelte.

5. Kapitel

Am andern Morgen früh fand er sich wie befohlen wieder im Krankenhaus ein. Der Pförtner, sein Bekannter vom Vorabend, warf kaum einen Blick auf die Ausweispapiere, die ihm Sembritzki hinschob. Die Erinnerung an das nächtliche Gespräch mit dem Fremden war ihm offensichtlich unangenehm. Mit einer Handbewegung wies er ihm den Weg in den Warteraum. Sembritzki dachte schaudernd an die stramme Rotkreuzschwester, die ihn wohl auch diesmal wieder in Empfang nehmen würde. Die Überraschung war denn auch gross und angenehm, als diesmal eine junge, strahlend blonde Schwester, der Inbegriff eines Engels der Schlachtfelder, auf ihn zukam und ihn einlud, ihr zu folgen. Wieder ging Sembritzki an den kodifizierten Bildern des Panzeroffiziers vorbei, stand wieder vor dem roten Auge des Aufzugs, doch waren es diesmal erregende Parfumdüfte, die ihn einhüllten und es sogar schafften, die penetranten Spitalgerüche zu neutralisieren. Diesmal hielt der Aufzug erst im dritten Stock. Sembritzki folgte der stumm lächelnden Schwester in den Ordinationsraum.

«Bitte, nehmen Sie Platz, Herr Sembritzki», sagte der schlanke Mann mit dem langen blassen Gesicht. Er zeigte auf den schwarzen Ledersessel und gab gleichzeitig der jungen Schwester ein Zeichen, sich zurückzuziehen.

«Herrn von Seydlitz geht es schlecht!»

Der Arzt sprach sehr leise, und Sembritzki hatte trotz der absoluten Stille Mühe, ihn zu verstehen.

«Ich bin sein Freund, Doktor. Kann ich ihn sehen?»

Der Arzt zuckte mit den Schultern, sass eine Weile gebeugt wie ein Marabu hinter seinem Schreibtisch und richtete sich dann wieder auf.

«Herr von Seydlitz ist nicht ansprechbar. Er hat kürzlich einen zweiten Schlaganfall erlitten.

«Seydlitz stirbt?», fragte Sembritzki erschrocken. War das seine Chance, oder brach da so etwas wie eine vage Hoffnung auf Veränderung zusammen?

Der Arzt schüttelte ganz leicht den Kopf.

«Manchmal habe ich als Arzt sogar das Gefühl, Herr von Seydlitz sei unsterblich.»

Sembritzki nickte. Seydlitz hatte etwas von einer asiatischen Gottheit an sich, fern und lächelnd und mysteriös. Und irgendwie strahlte der Arzt dieselbe unnahbare überlegene Haltung aus.

«Wenn ich nicht etwa Dir schreibe, liege ich in meinem Lehnstuhl und schaue aus dem Fenster. Man sieht viel genug...»

«Kafka!», sagte Sembritzki erregt.

Der Arzt schaute ihn missbilligend an; Sembritzkis laute Erregung schien ihm beinahe körperlichen Schmerz zu verursachen.

«Kafka, ja.»

Seine Stimme war kaum mehr als ein Flüstern, und Sembritzki wusste nicht, ob der Arzt ganz bewusst dieses Klima des Mysteriösen, der Konspiration schaffte, oder ob er wirklich Angst hatte, man könnte ihr Gespräch von irgendwoher belauschen.

«Woher stammt dieses Zitat, Doktor?»

Sembritzki war ans Fenster getreten und schaute in den glasklaren Herbstmorgen hinaus, sah, wie sich zwei Lastkähne gespenstisch langsam auf dem Rhein kreuzten, und sah einen weiss stiebenden Schwarm von Möwen im Sturzflug in den Park des Krankenhauses einfallen. Aber all das spielte sich wie im Stummfilm ab. Kein Laut drang durch die hermetisch abgedichteten Scheiben ins Innere des Hauses.

«Kafkas Briefe an Milena.»

Die Antwort kam wie eine traurige Melodie daher, in die sich böhmische Laute verhakten und Bilder mitgeschwemmt wurden, die Sembritzki bedrängten.

«Traurig und schön», murmelte er und lehnte sich mit der Stirn gegen das kühle Glas der Fensterscheibe.

Der Arzt schwieg wieder. Sembritzki hörte nur das leise Stöhnen, das jeden seiner Atemzüge begleitete.

«Seydlitz hat mir den Band mit Kafkas Briefen an Milena nach Bern geschickt.»

«Ich weiss!»

Sembritzki drehte sich um. Er war irritiert. Hatte er hier einen Verbündeten gefunden oder einen versteckten Feind ausgemacht?

«*Ich* habe Ihnen das Buch geschickt, Herr Sembritzki!»

Der Arzt sass mit geschlossenen Augen da, und Sembritzki hatte das Gefühl, einer Mumie gegenüberzustehen.

«Dann war es nicht Seydlitz …?»

«Es *war* Seydlitz!», unterbrach ihn der Arzt schnell. «Sie erhielten das Buch in seinem Auftrag!»

«Seydlitz hat die Sprache verloren!»

«Es gibt Augenblicke, wo die Sprache auf beinahe unerklärliche Weise zurückkommt, Herr Sembritzki. Medizinisch habe ich keine Erklärung für dieses sporadische Wiedereinsetzen gewisser Äusserungsmöglichkeiten. Das menschliche Gehirn ist wie ein Labyrinth. Wer in es eindringt, erfährt erst in dessen Mitte jene einschneidende Erkenntnis, die Aufschluss über alle Zusammenhänge gibt und alles infrage stellt, was bis dahin als geistiger Besitz empfunden wurde.»

«Geistig ist Seydlitz noch völlig präsent?»

Sembritzki, verwirrt durch die wissenschaftsfernen Erklärungen des Arztes, versuchte verzweifelt, wieder Boden unter den Füssen zu gewinnen.

«Nichts ist ihm entgangen, Herr Sembritzki. Nichts von all dem, was um ihn herum geschah. Er hat gehört, gesehen, verstanden, hat Schlüsse gezogen.»

«Was hat er gesehen, Doktor?»

Sembritzki trat auf den Schreibtisch zu, stützte sich mit beiden Händen auf der Tischplatte ab und beugte sich weit nach vorn. Aber so liess sich dieser Seelenverwandte des kranken Seydlitz nicht packen. Ganz sanft schob er seinen Stuhl zurück, stand auf und ging an Sembritzki vorbei zum Fenster, wo er eine Weile unbeweglich stand; eine schemenhafte Gestalt vor dem beinahe hellenisch blauen Herbsthimmel.

«Ich weiss nicht, was Herr von Seydlitz gesehen hat. Suchen Sie die Antwort in Kafkas Briefen an Milena!»

Das Telefon auf dem Schreibtisch surrte, ein grünes Licht blinkte auf, aber der Arzt reagierte nicht.

«Sie wissen mehr, als Sie sagen, Doktor!»

Der Arzt wandte sich um.

«Das hier ist kein gewöhnliches Krankenhaus, Herr Sembritzki. Hier sind wir nicht nur dem Arztgeheimnis unterworfen, sondern auch einer Art von Geheimhaltung, die unser ganzes politisches System betrifft. Es gibt kein Haus in unserem ganzen Land, wo Geheimnisse schlechter geschützt wären als hier, wo sich Wahrheiten in Fieberträumen und Narkose ihren Weg suchen. Da gibt es Momente, wo selbst die Fassade hermetischer Männer zu bröckeln beginnt. Wenn der Schmerz unerträglich wird und die Angst hochkriecht. Dann hält keiner die Maske oben, beinahe keiner.»

«Wolf von Seydlitz?»

Der Arzt nickte.

«Er, ja. Aber Herr von Seydlitz ist ja auch kein Geheimnisträger im üblichen Sinne mehr. Er ist ein Einzelkämpfer. Wie Sie, Herr Sembritzki!»

«Was wissen Sie!»

Sembritzkis Stimme klang scharf.

«Ich bin einer der Verwalter dieses neuralgischen Zentrums unseres politischen Systems, Herr Sembritzki.»

«Seydlitz muss einen Grund gehabt haben, mir dieses Buch zu schicken.»

«Zum Geburtstag!», sagte der Arzt lächelnd.

«Ich habe nicht im Herbst Geburtstag.»

«Ich weiss. Sie sind ein Wassermann.»

«Warum?», fragte Sembritzki. «Warum dieses Buch?»

«Ich nehme an, Herr von Seydlitz wollte durch dieses unzeitgemässe Geschenk Ihre Aufmerksamkeit erregen. Er hat etwas gesehen oder gehört, was ihn beunruhigte. Und weil er paralysiert ist, hat er sozusagen einen Testamentsvollstrecker gesucht. Sie, Herr Sembritzki!»

Sembritzki trat ganz nahe an den Arzt heran, packte ihn an den Schultern und schüttelte ihn leicht.

«Bitte, Doktor! Helfen Sie mir!»

Ein Ausdruck von Verwunderung und Abscheu zugleich huschte über das Gesicht des Arztes. Er trat einen schnellen Schritt zurück und prallte dabei gegen die Fensterscheibe. Der Aufprall war hart. Trotzdem verzog der Mann keine Miene.

«Ich habe mehr als meine Pflicht getan, Herr Sembritzki. Ich war es, der Ihnen schnell und ohne grossen Papierkrieg diese Untersuchung ermöglicht hat. – Unser Gespräch ist zu privat geworden.»

Er setzte sich wieder hinter seinen Schreibtisch, griff nach einem grossen grauen Umschlag, kramte eine Weile abwesend darin herum und hob dann langsam wieder seinen Blick.

«Die Röntgenaufnahmen haben keine neuen Abnützungserscheinungen an Ihrer Wirbelsäule zutage gefördert. Ihrer weiteren Verwendbarkeit als Antiquar steht nichts im Wege.»

Das konnte nicht das Ende des Zusammentreffens mit dem Arzt sein!

«Die Ausstellung im Flur!», sagte Sembritzki hastig.

Der Arzt liess die Röntgenaufnahme sinken.

«Ja?», fragte er gedehnt.

«Keine gewöhnliche Ausstellung, Doktor!»

«Sie haben sich erkundigt?»

Wieder surrte das Telefon auf dem Schreibtisch. Diesmal nahm der Arzt den Hörer ab. Wortlos hörte er zu, was der Anrufer ihm mitteilte, dann legte er den Hörer sanft wieder auf.

«Man interessiert sich hier im Haus für Sie, Herr Sembritzki!»

«Wer?», fragte Sembritzki gleichmütig. Es hätte ihn gewundert, wenn sein Besuch hier in Koblenz ohne Aufsehen über die Bühne gegangen wäre. Es ging seinen Kollegen nicht darum, ihn zu überwachen, es handelte sich ganz einfach darum, ihre Präsenz zu dokumentieren, Sembritzki immer wieder bewusst zu machen, dass er keinen Schritt tun konnte, ohne dass man in Pullach, Bonn oder Köln Bescheid gewusst hätte. Sembritzki war zum Risikofaktor geworden. Das hatte sein Prager Einsatz bewirkt. Vorher war noch alles anders gewesen. Zwar hatte er damals als «Agent im Ruhestand» nur deshalb keinen sogenannten Haremswächter auf den Hals geschickt bekommen, weil sein damaliger Chef ihm voll vertraute. Aber jetzt war Stachow tot, und Sembritzki war in die Kategorie der Unzuverlässigen transferiert worden.

«Wer?», fragte endlich der Arzt zurück und verzog sein Gesicht zu einem kleinen Lächeln. «Das fragen Sie? Wollen Sie Namen, Herr Sembritzki?»

Aber Sembritzki schüttelte nur müde den Kopf. «Ich möchte nur die Namen derjenigen, die diese Ausstellung hier organisiert haben.»

«Das ist kein Geheimnis, Herr Sembritzki. Die Ausstellung wurde zum ersten Mal öffentlich – oder mindestens halb öffentlich – in Allach bei München gezeigt.»

«Krauss-Maffei!»

«Krauss-Maffei», sagte der Arzt gleichmütig.

«Krauss-Maffei ist kein Name. Krauss-Maffei ist ein ganzer Komplex!»

Der Arzt zuckte die Schultern. «Ein Rüstungskomplex! Aber in dieser Hinsicht bin ich wohl nicht der geeignete Gesprächspartner für Sie!»

«Die Ausstellung wurde auf der Direktionsetage der Firma gezeigt.»

Sembritzki blieb stur am Thema.

«Reine Nostalgie, Herr Sembritzki. Die Bilder wurden in Russland gemalt. Bilder deutscher Gefangener!»

«Keine gewöhnlichen Bilder, Doktor!»

Der Arzt beugte sich irritiert nach vorn.

«Wie meinen Sie das?»

«Codes!»

Der Mann in Weiss nickte nachdenklich.

«Vielleicht! Codes von gestern.»

«Sie sind ein gebildeter Mensch, Doktor. Sie haben Kunstverstand!»

«Mit Kunst hat all das nichts zu tun, Herr Sembritzki. Stellen Sie mir keine Fragen, deren Antworten Sie bereits kennen!»

«Seydlitz hat den Schlüssel zum Ganzen, Doktor. Ich kenne nur Teilantworten.»

«Sie haben den Schlüssel, Herr Sembritzki! Kafkas Briefe an Milena!»

«Was soll ich mit diesen Briefen? Ich muss Seydlitz sprechen!»

«Vergessen Sie Herrn von Seydlitz!», flüsterte der Arzt. Er hatte sich jetzt ganz in seinen ledernen Sessel verkrochen und seine beiden Arme kreuzweise über der Brust verschränkt. Seine Hände waren in seinen Achselhöhlen verschwunden.

«Bitte!», sagte Sembritzki leise. «Ich kann mich nicht einfach von einem Phantom dirigieren lassen! Geben Sie mir wenigstens ein Stück seines Körpers. Egal, wie der Mann heute aussieht! Einen Beweis seiner Existenz! Seine Augen! Ein Stück Leben, selbst wenn es den Namen nicht mehr verdient!»

Langsam kam der Arzt hinter dem Schreibtisch hervor und stellte sich ganz nahe vor Sembritzki hin.

«Ich verstehe nichts von Kunst, Herr Sembritzki, nur von der Kunst, Leben zu retten oder zu verlängern. Kommen Sie!»

Schweigend verliess er den Raum und schritt hoch aufgerichtet, Sembritzki im Rücken, mit quietschenden Sohlen über den mit Linoleum ausgelegten Flur. Ihr Weg führte durch eine Unzahl von Türen, die sich alle glichen, vorbei an grünen und roten Lämpchen, durch Korridore, die sich in nichts voneinander unterschieden. Und endlich, als sich Sembritzki wieder am Ausgangspunkt ihrer kleinen Reise wähnte, blieb der Arzt vor einer Türe stehen. Auch dieses Zimmer hatte keine Nummer, nichts, kein Zeichen, das eine Identifikation möglich gemacht hätte.

«Hier», murmelte der Arzt und wandte sich um.

Sembritzki fühlte auf einmal eine unerklärliche Angst in sich hochsteigen. Seydlitz hatte er zum letzten Mal in München gesehen, an seinen Stuhl gefesselt, paralysiert, aber noch immer souverän in seinen Gedanken; ein Taktiker, ein grosser Stratege. Aber jetzt? Würde die Realität noch mit dem Bild übereinstimmen, das er von Seydlitz hatte? Seydlitz war das Hirn gewesen, das Sembritzkis Aktion geleitet hatte. Hirn und Relaisstation in der zurückgelassenen Heimat. Seine Funksprüche hatten Sembritzki immer wieder erreicht, hatten ihm ein Gefühl von Sicherheit gegeben, hatten ihm Informationen zugespielt, Informationen und ein Stück Geborgenheit. Bis zu jenem Tag, als der BND Seydlitz, der gegen die Interessen der neuen Linie handelte, geortet und mit einem Mal die Nabelschnur durchgeschnitten hatte.

«Hier», sagte der Arzt noch einmal und öffnete langsam die Türe, eine erste und dann eine zweite. Und dann sah Sembritzki seinen alten Freund Wolf von Seydlitz. Er lag in einem scheinbar riesigen Bett. Seine dürren knochigen Hände lagen auf einer makellos glatt gestrichenen Bettdecke. Nur manchmal zuckten sie leicht, tasteten suchend herum, bis sie die weisse kalte Stange gefunden hatten, die das Bett schützend umgab, verkrallten sich einen kurzen Augenblick darin und fielen dann wieder kraftlos ab. Von irgendwoher ringelten sich Infusionsschläuche unter dem Bettgestänge hervor, schlüpften in Arme, Nasenlöcher und Unterleib des Kranken und versiegten dann in diesem weissen Bündel. Oder war es umgekehrt? War etwa dieser ausgemergelte

Körper Quelle dieser Flüssigkeiten, die durch die durchsichtigen Röhrchen perlten? Nie hatte Sembritzki Seydlitz anders erlebt als in der Rolle des Energiespenders.

«Wolf!», flüsterte er und trat einen Schritt näher.

Die Tropfen fielen langsam und stetig aus einem durchsichtigen Behälter, der über dem Bett hing. Blut floss in die Beuge seines Ellbogens. Am Bettrand hing ein Plastikbeutel, in dem sich bernsteinfarbener Urin angesammelt hatte.

«Da gibt es nichts mehr zu sehen», sagte der Arzt.

Der Kranke schob seinen Unterkiefer mit einem Ruck nach vorn und bewegte ihn dann mahlend hin und her. Sembritzki wandte seinen Blick ab, und in diesem Moment erst sah er das kleine Bild, das am Kopfende des Bettes an der Wand hing.

«Was ist das?», flüsterte Sembritzki und zeigte auf die weisse Wand.

«Ein Geschenk, Herr Sembritzki!»

Aus dem halb geöffneten Mund des Kranken drang ein pfeifendes Geräusch, das endlich in einem Blubbern erstickte. Sembritzki starrte auf das kleine Gemälde im Silberrahmen. Es zeigte einen bärtigen Mann, der, leicht nach vorn gebeugt, auf dem Rücken einen Rohrstock mit beiden Händen umfassend, auf einen kleinen Schuljungen starrte. Sembritzki entdeckte die flackernde Angst im Blick des Schülers, sah die weissen Knöchel seiner Hände, mit denen er sich in eine Schiefertafel verkrallte. «1 x» stand mit weisser Kreide darauf geschrieben, und ein grosses Fragezeichen schloss diese scheinbar unfertige Rechnung ab: 1 x ? =.

«Wer hat dieses Bild gemalt, Doktor?»

«Ich kenne den Maler nicht, Herr Sembritzki. Vielleicht ist es derselbe, der die Bilder unten im Flur gemalt hat.»

Auch Sembritzki war eine gewisse stilistische Ähnlichkeit

der Bilder unten im Flur mit diesem einsamen Werk in Seydlitz' Krankenzimmer aufgefallen, doch schienen sich bei näherem Hinsehen Pinselstrich und Farbgebung doch zu unterscheiden. Besonders die Farben auf dem Bild hier waren düsterer, und nirgends waren reine Töne zu sehen.

«Nein, Doktor, die Maler sind nicht identisch. Wer?»

Wieder schob Seydlitz seinen Unterkiefer mit einem Ruck über die Oberkieferzähne und bewegte ihn dann rotierend im Kreis.

«Das Bild kam mit der Post. Ein Geschenk für Herrn Seydlitz», sagte der Arzt und griff nach dem dünnen weissen Handgelenk des Kranken.

«Anonym?»

Den Blick starr auf seine Uhr gerichtet, nickte der Arzt. Dann liess er den Arm des Kranken behutsam auf die Bettdecke zurücksinken. In diesem Augenblick öffnete Seydlitz ein Auge. Es starrte auf Sembritzkis Stirn und klappte dann beinahe hörbar wieder zu.

«Wolf!», flüsterte Sembritzki beschwörend und umklammerte mit beiden Händen die kalte Bettumrandung. Eine beinahe unsichtbare Welle lief über das Gesicht des Kranken, ein Zucken vielleicht, ein Zittern, Ausdruck einer Erschütterung, die ganz weit innen in diesem brüchigen Körper ausgelöst worden sein musste.

«Wolf!», flüsterte Sembritzki noch einmal, aber der Arzt fasste schnell nach Sembritzkis Arm und zog ihn mit missbilligendem Kopfschütteln zurück.

«Er kann Sie nicht hören, Herr Sembritzki!»

«Das Bild!», murmelte Sembritzki beschwörend. «Das Bild!»

Der Doktor zuckte die Schultern.

«Es hängt seit einer Woche da, und jedes Mal, wenn ich

Herrn von Seydlitz besuche, betrachte ich es. Irgendwie erinnert es mich an meine Kindheit, an das Dorf, in dem ich zur Schule gegangen bin, und an eine Zeit, die gleichzeitig schön und bedrohlich und geheimnisvoll gewesen ist.»

«Und?», fragte Sembritzki.

«Und?»

«Das Motiv!»

«Eine Schulstunde!»

«Ja, eine Schulstunde. Ein Lehrer bringt einem Schüler etwas bei!»

Der Arzt nickte. «Was ist dabei auffällig?»

«Was bringt der Lehrer dem Jungen bei?»

«Rechnen!»

Sembritzki schüttelte den Kopf.

«Es ist nicht die Rechnung, Doktor. Der Lehrer stellt dem Schüler eine scheinbar sinnlose Aufgabe.» Sembritzki dachte nach. «Seydlitz war immer so etwas wie ein Lehrer für mich gewesen.»

Der Arzt nickte.

«Ich weiss.»

«Also?», fragte Sembritzki.

«Also liegt die Botschaft des Bildes in der Aufgabe verborgen, die der Lehrer seinem Schüler gestellt hat.»

«Ein mal …! – Aber welche Grösse soll hier multipliziert werden?»

«Sie sind der Mann der Codes, Herr Sembritzki!»

«Ein Buchstaben- oder ein Bildercode?», fragte Sembritzki, aber eigentlich stellte er diese Frage nur sich selbst. «Oder ein Buchstabencode, der in einem Zahlencode verborgen ist!»

Jetzt schwiegen beide. Lautlos blubberten die Tropfen aus den Behältern, und wie ein grosses, knöchernes Insekt glitt die rechte Hand des Kranken über die Bettdecke, fand endlich im weissen Gestänge der Bettumrandung Halt, hing da wie die Spinne im Netz und fiel dann mit einem dumpfen Geräusch auf die Bettdecke zurück.

«Seydlitz war ein Buchstabenjongleur!»

«Mathematiker von Haus aus», ergänzte der Arzt.

«Ein mal», murmelte Sembritzki und starrte wieder auf die kleine schwarze Tafel.

«Ein mal», wiederholte der Arzt leise, und plötzlich huschte wie ein kleiner Lichtstrahl ein kaum zu fassender Ausdruck von Triumph über sein Gesicht.

«Wie hat doch Pilatus gesagt: ‹Quid est veritas?›»

«Est vir qui adest», antwortete Sembritzki abwesend.

«Ein Anagramm», sagte der Arzt. «Durch Umstellung der Buchstaben ergibt sich ein neuer Sinn.»

Sembritzki starrte auf das Bild, das sich langsam aufzulösen schien. Vor seinen Augen begann es zu verschwimmen und gab plötzlich seinen Inhalt preis.

«Ein mal – Milena?»

«Kafka!», nickte der Arzt.

«Kafkas Briefe an Milena! – Aber wer ist Milena?», fragte Sembritzki zögernd.

«Diese Frage stellt der Lehrer seinem Schüler!»

Sembritzki schüttelte den Kopf: «Diese Frage stellt der Maler dieses Bildes. Er weiss es auch nicht!»

«Wer ist der Maler?»

«Ich muss den Maler finden, Doktor!»

«So finden Sie ihn!»

Der Arzt war wieder auf Distanz gegangen. Er hatte seine Hände in die Taschen seines weissen Arztkittels gesteckt, und seine Augen blickten so unbeteiligt und kalt wie am Anfang ihrer Begegnung. Seine Stimme hatte abweisend geklungen. Er war wieder ganz Arzt, Diagnostiker, als ob dieses Gefühl von Vertrautheit, von Konspiration, das sie eine Weile verbunden hatte, nie existiert hätte.

«Ich danke Ihnen, Doktor», sagte Sembritzki jetzt förmlich und nickte dem Arzt kurz zu. Ein Händedruck war nicht gefragt. Dieser Mann brauchte seine Hände nur dazu, um die Körper seiner Patienten abzufragen.

«Leben Sie wohl, Herr Sembritzki!»

Der Arzt öffnete die Türen und schaute über Sembritzki hinweg in den scheinbar endlosen, kahlen Flur.

«Leben Sie wohl, Doktor!» Noch einmal horchte Sembritzki auf die Atemzüge des Kranken, der jetzt völlig bewegungslos dalag. Dann ging er langsam hinaus. Als er am Ende des Korridors angelangt war, wandte er sich noch einmal um. Der Arzt war verschwunden, doch die Türe zum Krankenzimmer stand noch immer halb offen, und darüber glühte ein rotes Licht.

Den Weg noch einmal gehen! Immer wieder denselben Weg gehen, dieselben Stationen hinter sich bringen!

Eine Stunde später stand Sembritzki nach einem langen Spaziergang hoch über der Stadt Koblenz und versuchte, seine Ruhe zurückzugewinnen, zu jener Umsicht zurückzufinden, die allein ihm das Überleben im Chaos garantierte. Und so machte er sich daran, statt das Chaos in seinem Innern zu ordnen, Ordnung in die Welt der sichtbaren Erscheinung zu bringen, die ihm zu Füssen lag. Er ortete die drei doppeltürmigen Kirchen, legte dann sein Koordinatennetz über das Gewirr von Brücken, die sich aus der Tiefe der Landschaft über die Mosel immer weiter nach vorn schoben, und endlich fixierte sein Blick die rot-schwarz-goldene Flagge, die auf dem Deutschen Eck flatterte. War das sein Fixpunkt? Die Lastkähne zogen langsam vorbei, absolvierten Jahr für Jahr immer wieder denselben Weg: von Basel nach Rotterdam und wieder zurück.

Sembritzki beeilte sich nicht, als er endlich wieder hinunter zum Ufer stieg und über die Rheinbrücke hinüber auf die andere Flussseite ging. Er schaffte es nicht, sein Ziel, das Bundesarchiv am Wöllershof, sozusagen in der Diagonalen anzupeilen. Er machte den Umweg über das Deutsche Eck, das er vor einer halben Stunde noch von oben betrachtet hatte, blickte eine Weile hinauf zur flatternden Fahne seines Vaterlandes und ging dann immer eiliger die Mosel entlang, strebte auf jenes Gebäude zu, das Deutschlands Vergangenheit auf mehreren Stockwerken hortete.

Sembritzki benötigte als Angehöriger – wenn auch nur auf dem Papier – der Botschaft in der Schweiz keinen Benutzungsantrag im Bundesarchiv. Am Eingang fragte er nach seinem alten Bekannten Schumacher, der ihm schon oft bei seinen Recherchen an die Hand gegangen war.

Schumacher hatte sich in den paar Jahren, in denen er ihn nicht mehr gesehen hatte, kaum verändert. Noch immer trug er seine hellbraune Ärmelschürze. Noch immer spross sein Barthaar unregelmässig, und auch sein Kopfhaar stand borstig und stahlgrau nach allen Seiten. Nur das runde Gesicht schien noch etwas röter geworden zu sein: Schumachers Kampf gegen seinen hohen Blutdruck, der jetzt noch um ein paar Punkte höher kletterte, als er Sembritzki freudestrahlend die Hand schüttelte.

Nach dem üblichen Austausch von Erinnerungen und nachdem die Lücken im Zeitablauf gefüllt worden waren, kam Sembritzki zur Sache. Er erzählte von den Bildern und bat Schumacher um Einblick in die Sammlung zur Geschichte deutscher Kriegsgefangener aus dem Zweiten Weltkrieg. Doch diesmal hatte sich Sembritzki getäuscht; seine Erinnerung hatte ihn im Stich gelassen. Diese Sammlung befand sich nicht in

Koblenz, sondern in der Abteilung Militärarchiv in Freiburg.

«Wir haben hier auch eine Menge Material, das du sichten könntest und das dir möglicherweise weiterhilft. Aber ich denke, Freiburg ist hier zuverlässiger und vor allem lückenloser. Die Materialien dort stammen aus der Tätigkeit der 1957 vom Bundesministerium für Vertriebene, Flüchtlinge und Kriegsgeschädigte eingesetzten Arbeitsgruppe für die Dokumentation des Schicksals der deutschen Gefangenen des Zweiten Weltkriegs. Seit über zwanzig Jahren nennt sich diese wissenschaftliche Arbeitsgruppe ‹Kommission für deutsche Kriegsgefangenengeschichte›.»

Schumacher zitierte sein Wissen sozusagen druckreif.

«Woher stammen diese Materialien?», fragte Sembritzki.

«Weitgehend kommen sie von den Verbänden, die die heimkehrenden Gefangenen betreuten.»

«Viel Material?»

«Die Kommission hat zwanzig Bände und zwei Beihefte erarbeitet, die sich alle auf das Schicksal deutscher Kriegsgefangener beziehen. Der Themenbereich ‹Gefangene Zivilisten›, ‹Gesundheitliche Schäden› und ‹Völkerrecht› ist dabei nicht berücksichtigt.»

«Tut nichts. Mich interessieren nur gefangene Offiziere in der Sowjetunion, Albert, ich brauche eine Liste mit den Namen, vor allem jener Offiziere, die bei Stalingrad in die Hände der Russen gefallen sind.»

«Eine Menge Arbeit, Konrad», brummte Schumacher unwirsch. Aber seine Verstimmung war nur gespielt. Er würde sich noch heute an die Arbeit machen und sich aus Freiburg die Kopien der Listen und Berichte kommen lassen. Das wusste Sembritzki.

«Suchst du einen bestimmten Namen?», fragte Schumacher.

Sembritzki zuckte mit den Schultern.

«Ich weiss es nicht. Vielleicht einen Namen. Vielleicht einen Dienstgrad. Vielleicht auch nur einen Hinweis in einem Brief, der sich auf irgendwelche Ereignisse bezieht, die sich in Gefangenenlagern abgespielt haben.»

«Warum versuchst du nicht selbst, ein paar Ehemalige zu interviewen?»

«Dazu fehlt mir die Zeit, Albert. Frag nicht, warum. Es eilt.»

«Du hast mir etwas von dieser Ausstellung bei Krauss-Maffei erzählt. Frag doch dort nach!»

«Nein, Albert. Dort scheuche ich nur ein ganzes Wespennest auf. Und vor allem, wer sagt mir, dass nicht dort die Fadenzieher eines grossen Komplotts sitzen, von dem ich nicht einmal weiss, ob es überhaupt existiert.»

«Und der Maler dieser Bilder?»

«Vor Kurzem gestorben. Nein, ich brauche die Liste und die Berichte. Ich vertraue auf dich. Mache nur dort Kopien, wo du es für notwendig hältst! Du kennst jetzt in etwa die Hintergründe.»

«Ich tue mein Möglichstes, darauf verlass dich, Konrad.»

«Schick mir das Material nicht per Post, sondern gib es irgendeinem Bonner Kurier, dem du vertrauen kannst.»

«Wird gemacht!»

Schumacher strahlte. Endlich tat sich wieder einmal etwas Konspiratives!

Gleich um die Ecke tranken sie noch ein Bier zusammen. Dann ging Sembritzki zum Bahnhof und nahm den Zug, der ihn nach Bonn bringen sollte. Dort bestieg er den Flughafenbus und landete kurz nach sechs Uhr auf dem Zürcher Flughafen. Zwei Stunden später brütete er schon wieder über seinem Schreibtisch.

6. Kapitel

Je länger er in Kafkas Briefen an Milena blätterte, desto deutlicher wurde das Bild dieser Frau, die er nicht kannte und die ihm Seydlitz noch im Sterben gewissermassen anvertraut hatte.

«Heute etwas, was vielleicht manches erklärt Milena, (was für ein reicher schwerer Name, vor Fülle kaum zu heben und gefiel mir anfangs nicht sehr, schien mir ein Grieche oder Römer nach Böhmen verirrt, tschechisch vergewaltigt, in der Betonung betrogen und ist doch wunderbar in Farbe und Gestalt eine Frau, die man auf den Armen trägt aus der Welt, aus dem Feuer, ich weiss nicht und sie drückt sich willig und vertrauend dir in die Arme, nur der starke Ton auf dem i ist arg, springt dir der Name nicht wieder fort? Oder ist das vielleicht nur der Glückssprung, den du selbst machst mit deiner Last?)»

Es war nicht die einzige Stelle in diesem Band, die Sembritzki anzog, die ihn wie ein Strudel in die Tiefe jener Gefühlswelt riss, der er sich so lange zu entziehen vermocht hatte. Es war der schwer lastende Name, der ihn umhüllte. Milena! Es war diese von Kafka angesprochene Durchdringung von antikem und böhmischem Geist. Und je länger er über dieser Briefstelle brütete, desto mehr wuchs seine Bewunderung für die umsichtige und subtile Weise, mit der Seydlitz seine Botschaft transportiert hatte. Nur ein durch und durch gebildeter Mensch wie Seydlitz war imstand gewesen, jenes Stück Literatur ausfindig zu machen, das all das umschloss, was aus der hermetischen Welt herauszubrechen war, eine Welt, die nur jenen zugänglich war, die die Sensibilität für Zeichen und Spuren hatten. Ja, Seydlitz war Teil eines hermetischen Zirkels, dessen Mitglieder sich nur mit Zeichen ausdrücken konnten, die nur auf einer sachlichen Ebene zu kommunizieren vermochten und alles, was mit Gefühlen zu tun hatte, unterdrücken mussten. Der ganze Rest war Maskenspiel, war ein einziges Hakenschlagen an der Oberfläche. Nicht Aufrichtigkeit war die Sache der Leute vom Geheimdienst, sondern das Verdecken der Wahrheit, die Unterdrückung dessen, was wirklich war.

«Und verlangen Sie nicht Aufrichtigkeit von mir Milena. Niemand kann sie mehr von mir verlangen als ich und doch entgeht mir vieles, gewiss, vielleicht entgeht mir alles. Aber Aufmunterung auf dieser Jagd muntert mich nicht auf, im Gegenteil, ich kann dann keinen Schritt mehr tun, plötzlich wird alles Lüge und die Verfolgten würgen den Jäger. Ich bin auf einem so gefährlichen Weg, Milena. Sie stehn fest bei einem Baum, jung, schön, Ihre Augen strahlen das Leid der Welt nieder. Man spielt ‹Bäumchen, Bäumchen wechsle dich›, ich schleiche im Schatten von einem Baum zum andern, ich bin mitten auf dem Weg, Sie rufen mir zu, machen mich auf Gefahren aufmerksam, wollen mir Mut geben, entsetzen sich über meinen unsicheren Schritt ...»

Sembritzki schlug das Buch heftig zu. Er trat ans Fenster und schaute hinab auf den nächtlichen Fluss, der unten am Haus vorbeitrieb. Einerseits hatte Seydlitz ihm mit diesem Geschenk einen Schlüssel zu Türen in die Hand gegeben, die er erst noch zu entdecken hatte. Andererseits aber war dieses Buch in manchem eine Definition des düsteren Geschäfts, das Sembritzki und Seydlitz betrieben: der eine abgeklärt, auf Distanz zu den Methoden, die er anwendete, der andere in manchem deren Opfer. Was Sembritzki aber zutiefst beunruhigte, war die Tatsache, dass er hier nicht nur immer tiefer in ein Komplott verstrickt würde, das er selbst aufzudecken hatte, sondern, dass er von Seydlitz gleichzeitig in den reichen schweren Schatten eines Namens gestossen wurde, der ihn zu verschlucken drohte, bevor er überhaupt Namen und Person zur Deckung zu bringen imstande war. Milena – schmerzliche Erinnerung an Prag, wo er, in einem letzten Akt der Verzweiflung, im Versuch, sich selbst und ein zerbrechliches Stück Hoffnung nach Hause und in sein Deutschland hinüberzuretten, zum Verräter an der Liebe geworden war. Und gleichzeitig war diese Erinnerung verknüpft mit einer sozusagen klassischen Welt, einem noch zu lebenden Stück Zukunft, das wie eine Welle den kleinen zierlichen Namen Eva in sich aufnahm und davontrug.

Nach einer kurzen und unruhigen Nacht meldete sich Konrad Sembritzki schon zu früher Stunde in der bundesrepublikanischen Botschaft. Er hatte den langen Uferweg gewählt, war beim Tierpark Dählhölzli über die Brücke gegangen und dann steil hinauf, vorbei an der amerikanischen Botschaft, über der sich das Sternenbanner müde um den Flaggenmast ringelte, dann weiter zu den ostdeutschen Brüdern, die gleichsam die Zugangsstrasse zum eigenen Besitz im Auge hatten.

Nicht das offizielle Botschaftsgebäude, das vor allem Empfangszwecken diente, war sein Ziel, sondern der lang gestreckte Diensttrakt, über dessen Eingang das schwarz-rot-goldene Wappen der Bundesrepublik angebracht war. Körner war hier Sembritzkis Kontaktperson.

Er sass hinter seinem Schreibtisch und arbeitete sich durch einen hohen Stapel von Zeitungen hindurch. «Schon so zeitig?», fragte er, ohne seinen Blick zu heben.

«Carpe diem», grinste Sembritzki. Er wusste, dass er mit lateinischen Ausdrücken seinen Kollegen ärgern konnte, der über keine humanistische Bildung verfügte.

«Carpe dich selbst», knurrte Körner und starrte Sembritzki wütend an. «Was willst du?»

«Eine Liste der geladenen Gäste!»

«Was für Gäste?» Körner tat so, als ob er nicht wüsste, wovon die Rede war.

«Spiel nicht den Ignoranten! Du weisst genau, dass ich die Sache mit dem Staatssekretär am Hals habe. Also muss ich wissen, wen Ihr zu dem Empfang geladen habt!»

«Die übliche Prominenz!»

«Ich meine nicht nur die Prominenz, Horst. Ich meine auch alles Fussvolk. Ich will die Namen aller Teilnehmer, diplomatische Creme plus deren Eskorte. Ich will die Namen der lokalen Politiker, die Namen von Medienleuten, und sogar die Namen des Servierpersonals!»

«Du witterst wohl Gefahren in der Küche!», spottete Körner, griff aber zum Telefon und beauftragte eine Sekretärin, die Liste zu bringen. Sembritzki hatte kein Bedürfnis nach Konversation. Mit der Liste zog er sich in ein leeres Büro zurück und begann seine Suche.

Er liess zuerst die Prominenz Revue passieren. Die üblichen Namen. Ein paar Botschafter aus Ländern, mit denen die Bundesrepublik besonders nahe Beziehungen unterhielt. Dann natürlich eine Auswahl schweizerischer Behördenvertreter, Bundes- und Lokalpolitiker. Da war kein Name darunter, der ihn irgendwie stutzig gemacht hätte. Aber das hatte er auch nicht erwartet. Die neuralgischen Stellen lagen in jenem vagen Bereich, wo Köpfe austauschbar waren und wo sich unter Umständen hinter gewissen Köpfen sogar andere einschleusen konnten. Namen allein waren nicht verbindlich. Er musste auch herausfinden, was hinter den Namen steckte, welche Gesichter und welche Lebensläufe. Allerdings war Sembritzki beinahe sicher, bei seiner Suche auf den Namen Milena zu stossen. Er kannte Seydlitz und wusste, dass er nicht umsonst, dreifach sozusagen, diese geheimnisvollen Silben zum Klingen gebracht hatte.

Mit der Eskorte des Staatssekretärs befasste sich Sembritzki nur oberflächlich. Es war Sache des MAD oder des BND, hier für eine saubere Gefolgschaft zu sorgen. Schwieriger war die Situation, was das Servierpersonal betraf. Hier war es ohne Weiteres möglich, kurzfristig eine angeblich erkrankte Kraft durch eine andere zu ersetzen. Doch darum hatten sich vor allem lokale Sicherheitskräfte zu kümmern, und Sembritzki würde erst unmittelbar vor dem Tag X diesen Bereich checken. Vor allem hatte er die Absicht, kurz vor Beginn der Vorbereitungsarbeiten von jedem Kellner und jedem Küchenmädchen einen Identitätsausweis zu verlangen, sodass kaum mehr Zeit für Fälschungen blieb. Und dann würde er eben mit allen Angestellten des Du Théâtre und mit allen von aussen zugezogenen Leuten ein kurzes Gespräch führen. Darauf durfte er nicht verzichten, denn er hatte ja überhaupt keine Ahnung, was sich im Zusammenhang mit dem Besuch des Staatssekretärs tat, ob es sich um einen Anschlag oder um ein Komplott handelte, das viel verzweigter und verwickelter war, als dass es sich durch die Einkreisung einer einzelnen Person hätte neutralisieren lassen.

Die heikelste Aufgabe wartete auf Sembritzki bei der Kontrolle der Liste, auf der die Medienleute aufgeführt waren. Hier war es besonders schwierig, sich Übersicht zu verschaffen. Zwar waren die geladenen Journalisten alle akkreditiert und damit eigentlich alte Bekannte, und trotzdem gäbe es gerade hier keine Schwierigkeiten, eine neue Figur einzuschmuggeln. Und diese Figur zu identifizieren war sicher nicht einfach, angesichts des ungewöhnlichen Interesses vor allem seitens der Presse, das dieser scheinbar unspektakuläre Besuch des Staatssekretärs ausgelöst hatte; die Liste war überraschend umfangreich, und es waren Namen aufgeführt, die Sembritzki durchaus geläufig waren und die er immer wieder in Zeitungen oder am Radio im Zusammenhang mit bedeutenden politischen Ereignissen gelesen oder gehört hatte. Wie kam es, dass so grosskalibrige Journalisten unter den weniger gewichtigen Medienleuten sassen?

Bevor Sembritzki die Liste genauer in Angriff nahm, Posten für Posten abhakte, griff er noch einmal zum Telefon.

«Horst, wie kommt es, dass auf der Presseliste Namen stehen, die in keinem Verhältnis zum Gewicht des Ereignisses stehen, zu dem sie delegiert wurden?»

Körner hüstelte.

«Warum fragst du mich das? Frag doch im Auswärtigen Amt nach!»

«Ich frage dich, weil ich weiss, dass du mir etwas verschweigst! Finden bilaterale Gespräche zwischen DDR-Vertretern und unserem Staatssekretär statt? Wird da das Terrain für einen Honecker-Besuch vorbereitet?»

«Warum fragst du, wenn du es schon weisst?»

Sembritzki wusste, dass Körner ihm trotz dieser schnellen Bestätigung nicht alles sagen würde. Da war noch mehr im Spiel, von dem die Leute in den Chefetagen der führenden Zeitungen Wind bekommen hatten. Sembritzki jedoch hatte nur Ahnungen und ein paar verschlüsselte Hinweise aus dem Bundeswehrkrankenhaus in Koblenz.

«Ich habe keine so erschöpfende Antwort erwartet, Horst», sagte Sembritzki spöttisch und hängte auf. Ihm blieb also nichts anderes übrig, als die Liste der Medienleute genau durchzugehen. Einmal mehr in seinem Leben wurde er in Trab gesetzt, ohne die genauen Hintergründe der Sache zu kennen, die er zu seiner eigenen machen sollte.

Die Namen waren dem Alphabet nach aufgeführt und nicht nach den Titeln der Zeitungen, Rundfunk- oder Fernsehanstalten geordnet. Und so dauerte es auch gar nicht lange, bis Sembritzki wie von einem elektrischen Schlag getroffen von seinem Stuhl hochfuhr.

Davis, Milena.

Die erste Bewegung, als er sich einigermassen erholt hatte, war der Griff zum Telefon, um sich bei Körner zu informieren, ob er eine Journalistin mit dem Namen Milena Davis kenne. Aber dann liess Sembritzki die Hand sinken. Wenn Körner nun plötzlich stutzig würde, wenn er beispielsweise den grossen Fadenzieher Erhard Reusser im BND aufschrecken würde? Und wenn dann plötzlich überall die Telefone zu klingeln und die Computer zu rattern beginnen würden?

Milena – das war ein Name, den Seydlitz ihm in einem Code anvertraut hatte. Also war er nicht für jedermann bestimmt, sonst hätte sich Seydlitz nicht direkt an Sembritzki gewandt. Seydlitz musste seine Gründe gehabt haben.

Milena Davis!

Im ersten Augenblick war Sembritzki beinahe enttäuscht gewesen, dass dem voll klingenden Vornamen keine slawischen Laute folgten. Davis. Das tönte englisch oder amerikanisch. – Dann griff Sembritzki, nachdem er sich gefasst hatte, doch zum Telefon. Seine Hand zitterte zwar, und ein eigenartiges Gefühl, das er längst verloren geglaubt hatte, war in ihm hochgekrochen. Atemlosigkeit oder Beklemmung?

«Horst, ich habe noch eine Bitte!»

«Bist du schon fündig geworden?», fragte Körner spöttisch.

«Fündig? Ich suche nichts Bestimmtes. Ich checke nur die Listen», antwortete Sembritzki und versuchte, seine Stimme sachlich klingen zu lassen.

«Ich glaube dir kein Wort, Konrad. Aber bitte, was brauchst du?»

«Ich möchte möglichst alle Listen mit den Namen der Presseleute, die bei den Empfängen unserer Botschaft in den letzten Jahren anwesend waren.»

«Also hast du doch einen Verdacht. Du hast eine Spur!»

«Zum Teufel, Horst, man hat mich in die Rolle eines Sicherheitsbeamten manövriert. Ich überprüfe Namen. Das ist alles.» Sembritzkis Stimme klang lauter und aggressiver als üblich.

«O. K. Du kriegst deine Listen. Es wird aber eine Weile dauern!»

«Danke», sagte Sembritzki kurz und hängte auf.

Milena Davis! Da war also die Doppelgängerin zu Kafkas Milena Jesenská. Die Parallele war insofern auf den ersten Blick überraschend, als auch Milena Davis wie ihr tschechisches Double von Beruf Journalistin war. Sie arbeitete für eine grosse amerikanische Zeitung, die in Genf eine eigene Redaktion hatte.

Eine Amerikanerin anscheinend. Sembritzki war enttäuscht, obwohl er gar nicht wusste, warum. Milena Davis war für ihn eine Chiffre, weiter nichts. Nur wusste er auch, dass sie keine Chiffre bleiben würde. Seydlitz wollte, dass er diese Chiffre zum Leben erweckte, dass er aus ihr einen ganzen Lebenslauf mit all seinen vielen Verzweigungen herauskitzelte. Er musste Milena Davis zu seinem Objekt machen.

Milena. – Sembritzki fühlte die ungeheure Sogwirkung, die von diesem Namen ausging. Er fühlte, dass er die kühle

Distanz nicht herstellen konnte, die hier gefragt war. Der Name Milena war durch Kafkas Briefwechsel belastet, durch den Briefwechsel und durch all die Erinnerungen, die aus Prag nachdrängten. Noch immer starrte Sembritzki bewegungslos auf den magischen Namen, als ihm die Sekretärin die verlangten Listen brachte.

Milena Davis war nicht aus dem Nichts aufgetaucht. Sie war schon vor drei, vor zwei Jahren bei Veranstaltungen der bundesrepublikanischen Botschaft anwesend gewesen. Das hatte Sembritzki auf einen Blick festgestellt. Man hatte ihm also hier keinen Wechselbalg ins Netz gesetzt. Milena Davis existierte und war nicht für den bevorstehenden Anlass von irgendeinem Geheimdienstmagiker aus dem Hut gezaubert worden.

7. Kapitel

Eine Stunde später sass Sembritzki bereits im Zug nach Genf. Er hatte sich in der Botschaft mit unbekanntem Ziel abgemeldet, obwohl er wusste, dass die Informationen über seinen stummen Aufbruch bereits hin und her schwirrten. Ohne Beschatter würde man Sembritzki wahrscheinlich nicht einfach so ziehen lassen. Aber darum kümmerte er sich nicht, und er hatte auch nicht die Absicht, sich den Blick aus den Rebbergen hinunter auf den makellos daliegenden Lac Léman von einem Spielverderber vergällen zu lassen. In solchen Augenblicken, wenn ihn eine Landschaft so anzog, wenn die Atmosphäre beinahe mit Händen zu greifen war und die Herbstfarben von einem weichen Licht gedämpft auf ihn eindrangen, fühlte er sich in seiner Rolle als Rangierarbeiter im grossen Verschiebebahnhof des Informationswesens fehl am Platz. Dann hätte er auftauchen mögen aus den heillosen Verstrickungen, die sein Dasein prägten, hätte ganz oben mitschwimmen mögen als Passagier auf der Suche nach einem Mitreisenden, dem er alles, aber auch alles über sich und seine Sehnsüchte hätte mitteilen wollen.

Genf. Bahnhof Cornavin. Sembritzki tauchte in den Strom der Reisenden ein, ohne sich nach einem Beschatter umzusehen. Es war noch zu früh, Haken zu schlagen. Vorerst suchte er im Genfer Telefonbuch nach dem Namen Milena Davis. Oder gab es da etwa einen Herrn Davis, hinter dem sich die unbekannte Frau verstecken konnte? Aber auch dann würde die Aufgabe nicht allzu schwierig sein, denn trotz der gewaltigen Internationalität, die die Calvinstadt auszeichnete, würden hier nicht allzu viele Davis wohnen.

«Milena Davis, journaliste» stand im Telefonbuch. Sie wohnte an der Rue du Jura. Die Adresse sagte ihm nichts. Aber sie würde sich identifizieren lassen. Er zögerte, bevor er einen ersten Versuch startete. Sollte er sie anrufen? Einfach so? Und was dann, wenn sie bereit war, ihn zu treffen? Was sollte er ihr erzählen? Dann aber überwand er sich und wählte ihre Telefonnummer.

«Hallo?»

Sie hatte eine warme, runde Stimme, die Sembritzki seltsam berührte.

«Hallo», sagte sie noch einmal. Da war überhaupt kein englischer Akzent zu hören, sondern sie sprach das Wort ohne aspiriertes H am Anfang aus. Wie eine echte Genferin also, und Sembritzki horchte verzweifelt der Vibration des Vokals a nach, die in ihm eine ganze Reihe von Assoziationen ausgelöst hatte. «Qui est à l'appareil?», fragte sie jetzt noch einmal, und Sembritzki, der noch immer horchte und nicht zu einer Antwort fähig war, war überrascht, dass diese Stimme noch immer dieselbe Ruhe ausstrahlte wie beim ersten «Hallo», dass nichts von Ungeduld, von Gereiztheit mitklang. Leise legte er den Hörer auf und trat wieder in den Lärm der Bahnhofshalle hinaus. Doch dann kehrte er noch einmal in die Telefonzelle zurück. Erstens hatte er den gedrungenen Mann im braunen Baumwollanzug am Zeitungskiosk erspäht, und zweitens musste er jetzt seine Verbindungen spielen lassen. Er wählte die Redaktionsnummer der Genfer Tageszeitung «La Suisse» und verlangte dort seinen alten Bekannten Oleg Martin, der sich als versierter Journalist besonders einen Namen in Diplomatenkreisen gemacht hatte. Zwar hatte Martin seine Nase überall, auch in übel riechenden Geschichten und Skandalen, doch die Art und Weise, wie er seine Informationen dann journalistisch aufbereitete, war so gekonnt, sprachlich auch so elegant formuliert, dass sogar seine Opfer nicht wussten, ob sie sich ärgern sollten, dass sie ins Rampenlicht gezerrt worden waren, oder darüber freuen, weil Oleg Martin sie für würdig befunden hatte, sein Talent an ihnen zum Erblühen zu bringen.

«Was willst du, Genosse?», fragte Martin am andern Ende der Leitung und machte sich dabei über seine eigenen Vorfahren lustig, die im Sog der russischen Revolution das Zarenreich verlassen und wie so viele andere die Moskwa mit der Rhone, die sibirischen Winde mit der Genfer Bise vertauscht hatten. Oleg hatte ursprünglich Martinow geheissen, doch sein einziges Bindeglied zu seiner verlorenen Heimat, der er im Übrigen überhaupt nicht nachtrauerte, waren die Bücher Nabokovs. Vor allem hatte es ihm «Lolita» angetan, die er sich in regelmässigen Abständen – immer wenn er sich selbst, was aufblühende weibliche Geschöpfe anbetraf, Zucht auferlegte – wieder vornahm. Überhaupt war Martin, der seinen Nachnamen französisch, also mit einem Nasallaut aussprach, ein äusserst beharrlicher Kulturträger, der seine Umgebung während Monaten mit jenem Buch nervte, das er sich gerade in allerkleinsten Häppchen genüsslich einverleibte, und der nicht begreifen konnte, dass andere seine Begeisterung nicht teilen wollten, ganz einfach darum, weil sie sich im Gegensatz zum beharrlichen Martin – weniger lang in ein und derselben Gemütsverfassung befanden. Aber eben gerade diese Beharrlichkeit machte Martin auch zum zuverlässigen Freund und Geschäftspartner. Sembritzki bat ihn um ein Rendez-vous und war nicht überrascht, dass Martin, nachdem Ort und Zeitpunkt fixiert worden waren, ohne weitere Fragen auflegte.

Sembritzki sass seit etwa zehn Minuten in einem roten Schalenstuhl im Strassencafé, aus Distanz diskret von seinem Schatten bewacht, als er Martin schon von Weitem aus der Menge der Passanten herausragen sah. Auf seinem völlig kahlen Kopf spiegelte sich die Mittagssonne, und als er Sembritzki entdeckt hatte, bleckte er erfreut seine grossen Zähne. Doch Martin war raffiniert genug zu wissen, dass er sich nicht einfach so zu Sembritzki hinsetzen durfte, sondern dass er sozusagen den Zufall für ihr Zusammentreffen bemühen musste.

«Hallo, Sembritzki», rief er und blieb am Trottoirrand stehen. Dabei riss er den rechten Arm in der abgewetzten dunkelbraunen Lederjacke wie ein Sieger in die Höhe, während er den andern fest gegen den scheinbar unendlich langen Körper presste, um sein gegenwärtiges Leibbuch nicht zu verlieren.

«Oleg Martin! Was für eine Überraschung!»

Sembritzki war aufgestanden und hatte einen Schritt auf Martin zu getan. Dann hatten sie sich brüderlich umarmt, wobei Sembritzki die harten Kanten von Martins Leibbuch in den Rücken stiessen.

«Setz dich!»

Martin zeigte sein Zahnfleisch, als er sich auf einen Stuhl lümmelte und behaglich die langen Beine in den engen Jeans ausstreckte.

«‹Lolita›, sag ich dir! Was für ein Buch!»

«Das hast du schon vor zwei Jahren gesagt, Oleg.»

«Das ist doch der Beweis für die Qualität des Romans.»

«Bist du wieder auf dem Jungmädchentrip?», lachte Sembritzki.

«Wüstling!», grollte Martin. «Du hast es noch nie geschafft, die Kunst vom Leben zu trennen.»

«Zur Sache, Oleg. Ich habe wenig Zeit», unterbrach Sembritzki Martins Ouvertüre, die zweifelsohne in ein literarisch hochinteressantes Plädoyer für Nabokovs Sehnsucht nach den «illusions lointaines» gemündet hätte.

«Kennst du eine Kollegin namens Milena Davis?»

Martins Augen hinter der Brille mit den kleinen kreisrunden Gläsern wurden mit einem Male wach, kehrten aus Russland, oder wo auch immer sie geweidet haben mochten, in die Gegenwart zurück.

«Sicher kenne ich die Davis!»

«Erzähl mir etwas von ihr!», forderte ihn Sembritzki auf.

«Was genau willst du wissen?»

«Was weisst du denn?»

«Vieles!»

«So sag mir alles!»

«Milena Davis ist eine gute Journalistin.»

«Die Qualität ihrer journalistischen Arbeiten interessiert mich erst in zweiter Linie. Sag mir, woher sie kommt. Erzähl mir etwas über ihre Tätigkeiten, auch über ihren Freundeskreis.»

«Heisse Sache?», fragte Martin und zeigte lüstern sein Zahnfleisch.

«Nicht für dich! Noch nicht für dich.»

Martin zuckte mit den Schultern und strich versonnen über den Buchdeckel. Dann begann er: «Milena Davis ist gegen vierzig Jahre alt. Eine vielleicht nicht schöne, aber äusserst anziehende Frau, mit einem leicht slawischen Ausdruck im Gesicht!»

«Slawisch?»

Sembritzki packte Martins Jackenärmel.

«Jeder hat so seine Sehnsüchte», sagte der spöttisch und spielte mit einer Büroklammer herum, eine liebe Gewohnheit, die Sembritzki schon vor Jahren genervt hatte.

«Weiter!»

«Milena Davis hiess ursprünglich Milena Mrozek.»

«Polin?»

«Möglich. Vielleicht auch Tschechin. Ich weiss es nicht. Jedenfalls hat sie vor Jahren schon als akkreditierte Journalistin bei den Vereinten Nationen einen Herrn Davis kennengelernt, der seines Zeichens selbst als Journalist für eine amerikanische Zeitung hier in Genf tätig war.»

«Für wen hat damals Milena gearbeitet?»

«Das weiss ich nicht mehr so genau. Ich glaube, für eine deutsche Zeitung oder Illustrierte.»

«Deutsch?» Sembritzki schaute seinen Freund misstrauisch an.

«Sie ist doch nicht Deutsche?»

«Wenn ich richtig informiert bin, ist ihre Mutter damals beim Vormarsch der Russen aus Polen geflohen. Sie ist nach Deutschland gekommen, wo sie dann auch geblieben ist.»

«Deutschland!» Sembritzki sprach das Wort aus, als ob er sich in einer fremden Sprache ausdrückte.

«Deutschland, natürlich. Zuerst Ost, dann West. Chemnitz, glaub ich. Dann hat sie sich ein weiteres Mal abgesetzt, noch westlicher, und ist in Köln gelandet.»

Sembritzki passte diese Familiengeschichte überhaupt nicht.

«Zwei Dinge, Oleg. Erstens, wie kommt eine Deutsche an eine amerikanische Zeitung? Und zweitens: Woher stammen deine Informationen?»

Martin hielt beschwörend Nabokovs «Lolita» in die Herbstsonne. «Bei allem, was mir heilig ist, Konrad, ich schwindle dir nichts vor. Und ich kann dir auch genau sagen, warum ich all das weiss. Ich habe Milenas Mann gekannt. Gut gekannt. Er war so etwas wie ein Freund. Und als es dann zu diesem Unfall kam ...»

«Ein Unfall? Was für ein Unfall?»

«Davis und ein paar Journalistenkollegen aus verschiedenen Ländern verbrachten einen feuchten Abend. Und am Morgen war Davis tot. Er lag irgendwo in der Nähe der Grenze, aber auf der französischen Seite, unter seinem Auto. Zöllner haben vier leicht angetrunkene Männer über die Grenze fahren sehen. Zurückgekommen sind dann nur drei. Zu Fuss. Unfall. Es war ein Unfall, Konrad. Die Aussagen der drei deckten sich vollkommen.»

«Wann war das?»

«Vor fünf Jahren, Konrad.»

Jetzt schwiegen beide und starrten in ihre leere Espressotassen. Martin wehrte müde eine aufdringliche Wespe ab. Sembritzki steckte einen Zigarillo zwischen die Zähne. Auf der andern Strassenseite kaufte sich der untersetzte Mann im Baumwollanzug eine zweite Zeitung.

«Kein Mordverdacht also?», fragte Sembritzki endlich und spuckte einen Tabakkrümel aus.

«Keiner! Die Polizei hat zwar den Fall untersucht, aber dann fallen gelassen. Die Franzosen waren ja auch nicht besonders interessiert an dieser importierten Geschichte.»

Sembritzki nickte.

«Und wie hat Milena den Tod ihres Mannes aufgenommen?»

«Milena?», fragte Martin und schaute über Sembritzki hinweg, bis sich sein Blick irgendwo an einer Hausfassade brach. Er lächelte traurig. «Milena brach zusammen. Während Wochen hat sie ihre Arbeit liegen lassen.»

«Noch etwas: Was hat es mit ihrer Anstellung bei einer amerikanischen Zeitung auf sich?»

«Da muss ich wieder zurückblenden. Milena ist mit ihrer Mutter in Köln angekommen. Das war ein paar Jahre nach dem Krieg. Damals war sie vielleicht ein paar Jahre alt. Ein Urlaubskind. Nur der Vater ist nicht mehr zurückgekehrt. Gefallen in den letzten Kriegstagen. Später hat Frau Mrozek wieder geheiratet. Einen amerikanischen Besatzungssoldaten. Einen Offizier, glaube ich. Und so ist denn Milena gewissermassen in einer Garnison in der Nähe von Köln gross geworden und dort auch in eine amerikanische Schule gegangen. Sie ist also zweisprachig aufgewachsen. – Das wärs.» Martin lehnte sich zurück, kraulte sich im Bart und schloss geniesserisch die Augen. Er hatte ein Schicksal lebendig gemacht, und das erfüllte ihn jedes Mal mit Befriedigung.

Sembritzki wollte nur noch etwas wissen. Er stupste den versonnen lächelnden Martin an und fragte:

«Männergeschichten?»

Der Journalist öffnete etwas unwirsch die Augen.

«Davis! Das war ungefähr vor sieben Jahren. Seit zehn Jahren wohnt sie hier!»

«Und vorher?» Sembritzkis Frage kam schnell wie ein trockenes Bellen.

«Vorher! Für wen hältst du mich denn? Für Gottvater persönlich?»

Und wieder hielt er beschwörend den Band Nabokovs in die Höhe.

«Und nach Davis' Tod?»

Jetzt lächelte Martin etwas dümmlich. Seine Lippen glänzten feucht und zitterten leicht.

«Du hast es also auch versucht!», sagte Sembritzki und grinste schadenfreudig.

«Ich war nicht der Einzige, Konrad. Das kannst du mir glauben. Die Frau hat Charakter. Leider!», fügte er nach einer Weile mit einem wehmütigen Ausdruck bei.

«Zu alt für dich, lieber Jünger Nabokovs!», tröstete ihn Sembritzki.

«Kann ich sonst noch etwas für dich tun?», knurrte jetzt Martin, dem die Rührung in Sembritzkis Gesicht nicht entgangen war und der nichts so hasste wie Sentimentalitäten.

«Ja, noch etwas, Oleg», sagte Sembritzki und stand auf.

«Bring mich mit Milena Davis zusammen. Egal wie du das machst. Aber irgendwie musst du das doch schaffen.»

«Und warum, darf ich wohl nicht wissen?»

«Nein! Später vielleicht. Begrab deine Neugier, wenn es dein journalistisches Gewissen zulässt.»

«Ich habe kein Gewissen, lieber Konrad. Also auch kein journalistisches, sonst würde ich mich nicht in erster Linie für kleine Mädchen interessieren.»

Er hatte sich jetzt auch erhoben und schaute auf den um einen Kopf kleineren Sembritzki hinunter.

«Wo übernachtest du?», fragte Oleg noch, bevor er sich abwandte. Sembritzki zuckte die Achseln und spuckte seinen zerknautschten Zigarillo in den Rinnstein.

«Kannst bei mir schlafen. Hier, der Schlüssel», flüsterte Martin verschwörerisch und steckte ihn im Schatten Nabokovs Sembritzki zu. Und schüttle endlich mal diese Klette im Baumwollanzug ab! Ich geb dir Bescheid. Salut!«

Und mit einer letzten, hoheitsvollen Handbewegung stolzierte er durch die Menge davon. Aber er tauchte nicht gleich in den Strom der Passanten unter, sondern ging schräg über die Strasse, hinüber zum Mann im braunen Anzug. Und während er ihn mit verbalen und sogar handgreiflichen Mitteln in einen Disput verwickelte, machte sich Sembritzki aus dem Staub.

Eine halbe Stunde später kam er zu Martins Wohnung in einer Seitenstrasse der Rue des Eaux Vives. Die vielen

Umwege und kurzen Strassenbahnfahrten hatten ihn Zeit gekostet.

Das Treppenhaus war eng, und es machte den Anschein, als ob das Haus völlig unbewohnt sei. Sembritzkis Schritte tönten unnatürlich laut auf den durchgetretenen Stufen. Als er Martins Wohnungstüre öffnete, die laut in den Angeln quietschte, wartete er darauf, dass jeden Augenblick eine Türe aufgehen und jemand den eindringenden Fremdling zur Rede stellen würde. Aber das Haus blieb ohne Leben, und Sembritzki schloss ganz behutsam und erleichtert die Wohnungstüre. Zwei Stunden mochte er auf Martins breitem, mit einer blau-weiss gestreiften Decke bezogenem Bett, zwischen Schallplatten, Kassetten, angelesenen Büchern und vielen wirr beschriebenen Notizzetteln halb im Schlummer gelegen haben, als das Telefon neben seinem Ohr schellte. Es war Oleg, der ihn nicht ohne Stolz wieder auf die andere Seite der Rhone, zu einer Party eines Berufskollegen bestellte.

«Was soll ich da?», fragte Sembritzki schlaftrunken. Ihn schauderte es beim Gedanken an ein sinnloses Besäufnis.

«Milena!» Das war das einzige Wort, das Martin noch ausspuckte, bevor er aufhängte.

8. Kapitel

Im Schutz der hereinbrechenden Nacht war es für Sembritzki einfacher, mehr oder weniger ungesehen durch die Stadt zu gehen. Er kehrte ins Zentrum zurück, überquerte die Rhone auf dem Pont Mont Blanc und drang dann gegen sein innerstes Bedürfnis wieder in den Schutz der Häuser ein. Lieber wäre er langsam und beschaulich dem See entlanggegangen, wie ein Tourist, den die blosse Neugier auf Landschaft oder Städte trieb, auf ein kleines Abenteuer vielleicht auch, auf ein verstecktes Feinschmeckerrestaurant oder einen vorteilhaften Einkauf. Stattdessen war er ein Tourist im Niemandsland, auf einem Territorium, wo es zwar vieles zu entdecken gab, wo diese Entdeckungen jedoch immer dazu beitrugen, die Illusion einer intakten Welt um ein weiteres Stück zu demontieren.

Er hatte keine Mühe, das Haus zu finden, wo die von Martin angekündigte Party stattfand; ein lang gestreckter weiss strahlender Neubau aus Beton und Glas, mit einer Reihe gleissender Fenster. Eine ganze Weile stand Sembritzki spähend im Flur der Wohnung, in der die Begegnung mit Milena stattfinden sollte und in die er ohne zu klingeln eingetreten war. Die Leute, vielleicht 20 an der Zahl, standen in Gruppen herum oder lümmelten sich auf irgendwelchen flauschigen Sitzgelegenheiten. Sembritzki hörte verschiedene Sprachen durch den Raum schwirren; Französisch vor allem, aber auch Englisch und Deutsch. Ihm war, als ob er sogar spanische Laute heraushören könnte. Unter den Gästen befanden sich nur sechs Frauen. Das hatte Sembritzki bald einmal festgestellt. Drei Frauen konnte er von vorn sehen, und er wusste gleich, dass Milena nicht zu ihnen gehörte.

So, wie er sich Milena vorstellte, wie er sich ein Bild aufgrund von Olegs Beschreibung und ihrer Stimme am Telefon machte, war sie dunkelhaarig, ruhig in ihren Bewegungen, zurückhaltend, abwartend. Die drei weiblichen Wesen, die Sembritzki jedoch im Blickfeld hatte, waren lebhaft, laut, beinahe aggressiv in ihrer Haltung. Bevor er jedoch auch die andern Frauen, die ihm den Rücken zudrehten, näher betrachten konnte, hatte ihn Oleg schon entdeckt und war, leicht schwankend, ein Glas Calvados in der Pranke, quer durch den Raum auf ihn zugekommen.

«Ich stelle dich vor, dann wirst du auch gleich sehen, wer Milena ist!», flüsterte er augenzwinkernd. Und dann rief er laut: «Ein Freund aus Bern, Freunde. Konrad Sembritzki!»

«Hallo, Konrad», antworteten ein paar Gäste und hoben ihr Glas in seine Richtung. Alle hatten sich dem Neuankömmling zugewandt, bis auf eine Frau, die am Fenster stand und in die Nacht hinausschaute. Sie trug schulterlanges dunkelbraunes Haar mit einem leicht rötlichen Schimmer. Sie war eher klein gewachsen, hatte schmale Schultern, und auch ihre Hände, die sie hinter dem Nacken verschränkt hatte, waren feingliedrig. Jetzt liess sie die Arme langsam sinken, blieb aber regungslos stehen, ohne sich umzudrehen. Sembritzki wusste, dass sie ihn im Spiegel des Fensters längst gesehen und gemustert hatte. Sie liess sich Zeit. Sie wollte wissen, wer der neue Mann in der Runde war, bevor sie ihm ihr eigenes Gesicht darbot. Sembritzki musste an einen Dirigenten denken, der gerade dadurch, dass er dem Publikum den Rücken zukehrt, an Magie gewinnt. Ein Dirigent wirkte allein durch seine Bewegung, durch die körperliche Suggestionskraft, die von ihm ausging und die in der Rückenpartie und in den Arm- und Handbewegungen abzulesen war. Ein gewöhnlicher Mensch jedoch konnte, auch wenn er seine Frontseite zeigte, nicht auf die Magie seiner Dirigentenrolle abstellen. Er war ganz auf sich selbst angewiesen.

Sembritzki hatte kurz seinen rechten Arm zum Gruss erhoben, hatte nach verschiedenen Seiten genickt, hatte gewartet, bis das Interesse an seiner Person befriedigt war und das Palaver in den verschiedenen Gruppen seinen Fortgang nahm. Keiner kümmerte sich mehr um ihn. Jeder musste selbst schauen, dass er zu einem der Zirkel Zugang fand, und da auch Oleg wieder irgendwo untergetaucht war, um seine Umgebung in verwirrliche Gespräche über Nabokovs Mädchenträume zu verwickeln, richtete Sembritzki seine ganze Konzentration auf jene schmale Figur am Fenster, die sich nun langsam, beinahe zögernd umdrehte und den neuen Gast teilnahmslos, wie es schien, betrachtete. Sembritzki war irritiert über die zurückhaltende Art, mit der sie ihn anschaute. Kein Lächeln brach ihre Maske auf, kein auch nur winzig kleines Flattern der Lider. Ihre bernsteinfarbenen Augen schauten teilnahmslos auf Sembritzki, und ihre zart geschwungenen Lippen unter der schmalen Nase waren fest geschlossen. Es war an ihm, den ersten Schritt zu tun. Er wusste, dass sein polnisch klingender Name sie elektrisiert hatte, und doch wartete sie ab. Sie hatte ihre polnische Herkunft unter amerikanischen Lauten versteckt.

Sembritzki machte zwei Schritte auf sie zu und blieb dann stehen. «Konrad Sembritzki», murmelte er und streckte seine Hand aus. Sie betrachtete den ausgestreckten Arm, als wäre er ein Museumsstück.

«Ich habe schon verstanden!», sagte sie endlich auf Deutsch. Da war sie wieder, diese ruhige, volle Stimme, in der scheinbar keine Emotionen mitschwangen. Sembritzki liess den Arm wieder sinken; sie hatte den Kontakt zu ihm gekappt, bevor er überhaupt zustande gekommen war. Doch dann streckte sie langsam ihre Hand aus, so, als ob sie Sembritzkis Grussversuch mit Verspätung doch noch erwidern wollte, liess sie dann aber verwirrt wieder sinken; immerhin, offenbar war es nicht als Brüskierung zu verstehen, dass sie vorher den Gruss verweigert hatte, sondern bedeutete ganz einfach, dass sie mit einer erheblichen Verspätung die Situation realisierte. Sie war offenbar mit ihren Gedanken eben erst von irgendwoher in die Realität zurückgekommen und hatte anfangs vergeblich versucht, die Interferenz zur Gegenwart aufzufangen.

« Journalist?», fragte sie jetzt, und ihre Augen zogen sich ein ganz klein wenig zusammen. Misstrauen?

«Antiquar», antwortete er.

«Ich bin Milena Davis.»

Jetzt hatte sie ihm ihre Identität offiziell preisgegeben, obwohl Sembritzki dieser Bestätigung nicht mehr bedurft hätte. Aber seine Berufsbezeichnung war wohl so etwas wie ein Codewort gewesen, das ihr anfängliches Misstrauen, mindestens für den Augenblick, aufgebrochen hatte.

«Sie wohnen in der Schweiz?», fragte sie weiter und suchte in ihrer dunkelbraunen Handtasche nach einer Zigarette. Zum ersten Mal spürte er ihre innere Unruhe, die sie bis dahin so perfekt zu überspielen imstande gewesen war.

«Ich wohne in Bern», gab er zur Antwort und hoffte, mit dieser geografischen Situierung ihr Misstrauen seiner Person gegenüber noch mehr abzubauen.

«Schweizer?» Das Gespräch wurde zum Verhör. Aber Sembritzki hatte nichts zu verbergen, solange er sich brav an seine offizielle Tätigkeit hielt. Allerdings fühlte er, wie befangen er war, wie sehr sein ganzes Verhalten von jenen starken Bildern geprägt war, die aus Kafkas Briefen hervorgewachsen waren und an denen er in den letzten Tagen selbst weitergebaut hatte. Er wusste nicht, ob er überhaupt noch imstande war, die beiden Erscheinungen, Fiktion und Realität, zur Deckung zu bringen.

«Ich *wohne* in der Schweiz», sagte er endlich. «Aber ich stamme eigentlich aus Masuren. Aufgewachsen bin ich in Deutschland.»

Wieder zog sie die Augen ein klein wenig zusammen, aber nur die Heftigkeit, mit der sie an ihrer Zigarette zog, gab Auskunft über ihre Erregung. Aber als sie dann endlich wieder weiterfragte, hatte sie sich ganz unter Kontrolle.

«Deutschland? Diese Bezeichnung gilt wohl heute nicht mehr!»

«Für mich gilt sie noch immer, Frau Davis!»

Zum ersten Mal hatte er ihren Namen ausgesprochen, wenn auch nur jenen Teil davon, der nichts mit ihrem Herkommen zu tun hatte, nichts mit Kafka und nichts mit seiner unerklärlichen Sehnsucht.

«Milena», korrigierte sie ihn und beschwor damit all das herauf, was er an Erwartungen in diese Begegnung mit sich getragen hatte.

«Ein reicher, schwerer Name, vor Fülle kaum zu heben!», sagte Sembritzki, und gab sich im ersten Augenblick gar nicht darüber Rechenschaft, dass er nur Kafka zitierte.

«Kafka, nicht wahr?»

Ihre Augen hatte sie jetzt weit aufgerissen, aber nur einen Augenblick lang, dann hatte sie sich wieder unter Kontrolle. Aber sie schien jetzt noch wachsamer geworden zu sein.

«Kafka», antwortete Sembritzki erschrocken und versuchte, seine Stimme möglichst unbeteiligt klingen zu lassen. «Ich mag seine Bücher.»

«Sie mögen sie so sehr, dass Sie sogar auswendig daraus zitieren können!»

Der Spott in ihrer Stimme war nicht zu überhören.

«Ein Zufall, dass ich gerade in den letzten Tagen dieses Buch wieder in die Hände gekriegt habe. Ich war mehrmals aus beruflichen Gründen in Prag, Milena. Ich lebe noch heute mit Kafka. Mit Kafka, mit Meyrinck, mit Kliment ...»

«Sie sind – ursprünglich – Pole, nicht Tscheche!»

«Masure, Milena. Das ist nicht dasselbe. Die Masuren sind so etwas wie die Elsässer des Ostens. Einmal deutsch, einmal russisch, einmal polnisch.»

«Trotzdem: Sie sind kein Tscheche!», sagte sie beharrlich noch einmal.

«Ich bin nicht Tscheche. Aber meine Sehnsüchte verlieren sich immer wieder im Osten. Ich habe das Gefühl, dass wir Deutschen sogar, und Deutscher bin ich dem Pass nach nun einmal, Bundesdeutscher, wenn Sie darauf beharren, ich denke, dass wir Deutschen unsere Wurzeln im Osten haben, Frau Davis!»

Ihren amerikanischen Namen betonte er bewusst und schaute sie dabei lächelnd an. Aber sie erwiderte sein Lächeln nicht.

«Ich bin nicht Amerikanerin, wenn Sie das meinen! Ich war mit einem Amerikaner verheiratet. Ich bin – Deutsche!»

Sie hatte ihre Nationalität nur zögernd ausgesprochen. War das als Irritation zu verstehen oder ganz einfach als eine Aufforderung, im Gespräch da einzuhaken?

«Sie sind nicht Deutsche von Geburt?»

«Nein, Polin. Nachbarin Masurens. Wir lebten damals als polnische Minderheit in Ostpreussen. Und Sie wissen, was man unter polnischer Minderheit zu verstehen hatte. Sie galt als fünfte Kolonne, Zivilisten, die ohne Überzeugung in fremdem Gebiet lebten und so natürlich alle Voraussetzungen zum Agenten im Dienste der Ostmächte mitbrachten.

Nur mein Vater hat nie auf seinen polnischen Herzschlag gehört. Er ist mit den Deutschen in den Krieg gezogen. Gegen seine eigenen Landsleute. Und deshalb ist denn meine Mutter auch zusammen mit allen deutschstämmigen Ostpreussen vor den vorrückenden Sowjets in westlicher und nicht wie manche Polen in östlicher Richtung geflohen.»

«Damals waren Sie noch nicht auf der Welt! Dafür sind Sie nicht verantwortlich», sagte Sembritzki. – War es die falsche Richtung?

Sie starrte auf die Asche ihrer Zigarette, die sich immer mehr gegen unten krümmte und dann plötzlich abbrach.

«Es gibt noch immer die deutsche Sprache», sagte sie endlich leise. Sie war niedergekniet und versuchte, mit dem Deckel ihrer Zigarettenschachtel die Asche zusammenzukehren. Sembritzki blickte auf ihren Scheitel, wo ein paar Haare an den Wurzeln silbern glitzerten. Dann kniete aber auch er schon neben ihr. Er spürte ihren Arm an seiner Seite und schaute auf die schneeweisse Stelle über ihrer Kniescheibe. Er roch ihre Nähe und Wärme und diesen kleinen Hauch von Parfum.

«Milena», flüsterte er. Und dann noch einmal: «Milena!»

Sie erstarrte in ihrer Bewegung, ohne ihn anzuschauen. Dann erhob sie sich langsam wieder, berührte ganz leicht seinen Kopf und ging dann langsam von ihm weg und suchte in einer der Gruppen Unterschlupf.

«Tust du Busse?»

Es war Oleg, der sich mit spöttischem Grinsen über ihn beugte. Aber er erhielt keine Antwort. Sembritzki stand auf, schaute seinen Freund ausdruckslos an und ging dann langsam zum weiss gedeckten Tisch hinüber, wo eine Bar aufgebaut war. Er füllte ein Glas mit Gin, leerte es hastig in einem Zug und füllte es auch gleich wieder nach. Er wusste zwar, dass er mit Alkohol seine pulsierenden Gefühle nicht zu glätten vermochte, im Gegenteil. Im Rausch würden sie völlig über ihm zusammenschlagen. Trotzdem leerte er noch ein drittes und ein viertes Glas.

«... ich suche nur immerfort etwas Nicht-Mitteilbares mitzuteilen, etwas Unerklärbares zu erklären, von etwas zu erzählen, was ich in den Knochen habe und was nur in diesen Knochen erlebt werden kann ...»

Als Sembritzki den Mann auf sich zukommen sah, wusste er sofort, dass jetzt Geistesgegenwart und nicht diffuse Gefühle gefragt waren.

«Ich sehe Sie zum ersten Mal in dieser Gesellschaft», sagte der Fremde in deutscher Sprache und hob andeutungsweise sein Glas in Sembritzkis Richtung. Sembritzki hatte sich umgedreht und blickte seinen neuen Gesprächspartner gleichmütig an.

«Oder irre ich mich?»

Der Mann im graublauen Anzug lächelte zweideutig.

«Sie irren sich nicht!»

Sembritzki kannte das Ritual, aber er war nicht bereit, dem andern entgegenzukommen.

«Journalist?», fragte er.

«Antiquar», antwortete Sembritzki beinahe tonlos. Und dann fragte er überfallartig: «Und Sie?»

Der Mann im Anzug verzog sein Gesicht zu einem Lächeln. «Ich bin Verkaufsingenieur. Das ziemliche Gegenteil eines Antiquars.»

«Vorwärtsgerichtet, meinen Sie.»

«Meine ich nicht nur, Herr Sembritzki!»

«Sie erinnern sich an meinen Namen?»

«Solche Namen vergisst man nicht.»

Er hob wieder sein Glas und prostete Sembritzki zu.

«Roland, Oskar Roland.»

Er war also ein Deutscher. Ein Landsmann sozusagen.

«Sie wohnen in Genf?»

Roland schüttelte den Kopf.

«Ich wohne in Traunkirchen bei München.»

Die Welt war klein. Bayern war die Welt. Traunkirchen, Pullach, Allach.

«Es lebe Bayern», sagte Sembritzki spöttisch und hob jetzt ebenfalls sein Glas. Aber er leerte es nicht. Er war hellwach geworden. Das Echo, das aus der Alpenprovinz zurückkam, hatte ihn misstrauisch gemacht. «Und was tun Sie hier?», wollte er wissen.

«Kontaktgespräche mit ausländischen Interessenten.»

«Wer interessiert sich wofür, Herr Roland?»

«Nein, Herr Sembritzki. So leicht mache ich es Ihnen nicht. Schliesslich habe auch ich meine Geheimnisse.»

Sembritzki verstand den Wink. Roland hatte die Berufsbezeichnung Antiquar nicht zum Nennwert genommen.

«Genf ist ein heisses Pflaster, Herr Sembritzki. Das weiss auch ein rückwärtsgerichteter Antiquar. Die Drehscheibe der internationalen Spionage. Der Meeting-Point politischer Drahtzieher. Die Startrampe für gigantische Geldtransaktionen.»

Was sollte Sembritzki darauf antworten? Er wusste, dass all das, was der Mann mit den leicht getönten Brillengläsern anführte, nur Vorgeplänkel war. Die eigentliche Frage würde bald gestellt werden. Noch ein paar Floskeln und dann ...

Aber die Floskeln liess Oskar Roland weg. Jetzt kam er zur Sache.

«Sie kennen Frau Davis schon länger?»

Sembritzki holte tief Atem. Was sollte er diesem Nebenbuhler antworten?

«Ich habe Frau Davis soeben kennengelernt!»

«Ach so?» Roland schien überrascht zu sein. «Und schon so viel Intimität?» Klang Spott oder Bewunderung in seiner Stimme mit?

«Sind Sie als Aufpasser in diese Runde bestellt worden?», erwiderte jetzt Sembritzki spöttisch; er wusste, wie sehr diese Frage ins Schwarze treffen musste.

«Man macht so seine Beobachtungen und Überlegungen, Herr Sembritzki. Und man fragt sich manches.»

«Zum Beispiel?»

«Wie es kommt, dass Sie so grosses Interesse für die Dame zeigen?»

Sembritzki lachte laut heraus. «Herr Roland, wenn ein Mann kein Interesse für diese Dame zeigen sollte, ist er kein Mann. – Oder er hat keinen Geschmack!»

Roland lächelte säuerlich.

«Sie sind auf den Geschmack gekommen, nicht wahr?»

Er hob das Glas auf Augenhöhe, schaute Sembritzki durch den honigfarbenen Whisky hindurch misstrauisch an. Dann wandte er sich verärgert ab. Aber eine letzte Warnung liess er noch zurück.

«Herr Sembritzki, Frau Davis mag zwar, was ihre körperlichen Vorzüge betrifft, eine attraktive Frau sein. Darüber hinaus gibt es kaum etwas, das Sie an ihr interessieren dürfte.»

Sembritzki schaute Roland nach, wie er durch den Raum zum Fenster ging, dorthin, wo Milena gestanden hatte, als Sembritzki eingetreten war. Dort stand er und beobachtete wie zuvor Milena im Spiegel des Fensters das Geschehen im Raum. Er hatte seine Warnung an den Mann gebracht, und Sembritzki hatte begriffen!

Den Rest des Abends war Sembritzki immer wieder damit beschäftigt, sich in die Nähe Milenas zu schmuggeln, doch gelang es ihm nicht, sie noch einmal allein zu sprechen, aus der Gruppe herauszulösen. Für ein paar kurze Augenblicke trafen sie sich allein an der Bar. Sembritzki hatte bemerkt, wie sie, scheinbar unter Aufbietung all ihrer Kräfte, einen Schritt aus dem Zirkel heraus tat, in den sie durch Gespräche und Blicke eingeschlossen war. Wie befreit blieb sie eine Weile an dessen Peripherie stehen, blickte dann suchend im Raum herum, bis sie Sembritzki entdeckt hatte (oder bildete er sich das nur ein?) und ging dann langsam, beinahe wie im Schlaf, hinüber zum Buffet, wo sie mit der linken Hand die aufgestellten Flaschen abtastete, als ob sie deren Inhalt erfühlen müsste. Sembritzkis Ausscheren aus einer Gesprächsrunde, der auch Oleg Martin angehörte, war brüsk. Er hatte Milena keinen Augenblick dieses Abends aus den Augen gelassen und ihren Gang zum Buffet sofort registriert. Er stand bereits neben ihr, als sie daran war, sich einen Wodka einzugiessen. Er nahm ihr die Flasche aus der Hand.

«Milena, ich muss Sie sprechen. Allein. Bald!»

Sie schien nicht überrascht, aber sie schaute über ihn hinweg, als sie ihm ihr Glas hinhielt. Wortlos kippte er die glasklare Flüssigkeit hinein. Dann stand er mit hängenden Armen da, die Wodkaflasche noch immer in der rechten Hand.

«Wer sind Sie, Milena? Ich muss es wissen!»

Jetzt kam ihr Blick zurück.

«Ich bin Milena Davis. Von Beruf Journalistin. Mitarbeiterin bei einer amerikanischen Zeitung. Verwitwet. 37 Jahre alt.»

«Nein, Milena. Nicht das. Nicht diese offiziellen Daten!»

Täuschte er sich, oder war ein Anflug von Misstrauen in ihren Augen wachgeworden?

«Was möchten Sie wissen, Konrad Sembritzki?»

Sie führte das Glas zum Mund, nippte aber nur daran.

«Ich weiss es nicht. Irgend etwas, Milena. Träume, Sehnsüchte, Erinnerungen.»

Sie wirkte verwirrt, und doch schien sie seine direkte Art weniger zu stören als dieses Fragen nach etwas Unaussprechlichem, dem sie selbst nachzuhorchen schien.

«Ich verstehe Sie nicht», sagte sie leise. «Aber vielleicht werde ich Sie verstehen lernen!»

«Wann?», fragte er schnell.

«Den Termin werden Sie schon finden, Herr Sembritzki. Oder schätze ich Ihre geistige Beweglichkeit falsch ein? Jedenfalls werde ich Punkt 0.30 Uhr ein Taxi bestellen.»

Als der graublaue Oskar Roland auf sie zukam, wandte sie sich brüsk von Sembritzki ab. Bevor er das Kraftfeld zwischen Milena und Sembritzki zu sprengen vermocht hatte, hatten sie es schon selbst aufgelöst, waren nach verschiedenen Seiten davongegangen und hatten Roland in der Leere stehen lassen. Der Abend war für Sembritzki gelaufen. Er verabschiedete sich frühzeitig von seinem Gastgeber, einem Redakteur jener Genfer Tageszeitung, für die Martin arbeitete, winkte Oleg kurz zu und verliess dann das Haus.

9. Kapitel

Zuerst hatte er beabsichtigt, im Schatten der Ulmen, die die Strasse säumten, den Ausgang des Hauses, das er eben verlassen hatte, im Auge zu behalten. Aber dann merkte er, dass dieser Platz bereits besetzt war. Ein Mann in einer halblangen Jacke und mit Hut stand dort und beobachtete das Haus. Auf der andern Strassenseite bemerkte Sembritzki in der Reihe der geparkten Wagen einen hellgrauen Peugeot, in dem die Umrisse einer weiteren Person auszumachen waren. Wer gehörte zu wem? Oder gehörten beide verschiedenen Lagern an? Sembritzki würde es bald herausgefunden haben. Er entdeckte die Telefonzelle an der Strassenecke, ging hinein, wählte die Nummer eines Taxiunternehmens und blieb dann wartend im Licht der Kabine stehen. Der Mann im Schatten der Bäume hatte sich aus dem Dunkel gelöst und war Sembritzki ein paar Schritte gefolgt. Dann war er wieder im Schutz der Ulmen untergetaucht, diesmal aber ganz nahe bei der Telefonzelle. Als Sembritzki das Taxi mit der hell leuchtenden Krone auf dem Dach herankommen sah, verliess er die Telefonzelle und wechselte die Strassenseite. Mit einem Handzeichen brachte er das Auto zum Anhalten, stieg ein und gab dem Fahrer den Bahnhof Cornavin als Fahrtziel an. Als der Fahrer losfuhr, scherte auch schon der hellgraue Peugeot aus der Parklücke aus und machte sich an die Verfolgung.

Doch das kümmerte Sembritzki nicht. Auf der Fahrt zum Bahnhof weihte er den Taxifahrer in seinen Schlachtplan ein. Der Student, der sich mit Taxifahren sein Semestergeld verdiente, schien Spass daran zu haben, sich in eine – wie er dachte – harmlose Verschwörung einspannen zu lassen.

Rasant kurvte er auf den Platz vor der Eingangshalle des Bahnhofs, Sembritzki sprang heraus, hastete über die Treppe, so, als ob er den letzten Zug noch zu erreichen versuchte, während das Taxi schon wieder startete und davonbrauste. Über die Schulter sah Sembritzki, wie der Fahrer im Verfolgerauto an den Bordstein fuhr, hastig die Türe aufstiess und ebenfalls auf den Bahnhofeingang zurannte. Doch Sembritzkis Vorsprung war zu gross; der Mann im Rücken bekam ihn nicht mehr ins Blickfeld.

Er war durch die Eingangshalle gerannt und dann wieder durch eine Türe an der östlichen Seite des Bahnhofs hinaus, wo mit laufendem Motor, aber ohne Licht, sein Taxi auf ihn wartete. Als Sembritzki dann zehn Minuten später in einer Nebenstrasse ausstieg, nahe der Stelle, wo er vor Kurzem seine Rundfahrt angetreten hatte, brannte im Haus seines Gastgebers noch immer Licht.

Vorsichtig ging er bis zur Hausecke. Der zweite Beschatter wartete noch immer im Dunkel der Bäume. Es war zwanzig Minuten nach Mitternacht, als auch sein erfolgloser Verfolger im Auto langsam zurückkehrte und bei den Bäumen anhielt. Der Fahrer unterhielt sich mit seinem Kollegen eine Weile durch das offene Autofenster, dann suchte er sich eine Parklücke in der Nähe. Um null Uhr 25 kehrte Sembritzki zum wartenden Taxi zurück und setzte sich auf den Rücksitz. Um null Uhr dreissig hörte er über den Funk, wie ein Wagen an die Adresse seines Gastgebers bestellt wurde. Zwei Minuten später stand sein Taxi vor dem Hauseingang. Der Student drückte auf die Türglocke und stand dann wartend neben dem Auto. Nach weiteren zwei Minuten erschien Milena Davis im Treppenhaus, gleichzeitig jedoch, und das drohte Sembritzkis Pläne durcheinanderzubringen, der mysteriöse Herr Roland aus Traunkirchen, der es darauf abgesehen zu haben schien, Milena in seinem Mercedes nach Hause zu bringen. Eine Weile standen die beiden diskutierend vor dem hell erleuchteten Hauseingang, und während sich Sembritzki im Fond des Wagens ganz klein gemacht hatte, war denn auch die Entscheidung zuungunsten des bayerischen Kavaliers gefallen. Milena Davis bestieg das Taxi, in welchem Sembritzki sich versteckt hielt, und noch bevor Oskar Roland ein gediegenes Abschiedszeremoniell zu absolvieren imstande war, hatte der Fahrer schon den Gang eingelegt und war davongebraust. Sembritzki sah durch das Rückfenster, wie Roland zuerst eine Weile perplex am Bordstein stehen blieb, wie er dann eine Handbewegung in die Nacht hinein machte und wie gleich darauf Sembritzkis Verfolger von vorhin sich ein zweites Mal auf den Weg machte.

«Sie sind Antiquar?»

Milena war überhaupt nicht überrascht, als sie Sembritzki neben sich sitzen sah. Er hatte sich in die Ecke gedrückt, damit der Verfolger seine Silhouette nicht sehen konnte.

«Sie sind Journalistin, nicht wahr?»

«Ich *bin* Journalistin, Herr Sembritzki!», gab sie zur Antwort.

«Ich *bin* Antiquar, Frau Davis!», konterte Sembritzki.

Jetzt schwiegen beide wieder. Er blickte sie von der Seite an, sah ihr Profil vor dem nächtlichen See, der wie eine scheinbar eingedickte Masse dalag, sah sie vor nur noch halberleuchteten Schaufenstern und im Stakkato der vorbeifliegenden Bäume und Lichtmasten. Der Fahrer lehnte sich nur kurz zurück und fragte nach der Adresse. Sembritzki schaute noch einmal durch das Rückfenster und sah jetzt, wie der beim ersten Mal ausgetrickste Verfolger sich diskret in ihrem Rücken aufhielt. Konnte Sembritzki noch einmal dieselbe Finte anwenden? Es war zu versuchen. Wieder gab er den Bahnhof Cornavin als Fahrtziel an.

«Ich will nicht zum Bahnhof», protestierte Milena.

«Ich weiss. Aber der Herr in unserem Rücken weiss es nicht.»

«Sie sind also Antiquar», sagte Milena noch einmal. Aber es war nicht Spott, der in ihrer Stimme mitschwang, sondern eher Verwunderung, vielleicht auch eine ganz kleine Irritation, die nur Sembritzki spürte.

«Dasselbe Spiel noch einmal, mon cher», sagte Sembritzki zum Chauffeur, der als Antwort nur ein glucksendes Lachen hören liess.

Wieder kurvte der Chauffeur durch dieselbe Gegend. Und wieder fuhr er zum Bahnhof, wo er, nach einem letzten Versuch, den Verfolger abzuhängen, eintraf. Wie vorher Sembritzki, verliess Milena das Taxi sofort, hastete in den Eingang, obwohl, das musste eigentlich auch der Verfolger wissen, der letzte Zug bereits abgefahren war, und verschwand dann im Dunkel der Halle. Wieder startete Sembritzkis Taxi mit Vehemenz, und wieder blieb der Verfolger zurück, der diesmal allerdings leichteres Spiel hatte, denn die Eingangshalle war sozusagen menschenleer, und es war einfach, die davoneilende Milena dank ihrer laut hallenden Schritte zu identifizieren. Doch darauf kam es diesmal nicht an. Milena tauchte in demselben Augenblick in einem Seitenausgang auf, als Sembritzkis Taxi davor mit kreischenden Reifen zum Stillstand kam. Als sie einstieg, tauchte die Silhouette des Verfolgers im Torbogen auf. Zu spät – sein Wagen war über hundert Meter entfernt geparkt. Mit hängenden Armen schaute er dem davonfahrenden Taxi nach. Zehn Minuten später hielt es vor Milenas Wohnung an. Jetzt war die Spannung weg. Milena und Sembritzki standen unbeweglich im Hausflur. Die matte Sparbeleuchtung hüllte die beiden auf beinahe konspirative Weise ein. Sie schwiegen. Dann erst hob Sembritzki langsam seinen rechten Arm und zupfte ganz leicht an der Spitze ihres Mantelkragens. Er konnte ihr Gesicht nur verschwommen erkennen, ihre mondweichen Züge und die im schummrigen Licht davonschwimmenden Augen.

«Wie in einem Mausoleum», sagte er leise und lachte vor sich hin.

«Was erwarten Sie von mir? Warum sind Sie hier? Wer hat Sie auf mich angesetzt?»

«Zu viele Fragen, Milena», antwortete er.

«Sie sind also nicht nur Antiquar.»

«Und Sie sind nicht nur Journalistin.»

Das Licht erlosch plötzlich und beide tasteten gleichzeitig nach dem Lichtschalter. Und gleichzeitig fanden sie ihn. Seine Hand schob sich über die ihre, sie zog die Hand nicht weg. Aber Sembritzki hielt dieser Berührung nicht stand. Brüsk liess er seine Hand fallen. Im selben Augenblick ging das Licht wieder an.

«Und verlangen Sie nicht Aufrichtigkeit von mir Milena. Niemand kann sie mehr von mir verlangen als ich und doch entgeht mir vieles, gewiss, vielleicht entgeht mir alles. Aber Aufmunterung auf dieser Jagd muntert mich nicht auf, im Gegenteil, ich kann dann keinen Schritt mehr tun, plötzlich wird alles Lüge und die Verfolgten würgen den Jäger. Ich bin auf einem so gefährlichen Weg, Milena. Sie stehn fest bei einem Baum, jung, schön. Ihre Augen strahlen das Leid der Welt nieder. Man spielt ‹škatule škatule hejbejte se . . .›»

Sembritzki hatte diese Worte wie im Traum gesprochen. Er war sich nicht bewusst geworden, dass er wortwörtlich eine ganze Passage aus Kafkas Briefen an Milena zitiert hatte, Sätze, die er immer wieder nachts gelesen hatte, bis sie gewissermassen zu seinem Eigentum geworden waren.

«Skatule, skatule hejbejte se», flüsterte Milena. Sie hatte ihre Hand langsam erhoben und Sembritzki mit der Spitze ihres Zeigefingers über die Stirn gestrichen.

«Bäumchen, Bäumchen, wechsle dich», wiederholte sie jetzt den Satz etwas lauter in seiner deutschen Übersetzung. Wieder war es ganz lange still.

«Warum, Milena?»

«Fragen Sie nicht, Konrad. Etwas in mir war stärker als mein Wille!»

«Skatule, skatule hejbejte se», wiederholte Sembritzki noch einmal beschwörend.

«Ich weiss, das Bäumchen Milena hat sich in dieser Nacht nicht gewechselt.»

«Warum?», fragte Sembritzki noch einmal.

Wieder ging das Licht aus, aber jetzt zündeten sie es nicht mehr an. Das Dunkel war ihnen gerade recht für das, was sie sich zu sagen hatten.

«Du bist in meinen Kreis eingedrungen. So wie du bist, im Kleid des Antiquars und doch durch und durch der, der du bist!»

«Wer bin ich?», fragte Sembritzki und seine Stimme fand nur mühsam ihren Weg.

«Ich weiss nicht, wohin du gehörst, Konrad Sembritzki. Aber ich weiss, dass uns nur wenig unterscheidet.»

Sie tastete im Dunkel wieder nach ihm, suchte seine Stirn ein zweites Mal, liess ihre Hand dann aber ganz plötzlich wieder sinken.

Sembritzki wusste, dass nur dank dem Dunkel um sie herum ein Gespräch möglich war. Dank dem Dunkel, in dem man den Blick des andern nicht auszuhalten hatte, die vibrierenden Nerven nicht bloss dalagen und die Lippen nicht sichtbar Sätze zu formulieren hatten, die von der Maske immer wieder neutralisiert wurden.

«Das, was uns verbindet, trennt uns gleichzeitig, Milena», sagte er, und er fühlte, ohne es sehen zu können, dass sie nickte. In diesem Augenblick ging das Licht wieder an. Irgendjemand war ins Treppenhaus getreten.

«Komm», flüsterte sie und nahm ihn an der Hand. Er folgte ihr über die knarrende Treppe nach oben. Mit einem freundlichen Kopfnicken gingen sie an einem älteren Mann vorbei, den die Schlaflosigkeit ins Treppenhaus und hinaus auf die Strasse trieb.

Milenas Wohnung lag im Halbdunkel. Sie vermied es, das Licht im Flur anzuzünden, und als sie dann Sembritzki ins Wohnzimmer führte, konnte er die Umgebung nur unscharf wahrnehmen. Von draussen fiel das Licht der Strassenlaternen mehrfach gebrochen nur noch schwach in den Raum, lediglich die hohe Decke warf mit ihrem eingeschatteten Weiss ein paar Reflexe. Sembritzki sah die beiden Sofas, die sich gegenüberstanden, einen hochlehnigen gepolsterten Sessel in der Ecke neben dem Eingang und eine Kommode aus der Zeit des Biedermeier, den Umrissen nach zu schliessen. Vorn am Fenster stand ein kleiner Sekretär, der, so schien es, gleichzeitig als Schreibtisch diente. Eine grosse Yuccapalme warf bizarre Figuren an die Wand.

Sembritzki wusste nicht, wie lange er beobachtend mitten im Wohnzimmer gestanden hatte. Milena hatte unterdessen draussen im Flur ihren Mantel abgelegt, war dann in der Küche verschwunden und mit einer Flasche Calvados zu ihm zurückgekehrt.

«Kein Licht?», fragte er und beobachtete sie lächelnd.

Er wusste, dass sie sein Lächeln nur ahnen konnte, so wie

auch er nicht sah, was in ihrem Gesicht vorging. Nur etwas wusste er: diese Nähe, in der sie sich zuvor verschmolzen gefunden hatten, war aufgebrochen und jetzt nicht wieder herzustellen.

«Ihretwegen kein Licht», antwortete sie endlich und setzte sich auf das lederne Sofa. Mit einer Handbewegung zeigte sie auf das Sofa gegenüber: Sie wollte Distanz und stellte mit beinahe demonstrativer Heftigkeit die Calvadosflasche in die Mitte auf den Glastisch. Als der Schnaps in die Gläser schoss, sagte sie scheinbar beiläufig: «Man scheint sich für Sie zu interessieren, Konrad Sembritzki.» Sie hatte wieder in die distanzierte Höflichkeitsform zurückgefunden. Sembritzki musste wieder an Kafkas Briefe an Milena denken, in denen nachzulesen war, wie er nach Jahren der Nähe plötzlich wieder – nicht freiwillig, so machte es den Anschein – auf höflichen Abstand gegangen war. Was bei Kafka und Milena innerhalb von Jahren langsam abgelaufen war, war zwischen ihm und Milena Davis gerafft geschehen.

«Nicht für mich, Milena. Mich hat man ja nicht mehr in diesem Taxi vermutet. Auf Sie war der Verfolger angesetzt.»

«Der erste auf Sie. Der zweite auf mich!», antwortete sie und leerte ihr Glas in einem Zug. Zum zweiten Mal, seit er sie kannte, hatte sie ihre Gefühle nicht ganz unter Kontrolle.

«Das Interesse gewisser Leute für uns macht uns zu Partnern.»

Sembritzki hatte sein Glas ebenfalls geleert und schenkte nach.

«Was wollen Sie von mir, Konrad. Wer hat Sie auf mich angesetzt?»

«Ist das ein Zugeständnis, dass Sie etwas zu verbergen haben, Milena? Den Begriff ‹ansetzen› braucht ein gewöhnlicher Sterblicher nicht!»

Sie lachte ein kurzes und bitteres Lachen.

«Sie haben recht. Ich bin keine gewöhnliche Sterbliche. Genügt das?»

Er sah im einfallenden Licht, wie ein paar Haare auf ihrem Kopf zitterten.

«Eine Frau zwischen den Fronten. Meinen Sie es so?»

«Nicht schlecht, Sembritzki. Aber Sie unterschieben mir Charakterlosigkeit.»

«Söldnern ist der Charakter nur im Weg!», sagte er schnell und bereute diesen Satz, noch ehe er ihn ganz ausgesprochen hatte.

Sie war aufgestanden, hatte sich wortlos umgedreht und starrte im Schatten des Vorhangs lange auf die Strasse hinunter.

«Ich bin kein Söldner, Herr Sembritzki», sagte sie endlich förmlich und drehte sich langsam wieder um. Hatte sie geweint? Sembritzki konnte es nur ahnen. Ihre Stimme hatte an Bestimmtheit verloren, war geschrumpft.

«Verzeihen Sie», sagte Sembritzki. Er war aufgestanden, doch er merkte gleich, dass sie seine körperliche Nähe jetzt nicht wollte.

«Sie brauchen sich nicht zu entschuldigen, ich bin nicht so leicht zu verletzen», gab sie ihm zur Antwort. Ihre Stimme klang wieder fest und voll. Sie setzte sich erneut hin. Auch Sembritzki hatte wieder seinen alten Platz eingenommen.

«Also, Herr Sembritzki! Sie schulden mir noch eine Antwort auf meine Fragen!»

«Auf verschlungenen Wegen bin ich auf Ihren Namen gestossen. Milena.»

«Es gibt viele Milenas!»

«Es gibt nur eine Milena Davis!»

«Was soll das heissen! Was werfen Sie mir vor?»

Sembritzki überlegte lange, bevor er eine Antwort gab. Und diese Antwort war mehr eine Frage.

«Wenn ich das nur wüsste!»

«Das heisst, Sie kennen die Zusammenhänge nicht!»

«Was für Zusammenhänge?», fragte er schnell.

«Die Zusammenhänge zwischen jenen Männern, die Sie auf mich gestossen haben, und dem, was im Zusammenhang mit mir abläuft.»

«Nein, ich kenne diese Zusammenhänge nicht. Ich weiss nur etwas: dass Sie auf der Liste der Presseleute stehen, die in einer Woche am Empfang unserer Botschaft in Bern dabei sein werden.»

«Und?», fragte sie. «Was ist dabei. Ich bin Journalistin. Presseempfänge gehören zu meinem Metier.»

«Eben», antwortete er. «Diesbezüglich ist Ihnen nichts vorzuwerfen.»

«Sie möchten mir etwas vorwerfen?», fragte sie und ihre Stimme klang jetzt eher belustigt.

«Ich möchte Ihnen nichts vorwerfen. Ich möchte nur wissen, was inszeniert werden muss, *damit* man Ihnen etwas vorwerfen kann. Dazu müsste ich mehr von Ihnen wissen, Milena. Mehr über Ihr Leben.»

«Ich frage Sie ja auch nicht, woher Sie ihre Informationen haben. Ich frage Sie nicht, warum Sie Einblick in die Presseliste in Bern bekommen haben.»

«Nicht ihr Schattenleben, Milena. Ihr gelebtes Leben, das weit hinter Ihnen liegt, meine ich.»

Es wunderte ihn überhaupt nicht, dass sie das Wort Schattenleben in ihrer Antwort nicht kommentierte.

«Ich habe Ihnen gesagt, woher ich komme. Polen, DDR, Bundesrepublik sind die Stationen. Und jetzt Genf.»

«Die Wurzeln, Milena. Ich möchte etwas über die Wurzeln hören!»

«Die Wurzeln!» Sie schüttelte den Kopf. «Was für ein Wort! Aber ich weiss, was Sie meinen. Die Wurzeln sind es, die uns die Gegenwart durchsichtig machen. Sie wollen mich über meine Vergangenheit demaskieren!»

«Nein, Milena! Ich möchte es, aber ich will es nicht!»

«Wo ist da der Unterschied?»

«Der Unterschied ist im Dunkel des Treppenhauses verborgen.»

Wieder war es still. Er starrte auf die Umrisse ihres Kopfes, über der Rücklehne des Sofas, der sich vom Fenster im Hintergrund abhob. Die Situation erschien ihm immer unwirklicher, und er fühlte die Magie des Augenblicks zerbröseln. Er hatte Milena aus den Augen verloren. Oder sie ihn. Ihre Stimme klang denn auch ganz klar, sachlich, als sie zurückblendete.

«Meine Eltern sind Polen, oder wenn Sie es genauer wissen wollen: Sie stammten aus dem Warthegau, wie es dann später nach der sogenannten Neuordnung Polens im Oktober 1939 heissen sollte. Im November 1939 zogen sie nach Pillau um, und mein Vater wurde Soldat in der Wehrmacht. Meine Mutter arbeitete in der Fischkonservenfabrik in Pillau, die ja im privaten Besitz des Gauleiters Erich Koch war. Im Juli 1944 hat sie dann an der Errichtung des sogenannten Ostwalls mitgearbeitet, der die östlichen Grenzen des Deutschen Reiches vor dem Einfall der Sowjets schützen sollte.»

«Sie hat sich gegen ihre eigene Nation gestellt, sie hat ihre Wurzeln, die im Osten lagen, verleugnet.»

Es war keine Frage. Sembritzki versuchte nur, diese Biografie in den Griff zu bekommen.

«Das habe ich nicht gesagt. Vielleicht hat sie es nicht freiwillig getan.»

Sembritzki wusste, dass dieser Satz ein schwacher Versuch Milenas war, ihre Mutter, ihre Eltern und deren Tun zu rechtfertigen. Die Mutter war ganz einfach konsequent geblieben. Mit ihrem Mann hatte sie sich für Nazideutschland entschieden, und somit hatte sie sich mit dessen Interessen, die ihre eigenen geworden waren, zu identifizieren.

«Und dann?»

Er wollte verhindern, dass sie sich hinter belanglose Aussagen flüchtete.

«Deutsche Frauen jeden Alters und aus allen Ständen und Berufen sind an die Stelle der Männer getreten ...»

«Gaubefehl Nr. 19a/44 von Gauleiter Koch», kommentierte Sembritzki.

«Ja, Kochs Aufruf an die deutsche Frau, nicht nur Männerarbeit zu übernehmen, sondern gleichzeitig jene, die sich der Front nicht stellen, zu liquidieren.»

Sie schwieg, als ob sie nach etwas suchte, und fuhr dann fort: «In den Anfängen unserer Geschichte ist es Brauch gewesen, dass germanische Frauen jeden zurückweichenden Krieger erschlugen. Diesen feigen Deserteuren gebührt der Hass, die Verachtung und die Wut der deutschen Frau. Das soll jede Frau wissen, danach soll sie sich richten.»

«Perfekt zitiert», sagte Sembritzki ironisch.

Sie schaute ihn mit völlig starrem Gesichtsausdruck an.

«Ja, perfekt zitiert. Dieser Gaubefehl hing noch sechs Jahre nach Kriegsende über dem Bett meiner Mutter. Sie hat ihn von Pillau nach Chemnitz und von dort nach Köln gerettet. Und jedes Mal, wenn ich am Sonntagmorgen zu meiner Mutter ins Bett schlüpfen durfte, habe ich ihn laut gelesen, bevor ich unter die Decke kroch.»

Sembritzki schwieg. Er griff nach dem Glas, nahm einen tiefen Schluck und steckte dann einen Zigarillo in den Mund.

«Am 38. Geburtstag meiner Mutter habe ich ihr diesen Befehl, in kleinste Fetzen zerrissen, in einer mit Glasperlen verzierten Schachtel geschenkt.»

Sie griff nach dem Glas und steckte sich eine Zigarette an. Ihre Hand mit dem flackernden Streichholz zitterte heftig.

«Zwei Monate später hat sie einen amerikanischen Offizier geheiratet, den sie zuvor immer zurückgewiesen hatte. Ich kam in eine amerikanische Schule. Ende!»

«Ende?» Sembritzki kaute heftig auf seinem Zigarillo herum.

«Ja, Ende, Konrad Sembritzki. All das, was jetzt kommt, ist meine Sache. Ich habe Ihnen die Wurzeln, nach denen Sie graben, blossgelegt. Ihre Schlüsse müssen Sie schon selber ziehen.»

Sembritzki stand auf, liess den abgeknatschten Stummel des Zigarillo achtlos auf den Teppich fallen und ging wie im Traum zu Milena hinüber.

«Skatule, skatule hejbete se», flüsterte er, als er vor ihr niederkniete und ihre Hände gegen sein Gesicht drückte.

«Bäumchen, Bäumchen, wechsle dich», antwortete sie und beugte sich zu Sembritzki hinab.

«Der Begriff Söldner trifft nicht zu», sagte er brüsk und versuchte in einem letzten verzweifelten Anlauf, noch einmal in die Position des Inquisitors zurückzufinden. Aber seine Stimme wurde brüchig, als Milena ihn zu sich aufs Sofa zog. In seinem Rücken verglimmte langsam ihre Zigarette auf dem Tisch, als er sich zu ihr legte und sie zu streicheln begann, so wie man ein trauriges Kind in den Schlaf schmeichelt. Aber wenn er vielleicht auch ganz weit hinten in seinem Kopf darauf wartete, dass sie ihm nun alles erzählen würde, ihr ganzes Leben über den 38. Geburtstag ihrer Mutter hinaus, von Begegnungen berichten würde, die ihr

Leben zu strukturieren begonnen hatten, von Gesprächen, Sehnsüchten, Träumen und vielleicht Küssen, so deckte sie diese Erwartungen mit einem tiefen Schlaf zu, der sie plötzlich davontrug. Und eine Weile kam sich Sembritzki trotz ihrer warmen Nähe von ihr verraten vor, nur deshalb, weil sie sich geweigert hatte, sich ganz preiszugeben. Ihre gemeinsamen polnischen Wurzeln kamen nicht zur Sprache. Ein Tabu!

Er erwachte, weil er sich beobachtet fühlte. Sie stand vor ihm, in einen hellblauen Bademantel gehüllt, mit nassem Haar, ungeschminkt, und schaute auf ihn herab. Aber ihr Blick war völlig teilnahmslos. Sie betrachtete ihn, als wäre er eine Schaufensterpuppe oder ein Ausstellungsgegenstand im Museum. So jedenfalls kam es Sembritzki vor, der sich schnell aus seiner passiven Stellung befreite und sich gerade hinsetzte.

«Frühstück?», fragte sie abwartend.

Aber Sembritzki schüttelte den Kopf.

«Ich gehe, Milena.»

«Ja», sagte sie nur und ging voran in den Flur.

Das Bedürfnis, sie zu küssen, war kurz und heftig. Aber sie parierte diesen letzten Versuch, indem sie ihm die Hand zum Abschied hinstreckte.

«Leb wohl!»

Immerhin war sie beim Du geblieben.

«Auf Wiedersehen in Bern», sagte er, als sie die Türe öffnete und ihn ins Treppenhaus hinaustreten liess.

Sembritzki hatte sich durch den Hinterhof abgesetzt, um sich so seinen Bewachern zu entziehen. Noch einmal war er zu Oleg Martin zurückgekehrt, den er aber nur mit Mühe halbwegs wach gekriegt hatte. Zu mehr als einem frühen Glas Calvados und dem Austausch von Belanglosigkeiten hatte es nicht gereicht.

Als er eine Stunde später im Zug nach Bern sass, hoffte er nur, dass es Oleg trotz seiner Schlaftrunkenheit nicht vergessen würde, Milenas Vergangenheit zu durchforsten. Und während Sembritzki über diesen Auftrag nachdachte, den er dem findigen Journalisten gegeben hatte, überkam ihn ein Gefühl von Scham, so, als ob er im Begriff wäre, jemanden, den er liebte, zu verraten. – Aber war denn in der vergangenen Nacht überhaupt von Liebe die Rede gewesen?

10. Kapitel

Vom Berner Bahnhof aus war Sembritzki direkt zur Botschaft gefahren. Ungeduld hatte ihn gepackt. War die Liste mit den Namen der Stalinkämpfer, die ihm Schumacher vom Koblenzer Bundesarchiv hatte beschaffen wollen, bereits eingetroffen?

«Geheime Post für Sie, Herr Sembritzki!»

Die Sekretärin des Botschafters, die Verschwiegenheit und Diskretion in Person, hatte ihm das dicke hellbraune Kuvert gebracht, auf dessen Vorderseite anstelle eines Adressaten nur ein paar Zahlen und Buchstaben Sembritzki als Empfänger auswiesen. Sembritzki zog sich mit dieser kostbaren Sendung in ein Büro zurück, das ihm die Botschaft für die Zeit seines Einsatzes zur Verfügung gestellt hatte.

Es waren fünfzehn eng beschriebene Bogen, die vor Sembritzki auf dem Schreibtisch lagen. Sembritzki nahm sich Zeit. Aus Angst, es könnte ein Name auf der Liste auftauchen, der ihn immer tiefer in diese Geschichte hineinzöge, die gar nicht die seine war?

Noch einmal rief er sich die Daten in Erinnerung. Zwischen August und Oktober 1942 hatte die 6. Armee unter General Paulus die Stadt Stalingrad zu zwei Dritteln erobert. Nur ein Streifen an der Wolga war unter der Kontrolle der 62. sowjetischen Armee unter der Führung von General Tschujkow geblieben. Dann hatte jedoch die sowjetische Gegenoffensive unter Watuin und Rokossowskj eingesetzt; am 23. Dezember 1942 war die 6. Armee im Kessel von Stalingrad festgenagelt worden. Verschiedene Ausbruchversuche waren gescheitert. Am 1. Januar 1943 hatte General Paulus und mit ihm General von Seydlitz die Kapitulationsurkunde unterschrieben. 146 000 deutsche Soldaten waren gefallen. 90 000 waren in Gefangenschaft geraten. Nur 6000 von ihnen waren nach dem Krieg nach Deutschland zurückgekehrt.

Das machte die Sache leichter, denn etwas war Sembritzki klar: Der Mann, der das Bild mit der Schulszene in das Krankenzimmer von Seydlitz geschmuggelt hatte, war aus der Gefangenschaft zurückgekehrt. Vorausgesetzt, dass dieser Mann überhaupt in Russland gekämpft und nicht einfach ein anderer diese Bilderschrift gewählt hatte. Aber je länger Sembritzki darüber nachdachte, desto unwahrscheinlicher erschien ihm eine solche Lösung. Ein jüngerer Zeitgenosse hätte nicht in diese so belastete Vergangenheit zurückgesucht. Er hätte eine verbindlichere, sozusagen modernere Art gefunden, sich mitzuteilen. Der Mann musste also ein Überlebender sein, einer der zurückgekehrten Offiziere. Beim Überfliegen der Bögen hatte Sembritzki festgestellt, dass es Schumacher nicht gelungen war, jene relativ kleine Gruppierung um von Saucken von den übrigen Russlandrückkehrern abzusondern. Er war also gezwungen, die ganze Liste durchzuackern. Allerdings waren die Offiziere separat aufgeführt, und unter ihnen musste sich logischerweise die gesuchte Person finden. Denn wenn sich der Pförtner in Koblenz richtig erinnerte, war diese Art von Bilderrätsel nur im Offizierslager üblich gewesen.

Die Namen der Offiziere waren in alphabetischer Reihenfolge aufgeführt. Dahinter stand jeweils ihre militärische Einteilung. Schon beim zwölften Namen stutzte Sembritzki. Natürlich konnte es ein Zufall sein, aber … Er starrte wie gebannt auf den Bogen Papier auf dem Tisch: «Oblt. Friedhelm Barth; 1910, russ. Int. Lager, August 1949». Dann noch die Einteilung: «9. Kompanie III. Batallion Regiment Brandenburg z. b. V. 800.»

Das war alles. Aber diese paar Angaben lösten in Sembritzki eine ganze Reihe von Assoziationen aus. Barth! Es war derselbe Name, den der Tote an der Aare getragen hatte, Wolfram Barth, Zweiter Sekretär an der Botschaft der Bundesrepublik Deutschland in der Schweiz. Mit Sitz in Bern.

Es war keine Sache, herauszufinden, ob eine verwandtschaftliche Beziehung zwischen dem ermordeten Wolfram Barth und diesem Friedhelm Barth, dem Russlandrückkehrer, bestand. Das war das eine. Das andere: Dieser Friedhelm Barth war ein Brandenburger gewesen, ein Mitglied dieser geheimnisvollen Division Brandenburg, die während des Zweiten Weltkriegs an allen Frontabschnitten in geheimen Kommandounternehmen eingesetzt worden war. Manche von ihnen, so wusste Sembritzki, arbeiteten später als gefragte Agenten für den KGB, den CIA und sogar die französische Sûreté weiter. Der ominöse Friedhelm Barth konnte also zu jenen gehört haben, die die Ausstellung der Bilder aus dem russischen Gefangenenlager auf der Direktionsetage der Firma Krauss-Maffei in Allach bei München gesehen hatten.

Zögernd griff Sembritzki zum Telefon. Es widerstrebte ihm, immer wieder über Körner seine Untersuchungsergebnisse mit zusätzlichen Informationen zu stützen. Aber Körner war der einzige Mann in der Botschaft, zu dem er halbwegs Vertrauen hatte.

«Ich möchte die Personalakte von Wolfram Barth!»

Körner schien überrascht zu sein und schwieg lange. «Versprochen», sagte er endlich und legte auf.

Zwei Minuten später hatte Sembritzki die Personalakte Barths vor sich liegen.

«Barth, Wolfram, geboren am 12. Juni 1950 in Essen.»

Sembritzki warf schnell einen Blick auf die Gefangenenliste, wo der Name Friedhelm Barth stand. Er war im August 1949 aus der russischen Gefangenschaft zurückgekehrt. Zehn Monate später war Wolfram Barth geboren worden.

Sembritzki las weiter: Sohn des Friedhelm Barth, geboren am 8. August 1910 in Wattenscheid und der Isolde Barth, geborene Krüger. Hinter diesem Namen war ein Vermerk mit Bleistift eingetragen: ein Kreuz und das Datum 6. März 1984.

Friedhelm Barth war also noch am Leben. Seine Frau war jedoch vor einem halben Jahr gestorben. Die Karriere Wolfram Barths interessierte Sembritzki im Augenblick weniger als der gegenwärtige Aufenthaltsort seines Vaters. Er überflog nur kurz die Stationen: Ingolstadt, Sonthofen, Euskirchen, Pullach. Diesen Strang würde er später weiterverfolgen.

Als Heimadresse Wolfram Barths war Bern angegeben, die blitzblanke Wohnung, in der Sembritzki den grossen Fadenzieher Reusser getroffen hatte. Dann aber, ganz am Ende der Akte, fand Sembritzki die Adresse von Friedhelm Barth unter dem Vermerk «Kontaktadresse im Todesfall Wolfram Barths: Billerbeck/Westfalen.» Sembritzki griff nach einer Deutschlandkarte und versuchte, diesen Ort zu identifizieren. Endlich fand er ihn in der Nähe des westfälischen Münster, und jetzt wurde ihm diese Gegend auch plötzlich lebendig. Es war die Landschaft der Annette von Droste-Hülshoff, jene schwermütige Gegend, in die sich Sembritzki so oft auf Umwegen über ihre Gedichte hineingeträumt hatte.

War es nur ein Vorwand, dass er den Besuch bei Friedhelm Barth hinausschob?

Noch blieben ein paar Tage bis zum Eintreffen des Staatssekretärs in Bern. Bis dahin jedoch gab es noch eine Menge zu tun. Er musste die Identität der gesamten Mannschaft überprüfen, die in irgendeiner Weise mit diesem Besuch zu tun hatte. Er musste die Örtlichkeiten, wo der Staatssekretär Gespräche führen würde, besuchen, das Hotelzimmer durchsuchen. Zwar war er sich bewusst, dass er gewissermassen nur als zweites Netz fungierte, dass ein ganzes Rudel von Spezialisten dieselbe Arbeit vor ihm auch tun würde, und trotzdem durfte er nichts dem Zufall überlassen. Er nahm die Warnung von Seydlitz ernst, und vor allem wusste er gerade deshalb mehr als alle andern Sicherheitsbeamten, die angesichts der relativ niedrigen Charge des bundesdeutschen Diplomaten, dessen Besuch in Aussicht stand, sich kaum ein Bein ausreissen würden.

Sembritzki war sich nicht sicher, ob er die anstehenden Überprüfungen nicht bloss als Ausrede benützte, sich davor schützen wollte, im Zusammenhang mit einem Besuch beim Vater des ermordeten Barth, plötzlich in ein Labyrinth von Verdächtigungen zu geraten, in die auch Milena hineingerissen würde. Darüber dachte er nach, als er auf dem Nachhauseweg am Bärengraben vorbeiging, wo Berns Wappentiere in der feuchten und düsteren Gruft, zwischen abgestorbenen Bäumen von Freiheit und Blaubeeren träumten. Zu Hause angekommen, brütete er wieder Stunden über Kafkas Briefen an Milena. Er suchte nach Anhaltspunkten, nach Textstellen, die ihm genauere Hinweise auf ein mögliches Komplott im Zusammenhang mit dem Eintreffen des Staatssekretärs geben konnten. Aber die Sicht war ihm verbaut. Immer wieder verirrte er sich in Kafkas nur mühsam halbwegs in Worte gefasste Gefühlsströme, die auf diese ferne Frau in Prag zuschossen, während er selbst krank und immer wieder um sich selbst kreisend im Südtirol auf Heilung von einer Krankheit hoffte, die mehr seine Seele als seinen Körper in Besitz genommen hatte.

«Ich hatte einmal einen Maulwurf gefangen und trug ihn in den Hopfengarten. Als ich ihn abwarf, stürzte er sich wie ein Wütender in die Erde, wie wenn er in Wasser tauche, verschwand er. So müsste man sich vor dieser Geschichte verstecken.»

Jemand hatte sich wieder an seinem Briefkasten zu schaffen gemacht; dass auch sein Telefon überwacht wurde, wusste Sembritzki. Entweder waren es seine eigenen Kollegen, die ihm nicht über den Weg trauten, oder es war irgendjemand von der Gegenseite, der sich einen Söldner in den Berner Postbetrieben gekauft hatte und damit Sembritzkis Leitung anzuzapfen imstande war. Da aber Sembritzki nicht im Sinn hatte, sein Privattelefon im Zusammenhang mit seiner jetzigen Tätigkeit zu benützen, kümmerte ihn das wenig. Nur eines brachte ihn immer wieder in Nöte. Minutenlang starrte er während seiner Versuche, ein Buch zu lesen, das ihn von Kafka und Milena wegführte, auf das Telefon. Er kannte ja ihre Nummer, und das Bedürfnis, ihre Stimme noch einmal zu hören, wuchs jeden Tag. Irgendwie hatte er das Gefühl, einiges von dem, was er damals unausgesprochen ausgesprochen hatte, zurücknehmen zu müssen. Aber darüber hinaus hätte er, nur ein einziges Mal, gern das Wort Liebe gebraucht. Einfach einmal ins Telefon sprechen: «Ich liebe dich.»

Aber er wusste, dass er das nie tun durfte, dass er im Augenblick, wo er diese Worte aussprechen würde, verloren wäre. Und dann suchte Sembritzkis Denken den Weg in den Kafka-Band zurück, mit dem Seydlitz ihm eine Art Enzyklopädie mitgegeben hatte, ein Buch, in welchem er immer wieder jenes Wort fand, das seine aktuellen Bedürfnisse zwar nicht befriedigte, jedoch irgendwie transparent werden liess. Kafkas Briefe an Milena waren wie eine Art lange Leine, an der Seydlitz seinen Freund Sembritzki führte.

«Nun sehen Sie Milena, ich spreche offen. Sie sind aber klug, Sie merken die ganze Zeit über, dass ich zwar die Wahrheit (die volle, unbedingte und haargenaue) spreche, aber zu offen. Ich hätte ja ohne diese Ankündigung kommen und Sie kurzer Hand entzaubern können. Dass ich es nicht getan habe, ist aber nur ein Beweis mehr für meine Wahrheit, meine Schwäche.»

Sembritzki wusste und fühlte es, dass er sich in nächster Zukunft gleichsam als Figur in Kafkas vorgezeichnetem Raster zu bewegen haben würde. Ob es eine Fessel war oder aber ein Sicherheitsnetz, das Seydlitz hier für ihn geknüpft hatte, wusste er in diesem Augenblick noch nicht.

Teil 2
11. Kapitel

Der Staatssekretär traf am Vorabend des Empfangs mit einer Linienmaschine der Lufthansa in Zürich-Kloten ein. Es war vorgesehen, dass der Diplomat seine erste Nacht in Zürich verbringen sollte. Der graue Audi, gestellt von der Botschaft der Bundesrepublik Deutschland in Bern, stand vor der Zufahrt zum Terminal A. Der Fahrer hatte das Auto nicht verlassen. Sembritzki stand in der Halle und wartete. Der Generalkonsul der Bundesrepublik hatte den Staatssekretär im V.I.P.-Raum abgeholt. Dann erschienen die beiden Herren in der Halle, diskret von zwei Sicherheitsbeamten beschattet und in Begleitung eines dritten Mannes, der Sembritzki als rechte Hand des Staatssekretärs angekündigt worden war. Presse war keine anwesend. Der Staatssekretär hatte Sembritzki kurz die Hand gedrückt, als er sich zum Audi begeben hatte. Dann war der Fahrerwechsel sozusagen reibungslos über die Bühne gegangen. Der Chauffeur des Konsulats hatte den grauen Audi verlassen und dem Begleiter des Staatssekretärs Platz gemacht. Sembritzki war, zusammen mit dem Generalkonsul und einem Sicherheitsbeamten, dem offiziellen Dienstwagen des Generalkonsulats zugestiegen, der sozusagen in Pilotfunktion den Audi, der keine CD-Schilder trug, in die Stadt lotste.

Geredet wurde unterwegs kein Wort. Sembritzki sass neben dem Generalkonsul, hinter dem Sicherheitsbeamten. Er kannte den Parcours, der in Zürich zu absolvieren sein würde: Zuerst stand ein kurzer Besuch im Generalkonsulat an der Kirchgasse auf dem Programm. Während sich die beiden Diplomaten in die Diensträume verfügten, sass er, zusammen mit dem privaten Fahrer, oder als was auch immer dieser Mann zu gelten hatte, in einem kleinen Büro, das zu dieser Zeit nicht besetzt war. Sembritzki schaute durch die vergitterten Fenster auf die Kirchgasse hinaus und versuchte dabei, den Begleiter des Staatssekretärs einzuordnen. Ein Fahrer im üblichen Sinn war er nicht; viel eher so etwas, was man vielleicht als Privatsekretär oder Stabschef bezeichnen konnte. Er mochte in seinem Alter sein, war mittelgross mit kurz geschnittenem, grauschwarzem Haar und trug eine Brille mit einem dünnen Gestell aus braunrotem Metall. Sembritzki war aufgefallen, dass der Mann im dunkelgrauen Anzug ihn auch sorgfältig gemustert hatte.

«Helmut Adam», wandte er sich dann endlich an ihn und verzog sein eher blasses, längliches Gesicht zu einem Lächeln.

«Konrad Sembritzki.»

«Überflüssige Arbeit, nicht wahr!» Adam zündete sich eine Pfeife an, die er, als sie stumm dagesessen hatten, gestopft hatte. Die blauen Schwaden drängten gegen das offene Fenster.

«Jede Überwachungsarbeit ist so lange überflüssig, bis einmal der berühmte Augenblick doch eintrifft.»

«Sie warten ein Leben lang auf diesen grossen Augenblick der Bewährung?» Adam verzog sein Gesicht zu einer Grimasse und nebelte Sembritzki gleichzeitig in eine gewaltige Rauchwolke ein.

«Ich bin ein Teilzeitarbeiter, Herr Adam. Mehr nicht. Die Augenblicke, von denen Sie sprechen, diese Sternstunden pflegen nie in den kurzen Zeitspannen meiner Einsätze einzutreffen. Leider.»

«Sie bedauern es?»

«Wer bedauert nicht, ohne Höhepunkte leben zu müssen?»

«Sind Sie ein Abenteurer oder ein Profi?»

«Profi? Das wohl nicht in dem Sinn, wie Sie es möglicherweise verstehen. Ich bin ein begabter Amateur.»

Sembritzki hatte einen Zigarillo in den Mund gesteckt. Überrascht war er eigentlich nur, dass Adam überhaupt keine Anstalten machte, ihm Feuer zu geben, obwohl er noch immer die Streichholzschachtel in der Hand hielt. Adam war ein Mann, der Distanz liebte. Nichts von Anbiederung.

«Sie kennen das detaillierte Programm?», fragte Adam jetzt.

«Zuerst ein Abendessen in der Wohnung des Generalkonsuls.»

«Privat», sagte Adam mit Nachdruck.

«Der *Grad* der Privatheit interessiert mich, Herr Adam. ‹Privat› ist in Diplomatenkreisen keine verbindliche Formulierung.»

Adam zeigte seine beiden leicht auseinanderklaffenden Schaufelzähne.

«Das heisst, Sie betrachten unser Gespräch hier auch nicht als privat?»

Sembritzki biss seinen Zigarillo ganz durch und legte ihn dann in den Aschenbecher. Durch das offene Fenster hörte man die Schritte von Passanten auf dem Pflaster der engen Gasse.

«Sie sind in offizieller Funktion da, Herr Adam. Ich ebenfalls. Privatheit ist doch wohl nicht gefragt.»

Adam stiess wieder eine gewaltige blaue Wolke aus. Er hatte sich erhoben, war um den kleinen Tisch herumgegangen und starrte jetzt auf einen Stich der Stadt Köln, der in schmalem, goldenem Rahmen an der Wand hing.

«Also nicht privat, Herr Sembritzki», sagte er endlich über die Schulter. «Dann können Sie mir vielleicht verraten, warum die Sicherheitsvorkehrungen diesmal so umfangreich angeordnet worden sind.» Er hatte sich wieder umgedreht und blickte Sembritzki ausdruckslos an.

«Das zu sagen ist wohl nicht an mir», bekam er zur Antwort.

«Mit andern Worten; irgendjemand hat etwas im Ofen.»

Sembritzki nickte. «Irgendjemand. Sie sind, so nehme ich an, über die Ermordung des Botschaftssekretärs informiert.»

«Wolfram Barth. Ich weiss. Hintergründe?»

Sembritzki zuckte die Achseln. Er war überrascht, wie scharf und knapp Adam seine Fragen stellte. Wenn er auch in der Umgebung des Staatssekretärs nur eine subalterne Rolle spielte, strahlte er doch Autorität aus. Und auch eine gewisse Kälte. Die Möglichkeit, dass er ein Mann der Abwehr war, ein Mitglied des Militärischen Abschirmdienstes MAD, vielleicht aber auch ein Mann vom Bundesgrenzschutz oder ein Kollege vom Bundesnachrichtendienst, lag nahe.

«Der Fall liegt in den Händen der Berner Polizei.»

Adam liess ein trockenes Lachen hören. Er hatte sich wieder hingesetzt, klopfte umständlich seine Pfeife aus, kratzte lange mit seinem Stopfer im Pfeifenkopf herum und liess dann noch einmal dieses scheppernde Lachen hören:

«Von dieser Seite erwarten Sie ja wohl keine Hilfe!»

«Ich erwarte von keiner Seite Hilfe, Herr Adam. Nicht einmal von Ihrer», antwortete Sembritzki. «Barth ist ermordet worden. Niemand kann beweisen, dass sein Mord im Zusammenhang mit seiner Aufgabe stand, Abschirmungsaufgaben im Zusammenhang mit dem Besuch Ihres Vorgesetzten zu übernehmen.»

«Das sagen Sie, Herr Sembritzki. Aus Selbstschutz? Denn wäre es wirklich so, wären Sie jetzt an der Reihe!»

«Ich bin eine Nummer kleiner als Barth!»

Wieder lachte Adam kurz und trocken. Er zog ein kleines, ockerfarbenes Säckchen aus der Jacketttasche und versorgte seine Pfeife darin.

«Was geht da vor?», fragte er endlich, ohne Sembritzki anzuschauen.

«Wissen Sie das nicht besser als ich, Herr Adam?», parierte dieser.

Jetzt war es still im Raum. Sembritzki wusste, dass er in Adam entweder einen zuverlässigen Partner oder aber einen hochkarätigen Gegner gefunden hatte. Da war ein grosser Maskenspieler am Werk, ein Taktiker, ein kühler Rechner und Analytiker. Noch hatte er ihm keine Beweise für seine Fähigkeiten geliefert, und trotzdem zweifelte er keinen Augenblick an seiner Einschätzung Adams. Er hatte in seiner Laufbahn als Agent schon zu viele Bekanntschaften gemacht, zu viele Männer vom Format Adams kennengelernt, um nicht auch diesmal zu spüren, dass Bonn einen Mann mitgeschickt hatte, der nicht nur am Schreibtisch gross geworden war.

«Warum hat man ausgerechnet Sie als Begleiter des Staatssekretärs in die Schweiz geschickt?», fragte Sembritzki lauernd. Adam blickte erstaunt auf.

«Ich verstehe Ihre Frage nicht, Herr Sembritzki. Ich bin von Haus aus Jurist. Ich habe meine Karriere am Schreibtisch gemacht. Ich war Sekretär an verschiedenen Botschaften im Ausland.»

«Wie unser toter Kollege Barth.»

«Wie Sie wollen, Herr Sembritzki. Den sogenannt reinen Diplomaten finden Sie nur in Spitzenpositionen. Das wissen auch Sie!» Adam war aufgestanden. Für ihn war das Gespräch beendet. «Sie schulden mir noch die weiteren Angaben, was das Programm betrifft.»

«Ich schulde Ihnen gar nichts, Herr Sembritzki.»

«Wenn Sie Wert auf meine Mitarbeit legen, müssen Sie mir alle Informationen liefern.»

«Lege ich denn Wert auf Ihre Mitarbeit?»

«Sie vielleicht nicht, Herr Adam. Aber im Interesse, sagen wir einmal, unseres Vaterlandes, wäre vielleicht ein Schulterschluss angezeigt.»

«Auf Sentimentalitäten spreche ich nicht an, Herr Sembritzki. Ich nicht!» Adam schaute seinen Partner spöttisch an, ging zur Tür, drehte sich noch einmal kurz um und verschwand dann im Flur. Aus dem Aschenbecher stieg ein dünnes Räuchlein steil auf und verbreitete einen ätzenden Geruch. Adam hatte seine Duftmarke penetrant gesetzt und hatte sich zurückgezogen. Was auch immer im Zusammenhang mit dem Besuch des Staatssekretärs vorging, Adam schien etwas zu ahnen oder sogar zu wissen. Aber es war kaum anzunehmen, dass er dieselben Informationen hatte, wie Sembritzki, der sich ganz auf die verschlüsselten Hinweise seines Freundes Seydlitz stützte. Adam hatte sicher andere Quellen. Hatte sich der wortgewaltige Fadenzieher Erhard Reusser in Pullach etwa als Informant in Szene gesetzt? Hatte er Adam mehr getraut und vielleicht auch mehr zugetraut als ihm, Sembritzki?

Im Geheimdienst darf oft eine Hand nicht wissen, was die andere tut. An diesen Kernsatz erinnerte Sembritzki sich, als er sich eine halbe Stunde später wieder in den Fond des grauen Audi setzte, der von Adam chauffiert wurde. Er fühlte sich in dieser Gruppe nur geduldet, denn sicher war Absicht dahinter gewesen, dass ihn Adam auf den Rücksitz beordert und den Staatssekretär vorne hatte Platz nehmen lassen. Es war auch bezeichnend, dass der Staatssekretär und Adam im

Nobelhotel Baur au Lac abstiegen, während man ihn etwas weniger feudal ins nahe Splügenschloss abschob.

Es war klar, dass er an diesem Abend nicht mehr gefragt war. Im «privaten Rahmen» hatte Sembritzki nichts zu suchen. Er war Angestellter, nicht Vertrauer. In dieser Hinsicht hatte ihm Adam einiges voraus. Er schien das uneingeschränkte Vertrauen des Staatssekretärs zu geniessen und kam auf diese Weise auf direktem Weg an gewisse Informationen heran, die sich Sembritzki durch Hintertüren ergattern musste.

Sembritzki deponierte schnell sein Gepäck im Hotel, ass einen Happen und machte sich dann wieder auf den Weg. Es war schon seit einer Weile dunkel, und er hatte keine Mühe, sich im Eingang des Baur au Lac in günstige Warteposition zu begeben. Er sah den hellgrauen Audi im kleinen Hof. Er wusste, dass er die Taxifahrer vor dem Baur au Lac, die sich diesen exklusiven Standplatz auf mühsame Weise erworben hatten, nicht einfach als Verfolger missbrauchen durfte. Solche Sitten waren hier verpönt, kein Fahrer würde sich dazu hergeben. Er musste hier diskreter vorgehen.

Im Augenblick, als Adam im Hoteleingang erschien und sich zum Audi begab, betrat Sembritzki das Hotel. Er ging an der Rezeption vorbei in die Halle, setzte sich auf einen Sessel und behielt sowohl Lift wie Eingang im Auge. Als Adam von draussen zurückkam, bat er den Portier, dem Staatssekretär telefonisch die Bereitstellung des Autos mitzuteilen. Dann ging er wieder hinaus in die Nacht. Drei Minuten später erschien der Staatssekretär in der Halle. Er trug einen unauffälligen beigen Regenmantel und einen braunen Hut. Schnell verliess er das Hotel. Eine Minute später folgte ihm Sembritzki. Er hatte jetzt seine Schirmmütze aufgesetzt und den Jackenkragen hochgeschlagen. Im

Augenblick, als der Audi vor dem Rotlicht unmittelbar nach der Hotelausfahrt wartete, sass auch Sembritzki schon in einem Taxi, erzählte dem Fahrer etwas von Verspätung, und dass er seinen Freunden im grauen Audi folgen solle, die ihn schmählich im Stich gelassen hätten. Ob er die Geschichte nun glaubte oder nicht, der Taxifahrer hielt sich immer diskret im Rücken des Audi, folgte ihm über die Quaibrücke hinüber zum Bellevue, dann die Rämistrasse hinauf, schwenkte beim Universitätsspital rechts ab und fuhr in angemessenem Abstand den Zürichberg hoch, wo die Hautevolee Zürichs wohnt. Nach ein paar Arabesken, die nicht zufällig, sondern sehr gewollt wirkten, parkte Adam den Wagen am Fusse einer imposanten Villa, die hinter gewaltigen Linden halb versteckt, etwas abgerückt von der Strasse, kaum zu sehen war. Adam kannte sich offensichtlich aus. So sicher fuhr kein Ortsunkundiger durch diese relativ schmalen und verwirrlich angelegten Strassen. Sembritzki hiess seinen Chauffeur noch etwas weiterfahren und stieg dann aus, unmittelbar unter der eisernen Brücke, über die die Zürichbergbahn geisterhaft und führerlos die autolosen Bewohner transportiert. Als er zur Villa zurückkehrte, hatte der Staatssekretär den Audi schon verlassen. Adam hatte unterdessen den Wagen gewendet, sass aber noch immer am Steuer. Sembritzki konnte seine Umrisse im Licht der von vorn einfallenden Strassenbeleuchtung erkennen. Er zog seine Schirmmütze tiefer ins Gesicht, vergrub seine Hände in den Jackentaschen und ging mit hochgezogenen Schultern auf den Audi zu. Täuschte er sich, oder hatte Adam seinen Kopf ganz leicht nach rechts gedreht? Er musste Sembritzki im Rückspiegel gesehen haben, hatte ihn aber sicher nicht identifizieren können. Als Sembritzki auf der Höhe der Vordertüre war, blieb er stehen und riss die Türe auf, bevor

Adam reagieren konnte. Sembritzki sah den schnellen Griff mit der rechten Hand unter das Jackett, sah dann, wie die Hand zögerte, als Adam geistesgegenwärtig die Innenbeleuchtung eingeschaltet und Sembritzki erkannt hatte.

«Sie!»

Nur dieses eine Wort sagte Adam. Aber seine Stimme verriet eine gewisse Erleichterung einerseits, dass kein Unbekannter in den Wagen eingedrungen war, andrerseits aber war Sembritzki auch klar, dass sich Adam gedemütigt vorkommen musste, hatte er sich doch von einem Amateur überraschen lassen. Aber gerade auf dieses Überraschungsmoment war es Sembritzki angekommen. Er wusste, dass Adam ein grosses Kaliber war, und wenn er ihn sich als potenten Verbündeten angeln wollte, dann konnte es nur dadurch geschehen, dass Sembritzki sich seinerseits als Könner profilierte.

«Meine Aufgabe ist es, als zweites Netz im Zusammenhang mit dem Schweizer Besuch des Staatssekretärs zu wirken, Herr Adam. Ich nehme meine Aufgabe ernst. Weiter nichts.»

Sembritzki hatte sich auf den Beifahrersitz gesetzt. Adam hatte die Innenbeleuchtung wieder gelöscht und starrte verbissen durch die Frontscheibe in die Nacht hinaus.

«Ihr Aktionsgebiet ist Bern, Herr Sembritzki», sagte er endlich.

«Das sagen Sie!»

Sembritzki hatte sich ganz in sich zurückgezogen. Er sass, die Hände in den Taschen, mit eingezogenem Hals in den Sitz versunken da.

«Was Sie betreiben, ist Schnüffelei, Herr Sembritzki», zischte Adam, ohne den Kopf zu drehen. Aus Versehen war er an den Hebel gestossen, der den Scheibenwischer in

Betrieb setzte, dessen langer Arm nun mit rubbelndem Geräusch auf der Scheibe hin und her wischte. Es war Sembritzki, der ihn wieder stoppte.

«Warum wollen Sie mich um alles in der Welt draussen halten, Herr Adam. Sie wissen genau wie ich, dass etwas in Vorbereitung ist. Barth ist nicht umsonst umgebracht worden. Sein Tod steht im Zusammenhang mit seiner Aufgabe, den Besuch Ihres Chefs in Bern nach allen Seiten hin abzusichern.»

«Wer zweifelt denn daran?» Adam drehte den Kopf nach links und spähte zur hell erleuchteten Villa hinauf.

«Was wissen Sie, Herr Adam?»

Adam drehte den Kopf zurück, holte sein Pfeifensäckchen aus der Jacketttasche und klaubte dann langsam und umständlich den Tabak aus einer Blechschachtel. Er schien zu überlegen, was er von all dem, was er wusste, preisgeben sollte.

«Was wissen *Sie*?», fragte er endlich anstelle einer Antwort. Er konnte sich nicht dazu entschliessen, Sembritzki sein Wissen preiszugeben.

«Dass ich im Auftrag des BND agiere, wissen Sie, Herr Adam. Also fragen Sie doch in Pullach nach.»

«Da brauche ich nicht nachzufragen, Herr Sembritzki. Das weiss ich schon!»

Wenn Sembritzki in dieser Antwort einen ironischen Unterton suchte, war sein intensives Nachhorchen umsonst. Adams Antwort hatte ganz sachlich geklungen.

«Was macht denn diesen Besuch Ihres Chefs in der Schweiz so brisant, Herr Adam?» – Zum wievielten Mal stellte er hier diese Frage, deren Antwort er schon halbwegs kannte.

«Sind Sie so naiv, Sembritzki?»

Adam hatte jetzt das formelle Herr weggelassen.

«Nicht so naiv, wie Sie mich einschätzen, Adam!», gab Sembritzki zurück. «Beispielsweise weiss ich, dass in dem grossen Haus dort drüben im Park nicht der Generalkonsul wohnt.»

«Sie kennen Zürich gut!», spottete Adam.

«Ich kenne Zürich weniger gut als Sie. Aber ich kann das Telefonbuch lesen. Und ich weiss somit, dass der Generalkonsul nicht hier wohnt!»

«Und jetzt möchten Sie wissen, wer hier wohnt!»

«Sie sagen es!»

Adam zog heftig an seiner Pfeife. Sembritzki hustete und kurbelte das Fenster hinunter.

«Herr Sembritzki, Sie haben die üble Angewohnheit, Ihre Kompetenzen zu überschreiten.»

Aber diesmal ging Sembritzki nicht auf diese Zurechtweisung ein.

«Das Haus dort drüben riecht nach Geld!»

Adam drehte überrascht den Kopf.

«Wenn Sie glauben, Sie können mich mit Zufallstreffern aus dem Busch klopfen, haben Sie sich getäuscht!»

«Treffer ist Treffer, Herr Adam. Hier in Zürich wird also der finanzielle Teil der Transaktion abgewickelt. Westgeld gegen Zugeständnisse auf politischer Ebene. Wie gehabt. Nur etwas, lieber Herr Adam, irritiert mich. Warum werden diesmal diese Geldgeschäfte in der Schweiz und in aller Heimlichkeit abgewickelt, während letztes Mal der bayerische Ministerpräsident den Handel mit Pauken und Trompeten aufgezogen hat?»

«Damals war es ein reines Propagandamanöver des Bayern. Diesmal» – er brach plötzlich ab.

«Diesmal?», fragte Sembritzki und schaute Adam von der

Seite an. Aber der hatte sich wieder in blauen Rauch eingenebelt und schwieg.

«Diesmal versucht man, den Bayern auszuschalten, nicht wahr?»

Adam antwortete nicht.

«Die DDR ist bei der Bundesrepublik hoch verschuldet. Der Bayer ist doch überhaupt nicht an einem wirklichen Dialog mit der DDR interessiert. Der liess sich ganz einfach mit Bundesgeldern sozusagen die Schulden bezahlen, die die DDR bei den Bayern hatte.»

Adam drehte jetzt wieder den Kopf. Er hatte die Pfeife aus dem Mund genommen und starrte Sembritzki verwundert an.

«Das ist Ihre Interpretation, Herr Sembritzki.»

«Diesmal soll Bayern ausgelassen werden.»

«Die CSU ist Koalitionspartner, Herr Sembritzki! Die kann nicht übergangen werden.»

«Warum werden dann diese Geldgeschäfte, oder mindestens die Vorbereitungen dazu, in der Schweiz abgewickelt?»

«Herr Sembritzki, Ihre Fantasie geht mit Ihnen durch!»

Sembritzki öffnete die Autotüre und stieg aus. Noch einmal aber beugte er sich zu Adam hinunter, bevor er sich zu Fuss auf den Heimweg machte.

«In unserem Beruf kann man gar nicht genug Fantasie haben, Herr Adam. Nicht genug Fantasie und nicht genug Freunde! Gute Nacht!»

12. Kapitel

Sembritzki war mit dem Zug zurück nach Bern gefahren. Sein Hotelzimmer hatte er annulliert. Zwar hatte er versucht, den Besitzer des Hauses zu identifizieren, mit dem der Staatssekretär in Zürich konferiert hatte. Aber seine Recherchen hatten, wie erwartet, nicht viel hergegeben. Da war ganz einfach ein Freund eines Schweizer Geldjongleurs in die Bresche gesprungen und hatte sein Haus zur Verfügung gestellt. Das einzige, was Sembritzkis Interpretation bestätigt hatte, war die Überprüfung aller Nummernschilder gewesen, die er in der Umgebung der Villa gesehen hatte. In der Annahme, dass nicht für alle Wagen in der hauseigenen Garage Platz war, hatte er sich auf die in der Nähe geparkten Wagen konzentriert und war dabei auf den Namen eines Schweizer Bankiers, Besitzer eines grossen Unternehmens, gestossen. Der Name war nicht mehr als ein Hinweis. Aber Sembritzki fühlte, dass er mit seiner Theorie nicht so unrecht hatte.

Mit Namen und Köpfen beschäftigte er sich denn auch den ganzen nächsten Vormittag. Er checkte noch einmal die Liste der Geladenen. Dann sprach er im Du Théâtre mit Kellnern, Serviererinnen und mit dem Küchenpersonal. Dass er dabei ab und zu der Schweizer Polizei ins Gehege kam, liess sich nicht vermeiden. Neue Erkenntnisse gewann er bei diesen Überprüfungen nicht. Auch die Presseliste hatte nur geringfügige Änderungen erfahren. Der Name Milena Davis stand noch immer da. Sie hatte sich also nicht dazu entschliessen können, in Genf zu bleiben. Warum hätte sie es auch tun sollen? Sembritzki hatte sie weder gewarnt noch sie gebeten, auf ihre Präsenz in Bern zu verzichten. Warum auch hätte er das tun sollen? Der Hinweis seines Freundes von Seydlitz war da nicht Beweis genug, dass Milena die neuralgische Stelle in einem grossen Komplott war, von dem Sembritzki nicht einmal wusste, ob es überhaupt in Szene gesetzt werden sollte. Nur etwas: Milena war ihm nicht gleichgültig. Milena war mehr als nur ein Name. Und er fühlte so manches, das ihn mit ihr verband und das er in ihrer Gegenwart nie ausgesprochen hatte.

«Nun sehen Sie Milena, ich spreche offen. Sie sind aber klug. Sie merken die ganze Zeit über, dass ich zwar die Wahrheit (die volle, unbedingte und haargenaue) spreche, aber zu offen. Ich hätte ja ohne diese Ankündigung kommen und Sie kurzerhand entzaubern können. Dass ich es nicht getan habe, ist aber nur ein Beweis mehr für meine Wahrheit, meine Schwäche.»

Sembritzki las wieder in Kafkas Briefen, während der Staatssekretär seinen offiziellen Besuch beim Schweizer Aussenminister absolvierte. Und jedes Mal, wenn er in diesem Band blätterte, merkte er, dass er sich immer stärker wie eine Figur bewegte, die in diesem von Seydlitz aus der Literaturgeschichte herausgebrochenem Drehbuch vorgezeichnet war.

Am Nachmittag ging er noch einmal ins Hotel Bellevue, wo der Staatssekretär untergebracht war. Er liess sich von einem Angestellten in das feudale Einerzimmer hinaufbringen, prüfte die Schränke, die Fenster, den Fernsehapparat. Über eine Stunde hielt er sich da auf. Dann kehrte er noch einmal in seine Wohnung zurück. Er zog seinen dunkelblauen Anzug an, in dem er schon vor ein paar Jahren seine Mutter beerdigt hatte. Die Hose war unten weit und der Schnitt des Jacketts veraltet. Und missmutig stellte er fest, dass die Krawatte Dimensionen aufwies, die heutzutage nicht mehr üblich waren. Aber einen Vorteil hatte dieser salopp flatternde Anzug doch: Die Walther-Pistole im Schulterhalfter liess sich so viel diskreter tragen. Anzüge aus der Vergangenheit warfen keine auffälligen Wellen.

Schon um fünf Uhr abends fand er sich im Du Théâtre ein, wo der Empfang stattfinden sollte. Milena hatte er bis dahin nicht zu Gesicht bekommen, obwohl er eine ganze Weile um das kleine Hotel in der Altstadt herumgestreunt war, wo sie logierte. Es war nicht schwer gewesen, ihre Berner Adresse zu erfahren, waren doch alle geladenen Journalisten aufgefordert gewesen, diesbezüglich genaue Angaben zu liefern.

Auch Adam hatte er nicht mehr gesehen. Er hatte sich den ganzen Tag in Gesellschaft seines Vorgesetzten aufgehalten, den Sembritzki beim Aussenminister der Eidgenossenschaft gut aufgehoben wusste. Kritisch würde Sembritzkis Aufgabe erst dann werden, wenn der Staatssekretär im Du Théâtre eintraf. Dann war eine enge Überwachung nicht mehr möglich.

Um acht Uhr kamen die ersten Journalisten, die sich auch sofort über das kalte Buffet hermachten, das auf einem Tisch an der Wand aufgebaut war. Die Kellner, ein Mix von botschaftseigenen Leuten und professionellem Servierpersonal, schwirrten mit Tabletts herum. Kameras klickten, als der schweizerische Aussenminister in Begleitung des Staatssekretärs, des Botschafters und dessen Presseattaché eintraf. Wo war Milena?

Die Journalisten hatten eine Art Spalier gebildet, und die vier Diplomaten schritten diese Ehrengarde der Federzunft ab, schüttelten jedem formell die Hand, wechselten auch ab und zu ein paar Worte, wenn sie ein ihnen bekanntes Gesicht entdeckten.

Sembritzki stand neben der Tür, als er Milena sah. Sie trug ein weinrotes Jackett aus Seide und einen schwarzen Lederrock. Obwohl sie verspätet war, wirkte sie völlig ruhig. Ohne sich umzusehen, durchquerte sie den Raum hinter dem Rücken ihrer Kollegen und stellte sich dann am Ende der Reihe an. Jetzt entdeckte Sembritzki auch seinen Kollegen Adam, der neben der Küchentüre stand und die Szene von dort überblickte. Sembritzki glaubte, einen Ausdruck von Nervosität auf Adams Gesicht ablesen zu können. Immer wieder schob er mit dem Zeigefinger der rechten Hand seine Brille nach oben. Er schwitzte. Hatte er wirklich nur Augen für Milena, oder täuschte sich Sembritzki? Er ertappte sich dabei, wie ein ganz kleines Gefühl von Eifersucht in ihm hochstieg.

Jetzt war die Gruppe der drei Diplomaten bei Milena angelangt. Das Klirren von Besteck schien Sembritzki unnatürlich laut geworden zu sein. Die kristallenen Leuchter schossen gleissende Lichtbündel auf die mahagonibraunen Wände und die alten Gemälde. Der schweizerische Aussenminister lachte kurz auf, als er Milena begrüsste. Wahrscheinlich hatte er einen Scherz gemacht, den sie aber nicht zu verstehen schien – oder nicht verstehen wollte. Sie hatte nur leicht mit den Lippen gezuckt. Oder hatte dieses Zucken gar nicht dem Aussenminister der Schweiz gegolten?

Jetzt wandte sich der Staatssekretär Milena zu, die als letzte in der Reihe stand. Und schon flammte das erste Blitzlicht auf; als er, wie geistesabwesend, Milenas ausgestreckte Hand ergriff, das zweite. Irgendwo im Hintergrund stieg der Klang zweier aufeinanderprallender Gläser wie eine Rakete in die Luft. Wortlos hielt der Staatssekretär Milenas Hand in der seinen, länger als üblich. Der momentane Ausdruck von Irritation in seinem Gesicht war schon wieder verflogen, als er ihr etwas sagte, das Sembritzki natürlich nicht verstehen konnte. Auch Milena lächelte jetzt, und Sembritzki stellte dieselbe Interferenz von Denken und Handeln bei ihr fest, die er schon bei seiner ersten Begegnung mit ihr in Genf bemerkt hatte.

Als ob ein Zauber, der den Raum regiert hatte, gebrochen worden wäre, löste sich jetzt das strenge Spalier der Gäste auf, begannen sich einzelne Gruppen zu bilden; die Gesellschaft wurde von einer Dynamik beherrscht, deren Gesetze für Sembritzki nicht mehr durchschaubar waren.

Einmal war es ihm gelungen, in die Nähe Milenas zu kommen.

«Konrad Sembritzki», hatte sie beinahe verwundert geflüstert. Dann hatte sie ihm ganz schnell und leicht die Hand gedrückt und war wieder in die Menge verschwunden.

Als der schweizerische Aussenminister seine Rede hielt, machte sie sich in einem kleinen schwarzen Büchlein Notizen. Später sah er sie mit einem Glas in der Hand im Gespräch mit Kollegen. Aber nie blieb sie in einer Gruppe länger als nur ein paar Minuten. Sie schien ziellos durch den Raum zu wandern und kam erst wieder zur Ruhe, als der Staatssekretär sich an die Anwesenden wandte. Da war von gutnachbarlichen Beziehungen die Rede, das Stichwort Leopard 2 fiel und die Zauberformel Neutralität. Aber Sembritzki hörte nicht hin. Er beobachtete Milena, die mit geschlossenen Augen an einer Wand lehnte.

Sie schien etwas nachzuhorchen, irgendeinem Klang, der von ganz weit her zu kommen schien. Der Applaus holte sie wieder in die Gegenwart zurück. Adam patrouillierte mit einem Weissweinglas an ihr vorbei. Sie blickte nicht auf. Sie schien auf etwas zu warten. Nach einer Stunde hatte sich noch immer nichts ereignet, was Sembritzkis Misstrauen Nahrung hätte verschaffen können. Der Empfang unterschied sich in nichts von andern Empfängen, denen Sembritzki beigewohnt hatte. Der Geräuschpegel stieg; das Lachen wurde lauter, das Sprechen hektischer. Genau um zehn Minuten nach elf Uhr sah Sembritzki den Staatssekretär suchend durch den Raum gehen. Automatisch hatte Sembritzki auf die Armbanduhr geschaut, als ob er später ein detailliertes Protokoll abzuliefern hätte. Milena hatte den Staatssekretär kommen sehen, hatte sich aber nicht bewegt. Noch immer lehnte sie an der Wand. Sie leerte ihr Glas ganz langsam und schien zuzuschauen, wie sich der Flüssigkeitsspiegel langsam senkte. Dann setzte sie das Glas ab und hielt den Kopf leicht schräg. Der Staatssekretär hob die Schultern. Dann machte er vier Schritte auf Milena zu und blieb wieder stehen. In der Menge blitzten zwei Fotoapparate auf. Milena hatte ebenfalls einen Schritt nach vorn getan. Ein Kellner in weissem Jackett füllte ihr Glas, das sie in der ausgestreckten Hand hielt. Ein Fotograf stand beobachtend in ihrem Rücken. Der Staatssekretär, mit dem Glas auf Augenhöhe, prostete Milena zu. Sie tat es ihm nach und schaute ihn durch den goldgelben Wein hindurch an, so wie ein Kind seine Umgebung durch verschiedenfarbige Glasstücke betrachtet. Dann fasste der Staatssekretär Milena ganz leicht am Ellbogen und führte sie mit sich in die Menge, tauchte dann auf der andern Seite des konzentrierten Knäuels wieder auf und ging mit ihr hinüber zu einer kleinen Sitzgruppe, die etwas im Schatten lag.

Sembritzki änderte seinen Standort, um die beiden nicht aus den Augen zu verlieren. Adam, der jetzt genau Sembritzki gegenüber die Szene ebenfalls beobachtete, tat es ihm gleich. Aber sie waren nicht die Einzigen. Wieder sah Sembritzki, wie der Fotograf, der schon vorher aktiv gewesen war, die Nähe dieses ungewöhnlichen Paares suchte, das seiner Umgebung überhaupt keine Aufmerksamkeit zu schenken schien. Während die Gesellschaft immer mehr zerfledderte, sich der kompakte Kern an den Rändern auflöste, wurde das anfänglich nur stockende Gespräch zwischen Milena und dem Staatssekretär immer intensiver. Die beiden hatten innert kürzester Zeit eine Nähe hergestellt, die von der Umgebung beinahe körperlich registriert werden konnte. Aber dieses intensive Sich-einander-Zuwenden der beiden hatte nur Sekunden gedauert. Im Augenblick, als der Staatssekretär die Hand hob und Milena ganz leicht über die Wange strich, trennte sie ein magnesiumgleissender Blitz. Noch einmal drückte der Fotograf ab.

«Staatssekretär einmal menschlich» – so ungefähr mochte die Bildlegende lauten, die hier in Vorbereitung war.

Der Staatssekretär war aufgestanden. Seine hellen Augen hinter den Brillengläsern funkelten.

«Nein!», sagte er nur. Dann wandte er sich ab und verschwand in der Menge.

Milena war sitzen geblieben. Zwei-, dreimal hatte sie die grellen Attacken von zwei Fotografen erduldet. Dann erst hatte auch sie sich erhoben, hatte ein paar Schritte auf den einen Kollegen zu getan, hatte ihn wütend angeschaut und war dann wortlos genau zwischen den beiden Fotografen hindurch zum Buffet gegangen.

War es eine Aufforderung an Sembritzki, so wie damals in Genf, ihr zu folgen? Im Augenblick, als er sich ihr nähern wollte, sah er Adam, den er kurz zuvor noch im Gespräch mit dem Staatssekretär gesehen hatte, auf Milena zugehen. Sembritzki stockte. Er war zu spät gekommen und musste zuschauen, wie Adam auf Milena einredete.

Diese Szene dauerte nur etwa zwei Minuten, und Milena sagte kein einziges Wort. Erst am Schluss, als sich Adam wieder abwandte, nickte sie schnell. Jetzt versuchte Sembritzki ein zweites Mal, sich ihr zu nähern. Adam war verschwunden.

«Bäumchen, Bäumchen, wechsle dich», flüsterte Sembritzki, als er unmittelbar neben ihr stand. Er roch ihr Parfum und sah die kleinen Schweissperlen, die sich an ihrem Haaransatz und auf der Oberlippe angesammelt hatten.

Sie blieb nur ganz kurz stehen, schüttelte leicht den Kopf und ging an ihm vorbei zur Türe. Zehn Minuten hatte Sembritzki vor der Toilette gewartet, als sie zurückkam. Aber diesmal war sie im Gespräch mit einer Kollegin, und er hatte keine Möglichkeit, noch einmal allein mit ihr zu sprechen. Um zwölf verliess der Staatssekretär allein den Empfang. Adam war nicht mehr da. An seiner Stelle hatte einer der beiden Männer, die am Flughafen auch dabei gewesen waren, die Überwachungsaufgabe übernommen. Sembritzki zögerte. Sollte er hier bleiben und weiterhin Milena beobachten oder mindestens versuchen, mit ihr noch einmal ins Gespräch zu kommen, oder sollte er weisungsgemäss seine ganze Aufmerksamkeit dem Staatssekretär widmen? Ihm war aufgefallen, dass Milena es in der letzten Stunde vermieden hatte, sich ausserhalb einer Gruppe aufzuhalten. Sie wollte offensichtlich weder von Sembritzki noch von sonst jemandem in ein Gespräch verwickelt werden.

Sembritzki beschloss, der ihm übertragenen Aufgabe, den Staatssekretär auf Distanz im Auge zu behalten, nachzukommen. Vom Du Théâtre zum Hotel waren es nur ein paar Schritte. Wenn sich der Staatssekretär sofort zu Bett begeben würde, konnte er immer noch einmal zurückkehren und Milena suchen. Im Übrigen kannte er ihr Hotel.

Das Wetter hatte umgeschlagen. Es war kalt und feucht geworden. Das Wetter, das Barths Tod würdig gewesen wäre, hatte mitten in der Nacht Einzug gehalten. Ein olivgrüner Bus fuhr beinahe geräuschlos über die Kirchenfeldbrücke. Sein Stromabnehmer stocherte wie ein langer Insektenarm in die Nacht. Der Begleiter des Staatssekretärs hatte den Schirm geöffnet und ging jetzt an dessen linker Seite. Aus dem Kasino strömten die Leute. Schirme klappten auf. Alles sah nach endgültiger Heimkehr aus. Und als der Staatssekretär und sein Begleiter in der Eingangshalle des Hotels Bellevue verschwanden, fragte sich Sembritzki noch einmal, ob es nicht besser gewesen wäre, seine ganze Aufmerksamkeit Milena zu widmen. Er blieb vor dem Hoteleingang stehen und sah, wie der Staatssekretär auf den Concierge einredete. Der Begleiter stand abseits. Sembritzki beobachtete, wie der Staatssekretär den Kopf schüttelte, sich dann abwandte und zum Aufzug ging, wohin ihm sein Begleiter folgte. Sembritzki wartete. Fünf Minuten später erschien der Mann wieder in der aufklappenden Aufzugstür und ging, ohne Sembritzki zu bemerken, der sich etwas abseits im Schatten aufgehalten hatte, wieder in die Nacht hinaus.

Fünf Minuten später war Sembritzki zurück im Du Théâtre. Weitere drei Minuten brauchte er, um festzustellen, dass Milena verschwunden war. Ein Anruf in ihrem Hotel ergab, dass sie noch nicht zurückgekehrt war. Noch einmal kehrte er ins Bellevue zurück, wo er den Staatssekretär allein in der Bar sah. Milena war nirgends. Sembritzki setzte sich so, dass er sowohl den Eingang als auch die Bar im Auge hatte, wenn er seinen Standort etwas veränderte. Um Mitternacht sass der Staatssekretär noch immer in der Bar. Er hatte den vierten Whisky getrunken, aber scheinbar nichts an Haltung verloren. Alle Versuche von andern Barbesuchern, mit ihm ins Gespräch zu kommen, wies er zurück. Er war wie Harun al Raschid, der sich gewissermassen inkognito unter das Volk gemischt hatte, wobei der Staatssekretär auf politischem Parkett wohl eine weniger bedeutende Rolle spielte als der Sultan.

Um ein Uhr fünfzehn verliess der Staatssekretär, nach dem fünften Whisky, die Bar und ging völlig aufrecht durch die Halle zum Aufzug. Vier Minuten später erschien eine mittelgrosse Frau im Eingang. Sie trug ein gelbes Kopftuch, sodass ihr Gesicht nicht zu erkennen war. Mitten in der Halle liess sie ihre Tasche fallen. Doch bevor ihr der Portier zu Hilfe eilen konnte, war sie auch schon im Aufzug verschwunden. Der Concierge schaute ihr verwundert nach. Ebenso Sembritzki. Obwohl er sofort den andern Aufzug anforderte, kam er zu spät. Die Frau war verschwunden.

Bis halb vier Uhr morgens wartete Sembritzki in der Halle. Dann rief er noch einmal in Milenas Hotel an und fragte, ob sie zurückgekommen sei. Ihr Schlüssel hänge noch immer am Brett, wurde ihm gesagt. Darauf ging Sembritzki nach Hause und legte sich ins Bett.

Was auch immer sich getan haben mochte, er hatte nichts mitbekommen. Er wusste nicht, wer zu wem gehörte und wer wen zu Fall zu bringen versuchte. Und vor allem wusste er nicht, warum der Staatssekretär so lange in der Bar gesessen hatte. Hatte er auf Milena gewartet? Doch warum war sie nicht gekommen? Und warum war sie nicht in ihr Hotel zurückgekehrt? All diese Fragen bedrängten Sembritzki und raubten ihm den Schlaf. Es war sechs Uhr, als er endlich einschlief, eingelullt von einem beharrlichen Regen, der gegen Morgen eingesetzt hatte.

13. Kapitel

Es hatte aufgehört zu regnen, als Sembritzki gegen zehn Uhr erwachte. Der Nebel quirlte strähnig über dem Fluss. Die feuchtkalte Nacht hatte einen bunten Schweif von Blättern mitgenommen. Allerseelenduft sprang Sembritzki ins Gesicht, als er die Fensterläden aufstiess.

Sollte das alles gewesen sein, was in Seydlitz' Botschaft transportiert worden war? Und er, Sembritzki, hatte wie ein Zuschauer dem Ganzen beigewohnt, ohne auch nur etwas von den Zusammenhängen zu erraten? Hatte er etwas übersehen?

«Liebe Frau Milena, ich glaube, es ist besser, von der Rückendeckung und was mit ihr zusammenhängt, nicht viel zu sprechen, so etwa wie vom Hochverrat in Kriegszeiten. Es sind doch Dinge, die man nicht ganz verstehen, die man besten Falls nur erraten kann, Dinge, hinsichtlich derer man nur ‹Volk› ist. Man hat Einfluss auf die Ereignisse, denn ohne Volk ist kein Krieg zu führen und man nimmt daraus das Recht mitzusprechen, aber wirklich beurteilt und entschieden werden die Dinge doch nur in der unabsehbaren Hierarchie der Instanzen.»

Sembritzki starrte auf die aufgeschlagene Seite in Kafkas Briefwechsel mit Milena Jesenská. Bevor er endlich Schlaf gefunden hatte, war er Kafkas Sätzen bis an diese Stelle gefolgt.

Er kochte sich Kaffee und stürzte ihn stehend hinunter. Dann ging er aus dem Haus, überquerte den kleinen Steg, der zur Schifflaube hinüberführte, und liess sich dann mit dem grossen Personenaufzug zur Münsterplattform hinauftransportieren. Eine Viertelstunde später stand er vor dem kleinen Hotel in der Altstadt, wo Milena abgestiegen war. Er wartete so lange vor dem Eingang, bis er sah, wie die Frau an der Rezeption ihren Standort verliess. Schnell schlüpfte er hinein und hastete dann über die Treppe hinauf in den zweiten Stock. Er hatte am Vorabend genau aufgepasst, wo Milenas Schlüssel hing, und sich die Zimmernummer gemerkt. 26!

Er ging durch den schmalen, mit einem Sisalläufer ausgelegten Flur, vorbei an den mit einem schmutzigen Weiss lackierten Türen mit den kleinen goldenen Zahlen, bis er vor der Nummer 26 angelangt war. Ein Zimmermädchen in blauer Schürze schob einen kleinen Karren mit frischer Wäsche hinter seinem Rücken vorbei. Irgendwo hörte er Wasser rauschen.

Sembritzki klopfte. Die Türe blieb geschlossen. Er klopfte noch einmal und legte dann sein Ohr ans Holz.

«Ja?»

Ganz schwach hörte er ihre Stimme. Noch zögerte er einen kurzen Augenblick, dann drückte er auf die Klinke und trat ein. Milena stand am Fenster, mit dem Rücken zu ihm, genauso wie bei ihrem ersten Zusammentreffen in Genf. Nur konnte sie ihn diesmal im taghellen Raum nicht im Fenster gespiegelt sehen. Sie hatte ihre Stirn gegen die Scheibe gelehnt und schaute auf die Strasse hinunter.

«Milena!»

Er sah, wie sie zusammenzuckte: Sie hatte jemand anderen erwartet. Ihre rechte Hand verkrallte sich in den Fenstergriff. Ihre Fingerknöchel waren weiss. Auf der Fensterscheibe, neben ihrem rechten Ohr, dort, wo zuvor ihr Mund gewesen war, verblasste ganz langsam die Spur ihres Atems und liess nur die vagen Umrisse eines Kreuzes zurück.

«Was willst du, Konrad?»

Sie hatte sich umgedreht und stützte sich mit beiden Armen auf dem Fenstersims ab. Ihr Becken war leicht durchgedrückt. Sie war bleich. Und ungeschminkt.

«Wo warst du gestern Nacht?»

Noch immer stand er in der Türöffnung. Jetzt tastete er hinter seinem Rücken nach der Klinke und schloss langsam die Türe, ohne den Blick von ihr abzuwenden. Dann drehte er unhörbar den Schlüssel im Schloss.

«Diese Frage steht dir wohl nicht zu!»

Sie hatte sich aufgerichtet. Aber er spürte, wie sehr sie jetzt eine Stütze gebraucht hätte. Rückendeckung.

«Es ist schwer, die Wahrheit zu sagen, denn es gibt zwar nur eine, aber sie ist lebendig und hat daher ein lebendig wechselndes Gesicht.»

Sie lächelte müde und zeigte dann mit der rechten Hand auf das kleine runde Tischchen aus gelblichem Holz, wo der weisse Band mit Kafkas Briefen an Milena lag.

«Krásná vûbec nikdy, vážně ne, snad někdy hezká – schön wirklich niemals, gewiss nicht, vielleicht manchmal hübsch.»

Sie hatte jetzt das Buch in der Hand und las ihm daraus vor, jene Stelle, die er eben zitiert hatte.

«Du hast dieses Buch –?»

«Gekauft, Konrad.»

«Warum?»

«Weil ich wissen wollte, nach welchen geheimnisvollen Richtlinien du dich mir näherst.»

«Weisst du es jetzt?»

Sie legte das Buch auf den Tisch zurück und setzte sich dann ganz vorn auf die Bettkante, die Hände auf den Oberschenkeln gefaltet.

«Wissen?» Sie machte eine Pause und schüttelte dann leicht den Kopf.

«Ich weiss nichts, Konrad. Ich ahne irgendetwas. Und ich fühle, dass du dich in geheimnisvollen Bereichen zu verirren beginnst.»

«Nur ich?»

Seine Frage kam schnell und er sah, wie sie wieder leicht zusammenzuckte.

«Was willst du von mir?»

Sie stand auf und machte zwei Schritte auf ihn zu. Aber ihr unruhiger Blick strafte ihre straffe Haltung Lügen.

«Ich will wissen, was gestern Nacht vorgegangen ist!»

«Mit welchem Recht?»

«Dieses Recht leite ich von all dem ab, was uns verbindet, Milena.»

Sie senkte den Kopf und schwieg. Dann wandte sie sich wieder ab, ging erneut zum Fenster und schaute hinaus auf die Gasse.

«Was verbindet uns denn?», fragte sie endlich.

«Das ist die einzige Frage, die du nicht stellen darfst, Milena. Die einzige Frage, auf die du keine Antwort erhalten wirst.» Er stand jetzt unmittelbar hinter ihr. Seine letzten Worte hatte er nur noch geflüstert.

«Ich weiss», antwortete sie tonlos. Sie lehnte sich ganz leicht zurück, sodass er ihren Rücken an seiner Brust und ihre Haare im Gesicht spüren konnte. Und trotzdem musste er die eine Frage noch einmal stellen. Er hätte so stehen bleiben mögen, lange Zeit, ohne sich zu bewegen. Aber er wusste, dass ihm die Zeit davonlief.

«Noch einmal, Milena! Wo warst du gestern Nacht?»

Er würde diese Frage immer wieder stellen müssen, so lange, bis sie ihm eine befriedigende Antwort gab. Doch er fühlte ihren Widerstand. Sie stiess ihn mit den Ellbogen zurück und drehte sich wieder um.

«Wenn du mir auf die Frage, was uns verbindet, keine Antwort geben willst, darfst du diese Frage auch nicht stellen!»

«Ich will keine Erklärungen, Milena. Ich will nur Fakten, weiter nichts.»

«Fakten können töten, Konrad!» Sie schaute ihn beschwörend an.

«Fakten nicht. Nur all das, was dahinter steht!»

Sie gab keine Antwort auf diese Feststellung Sembritzkis, die ja auch keine Entgegnung verlangte. Sie setzte sich auf den mit rotem Kunstleder überzogenen Sessel ans Tischchen und zündete sich eine Zigarette an. Sembritzki hatte sich einen Zigarillo zwischen die Lippen gesteckt. Er lehnte mit dem Gesäss an einem zerbrechlichen Schreibtisch, der Milena gegenüber an der Wand stand.

«Ich war den ganzen Rest der Nacht mit Adam zusammen!»

«Wie?»

Sembritzkis Stimme überschlug sich.

«Adam?»

Sie zuckte die Schultern. Aber ihre Gleichgültigkeit war nur gespielt.

«Adam. Kein schlechter Name. Erste Wahl.» Sie versuchte, ihre Stimme ironisch klingen zu lassen.

«Der Reihe nach, Milena. Ich habe dein Zusammentreffen mit dem Staatssekretär beobachtet. Das war keine gewöhnliche Begegnung, Milena!»

«Was war es dann?», fragte sie spöttisch. «Liebe auf den ersten Blick?»

Er schüttelte den Kopf.

«Nicht auf den ersten Blick! Zwischen euch ist etwas. Ihr habt euch gekannt, Milena!»

«Überall witterst du Verschwörung, Konrad! Überall horchst du deinen eigenen Gefühlen nach und projizierst sie in andere Leute! Es ist nichts zwischen dem Staatssekretär und mir. Es war nichts!»

Sie zog heftig an ihrer Zigarette und hielt den Rauch lange zurück, bevor sie ihn wieder ausstiess.

«Es bereitet mir zwar Mühe und kostet mich Zeit, herauszufinden, was zwischen dir und diesem Diplomaten war, aber herausfinden werde ich es, Milena. Warum sagst du es mir nicht gleich?»

Aber auf diesen Handel ging sie nicht ein.

«Dann finde es heraus, wenn es überhaupt etwas zu finden gibt!», sagte sie störrisch, und Sembritzki fühlte, dass er auf diesem Gleis nicht weiterkam. Er musste sich an das halten, was er gesehen hatte.

«Wie du willst! – Adam! Was war mit Adam?»

«Willst du Einzelheiten?» Sie lachte lauter als sonst.

«Keine pikanten Einzelheiten, Milena. Nur Fakten!»

«Fakt Nummer eins: Der Staatssekretär hatte Lust auf ein galantes Abenteuer!»

«Du lügst!»

Sembritzkis Stimme klang schroff, und Milena schaute ihn überrascht an.

«Was für Absichten er hatte, weiss ich nicht, weil er nicht dazu kam, sie mir mitzuteilen!»

«Adam trat in Aktion?», fragte er und spürte etwas wie Eifersucht in sich hochsteigen.

«Ich weiss nicht, wie du das meinst. Jedenfalls hat sich Adam an mich rangemacht und mir vom Wunsch des Staatssekretärs erzählt.»

«Dem du natürlich sofort entsprochen hast!», sagte er bissig.

«Warum nicht?»

«Du bist kein Flittchen, Milena!»

«Es läuft dir nicht jede Nacht ein Staatssekretär über den Weg!»

«Warum ist es denn nicht zu diesem nächtlichen Stelldichein gekommen?»

«Weil es Adam nicht hat dazu kommen lassen. Wir verabredeten uns im Rathausparking!»

«Warum dort?»

«Weil Adam nicht wollte, dass uns jemand beobachtet. Ich hatte meinen Wagen dort geparkt und Adam die Schlüssel gegeben, damit er im Auto auf mich warten könne.»

«Er hat gewartet?»

Milena nickte.

«Natürlich hat er gewartet.»

«Und dann hat er dich ins Bellevue gefahren zum Staatssekretär?»

Sembritzki wartete gespannt auf ihre Antwort. Hier konnte sie ihn nicht belügen, hatte er sie doch nicht im Hotel ankommen sehen.

«Nein!»

Erleichtert atmete Sembritzki auf.

«Wohin dann?»

Sie zuckte die Schultern.

«Ich weiss es nicht. Irgendwohin zwischen Bern und Biel. Zuerst waren wir in einer Bar.»

«Deine bevorzugte Umgebung», spottete er.

«Lass deinen Spott. Ich war betrunken.»

«Und deine Betrunkenheit hat Adam schamlos ausgenützt!»

Sie zuckte gleichgültig die Schultern.

«Schamlos, nein. Ausgenützt, ja. Wir haben uns unterhalten. Wir haben getanzt. Ich fand diesen Mann sehr angenehm.»

«Und du hast ihn nie an seine Aufgabe erinnert, dich zum Staatssekretär zu bringen?»

«Hätte ich das tun sollen? Adam ist jünger als der Diplomat. Adam hat Charme. Ich war betrunken.»

«Und dann seid ihr irgendwo in einem Hotelzimmer gelandet und habt –»

Er brach ab. Er konnte es nicht aussprechen.

«Ja, so ist es. Und am Morgen hat er mich hierhin zurückgebracht.»

«Und du hast dich keinen Augenblick lang gefragt, warum Adam all das getan hat.»

Sie schaute ihn mit schlecht gespielter Herausforderung an.

«Bin ich nicht Grund genug, Konrad?»

Er nickte abwesend.

«Sicher. Du wärst Grund genug. Aber so betrunken warst du doch nicht, um dich nicht zu fragen, warum Adam seinen Vorgesetzten versetzt!»

«Möglich, dass ich mir diese Frage in einem lichten Augenblick gestellt habe.»

«Und was für eine Antwort hast du gefunden?»

Sie stand brüsk auf.

«Welche wohl, Konrad Sembritzki?»

Er schüttelte den Kopf.

«Ich weiss es nicht. Wirklich, Milena!»

«Ach, hör doch auf! Ihr steckt doch unter einer Decke, Adam und du!»

Sembritzki antwortete nicht. Ihre Schlussfolgerung überraschte ihn zwar, und doch lag sie damit sicher nicht weit neben der Wahrheit.

«Bist du denn so naiv anzunehmen, der Staatssekretär umgebe sich mit lauter Naiven? Adam gehört zu eurem Verein. Wie du! Und er hat nichts anderes versucht, als mich vom Staatssekretär fernzuhalten!»

«Und warum bist du auf diesen Handel eingestiegen?»

Sie lachte laut auf und fuhr sich mit der Hand durch das an diesem Tag glanzlose Haar.

«Weil Adam selbst keine uninteressante Figur ist!»

«In welcher Hinsicht?», fragte Sembritzki. Seine Stimme zitterte leicht.

«Warum stellst du diese Frage, Konrad, wenn du doch die Antwort kennst?»

«Der Staatssekretär ist doch die ungleich interessantere Figur für dich, Milena!»

«Du fragst mich nie, ob mir denn Liebe nicht wichtiger ist als all das, was du mir unterschiebst!»

«Das stimmt nicht. Milena. Das nicht!»

Er war ganz nahe an sie herangetreten und hatte sie an den Schultern gepackt.

«Ich liebe dich!», flüsterte er.

Hatte er diesen Satz ausgesprochen oder nur gedacht?

«Adam liebt mich auch», sagte sie und trat zwei Schritte von ihm weg.

«Das hat er dir gesagt?»

«Ich denke, er hat es mir gesagt. Nur war ich schon so betrunken, dass ich mich nicht mehr so genau erinnere.»

«Du hast dich abfüllen lassen? Du?»

Er griff nach dem Buch auf dem Tisch und blätterte darin. Verzweifelt suchte er nach einer Briefstelle, die all das ausdrückte, was er mit eigenen Worten nicht mehr formulieren konnte. Wortlos nahm sie ihm das Buch weg und deutete auf eine Textstelle. Dann las sie langsam, ohne jede Anteilnahme:

«O mne rozbil – das ist etwas ganz und gar Unsinniges. Nur ich habe die Schuld, sie besteht in zu wenig Wahrheit auf mei-

ner Seite, immer noch viel zu wenig Wahrheit, immer noch allermeistens Lüge, Lüge aus Angst vor mir und aus Menschenangst.»

Sie warf das Buch mit einer heftigen Bewegung aufs Bett.

«O omne rozbil – An mir zerschlagen – wo hast du tschechisch gelernt, Milena?»

«Diese Frage ist so überflüssig wie die meisten Fragen, die du mir gestellt hast!»

«Adam!», sagte er noch einmal. Es tönte beinahe flehend.

«Vergiss, Adam. Und vergiss mich, Konrad!»

«Du willst, dass ich dich vergesse? Vergessen! Habe ich dich denn je besessen?»

Sie lächelte spöttisch.

«Du weisst, was uns verbindet!»

«Was uns verbindet, trennt uns auch, Konrad! Ich werde nie so betrunken sein, dass ich diese letzte Grenzmauer preisgebe. – Und nie so verliebt!»

«Keine Hoffnung?», fragte er und streckte seine Hand nach ihr aus.

«Keine», sagte sie und wandte sich ab. Sie begann ihren Koffer zu packen, und Sembritzki schaute ihr dabei zu. Als sie im Bad verschwand, ging er leise aus dem Zimmer. Er fürchtete sich vor einem Abschiedsgruss, fürchtete sich vor einem Satz aus ihrem Mund, der Endgültigkeit signalisieren könnte.

14. Kapitel

An diesem Tag hatte er für Körners spöttische Bemerkungen, die sich auf sein übernächtigtes Aussehen bezogen, kein Verständnis.

«Halt den Mund! Ich hätte auch lieber im Bett gelegen.»

«Jetzt kannst du ja deinen versäumten Schlaf wieder nachholen. Der Empfang ist ohne Zwischenfall über die Bühne gegangen. In einer Stunde fährt der Staatssekretär zurück.»

«Ohne Zwischenfall?»

Sembritzki schaute Körner, der es sich hinter seinem Schreibtisch gemütlich gemacht hatte, prüfend an.

«Bist du etwa anderer Meinung?» Körner legte seine langen Beine auf ein Aktenbündel, das auf seinem Schreibtisch lag.

«Wie sollte ich? Mir ist gestern Abend nichts Besonderes aufgefallen.»

«Siehst du!»

Täuschte sich Sembritzki, oder war Körners Grinsen doppeldeutig? Vibrierte hinter dieser Maske mehr als schulterklopfende Kumpanei?

«Hier der Rapport! Zu Händen deines Chefs!»

Sembritzki knallte ein graues Heftmäppchen auf die Tischplatte.

«Mein Chef ist dein Chef. Wo du hingehst, will auch ich hingehen, lieber Konrad!»

Körner wieherte vor Vergnügen über sein Wortspiel.

«Mein Chef ist mein Chef gewesen. Ich melde mich vom Dienst ab!»

«Kehrst du in dein Verlies an der Aare zurück?»

«Nein, mein Lieber. Ich nehme mir ein paar Tage Ferien!»

Eine ganze Weile war es still in Körners Büro. Nur das Ticken der Neuenburger Pendule an der Wand, ein Geschenk der Stadt La Chaux-de-Fonds, war penetrant hörbar, und das Pendel mit der goldenen Scheibe fuhr lautlos hinter Körners Kopf hin und her. Endlich nahm Körner seine Beine vom Tisch, setzte sich gerade hin und fixierte Sembritzki mit zusammengekniffenen Augen.

«Und wohin fährst du, wenn man fragen darf?»

Sembritzki lachte.

«Man darf fragen, aber man kriegt keine Antwort.»

Ein mitleidiger Zug legte sich quer über Körners Gesicht.

«Mein lieber Freund, du vergisst immer wieder, dass du noch immer zu uns gehörst. Du kannst dich nicht einfach verkrümeln.»

«Du willst mich überwachen lassen? Du?»

Sembritzki hatte sich nach vorn gebeugt und seine Hände auf die Schreibtischplatte aufgestützt.

«Wer spricht von überwachen, lieber Freund. Du musst erreichbar sein, das ist alles. Also, heraus mit deinen Kontaktadressen!»

«Also bist du doch nicht mein Freund», sagte Sembritzki bitter. Doch Körner ging mit keinem Wort auf diesen Vorwurf ein.

«Hast du etwas zu verbergen?»

«Wer von uns hat schon nichts zu verbergen!»

Sembritzki griff nach einem Notizblock auf Körners Schreibtisch und kritzelte zwei Adressen darauf, eine in Westfalen und eine in der Nähe von Frankfurt. Körner griff hastig danach und las, indem er die Lippen tonlos bewegte, was ihm Sembritzki aufgeschrieben hatte. Wenn ihn die Information nicht befriedigt hatte, liess er es sich jedenfalls nicht anmerken.

«Da bist du also erreichbar?», fragte er gedehnt.

«Ja. Geschäftsfreunde. Antiquare. Ich werde sie aufsuchen.»

«O.K. Dann bist du jetzt entlassen. Der Staatssekretär fliegt mit einer Privatmaschine vom Berner Flughafen Belpmoos nach Zürich-Kloten und von dort mit der Linienmaschine weiter nach Bonn. Leb wohl!»

«Leb wohl, mein Freund», gab Sembritzki zurück und machte eine lange Pause zwischen den beiden letzten Wörtern. Dann wandte er sich ab und verliess Körners Büro ohne weiteren Kommentar.

Eine Stunde später sass er im Intercity, der von Basel aus über Köln, Dortmund nach Münster in Westfalen fuhr.

Übernächtigt nach den drei, vier Stunden unzusammenhängenden Schlafes, stieg er gegen zehn Uhr in Münster aus dem Zug. Ein Telefonanruf bei seinem Kollegen, der dort ein angesehenes Antiquariat betrieb, gab ihm ein wenig Rückendeckung für das, was er vorhatte. Mindestens würde er diese Kontrollanrufe von seinen Botschaftskollegen in Bern abblocken können. Dann sass Sembritzki im Lokalzug, der ihn nach Billerbeck brachte. Er war allein im Abteil. Niemand kümmerte sich um ihn, und er genoss dieses Gefühl, sich nach Tagen wieder einmal unbeobachtet bewegen zu können, obwohl auch hier, im fernen Westfalen, fern, wenn er an Bern dachte, dieser Zustand von einem Augenblick auf den andern umschlagen konnte in Hetze und Hektik.

Billerbeck. Sembritzki hatte Mühe, ein Taxi zu finden. Erst über Umwege, nachdem er in einem Kaufladen nachgefragt hatte, erfuhr er die Adresse einer Autowerkstätte. Er musste dort eine halbe Stunde warten, bis der Besitzer unter einem Mercedes hervorgekrochen kam und sich bereit erklärte, ihn zu fahren.

«Barth. Ein Haus, das hier irgendwo in der Nähe liegt», sagte er zum Fahrer.

«Der alte Friedhelm Barth. Ich weiss», brummte der Mann.

«Wohnt da draussen in einem Kötterhaus.»

«Kötterhaus?», fragte Sembritzki.

«Das sind Bauernhäuser, die von Leuten bewohnt werden, die zwischen Stadt und Land hin- und herpendeln, halb Bauer, halb Städter. Nicht Fisch, nicht Vogel.»

«Aber doch nicht Barth!», fragte Sembritzki erstaunt.

«Nein, Barth nicht. Er hat das Haus vor ein paar Jahren von einem Kötter gekauft, der nach Münster gezogen ist.»

Sie fuhren durch das flache Land. Sembritzki peilte über den Mercedesstern auf der Motorhaube immer neue Ziele an, um sich in der konturlosen Weite nicht zu verlieren. Ab und zu sah er abgelegene Bauernschaften, dann wieder kleine Waldflecken und immer wieder unendliches dunkelgrünes Weideland, mit den weiss-braunen und schwarz-weissen Kühen, die sich geduldig und alle in derselben Richtung durch die Landschaft frassen, ein stiller Trauerzug, der vor dem hereinbrechenden Winter noch einmal einen Rest von Leben aus dem absterbenden Boden rupfte.

«Dort!», sagte jetzt der Fahrer und zeigte über den Mercedesstern hinweg auf ein Gehöft, das zwischen Bäumen halb versteckt mitten auf freiem Feld zu sehen war.

«Wohnt er allein?», fragte Sembritzki und starrte auf den rotbraunen Klinkerbau, der immer näher kam.

«Barth wohnt im Erdgeschoss. Oben wohnt ein altes Bauernehepaar, die Eltern des abgewanderten Kötters. Aber da tut sich nicht mehr viel. Die haben noch ihren Gemüsegarten. Im Frühjahr verkaufen sie Spinat, im Sommer Tomaten, Karotten, Salat. Im Herbst Kohl und Kartoffeln. Im Stall steht noch eine einzige Kuh, die zusammen mit den Kühen von Nachbarn, denen Barth das Weideland verpachtet hat, weidet. Dieses Frühjahr hat Barth seine Frau verloren, und jetzt spricht er auch davon, in die Stadt in ein Altersheim zu ziehen.»

Sie waren jetzt von der asphaltierten Strasse in einen Feldweg abgebogen. Ein mannshoher Maschendrahtzaun verwehrte den direkten Zutritt zum eigentlichen Garten, wo unter Kirschbäumen Astern in kreisrunden Beeten flammten.

Sembritzki bezahlte den Fahrer und ging über den schmalen Kiesweg zur schweren, eichenen Haustüre. Nirgends war ein Mensch zu sehen. Die hohen, mehrfach unterteilten Fenster waren spiegelblank. Rechts neben der Eingangstür stand auf einem Granitsockel eine steinerne Schale mit verwelkten Geranien. Darüber, an der Hauswand, war eine Art offenes Vogelhäuschen angebracht. Darin hing eine Kuhglocke, an deren Klöppel eine geflochtene grüne Schnur befestigt war. Sembritzki brachte die Glocke zum Klingen. Zwei-, dreimal schlug der Klöppel gegen das Metall, und ein traurig gebrochener Ton tönte kurz aus der schwarzen Höhle. Sembritzki hörte Schritte im Flur. Zweimal wurde ein Schlüssel umgedreht. Dann ging die Türe einen Spalt weit auf.

«Ja?» Eine metallene Stimme drang aus dem Flur heraus.

«Herr Barth?»

«Wer denn sonst?», klang es unwirsch zurück. «Wer sind Sie, das ist doch hier die Frage!»

«Konrad Sembritzki von der Botschaft der Bundesrepublik Deutschland in Bern.»

Die Türe öffnete sich brüsk. Im Türrahmen stand ein grosser schlanker Mann in einem moosgrünen Anzug. Er war beinahe kahl und trug einen rot-grauen, an den Rändern leicht nach unten hängenden Oberlippenbart. Seine grünen, etwas verwaschenen Augen schauten beinahe flehend aus dem knochigen Gesicht, über das eine Menge von hellbraunen Altersflecken verteilt war.

«Sie kannten meinen Sohn!» Die Stimme des alten Mannes verriet die innere Spannung.

«Darf ich eintreten?», fragte Sembritzki.

«Bitte!»

Barth trat zur Seite, und Sembritzki betrat den düsteren langen Flur, dessen weisse Wände mit einer Reihe von kleinen Rahmen geschmückt waren, in denen jedoch keine Bilder zu sehen waren, sondern Namenszüge. «Theodor Heuss», las Sembritzki im Vorbeigehen. Dann «Elizabeth R», ein gradliniger aufrechter Namenszug, der mit einem am Ende leicht gekrümmten Strich unter der Linie etwas Definitives signalisierte. Ähnlich definitiv war der Namenszug Picassos, des Königs der Maler, dessen Strich jedoch viel nerviger wirkte und bei den beiden S dekorativ ausschlug. Doch auch Picasso setzte einen bilanzierenden Strich unter seinen Namen, der aber im Gegensatz zur Elizabeth das kleine Häkchen am Anfang hatte, das zudem gegen oben gekrümmt war. «Achim von Armin» war hier mit seiner Unterschrift vertreten, so gut wie Ernst Udet, der deutsche Fliegergeneral, der von Hitler und Göring für Fehlentscheidungen in Planung und Produktion zur Rechenschaft gezogen worden war und im Jahr 1941 Selbstmord begangen hatte. Sembritzki identifizierte das steile Auf und Ab in der Unterschrift des ehemaligen deutschen Bundeskanzlers Helmut Schmidt, wo nur S und H, Anfang und Ende, Farbe bekannten. Er sah die verschnörkelte Signatur des deutschen Generalfeldmarschalls Erwin Rommel neben der eher zitterig wirkenden

Schrift seines preussischen Pendants Helmuth Graf von Moltke. Er identifizierte Rosa Luxemburg und den deutschen Sozialisten Ferdinand Lassalle, Gneisenau und Dönitz, Friedrich Ebert, und sogar Gebhard Leberecht von Blücher, Fürst von Walstatt, war in diesem Klinkerhaus in Westfalen vertreten.

«Spuren aus der Vergangenheit», kommentierte Barth und blieb einen Augenblick stehen. «Tempora mutantur et nos mutamur in illis.» Der lateinische Appendix vermittelte eine beinahe klerikale Atmosphäre.

Erst als Barth rechter Hand eine Türe aufstiess und Tageslicht in den spärlich erleuchteten Flur drang, fühlte sich Sembritzki aus den Fängen der Vergangenheit entlassen, wenn auch nur vorläufig, denn auch der hohe Raum mit den verschnörkelten Stuckaturen, die in manchem an die verschiedenen Autografen im Flur erinnerten, vermittelte auf seine Weise einen zeitfremden Eindruck. An der Rückwand, den drei hohen Fenstern gegenüber, hing ein verblichener Gobelin, auf dem andeutungsweise eine französische Jagdszene zu sehen war. Rechts davon, an der Wand, stand ein schmales, hoch aufragendes Schränkchen auf geschwungenen Füssen, das unten zwei Türen hatte, deren kostbare Maserung in weichem Licht vibrierte. Oben warf eigenartig geschliffenes Glas eine Kaskade von blitzenden Reflexen an Decke und Wand. Vorn am Fenster stand ein monumentaler Schreibtisch aus Eichenholz, an dem eine mehrgelenkige Lampe mit grünem Schirm befestigt war.

«Setzen Sie sich, Herr Sembritzki!»

Friedhelm Barth zeigte auf einen hochlehnigen, mit ockerfarbenem Stoff überzogenen Stuhl an der Wand neben dem Fenster.

Er selbst setzte sich an den Schreibtisch, drehte seinen

Stuhl aber so, dass er Sembritzki im Blickfeld hatte.

«Sie sind Botschaftsangestellter?», fragte Barth, und seine Augen zogen sich misstrauisch zusammen.

«Ich bin Botschaftsrat», antwortete Sembritzki und sagte somit eigentlich nur die halbe Wahrheit, was ihm in dieser eigenartigen Umgebung besonders schwerfiel.

«Sie haben meinen Sohn gekannt?»

Sembritzki nickte.

«Ich habe ihn gekannt. Nicht besonders gut. Aber gut genug, um zu wissen, wer er war!»

«Wer er war?» Barth sass mit durchgedrücktem Kreuz hoch aufgerichtet auf seinem Stuhl. «Wie soll ich das verstehen?»

«Doppelsinnig, wie es gemeint war, Herr Barth.»

Barth schwieg. Noch immer hatte er seinen Jackettknopf nicht geöffnet. Alles an ihm war Haltung, Zurückhaltung auch. Sembritzki fixierte das Foto auf Barths Schreibtisch, auf welchem eine elegante alte Dame mit breitrandigem Hut und ein junger Mann nebeneinander in einem grossen schwarzen Holzrahmen zu sehen waren. Mutter und Sohn, Frau Elfriede Barth und Wolfram Barth. Die Verwandtschaft war unübersehbar. Sie hatte dieselben schmalen Lippen, denselben Blick, nur durch kosmetische Attribute gemildert.

«Möchten Sie etwas trinken?»

Barth war Sembritzkis Blick gefolgt. Es war ihm klar geworden, dass er ohne ein bescheidenes Entgegenkommen seinerseits, und wenn es auch nur aus einer äusserlichen Geste der Gastfreundschaft bestand, nichts von dem erfahren würde, was ihn doch so brennend interessierte.

«Gern, Herr Barth.»

«Korn? Selbst gemacht.»

Ohne eine Antwort abzuwarten, war Barth aufgestanden und zum kleinen Schränkchen mit der Vitrine hinübergegangen. Durch die geöffnete Schranktür konnte Sembritzki eine Reihe von Flaschen sehen. Mitten unter diesen Flaschen stand ein silberglänzender Pokal, der Sembritzkis Aufmerksamkeit besonders erregte. Er wirkte irgendwie deplatziert, ein Sportlerutensil in Barths Vitrine.

Sembritzki war aufgestanden und stand jetzt neben Barth.

«Ein schöner Pokal!», sagte er leise.

Barth antwortete nicht. Er stand unbeweglich vor dem geöffneten Schrank, in der einen Hand eine fein ziselierte bauchige Glasflasche mit gläsernem Stöpsel, in der andern ein ebenfalls ziseliertes kleines Glas.

«Unserm verehrten Meister Friedhelm Barth zum 60. Geburtstag. 8. August 1978» Sembritzki zitierte halblaut den Text, der in den Pokal zwischen Ornamenten von Blumen und Blättern eingraviert war.

Erst jetzt wandte sich Barth langsam seinem Gast zu.

«Diskretion ist wohl nicht Ihre Sache, Herr Sembritzki.»

«Nicht, wenn es um Leben und Tod geht, Herr Barth.»

Sembritzki wusste, dass er übertrieb. Aber vielleicht konnte er Barth damit provozieren. Doch dieser schien überhaupt nicht beeindruckt zu sein. Er hielt Sembritzki das gefüllte Glas wortlos und ohne Zittern hin und schenkte sich dann auch ein Glas voll. Sembritzki kehrte an seinen Platz am Fenster zurück und dachte dabei über die geheimnisvollen Zeichen nach, die auf dem silbernen Pokal zu sehen gewesen waren.

«Was wissen Sie über den Tod meines Sohnes, Herr Sembritzki?»

Barth sass mit übereinandergeschlagenen Beinen an seinem Schreibtisch. Von draussen drang gedämpft das Geläute einer fernen Kirche in den Raum, und ab und zu hörte Sembritzki das feine, kratzende Geräusch von Barths Fingernägeln, die sich auf der ledernen Schreibtischunterlage bewegten.

«Ich weiss kaum mehr als Sie, Herr Barth. Oder besser gesagt, ich weiss etwas anderes als Sie!»

«Was wissen Sie!»

Dieser Satz tönte wie ein Befehl. Wieder sass Barth völlig steif auf seinem Stuhl.

«Der Tod Ihres Sohnes hatte einen rituellen Anstrich. Das mindestens hat der Berner Polizeiinspektor gesagt.»

«Was sagen Sie? Rituell?»

Barth starrte Sembritzki mit zitternder Unterlippe an.

«Was war rituell an seinem Tod? Beschreiben Sie es!»

«Das hat der Kriminalbeamte nicht gesagt. Es war sein Eindruck, weiter nichts!»

«Beschreiben Sie mir, wie Sie meinen Sohn gefunden haben. Verschweigen Sie mir nichts. Jede Nebensächlichkeit interessiert mich!»

Sembritzki nahm einen grossen Schluck und schmeckte dem starken Schnaps nach, als er durch die Kehle rann. Langsam zerfloss die Wärme, Sembritzki atmete tief aus und schloss dann die Augen, um sich die Szene an der Aare noch einmal genau vorstellen zu können.

«Ihr Sohn ist von drei Schlägen getroffen worden.»

«Womit ist er erschlagen worden?», fragte Barth drängend.

«Mit einem Hammer.»

«Wie schrecklich!»

Barth biss sich auf die Zähne. Er hatte sich von Sembritzki abgewandt und starrte durch das Fenster in den Kirschgarten hinaus.

«Fahren Sie fort!», sagte er endlich leise, aber er wandte seinen Blick nicht vom Fenster ab.

«Die Mordwaffe lag zwischen den gefalteten Händen Ihres Sohnes!»

«Ein Maurerfäustel?», fragte Barth, und seine Stimme klang jetzt völlig normal.

«Ja, ein Maurerfäustel», antwortete Sembritzki, aber er fragte nicht, warum Barth die Mordwaffe so genau beschreiben konnte. Plötzlich waren Sembritzki gewisse Zusammenhänge klar geworden, die er vorhin, beim Betrachten des Pokals, nur vage geahnt hatte.

«Sie haben vorhin den Pokal gesehen, Herr Sembritzki!»

Barth hatte sich wieder seinem Gast zugewandt und schaute ihn prüfend an. «Ist Ihnen etwas aufgefallen?»

«Ja. Ich habe das eingravierte Winkelmass und den Zirkel gesehen.»

«Und Sie wissen, was diese Zeichen bedeuten?»

Sembritzki schüttelte den Kopf. «Ich weiss nicht, was sie bedeuten, ich weiss nur, wer sie gebraucht.»

«Das Winkelmass ist das Symbol des Gewissens, der Gerechtigkeit und Rechtlichkeit. Der Zirkel bedeutet Liebe zu den Menschen und umfassende Menschlichkeit.»

«Freimaurersymbole!»

Es war, als horchte Barth diesem Wort nach. Er hatte seinen Kopf leicht seitlich geneigt und die Augen halb geschlossen.

«Sind Sie Logenbruder, Herr Barth?»

Lange war es still gewesen im Zimmer, bevor Sembritzki diese Frage gestellt hatte. «Unserm verehrten Meister Friedhelm Barth zum 60. Geburtstag.»

«Ja, ich – bin Freimaurer», antwortete Barth endlich zögernd. «Ich war es schon während des Krieges, obwohl

Hitler damals auch Jagd auf die Freimaurer machte.»

«Sie waren im Krieg?»

Sembritzki hakte schnell ein. Er hatte einen Faden gefunden und war nicht bereit, ihn wieder loszulassen.

«Ich war Panzeroffizier.»

«Brandenburger?», fragte Sembritzki und dachte an die Ausstellung bei Kraus-Maffei. Barth gab keine Antwort. Aber diesmal wandte er seine Augen nicht ab. Sembritzki hielt diesen klaren Blick nicht aus. Er stand auf und trat ans Fenster. Und auch so fühlte er im Rücken, wie ihn Barth anstarrte.

«Wollen wir nicht zuerst über den Tod meines Sohnes sprechen, Herr Sembritzki?»

Sembritzki hörte, wie Barth sein Glas leerte und sich dann erneut einschenkte.

«In der Grube, in der man Ihren Sohn fand, lagen zwei Akazienzweige. Aber das hat wohl nichts zu bedeuten. Die Polizei hat festgestellt, dass am vermutlichen Tatort Akazien wachsen und sich ein paar Zweige in den Kleidern verhakt haben müssen.»

Jedes Wort, das aus Sembritzkis Mund kam, verursachte eine Trübung auf der Fensterscheibe.

«Kein Zufall, Herr Sembritzki», murmelte Barth. «Es passt alles zusammen. Auch die Akazie ist ein Freimaurer-symbol. Sie bedeutet Seele, Geist, Leben.»

«In diesem Fall bedeutete sie Tod.»

Sembritzki wandte sich um. Er lehnte mit dem Gesäss gegen das Fensterbrett und beobachtete, welche Wirkung seine Worte auf Barth hatten.

«Ja, Tod. Der Tod stand ja auch am Anfang der Freimau-rerlegende. Drei Gesellen, denen das Geld näher als der Geist war, forderten von Meister Hiram, vorzeitig selbst zu

Meistern gemacht zu werden. Obwohl die drei Gesellen den Meister bedrohten und auch Gewalt anwandten, verriet er ihnen das Meisterwort nicht. Darum töteten sie ihn und verscharrten ihn an einem abgelegenen Ort. Erst nach langem Suchen wurde Hirams Grab gefunden und mit einem Akazienzweig gekennzeichnet. Es waren die neun Meister, die Hiram gesucht haben, der Meister vom Stuhl, der Altmeister, der Grossmeister, der deputierte Meister ...»

«Sie sind ebenfalls Meister, Herr Barth», sagte Sembritzki leise.

«Ich war Meister vom Stuhl in Essen.»

Sembritzki ging noch einmal zum kleinen Schränkchen hinüber und starrte durch das Glas auf den silbernen Pokal.

«Deus meumque ius – Gott und mein Recht», las er laut.

Barth hob sein Glas.

«Gott und mein Recht», wiederholte er mit fester Stimme.

«Was wissen Sie, Herr Barth? Ich habe Ihnen alles erzählt, was ich gesehen habe. Erzählen Sie mir jetzt all das, was Sie wissen!»

«Ich weiss nichts, Herr Sembritzki!»

Barth stand langsam auf und trat ans Fenster.

«Sind Sie mit dem Auto gekommen, Herr Sembritzki?», fragte er unvermittelt.

«Im Taxi!»

«Das ist also nicht Ihr Wagen, der seit einer halben Stunde dort am Wegkreuz steht?»

«Nein, das ist nicht mein Wagen, Herr Barth. Ich habe ihn auch gesehen. Ich denke, dieser Wagen ist Grund genug für Sie, das Gespräch mit mir weiterzuführen.»

Barth schüttelte den Kopf.

«Schon seit Tagen steht zeitweise ein Auto dort. Kein Grund für mich, Verstärkung anzufordern.»

«Vielleicht gibt es wirklich einen Grund, zu Partnern zu werden, Herr Barth.»

Barth stiess ein kurzes, helles Lachen aus.

«Geschäftspartner meinen Sie wohl, Herr Sembritzki. Ich weiss nicht, was Sie vorhaben. Aber eines sage ich Ihnen: Ich bin nicht erpressbar. Und wenn ich es wäre: Ich lasse mich nicht erpressen. *Ich* nicht!»

Barth kehrte wieder an seinen Schreibtisch zurück und starrte auf das Foto von Frau und Sohn.

«Warum betonen Sie denn dieses ‹Ich nicht›, Herr Barth? Wer ist denn erpressbar, oder wer war erpressbar, wenn nicht Sie?»

Barth umkreiste jetzt seinen Schreibtisch wie ein Raubtier seine Beute.

«Ich weiss nicht, wer Sie sind, Herr Sembritzki. Und ich weiss nicht, ob ich Ihnen trauen kann.»

«Sie können mir trauen, Herr Barth.»

«Liefern Sie mir einen Beweis dafür!»

Barth stand jetzt unmittelbar vor Sembritzki und schaute ihn mit einem Ausdruck an, der sowohl Misstrauen wie auch Flehen enthielt.

«Wir haben einen gemeinsamen Bekannten, vielleicht sogar Freund!», sagte Sembritzki.

«Nennen Sie seinen Namen. Schnell!», flüsterte Barth.

«Wolf von Seydlitz!»

Wortlos wandte sich Barth nach einem kurzen Augenblick der Irritation ab. Über seinem Kopf hörte Sembritzki schwere Schritte im Obergeschoss. Dann schlug eine Türe zu. Die Schritte waren jetzt linker Hand im Treppenhaus zu hören, dann im Flur. Sembritzki sah durchs Fenster einen alten Mann in dunkelgrauem, gestricktem Pullover und weiter, dunkelbrauner Cordhose zum Gartentor gehen und rechter Hand zwischen den Bäumen verschwinden. Dann war es wieder still.

«Sie können zum Mittagessen bleiben, wenn Sie möchten, Herr Sembritzki», sagte Barth endlich. Er öffnete die rechte Tür seines Schreibtisches, holte einen grauweiss gefleckten Ordner heraus und legte ihn auf den Tisch.

«Hier», sagte er und klopfte mit der Hand auf den kartonierten Einband. «Lesen Sie das, und Sie wissen, mit wem Sie es zu tun haben. Ich komme in einer Stunde wieder.»

Er ging, ohne Sembritzki noch einmal anzuschauen, quer durch den Raum und schloss dann leise die Tür. Sembritzki setzte sich an Barths Schreibtisch und öffnete den Ordner:

«Friedhelm Leopold Barth, Kriegstagebuch. 1939–1943» stand da in steiler, regelmässiger Handschrift. Auf über hundert Seiten hatte Barth Buch geführt, hatte Fotos gesammelt, Zeitungsausschnitte, sogar ein paar Briefausschnitte von seiner Familie, die ihn irgendwo an der Front erreicht hatten. Dazwischen aber war viel Handgeschriebenes, einiges in Telegrammstil, anderes wieder ausführlicher, ja manchmal, wenn von Landschaften die Rede war, beinahe schwelgerisch formuliert.

Als Barth anderthalb Stunden später wieder zurückkam, hatte Sembritzki seine Lektüre beinahe abgeschlossen. Vieles, was er da las, hatte er schon gewusst, anderes war ihm völlig neu vorgekommen, und vor allem hatte er die geschilderten Ereignisse noch nie aus der Perspektive eines Brandenburgers gehört, als der sich Barth hier zu erkennen gab. Sembritzki erfuhr hier, dass die Division Brandenburg weder eine Erfindung der deutschen Abwehr unter Admiral Canaris noch eine spezifisch deutsche Erfindung schlechthin war, wie die Legende, von den Alliierten geschürt, geht. Eine solche Truppe, auf Guerillatätigkeit geschult, hatten die Alliierten schon Jahre früher aufgebaut.

Barth indessen war unter den ersten Brandenburgern gewesen, die in der Kaserne des Feldartillerie-Regiments Nr. 3 in Brandenburg an der Havel ausgebildet wurden, nachdem die Abwehr mit dem Ausscheiden des Generalfeldmarschalls von Blomberg und der Auflösung des Kriegsministeriums im Jahre 1938 gründlich umorganisiert worden war. Barth war als Mitglied der Abteilung II aufgeführt, obwohl man hier mit Vorliebe Leute herangezogen hatte, die ursprünglich nicht deutscher Nationalität waren, mit ihren eigentlichen Heimatländern aber nur geringe Beziehungen pflegten. Barth hatte sich einer Sonderausbildung in der Kampfschule Quenzsee unterzogen, einem Übungslager in unmittelbarer Nähe des Brandenburger Standorts. Neben der Sprengstoffherstellung aus handelsüblichem Material, Pionierübungen, Nahkampfübungen und Fallschirmausbildung erlernte Barth auch die Herstellung von Ausweispapieren, die besonders im Raum der Sowjetunion gründlichster Überprüfung standzuhalten hatten. Im Laufe seiner Lektüre erfuhr Sembritzki auch, dass die Vorlagen für die betreffenden Ausweispapiere in erster Linie in der neutralen Schweiz beschafft worden waren, wo es offenbar nicht sonderlich schwierig gewesen war, an geeignetes Material heranzukommen.

Im Jahr 1939 hatte Barth seinen ersten Fronteinsatz in Polen, als Mitglied der «Deutschen Kompanie». Zwar hatten Berlin und Moskau ein Wirtschafts- und Freundschaftsabkommen abgeschlossen; trotzdem schleusten schon damals Brandenburger erbeutete polnische Waffen über die Demarkationslinie zurück in das sowjetisch besetzte Polen. Immer wieder fiel in Barths Aufzeichnungen das Wort «Legionäre», hatte es doch zu seinen Aufgaben gehört, wo immer er auch im Einsatz war, Männer anzuwerben, die sich den Brandenburgern anschlossen, nicht für Geld, nicht aus Gründen der Erpressung, sondern aus Überzeugung für eine Sache, die zwar von einer fremden Macht dirigiert wurde, die aber, wenn auch oft unter anderen Voraussetzungen, aus der eigenen, ganz privaten Ideologie heraus gewachsen war und etwas mit Heimatgefühl, oder wie immer man das auch formulieren wollte, zu tun hatte. So hatte Barth beim Unternehmen «Nachtigall» mit einer ukrainischen Legionärsabteilung zusammengearbeitet, und als er dann kurzfristig der 9. Kompanie des III. Bataillons Regiment Brandenburg zugeteilt worden war, die im Oktober 1941 plötzlich an den Mittelabschnitt der Ostfront verlegt worden war, operierte er hinter der Front zusammen mit Ukrainern, Esten, Letten, Litauern und Freiwilligen der Turkvölker. Eher durch Zufall war er 1942/43 in den Sog der 6. Armee geraten und dann bei einem Ausbruchsversuch in sowjetische Gefangenschaft. Aber, dank den ordentlichen Wehrmachtspapieren, mit denen er versehen war, kam er, zusammen mit den andern Offizieren, in ein besonderes Lager und wurde nicht, wie andere Brandenburger, speziellen Verhören unterworfen.

«Und?»

Barth stand in der Türe und beobachtete seinen lesenden Gast.

«Und?», fragte auch Sembritzki. «Was für eine Antwort erwarten Sie von mir?»

«Was halten Sie von diesem Kriegstagebuch?»

«Interessant. Ich habe manches erfahren, was ich bis jetzt, in dieser Form mindestens, nicht gewusst habe.»

«Das meine ich nicht, Herr Sembritzki.»

Barth war näher getreten und stand neben Sembritzki am Schreibtisch. «Mir geht es nicht darum, Sie über die

Geschichte der Brandenburger im Allgemeinen und meine Kriegserlebnisse im Besonderen zu informieren.»

«Worum geht es Ihnen denn?», fragte Sembritzki und stand auf.

«Um mein Verhältnis zu Deutschland, Herr Sembritzki.»

Sembritzki wurde wach. Da hatte er einen Vertreter der alten Generation vor sich, einen Kriegsteilnehmer, der noch immer an seinem Verhältnis zu seiner Heimat herumkaute. Wie oft war Sembritzki in seiner Tätigkeit als Mann des Nachrichtendienstes auf solche Lemuren gestossen, die immer wieder aus ihren nostalgischen Kasematten auftauchten, wo sie ihre Vergangenheit, ihre Schuldgefühle und ihre ganz private Ideologie wie einen Schatz horteten und dauernd nach Leuten suchten, die sich als Partisanen in ihre überalterte Kampftruppe einspannen liessen.

«Das Essen ist bereit. Kommen Sie!»

Barth, der Sembritzkis Irritation bemerkt hatte, kappte den Faden, den er zu spinnen im Begriff gewesen war. Er wandte sich brüsk ab, nachdem er Sembritzki mit einer knappen Handbewegung dazu aufgefordert hatte, ihm zu folgen. Sie betraten auf der gegenüberliegenden Seite des Flurs einen Raum, der ebenso gross war wie der, aus dem sie eben gekommen waren. Nur waren hier beinahe keine Möbel aufgestellt. In der Mitte des Zimmers stand ein über fünf Meter langer dunkelbrauner Tisch aus massivem Holz, darum herum acht hochlehnige Holzstühle. An der rechten Wand sah Sembritzki eine Anrichte im spanischen Stil, darüber der einzige Wandschmuck in diesem Raum, ein nachgedunkeltes Jagdstillleben. Am oberen Ende des Tischs, in Fensternähe, waren zwei Gedecke, weisse Teller auf zinnernen Untersätzen. Alles sah sehr vornehm, sehr einsam und verloren aus.

«Bitte, Herr Sembritzki!»

Barth stand hinter dem Stuhl am Kopfende des Tisches und zeigte auf den freien Platz an seiner Seite. Eine alte Frau, wahrscheinlich die Mutter des ausgewanderten Kötters, erschien mit einer Suppenschüssel. Barth schöpfte stumm. Dann goss er Pfälzer Weisswein in eines der beiden aufgestellten Gläser und tauchte den Löffel in die Suppe. Eine ganze Weile assen sie schweigend. Man hörte nur ab und zu das klingende Geräusch, wenn der Löffel den Tellerrand berührte.

Erst als die Teller leer waren, als beide den ersten Schluck getan und die Alte den nächsten Gang aufgetragen hatte, Rehrücken, Preiselbeeren, Rotkraut und Kartoffeln, als Barth jetzt schweren Burgunder in die Gläser goss, als sie wieder allein waren und das Trinkzeremoniell als Pantomime absolviert worden war, begann Barth zu sprechen.

«Sie haben mich vorhin nicht verstanden, als ich von meinem Verhältnis zu Deutschland sprach, Herr Sembritzki. Tut nichts. Sie werden mich verstehen, wenn wir wieder auf meinen Sohn zu sprechen kommen.»

«Ein Opfer der Freimaurer?», fragte Sembritzki schnell. Er wollte zurückfinden in ein klares Gespräch, hinaus aus dieser so eigenartigen, entrückten Stimmung.

«Sie ziehen Ihre Schlussfolgerungen zu schnell!»

Barth wischte sich den Mund mit der Serviette ab, legte ein bereits aufgespiesstes Fleischstück wieder auf den Teller zurück und lehnte sich zurück. «Mein Sohn hat eine sehr vielfältige Ausbildung als Diplomat hinter sich. Ich hoffe, Sie verstehen mich richtig.»

Sembritzki nickte.

«Sonthofen, Euskirchen, Pullach.»

«Eben. *Sie* haben Pullach erwähnt, nicht ich.»

«Herr Barth, ich weiss über Ihren Sohn Bescheid, mindestens was seine Tätigkeit innerhalb des diplomatischen Dienstes betrifft.»

Barth hatte sich jetzt das Stück Fleisch doch in den Mund gesteckt und kaute eine ganze Weile stumm vor sich hin.

«Ich bin froh, dass Sie mir weitere vage Andeutungen in Bezug auf seine Tätigkeit ersparen», sagte er endlich und schluckte den Bissen hinunter.

«Ihr Sohn hat Sie über seine Tätigkeit informiert?»

Barth biss sich auf die Lippen und nickte.

«Es gibt Situationen, da brechen sogar die letzten Bastionen ein, Herr Sembritzki. Ich weiss nicht, ob Sie mich verstehen. Als meine Frau im Frühjahr starb, ganz plötzlich und unerwartet, haben wir beide, mein Sohn und ich, eine ganze Nacht lang neben der Toten gesessen.»

«Es war die Nacht der Konfessionen?»

«Mir gefällt Ihr Unterton nicht, Herr Sembritzki, aber von der Sache her gesehen trifft Ihre Formulierung zu. In dieser Nacht hat mir mein Sohn von seiner nachrichtendienstlichen Tätigkeit erzählt. Und ich habe ihm von meinen Einsätzen hinter der deutsch-sowjetischen Front berichtet.»

Sembritzki liess den schweren Wein langsam über die Zunge rinnen. Er schwieg. Barth schaute ihn erstaunt an und nahm den Faden wieder auf: «Mein Sohn wurde kurz nach Weihnachten von Leuten kontaktiert, die nicht direkt mit seiner Tätigkeit innerhalb des diplomatischen Dienstes in Verbindung standen.»

«Wer waren diese Leute?»

«Ich weiss es nicht. So ganz alles wollte Wolfram nicht preisgeben. Eine letzte Schwelle konnte er nicht überschreiten, und dafür hatte ich Verständnis.»

«Ungefähr! Gehen Sie von den Tatsachen aus und versuchen Sie, diese Tatsachen zu interpretieren, Herr Barth!»

Barth nickte. Wieder wischte er sich den Mund ab, wieder legte er ein bereits aufgespiesstes Stück Fleisch auf den Teller zurück. Wieder lehnte er sich zurück.

«Die betreffenden Leute wussten, dass mein Sohn im Zusammenhang mit dem Besuch des Staatssekretärs im Auswärtigen Amt gewisse Aufgaben übernommen hatte.»

«Schon wieder der Staatssekretär», sagte Sembritzki mehr für sich. «Der Besuch ist gelaufen, und nichts hat sich ereignet.»

«Fragen Sie mich nicht nach Einzelheiten im Zusammenhang mit dem Staatssekretär, Herr Sembritzki. Ich weiss nur, dass diese Leute von einer Frau gesprochen haben, die im Zusammenhang mit dem Besuch des Staatssekretärs eine Rolle spielen sollte.»

«Milena!», sagte Sembritzki, und er fühlte, wie ihm der Schweiss auf die Stirne trat.

«Sie wissen Bescheid?»

«Ihretwegen, Herr Barth! Das Bild im Koblenzer Militärkrankenhaus. Bei Seydlitz!»

«Sie haben es also gesehen!»

«Wäre ich sonst hier?»

Barth steckte den unterdessen kalt gewordenen Bissen in den Mund und kaute länger, als das zarte Fleisch es verlangt hätte.

«Was genau wollten die Leute von Ihrem Sohn?», fragte Sembritzki endlich.

«Ich sagte es schon, fragen Sie mich nicht nach Einzelheiten. Sie wollten, dass er ihre Pläne unterstütze.»

«Was für Pläne?»

Barth schüttelte den Kopf.

«Ich weiss es nicht. Pläne, die im Zusammenhang mit dieser mysteriösen Milena und dem Besuch des Staatssekretärs standen. Es war von einem Komplott die Rede.»

«Und all das hat Ihr Sohn Ihnen an jenem Abend erzählt?»

«Ja. Zwar hat er nur immer in Andeutungen gesprochen, nie Namen genannt und auch die Aufgabe, die man ihm übertragen wollte, nicht genau umschrieben, und trotzdem konnte ich mir zusammenreimen, dass da etwas von ihm verlangt wurde, was ihm missfiel. Obwohl –»

Barth brach plötzlich ab.

«Obwohl –?», drängte Sembritzki.

«Obwohl ihm diese Leute ideologisch sehr nahe gestanden haben müssen.»

«Freimaurer –?», fragte jetzt Sembritzki und dachte an all die Symbole, auf die Barth im Zusammenhang mit dem Tod seines Sohnes hingewiesen hatte.

«Freimaurer –?», fragte er gedehnt und schüttelte dann energisch den Kopf. «Sie sehen alles zu einfach, Herr Sembritzki. Ich stellte nur fest, dass Freimaurertum und der Tod meines Sohnes einen Zusammenhang haben. Mehr nicht.»

«Ihr Sohn war Freimaurer?»

«Eine lose Bindung eher. Er hat zu Berner Freimaurerkreisen gewisse Beziehungen angeknüpft, dies nur auf Drängen eines Bekannten.»

«Wer ist dieser Bekannte?»

«Ich weiss es nicht. Fragen Sie bei der Berner Freimaurerloge ‹Humanitas› nach!»

«Sie haben Ihrem Sohn davon abgeraten, sich in dieses Komplott um den Staatssekretär einspannen zu lassen?», fragte Sembritzki und wechselte einmal mehr das Thema.

«Ja. Ich war mein Leben lang Söldner, Herr Sembritzki. Ich weiss nicht, ob Sie das verstehen?»

«Ich habe Ihr Kriegstagebuch gelesen!», sagte Sembritzki.

«Mein Sohn war Söldner, wie ich. Einer, der hinter den Linien des Gegners operierte. Und Sie, Herr Sembritzki, gehören auch zu dieser Zunft, wenn ich Sie richtig einschätze.»

Sembritzki antwortete nicht. Er griff zum Glas und liess nachdenklich den Wein darin kreisen.

«Sie wollten Ihren Sohn aus gewissen Abhängigkeiten herauslösen?», fragte er endlich.

«Abhängigkeiten? Wir alle sind abhängig. Wer wüsste das besser als der, der hinter den feindlichen Linien im Einsatz war. Falsche Abhängigkeiten jedoch sind tödlich, Herr Sembritzki. Künstliche Lebensinhalte. Ideologien! Deshalb darf man nicht handeln, ohne sich zu fragen, was für ein Motiv hinter einer Handlung steht.»

«Ja?», fragte Sembritzki gedehnt.

Nervös klopfte Barth mit den Fingernägeln gegen sein Weinglas.

«Als junger Offizier habe ich immer nur versucht, den Soldatenberuf an sich zu leben. Ich stellte keine Fragen nach der Rechtmässigkeit meines Tuns. Ich fragte nicht, wer überhaupt mich in Trab setzte. Wer und was.»

«Kein Motiv?», fragte Sembritzki verwundert. «Bekenntnis zum Deutschtum? Zur Naziideologie?»

«Wir waren Maskenspieler, wir sassen als Sowjets verkleidet auf getarnten Lastern. Wir waren Bauern in der Ukraine, Bergarbeiter in Schlesien.»

«Und die legendäre Liebe der Brandenburger zu Land und Volk?»

«Bei einigen mag das mitgespielt haben. Die meisten aber waren Abenteurer, Spielernaturen, Erfinder, Fantasten, Sehnsüchtige.»

«Sind Sie deshalb Freimaurer geworden? Auf der Suche nach einem Sinn?»

«Vielleicht. Ich wusste, dass die völkische Propaganda die Freimaurerei als Weltverschwörung darzustellen versuchte. Für mich war die Mitgliedschaft nichts anderes als ein Versuch, meinen Einsatz als Soldat für eine Sache, die nicht die meine war, zu neutralisieren. Eine Ausrede, weiter nichts. Ein kläglicher Vorwand und Selbstbetrug.»

Die alte Frau räumte den Tisch ab. Barth goss Wein nach, und Sembritzki starrte vor sich hin. Er fühlte, dass ihm alles immer mehr entglitt, wie ihm Barth und dieses in der Ebene verlorene Haus das klare Denken verunmöglichten, ihn einnebelten.

«Herr Barth! Bitte!»

Aber Barth starrte auf sein Glas. Er schien Sembritzki gar nicht wahrzunehmen.

«Ein ganzes Leben lang habe ich das gesucht, was man so allgemein Heimat nennt. Und ich habe festgestellt – je länger ich unterwegs war –, dass es diese Heimat nicht gibt. Ich meine, dass man dort gar nie ankommen kann, weil sie im Grunde immer hinter oder weit vor einem liegt. Das verlorene Paradies einerseits, eine ‹illusion lointaine› andrerseits. Und dazwischen bewegt man sich, schaut zurück und geht vorwärts, schaut vorwärts und geht zurück. Und man merkt nicht, dass man nicht vom Fleck kommt, festgenagelt von der ewigen Sehnsucht. Es gibt kein Entrinnen, Herr Sembritzki!»

Barth schaute jetzt auf, und Sembritzki erinnerte sich, dass er diesen Satz selber auch schon ausgesprochen hatte, in der deutschen Botschaft in Bern.

«Verstehen Sie nun, warum ich dem Freimaurerorden beitrat, Herr Sembritzki? Ich konnte mich mit diesem offiziellen Heimatbegriff, den mir Hitlers Deutschland anbot, nicht identifizieren und suchte deshalb nach einer andern Heimat, nach einer ideellen Geborgenheit unter Gleichgesinnten, deren Ideal im Grunde genommen permanente Sehnsucht ist. Und dann merkte ich, dass ich mich in einen magischen Zirkel begeben hatte, der meine Sehnsüchte auch nicht zu befriedigen vermochte, weil sich Absicht und Realität nie zur Deckung bringen liessen. Trotzdem blieb ich lange dabei. Bis vor Kurzem.

«Sie sind ausgetreten?»

«Austreten?»

Barth lachte in sich hinein und schüttelte den Kopf.

«Es gibt eine statutarisch vorgesehene Möglichkeit, aus der Loge auszutreten.»

«Sie haben nicht davon Gebrauch gemacht?»

«Nein. Weil sich Gefangenschaft oder Verfallensein so nicht aufheben lässt. Können Sie mich verstehen?»

Sembritzki nickte.

«Ja, ich kann Sie verstehen. Man kann sich zurückziehen. Man kann untertauchen.»

«Sie sagen es. Wer sich bei den Freimaurern ohne das sogenannte Deckungsverfahren aus dem Logenverein entfernt, ist und bleibt Mitglied. Er wird ganz einfach als ruhender Bruder bezeichnet.»

«Ein Schläfer», murmelte Sembritzki und dachte an die Geheimdienstterminologie, wo Agenten, die zwar angeworben worden waren, aber aus irgendwelchen Gründen noch nicht gebraucht wurden oder gebraucht werden konnten, als Schläfer bezeichnet wurden. Wenn sie Glück hatten, liess man sie schlafen. Wenn nicht, dann wurden sie eines Tages nachdrücklich daran erinnert, dass man sich so einfach nicht davonmachen konnte. Jeder Tag konnte der Tag der Tagwacht sein.

«Wie im Geheimdienst», sagte jetzt Barth, als ob er Sembritzkis Gedanken erraten hätte. «Es gibt kein Entrinnen!»

«Trifft das auch auf Ihre Identität als Brandenburger zu, Herr Barth?», fragte Sembritzki.

Barth nickte kaum merklich.

«Ja. Zwar wird der Kreis dieser ehemaligen Abwehrmänner immer kleiner; einige sind nach dem Krieg auch in fremden Geheimdiensten untergetaucht, haben dort ihr Legionärsleben weitergelebt, andere treffen sich noch regelmässig.»

«Und Sie?»

«Ich? Nein, ich gehe nie zu solchen Treffen. Aber ich gehöre noch dazu, ob ich will oder nicht. Sie wissen, dass es die Brandenburger in der Bundeswehr noch immer gibt. Und wieder gibt.»

«Nichts ist so schwer zu töten wie Legenden», sagte Sembritzki.

«Die Brandenburger sind keine Legende, Herr Sembritzki. Sie sind Wirklichkeit.»

Jetzt schwiegen beide. Sembritzki dachte darüber nach, was Barth wohl mit dieser Bemerkung über die Brandenburger gemeint hatte. Aber er kam nicht klar. Er musste wieder von vorn anfangen, wieder beim ermordeten Sohn einhaken. Doch jedes Mal, wenn er einen Anlauf machte, um das Gespräch mit Barth zu strukturieren, um an Tatsachen heranzukommen, verwischte dieser in einer Vernebelungsaktion alle Spuren.

«Mein Sohn hat all das, was ich erlebt habe, nicht am eigenen Leib erfahren», nahm Barth den Faden wieder auf, bevor Sembritzki eine klare Frage zu formulieren imstande war. «Er ist in einem neuen Deutschland aufgewachsen. Meine Vergangenheit war nicht seine Sache!»

«Ich verstehe Sie nicht, Herr Barth.»

«Sie verstehen mich nicht, weil auch Sie nicht meiner Generation angehören, obwohl auch Sie im Grunde nichts anderes sind als ein Söldner!»

«Sie sagten es schon einmal!»

«Ich habe mich nicht mit der Politik meines Landes identifizieren können, mit diesem Grossmachtanspruch, den zu verwirklichen ich mitzuhelfen versucht habe. Und jetzt ist es dasselbe in umgekehrtem Sinn: Wir sind nur noch die Hälfte von dem, was wir einmal waren. Sehen Sie. Immer dazwischen. Früher unterwegs zum Grenzenlosen. Heute beschnitten, zurückgestutzt hinter die damaligen Grenzen. Jenes war nicht das Deutschland, das ich suchte. Und das heutige Deutschland ist nicht *mehr* mein Deutschland!»

«Und wofür kämpfen Sie heute, Herr Barth?»

«Kämpfen? Kämpfe ich denn noch?»

«Hätten Sie sonst den todkranken Seydlitz aufgeschreckt?»

«Nicht meinetwegen, Herr Sembritzki. Meines Sohnes wegen. Ich wollte verhindern, dass mein Sohn mehr als nur seine Arbeit tut. Ich habe ihn als Legionär erzogen, Herr Sembritzki. Mehr als das ist heutzutage nicht mehr möglich. Auch heute nicht!»

«Sie meinen sich selbst, Herr Barth. Mit Ihrem Sohn hatte all das nichts zu tun! Sie wollten Ihr verqueres Deutschlandbild retten und haben Ihren Sohn umgebracht!»

«Ich habe ihn nicht umgebracht, Herr Sembritzki!» Barth schrie seinen Gast an. Er war aufgestanden und stützte sich mit beiden Händen auf dem Tisch ab, den Oberkörper leicht nach vorn gebeugt.

«Jemand hat etwas ganz Bestimmtes von Ihrem Sohn verlangt. Ihr Sohn hat Ihnen von diesem Auftrag erzählt, vage erzählt, und Sie haben ihn beschworen, sich nicht einspannen zu lassen. Milena. Staatssekretär. Bern. Das sind die

Stichworte, um die sich alles drehte.»

«Mein Sohn hat das Schweigen gebrochen, Herr Sembritzki. Und dafür musste er büssen. Das ist meine Schuld. Aber ich konnte nicht wissen, dass diese Leute bis zum Äussersten gehen würden.»

«Ihr Sohn hat bei Ihnen sein Schweigen gebrochen. Wissen Sie, dass Sie jetzt auch in Gefahr sind. Sie haben einen irgendwie teuflischen Plan, den Sie ahnen, aber nicht zu durchschauen vermögen, aufgedeckt.»

«Aufgedeckt? Ich habe meine Ahnung in Form eines Bildercodes weitergegeben, das ist alles.»

Barth hatte sich wieder gesetzt und stierte vor sich auf den Tisch. Dann stiess er seinen Stuhl brüsk zurück und stand wieder auf.

«Kommen Sie, Herr Sembritzki!»

Er ging voran in den Flur und stieg dann über eine enge, ausgetretene Treppe hinauf in den ersten Stock und dann über eine noch engere Stiege auf den Dachboden. Vor einer mit zwei schweren Schlössern gesicherten Türe blieb er stehen, kramte umständlich zwei kleine Schlüsselchen aus der Westentasche und liess die Schlösser aufklicken. Wortlos betrat er einen abgeschrägten weitläufigen Raum, dessen Decke von schweren Balken getragen wurde. Das Licht fiel durch ein grosses Dachfenster ein. Überall standen Bilder, auf Gestellen, Stühlen, Kisten und auf drei Staffeleien, die im Raum verteilt waren. Auf einem lang gezogenen Gestell stapelten sich Büchsen, Dosen, Töpfe, Kanister, Thermosflaschen und sogar kleine Koffer, und Sembritzki, der neugierig zuerst auf dieses Gestell zugegangen war, war überhaupt nicht überrascht, dass diese Töpfe und Büchsen weder nach Farbe noch nach Terpentin rochen, sondern nach überhaupt nichts.

«Deswegen habe ich Sie nicht hier heraufgebeten, Herr Sembritzki», sagte Barth eisig, der ihm bei der Inspektion des Gestells zugeschaut hatte.

«Ein wenig Brandenburger Nostalgie?», fragte Sembritzki lächelnd.

«Nostalgie?» Barths Gesicht verzog sich zu einem bitteren Lächeln.

«Sie wissen, dass ich damals gelernt habe, aus den unmöglichsten Materialien Sprengkörper herzustellen. Auch im Zeitalter der Atombombe erfüllen diese Dinger noch immer ihren Zweck.»

«Welchen Zweck, Herr Barth?»

Aber darauf gab der alte Offizier keine Antwort. Stattdessen zeigte er auf ein Bild, das auf einer der drei Staffeleien stand, und sagte: «Ich dachte, Sie interessieren sich für Kunst, Herr Sembritzki.»

Sembritzki blickte auf das Gemälde, das Barth gegen das Licht hielt. Er erkannte, um das Dreifache vergrössert, dasselbe Motiv, das er schon in Seydlitz' Krankenzimmer gesehen hatte.

«Sie waren im gleichen Lager wie der Offizier, der die Bilder in der Allacher und Koblenzer Ausstellung gezeigt hat?»

«Im Gefangenenlager habe ich zu malen begonnen. Miniaturen, weil sie besser zu transportieren und zu verstecken waren.»

«Sie haben Wolf von Seydlitz gekannt?»

«Nicht eigentlich. Zu Beginn des Krieges habe ich ihn einmal bei einer geheimen Lagebesprechung getroffen. Dann später noch einmal in unserer Stammkaserne. Aber damals hatte Seydlitz noch nichts mit dem Geheimdienst zu tun. Er war Wehrmachtsoffizier. Was mich aber an ihm schon damals so faszinierte, war die Art und Weise, wie er

Probleme analysierte, strategische und philosophische.»

«Haben Sie ihn dann aus den Augen verloren?»

Barth stellte das Bild wieder auf die Staffelei zurück und blinzelte nachdenklich durch das Oberfenster in den wolkenlosen Herbsthimmel.

«Als ich aus sowjetischer Kriegsgefangenschaft zurückkehrte, habe ich ihn wieder getroffen. Es war mehr ein Zufall als wirkliche Absicht. Ich hatte gehört, dass er als Mathematik- und Physiklehrer am Wetzlaer Gymnasium unterrichtete. Zur Erinnerung an unsere erste Begegnung und an unsere Gespräche habe ich ihm zwei Miniaturen geschenkt, die ich aus dem Lager in die Heimat geschmuggelt hatte. Alle andern sind verloren gegangen, sind entweder in die Hände von Aufsehern gefallen oder den Kurieren unterwegs nach Hause irgendwie abhandengekommen.»

«Damals hat also Seydlitz von diesen Bildercodes erfahren?»

Barth nickte.

«Ja, als mich Seydlitz später zu sich nach München einlud, wo er schon für den BND als Spezialist für Dechiffrierung arbeitete, haben wir stundenlang über Codes gesprochen.»

«Und später, als Seydlitz dann definitiv zum BND wechselte? Als er in seiner Tarnfunktion als Dozent an den verschiedenen Goethe-Instituten tätig war – waren Sie da noch immer in Kontakt mit ihm?»

«Wir haben uns ab und zu geschrieben. In kodifizierter Schrift selbstverständlich. Mehr aus Spass. Aber die Bindung ist geblieben. Und dann, vor einem Jahr erst – ich habe ihn etwas aus den Augen verloren –, hab ich von seinem Schlaganfall gehört. Einmal habe ich ihn noch in Grünwald bei München besucht. Dass er ins Militärkrankenhaus Koblenz eingeliefert wurde, habe ich vor Kurzem erst erfahren.»

Sembritzki sah noch einmal den todkranken Seydlitz vor sich, sah die Miniatur, die gleichsam anstelle eines Kruzifixes, eines Heiligenbildes, da hing und all das darstellte, woran Seydlitz glaubte: Kunst, Sprachkraft, die Kraft der Bilder und des Intellekts.

«Seydlitz war für mich die einzige mögliche Bezugsperson, Herr Sembritzki. Ich selbst konnte nicht aktiv werden, weil man mich als Vater des ermordeten Wolfram Barth bald identifiziert hätte. So habe ich Seydlitz dieses Bild unter einem Decknamen geschickt, als Geschenk. Seydlitz hat sofort Bescheid gewusst, und weil er – was ich nicht wissen konnte – völlig paralysiert war, hat er die Botschaft an Sie weitergegeben.»

Sembritzki hatte einen Zigarillo aus der Tasche gezogen und in den Mund gesteckt. Barth machte eine abwehrende Bewegung, aber Sembritzki schüttelte lächelnd den Kopf. Er wusste, warum Barth das Feuer scheute.

«Was erwarten Sie von mir, Herr Barth?», fragte er, ohne den Zigarillo aus dem Mund zu nehmen.

Barth starrte auf den unangezündeten Rauchstängel und schwieg.

«Deus meumque ius!», murmelte Sembritzki.

Barth vermied es, seinen Gast anzuschauen. Er hantierte an Pinseln und Töpfen herum, rührte mit einem Stück Holz in einem grossen, farbverschmierten Kessel und sagte dann beinahe beiläufig über die Schulter: «Gott und mein Recht.»

Erst als er diese Worte ausgesprochen hatte, wandte er sich wieder Sembritzki zu.

«Herr Barth, Sie sind ein echter Brandenburger geblieben. Ein Meister der Tarnung. Sie haben mir eine Menge Informationen geliefert und doch nichts, woran ich mich halten könnte.»

«Ich will überleben, Herr Sembritzki. Überleben war schon immer mein einziger Gedanke gewesen. Leben um des Lebens willen.»

Sembritzki ging zur Tür. Es blieb nichts mehr zu sehen und nichts mehr zu sagen. Vorläufig mindestens.

«Liefern Sie mir den Mörder meines Sohnes, Herr Sembritzki!»

Sembritzki hörte die heisere Stimme in seinem Rücken und wandte sich noch einmal um.

«Den Mörder? Denken Sie denn, da ist ein einziger Mörder am Werk gewesen?»

«Einer ist dafür verantwortlich. Und diesen Nerv müssen Sie treffen, Herr Sembritzki!»

«Wir sind nicht mehr an oder hinter der militärischen Front, Herr Barth. Diese Gegner haben kein Gesicht. Da helfen Ihre Guerillamethoden aus dem Zweiten Weltkrieg nichts mehr!»

Barth schwieg einen Augenblick. Er stand jetzt hinter Sembritzki und klopfte ihm leicht auf die Schulter: «Vergessen Sie es!». Er schien wieder ganz entspannt zu sein und lächelte sogar.

«Gehen wir! Ich bringe Sie aus dem Haus, ohne unseren Freund an der Ecke aufzuschrecken!»

Zehn Minuten später holperte ein feuerroter Traktor mit einem Anhänger, der Kisten und ein paar Kartoffelsäcke geladen hatte, aus der Scheune, die linker Hand ans Haus angebaut war. Bald wurde er von den blauweissen Schwaden verschluckt, die aus dem tiefen Boden quollen und sich langsam zu einem dichten Gespinst über die Landschaft legten.

15. Kapitel

Genf Cornavin. Innerhalb von nur wenigen Tagen stand Sembritzki zum zweiten Mal in der Bahnhofshalle. Er fühlte sich müde, zerschlagen. Bei seinem Zwischenhalt in Bern hatte er nur schnell einen Sprung in seine Wohnung getan, hatte geduscht, frische Wäsche angezogen und ganz ungerührt festgestellt, dass sein Briefkasten geöffnet, seine Post kontrolliert, seine Wohnung durchsucht, seine Kleider durchstöbert worden waren. Gefunden hatte man nichts. Dessen war er sich sicher, denn schon längst hatte er sich angewöhnt, alle wichtigen Dokumente in einem Banksafe zu deponieren, dessen Schlüssel er immer auf sich trug.

«Ist der Mann so befestigt, werden die Stangen immer weiter hinausgeschoben, bis der Mann in der Mitte zerreisst.»

Dieser Satz aus dem Kafka-Band kreiste während der ganzen Reise in seinem Kopf. Mit einem Mal hatte er eine ganz bestimmte Bedeutung bekommen. Und immer wieder fragte er sich, wie bewusst Seydlitz gehandelt hatte, als er ausgerechnet den Kafka-Milena-Briefwechsel als «Geburtstagsgeschenk» zur falschen Zeit ausgewählt hatte. Alles schien zu passen.

«Ist der Mann so befestigt, werden die Stangen immer weiter hinausgeschoben, bis der Mann in der Mitte zerreisst.»

Wie weit waren die Stangen schon herausgeschoben worden? Rue du Jura! Es war neun Uhr morgens. Milena war sicher noch zu Hause. Aber wie gelangte Sembritzki unbeobachtet ins Haus? Er war überzeugt, dass Milena keinen Schritt mehr tun konnte, ohne observiert zu werden. Und auch ihr Telefon wurde abgehört. Es gab in jedem Telefonamt einen Mann, der bestechlich war. Und vielleicht war es gar nicht nötig, mit Bestechung und Drohung zu arbeiten. Vielleicht lief schon alles ganz korrekt über offizielle Kanäle.

Sembritzki telefonierte mit Oleg. Dann wartete er in der Nähe von Milenas Haus. Er sah den roten R4, der auf der andern Strassenseite geparkt war und in dem ein zeitungslesender Mann am Steuer sass.

Er sah auch zehn Meter weiter das aufgebockte Motorrad. Man hatte an alles gedacht. Und ganz sicher befand sich ein weiterer Mann irgendwo hinter einem der Fenster, von dem aus Milenas Hauseingang überwacht werden konnte.

Es hatte zu regnen begonnen. Vor dem Haus hielt ein Taxi, und eine in einen Regenmantel gekleidete, mittelgrosse Gestalt mit einem tief ins Gesicht gezogenen Hut betrat Milenas Haus. Das Taxi fuhr weg. Der Mann im R4 hatte die Zeitung sinken lassen. Vier Minuten später tauchte wieder ein Taxi auf, diesmal war es ein Fiat. Der Fahrer hielt vor Milenas Haus, stieg aus, klingelte und flüchtete sich dann vor dem Regen schnell wieder in sein Auto. Kurze Zeit später ging die Türe auf, ohne dass die Person, die jetzt schnell den roten Schirm aufspannte, erkannt werden konnte. In diesem Augenblick erschien Sembritzki in blauer Berufsschürze, einen Werkzeugkoffer in der Hand, die Mütze ins Gesicht gezogen, hinter der Hausecke. Die Frau mit dem roten Schirm setzte sich in das wartende Taxi. Sembritzki betrat Milenas Haus. Durch die halb geöffnete Türe sah er, wie der R4 aus der Parklücke fuhr und sich an die Verfolgung des Taxis machte. Gleichzeitig erschien ein Motorradfahrer in rot-schwarzes Leder gekleidet in der Tür des kleinen Restaurants gegenüber und schwang sich auf seine Maschine, ohne sie in Gang zu setzen. Der zweite Mann hatte seinen Posten eingenommen. Nichts blieb dem Zufall überlassen.

Sembritzki stieg die Treppe hoch. Wie kleine Wegweiser zeigten ihm die roten Lichtknöpfe den Weg. Er drückte die Klingel an Milenas Wohnungstür. Er hörte, wie unten im Flur die Haustüre geöffnet wurde. Gleichzeitig ging Milenas Wohnungstüre auf. Sie trug einen weiten roten Pullover und dunkelblaue Jeans. Und sie war ungeschminkt. Er sah die Überraschung auf ihrem Gesicht, sah, wie sie den Mund öffnete, um etwas zu sagen, hielt ihr schnell die Hand auf den Mund und sagte: «Madame Muller?», und dazu nickte er.

Milena reagierte sofort.

«Oui?», antwortete sie fragend. «Je vous ai déjà attendu! Venez! La cuisine est justement à droite!»

Sie zog ihn hinein und schloss die Tür, bevor sich Sembritzki mit seinem etwas holperigen Französisch hätte verraten können. Er hatte den Namen Müller an der Wohnungstüre gegenüber gelesen. Um die Lauscher unten im Treppenhaus auf eine falsche Spur zu hetzen, hatte er Milena damit laut angesprochen, war jedoch froh, dass sie ihn davor bewahrte, weitere Erklärungen auf Französisch abzugeben.

«Was willst du, Konrad Sembritzki?»

Sie standen sich im Flur gegenüber, wortlos, gefangen vom schummerigen Licht und gemeinsamen Erinnerungen. Und auch Milena wusste, dass jetzt die Augenblicke der versteckten Gespräche, des Ausscherens und Flüchtens vorbei waren.

«Komm!», sagte er und hörte selbst, wie seine Stimme zitterte. Er zeigte auf die halb offene Wohnzimmertüre. Stumm ging sie voran, und er starrte im Gehen auf ihren Hals und den kleinen braunen Leberfleck am Schulteransatz.

«Was willst du?», fragte sie noch einmal, als sie sich auf den beiden Sofas gegenübersassen. Sie hatte sich eine Zigarette angezündet, und er kaute an seinem Zigarillo. Auf dem kleinen Glastischchen lag ein Stadtplan von München neben einer halb ausgetrunkenen Kaffeetasse und einem bis zum Rand gefüllten Aschenbecher.

«Du weisst wohl, was gespielt wird?»

«Ich weiss nicht, wovon du redest», sagte sie beiläufig und faltete den Stadtplan zusammen.

«Lange Zeit habe ich auch nicht gewusst, wovon ich rede, Milena. Jetzt weiss ich es.»

«Und?», fragte sie. Ihre Stimme klang beiläufig, uninteressiert.

«Du hättest mir deine Biografie früher erzählen sollen.»

«Habe ich es nicht getan?», fragte sie störrisch und blickte ihn irritiert an.

«Du hast ein paar Flecken auf deiner persönlichen Landkarte ausgespart. Deine ersten Jahre in Genf, Milena!»

«Ach!» Es sollte ironisch klingen und doch war es mehr ein Seufzen, das aus ihrem Mund drang, zusammen mit einer dünnen Rauchwolke, die auf Sembritzki zuschoss.

«Warum hast du mir nicht gesagt, dass du ihn schon vorher gekannt hast?»

«Das hast du doch gemerkt! Was brauchtest du da noch Worte, Konrad Sembritzki? Vieles blieb zwischen uns unausgesprochen, obwohl wir beide genau Bescheid gewusst haben.»

Sie lehnte sich zurück und schloss die Augen. Sembritzki starrte sie an und fühlte immer mehr, wie schwer es ihm fallen würde, dieses Verhör zu einem befriedigenden Ende zu führen.

«Hier ist die Welt und ich besitze sie!», murmelte er vor sich hin. Milena nickte. Langsam öffnete sie die Augen und setzte sich dann steif und gerade hin. Sie war bereit.

«Weiter!», sagte sie jetzt und blickte ihn herausfordernd an.

«Du hast etwas zu erzählen, Milena. Nicht ich! Du hast den Mann gekannt. Hier in Genf!»

«Ich frage dich nicht, warum du hinter mir herschnüffelst, Konrad. Ich will dir alles erzählen. Vielleicht –»

Sie brach plötzlich ab und senkte den Kopf.

«Vielleicht?», fragte er leise und kannte auch schon die Antwort. Sie enthielt all das, was er fühlte und erwartete; und sobald sie Konturen annehmen würde, sobald sie Laut, Struktur, Sinn wurde, würde sie auch schon wieder all das aufheben und zerstäuben, was unausgesprochen wie ein kostbares Versprechen zwischen ihnen schwebte.

«Ich habe ihn bei den Vereinten Nationen kennengelernt.»

«Kennen und lieben gelernt.»

«Wie du willst! Ein erfolgreicher Diplomat am Anfang einer Karriere.»

«Ihr habt zusammen gewohnt?»

Sie schüttelte den Kopf.

«Wir haben zusammen gelebt. Ich bei ihm, immer wieder. Er ganz selten nur bei mir. Das liess sein diplomatischer Status nicht zu.»

«Aber sein diplomatischer Status liess zu, dass er dir ein Kind machte!»

«Wie du sprichst, Sembritzki!», sagte sie laut und zog ihre Mundwinkel verächtlich nach unten. «Einer Frau wie mir macht keiner ein Kind! Das ist eine typische Männerformulierung.»

«Warum hast du denn das Kind abtreiben lassen?»

«Weil ich es nicht wollte!»

Sie schrie diesen Satz hinaus. Einen kurzen Augenblick lang verzerrte sich ihr Gesicht zu einer hässlichen Grimasse, dann aber hatte sie sich schon wieder unter Kontrolle. Sie lächelte, wischte sich mit der Hand über die Stirn und drückte ihre Zigarette im Aschenbecher aus.

«Wie passt das zusammen, Milena. Einer Frau wie mir macht man kein Kind – und – weil ich das Kind nicht wollte, liess ich es abtreiben?»

«Es passt zusammen, Konrad. Verstehst du nicht, dass man von einem Mann, den man liebt, ein Kind haben möchte, und dass man dann plötzlich feststellt, dass dieser Mann anders denkt als man selbst. Dass er Autonomie wollte, wo es mir um Vereinigung ging!»

Sembritzki war aufgestanden und zu Milena hinübergegangen. Jetzt stand er vor ihr und schaute auf ihren Scheitel hinab, wo er wieder die feinen weissen Fäden sah.

«Du meinst –?»

Sie schaute zu ihm auf.

«Ja, ich meine es in doppeltem Sinne.»

Sembritzki setzte sich neben sie, aber er berührte sie nicht. Die Eifersucht, die in ihm hochgestiegen war, als sie von ihrem abgetriebenen Kind erzählt hatte, von ihrer Hingabe, von ihrer Liebe zu einem andern, hatte sich verflüchtigt. Er begriff, dass Eifersucht keine Grösse war, die im Zusammensein mit Milena Gültigkeit hatte. Er sah auf dem Tisch den Band mit den Kafka-Briefen und begann, darin zu blättern. Eine ganze Weile hörte er nur ein Geräusch: das Rascheln der Seiten, wenn er sie wendete. Dann war es still im Zimmer. Er begann laut vorzulesen:

«Du hast unzweifelhaft recht in dem, was Du sagst, aber nun wechseln wir den Platz. Du hast Deine Heimat und kannst auf sie auch verzichten und es ist vielleicht auch das Beste, was man mit der Heimat tun kann, besonders da man auf das was an ihr unverzichtbar ist, eben nicht verzichtet. Er aber hat keine Heimat und kann deshalb auch auf nichts verzichten und muss immerfort daran denken, sie zu suchen oder zu bauen.»

«Du bringst die Biografie verschiedener Leute durcheinander!»

«Kein Leben ist einmalig, Milena. Und immer wieder überschneiden sich Biografien, die sich gleichen. Du warst seine Sehnsucht, und weil er eine politische Karriere im Sinn hatte, hat er diese Sehnsucht nicht verwirklichen können.»

«Du sprichst nur immer von dir selbst, Konrad. Du sprichst von ihm und meinst im Grunde genommen dich! Es war anders, glaub mir das! Ich wusste, dass er eine politische Karriere im Sinn hatte. Ich wusste, dass er ein brillanter politischer Kopf ist. Ich kannte seine Ambitionen. Aber ich hoffte, dass sie seine Träume nicht daran hindern würden, Realität zu werden. Doch es ging ihm nur um die Karriere. Um die Befriedigung seines politischen Ehrgeizes.»

«Darum hast du ihn verlassen? Darum hast du das Kind im vierten Monat –!»

«Ja, darum!», unterbrach sie ihn brüsk. «Und weil ich seine Karriere nicht zerstören wollte!»

«Jetzt hast du es doch getan, Milena! Oder du bist im Begriff, es zu tun!»

Sie schaute ihn von der Seite an.

«Ich verstehe dich nicht! Ich habe ihn durch einen Zufall wieder gesehen. Wir haben ein paar Worte gewechselt. Das ist alles. Es hätte noch viel mehr zu sagen gegeben. Aber dazu ist es nicht gekommen.»

Sembritzki packte sie an den Schultern und schüttelte sie leicht, er versuchte, sie aus ihrer gläsernen Isolation herauszulösen.

«Milena!», sagte er. Und dann noch einmal: «Milena!»

Sie schaute ihn wortlos an.

Sembritzki wusste, dass er jetzt zur Sache kommen musste. Die Zeit, die ihnen beiden blieb, war zu kostbar. Er dachte an Eva, die er damals in Prag verraten hatte, um so etwas wie ein Stück Friedensgarantie in den Westen zu retten. Und er dachte daran, wie er jetzt diese Schuld abtragen konnte. Milena stellvertretend für Eva.

«Aber eine der unsinnigsten Sachen auf diesem Erdenrund ist die ernste Behandlung der Schuldfrage, so scheint es mir wenigstens. Nicht dass Vorwürfe gemacht werden, scheint mir unsinnig, gewiss, wenn man in Not ist, macht man Vorwürfe nach allen Seiten (trotzdem das allerdings nicht die äusserste Not ist, denn in dieser macht man keine Vorwürfe) auch dass man sich solche Vorwürfe zu Herzen nimmt in einer aufregenden und alles aufrührenden Zeit, auch das ist begreiflich, aber dass man darüber verhandeln zu können glaubt, wie über irgendeine gewöhnliche rechnerische Angelegenheit, die so klar ist, dass sie Konsequenzen für das tägliche Verhalten ergibt, das verstehe ich gar nicht.»

Seydlitz hatte das Drehbuch präpariert, nach dem sich Sembritzki zu bewegen hatte. Alle Stichworte wurden ihm geliefert, ohne dass er imstande war, einen eigenen Text einzubringen.

«Du musst untertauchen, Milena!»

«Nichts ist passiert, Konrad! Nichts!»

«Es gibt eine ganze Reihe von Fotos vom Staatssekretär und dir. Alle vom Empfang. Man hat heimlich sein Hotelzimmer umgebucht. Jemand, der sich für seine Sekretärin ausgab, hat anstelle des Einzelzimmers ein Doppelzimmer verlangt. Und ihr beide, der Staatssekretär und du, haben die gewünschte Rolle gespielt. Er hat dich zu einem Plauderstündchen in die Bar des ‹Bellevue› geladen.»

«Dazu ist es nicht gekommen!»

«Nein, dazu ist es nicht gekommen, weil dich Adam entführt hat.»

Sembritzki hoffte, dass seine Stimme bei der Nennung von Adams Namen beiläufig klang, dass er imstande war, die Eifersucht zu unterdrücken, die in ihm hochstieg.

«Du sagst es, Adam hat mich entführt, aus welchen Gründen auch immer. Gegen mich liegt im Zusammenhang mit dem Staatssekretär nichts vor. Das Doppelzimmer wurde umsonst gebucht.»

«So einfach ist es nicht!» Sembritzki schüttelte den Kopf.

«Man, wer immer das auch ist, hat ein zweites Netz gespannt. Nachdem du im ‹Bellevue› nicht aufgetaucht bist, hat man ein Double mobilisiert. Als der Staatssekretär schon nach oben gegangen war, hat eine Frau das Hotel betreten und sich so auffällig benommen, dass auch der schläfrigste Concierge aufmerksam werden musste. Die Frau ist mit dem Aufzug nach oben gefahren und irgendeinmal wahrscheinlich unbemerkt wieder aus dem Haus gegangen. So war das, Milena!»

«All das reicht doch nicht aus, um dem Staatssekretär etwas anzuhängen!»

«Das habe ich auch geglaubt. Nichts ist an diesem Abend geschehen. Nur habe ich damals noch nicht gewusst, dass ihr eine gemeinsame Vergangenheit habt. Und diese gemeinsame Vergangenheit macht das Ganze zum Zeitzünder!»

«Und wann soll dieser Zeitzünder losgehen?»

«Ich weiss es nicht, Milena. Es kommt jetzt nur noch auf dich und dein Verhalten an! Du hast es in der Hand. Der Staatssekretär sitzt in der Falle!»

«Meinetwegen?» Sie wehrte mit müder Handbewegung ab.

«Deinetwegen, Milena. Ich stelle dir keine Fragen, weil ich die Antworten fürchte!»

«Du stellst mir keine Fragen, weil du keine Antworten erhältst!»

«Ich brauche keine Antworten, Milena!»

Beide schwiegen. Er wusste, dass er jetzt nur ganz auf ihren Instinkt vertrauen konnte. Auf ihren Instinkt, auf ihre Kaltblütigkeit und vielleicht auf das bisschen Liebe, das sie für ihn spürte.

«Du musst für einige Zeit untertauchen!», sagte er endlich und schob sich einen neuen Zigarillo in den Mund.

Sie nickte.

«Wo?»

«Möglichst nicht in der Bundesrepublik. Hast du Schlupfwinkel anderswo? In Nordeuropa, in Südeuropa, in Frankreich oder den Niederlanden?»

«Ich habe Freunde in der Toskana. Italien ist besser als Schweden.»

«Italien ist gut! Wie kannst du dich unauffällig absetzen?»

«Über Florenz. Dort kann ich meine Spuren verwischen!»

«Und wie kommst du hin?»

«Über München, Innsbruck, Brenner.»

«Warum dieser Umweg, Milena?»

Sie schaute ihn beinahe mitleidig an, mindestens empfand er es so.

«Je länger der Weg, desto grösser die Möglichkeit, allfällige Bewacher abzuschütteln. Das ist das eine. Das andere, ich habe in München Freunde, die mir ihren Wagen ausleihen werden.»

«Also Genf–München im Zug und dann weiter im Auto?»

Sie nickte.

«Wann fährst du, Milena?»

«Bald!»

«Ich will es genau wissen!»

«Nein! Keine Uhrzeiten! Keine Daten!»

«Keine Kontakte unterwegs!»

«Meine Sache, Konrad!»

Sie schottete sich jetzt ganz ab, war auf Distanz gegangen.

«Nur noch etwas, Milena!»

«Ja?»

Sie runzelte die Stirn. Ihre Stimme klang abweisend. Die Zigarette hatte sie ausgedrückt. Sie wirkte jetzt ganz ruhig, und er fühlte, dass alles, was er jetzt noch hätte sagen wollen, an ihr abgleiten würde wie Wasser. Er schüttelte den Kopf.

«Nein. Nichts!»

Sie lächelte. Einen kurzen Augenblick lang war nichts zwischen ihnen, keine Schuldgefühle seinerseits, keine Aufträge, kein Sich-Verstecken.

«Wenn ich zurückkomme, Konrad –», sie machte den Satz nicht fertig. Sie streckte nur ihre Hand aus und berührte ihn ganz sachte am Ärmel. Offensichtlich vermied sie es, ein Stückchen Haut zu streicheln.

«Wenn du zurückkommst –?», fragte er und fühlte, wie ihm all die Bedingungen, die sein Leben strukturierten, die Luft abschnitten. Sie hatte nicht einen Zeitpunkt gemeint mit diesem «Wenn», nicht einen Zeitpunkt, sondern eine Bedingung. Sembritzki erinnerte sich an den Französischunterricht im Gymnasium, als ihm der Lehrer die Konditionalsätze immer wieder einbläute: Si j'étais muet, je parlerais avec les mains. Si j'étais riche, j'achetèrais un château. Si j'avais un château, je serais un roi. Si j'étais roi ... «Si je revenais, je t'aimerais!» sagte er leise. «Si je t'aimais, je reviendrais!»

«Was sagst du?»

Er schüttelte den Kopf. «Nichts. Ich frische meine Französischkenntnisse auf. Bedingungssätze.»

«Leb wohl, Konrad!»

Sie machte einen schnellen Schritt auf ihn zu und küsste

ihn auf den Mund. Es war mehr eine sachte Berührung als ein Kuss.

«Ich weiss nicht, warum du dich um mich sorgst, Konrad. Ich fühle nur, dass deine ganze Sorge nichts mit mir, sondern nur mit dir oder mit deiner Vergangenheit zu tun hat. Ich habe vorhin verstanden, was du auf Französisch gesagt hast: ‹Wenn ich zurückkäme, würde ich dich lieben. Wenn ich dich liebte, würde ich zurückkommen!›»

Er nickte, aber er war nicht imstande, zu sprechen.

«Weisst du, dass der Sohn des Stalingradverteidigers General Paulus Offizier in der deutschen Volksarmee ist? Weisst du, dass Paulus selbst auf der andern Seite des Risses gestorben ist?»

Er nickte wieder.

«Es gibt nur einen Grund, warum die beiden nicht in den sogenannt besseren Teil Deutschlands zurückgekehrt sind. Sie fühlten sich zwar als Teil jenes Deutschlands, das man heute Bundesrepublik nennt. Aber weil für sie dieses Deutschland jenes Deutschland noch immer repräsentiert, das einmal war, wollten sie nicht mehr zurück.»

Sie ging zur Wohnungstür und öffnete sie, ohne ihn noch einmal anzuschauen. Die Audienz war beendet. Sembritzki steckte die Hände in die weiten Taschen seines Jacketts und trat ins Treppenhaus. Langsam ging er vorbei an den roten Lichtknöpfen, hinaus in den diesigen Herbsttag.

16. Kapitel

Wie viel Zeit blieb Sembritzki noch bis zu Milenas Abreise? Sembritzki ging durch die graue Stadt. Die Fassaden warfen keine Schatten mehr. Die Sonne hatte sich scheinbar endgültig zurückgezogen. Feuchtigkeit lag auf den Dächern. Kälte kroch vom See her die Mauern entlang. Am Bahnhof kaufte sich Sembritzki eine Fahrkarte erster Klasse nach München. Dann schrieb er sich in der Halle eine Reihe von Zügen heraus. Milena würde den letzten Zug nach München benutzen, das stand fest. Der letzte Direktzug nach München fuhr vom Zürcher Hauptbahnhof nach vier Uhr mittags ab. Also musste Milena, wenn sie am nächsten Tag fahren wollte, knapp vor eins in Genf den Zug besteigen. Das Flugzeug würde sie kaum nehmen: Die Passagierliste konnte von Insidern mühelos gecheckt werden.

Milena war weit weg. War sie denn je näher gewesen? Sie hatte nichts von sich preisgegeben, und je länger er darüber nachdachte, desto klarer wurde ihm, woher diese Sprachlosigkeit rührte, die ihre Beziehung gekennzeichnet hatte. Beide wussten sie, dass sich mit Sprache das, was als Erkenntnis vorhanden war, nicht ausdrücken liess. Immer wieder, wenn Sembritzki einen neuen Anlauf nahm, resignierte er wieder und sank zurück in den schummerigen Bereich, wo das Gefühl die Sprache vernebelt.

«Wovon man nicht sprechen kann, davon muss man schweigen.» Diesen Satz hatte er kürzlich irgendwo gelesen. Erfahrungen spielten sich in Räumen ab, die jenseits der Grenzen der eigenen Welt existieren, die durch die Sprache fixiert werden. Und nur dort hatte er Milena in ganz kurzen Augenblicken getroffen, dann, wenn sie sich in die Sprachlosigkeit hatten versinken lassen – «Wie finde ich denn das?» – Immer wieder erinnerte sich Sembritzki an diesen eigenartigen Satz, mit dem Milena ihre Irritation ausgedrückt hatte. Da hatte sie sich selbst auf Distanz gebracht, hatte sich zum Objekt ihres Fragens gemacht, hatte sich sozusagen gespalten. Es war der Versuch, sich von sich selbst abzusetzen, ein kostbares Stück Individualität von jenem Teil des Wesens abzuspalten, der allen zugänglich war. War es dieses Misstrauen in die Kraft und Verbindlichkeit der Sprache, das sowohl Milena als auch ihn selbst den Rückzug in Bereiche hatte antreten lassen, wo alles vernebelt war, zu denen Uneingeweihte keinen Zugang hatten, Bereiche, wo man auf Zeichen und Gesten festgelegt werden konnte, wo Worte Gefühle nur zerhämmerten? In diese Räume vermochte einem niemand zu folgen, hier konnte einen niemand verletzen. Sie boten Schutz und letzte Station auf der verzweifelten Suche nach Einsamkeit, ein Ort, wo Liebe nur noch als unartikulierte Ahnung – an sich und ohne Partner – schwebte.

Und jetzt war Sembritzki dabei, in diese hermetische Welt Milenas einzudringen. Zwar sagte er sich immer wieder, dass er sie nur dann wirksam abschirmen konnte, wenn er ihr Leben kannte, wenn er ihre Feinde kannte und ihre Freunde, wenn er ihren Lebensraum einmal abschritt, wenn auch nur in komprimierter Form, und doch wusste er, dass dieses Eindringen in ihren Lebenskreis nichts anderes war als sein verzweifelter Versuch, stellvertretend für die unausgesprochene und unaussprechbare Liebe zwischen ihnen, sich ein Stück ihres Lebens anzueignen: Bilder sollten anstelle von Sprache stehen, Bilder, die sich in seiner Einbildungskraft jener Vision unterwarfen, die er als unerreichbare Grösse von sich und ihr immer wieder beschwor.

Er würde Milena folgen, bis sie am Brenner die Grenze überschritten haben würde. Wie ein Schatten, Schritt für Schritt.

Sembritzki bestieg ein Taxi und liess sich ans andere Ende der Stadt, hinunter in die Nähe von Genfs zweitem Fluss, der Arve, transportieren. Eine Weile stand er vor der gelben Fassade eines klotzigen Gebäudes mit vergitterten Fenstern, auf dem mit schwarzer Farbe geschrieben stand: «Fourreurs, assassins, pensez à la paix!» Gehörte er nicht auch selbst zu diesen friedensbedrohenden Mördern? Einer, der zwischen den versteinerten Fronten pendelte, einer, der als Go-between die Mörder einander näher brachte, so nahe, bis sie Farbe bekannten und in kurzen präzisen Kommandounternehmen stellvertretend für das grosse Massaker ihrer Reputation gerecht wurden?

Die Arve drängte sich graugrün und wild durch ihr baum- und strauchumsäumtes Bett, ein Gewässer, das in seiner Aggressivität gar nicht zu den anonymen, zurückhaltenden Gebäuden passen wollte, die, vom Quai abgesetzt, eine Art Eskorte bildeten. Sembritzki schlenderte die Avenue Charles Page hinunter und blieb dann, sich immer auf der Flussseite haltend, vor einem modernen, beigefarbenen Gebäude stehen, dessen Fassade durch gerillte Säulen strukturiert war. Nachdenklich betrachtete er die neben dem Aufzug angebrachte Tafel durch den gläsernen Windfang: «Sovchart SA, 4ème Etage». Da also residierte der mysteriöse Monsieur Wladimir Konstantinow, seines Zeichens Generaldirektor der Maklerfirma Sovchart. Es war längst ein offenes Geheimnis, dass Konstantinow zwar offiziell mit dem Kauf und Verkauf von Schiffen zu tun hatte, inoffiziell aber ein bestandenes und wertvolles Mitglied des sowjetischen Geheimdienstes KGB war. Zwar hatte Sembritzki die-

sen vielseitigen Manager aus Kiew nie persönlich kennengelernt, hatte er sich doch immer nur an dessen engen
Mitarbeiter Juri Borsow gehalten, mit dem er in Beirut
mehrmals zusammengekommen war, wenn auch nur, um
sich gegenseitig ein paar Informationen aus der Nase zu ziehen, ein wenig zu handeln ganz im Sinne der Kaufleute auf
den arabischen Märkten. Borsow war der Mann, der ihm,
sicher nur unfreiwillig, mehr Informationen über Milena liefern würde.

Sembritzki war sich klar darüber, dass man ihn schon seit
seinem Eintreffen vor dem Sovchart-Gebäude beobachtet
hatte, und so klang denn Borsows Stimme kaum überrascht,
als er aus dem Haus trat und seinen alten Bekannten auf der
andern Strassenseite stehen sah.

«Hallo Sembritzki!»

Er hob beiläufig den Arm zum Gruss.

«Hallo», antwortete Sembritzki und schlenderte über die
Strasse auf den Russen zu.

«Kein Zufall?»

Sembritzki schüttelte den Kopf.

«Ein paar Informationen!»

Borsow liess eine Kaskade von gutturalen Lachsalven in
den grauen Himmel steigen.

«Das ist wohl nicht Ihr Ernst?»

«Doch!»

Sembritzki verzog keine Miene. Er musste jetzt sein Spiel
konsequent durchziehen, wenn er auch nur den Anfang
einer Chance haben wollte. Borsows hellgraue Augen schauten mit einem Male misstrauisch.

«Bei einem Pernod?», fragte er, aber die Ironie war nicht
zu überhören. Zusammen gingen sie wieder an der gelben

Fassade vorbei, tauchten in ein Gewirr von Gässchen und Gassen ein und betraten endlich an der Rue Goetz Monin das «Restaurant des Philosophes». Borsow hatte schon immer ein ausgeprägtes Gespür für symbolträchtige Treffpunkte gehabt. Ein Gemisch von Zigarettenrauch, verbranntem Toast, Tagessuppe und feuchter Wolle schlug ihnen entgegen. Sie setzten sich etwas abseits an einen der langen, mit einem blau-weiss karierten Tuch bedeckten Tische. Sie schwiegen so lange, bis sie sich heimisch fühlten, bis sie ihre Umgebung sozusagen im Griff hatten. Dann endlich hob Borsow sein Glas als erster.

«Was wollen Sie?»

Sembritzki blickte über Borsows rechte Schulter hinauf zum Ventilator, der summend im Fensterviereck rotierte.

«Sagt Ihnen der Name Milena Davis etwas?»

Sembritzki ging schnurgerade auf sein Ziel los; Borsow hatte keinen Sinn für Präludien. Dieser machte ein nachdenkliches Gesicht. Nachdenklich genug? Oder wurde er plötzlich vorsichtig?

«Die Journalistin?», fragte Borsow endlich und verlangte mit einem Handzeichen einen zweiten Pernod.

Sembritzki nickte. Borsow hätte es sich nicht leisten können, Milena Davis zu verleugnen. Als Sowjet musste er sie kennen. Doch wie gut?

«Ich kenne sie flüchtig.»

Mit dem Ärmel wischte er ein paar Krümel vom Tisch.

«Und?», bohrte Sembritzki weiter und schob lächelnd den Zigarillo, den er in der Hand gehalten hatte, wieder in die Schachtel zurück.

«Ich wüsste nicht, was diese Dame auf Ihrem Territorium zu suchen hätte, Sembritzki!»

«Unser Territorium! Warum so naiv, Borsow?»

Borsow zuckte die Achseln.

«Lassen Sie die Vergangenheit ruhen. Warum wollen Sie alte Geschichten wieder aufwärmen?»

Borsow blickte Sembritzki beinahe angewidert an; er wusste, worauf der Russe anspielte. Vor zwei Jahren hatten die Sowjets einmal mehr den Versuch gestartet, den Motor eines Leopard 2 in ihren Herrschaftsbereich zu entführen. Ein belgischer Fabrikant und ein Schweizer Waffenhändler hatten dabei als Relaisstationen gedient, als die kostbare Fracht, als Schiffsmotor deklariert, über Genf und Konstanz nach Prag hätte transportiert werden sollen. Damals waren sich Borsow und Sembritzki zum ersten Mal ins Gehege gekommen, hatte doch der omnipräsente Herr Konstantinow auch seine Finger im Spiel gehabt. Doch Sembritzki, von tschechischen Freunden gewarnt, war es dann gewesen, der die deutsch-schweizerischen Grenzstellen anonym über den brisanten Handel informiert hatte, sodass dann das ganze Unternehmen auch aufflog.

«Ich will nicht in alten Wunden wühlen», sagte Sembritzki mit ironischem Lächeln und legte seine Hand auf Borsows Oberarm.

«Die Geschichte ist vergessen», antwortete Borsow mit steinerner Miene und zog seinen Arm langsam zurück. «Wie Sie wissen, haben wir uns dieses kostbare Wild unterdessen auf andere Weise beschafft. Unser Zoo ist komplett.»

«Gratuliere», sagte Sembritzki trocken, und seine Gedanken wanderten nach Bayern, wo er in Allach den Schnittpunkt eines Handlungsablaufs glaubte orten zu können, in den er selbst verwickelt worden war.

«Die besagte Dame hatte Kontakt mit einem Mann aus Allach, lieber Borsow!»

Sembritzki musste jetzt die Lunte zünden, wenn er Borsow aus dem Busch klopfen wollte.

«Sie ist Journalistin», sagte Borsow gleichgültig, aber Sembritzki spürte die Unruhe, die in seiner Stimme mitschwang.

«Noch eine Frage, Borsow», fuhr er fort.

«Ich höre.»

Borsow fingerte eine lange dünne Zigarette aus einem silbernen Etui und zündete sie dann betont langsam an.

«Was hat Milena Davis mit den ‹Onkels› zu schaffen?» Sembritzki lehnte sich zurück und schaute den andern lächelnd an. Borsow griff blitzschnell nach seinem Glas, leerte es in einem Zug und schnippte dann mit den Fingern, wobei er das leere Glas auffordernd in die Höhe hielt. Endlich stellte er es langsam wieder auf den Tisch zurück.

«Ich verstehe Sie nicht», murmelte er und schüttelte abwesend den Kopf.

«Sie verstehen mich nicht? Ist Ihnen denn diese Terminologie nicht geläufig? Borsow! Kommen Sie!»

Sembritzki verzog sein Gesicht zu einer Grimasse. Jedermann in diesen Kreisen wusste, dass mit der Bezeichnung «Onkel» die KGB- und GRU-Männer in der Sowjetbotschaft gemeint waren, die nicht nur ihre eigenen Landsleute in den sowjetischen Kolonien in Avenchet-Parc, Preny oder, in Ausnahmefällen auch, in Meyrin am Gängelband hatten, sondern auch alle Vettern aus andern Ostblockstaaten.

«Sind Sie sicher, dass die Davis mit einem Mann aus Allach Kontakt hatte?», fragte Borsow endlich, ohne Sembritzki anzuschauen.

«Ich war zufällig dabei, lieber Borsow. Und weil ich mich zufällig auch für alles interessiere, was mit dem Leopard zu tun hat, dachte ich, es könnte Sie interessieren, dass diese Dame mit amerikanischem Pass und eindeutigen Beziehungen zu den Onkels vielleicht auf eigene Faust etwas unternimmt.»

«Die Davis hat mit dem KGB nichts gemein. Sie täuschen sich, Sembritzki.»

«Mag sein», antwortete dieser gleichmütig und stand auf. «Mindestens können Sie die Sache ja einmal überprüfen. Schliesslich stehe ich ja immer noch in Ihrer Schuld wegen dieser Sache mit der gescheiterten Entführung eines Leopard-Motors!»

«Ich bin gerührt», antwortete Borsow spöttisch.

«Vielen Dank für den Pernod», gab Sembritzki zurück und ging, ohne sich noch einmal umzusehen, auf die Strasse hinaus.

Er wartete fünf Minuten im Schatten eines Hauseingangs, von wo aus er das Restaurant im Blick hatte, als Borsow endlich herauskam. Er hatte den Russen aufgeschreckt, und wie er ihn einschätzte, würde dieser zuerst Recherchen auf eigene Faust anstellen, bevor er seine Kollegen vom KGB über Milenas Kontakte informierte. Zwar war Borsow ein alter Hase, der innerhalb seines Zirkels ein gewisses Ansehen genoss, doch seine Furcht vor einem Leerlauf, vor einer Blamage, war grösser als jede Logik, die ihm sagen musste, dass hier nur ein Vorgehen im Verband angezeigt war.

Sembritzki kehrte noch einmal ins «Restaurant des Philosophes» zurück und fragte nach Borsow. Der Mann habe ein Telefongespräch geführt und sei dann gegangen, gab man ihm zur Antwort. Bestimmt war Milena entweder bei Konstantinow oder in der «Villa», wie die Sowjetbotschaft genannt wurde, wahrscheinlich sogar bei beiden, in irgendeiner Kartei aufgeführt, ihre Daten, ihre Biografie, soweit sie zugänglich und für KGB-Leute überhaupt von Interesse war, und dazu gehörten bestimmt auch Milenas Kontakte zu

Kreisen, die ausserhalb des üblichen Territoriums lagen.

Mehr als eine Stunde hatte Sembritzki im «Restaurant des Philosophes» verbracht, eingehüllt in die Gespräche der Stammgäste und vom Genuss eines halben Liters Weissweins in einen unerklärlichen Zustand erotischer Erregung versetzt. Zweimal hatte er versucht, Milena telefonisch zu erreichen. Umsonst. Sie blieb verschwunden. Oder sie hatte ganz einfach alle Verbindungen gekappt.

Borsow trug einen dunkelblauen Regenmantel und seinen hellgrauen Borsalino, als er gegen vier Uhr das Sovchart-Gebäude verliess. Da er selbst kein Auto besass, würde er entweder im Taxi oder mit der Strassenbahn sein Zielgebiet anpeilen.

Borsow hatte sich Zeit gelassen. Die Tatsache, dass er zielstrebig auf den nahen Taxistandplatz zuging, bewies, dass er genügend Informationen zusammengetragen hatte. Sembritzki, der sich ein Taxi schon vorsorglich reserviert hatte, folgte Borsows Wagen diskret. Die Fahrt ging zurück ins Zentrum und endete vor dem Bahnhof Cornavin. Immer fand sich Sembritzki an dieser Stelle wieder, wo Ankunft und Abfahrt verschmolzen.

Borsow stieg aus und verschwand in der Bahnhofshalle. Sembritzki blieb ihm im Nacken. Einen Augenblick war Sembritzki irritiert. War Milena schon jetzt bereit, abzureisen? Hatte er sich in ihren Plänen getäuscht? Doch Borsow schwenkte in der Halle links ab und verliess dann den Bahnhof auf der Rückseite wieder. Die Szenerie hatte gewechselt. Die distanzierte Eleganz, die das Viertel südlich des Bahnhofs kennzeichnete, wurde hier durch verwahrloste Intimität abgelöst.

Fleckige Fassaden, ein anarchischer Parkplatz, auf dem

sich die Autos nach undefinierbaren Gesetzen einreihten, und dann die klaffende Öffnung, der Schlund, der in die Eingeweide eines Viertels führte, das von den Minderen der kleinen Grossstadt an Fluss und See bevölkert wurde. Wo früher ausserhalb der Stadtmauern der Wein gewachsen war, später dann ein paar verwahrloste Häuser dazugekommen waren, in kotiger, lehmiger Umgebung, war aus den blubbernden Gründen der Name «Crottes» gekrochen, was so viel wie Kot, Dreck, Unrat bedeutet. Und als dann im 18. Jahrhundert die Gutbürgerlichen einen Weg da hinaus gesucht hatten, um ausserhalb der Stadtmauern ihre Sommerhäuser zu bauen, missfiel ihnen diese übel riechende Ortsbezeichnung, und sie tauften diese Gegend durch einen kaum wahrnehmbaren Eingriff in «aux Grottes», «zu den Grotten» um. Doch was damals einen geheimnisvollen, beinahe mystischen Klang gehabt hatte, verscheppterte im Verlauf der Jahre erneut: Die Stadtmauer wurde geschleift, und die Arbeiter, Uhrenarbeiter vor allem, auch viele mittellose Ausländer, bemächtigten sich dieses städtischen Abfallgebiets, das trotz der kosmetischen Versuche der Stadtplaner sein abgelebtes Gesicht behalten hat. Die Grottes waren eine Provinzstadt an der Peripherie der Grossstadt, ein Schlupfloch für jene, die sich dem Zugriff der Fremdenpolizei und neugierigen Sendboten verschiedener diplomatischer Vertretungen zu entziehen versuchten.

Borsow drang, ohne sich umzusehen, in das Viertel ein und verschwand auch schon unter der orangebraunen Markise, die die Café-Bar «L'Espadon», Zwillingskneipe des unmittelbar darauf folgenden «Café du Tunnel», abschirmte. Sembritzki wartete auf der andern Strassenseite, wo ein begabter Grottenbewohner seine Sehnsüchte und Fluchtträume auf die Backsteinmauer gepinselt hatte: Da griff ein

laufender Mensch mit schwarzer Hand nach einer karmesinroten Mondsichel, und auf blauem Grund wuchs zwischen
Wolken und muschelartigen Ornamenten ein mit roten Blumen bestücktes Bäumchen. Als Borsow schon eine Minute
später wieder erschien, zog sich Sembritzki in den blauen
Schatten des Gemäuers zurück und folgte dem Russen, der
jetzt von einem strohblonden, langmähnigen jungen Mann
in schwarz-roter Motorradmontur begleitet war, nur mit den
Augen. Schon ein paar Häuser weiter oben verschwanden
die beiden erneut in einer kleinen Kneipe. Es dauerte auch
nicht lange, bis Borsow wieder auftauchte, diesmal in Begleitung einer Frau mit langen schwarzen Haaren, die über den
weiten ockerfarbenen Umhang fielen. Wieder ging Borsow
mit seiner neuen Begleitung nur ein paar Schritte. Bis zu
einem Haus auf der andern Seite des Gässchens, das grau
und bedrohlich, mit aufklaffenden Balkonschlünden, in die
Höhe wuchs. Die beiden verschwanden in einem düsteren
Eingang rechter Hand eines kleinen Ladens, wo ein Schuh-
macher ankündigte, dass er in vier Minuten jeden Absatz
repariere. Wieder wartete Sembritzki. Er starrte auf die
graue Hausmauer, wo mit schwarzer Kreide geschrieben
stand, dass nur die Clans eine Chance hätten, in dieser Welt
zu überleben. «Seuls les clans vont survivre!» Welche Gruppen? Darüber dachte Sembritzki noch nach, als die Frau, die
Borsow begleitet hatte, wieder aus dem Haus trat und in die
Kneipe auf der andern Seite des Gässchens zurückkehrte.
Sembritzki verliess seinen Standort und schlenderte dorthin,
wo die junge Frau verschwunden war.

Die Stimmen erstarben, als Sembritzki die Tür zum
Lokal öffnete. Er starrte auf gebeugte Rücken in abgewetzten Lederjacken, sah grosse Hände, die Bier- und Weingläser umkrallten, und spürte das Misstrauen und die Feindse-

ligkeit, die, so schien ihm, zusammen mit Rauchschwaden und dem Geruch von verschüttetem Wein entgegenschlugen. Sembritzki brauchte ein paar Sekunden, bis er die schwarzhaarige Frau ausmachen konnte. Sie stand neben dem Tresen und sprach auf den Wirt ein, einen riesigen glatzköpfigen Mann, der sich immer wieder mit dem Handrücken über die Stirn strich, um den Schweiss wegzuwischen. Als er sah, wie Sembritzki sich unter der Türe suchend umschaute, blieb sein Arm eine Weile unbeweglich im Raum hängen, sodass der ganze Mann plötzlich wie eine Figur auf dem Denkmalsockel, wie die Inkarnation eines demonstrierenden Arbeiters aussah. Im Augenblick dann, als der Arm schwer nach unten sank, sich der Wirt mit beiden Armen auf den Tresen aufstützte und seinen massigen Oberkörper im dunkelroten Flanellhemd leicht nach vorn beugte, nahmen die Gäste an den Tischen ihre Gespräche wieder auf, die mit Sembritzkis Erscheinen brüsk erstorben waren.

«Sie suchen jemanden?», fragte der Wirt auf Französisch. Aber seine Stimme klang kehlig, und es wollte ihm nicht gelingen, romanische Nasale zum Vibrieren zu bringen.

Sembritzki antwortete nicht. Er ging stumm auf den Tresen zu und blieb neben der jungen Frau im gelben Umhang stehen. Er starrte in ein bleiches Gesicht mit blassbraunen Sommersprossen, sah den grossen rot bemalten Mund und die hellgrünen Augen, die ihn halb spöttisch, halb misstrauisch anblickten.

«Madame …?», sagte er endlich und berührte leicht ihren linken Arm.

Sie zuckte mit den Schultern und schüttelte leicht den Kopf.

«Keinen Namen. Madame genügt. Was wollen Sie?»

«Ich möchte mit Ihnen sprechen.»

«So tun Sie es.»

«Nicht hier.»

«Hier oder überhaupt nicht», knurrte der Wirt, und er stellte ein Bierglas nachdrücklich auf den Tresen, sodass der Schaum wie eine Kaskade aufschoss und dann langsam über den Rand des Glases kroch.

«Ich frage nicht Sie, sondern die Dame!», gab Sembritzki ohne jede Bewegung in der Stimme zurück.

«Aber ich erlaube mir, im Namen der Dame zu sprechen», murmelte der Wirt und kippte das überlaufende Bierglas leicht, sodass der Schaum in Flocken auf Sembritzkis linke Hand spritzte, die auf dem Tresen lag. Ruhig griff Sembritzki nach dem rot-weiss karierten Handtuch, das der Wirt vorn in seine Hose gesteckt hatte, und wischte sich die Hand sauber.

«Was wollte Borsow von Ihnen, Madame?», fragte er und warf dem Wirt das Handtuch hin.

«Sie kennen Borsow?», flüsterte die junge Frau, und ihr grosser Mund verzog sich angewidert.

Sembritzki nickte.

«Ein alter Bekannter.»

«Wer sind Sie?», fragte der Wirt und bohrte seinen dicken Zeigefinger in Sembritzkis Brust.

Sembritzki tat einen Schritt zurück, ohne den Wirt auch nur mit einem Blick zu streifen.

«Mein Name ist Sembritzki», sagte er lächelnd und streckte der jungen Frau seine Hand hin, die sie zögernd ergriff.

«Pole?», fragte sie.

Sembritzki zeigte über die Schulter irgendwohin in eine undefinierbare Ferne.

«Meine Vorfahren ...», brummte er und brachte den Satz

nicht zu Ende.

«Und jetzt?», fragte der Wirt. «Wohin gehören Sie jetzt?»

Sembritzki schüttelte den Kopf. «Ich weiss es nicht.»

«Was wollen Sie von Borsow?», flüsterte die Frau.

«Ich will nichts von Borsow», gab Sembritzki zurück. «Ich will wissen, was Borsow von Ihnen will.»

«Nichts!», sagte sie beiläufig, aber sie verbarg ihre innere Erregung nur schlecht.

«Er fragte Sie nach Milena Davis!»

«Woher wissen Sie das?»

Der Wirt und die Frau sprachen beinahe gleichzeitig. Beide starrten sie ihn misstrauisch und auch irgendwie beunruhigt an.

«Ich möchte mit Milena sprechen.»

«Wir wissen nicht, wo Milena ist», sagte die junge Frau.

«Sie haben Borsow in das Haus da drüben begleitet!», sagte Sembritzki und machte eine entsprechende Kopfbewegung. «Wer wohnt in dem Haus?»

«Sind Sie von der Polizei?», sagte der Wirt höhnisch.

«Milena ist in Gefahr!», flüsterte Sembritzki und versuchte seiner Stimme einen verschwörerischen Beiklang zu geben.

«Wer?», fragte die Frau, und ihre Stimme tönte heiser.

«Borsow! Borsow und die Leute, für die er arbeitet.»

«Der KGB?», fragte der Wirt.

Sembritzki nickte.

«Was wollte Borsow von Ihnen?», wandte er sich wieder an die Frau.

«Sie wissen, dass in den Cafés der Grottes viele Ausländer verkehren?», fragte diese und fuhr dann, ohne eine Antwort zu erwarten, leise fort: «Immer wieder tauchen hier KGB-Leute auf, die uns unter Druck zu setzen versuchen.»

«Uns?», fragte Sembritzki und nahm einen tiefen Schluck aus dem Bierglas, das ihm der Wirt beiläufig hingeschoben hatte.

«Emigranten aus verschiedenen Ostblockstaaten. Und keiner weiss vom andern, ob er sich aus Überzeugung abgesetzt hat oder ob er von Anfang an oder auch später nur für den KGB arbeitete.»

«Als Informant?»

Sie nickte. «Als Informant und Spitzel. Einige, die hier nicht zurechtkamen, die sich im Konkurrenzkampf nicht durchzusetzen vermochten, denen es einfach nicht gelang, sich nach oben zu arbeiten, wurden vorerst sanft, dann immer nachdrücklicher, von scheinbar seriösen Stellen unterstützt, mit Geldern von – so wurde gesagt – reichen ehemaligen Ostflüchtlingen, die ihre Spenden ausdrücklich unter der Bedingung gegeben hätten, dass sie an bedürftige Emigranten weitergegeben würden, denen es noch nicht gelungen war, Fuss zu fassen. Auf diese Weise gerieten eine ganze Menge von Flüchtlingen in finanzielle Abhängigkeit von ihren Wohltätern, die erwarteten, dass das zinslose Darlehen nach einer gewissen Zeit wieder zurückbezahlt würde. Und weil die wenigsten Schuldner dazu imstande waren, wurden sie mit der Zeit unter Druck gesetzt und von anonymen Sendboten der Geldgeber beauftragt, gewisse Informationen zu beschaffen.»

«Mafiamethoden», knurrte der Wirt und wischte sich mit dem Handrücken über die Stirn.

«Kein unbrauchbares Modell», erwiderte Sembritzki mit schiefem Lächeln. «Und Borsow gehört auch zu den Sendboten, die die mittellosen und in Abhängigkeit geratenen Emigranten auf ihre Spionagearbeit vorbereiten?»

Die Frau schüttelte den Kopf.

«Borsow, wenn er überhaupt so heisst, war heute zum ersten Mal hier. Aber eigenartigerweise hat er sich ausgerechnet nach der Adresse einer Familie erkundigt, von der wir wissen, dass sie Gelder von dieser scheinbar karitativen Stelle bezogen hatte.»

«Die Familie im Haus da drüben?», fragte Sembritzki.

Sie nickte.

«Und warum haben Sie ihn zu dieser Familie geführt?», bohrte er weiter.

Sie schwieg und starrte mit zusammengekniffenen Lippen auf den Tresen.

«Ich habe meine Café-Bar zu Beginn auch mit Geldern aus diesem Fonds finanziert», sagte endlich der Wirt leise. «Und Irina ist meine Nichte.»

«Sie haben das Geld zurückbezahlt?», fragte Sembritzki.

Der Wirt schüttelte den Kopf. «Einen Teil ja. Aber ...»

«Und um die Restschuld abzustottern, horchen Sie ihre Landsleute hier aus.»

«Ich liefere Pseudoinformationen, weiter nichts. Unwichtiges Zeug. Klatsch», verteidigte er sich, und Sembritzki sah, wie er schwitzte.

«Was wissen Sie über Milena?»

Der Wirt schüttelte den Kopf.

«Über Milena wissen wir nichts. Sie kommt und geht. Sie hat einen ganz bestimmten Kreis von Leuten, mit denen sie verkehrt. Aber über sie weiss ich nichts.»

«Über sie sagen Sie nichts, so ist das gemeint, nicht wahr?»

Sembritzki leerte sein Glas, warf ein Zweifrankenstück auf den Tresen, wartete eine scheinbar unendlich lange Zeit, bis die torkelnde Münze ruhig lag, und ging dann grusslos und ohne sich umzuschauen aus dem Lokal. Zwar hatte er nichts Neues über Milena erfahren, und doch war ihm jetzt vieles klar geworden. Borsow hatte sich über die Erpresser-methoden seiner Kollegen vom KGB informieren lassen und versuchte jetzt auf eigene Faust, ein paar Informationen aus den Schlünden der Grottes an die Oberfläche zu transportieren. Zu diesem Zweck brauchte er nur Einsicht in jene Kartei zu nehmen, wo die Emigranten aufgeführt waren, die sich mit den getarnten KGB-Geldern in Abhängigkeit hatten manövrieren lassen und keine andere Möglichkeit hatten, weiter zu existieren, als durch unfreiwillige Mitarbeit in KGB-Diensten. Denn eine Ausweisung aus der Schweiz hätte die Leute ins totale Unglück gestürzt.

Sembritzki überquerte das schmale Gässchen und trat in den düsteren Hauseingang, wo Fahrräder und Kinderwagen in einer endlos scheinenden Reihe blitzten. Noch waren an der Decke die zerbröckelnden Reste von Stuckaturen zu sehen, und er erinnerte sich, dass auch draussen an der Fassade über den Fenstern kunstvolle Ziergiebel angebracht waren, die von besseren Zeiten zeugten. Doch jetzt wirkte alles armselig, verkommen, und Sembritzki fragte sich, ob sein Kollege Borsow hier das finden würde, was er suchte: Aufschluss darüber, was Milena in Genf wirklich trieb.

Bereits hatte er einen Fuss auf den Treppenabsatz gesetzt, als er oben eine Türe gehen hörte und die Stimmen zweier Männer und einer Frau hörbar wurden.

«Geh nicht mit dem!», schrie eine verzweifelte Frauen-stimme. Als Antwort war nur ein beschwichtigendes Gemurmel zu hören, und gleich darauf vernahm Sembritzki die Schritte von Männern auf der Treppe. Es war Borsow, der zusammen mit einem jungen Mann an der Nische vorbeiging, in die er sich geflüchtet hatte. Borsow hatte den andern am Arm gepackt, sein Gesichtsausdruck war entschlossen, ja beinahe verbissen und irgendwie brutal, während der junge

Mann, kaum mehr als zwanzig Jahre alt, bleich und verwirrt wirkte.

Sembritzki liess die beiden vorbeigehen und ging dann geradewegs nach oben, dorthin, wo er zuvor die flehende Frauenstimme gehört hatte.

Die Frau stand oben am Treppengeländer und horchte den Schritten Borsows und des jungen Mannes nach. Sie war nicht mehr jung, obwohl ihr Haar im Halbdunkel hellblond und jugendlich glimmte.

Doch ihr bleiches Gesicht war von vielen Falten durchzogen, und die grossen dunklen Augen blickten wie aus tiefen Kratern Sembritzki an, der etwas ausser Atem gekommen vor ihr stand.

«Madame», murmelte er und machte eine knappe Verbeugung.

«Was wollen Sie?»

Sie tat einen Schritt zurück und hielt sich dabei mit der rechten Hand am Türpfosten in ihrem Rücken.

«Darf ich hereinkommen?»

«Nein!», gab sie zurück. Ihre Stimme klang grell, und sie streckte ihre Hand abwehrend aus.

Sembritzki hörte das leise Klingeln, das die beiden kupfernen Armbänder verursachten. Er roch ihren säuerlichen Atem. Er sah die steile Falte, die von den Nasenflügeln zu den Mundwinkeln hinabstürzte und sich dort tief eingrub.

«Ich bin ein Freund von Milena», sagte er und lächelte dazu.

«Milena?»

Sie liess ihren Arm sinken und vergrub ihn in der weiten Tasche ihres schwarzen Rockes.

«Der Russe hat meinen Sohn mitgenommen!», keuchte sie und machte mit dem Kopf eine Bewegung in den Schlund des Treppenhauses.

«Borsow?», fragte Sembritzki.

«Ich kenne seinen Namen nicht. Ich weiss nur, dass er von der Botschaft ist und ...»

«Er ist nicht von der Botschaft», korrigierte er.

«Er hat es aber gesagt. Und er scheint auch zu wissen, dass ...»

Sie brach ab und schaute ihn entsetzt an.

«... dass Sie Geld von einer sogenannt karitativen Stelle entgegennehmen.»

«Woher wissen Sie das?»

«Borsow hat Sie unter Druck gesetzt?»

Sie nickte.

«Er hat von meinem Sohn Auskünfte über Milena erpressen wollen.»

«Was für Auskünfte?»

«Warum sie in unseren Kreisen verkehrt. Mit wem sie Kontakte hat, und was sie von uns will.»

«Und was will sie von euch?», fragte er leise und spürte, wie langsam Angst und Trauer in ihm hochkrochen.

Die Frau schüttelte den Kopf, wandte sich ab und verschwand in der Wohnung. Doch sie liess die Türe halb offen, was Sembritzki denn auch als Einladung, ihr zu folgen, verstand. Sie stand mitten in einem düsteren Wohnzimmer unter einem matt glänzenden Leuchter aus Messing. Um sie herum auf dem Boden lagen mit rosa und hellblauem Band gebündelte Fotografien, teilweise lagen auch einzelne vergilbte Aufnahmen herum, viele Porträtaufnahmen, wie Sembritzki auf den ersten Blick feststellen konnte, aber auch Landschaften und Städteansichten. Die Frau zeigte stumm auf einen abgewetzten Ledersessel, der unter einer Stehlampe ohne Schirm stand.

«Ich kann Ihnen nur ein Glas Rotwein anbieten», sagte sie mit bitterem Lächeln und setzte sich auf den Rand eines dunkelgrünen Sofas, das ganz im Dunkel, zwischen einem lackglänzenden Buffet und einer nur halb gefüllten Bücherwand aus hellem Eschenholz stand. Zwischen Sembritzki und seiner Gastgeberin lagen die Fotografien auf dem ausgebleichten Teppich, und viel leerer Raum trennte sie.

«Borsow wollte wissen, worüber Milena mit uns spricht, wenn sie hier ist», nahm sie den Faden wieder auf, ohne auf ihr Angebot vom Rotwein zurückzukommen. Sie nahm stillschweigend an, dass Sembritzki Besseres gewohnt war als den Genuss eines bereits seit Tagen geöffneten billigen Rotweins.

«Und was will Milena von Ihnen? Worüber habt ihr gesprochen?»

Aber sie schüttelte nur den Kopf und zeigte auf die gebündelten Fotos auf dem Teppich.

«Über Deutschland?»

«Deutschland?»

Sie hob den Blick und schaute ihn verwundert an. Sembritzki konnte im Halbdunkel nur ihre grossen Augenhöhlen sehen. «Deutschland, ja», antwortete Sembritzki und hatte beim Sprechen das Gefühl, dass zwar die Laute bei der Frau ankamen, dass aber ihr Sinn auf dem Weg über die Fotos zu seinen Füssen verloren gegangen war.

«Milena warnte uns davor, uns ganz den Lebensgewohnheiten hier im Westen unterzuordnen. Sie sprach von jener Kraft, die uns die Erinnerung gibt, um auch hier das zu bleiben und zu lieben, was wir waren.»

«Und?», fragte Sembritzki und versuchte den Ausdruck auf dem Gesicht der Frau zu deuten. Doch ihre Züge verschwammen immer mehr in der Dämmerung, und er getraute sich nicht, die Glühbirne der schirmlosen Stehlampe anzuzünden.

«Und?», fragte sie zurück und zeigte wieder auf die Bilder zu ihren Füssen. «Sie hat recht. All das da kann man nicht einfach vergessen. Es hat uns hierher nach Genf verschlagen, und wir waren froh darüber, weil wir glaubten, in einer Stadt, wo man nicht unsere Sprache spricht, wo alle Nationen durcheinander leben, neu anfangen zu können. Einfach die Fäden durchschneiden!»

«Man kann diese Fäden nicht einfach durchschneiden!»

«Ich weiss es jetzt. Ich weiss es erst, seit es zu spät ist.»

Er schwieg. Er wusste, was jetzt kommen würde. Auch diese Frau hatte sich aus finanzieller Not in Abhängigkeit von dieser dubiosen Organisation begeben, die sich mit den Emigranten und Flüchtlingen in Verbindung setzt und sie unterstützt, um sie später dann als Informanten und Spitzel zu benützen.

«Man hat Sie bezahlt?», fragte Sembritzki endlich, aber seine Stimme blieb am Ende des Satzes unten. Da war kein Platz mehr für Spekulationen.

Die Frau nickte, so mindestens schien es ihm.

«Milena hat mithilfe von Freunden Geld aufgetrieben und versucht, uns aus dieser Abhängigkeit herauszukaufen. Bei manchen ist es ihr gelungen, weil sie noch nicht so weit drin steckten.»

Sie brach plötzlich ab.

«Bei Ihnen ist sie zu spät gekommen? Ihr Sohn muss für den KGB arbeiten?»

Sie presste ihre beiden Hände gegen die Schläfen und schwieg. Sembritzki fiel das Sprechen ebenso schwer wie der Frau, die ihm gegenübersass; weit entfernt und doch irgendwie nahe.

Milena betrieb ihre ganz persönliche Politik des Ausgleichs. Doch was setzte sie dafür aufs Spiel?

«Was haben Sie Borsow erzählt?», fragte er endlich.

«Nichts!» Wie ein Schrei brach es aus ihr heraus. «Nichts!», sagte sie noch einmal, diesmal viel leiser. «Milena tut alles für die Emigranten und Flüchtlinge hier in den Grottes.»

«Und warum tut sie es?», fragte Sembritzki, und er war sich bewusst, wie fremd ihm seine eigene Stimme vorkam.

«Das fragen Sie mich?»

«Nein, das frage ich Sie nicht. Ich weiss es. Sie will auf dieser Seite des Eisernen Vorhangs bereits ihre eigene Truppe haben, wenn eines Tages vielleicht die Ost-West-Schranke fällt. Dann, wenn es zu dieser fernen Wiedervereinigung kommen sollte, die wir alle nicht aus den Augen verloren haben. Sie nicht und ich nicht!»

«Diesen Tag werde ich nicht mehr erleben!», sagte sie, und ihre Stimme klang traurig und müde.

«Aber Ihr Sohn», gab Sembritzki zurück und hoffte, damit neue Informationen aus ihr herauslocken zu können.

«Mein Sohn?», fragte sie und machte eine hilflose Bewegung mit der Hand.

«Was will Borsow von Ihrem Sohn?»

«Informationen über Milena.»

«Über ihre Tätigkeit in den Grottes?»

Sie nickte, oder mindestens konnte er die Bewegung ihres Kopfes so deuten.

«Und er wird dicht halten?»

Wieder hob sie hilflos die Arme und liess sie dann in ihren Schoss fallen.

«Mein Sohn hat einen starken Willen. Und er bewundert Milena sehr!»

Sembritzki fühlte so etwas wie Eifersucht in sich hoch-steigen, und einen Augenblick lang spielte er mit dem Gedanken, den jungen Mann und mit ihm Milena zu opfern. Was ging ihn die ganze Geschichte überhaupt noch an? Milena würde abreisen, und wer garantierte ihm, dass nach ihrer Rückkehr seine und ihre Gefühle noch dieselben waren? Sembritzki traute sich und dem Lauf der Zeiten nicht.

«Und womit lässt sich Milena für ihren Einsatz bezahlen?»

«Was weiss ich», sagte die Frau gleichgültig.

«Wohin ist Borsow mit ihrem Sohn gegangen?», fragte jetzt Sembritzki und stand auf. Er hatte die Stehlampe ange-zündet und das ungeschützte Licht sprang grell in die Ecke, wo die Frau zusammengesunken sass. Ihre platinblonden Haare hingen wie ein ausgefranster Vorhang über ihr Gesicht, und Sembritzki starrte auf ihren Scheitel, wo brau-nes und silbernes Haar eine seltsame Spur bildete.

«Vielleicht ins Café des ‹Trois Rois›», sagte die Frau end-lich. «Dort geht er oft hin.»

«Wo ist das ‹Trois Rois›?»

«Neben dem Ramada-Hotel.»

«Und woher wollen Sie wissen, dass er dorthin gegangen ist?»

«Borsow wollte etwas trinken gehen. Er sprach von einem ‹bifteck au fromage›. Und das ist am besten im ‹Trois Rois›.»

«Danke», sagte Sembritzki. Er bückte sich, hob ein Foto auf, wo eine junge Frau am Arm eines eleganten Mannes in schneeweissem Anzug vor einem gemalten Prospekt der Stadt Dresden posiert, starrte eine Weile darauf, hob dann den Blick und schaute zur Frau auf dem Sofa hinüber. Ja, es waren dieselben Lippen. Die Lippen! Mehr war kaum wie-derzuerkennen.

«Leben Sie wohl. Ich werde Ihnen Ihren Sohn zurückbringen.»

Den letzten Satz flüsterte er nur noch, weil er wusste, dass ihr Sohn nicht so wiederkommen würde, wie er gegangen war.

Nur einen kurzen Augenblick lang hatte er trotz seines schlechten Gewissens das Bedürfnis, noch einmal zurückzuschauen, als er schon unter der Türe stand. Er hörte, wie sie ganz leise zu weinen begann, als er vorsichtig die Türe schloss und dann über die ausgetretene Treppe nach unten stieg.

Borsow und sein junger unfreiwilliger Begleiter sassen wirklich im Café «des Trois Rois». Sembritzki entdeckte sie erst, als ihn Borsow längst ausgemacht hatte. Der junge Mann sass mit dem Rücken zur Wand, einen grossen Spiegel auf Kopfhöhe, während Borsow, ihm gegenüber, im Spiegel den gesamten Raum sozusagen beherrschte und vor allem jeden neu Eintretenden sofort ausmachen konnte.

«Welch schöner Zufall», knurrte Borsow sichtlich verstimmt, als Sembritzki hinter ihm stand und ihn im Spiegel anschaute.

«Ein Zufall kommt selten allein, lieber Borsow», gab Sembritzki zurück. «Darf ich mich zu Ihnen setzen?»

«Ja», sagte der junge Mann schnell, während Borsow wortlos auf seinen Teller starrte, wo sein halb aufgezehrter Käsekrapfen neben Knoblauchresten, einem Stück Cornichon und einer unberührten Scheibe Brot lag. Auf dem Tisch zwischen den beiden Männern stand eine leere Flasche Weisswein, und eine zweite war auch schon zu einem Viertel geleert worden. Sembritzki setzte sich neben den jungen Mann, der ihm bereitwillig Platz machte. Er schien zwar leicht angetrunken zu sein, sonst aber durchaus noch imstande, dem gewiegten Russen standzuhalten. Sembritzki war gerade noch zur rechten Zeit gekommen.

«Was wollen Sie, Sembritzki?», sagte Borsow endlich und spiesste die Scheibe Cornichon auf.

Sembritzki zuckte mit den Schultern.

«Mittrinken. Mitfeiern.»

«Es gibt hier nichts zu feiern.»

«Ich dachte, Sie haben einen guten Fang gemacht. Milena!»

«Milena?», fragte der junge Mann schnell und ballte die Fäuste auf dem Tisch.

«Herr Borsow interessiert sich doch für Milena Davis. Oder täusche ich mich?»

«Ja», sagte jetzt der junge Mann leise und starrte vor sich auf den Tisch.

«Und was wissen Sie von Milena Davis?», fragte Sembritzki und stiess den jungen Mann mit dem Ellbogen an.

«Nichts. Gar nichts!»

Die Antwort kam schnell, sehr schnell.

«Lassen Sie uns allein, Sembritzki!»

Borsow hatte sich zurückgelehnt und fixierte seinen Tischnachbarn mit leicht zusammengekniffenen Augen. Sembritzki schüttelte den Kopf. Er fasste den jungen Mann am Ärmel seines ausgebeulten Tweedjacketts.

«Wir gehen. Wir beide, Herr Borsow!»

«Der junge Mann ist mein Gast, Sembritzki. Sie gehen zu weit!»

«Ich werde noch weiter gehen, Borsow», erwiderte Sembritzki lächelnd und stand auf.

«Sie haben mich als Pfadfinder benützt, Sembritzki!»

Borsow war jetzt aufgestanden. Er stützte sich mit beiden Armen auf dem Tisch ab und schaute seinen Gegner wütend an. Doch Sembritzki, den Spiegel im Rücken, machte einen Schritt zur Seite, sodass Borsows Hass sich gewissermassen auf sein eigenes Spiegelbild entlud. Er stand noch immer nach vorne gebeugt da und starrte sein Konterfei an, als Sembritzki zusammen mit dem jungen Mann das Lokal verliess.

«Wie heissen Sie?», fragte er ihn, als sie draussen auf der Strasse standen.

«Andreas», sagte der junge Mann und blickte Sembritzki von der Seite an.

«Und Sie?»

Aber auf diese Frage gab Sembritzki keine Antwort. Wortlos packte er Andreas am Ärmel und zog ihn mit sich hinein in den Strom von Leuten, die Genfs Nacht zu beleben begannen. Eine Weile gingen sie stumm nebeneinander her. Erst als die Strassen und Gassen einsamer wurden, begann Sembritzki zu sprechen.

«Was haben Sie Borsow erzählt, Andreas?»

«Nichts, wirklich nichts.»

«Der KGB hat Sie doch unter Druck gesetzt!»

«Das konnte ich nicht voraussehen. Ich verlor plötzlich meine Stelle als Elektriker in einer kleinen Firma.»

«Was ist passiert?»

«Ein Arbeitskollege hat Streit mit mir angefangen. Er hat mich provoziert. Ich habe ihn geschlagen. Und schon stand ich auf der Strasse.»

«Und dann hat sich nach einer Weile diese karitative Organisation eingeschaltet.»

«Wie hätten meine Mutter und ich sonst existieren können?»

«Und Sie haben nie den Verdacht gehabt, dass dieser Streit mit dem Arbeitskollegen eine blosse Inszenierung gewesen war?»

Der junge Mann stand still und schaute Sembritzki verwundert von der Seite an.

«Sie meinen ...?»

Sembritzki nickte.

«Ich bin überzeugt davon. Sie wurden absichtlich provoziert.»

Andreas starrte auf den feuchten Asphalt, in dem sich verschwommen eine Versicherungsreklame blassgrün spiegelte.

«Warum haben Sie mich da rausgeholt?», fragte er endlich und folgte Sembritzki, der weitergegangen war. Doch dieser gab keine Antwort.

«Haben Sie wieder eine Stelle?», fragte er stattdessen.

Andreas nickte.

«Ein halbes Jahr nach meiner Entlassung vermittelte mir dieselbe Organisation eine Stelle als Elektriker beim CERN.»

«Und bald einmal mussten Sie Ihren Wohltätern fabrikinterne Informationen liefern. Informationen, um Ihre finanziellen Schulden abzustottern.»

Andreas nickte.

«Und dieselben Informationen haben Sie dann auch Milena weitergegeben.»

Wieder nickte der junge Mann.

«Sie waren aber Milena nichts schuldig.»

«Doch. Milena hat die Emigrantenkreise hier in Genf formiert und organisiert. Sie hat uns daran gehindert, unsere nationale Identität preiszugeben.»

«Sie hat einen östlichen Brückenkopf im Westen aufgebaut. Und Sie haben sich nie gefragt, weshalb?»

«Wer hat denn hier schon so viel ...» – er suchte nach dem passenden Wort und fuchtelte dabei mit seinem Arm in der Luft herum ... – «so viel Luft, um sich immer wieder fragen zu können, warum man dies oder jenes tut.»

Sembritzki schwieg. Andreas hatte recht. Fragen hielten

nur auf.

«Borsow wird wiederkommen», sagte Sembritzki endlich. Sie waren am Ufer des Sees angekommen und starrten auf den Jet d'eau, der gespenstisch aus den Nebelschwaden über dem Wasser in den Himmel schoss und dann wieder zurücksank.

Andreas umklammerte mit beiden Händen das feuchtkalte Geländer. In ihrem Rücken brauste der Verkehr über den Quai. Ein Schwan schaukelte kopflos auf den Wellen.

«Dann wird er vielleicht zusammen mit seinen Kumpanen Milenas Erbe antreten wollen. Borsow weiss zu viel.»

Sembritzki wandte sich nicht seinem Begleiter zu, als er diesen Satz beinahe beiläufig aussprach. Ganz langsam griff er in seine Tasche und grapschte nach seinen Zigarillos.

«Was wollen Sie damit sagen?»

Andreas hatte sich Sembritzki brüsk zugewendet, doch dieser schaute nur einen kurzen Augenblick in die erschrocken aufgerissenen Augen des jungen Mannes, machte eine halbe Drehung und blickte jetzt, den See im Rücken, auf die Fassade eines weiss gestrichenen Hauses, wo über einem schwarz klaffenden Torbogen die rot-weiss beleuchteten Grossbuchstaben I – M – B zu lesen waren: Inter Maritim Bank. Sembritzki lachte in sich hinein, als er den drei strahlenden Lettern nachtastete.

I – M – B. Ich – Milena – Borsow!

«Warum lachen Sie?», fragte Andreas irritiert.

«Über die zufälligen Wegzeichen im Leben», antwortete Sembritzki, und sein Zigarillo zeigte steil nach oben in den milchigen Himmel.

«Sind Sie zufällig als mein Retter aufgetreten?»

Sembritzki schüttelte den Kopf.

«Nein. Ich wollte mehr über Milenas Aktivitäten erfahren, und weil mir die Zeit fehlte, selbst die Spuren zu suchen, habe ich jenen Mann auf sie angesetzt, der sich schon berufshalber für sie interessieren musste. Nur habe ich dabei nicht gewusst, was Borsow finden würde. Ich bin ihm ganz einfach gefolgt, und jetzt stelle ich fest, dass Milena ein Doppelspiel trieb. Einerseits arbeitet sie offiziell für den Geheimdienst der DDR. Das war ihre Legitimation. Andrerseits betrieb sie ihre ganz privaten Geschäfte, mit denen sie einen Teil der Schuldgefühle, die aus ihrer verqueren Herkunft heraus wuchsen, abstotterte.»

«Warum erzählen Sie mir all das?»

Sembritzki drehte sich wieder um und starrte in den See. Er öffnete den Mund und der Zigarillo fiel lautlos ins Wasser.

«Weil Milena Genf verlassen wird. Vorläufig mindestens.»

«Milena geht?»

Sembritzki nickte.

«Viele Leute wissen zu viel über sie.»

«Sie wissen auch zu viel über sie!», sagte Andreas und schaute Sembritzki anklagend an. «Sie sind schuld, dass dieser Sowjetrusse in unseren Zirkel eindrang. Sie sind schuld, dass Milena untertauchen muss. Sie sind schuld, dass mich dieser Sowjetrusse zum Verräter an Milena zu machen versuchte.»

Sembritzki lachte verächtlich.

«Verräter? Das waren Sie schon vor Ihrer Begegnung mit Borsow.»

«Der Zweck heiligt die Mittel», gab Andreas trotzig zurück. «Ich und meine Mutter erkauften dadurch unser Überleben.»

«Eben. Der Zweck heiligt die Mittel. Das gilt auch für

mich. Mindestens in diesem Fall.»

«Borsow kommt zurück, sagten Sie. Sie tauchen wieder unter, wo Sie hergekommen sind, und lassen uns hier allein zurück.»

«Ich bin nicht Milenas Testamentsvollstrecker», brummte Sembritzki und steckte sich einen neuen Zigarillo in den Mund.

«Was soll ich tun?»

Andreas packte Sembritzki an der Schulter.

Nur einen kurzen Augenblick lang fühlte Sembritzki Mitleid mit dem jungen Mann und Hass auf sich selbst in sich hochsteigen, dann aber machte er entschlossen einen Schritt zurück; er zeigte mit der Spitze seines Zigarillos direkt auf die Stelle, wo Andreas' Herz sein musste.

«Tun Sie, was Sie für richtig halten, Andreas. Aber stehen Sie endlich auf eigenen Füssen.»

«Borsow kommt wieder, weil er noch nichts von mir erfahren hat», sagte Andreas stur.

«Dann schaffen Sie sich Borsow vom Leib!»

«Wie?»

«Ich bin nicht Ihre Amme», brummte Sembritzki und schob ihm einen Zettel hin, auf dem Borsows Adresse, sein Tagesablauf, seine bevorzugten Spaziergänge aufgezeichnet waren.

«Leben Sie wohl, Andreas!»

Sembritzki hob kurz die Hand zum Gruss.

Bis weit über Mitternacht hinaus sass er in einer versteckten Pinte in der Genfer Altstadt. Er tröpfelte perlenden Weissen langsam in sich hinein, und je mehr seine Trunkenheit fortschritt, desto mehr versöhnte er sich mit seinem Vorgehen. Borsow oder Andreas. Einer von beiden würde auf der Strecke bleiben. Borsow war der Raffiniertere, der kalte Überlebenskünstler, ein Killer auf dem Papier, dem aber die letzte Fähigkeit zum tödlichen Schlag abging. Es sei denn, Todesangst fege alle Hemmungen weg. Andreas dagegen war naiv, offen, und seine Gefährlichkeit wuchs allein aus seinem Jähzorn und der Tatsache heraus, dass er sich in die Enge getrieben fühlte. Verzweiflung und Angst vor der endgültigen Vernichtung würden ihn nicht ruhen lassen, bis er Borsow zur Strecke gebracht hatte. Die Frage allein blieb, ob er auch die Kraft zum tödlichen Schlag hatte. Und wenigstens einen minimen Sinn für Taktik und Strategie. Nur ein Mann mit halbwegs kühlem Kopf konnte es sich erlauben, gegen einen Mann wie Borsow anzutreten. Doch all das war Sembritzkis Sache nicht mehr. Es ging nur darum, dass Milena diese letzte Nacht in Genf, wo immer auch sie sich versteckt hielt, unbeschadet verbringen konnte. Borsow und Andreas waren mindestens für diese Nacht beschäftigt. Was nachher kam, war in grossen Zusammenhängen gesehen nicht mehr von Interesse. Mit diesem Gedanken tröstete sich Sembritzki, als er sich gegen zwei Uhr endlich kaum schwankend von seinem Stuhl erhob, sich einen kurzen Augenblick lang in die Stuhllehne verkrampfte und sich dann mit einem Ruck in Bewegung setzte. Und während er durch die wabbelnden Rauchschwaden zur Türe schritt, kam ihm Kafkas Auseinandersetzung mit dem Foltern und dem Gefoltert-Werden in den Sinn. Und als die Sätze langsam Kontur bekamen, als sie sich gleichsam aus den flüchtigen Schatten der beiden Männer herausschälten, die er an diesem Abend und in dieser Nacht aufeinandergehetzt hatte, fühlte er, wie ihm sein Nacken feucht wurde: *«Das Tier entwindet dem Herrn die Peitsche und peitscht sich selbst, um Herr zu werden, und weiss nicht, dass das nur eine*

Fantasie ist, erzeugt durch einen neuen Knoten im Peitschen-
riemen des Herrn.»

17. Kapitel

Sembritzki verbrachte den Rest der Nacht und einen grossen Teil des Vormittags in einer schäbigen Pension in Carouge. Die schmuddelige Bettwäsche und das Waschbecken, in dem noch Haare früherer Gäste klebten, störten ihn überhaupt nicht, im Gegenteil. Irgendwie hatte er das Bedürfnis, diesen Tag in einer sozusagen unwürdigen Umgebung zu beschliessen. Er sehnte sich beinahe nach Verwahrlosung, und lange ging er im Zimmer auf und ab, schlug immer wieder mit der Hand nach dem zerschlissenen, ockergelben Vorhang, aus dem der Staub aufwirbelte, und mit der Schuhspitze bohrte er im löcherigen Teppich herum, und, um gleichsam diese Verwahrlosung auf die Spitze und zur Vollkommenheit zu treiben, verrückte er die beiden einzigen Bilder im Raum, eine schäbige Kopie von Böcklins Toteninsel und van Goghs Selbstbildnis mit dem abgeschnittenen Ohr, sodass sie schräg hingen. Dann legte er sich endlich in den Kleidern aufs Bett und verbrachte eine unruhige Nacht – dreimal stand er auf, um ins Waschbecken zu pinkeln –, bis ihn gegen zehn Uhr der Lärm eines Pressluftbohrers vor dem Fenster weckte. Und während er eine Weile noch mit offenen Augen dalag, wuchs in ihm die Überzeugung, dass Milena Genf sicher bereits verlassen hatte, um sich dem Zugriff ihrer Gegner fürs Erste zu entziehen. Er ärgerte sich, dass er nicht schon vorher daran gedacht hatte. Milena war untergetaucht, und wenn er Glück hatte, würde er sie erst im Intercity zwischen Zürich und München wieder finden.

Ohne Frühstück verliess er die Pension gegen halb elf. In einer Telefonkabine versuchte er bei Sovchart mit Borsow ins Gespräch zu kommen. Doch Borsow war nicht zur

Arbeit erschienen. Das konnte alles heissen und nichts. Noch einmal griff Sembritzki zum Hörer, um Milenas Nummer zu wählen. Doch irgendetwas hinderte ihn daran. Er verliess die Telefonkabine und verbrachte die nächste Stunde in einer Sauna. Erst dann versuchte er, mit Milena in Kontakt zu treten. Aber Milena blieb verschwunden. –

Der Intercity nach München verliess den Zürcher Hauptbahnhof kurz nach vier Uhr. Sembritzki, nach einem Zwischenhalt in Bern, wo er sich neu eingekleidet hatte, war in Zürich ganz am Ende des Zuges eingestiegen. Und als sich dieser dann in Bewegung setzte, hatte er sich aufgemacht und gemächlich Wagen für Wagen, Abteil für Abteil abgeschritten. Erst im drittvordersten Wagen hatte er sie gefunden. Sie sass mit einer graugrünen Lederhose und einem weissem Pullover bekleidet an der Seite einer älteren Dame und einem Mann gegenüber, der, in die Financial Times vertieft, sich ausgesprochen businesslike gab, dessen sportliche Schuhe mit dicken Gummisohlen jedoch nicht zum eleganten grauen Nadelstreifenanzug passen wollten. Milena reiste nicht allein. Das sah Sembritzki auf den ersten Blick. In diesem Abteil gab es mindestens eine Person, die nicht um des Reisens willen zugestiegen war, der es nicht darum ging, der Weltstadt mit Herz einen Besuch abzustatten, sondern die sich sozusagen auf Dienstreise befand. Und Milena schien das selbst auch zu wissen. Sie sass mit halb geschlossenen Augen zurückgelehnt da, und Sembritzki, der ihr nur einen schnellen Blick zuwarf, schien es, als ob sie ganz leise lächelte. Oder hatte er sich das nur gewünscht – ein verzeihendes, sanftes Lächeln?

«Frau Davis?», murmelte er scheinbar überrascht.

«Ach, Sie?», gab sie zurück und öffnete die Augen.

«Ein schöner Zufall», sagte er.

«Ein Zufall», korrigierte sie und eliminierte das Adjektiv mit einem Lächeln. «Gute Reise!»

Einen kurzen Augenblick lang stand Sembritzki irritiert da. Sie hatte ihn auf Distanz gehalten. Auf diese Weise hatte er überhaupt keine Gelegenheit, sich neben sie zu setzen. Sie wollte allein sein, oder mindestens wollte sie verhindern, dass irgendjemand in ihrer Umgebung sich mehr mit ihr beschäftigte, als ihr lieb war. Sembritzki nickte ihr zu.

«Guten Aufenthalt in München», gab er zur Antwort und ging, nach einem suchenden Blick, als ob er nach einem freien Platz Ausschau halten würde, wieder in die Richtung zurück, aus der er gekommen war. Draussen setzte er sich auf die schmale Bank und wartete. Worauf?

Bis München würde sich nichts tun. In jedem Bahnhof, in dem der Zug unterwegs anhielt, stand er auf und linste ins Abteil. Doch Milena machte keine Anstalten, den Zug vorzeitig zu verlassen. Zweimal fiel ihm unter den vielen Passagieren, die an ihm vorbeigingen, ein Mann auf, der ihm interessierte Blicke zuwarf. Doch würde sich ein Abgesandter irgendeines Geheimdienstes so offensichtlich für ihn interessieren? Oder vielleicht gerade deshalb, weil Sembritzki sich selbst nur für jene interessierte, die sich offensichtlich nicht für ihn interessierten. Was war Maske und was verbarg sich dahinter? Immer wieder nickte Sembritzki ein, und in seinen oberflächlichen Träumen verfolgten ihn Menschen mit maskenhaften Gesichtern, die sich vor ihm in einer Art Gesichtsstriptease produzierten, sich einer Haut nach der andern entledigten, Maske um Maske vom Gesicht rissen und doch nie zu einem Ende kamen: «Ich bin alles, was du siehst, sagte die Maske zum Menschen, und alles, was du dahinter fürchtest.»

Kurz vor München gelang es ihm endlich, den Schlaf endgültig abzuschütteln. Er stand bereits in Türnähe, als die ersten Reisenden aus Milenas Abteil kamen. Dann endlich erschien auch sie. Im Augenblick, als der Zug mit einem Ruck zum Stehen kam, sah er über die Köpfe der andern Reisenden hinweg ihren Arm, mit dem sie nach dem Ärmel ihres braunen Wollblazers suchte. Sembritzki liess die Passagiere an sich vorbeidefilieren. Er drückte sich in die Ecke neben der Toilettentüre, bis sie endlich kam. Nur einen kurzen Augenblick lang trafen sich ihre Blicke. Täuschte er sich, oder hatte er Angst in ihren Augen entdeckt? Und Müdigkeit. Und ein bisschen Resignation?

«Du bist 38 Jahre alt und so müde, wie man wahrscheinlich durch Alter überhaupt nicht werden kann.»

Kafka hatte sich wieder zwischen sie geschoben. Und er blieb hartnäckig in ihrer Nähe, denn im Augenblick, als sie an ihm vorbeiging, schob sie ihm ein Papier in die Hand. Dann trat sie auf den Bahnsteig, und er folgte ihr in einem Abstand von zehn Metern, sozusagen auf gleicher Höhe mit dem Geschäftsmann, der lautlos auf seinen Gummisohlen dahinglitt. Er fragte sich, wie es Milena anstellen würde, sich von ihrem Verfolger – oder von mehreren, denn auch das war möglich – abzusetzen. Sie tauchte in den Schlund der Bahnhofunterführung ein, aber immer ganz ohne Hast und ohne sich auch nur einmal umzusehen.

Dann passierte sie die U-Bahn-Schranke Richtung Kieferngarten. Sembritzki folgte ihr. Ebenso der Herr mit den Gummisohlen.

Für Sembritzki wäre es nicht schwierig gewesen, durch einen plumpen Trick den leisen Verfolger im Nadelstreifenanzug so zu irritieren, dass er Milena aus den Augen verlieren würde. Ein Anrempeln, der Versuch, den andern im letzten Augenblick, wenn sich die U-Bahn-Türen schon schlossen, vom Betreten des Wagens abzuhalten, all das lag im Bereich des Möglichen. Nur würde auch Sembritzki damit Milenas Fährte verlieren. Er wusste nicht, wohin sie ging, und er konnte es sich nicht leisten, sie aus den Augen zu verlieren. Es sei denn, auf dem Papier, das sie ihm noch im Zug zugesteckt hatte, sei eine Adresse aufgeschrieben, zu der sie sich jetzt zu begeben beabsichtigte.

Sie stand, die Arme eng an sich gedrückt, scheinbar frierend und verloren, in der dumpfwarmen Luft der U-Bahn-Station. Sembritzki hatte sich auf eine Bank gesetzt, und faltete langsam das Stück Papier auseinander, das sie ihm zugesteckt hatte. Täuschte er sich, oder hatte ihr Körper eine beinahe unmerkliche Drehung vollzogen, wie eine Wetterfahne, die, von einem Luftstoss aus dem Tunnel angesprungen, eher widerwillig ihre Angriffsfläche verringerte?

Wieder Kafka! Sie hatte ganz einfach eine Seite aus dem Briefwechsel zwischen Kafka und Milena Jesenská herausgerissen und ihm in die Hand gedrückt.

«Aber eben zwischen dieser Tag-Welt und jener ‹halben Stunde im Bett›, von der Du einmal verächtlich als von einer Männersache schriebst, ist für mich ein Abgrund, über den ich nicht hinwegkommen kann, wahrscheinlich, weil ich nicht will.»

Diese Zeilen kannte er schon, und Milena hatte sie auch mit rotem Farbstift unterstrichen, wobei sie das Wort «Männersache» mit einem grossen fetten Ausrufezeichen versehen hatte. Doch erst jetzt fiel Sembritzki auf, dass auf dieser Seite nicht nur diese Zeilen unterstrichen waren, sondern dass der Briefschreiber Kafka selbst ein paar Zeilen unterstrichen hatte, und wenn sie sich auch auf die Empfängerin des Briefes, eine Frau, bezogen, so war Sembritzki in diesem Augenblick nicht bereit, sie jemand anderem zu gönnen als sich selbst: «*Da ich Dich liebe (und ich liebe Dich also, Du Begriffstutzige, so wie das Meer einen winzigen Kieselstein auf seinem Grunde lieb hat, genauso überschwemmt Dich mein Liebhaben ...)*»

Die U-Bahn schoss aus der Röhre. Der leise Verfolger faltete seine Zeitung zusammen. Sembritzki stand auf und steckte die Buchseite in die Tasche seiner dunkelgrünen Lederjacke. Was meinte Milena mit dem unterstrichenen Wort «Männersache»? Und warum überhaupt hatte sie diese Passage gewählt? Natürlich konnte man sie zum Nennwert nehmen, konnte sie beziehen auf diese verschwommene Nacht, die zwischen ihr und Sembritzki lag, als sich der Mann aus Bonn, Adam, eingeschaltet hatte. Aber auf Sentimentalitäten allein würde sich Milena nicht einlassen. Das war nicht der Augenblick, Bekenntnisse abzulegen. Sie musste, selbst wenn sie ihre Liebe hinter einem fremden Briefschreiber kaschiert hatte, etwas anderes, etwas Zusätzliches gemeint haben. – Männersache! –

Sembritzki lehnte beim Ausgang des Wagens auf einem für Invalide bestimmten Sessel, und während der Zug beinahe lautlos auf seinen Gummirädern durch den Tunnel rauschte, kam ihm mit einem Male ein irritierender Gedanke, der sich immer bedrohlicher aus dem fetten mehrsilbigen Wort herauslöste, sich befreite und langsam seinen eigentlichen Sinn freigab. Erstaunt starrte er in die Fensterscheibe, in der im blau-weissen Licht Milenas Gestalt auf der andern Seite des Ganges wie in Milch schwamm. Sie hatte ihn – so wie er sie – ebenfalls im spiegelnden Fenster beobachtet und nickte jetzt beinahe unmerklich mit dem Kopf, so als ob sie die Lösung, die er gefunden zu haben glaubte, bestätigen wollte.

Münchner Freiheit.

Alle drei verliessen sie hier die U-Bahn und stiegen über die Treppe hinauf in die glasklare Nacht. Sie gehörten zusammen, und so gingen denn auch Sembritzki und der leise Begleiter auf gleicher Höhe hinter Milena her, bildeten gewissermassen die Basispunkte eines gleichschenkligen Dreiecks, dessen Spitze Milena darstellte. Trinität. – Maria selbdritt. Solche Formulierungen aus der Kunstgeschichte kamen Sembritzki in den Sinn, als sie bald einmal rechts abbogen und durch schmale Strassen in versecktere Bereiche von Schwabing eintauchten.

«Verschwinden Sie, Sembritzki», sagte der Mann neben ihm endlich halblaut, ohne seinen Blick ihm zuzuwenden. Nur die Basis des Dreiecks war kürzer geworden; Milena marschierte jetzt an der Spitze eines spitzwinkligen Dreiecks.

«Wie käme ich dazu», gab Sembritzki zurück. Auch er wandte seinen Blick nicht von Milena ab, die über einen kleinen, von Bäumen gerahmten Platz ging und dann wieder scharf rechts abbog. Wer auch immer sein Begleiter sein mochte, er schien es überhaupt nicht für nötig zu halten, seine Anonymität zu bewahren. Das konnte eigentlich nur bedeuten, dass es sich um einen Mann aus den eigenen Reihen handelte, wenn die Bezeichnung «eigen» in diesem Zusammenhang überhaupt zutreffend war.

«Das war eine Warnung», sagte der andere jetzt, und seine Stimme klang völlig emotionslos.

«Ich habe schon verstanden.» Sembritzki tönte gelangweilt. Jetzt schwiegen beide erneut. Die Basis des Dreiecks vergrösserte sich wieder, als sie eine breite Strasse überquerten und dann in östlicher Richtung weitergingen. Sembritzki kannte jetzt das Ziel. «Hotel Biederstein».

Wie oft hatte er schon selbst die Nacht in diesem verschlafenen Hotel mit den grossen Betten verbracht, in denen man versank wie in einem Heuhaufen und in denen man sich so schön in den Dunstkreis seiner Kindheit mit Grossmüttern und Tanten zurückträumen konnte. – In dieser Nacht würde sich nichts mehr tun. Und trotzdem konnte er es sich nicht leisten, schlafen zu gehen. So wenig wie sein leichtfüssiger Kollege, es sei denn – und dies war ja eigentlich anzunehmen – dass dieser gelegentlich abgelöst würde, während er, Sembritzki, als Einmannunternehmen sich die Nacht um die Ohren schlagen musste. Und während Milena im Hoteleingang verschwand und auch der Herr in Grau sich in die kleine Halle begab in der Absicht, Verstärkung herbeizuholen, schaute sich Sembritzki draussen nach einer günstigen Beobachtungsposition um. Er musste sich beeilen, Deckung zu finden, bevor der Leichtfüssige Verstärkung herbeigeholt hatte. Sembritzki betrachtete die Nummernschilder der geparkten Autos am Strassenrand. Ein Auto mit Münchner Kennzeichen kam schon deshalb nicht infrage, weil er nicht wissen konnte, ob der Besitzer nur in dieser Gegend zu Besuch war und zu später Stunde wieder wegfahren würde. Viel eher war ein Wagen mit fremdem Kennzeichen geeignet. Sembritzki entschloss sich bald für einen Passat mit Österreicher Kennzeichen, der im Halbschatten so geparkt war, dass man durch die Frontscheibe den Hoteleingang im Blickfeld hatte. Er brauchte nicht mehr als zwei Minuten, bis er die Vordertüre geöffnet hatte. Lautlos zog er sie im gleichen Augenblick zu, als die Verstärkung ankam.

Der zweite Beschatter sah sich um, schritt die geparkten Autos ab, ohne Sembritzki, der sich ganz nach unten hatte gleiten lassen, zu entdecken, und ging dann im Schatten eines Baumes in Stellung. Sicher rechnete er damit, dass

Sembritzki wieder auftauchen würde. Eine halbe Stunde später bog ein dunkelblauer BMW um die Ecke und fuhr langsam auf das Hotel zu. Der Leichtfüssige trat aus dem Schatten, sah sich kurz um und unterhielt sich dann mit dem Fahrer und dessen Begleiter.

Dann verschwand er endgültig aus Sembritzkis Gesichtskreis, während der blaue Wagen eine Parklücke suchte. Sembritzki döste vor sich hin. Ab und zu warf er einen Blick zu den letzten erleuchteten Fenstern des Hotels. Gegen zwei Uhr leuchtete es nur noch aus einem Fenster. Milenas Fenster? Was hinderte Sembritzki daran, ganz einfach das Hotel zu betreten, hinaufzugehen und Milena in die Arme zu schliessen. Was hinderte ihn daran, diese Frau wirklich zu lieben, nahe, körpernah? Er hätte hinaufgehen und sie kurzerhand entzaubern können. Warum tat er es nicht? Das hatte nichts mit seiner politischen Überzeugung zu tun, nichts mit der Aufgabe, die ihm der paralysierte Seydlitz wortlos aufgebürdet hatte. Rücksicht auf irgendjemand war für ihn nicht Motiv genug. Schwäche war es, seine eigene Schwäche, die ihn daran hinderte, aus dem Dunkel herauszutreten. Und wenn Kafka Intimität zur fernen Milena nur durch Briefe, durch Bild gewordene Worte herzustellen vermocht hatte, so war Sembritzki nur imstande, diese Milena hier zu lieben, Liebe zu ihr zu fühlen, wenn er in ihrer Nähe war, ohne dass diese Nähe Berührung enthielt.

«Unvollkommenheit zu zweit.» – Lieber die Vereinigung nur ahnen, als sie vollziehen und damit zerstören. Sembritzki fürchtete sich vor der zeitlichen und körperlichen Gegenwart. Weil er sich fürchtete, durch sie die Zukunft zu zerstören. Hatte ihm nicht einmal Seydlitz, der Asienexperte, von einem chinesischen Gespensterbuch erzählt, wo ein Sterbender davon sprach, dass er sich ein Leben lang gegen die Lust

gewehrt habe, es zu beenden. Und was habe ihm darauf ein anderer erwidert: «Immerfort sprichst du vom Tod und stirbst doch nicht.» War Sembritzki hier selbst ein permanent Sterbender, der immerfort über die Schulter zurückschaute und die Tatsache, dass er das Leben nicht frühzeitig beendet hatte, damit erklärte, dass zurückgelassenes, gelebtes Leben immer schöner war als die Gegenwart und das, was einen in der Zukunft erwartete? Und weil dieses angehäufte Kapital durch fortschreitende Existenz immer grösser wurde, liess sich der Zeitpunkt, an dem nichts mehr zu erwarten war, ohne weitere Begründung mühelos immer weiter hinausschieben, bis der Körper unter einem wegsackte, bis der Zerfall auch die Vergangenheit endgültig auslöschte und zerstieben liess. Durch eine endlose Arie sterbend den Ton hinauszögern und den Tönen nachhorchen.

Gegen vier Uhr war Sembritzki dann doch eingenickt. Um sechs, als es zu dämmern begann und schon wieder die ersten Lichter im Hotel angingen, wälzte er sich auf der Trottoirseite langsam aus dem Wagen, ging im Schutz der geparkten Autos gebückt ein paar Schritte ostwärts und zog sich dann in den Eingang eines Hauses zurück, von wo aus er das Hotel überwachen konnte.

Was hatte Milena im Sinn? Warum war sie nicht gleich in der Nacht noch weitergereist? Wer waren die Freunde, die ihr ein Auto borgen würden? Sie führte etwas im Schild, das wusste Sembritzki. Aber was? War sie wirklich naiv oder kühn genug, Kontakt zu ihrem Führungsoffizier oder einem seiner Abgesandten aufzunehmen, bevor sie endgültig untertauchte? Oder würde sie einen toten Briefkasten verwenden?

Sembritzki beobachtete alle Leute genau, die das Hotel betraten. Aber sie würde es bestimmt nicht wagen, einen

Kontaktmann in ihrem Zimmer oder in der Halle zu treffen. Sie wusste, dass sie beobachtet wurde, und wenn sie auch gemerkt hatte, dass Sembritzki sich nur deshalb in ihrer Nähe aufhielt, um sozusagen als zweites Netz, als Geleitschutz ihren Abgang zu decken, so konnte sie nicht damit rechnen, dass er sich gegen die Übermacht der andern Beschatter würde durchsetzen können.

Sie kam gegen halb zehn Uhr. Wie Sembritzki vermutet hatte, verzichtete sie darauf, ein Taxi zu nehmen, weil sie auf diese Weise keine Chance gehabt hätte, ihre sicherlich mit Funk ausgerüsteten Verfolger abzuschütteln. Jetzt wurde es in der Gegend lebendig. Ein Mann verliess den dunkelblauen BMW und folgte Milena. Aus dem Hoteleingang kam ein zweiter Mann, der sich, auf der andern Strassenseite gehend, ebenfalls an ihre Verfolgung machte. Sembritzki liess die beiden vorangehen. Er sah sie in ihrem braunen Wollblazer in den dumpfen Herbstfarben untertauchen; Milena ging zurück zur U-Bahn-Station Münchner Freiheit und verschwand. Mit ihr die beiden Männer, nicht aber Sembritzki. Er ging das Risiko ein, sie dort unten, wenn sie wirklich die U-Bahn nehmen sollte, endgültig aus den Augen zu verlieren. Aber sie musste doch wissen, dass da unten, im rollenden Zug, keine Chance auf ein Entkommen war, und zudem wäre es einfach nicht logisch gewesen, wenn sie die Nacht in Schwabing verbracht hätte, nur um dann am Tag wieder ins Zentrum zurückzukehren. Viel näher lag es, dass sie irgendwo im Viertel hier einen Treff ins Auge gefasst hatte.

Es dauerte lange, bis sie endlich wieder auftauchte. Aber sie war wirklich allein. Sie verschwand in einer Schreibwarenhandlung. Eine Minute später erschien der erste Verfolger, dann zeigte sich auch der zweite auf der andern Seite der

Ludwigstrasse. Sembritzki hatte sich wieder in einen Hauseingang zurückgezogen und schaute den beiden zu, die sich mit Handzeichen zu verständigen versuchten. Dann ging der Mann jenseits der Chaussee in südlicher, der zweite in nördlicher Richtung davon. In diesem Augenblick kehrte Milena zurück. Wieder stieg sie die Treppe hinunter in die U-Bahn-Passage. Sembritzki folgte ihr. Sie ging unter der Ludwigstrasse durch und tauchte am andern Ende des Schlauches wieder auf. Jetzt hatte sie einen beigen Regenmantel angezogen und trug eine beige Sportmütze. Als sie sich ganz kurz umschaute, entdeckte sie ihn. Aber sie reagierte nicht, ging schnell, immer schneller jetzt und suchte den Schatten verwinkelter Strassen und Strässchen. Plötzlich blieb sie stehen, zog eine Zeitung aus ihrer Handtasche und klemmte sie demonstrativ unter den Arm. Jetzt entdeckte Sembritzki den Mann im braunen Ledermantel, der einem beigen VW Polo entstieg, sich kurz umschaute, so als ob er sich orientieren möchte, und dann Milena entgegenging. Als sie auf gleicher Höhe waren, registrierte Sembritzki das kurze Zögern in Milenas Schritt. Aber sie ging weiter, ohne vom Mann im Ledermantel Notiz zu nehmen. Sembritzki hatte gesehen, wie sich ihre Lippen ganz kurz bewegt hatten. Sie hatte dem andern etwas zugeflüstert. Ein Motorradfahrer in stahlblauem Lederkombi kam die Strasse entlanggefahren und bockte seine Yamaha neben dem Polo des Fremden auf dem Trottoir auf. Dann machte er sich an seinen Satteltaschen zu schaffen. Der Postbote hastete vorbei, und zwei Kinder schlenderten mit ihren grellgelben Schulsäcken pfeifend nach Hause oder zur Schule. Ein roter Lieferwagen mit einem italienischen Namenszug hielt vor der «Harmonika», einer kleinen Pinte, in der Sembritzki auch schon, zwischen Bier und Wodka eingekeilt, lange Nächte verbracht hatte.

Milena, am Ende der Strasse angekommen, blieb stehen und sah sich um. Sie musste den Motorradfahrer bemerkt haben, schenkte ihm aber keine Aufmerksamkeit. Und was war mit dem Lieferwagen? Ein grauhaariger Mann im roten Flanellhemd stieg aus, öffnete hinten die Türen und verschwand dann mit zwei grossen rot-grün-weissen Tüten in der «Harmonika». Da tat sich nichts Aussergewöhnliches. Der Mann im Ledermantel überquerte die Strasse, ging auf die «Harmonika» zu, blieb sinnend vor dem Eingang stehen und ging dann langsam weiter, ging, wenn auch durch die Strasse getrennt, auf Milena zu, die nun ebenfalls kehrt gemacht hatte. In diesem Augenblick sah Sembritzki, wie der Fahrer des roten Lieferwagens die Fenster langsam herunterkurbelte. Sein Gesicht unter der braunen, speckigen Schirmmütze glänzte weiss im bunt raschelnden Herbstmorgen, als Milena und der Mann im Ledermantel aufeinandertrafen und stillstanden.

«Hallo!», rief der Mann und hob grüssend die Hand. Milena schüttelte zweifelnd den Kopf und liess die Zeitung fallen. Doch es war zu spät. Der Mann ging mit grossen Schritten quer über die Strasse. Der Motorradfahrer hatte seinen Fotoapparat gezückt, und Sembritzki kam einen Schritt zu spät. Drei-, viermal hatte der Mann im stahlblauen Lederkombi abgedrückt, als ihn Sembritzki wie aus Versehen anrempelte, sodass ihm der Apparat aus der Hand geschleudert wurde, aber, anstatt zu zerschellen, am schwarzen Band an seinem Hals baumelte. Jetzt stand der Mann im Ledermantel wie vom Schlag getroffen still, schwankte leicht, und während Milena nach einem kurzen, scheinbar verwunderten Augenblick des Zögerns sich abwandte, um weiterzugehen, stieg Reusser aus und ging mit schiefem Grinsen auf Milena zu, trieb sie mit heftiger Handbewegung gleichsam vor sich her, zurück in die Arme des noch immer wie festgefroren dastehenden Mannes im Ledermantel, und als die beiden sich auf einen Meter Entfernung gegenüberstanden, als der Mann mit hilflosem Ausdruck im Gesicht den rechten Arm hob, als Milena die Hände tief in der Manteltasche vergrub, drückte der Fotograf ein zweites Mal ab, und dann noch einmal und noch einmal.

Hatte Milena noch eine Chance, sich abzusetzen, das Ganze mit vager Handbewegung als Irrtum aus der Welt zu schaffen?

Langsam zog sich Sembritzki zurück, suchte Schutz hinter den Gaffern, die sich anzusammeln begannen und die mit gestreckten Hälsen auf die Frau mitten auf der Strasse starrten, die verwirrt auf einen bleichen Mann im Ledermantel blickte, so als ob er sich hierher verirrt hätte. Und als nun der Mann aus dem roten Lieferwagen beinahe entschuldigend nach ihrem Arm griff, als er ihr zwei, drei Worte zuflüsterte und gleichzeitig sein Kollege hinter den Fremden im Ledermantel trat, als der Motorradfahrer sich nach jenem Unbekannten umsah, der ihm den Fotoapparat aus der Hand geschlagen hatte, und ein dunkelblauer BMW unmittelbar in der zweiten Reihe vor der «Harmonika» parkte und zwei Männer in beigen Regenmänteln ausspuckte, wusste Sembritzki, dass er hier nichts mehr zu suchen hatte.

Die Falle war zugeschnappt.

«Es sind 4 Pfähle, durch die zwei mittleren werden Stangen geschoben, an denen die Hände des ‹Delinquenten› befestigt werden; durch die zwei Äussern schiebt man Stangen für die Füsse. Ist der Mann so befestigt, werden die Stangen langsam weiter hinausgeschoben, bis der Mann in der Mitte zerreisst.»

Noch war es nicht ganz so weit. Noch hatte Erhard Reusser oder wer auch immer in seinem Rücken die Fäden zog, den letzten Befehl nicht gegeben.

Es war kein Schluchzen, das aus ihm herausdrängte. Ein Husten eher, trocken, schmerzhaft. Diesmal musste er mit eigenen Augen zusehen, was er sich damals, auf seiner Flucht aus Prag und Böhmen, nur in Bildern hatte vorstellen können, damals, als er Eva in sogenannt übergeordnetem Interesse geopfert hatte. Doch war es damals eine sich auflösende Liebe gewesen, der er gleichsam den Todesstoss versetzt hatte, während ihm jetzt sein eigener Verein eine Liebe abwürgte, die sich überhaupt noch nicht verwirklicht hatte.

Und als dann Sembritzki langsam zurück zur Ludwigstrasse ging, die Bilder von vorhin wie schwere Gewichte im Nacken, fragte er sich, ob ihn sein Kollege Reusser nicht, wenn auch auf brutale Weise, vor einer Enttäuschung bewahrt habe.

Teil 3
18. Kapitel

Warum stieg er nicht einfach aus, warum liess er nicht einfach alles fahren und zog sich in seine Wohnung unten an der Aare zurück? Mit der sogenannt grossen Welt hatte er nichts mehr zu tun.

«Gut, das wäre also Deine Lage. Einige Gefechte hast Du mitgefochten, Freund und Feind dabei unglücklich gemacht, (...) bist schon dabei ein Invalide geworden, einer von denen, die zu zittern anfangen, wenn sie eine Kinderpistole sehen und nun, nun plötzlich ist es Dir so, als seiest Du einberufen zu dem grossen welterlösenden Kampf.»

Sembritzki lachte laut heraus, als er sich Kafka in Erinnerung rief. Es gab kein Entrinnen! Er musste immer wieder zurück, immer wieder dieselben Stationen anlaufen, um je einmal aus diesem Labyrinth herausfinden zu können. Nur das wiederholte Abschreiten desselben Weges würde ihm die Chance eröffnen, eines Tages doch einmal den Ausweg zu finden. – Bartels!

Sembritzki wusste, dass der Mann, der vor Kurzem noch in einem Münchner Sachbuchverlag vor allem buddhistische Literatur betreut hatte, sich selbstständig gemacht und in Schwabing eine eigene kleine Buchhandlung eröffnet hatte. Der kleine Laden war nicht leicht zu finden. Eingekeilt zwischen einer italienischen Pizzeria und einem schmalbrüstigen Mietshaus hatte sich Bartels eingenistet. Man stieg über drei, vier Treppenstufen gleichsam in sein Verlies hinunter, wo er sich hinter wackeligen Stapeln von Büchern verschanzt hatte und jeden Besucher, wie ein Uhu, blinzelnd, Störung und Licht ungewohnt, hinter seinen dicken Brillengläsern anlinste. Bartels nahm die Zigarette nicht aus dem Mund, als Sembritzki eintrat. Kein Zeichen des Wiedererkennens.

«Bartels!»

Sembritzki fühlte, wie plötzlich der enge Mantel der Einsamkeit von ihm fiel, als er endlich wieder den Namen eines Mannes aussprechen konnte, der zwar nicht unbedingt sein Freund, aber doch ein guter und zuverlässiger Bekannter war. Bartels! Einen Vornamen hatte Sembritzki bei diesem menschenscheuen Buchhändler nie benützt.

«Sembritzki!»

Bartels nickte beiläufig und blätterte weiter in einem Band, dessen Seiten ebenso gelb waren wie seine nikotinverfärbten Finger.

«Ich brauche deine Hilfe!»

Sembritzki starrte auf Bartels' fettiges Haar, das ihm in Strähnen über die Stirn hing.

«Setz dich», sagte Bartels und zeigte, ohne aufzusehen, auf einen mit Büchern belegten Stuhl am andern Ende des Tisches, wo er selbst sass.

Behutsam hob Sembritzki die ledergebundenen Bände auf und stellte sie auf den Tisch. Dann setzte er sich, öffnete seine Lederjacke und steckte sich einen Zigarillo in den Mund. Es war still, nur das Knistern war zu hören, das Bartels Finger verursachten, wenn er die Seiten seines Buches umblätterte. Endlich hob Bartels den Blick.

«Du sitzt in der Tinte, nicht wahr?»

Sembritzki reagierte nicht. Er wartete ab, was Bartels bereits wusste.

«Du hast dir diesmal einen zu grossen Schuh angezogen, Sembritzki!»

«Du weisst Bescheid?»

Bartels drückte seinen Zigarettenstummel aus und steckte sich eine neue Zigarette zwischen die Lippen. Mit zitternder Hand gab er sich Feuer, hielt das flackernde Streichholz so lange fest, bis es zwischen seinen Fingern erstickte, und versorgte dann das schwarze gekrümmte Ding, ohne dass es zerbröselte, umständlich in seiner Zündholzschachtel.

«Reusser zieht die Fäden», sagte er endlich und feuchtete mit der Zunge Zeigefinger und Daumen der rechten Hand an. Sembritzki nickte.

«Was weisst du, Bartels? Reusser zieht die Fäden, ja. Aber was steckt dahinter? Und wer steckt dahinter?»

Bartels zuckte die Schultern.

«Ich stecke da nicht drin», brummte er.

«Aber du hast von dieser Aktion gewusst.»

«Vage. Ich habe gewusst, dass sich ein DDR-Agent oder eher ein Kurier heute mit einer Agentin treffen sollte. Der Mann wurde seit Wochen schon überwacht.»

«Und die Frau?»

Sembritzki ärgerte sich darüber, dass seine Stimme ein wenig zitterte. Bartels sah denn auch erstaunt auf, und ein Lächeln, das eher einer Grimasse glich, liess seine faltige Haut leicht vibrieren.

«Die Frau auch.»

«Reusser als Koordinator?»

Bartels nickte.

«Ich kenne nur eine Hälfte der Geschichte, Sembritzki. Die andere musst du mir erzählen, wenn ich dir helfen soll.»

Und Sembritzki erzählte, abgesehen von ein paar intimen Details, alles, was sich seit dem Tag ereignet hatte, als man Barth tot am Ufer der Aare gefunden hatte und Sembritzki auf unverhoffte und unerwünschte Weise zu seinem Einsatz gekommen war. Er sprach über den Auftritt des Staatssekretärs in Bern, über Milena. Nur Adam liess er aus dem Spiel.

«Der Fall liegt klar», sagte Bartels, als Sembritzki ein

Ende gefunden hatte. Zum ersten Mal zeigte der Buchhändler etwas wie Erregung. Er stand auf, wischte seine Hände an seiner Hose ab und ging dann eine Weile zwischen den Bücherstapeln umher, ohne auch nur einen davon ins Wanken zu bringen.

«Ein raffinierter Versuch, alle Ost-West-Kontakte zu unterlaufen. Und gleichzeitig auch eine Aktion, die sich gegen den Honecker-Besuch in der Bundesrepublik richtet.»

«Wer steckt dahinter, Bartels?»

«Wer?»

Bartels lachte ein schepperndes Lachen.

«Willst du Namen? Ich könnte dir ganze Listen vorlegen.»

«So war es nicht gemeint, ich will die Namen der Fadenzieher.»

«Gerade die kann ich dir nicht nennen, Sembritzki. Die nicht. Die Leute, die so umsichtig dieses Komplott um den Staatssekretär ausgetüftelt haben, die Milena Davis' Biografie zerpflückt haben, die dann Milena und den Staatssekretär zusammenzubringen versuchten, vor den Augen der Reporter, Kameraleute und Fotografen, und die es nun doch noch geschafft haben, die Frau bei der Übergabe von Dokumenten oder Informationen an einen DDR-Kurier zu schnappen. Der Staatssekretär ist kompromittiert im Augenblick, wo die Sache publik gemacht wird. Und mit ihm das Aussenministerium und jene Köpfe, die sich um einen engen Kontakt zur DDR und für eine Zusammenarbeit aussprechen. Und jene, die sich mit dem Gedanken tragen, sich aus den Blöcken herauszulösen: die DDR aus dem östlichen, und wir aus dem westlichen Verteidigungsbündnis.»

Bartels setzte sich, erschöpft von dieser für ihn ungewohnten Redeanstrengung, wieder an den Tisch.

«Reusser handelt also ganz offiziell?», fragte Sembritzki.

«Was heisst hier schon offiziell? Er hat gewisse Kompetenzen von irgendjemandem in der Führung des BND bekommen. Das ist alles, und mehr braucht es nicht. Schliesslich ist es ihm gelungen, eine DDR-Agentin hochzunehmen.»

«Eine Frau, die in der Schweiz tätig war.»

«Gehupft wie gesprungen. Sie hat ihre Informationen einem Kurier in München übergeben. Hier und einmal in Salzburg, auch in Bonn, in Wien, nie aber in der Schweiz.»

«Du weisst also Bescheid?»

«Ich kenne keine Einzelheiten. Aber der Fall Davis war mir bekannt. Warum hat sich Milena nicht direkt nach Italien abgesetzt? Warum hat sie sich vorher noch einmal mit ihrem Kontaktmann getroffen?»

Die Antwort auf diese Fragen würde er von Milena wohl kaum mehr erhalten. Verbohrtheit, Pflichtbewusstsein oder ganz einfach der Versuch, beim HVA ihren Rückzug glaubhaft zu decken, mochten hier ausschlaggebend gewesen sein.

«Was weisst du über die Beziehung Reussers zum ermordeten Barth? Gibt es da einen direkten Strang? Und wer war Barth? Woher kommt er? Und noch etwas, Bartels! Was weisst du über den Mann, der den Staatssekretär in Bern begleitet hat: Adam?»

Bartels hob erstaunt den Blick.

«Eine Menge Fragen. Dass du dich für Reusser und Barth interessierst, kann ich verstehen. Was aber soll dieser neue Name, den du ins Spiel bringst?»

«Frag nicht! Nicht jetzt! Später. Verschaff mir die Antworten auf diese Fragen. So schnell wie möglich!»

Eine Weile starrte Bartels auf seine gelben Finger, als ob sie nicht ihm gehörten, so erstaunt war der Ausdruck in seinem Gesicht. Dann endlich nickte er zwei-, dreimal, stand auf, ging zu einem kleinen Schränkchen aus lackglänzendem gemasertem Holz, das auf einem der zahlreichen Büchergestelle stand, holte eine Flasche heraus und knallte sie wortlos vor Sembritzki auf den Tisch. Dann griff er nach einem fleckigen beigegrauen Regenmantel und verliess seine Buchhandlung. Bartels, ehemals engster Mitarbeiter des todkranken Seydlitz, tauchte in die Eingeweide des Bundesnachrichtendienstes ein.

19. Kapitel

Um sechs Uhr abends war Bartels noch immer nicht zurückgekehrt. Sembritzki hatte die Zeit damit verbracht, in den aufgestapelten Büchern herumzustöbern. Er hatte sich auf dem klebrigen Spirituskocher einen Kaffee gekocht und sich sogar eine Stunde lang auf das zerschlissene Sofa im Hinterzimmer gelegt. Nicht einmal die harten Federn, die sich ihm beharrlich in den Rücken bohrten, hielten ihn vom Schlafen ab. Zweimal hatte das Telefon geklingelt, aber Sembritzki war nicht hingegangen. Er hatte sich in Bartels Reich verkrochen und, geschützt von einem braunen Pappkarton, der die vorläufige Abwesenheit des Ladenbesitzers draussen signalisierte, gelang es ihm in diesen langen und düster dahinkriechenden Minuten, sich aus allen unseligen Verstrickungen zu lösen, abzudriften in eine Welt ohne Verantwortung und Schuldgefühle. Aber er wusste, dass nach dieser kurzen Zeit des Atemholens das grosse Finale kommen würde, in dem sicher mehr als nur ein Dirigent den Platz am Pult beanspruchte.

Warum kehrte er nicht einfach nach Bern zurück? Milena hatten seine Kollegen aus dem Spiel gezogen. Und Rache war doch sicher nicht Motiv genug, sich weiterhin in den Fall zu verbeissen, der damals, an jenem sonnigen Oktobermorgen, mit einer Leiche vergleichsweise harmlos angefangen hatte.

Sembritzki erwachte, als ihn Bartels leicht an der Schulter berührte. Er trug noch immer den fleckigen Regenmantel, seine Hautsäcke vibrierten bei jeder Bewegung wie Fischbäuche in der Dämmerung, die Sembritzki wie das Wasser in einem Aquarium einpackte.

«Warst du erfolgreich?», fragte er noch immer im Liegen.

Bartels zuckte die Schultern. Er streifte den Mantel über die Arme und warf ihn als zerknülltes Bündel auf das Sofa. Dann setzte er sich, ohne Licht zu machen, in eine Ecke auf einen asiatischen Hocker, zündete sich eine Zigarette an, wobei er wieder dasselbe Ritual mit dem verglimmenden Streichholz absolvierte, zog den Rauch tief in sich hinein und verteilte ihn dann in einem scheinbar endlosen Akt des Ausatmens im Halbdunkel.

«Milena trug belastendes Material auf sich!»

Sembritzki starrte zur Decke, wo gelbe Wasserflecken ganze Landstriche und Kontinente bildeten, Welt greifbar und überschaubar spiegelten.

«Was für Material?», fragte er endlich und richtete sich mühsam auf.

«Es kann doch unseren Leuten egal sein, was Milena Davis an Wirtschafts- und Industriematerial eidgenössischer Provenienz herausfiltriert.»

«Das ist es ja eben. Das Material, das sie auf sich trug, hat überhaupt nichts mit der Schweiz zu tun, sondern berührt unsere ureigenen Interessen.»

Mit einer blitzschnellen Drehung setzte Sembritzki die Füsse auf den Boden und starrte Bartels erschrocken an.

«Was für Material?»

«Genau weiss ich es nicht, Sembritzki. Ich weiss nur, dass es sich um geheime Unterlagen aus Allach handelt.»

«Allach!»

Das Wort sprang ihn wie ein hässliches heiseres Lachen an.

«Und von wem …?»

Er brach den Satz ab, weil er die Antwort fürchtete.

Bartels schwieg lange. Nur das saugende Geräusch war zu

hören, wenn er seine Zigarette in sich hineinzog.

«Der Name des Staatssekretärs ist in diesem Zusammenhang gefallen. Sie hatte in der besagten Nacht nur mit ihm Kontakt ... Andere verdächtige Kontakte sind ihr in letzter Zeit nicht nachzuweisen ...»

«Heisst es.», beendete Sembritzki den Satz.

«Ja, heisst es!»

«Aber sie war ja mit dem Staatssekretär gar nie allein!»

«Und in dieser Nacht, Sembritzki? Sie wurde beobachtet, wie sie zu ihm ins Hotel ging.»

«Sie war nicht bei ihm im Hotel», murmelte Sembritzki, und er spürte, wie ihn die Erinnerung überrollte. Er dachte an die halbe Stunde im Bett, an diese Männersache zwischen Alkohol und Zigarette.

«Eine Männersache», sagte er leise und zusammenhanglos, aber Bartels horchte dem Wort nur verständnislos nach und schwieg.

«Und jetzt?», fragte Sembritzki endlich und klaubte sich einen Zigarillo aus der Schachtel.

«Man wird einen Untersuchungsausschuss berufen, der der Sache nachgeht. Der Staatssekretär ist bis auf Weiteres suspendiert, vorläufig noch inoffiziell, bis erhärtete Beweise vorliegen.»

«Das wird Folgen für die gesamte Ostpolitik haben», sagte Sembritzki.

Bartels nickte und zündete sich eine neue Zigarette an. Doch diesmal brach das brennende Streichholz ab und fiel zischend in die Tasse mit kaltem Kaffee, die vor ihm auf dem Boden stand. Lange blieb es still im Raum. Sembritzki war aufgestanden und ging, immer wieder behindert von Büchern, Tassen und Paketen, im Zimmer auf und ab. Bartels rauchte stumm vor sich hin.

«Was hast du über Barth erfahren?», fragte Sembritzki endlich und blieb stehen. «Über ihn und seine Beziehung zu Reusser?»

«Barth war eine Art Musterschüler.»

«Ich weiss.»

«Sonthofen. Euskirchen, Pullach.»

«Auch das weiss ich. Darum geht es mir nicht, Bartels. Ich möchte etwas über die Beziehungen erfahren, die er da oder dort angeknüpft hat. Das Umfeld interessiert mich, nicht die Stationen an sich.»

«Interessant in diesem Zusammenhang sind nur Sonthofen und Euskirchen», brummte Bartels. Er machte umständlich Feuer unter dem Spirituskocher.

«Kaffee?», fragte er dann noch.

Sembritzki nickte.

«Euskirchen!»

«Ja, Euskirchen. Dort musst du einhaken.»

«Hat er dort die Schule für psychologische Verteidigung absolviert?»

Bartels nickte und füllte Wasser in ein Gefäss. Der Strahl teilte knatternd die Stille.

«Schule für psychologische Verteidigung!» Bartels liess ein meckerndes Lachen hören.

«Kennst du dich da aus?»

«Nein, und ich will mich da auch nicht auskennen!»

Bartels zeigte sich bockig.

«Ich will nichts über deine Sympathien und Antipathien hören, Bartels.»

«Da werden moderne Wehrmänner ausgebildet, psychologisch geschult, getrimmt, ausgerichtet. Und dafür habe ich nun einmal nichts übrig.»

«Mehr weisst du nicht zu sagen?»

Sembritzki war enttäuscht.

«Fahr hin, wenn es dich genauer interessiert. Aber pass auf! Die lassen sich nicht auf den Füssen herumtreten!»

Sembritzki schwieg. Er wusste, dass das, was Bartels hier ausgesprochen hatte, eine versteckte Warnung war. Der Name Sembritzki war in der Zentrale sicher einmal gefallen. Daran war nicht zu zweifeln. Aber würden sie es wagen, einen Mann aus ihren eigenen Reihen, und wenn er auch nicht mehr wirklich dazugehörte, einfach so aus dem Verkehr zu ziehen? Wie auch immer?

«Rechne nicht mit Kumpanei, Sembritzki», sagte Bartels jetzt plötzlich, als ob er Sembritzkis Gedankengänge erraten hätte.

«Du gehörst nicht mehr wirklich dazu. Solidarität ist hier kein Wort, das Gültigkeit hat.»

«Und was ist mir dir?»

«Ach was!» Bartels machte eine abschätzige Handbewegung.

«Ich gehöre zu Seydlitz!»

«Seydlitz aber gehört auch nicht mehr dazu. Und überdies wird er es nicht mehr lange schaffen. Der Mann ist todkrank!»

«Ach was», sagte Bartels noch einmal und leerte Kaffeepulver in eine Tasse.

«Adam!»

Unvermittelt wechselte Sembritzki das Thema. Gewaltsam beinahe versuchte er alle Sentimentalitäten abzuwürgen.

«Adam?», gab Bartels fragend zurück. «Adam», wiederholte er noch einmal. «Mit ihm muss sich der Verfassungsschutz befassen, nicht wir.»

«Du hast dich doch umgehört!»

Bartels hob kurz den Blick. Seine dicken Brillengläser funkelten im Schein des Spirituskochers.

«Ja, ich habe mich umgehört. Adam ist sauber.»

«Das sagen alle. Gib mir Einzelheiten. Ein Stück Biografie!»

Bartels zuckte die Schultern und füllte die beiden Tassen mit Wasser auf.

«Studium der Jurisprudenz. Referendar. Diplomatischer Dienst ...»

«Das weiss ich! Ich will Privates hören!», sagte Sembritzki ungeduldig.

«Zucker?», fragte Bartels. Er liess sich Zeit.

«Zucker, ja. Drei Stück!»

Sembritzki versuchte vergeblich, seine Erregung zu unterdrücken.

«Der Mann hat wohl deinen Lebensnerv getroffen?»

Sembritzki schwieg.

«Eine Frauengeschichte? – Milena etwa?»

Noch immer gab Sembritzki keine Antwort. Er griff nach seiner Tasse, stellte sie aber schnell wieder ab, weil er sich die Finger verbrannt hatte.

«Adam ist kein Frauenverächter», sagte jetzt Bartels betont und rührte beiläufig mit dem Löffel in seiner Tasse.

«So?», brummte Sembritzki und schloss die Augen. Er beschwor das Bild Milenas herauf, wie er es, in milchiges Licht getaucht, im Fenster der U-Bahn sich hatte spiegeln sehen.

«Seit eine Freundschaft zu einer Frau vor Jahren in die Brüche gegangen ist, ist sein Frauenkonsum rapide angestiegen.»

«Adam war verlobt?»

«So ähnlich. Mit einer Frau von hier.»

«Aus München?»

Bartels nickte.

«Er hat sozusagen jedes Wochenende mit ihr verbracht.»

«Bonn–München? Über Jahre hinweg?»

«Genau waren es eineinhalb Jahre.»

Sembritzki war irritiert.

«Und weshalb ist diese Beziehung in die Brüche gegangen?»

«Ihr Bruder soll bei einer Bergwanderung tödlich verunglückt sein. Und die Frau hat sehr an diesem Bruder gehangen.»

«Da war also noch ein Bruder!»

«Warum nicht?»

«Und nur weil der Bruder verunglückt ist, hat sie das Verhältnis zu Adam gelöst?»

«Sie hatte wohl eine besondere Beziehung zu diesem Bruder. Sie haben ja auch zusammen gelebt.»

Sembritzki hatte sich erregt erhoben.

«Und wo ist das Grab dieses Bruders?»

«Was weiss ich?», antwortete Bartels gleichgültig und nahm einen Schluck aus seiner Tasse. «Der Leichnam wurde nie gefunden, und irgendwo steht wohl ein Kreuz auf einem Bergfriedhof zwischen Garmisch und Berchtesgaden. Zur Erinnerung. Doch was solls, Sembritzki? Adam ist in Ordnung. Auf diese Weise hängst du ihm nichts an. Er hat den Bruder nicht umgebracht. So kannst du deine Eifersucht nicht befriedigen. So nicht!»

Bartels hatte immer lauter gesprochen. Die Dämmerung schien ihm unheimlich geworden zu sein. Er stand auf und zündete die Deckenbeleuchtung an.

«Ich bin nicht eifersüchtig, Bartels», murmelte Sembritzki und blinzelte in das grelle Licht. «Nicht mehr. Jetzt nicht mehr, nicht mehr.»

Er wiederholte immer wieder dieselben Worte, um sich selbst von ihrem Gehalt zu überzeugen.

Bartels schwieg.

«Zwischen dem Mord an Barth und Milenas Verhaftung besteht ein Zusammenhang», sagte Sembritzki unvermittelt.

«Ich denke, darauf wollte auch Seydlitz hinaus, als er dir Kafkas Briefwechsel mit Milena schickte. Hast du den Band auch genau gelesen? Ist dir dabei nichts entgangen?»

Sembritzki zuckte die Schultern.

«Überall, wo ich in diesem Buch herumlese, finde ich nur immer mich selbst.»

«Die Folterszene?», sagte jetzt Bartels beschwörend. Aus dem Nichts scheinbar hatte er den Kafka-Band hervorgezaubert und starrte auf jene Seite, wo in Wort und Bild der langsam und grausam zerreissende Mann eingefangen war.

Sembritzki nickte.

«Ich weiss. Darauf läuft alles hinaus. Aber mir fehlen die Folterknechte!»

«Reusser!»

«Einer von vielen. Wo aber sind die Richter, die das Verdikt fällen?»

«Gut, und nun ruft dich Milena mit einer Stimme, die dir in gleicher Stärke in Verstand und Herz eindringt!» Bartels hatte im Kafka-Band geblättert und zitierte jetzt mit beinahe feierlicher Stimme.

«Hör auf!», sagte Sembritzki leise. Aber Bartels nahm das Zitat wieder auf.

«... sie ist wie das Meer, stark wie das Meer mit seinen Wassermassen und doch im Missverständnis mit aller seiner Kraft hinstürzend, wenn der tote und vor allem ferne Mond es will!»

«Hör auf!», schrie jetzt Sembritzki.

Bartels liess das Buch sinken.

«Wenn du dich in den Strudel ziehen lässt, bist du verloren, Sembritzki. Suche den, der Ebbe und Flut hervorruft. Dann bist du am Ziel. Den Mond! Aber verkralle dich nicht in das Bild einer Frau, die so, wie du ihr begegnet bist, niemals existiert hat.»

«Nicht schon wieder die Gestirne, Bartels!», murmelte Sembritzki. «Ich kann doch nicht ein Leben lang hinter Gestirnen herjagen!»

«So ist es nicht gemeint. In irgendeiner Terminologie wirst du die Lösung finden. Gibt es da keine Anhaltspunkte? Verschworene Gemeinschaften? Geheimbünde? Oder ganz einfach einen Verein, der vielleicht den Mond in seinem Wappen hat. Oder eine Stadt!»

Plötzlich war es Sembritzki, als ob er den Anfang eines Fadens in die Hand gedrückt bekommen hätte.

«Geheimbund! Barths Vater in Westfalen war Meister vom Stuhl in der Freimaurerloge. Und er hat davon gesprochen, dass der Tod seines Sohnes in irgendeinem Zusammenhang mit den Riten der Freimaurerei stehe.»

Bartels stand schweigend auf, ging in den vordern Raum, kramte da eine Weile herum und kam endlich mit einem Buch zurück, in welchem er zu blättern begann.

«Mond. Symbol der Einbildungskraft, der Imagination; eines der drei kleinen Lichter, welche Sonne, Mond und den Meister vom Stuhl darstellen; zumeist stehen Sonne und Mond zusammen mit dem flammenden Stern als Symbol an der östlichen Wand des Logentempels.»

Bartels liess das Buch sinken und schaute Sembritzki mit zusammengekniffenen Augen an.

«Was soll ich damit?»

Er zuckte ratlos die Schultern.

«Fantasie ist das eine. Einbildungskraft. Und ich denke,

es ist nicht ohne Bedeutung, dass wir diesen Hinweis in der Symbolik der Freimaurerei finden.»

«Das ist mindestens eine Spur», sagte Sembritzki, aber seine Stimme klang uninteressiert. Für ihn blieb Motor und Zentrum seines Tuns und Wollens allein Milena. Alles andere lenkte nur ab.

«Adam!»

«Was willst du mit Adam?», fragte Bartels ungehalten.

«Wo wohnt seine ehemalige Verlobte?» Sembritzki war nicht bereit, sich von dieser Spur weglocken zu lassen.

«Du verrennst dich!»

«Ihre Adresse!», sagte Sembritzki stur.

«Ich kenne ihre Adresse nicht, nur ihren Namen. Elisabeth Wagner.»

«Hast du kein Telefonbuch?»

Bartels machte eine Kopfbewegung zu einem Bücherturm hin, der auf dem Münchner Telefonverzeichnis ruhte. Ungerührt sah Bartels seinem Kollegen zu, wie er sich während Minuten bemühte, den Stapel abzubauen, um an die gewünschte Adresse heranzukommen.

«Wo wohnt deine Elisabeth Wagner?», fragte Bartels spöttisch, als Sembritzki das Telefonbuch wieder zuklappte.

«Das, mein Lieber, musst du schon selbst herausfinden», antwortete Sembritzki, legte den dicken Band wieder auf den Fussboden und schichtete Buch für Buch darauf.

«Bis später!»

Sembritzki zog seine Lederjacke an und ging aus dem Laden. Elisabeth Wagner wohnte auch in Schwabing, oder mindestens an dessen Peripherie, an der Türkenstrasse. Es war bereits nach acht Uhr, und der Nebel hatte die Stadt in Besitz genommen. Sembritzki war das nur recht; er wollte keine Eskorte auf seinem Weg in Adams Vergangenheit.

Elisabeth Wagner war gross und schlank. Sie stand in Jeans und zartgelber Bluse in der weit geöffneten Türe. Die Frau hatte scheinbar nichts zu verbergen. Vor allem aber war es ihre Selbstsicherheit, die Sembritzki irritierte und ihm den Einstieg trotz der weit offenen Tür nicht leicht machte. Womit sollte er anfangen? Und obwohl er es sich beim Gang durch die Strassen immer wieder zurechtgelegt hatte, verliess ihn in diesem Augenblick seine Kaltblütigkeit. Er stand einfach da und starrte die Frau an.

«Sie meinen mich?»

«Wie meinen Sie das?»

Frau Wagner lachte laut heraus.

«Entschuldigen Sie!»

«Lauter Missverständnisse!»

«Frau Wagner?»

«Frau, Fräulein, wie Sie wollen. Frau, ja.»

«Sembritzki. Mein Name ist Sembritzki. Wir kennen uns nicht.»

«Daran zweifle ich nicht.»

«Ich komme, um Grüsse zu bestellen.»

Jetzt kroch doch so etwas wie Misstrauen über ihr Gesicht.

«Ein Postillon d'amour?», fragte sie spöttisch.

Sembritzki umkrampfte das Treppengeländer. Die Frau bot überhaupt keine Angriffsfläche. Er entschloss sich für den direkten Angriff.

«Helmut Adam.»

«Ja?», sagte sie beinahe tonlos und zog die Türe hinter sich zu.

«Adam braucht Hilfe!»

«Und da kommen Sie zu mir?»

Sie hatte nur ein dünnes Lächeln für Sembritzkis Hilferuf übrig.

«Frauengeschichten!»

Jetzt lachte Elisabeth laut heraus.

«Wollen Sie mich eifersüchtig machen?»

Sembritzki schüttelte den Kopf.

«Das dürfte in diesem Zusammenhang wohl schwierig sein.» Endlich hatte er Oberwasser.

«Wie meinen Sie das?» Sie trat einen Schritt zurück.

«Bitte nicht hier im Treppenhaus. Darf ich hereinkommen?»

Sie zögerte nur einen ganz kurzen Augenblick, schwankte zwischen der Rolle der Frau, die nichts zu verbergen hat, die sie zu Anfang gespielt hatte, und einer weit hinten versteckten Furcht vor dem Einbruch von Unvorhergesehenem.

«Kommen Sie!»

Sie wollte also ihre Rolle, die sie zu Anfang schon spielte, weiterziehen.

Die Wohnung war hell. Überall Spots, weisse Möbel, strahlende Vorhänge. Auch hier herrschte der Eindruck von Transparenz, von Übersichtlichkeit und Ordnung. Der Spiegel von Elisabeth Wagners Seele? Stumm zeigte sie auf einen eleganten Ledersessel. Sie selbst setzte sich abseits an den ovalen Esstisch.

«Sagen Sie, was Sie wirklich wollen, Herr Sembritzki!»

«Sie waren mit Helmut Adam verlobt?»

«Ist das ein Verhör?»

Sembritzki schüttelte den Kopf.

«Warum also diese intimen Fragen?»

«Sie waren nie wirklich mit Adam verlobt!» Sembritzki ging zum Angriff über. Sie zuckte zusammen und tastete mit ihrer Hand auf dem Tisch nach Halt.

«Was soll diese alte Geschichte? Und wie kommen Sie dazu ...?»

«Wie ich dazu komme? Ich bin vom Bundesnachrichten-dienst.»

Sie schaute ihn lange und traurig an.

«Also doch ein Verhör!»

Sembritzki schüttelte wieder den Kopf.

«Ein Gespräch. Ein rein informatives Gespräch, Frau Wagner. Es geht mir nicht um Sie. Nicht um Ihre Person, das können Sie mir glauben. Ich interessiere mich für Adam.»

«Adam ist Regierungsbeamter in Bonn.»

«Ich weiss. Darum geht es nicht.»

«Worum denn?»

Sie sass hoch aufgerichtet am Tisch und wartete auf sein Verdikt.

«Was war mit Ihrem Bruder?», frage er unvermittelt. Er hatte seine Geschütze in Stellung gebracht und begann sich einzuschiessen.

«Mein Bruder ist von einer Bergtour nicht mehr zurück-gekehrt. Aber was hat das mit Adam zu tun?»

«Der Leichnam wurde nie gefunden?»

Sie schüttelte den Kopf.

«Nein. Wahrscheinlich ist er in eine Gletscherspalte gestürzt.»

«Er hat diese Bergwanderung allein unternommen?»

«Ja.»

«Adam war nicht zufällig sein Begleiter?»

«Wollen Sie ihm einen Mord in die Schuhe schieben?»

«Keinen Mord», lächelte Sembritzki. «Ich verstehe diese Frage anders als Sie, gnädige Frau.»

Sie schwieg.

«Warum haben Sie die ...» – Sembritzki machte eine kur-ze Pause, bevor er den Satz zu Ende brachte – «die Verlobung gelöst?»

«Unser Vorrat an Gemeinsamkeit war aufgebraucht, wie man so schön sagt.»

«Eine eigenartige Koinzidenz. Ihr Bruder stirbt, und die Verlobung wird aufgelöst.»

Sie war aufgestanden und hatte zwei Schritte auf ihn zu getan.

«Warum diese Spielchen, Herr Sembritzki. Warum reden Sie um den heissen Brei herum, wenn Sie doch schon alles wissen?»

«Ihre Wahrheit interessiert mich, Frau Wagner.»

Sembritzki hatte sich ebenfalls erhoben und stand jetzt ganz nahe vor ihr.

«Sie waren mit Helmut Adam gar nie richtig verlobt. Das war eine blosse Tarnverbindung, um ...»

Er unterbrach sich und schaute sie prüfend an.

«Um?», fragte sie ruhig. Sie hatte ihre Fassung wieder gewonnen.

«Adam interessierte sich gar nie für Frauen!»

Sembritzki tat einen Schritt zurück und prüfte die Wirkung seiner Worte.

«Sie meinen, Adam ist schwul?»

«Ja.»

«Und?»

Sembritzki zuckte mit den Schultern.

«Und? Da gibt es ein paar Fragen.»

«Zum Beispiel?»

Sie lächelte, aber eine Spur von Müdigkeit und Resignation hatte sich in dieses Lächeln eingeschlichen.

«Warum haben Sie sich offiziell als Verlobte missbrauchen lassen?»

«Adam wollte in den diplomatischen Dienst. Sie kennen die Prämissen. Diplomaten mit homophilen Neigungen sind ein Sicherheitsrisiko.»

Sembritzki nickte.

«Wie wahr! – Adam hatte also ein Verhältnis mit Ihrem Bruder?»

«Warum fragen Sie, wenn Sie es doch wissen?»

Sie trat zu einem eleganten schmalen Buffet, dessen Deckblatt aus grauweissem Marmor bestand. Mit einer Whiskyflasche und zwei Gläsern kam sie zurück.

«Ihr Bruder starb eines natürlichen Todes?»

Er schaute sie prüfend an, aber sie war damit beschäftigt, den Whisky in die Gläser zu schütten.

«Pur?», fragte sie.

Sembritzki griff nach dem Glas, das sie ihm hinhielt, und nahm einen schnellen Schluck. Dann setzte er sich wieder auf seinen Sessel und liess nachdenklich das Getränk im Glas kreisen.

«Keine weiteren Fragen?»

Auch sie hatte sich wieder an ihren alten Platz am Tisch gesetzt. Sembritzki schüttelte den Kopf.

«Keine weiteren Fragen.»

Sie schaute ihn erstaunt an.

«Das kann es doch nicht gewesen sein.»

Sie trank das Glas in einem Zug aus und setzte es aufatmend auf den Tisch.

«Haben Sie alle Korrespondenz zwischen Adam und Ihrem Bruder vernichtet?»

«Warum wissen Sie, dass es da eine Korrespondenz gab?»

«Man lebt nicht so weit auseinander, ohne sich zu schreiben. Auch vorsichtige Leute schreiben Briefe, wenn sie verliebt sind.»

«Es gibt keine Briefe mehr.»

«Sie haben sie vernichtet?»

Elisabeth Wagner nickte. «Mein Bruder ist tot. Adam von der Bildfläche verschwunden. Ich hatte keinen Grund, die Briefe zu behalten.»

«Sie hatten keinen Grund, das stimmt.» Sembritzki schaute sie nachdenklich an. «Und trotzdem müssen Sie mindestens einen Brief behalten haben.»

«Wie meinen Sie das?»

Sie schaute ihn erschrocken an.

«Als Pfand. Als Sicherheit.»

«Ich verstehe Sie nicht, Herr Sembritzki», sagte sie förmlich.

«Sie verstehen mich, ich weiss es. Und ich verstehe Sie. – Geben Sie mir diesen Brief. Nur für eine Nacht!»

«Sie wollen Adam damit erpressen? Was liegt Ihnen an Adam?»

«Es geht nicht um Adam. Adam ist nur eine Grösse in diesem Spiel.»

«Was für ein Spiel?», fragte sie, obwohl sie wusste, dass sie auf diese Frage keine Antwort erhalten würde.

«Warum haben Sie mir auf all meine Fragen ehrlich geantwortet?»

Sembritzki schaute sie prüfend an.

«Sie haben alles gewusst. Sie wollten nur die Bestätigung dessen, was sie bereits in Erfahrung gebracht haben. Und die Sache liegt für mich weit zurück. Ein Akt der totalen Liquidation, nichts weiter.»

Sembritzki stand auf.

«Nur noch eine Frage! Wer hat Sie bezahlt dafür, dass Sie sich als Adams Verlobte missbrauchen liessen?»

«Mein Bruder. Und jetzt verstehen Sie auch, dass ich nach meines Bruders Tod kein Interesse mehr hatte, Adam weiter zu decken.»

«Und in dieser ganzen Zeit hat sich nie jemand nach Ihrem Bruder, nach Adam und diesen verworrenen Verhältnissen erkundigt?»

«Zu Anfang waren Männer da, die mich befragt haben.»

«Vom Militärischen Abschirmdienst?»

Sie zuckte mit den Schultern.

«Was weiss ich? Aber bald einmal wurde es still. Niemand interessierte sich weiter für mich. Ich galt weiterhin als die Frau, mit der Adam verlobt gewesen war, weiter nichts, Sie sind der Erste, der die wahren Zusammenhänge ahnte.»

Sembritzki streckte ihr die Hand hin.

«Leben Sie wohl. Ich danke Ihnen!»

«Sie wollen die ganze Geschichte wieder aufwärmen, Herr Sembritzki?»

Aber er schüttelte den Kopf. «Es reicht mir, wenn ich die Geschichte kenne, Frau Wagner. Mehr braucht es nicht.»

Zögernd gab sie ihm die Hand.

«Verwahren Sie diesen einzigen Brief gut, Frau Wagner, wenn ich ihn morgen zurückgebe.»

Sie nickte.

«Solange Sie ihn besitzen, passiert Ihnen nichts!»

«Was sollte mir passieren?»

Er zuckte mit den Schultern.

«Ich weiss es nicht. Aber an Ihrer Stelle würde ich den Brief in einem Banksafe deponieren.»

Er nickte ihr zu und verliess die Wohnung.

Sembritzki war draussen kaum ein paar Meter gegangen, als er den Schatten eines anderen Mannes im Rücken fühlte. Er trat zur Seite und blieb stehen. Der Nebel war dichter geworden. Das Licht der Strassenlaternen frass sich wie umgekehrte Trichter in die träge grauweisse Masse. Geräusche erstickten.

«Du wirst beschattet», flüsterte der Mann, der aus dem Nichts aufgetaucht war und schnell an Sembritzki vorbeiging.

Bartels!

Er hatte den Kragen seines schäbigen Mantels hochgeschlagen und trug eine Baskenmütze. Sembritzki beschleunigte seine Schritte und überholte Bartels, der jetzt langsamer ging.

«Wer?», fragte er.

«Reusser!», gab Bartels zurück, ohne den Kopf zu wenden.

«Wo treffen wir uns?»

«In der Buchhandlung. Vorher aber deponiere Reusser!»

Sembritzki schwenkte brüsk rechts ab und tauchte im Nebel unter. Noch horchte er dem saugenden Geräusch von Bartels Schritten nach, bis es verstummte. Aber da war noch ein anderer Mann unterwegs, der noch drei, vier Schritte in die Nacht hinein tat und dann stillstand. Reusser war vielleicht zehn Meter von Sembritzki entfernt.

«Reusser!»

Sembritzkis Stimme frass sich in den Nebel hinein. Jetzt hörte er wieder die Schritte des andern, der langsam auf ihn zukam und dann zwei, drei Meter von Sembritzki entfernt stillstand. Er sah ihn, etwas verschwommen, wie er mit den Händen in der braunen Stoffjacke dastand, das Gesicht ganz im Schatten seiner Schirmmütze verborgen.

«Sie haben wohl Radaraugen?»

«Nur einen ausgeprägten Überlebensinstinkt.»

«Ich will Ihnen nicht ans Leben, Sembritzki.»

«Mir nicht!»

Sembritzki hörte das Lachen des andern, ohne dass er seine Gesichtszüge erkennen konnte.

«Milena Davis.»

Diesen Namen spuckte er aus wie einen Kaugummi.

«Sie sind ein mieser Skalpjäger, Reusser», sagte Sembritzki ohne jede Erregung in der Stimme.

«Ihre Jagd ist zu Ende, Sembritzki. Ziehen Sie ab!»

«Ist das eine Warnung?»

«Ja.»

Reusser tat noch einen Schritt auf Sembritzki zu.

«Mit welchem Recht?»

«Sie hatten einen Auftrag, Sembritzki. Den haben Sie erfüllt. Ich habe einen Auftrag, den habe ich erfüllt. Die Sache ist gelaufen. Mehr braucht es nicht mehr.»

«Die Sache ist gelaufen?» Sembritzkis Lachen klang heiser und eine Wolke aus gefrorenem Atem schoss auf Reusser zu.

«Die feine Dame aus Genf ist hinter Schloss und Riegel.»

Reusser wusste, dass er jetzt Sembritzki provozierte, aber er rechnete trotzdem nicht mit einer so vehementen Reaktion. Sembritzki sprang auf Reusser zu und rammte ihm mit Wucht das Knie zwischen die Beine, sodass dieser mit einem kaum unterdrückten Schrei zusammensackte. Mit schneller Bewegung packte ihn Sembritzki am Hinterkopf an den Haaren und liess ihn nach hinten kippen.

«Nechápu jak takový člověk», zischte er ihm ins Gesicht, wandte sich dann brüsk ab und verschwand mit ein paar grossen Sprüngen im Nebel. Auch in seiner unsäglichen Wut hatte Sembritzki noch genügend Kaltblütigkeit bewahrt und den polyglotten BND-Agenten, der vor allem in den alten Sprachen zu Hause war, in einem Idiom beschimpft, das ihm sicher nicht geläufig war. Reusser würde nicht nur an der Schmach zu kauen haben, die ihm Sembritzki körperlich beigebracht hatte, sondern auch an den tschechischen Worten, die ihm ins Gesicht geschleudert worden waren: *«Nechápu jak takový člověk – ich verstehe nicht, wie so ein Mensch ...»*

Eine halbe Stunde später, nach vielen Umwegen, auf denen er sich immer wieder davon überzeugt hatte, dass ihm niemand mehr folgte, war Sembritzki wieder bei Bartels eingetroffen. Bartels sass im hinteren Zimmer über ein Buch gebeugt und hob seinen Blick nicht von den bebilderten Seiten.

«Das wird er dir zurückzahlen!», sagte er beiläufig.

«Warst du Zuschauer?», fragte Sembritzki verwundert. Immer wieder setzte ihn dieser scheinbar so lebensfremde Bücherwurm Bartels in Erstaunen.

«Zuhörer war ich!»

Sembritzki legte sich auf das Sofa und verschränkte die Hände hinter dem Kopf. Er schloss die Augen. Die Müdigkeit hatte ihn gepackt und wollte ihn nicht mehr loslassen.

«Adam hat vor fünf Jahren Elisabeth Wagner durch deren Bruder kennengelernt. Adam hat den Bruder an einer Kunstvernissage getroffen und ihn dann später zu sich nach Hause genommen. Der Bruder war Kunstkritiker bei verschiedenen Münchner Zeitungen. Und die Schwester arbeitete halbtags in einer Galerie.»

Von weit weg vernahm Sembritzki ein Stück Lebensgeschichte. Bartels hatte weitere Informationen zusammengetragen, aber die wichtigste Information behielt er entweder für sich, oder er hatte gar nicht erfahren, dass Adam schwul war. Er konnte es nicht erfahren haben, denn Bartels Informationen stammten aus der Datenbank des Verfassungsschutzes, der Kopien aller seiner Recherchen weiterzugeben hatte, und dort schien man wirklich nichts von Adams Neigungen zu wissen.

«Nach dem Tod des Bruders hat Elisabeth Wagner sich von Adam getrennt. Scheinbar schmerzlos für beide. Schmerzlos nur auf den ersten Blick, denn seither scheint

Adam keine festen Bindungen mehr eingegangen zu sein. Er wurde ab und zu mit käuflichen Damen der oberen Preiskategorie gesehen, aber da ist er ja in diesen Kreisen, wo er verkehrt, nicht allein.»

«Er hat für die Liebe bezahlt?», fragte Sembritzki müde.

«Ja, und das eigentlich ganz happig, wenn man Adams Kontoauszüge checkt.»

«Du hast ganze Arbeit geleistet!»

«Ich nicht. Der Verfassungsschutz hat das für mich getan. Und ich habe da meine Kontaktleute.»

«Also trotz des kostspieligen Frauenkonsums keine Vorbehalte?»

«Keine», sagte Bartels und schaute auf. «Die haben Adam durchleuchtet. Der Mann ist sauber.»

«Der Mann ist sauber», lallte Sembritzki bereits im Halbschlaf und sah Bartels nachdenklichen Gesichtsausdruck schon nicht mehr.

20. Kapitel

Zwei Überraschungen erwarteten Sembritzki bei seiner Rückkehr nach Bern. Die erste Überraschung entlockte ihm ein verzweifeltes Stöhnen: Zwei kostbare Bücher aus dem 17. Jahrhundert, die aus der von ihm bevorzugten Reihe der Geschichte der Medizin stammten, waren mit irgendeiner Säure übergossen worden und befanden sich in einem Zustand, der jede Wiederinstandstellung ausschloss. Die zweite Überraschung war für Sembritzki im Grunde genommen gar keine, vielmehr war es nur die Bestätigung einer Erwartung, die er seit seiner Abreise von Genf mit sich getragen hatte. In der Zeitung wurde über den Mord an einem sowjetischen Wirtschaftsfachmann berichtet. Man hatte seine Leiche in einem Wehr in der Rhone gefunden. Tatverdächtig war ein junger Emigrant aus der DDR, der aber verschwunden zu sein schien. Aus gut informierten Kreisen kam die Vermutung, dass er sich ins Ausland, wahrscheinlich nach Frankreich abgesetzt habe.

Was nützte Sembritzki jetzt noch Borsows Tod?

Mehr als eine Stunde lang sass er an seinem Schreibtisch und starrte abwechslungsweise auf die Zeitung und auf die aufgequollenen Seiten der zerstörten Bücher. Dann endlich raffte er sich auf und schrieb einen langen Brief an Helmut Adam in Bonn. Darauf verabredete er sich telefonisch mit einem guten Bekannten zum Abendessen im «Della Casa».

Der bekannte Berner Lungenspezialist sass bereits am reservierten Tisch im ersten Stock, als Sembritzki eintraf. Die beiden verband vor allem das Interesse an der Geschichte der Medizin, und Sembritzki hatte in ihm denn auch einen dankbaren Abnehmer beinahe jedes kostbaren Bandes aus diesem Gebiet, den er irgendwo auf seinen Reisen entdeckt und nach Hause gebracht hatte.

«Bist du wieder fündig geworden?», fragte Roland gleich zu Beginn. Aber Sembritzki schüttelte den Kopf.

«Du musst mir helfen», sagte er leise.

«Bist du krank?»

«Nein. Ich brauche Informationen.»

«Über einen Patienten?» Der Arzt runzelte die Stirn.

«Nein. Über die Freimaurerei im Allgemeinen und deine Loge ‹Humanitas› im Besonderen.»

«Warum interessierst du dich plötzlich für die Freimaurerei, Konrad? Und warum willst du, dass ich aus der Schule plaudere? Willst du Mitglied werden?»

«Wenn ich es von heute auf morgen werden kann, ja», sagte da Sembritzki schnell.

«Das kannst du nicht, und das weisst du genau. Warum also dieser Schnellschuss?»

Sembritzki schwieg und starrte auf die Menükarte.

«Bernerplatte?», fragte der Lungenarzt, und Sembritzki dachte schaudernd an Zunge, an Rippchen und Blutwurst.

«Kalbsfilet. Reis. – Und eine Flasche Brouilly.» Sembritzki machte eine Pause. «Du gibst mir also keine Auskunft?»

Er schaute seinen Bekannten fragend an.

«Die Freimaurerei verlangt von ihren Anhängern Verschwiegenheit und Treue gegenüber dem Bund und der Loge.»

«Lass mich dir trotzdem ein paar Fragen stellen. Wenn du sie nicht beantworten kannst oder willst, kannst du ja passen.»

Ein zögerndes Nicken war die Antwort.

«Wie viele Mitglieder hat eure Loge hier in Bern?»

«151.»

«Hattet ihr ein Mitglied namens Wolfram Barth?»

«Du meinst den Toten von der Aare?»

Sembritzki nickte. Der Fall war in allen lokalen und nationalen Zeitungen erwähnt worden, ohne dass dabei der diplomatische Status des Ermordeten irgendwo erwähnt worden wäre.

«Herr Barth war ungefähr während einem halben Jahr Mitglied unserer Loge.»

«Ihr habt ihn aufgenommen?»

«Er gehörte bereits einer deutschen Freimaurerloge an.»

«Wie lässt sich das überprüfen?»

«Jeder Freimaurer besitzt einen Ausweis. Früher gab es den sogenannten Logenpass, der ihm die Tempelarbeit in einer fremden Loge ermöglichte.»

«Da kann sich also jeder mit einem gefälschten Ausweis in eine fremde Loge einschleichen?»

Angespannt lehnte Sembritzki sich über den Tisch und fixierte seinen Partner. Aber dieser schüttelte den Kopf.

«So einfach ist das nicht. Zwar wird das Dokument formell überprüft, aber das ist nicht das Entscheidende. Es kommt auf des Fremden gradspezifische Kenntnisse von Wort, Zeichen und Griff an, die er vor einem auserwählten Prüfer beweisen muss.»

«Das kann sich doch jeder aneignen. Es gibt doch genügend Literatur über die Freimaurerei; man kann sich informieren, ob nun über die Erkennungszeichen eines Lehrlings, eines Gesellen oder eines Meisters.»

Der Kellner brachte den Wein und gab ihn Sembritzki zum Probieren.

«Es gibt ein informelles Erkennungszeichen, Konrad», sagte der Arzt leise.

«Und worauf kommt es da an?», fragte Sembritzki und liess den Wein auf der Zunge kreisen.

«Ein fremder Besucher muss die Einweihungsrituale wiedergeben können und die maurerischen Formen in Wort und Schrift beherrschen.»

Sembritzki nickte dem Kellner zu und stellte das Glas auf den Tisch. Er wartete, bis der Wein eingeschenkt war, nahm dann einen Schluck, ohne seinen Tischgenossen zu beachten, und fragte weiter, aber so, als ob er die Frage an einen unsichtbaren Partner irgendwo im Raum richtete.

«Im Grunde genommen kann sich jedermann die Kenntnisse über Rituale und Formen und Schrift aneignen?»

«Du vergisst die Verschwiegenheit der Logenbrüder, Konrad. Verschwiegenheit und Treue.»

«Eine undichte Stelle genügt, mein Lieber.» Sembritzki wandte sich jetzt endlich direkt seinem Freund zu.

«Wir nehmen nicht jeden», entgegnete dieser und hielt sein Weinglas gegen das Licht. «Unsere Aufnahmebestimmungen sind streng. Und wenn jemand die ‹Ballotage›, die Kugelung, nicht übersteht, findet er keinen Zutritt.»

«Ballotage?», fragte Sembritzki und füllte sein Glas erneut.

«Jeder ‹Suchende› muss sich einer demokratischen Abstimmung unterziehen, bei der weisse oder schwarze Kugeln abgegeben werden. Überwiegen die weissen, ist das Resultat ‹hell leuchtend›, und er wird aufgenommen.»

Sembritzki starrte vor sich hin. Der Kellner hatte die Bernerplatte auf dem Tisch aufgebaut, und der bäuerlich schwere Duft kam in Schwaden daher.

«Und Wolfram Barth? Hat er die Prüfung bestanden?»

«Problemlos! Er kam ja auch aus einer andern Loge. Und sein Eintritt bei uns erfolgte auf Empfehlung.»

«Und sein Austritt?»

Der Arzt zuckte die Schultern. «Du weisst, dass kein Freimaurer ohne zwingende Gründe plötzlich den Veranstaltungen fernbleiben darf.»

«Barth hat sich plötzlich nicht mehr gezeigt?»

Der Lungenspezialist schwieg. Und Sembritzki wurden mit einem Mal die Parallelen zwischen Freimaurerei und Geheimdienst bewusst. Da wird mit Codes operiert; mit einer Sondersprache bei den Freimaurern, mit der ein Aussenstehender nichts anfangen kann; mit Losungsworten, verschlüsselten Botschaften und Funk beim Geheimdienst. Beide haben ihre Riten, die man berücksichtigen muss, will man nicht entlarvt werden. Und Verschwiegenheit gehört sowohl zur Freimaurerei wie auch zum Geheimdienst. Kein Mitglied übertritt dieses Gesetz ungestraft. Hatte Barth es übertreten?

«Gibt es eine Liste mit den Namen all eurer Logenbrüder?», fragte Sembritzki endlich.

Roland nickte. Seine Gabel steckte gerade in einem fetten Stück Bauernwurst.

«Kann ich diese Liste einmal einsehen?», fragte Sembritzki und stocherte lustlos in seinem Teller herum. Ihm war nicht nach Essen zumute.

«Die Liste ist Nichtmitgliedern nicht zugänglich, Konrad. Sie ist bei der Staatsanwaltschaft deponiert und kann in berechtigten Fällen eingesehen werden.»

«Aber ihr macht doch um eure Mitgliedschaft kein Geheimnis, Roland. Ihr habt doch nichts zu verbergen!»

«Sub rosa», murmelte dieser und steckte sich eine Kartoffel in den Mund.

«Sub rosa –?»

«Ich kann dir die Liste unter Schweigepflicht zeigen. Weil du ein Freund bist. Und weil dein Anliegen berechtigt zu sein scheint.»

«Und wenn ich diese Schweigepflicht breche …»

«Dann werde ich dir eine Rose mit gebrochenem Stiel auf dein Grab legen», lachte der Arzt.

«Wie sagst du?»

«Das war doch nur ein Scherz. Noch nie wurde bei uns einer umgebracht, der die Schweigepflicht gebrochen hat.»

«Die gebrochene Rose …?»

«… ist das Zeichen dafür, dass die Schweigepflicht gebrochen wurde.»

«In Barths Wohnung haben sie eine gebrochene Rose gefunden, Roland!»

Jetzt liess der Arzt seine Gabel sinken und blickte Sembritzki beunruhigt an.

«Das war keiner von uns! Konrad», gab er zur Antwort, und seine Stimme zitterte leicht.

«Keiner von euch vielleicht, aber einer, der sich unter euch gemischt hat», sagte Sembritzki.

Der andere legte nun auch das Messer hin und schaute Sembritzki entsetzt an.

«Das ist unmöglich! Unsere Welt ist so hermetisch abgeschirmt, da kommt kein fremdes Element hinein.»

«Was beim Geheimdienst möglich ist – ein Maulwurf setzt sich in ein fremdes Nest – ist auch bei euch möglich.»

Es war nun still am Tisch. Sembritzki goss Wein nach, aber sein Freund winkte ab.

«Komm», sagte er, «wir gehen!»

Eine Viertelstunde später gingen sie am Berner Stadttheater vorbei und stiegen dann die Treppen hinunter zu jenem schmalen Strässchen, das hoch über der Aare zum Sitz der Berner Freimaurerloge «Humanitas» hinunterführt. Unterwegs sprachen sie kein Wort, und erst als der Arzt die schwere Türe im oberen Stock aufgeschlossen hatte und sie eingetreten waren, überwand Sembritzki die eigenartige Scheu und Beklemmung, die ihn gepackt hatte, und fand die Sprache wieder.

«Die Liste zuerst», sagte er heiser. Er hatte sich in einen Stuhl im Flur fallen lassen. Dasselbe Gefühl, das immer dann von ihm Besitz ergriffen hatte, wenn er in Pullach bis in die innerste Zelle des Bundesnachrichtendienstes vorgedrungen war, hatte ihn gepackt. Er musste sich denn auch richtiggehend überwinden, die Liste, die ihm in die Hand gedrückt wurde, Name für Name zu lesen. Es dauerte lange, bis ihn einer der Namen, die hier aufgeführt waren, darunter viel Berner Prominenz, ansprang.

«Horst Körner!», sagte er endlich laut. Die Buchstaben begannen vor seinen Augen zu verschwimmen, so lange und angestrengt hatte er auf diesen Namen gestarrt.

«Was ist mit Körner?», fragte der Arzt.

«Ein Mann von unserer Botschaft!»

«Ich weiss. Wir haben oft Mitglieder von ausländischen Botschaften bei uns, die so lange in unserem Kreise verkehren, bis sie wieder in eine andere Hauptstadt versetzt werden.»

«Wie lange ist Körner schon bei euch?»

«Seit 1982. Da!» Er zeigte mit dem Finger auf das hinter dem Namen vermerkte Eintrittsjahr.

Sembritzki nickte.

«So lange ist Körner in Bern. Und vorher?»

«GLNF.»

«Was bedeutet das?»

«La grande loge nationale française.»

Sembritzki biss sich auf die Lippen. Er war aufgestanden und ging, die Liste in der Hand, im Flur auf und ab.

«Körner war vorher in Paris.»

Sembritzki blieb stehen und wandte sich erneut seinem Freund zu.

«Und das wurde von euch überprüft?»

«Körner kam mit einem Empfehlungsschreiben der Pariser Freimaurerloge und hat das gesamte Überprüfungsprozedere anstandslos überstanden.»

«Natürlich.» – Sembritzki schwieg und starrte nachdenklich auf die Liste mit den Namen.

«Du weisst, dass jedem, der sich als Mitglied einer anerkannten Loge ausweisen kann, der Zutritt zur Tempelarbeit einer fremden Bruderschaft gewährt wird», sagte der Arzt.

Sembritzki sah irritiert auf.

«Gibt es auch fremde Logenbrüder, die besuchsweise und nur für kurze Zeit bei euch aufkreuzen?»

«Vergiss nicht, dass schon den wandernden Handwerksgesellen die Bauhütte zeitweilig Heimat in der Fremde bedeutete.»

«Wer garantiert euch, dass sich da nicht ab und zu ein Individuum einschleicht, das sich nur Vorteile zu ergattern sucht. Ihr seid vor Betrügern nicht sicher.»

«Nein, das sind wir nicht. Jedes Gesellschaftsmodell ist anfällig für Korruption, und es kann zu einem seiner Zielsetzung widersprechenden Zweck missbraucht werden. Doch je transparenter das Wirken der Gruppe ist, desto geringer ist die Gefahr der Korruption.»

«Du schliesst die Korruption oder ganz einfach den Missbrauch der Zugehörigkeit zu einer Loge nicht aus.»

«Wie könnte ich. Es gibt schliesslich die italienische Geheimloge P 2, die sich sozusagen verselbstständigt hat.»

«Die ‹Propaganda due› ist eine Interessengemeinschaft, die autonom agiert. Ich aber meine Missbräuche eines bereits bestehenden Instruments.»

«Die Freimaurerei ist kein Instrument, dessen sich jeder einfach so bedienen kann, und was für Vorteile brächte das ihm? Wirtschaftliche sicher nicht», brauste Roland auf.

«Aber Tarnung! Ich sagte dir schon, keine auch noch so hermetische Organisation ist vor der Infiltration durch fremde Elemente gefeit. Gibt es eine Liste der ausländischen Freimaurer, die sozusagen nur für ganz kurze Zeit, womöglich nur für einen oder zwei Tage bei euch untergekommen sind?»

Der Arzt verschwand in einer Türe und kam dann mit einer Kartei zurück, die er auf einen Stuhl stellte.

«Da sind die Doppel der Eintragungen über alle fremden Logenbrüder, die bei uns vorübergehend Aufnahme gefunden haben. Wie weit zurück willst du denn alle Eintragungen verfolgen?»

«Zwei Jahre zurück», antwortete Sembritzki, ohne zu zögern.

«Du ziehst eine Querverbindung zu Körner, nicht wahr?»

Sembritzki zuckte mit den Schultern und vertiefte sich in die Kartei. Er blätterte und blätterte, und als er alles durchgesehen hatte, fing er noch einmal von vorne an. Endlich schob er die lange Schachtel aus schwarzem Holz von sich und schaute seinen Freund nachdenklich an.

«Ein Name taucht in diesen zwei Jahren dreimal auf, Roland.»

«Es gibt viele, Geschäftsleute vor allem, die in allen Städten, in denen sie zu tun haben, sich mit ihren Logenbrüdern in Verbindung setzen. Das ist nichts Aussergewöhnliches.»

Sembritzki schüttelte den Kopf.

«Das weiss ich auch. Es geht mir auch gar nicht darum, dass dieser Name mehr als einmal auftaucht. Nur, ich habe diesen Namen schon einmal gehört. Er trägt deinen Vornamen als Familiennamen: Roland. Oskar Roland.»

«Und?»

«Dreimal war er hier. Vor zwei Jahren im August zum ersten Mal, einen Monat, nachdem Körner Mitglied eurer Loge geworden ist. Dann das zweite Mal vor einem Jahr im Dezember, und das dritte Mal war er diesen Monat hier, drei Tage vor Wolfram Barths gewaltsamem Tod!»

«Du willst diesem Mann einen Mord in die Schuhe schieben? Einem Logenbruder? Das kannst du nicht, Konrad!»

Sembritzki schüttelte den Kopf und legte seinem aufgebrachten Freund die Hand auf die Schulter.

«Ich unterschiebe niemandem etwas, mein Lieber. Nur kommt da noch dazu: Oskar Roland habe ich vor Kurzem in Genf getroffen: ein Industriekaufmann aus München. Derselbe Mann mit denselben Daten! Das ist kein Zufall!»

Der Arzt war ganz still geworden und starrte auf den Karteikasten.

«Früher benützten die Freimaurer – mindestens sagt man es – in Momenten der Gefahr ein Notzeichen, um ihre Freunde auf sich aufmerksam zu machen: Sie hoben beide Arme über den Kopf und verschränkten die Hände in besonderer Weise.»

«Und?», fragte Sembritzki gespannt.

«Barth war nach langer Zeit der Abwesenheit von unseren Zusammenkünften noch einmal zurückgekehrt. Ich weiss nicht, ob an jenem Tag dieser Oskar Roland auch hier war, ich erinnere mich nur, dass Wolfram Barth, als er einer maurerischen Arbeit beiwohnte, plötzlich die Arme in der bestimmten Weise über den Kopf hielt und die Hände verschränkte. Mir ist diese Bewegung nur deshalb aufgefallen, weil ich mich intensiv mit der Geschichte und der Symbolik der Freimaurerei beschäftigt habe. Dieses Zeichen ist heute überhaupt nicht mehr gebräuchlich und auch historisch nicht verbürgt. Ich frage mich, wie Wolfram Barth dieses Notzeichen überhaupt kennen konnte.»

«Sein Vater ist ein alter Freimaurer. Und er war im Krieg Frontsoldat. Möglich, dass damals dieses Zeichen in den Spezialtruppen gebräuchlich war.»

«Barth war in Not?»

«Ja. Aber da niemand mehr dieses Zeichen zur Kenntnis nahm oder zu interpretieren imstande war, war sein Hilferuf umsonst.»

Sembritzki sah den Arzt lange an und sagte dann leise, weil er sich unbehaglich fühlte: «Darf ich einmal einen Blick in den Tempel werfen?»

«Wozu das, Konrad? Du gehörst nicht zu uns!»

«Nur wenn ich die Umgebung sehe, in der ihr euch aufhält, kann ich mich in das Verhalten möglicher Eindringlinge einfühlen. Nur so kann ich mir vorstellen, wie die falschen Mitglieder untereinander Kontakt aufnehmen.»

Der Arzt öffnete stumm eine Türe auf der rechten Seite des Flurs und liess Sembritzki hineinschauen, aber er verwehrte ihm mit seinem Arm den Zutritt.

«Die Kammer des stillen Nachdenkens», murmelte er. «Das ist der Raum der rituellen Arbeit bei einer Aufnahme in unsere Bruderschaft.»

Das kleine Zimmer war ganz schwarz ausgeschlagen und auch ganz spartanisch eingerichtet. Da waren ein Tisch und ein Stuhl, weiter nichts. Auf dem Tisch sah Sembritzki eine Kerze, eine Sanduhr, eine beschriebene Tafel, ferner einen Totenschädel, ein leeres Stück Papier sowie Schreibzeug.

«Hier kann sich der Suchende vor seiner Aufnahme besinnen und sein maurerisches Testament niederschreiben.»

«Benützen auch Logenbrüder, die auf der Durchreise

sind, diesen Raum?», fragte Sembritzki.

«Wenn sie es wünschen.»

«Und hier ist man allein und ungestört?», fragte Sembritzki weiter.

«Natürlich. Die Kammer des stillen Nachdenkens ist kein Treffpunkt.»

«Aber es wäre möglich, dass sich hier drin zwei ungestört treffen?»

«Möglich ist alles, Konrad. Aber es ist nicht üblich. Wir sind nicht misstrauisch. Wir vertrauen unseren Brüdern. Warum sollten wir annehmen, dass die Kammer des stillen Nachdenkens missbraucht wird?»

«Aber die Möglichkeit besteht», beharrte Sembritzki stur.

«Nirgends könnte man sich ungestörter treffen oder Botschaften austauschen.»

Er wandte sich ab und klaubte einen Zigarillo aus der Schachtel.

«Du musst mir helfen, Roland!»

Der andere sah ihn unwillig an. «Ich habe schon zu viel von unserer Welt preisgegeben, Konrad. Verlange nicht noch mehr von mir!»

«Was ich von dir verlange, betrifft nicht die rituellen Bereiche oder jene, die der Schweigepflicht unterstehen. Ich möchte nur, dass du dich bei deinen Logenbrüdern in anderen Städten erkundigst, ob dort dieser ominöse Oskar Roland auch schon vorübergehend aufgetaucht ist.»

«Ich kann doch nicht die Logen aller Städte auf unserem Kontinent anfragen.»

«Nicht alle, Roland. Frag in den wichtigsten westeuropäischen Hauptstädten nach, in Wien, London, Paris, Stockholm und so weiter. Und dann vor allem auch in den wichtigsten bundesdeutschen Städten: München, Hamburg,

Berlin, Köln, Düsseldorf, Bonn, Stuttgart, Bremen. Stichproben genügen. Es ist nicht anzunehmen, dass Oskar Roland in allen Logen dieser Städte aufgetaucht ist. Sicher sind da – wenn meine Theorie stimmt – mehrere Go-betweens, mehrere Kuriere unterwegs. Aber wenn er nur an zwei oder drei Orten aufgetaucht ist, genügt mir das.»

«Du verlangst viel von mir, Konrad», sagte der Arzt mit müdem Lächeln.

«Es ist auch in eurem Interesse, Roland. Nur so könnt ihr euch von diesen Eindringlingen befreien.»

Der andere nickte, schloss leise die Tür zur «Kammer des Nachdenkens» und forderte Sembritzki stumm auf, den Logentempel zu verlassen.

Sembritzki atmete tief durch, als er endlich wieder draussen stand.

21. Kapitel

Während zwei Tagen verliess Sembritzki seine Wohnung nicht mehr. Er sass stundenlang an seinem Schreibtisch, kritzelte eine Menge von Figuren und Ornamenten auf ein Blatt Papier und starrte immer wieder hinaus auf den Fluss, der unter einem tiefen Himmel lautlos und gespenstisch vorbeiglitt. Sembritzki wartete. Er ass kaum und trank nur wenig. Und wie ein Soldat auf Wache, verbrachte er fixierte Zeitabläufe stehend, sitzend, liegend. Am dritten Vormittag brachte ihm der Postbote einen Eilbrief aus Bonn. Adam hatte sich bereit erklärt, sich mit Sembritzki in München zu treffen. Und am gleichen Vormittag meldete sich der Berner Lungenspezialist telefonisch bei Sembritzki: Der geheimnisvolle Oskar Roland war in den vergangenen Monaten ein Mal oder auch öfter bei Freimaurerlogen in Bonn, Köln, München, Bremen und London aufgetaucht. Und noch ein Telefonanruf bezog sich auf Oskar Roland; Sembritzki hatte auch seinen Genfer Freund Oleg Martin aufgeschreckt. Der hatte seine Beziehungen ebenfalls spielen lassen und Sembritzki mitgeteilt, dass Roland sich in zwei der neun Genfer Freimaurerlogen gezeigt, und zwar in derselben Woche, als Sembritzki ihn in Gesellschaft von Milena unter den zahlreichen Presseleuten in Genf getroffen hatte. Am 4. Oktober hatte er sich in eine Zusammenkunft der «Fidélité et prudence» gemischt und zwei Tage darauf hatte er die Logenbrüder der «Union des cœurs» besucht. Es passte alles zusammen.

Sembritzki versorgte seine Zahnbürste in der Jackentasche, steckte seine Walther ein und bestieg den Intercity, der ihn nach Zürich und weiter nach München brachte. Wie beim letzten Mal traf er erst in der Nacht im Münchner Hauptbahnhof ein. Aber Bartels war noch wach. Er öffnete sofort, als Sembritzki an die Schaufensterscheibe seines Ladens klopfte, und war überhaupt nicht verwundert, seinen Kollegen auftauchen zu sehen. Im Gegenteil. Sembritzki war überzeugt davon, dass Bartels ihn bereits erwartet hatte. Auf dem kleinen Tischchen im Hinterzimmer, das ausgesprochen aufgeräumt wirkte, standen zwei Gläser und eine Flasche Weisswein sowie ein grosser Teller mit Salami und Schwarzbrot.

Was Sembritzki jedoch wunderte, war, dass neben einem Teller auch der Band mit Kafkas Briefen an Milena lag, aufgeschlagen auf einer Seite, die sich ihm nicht ganz zufällig so offen präsentierte:

«Einige Gefechte hast du mitgefochten, Freund und Feind dabei unglücklich gemacht, (...) bist schon dabei ein Invalide geworden, einer von denen, die zu zittern anfangen, wenn sie eine Kinderpistole sehn und nun, nun plötzlich ist es Dir so als seiest Du einberufen zu dem grossen welterlösenden Kampf»

Bartels stand hinter Sembritzki, der auf das Buch starrte, und las mit lauter Stimme. Schwang da nicht Spott mit, ein hässlicher kleiner Unterton von Ironie und Verachtung? Langsam drehte sich Sembritzki um und starrte den schmuddeligen Buchhändler in seiner an den Ärmeln ausgebeulten dunkelroten Hausjoppe verwundert an.

«Du machst dich über mich lustig?»

Bartels schüttelte den Kopf, aber das versteckte Lächeln fiel ihm nicht vom Gesicht.

«Was willst du, Sembritzki? Ein Kampf gegen Windmühlen!»

«Rache. Nichts anderes, Bartels. Ich will Milena Davis rächen!»

Bartels lachte scheppernd.

«Liebe!», sagte er beinahe verächtlich. Und dann noch einmal leise, wie ein Echo, «Liebe.»

Sembritzki zuckte mit den Schultern.

«Liebe. Harmoniebedürfnis. Verlangen nach Vollkommenheit. Nach Einheit.» Er horchte verwundert seinen Worten nach.

«Ach, was solls!», fügte er dann ärgerlich hinzu.

«Milena Davis hat für die DDR spioniert, Sembritzki. Du verschwendest deine kümmerlichen Gefühle an die Spionin einer fremden Macht!»

«Milena war nicht eine Spionin im eigentlichen Sinn des Wortes, Bartels. Sie war eine Deutsche!»

«Eine Deutsche! Was heisst das heute schon!»

«Eben! Sie war auf dem Weg zu einem Deutschland, dessen Bild sie in sich trug und das sie zu verwirklichen suchte!»

«Ach, Sembritzki», sagte Bartels mitleidig. «Mit was für naiven Augen du dir doch alles anschaust, und mit welch künstlicher Arglosigkeit du dir doch in deinem verstaubten Hirn alles zurechtlegst. Du weisst doch selbst, dass der KGB seit Jahren schon damit beschäftigt ist, die osteuropäischen Flüchtlinge im Westen zu bekämpfen.»

«Der Sonderdienst II der ersten Hauptverwaltung hatte mit Milena Davis nichts zu tun.»

«Hör auf! Der Sonderdienst II weiss doch genau, wo mögliche Ansatzpunkte sind. Und Milena Davis war ein geeignetes Werkzeug für die, um sich osteuropäische Flüchtlinge in Genf gefügig zu machen. Wir wissen doch, wie das abläuft, Konrad. Anonyme KGB-Mitarbeiter im Ausland und vor allem die Vertreter der Konsularabteilungen kommen immer wieder in Kontakt mit Emigranten. Und es gibt kaum einen Flüchtling, der nicht irgendwo noch Fäden zu seiner alten Heimat aufrechterhält, der eine Mutter, einen Vater, Geschwister oder sogar seinen Gatten dort zurückgelassen hat. Entweder gehen sie auf die Anwerbungsversuche des KGB ein, oder im Weigerungsfall wird ihnen angedroht, dass ihre Zurückgebliebenen verfolgt würden.»

«Das ist mir doch längst bekannt, Bartels. Auch die Methode, unter den Mitgliedern der Emigrantenorganisationen Verdächtigungen zu säen, Rivalitäten zu provozieren. Ich kenne diese ominöse ‹Gesellschaft für Kulturelle Beziehungen mit Landsleuten› mit Sitz in Ostberlin auch und weiss, dass dort alle Schlüsselpositionen mit KGB-Offizieren besetzt sind. Aber im Fall Milena Davis ist es anders!»

«Sie arbeitete für die Hauptverwaltung Aufklärung der DDR. Das ist der ganze Unterschied, mein Lieber!»

Es tönte wie der Schuss aus einer Pistole mit Schalldämpfer, als Bartels den Korken aus der Flasche herauswürgte.

«Milena arbeitete nicht gegen die Emigranten, sondern setzte sich für deren Interessen ein», sagte Sembritzki stur und nahm ihm die Flasche aus der Hand. Er liess ungeduldig den Wein ins Glas schiessen und leerte es dann in einem Zug. Sein Hals war trocken und seine Augen brannten.

«Und das glaubst du?», fragte Bartels verächtlich und schenkte sein Glas ebenfalls voll.

«Ich glaube es nicht, ich bin überzeugt davon. Es gibt in der DDR so gut wie bei uns Gruppierungen, die auf eine Wiedervereinigung der beiden Deutschland hinarbeiten.»

«Utopisten!», knurrte Bartels.

«Die meinen nicht ein Deutschland unter einer gemeinsamen Regierung. Die meinen Annäherung, Zusammenschluss in manchen wirtschaftlichen Bereichen, und die meinen auch, dass sich die beiden Deutschland aus den Blöcken herauslösen sollten, aus der NATO einerseits, aus dem

Warschauer Pakt andererseits.»

«Du weisst, dass das niemals funktionieren wird, Sembritzki!»

«Nicht heute und nicht morgen. Und nicht in dieser extremen Form. Aber man ist dabei, geheime Pläne für eine solche Annäherung auszuarbeiten. Und Befürworter gibt es in höchsten Regierungsstellen, und zwar in der DDR ebenso wie bei uns!»

«Und du bist so naiv anzunehmen, dass Milena Davis für die Befürworter dieser Anstrengungen in der DDR arbeitete?»

«Ich bin nicht so naiv, ich weiss es!»

«Woher nimmst du deine Überzeugung, Sembritzki?»

Bartels kippte seinen Stuhl nach hinten und blinzelte Sembritzki hinter seinen mehrfach gebrochenen Brillengläsern an.

«Hat sie dir das einfach so erzählt?»

Sembritzki schüttelte den Kopf.

«Nein. Darüber haben wir nie gesprochen. Das – das fühlt man.»

«Liebe!», schepperte Bartels noch einmal verächtlich. Er schien dem Wort nachzuhorchen. Sembritzki schwieg verstockt wie ein Schuljunge, der gemassregelt worden war.

«Die HVA ist die HVA, Sembritzki! Und Wolfs Leute gehören zu den besten ihres Faches. Das sind keine Idealisten, keine Utopisten, sondern ganz einfach kalte Rechner und gnadenlose Strategen, wie sie in allen Geheimdiensten sitzen.»

«Es gibt auch innerhalb der HVA verschiedene Strömungen und Gruppierungen, so gut wie bei uns im Bundesnachrichtendienst. Es gibt doch immer wieder Politiker und politische Gruppierungen, die den Geheimdienst für ihre ganz persönlichen politischen Interessen einzuspannen versuchen. Hier wie dort. Und ich weiss, woher Milena kommt. Ich kenne ihre Geschichte. Sie hat sich bei der offiziellen Stelle der HVA unentbehrlich gemacht, indem sie Informationen vermittelte, die sie von Ostemigranten hatte, die in westlichen Betrieben arbeiteten. Aber diese Informationen waren ja über andere Kanäle längst in den Osten gesickert, und Milena bestätigte im Grunde genommen nur deren Wahrheitsgehalt.»

«Eben!», sagte Bartels nachdrücklich.

«Nicht eben. Diese Informationen hatte sie von jenen Emigranten, die, unter Druck gesetzt, Spionagearbeit lieferten. Sie benützte genau dieselben Quellen wie der KGB und die HVA oder auch der tschechische STB. Damit erkaufte sie sich Handlungsfreiheit für das, was ihr wirklich am Herzen lag, ihr und einer besonderen Gruppierung innerhalb der DDR-Führungsspitze, die ihrerseits wieder ihre Leute in der HVA hat.»

Bartels schaute ihn verwundert an und wiegte seinen faltigen Schädel langsam hin und her. «Gefühle sind nie ein gültiges Argument in unserem Beruf, Sembritzki. Aber für überzeugende Theorien bin ich immer zu haben. Und wenn ich deine Gedankengänge nun weiterspinne, heisst es, dass einerseits gewisse Stellen in der Bundesrepublik auch auf diese Wiedervereinigung oder Wiederbegegnung, auf diese Interessengemeinschaft DDR–Bundesrepublik hinarbeiten, und dass andere Kreise – und das sind wohl die offiziellen und mächtigeren – diese Bestrebungen zu hintertreiben versuchen?»

Sembritzki nickte.

«Was glaubst du, warum dieses Komplott gegen den Staatssekretär im Auswärtigen Amt angezettelt wurde?

Ganz einfach, um jene Kreise zu sprengen, die innerhalb des Aussenministeriums auf den Ausgleich hinarbeiten. Eine DDR-Spionin in engstem Kontakt mit einem Exponenten des AA. Das ist doch eine Bombe. Damit torpedierst du den Honecker-Besuch, damit zeigst du, wie es um die Glaubwürdigkeit jener Männer in der Regierung bestellt ist, die mit der DDR zusammenspannen wollen!»

«Noch haben die die Katze nicht aus dem Sack gelassen, Sembritzki!»

«Untersuchungsausschüsse arbeiten nicht so schnell. Aber wenn es ihnen gelingt, Zeugen zu finden, die die Unterstellung, der Staatssekretär habe mit Milena die Nacht in Bern verbracht, glaubhaft stützen, und dass die Informationen, die sie dem HVA-Kurier in München übergeben wollte, nur aus dem Aussenministerium stammen können, dann fällt damit die gesamte Gruppe innerhalb des AA, die auf den Ausgleich hinarbeitet. Dann war alles umsonst.»

«Und wie willst du das verhindern, Sembritzki?»

«Indem ich beweise, dass der Staatssekretär die Nacht nicht mit Milena verbracht hat!»

«Und wie willst du das beweisen?»

Aber auf diese Frage gab Sembritzki keine Antwort. Er schnitt sich eine dicke Scheibe Salami ab, brach sich ein Stück Brot und kaute eine Weile stumm vor sich hin.

«Und wo sitzen die Urheber dieses Komplotts, Sembritzki?», fragte Bartels endlich.

«Sie sitzen überall. Im BND, in der Wirtschaft, in der Industrie, in Regierungsstellen.»

«So nenn mir Namen!», sagte Bartels hinterhältig und schaute Sembritzki spöttisch an.

«Ich werde dir Namen nennen!», gab Sembritzki leise zurück.

«Ach», sagte Bartels nur und leerte sein Glas.

Mehr wurde in dieser Nacht nicht mehr gesprochen. Sembritzki schlief auf dem unbequemen Sofa, während Bartels die ganze Nacht über im Schein einer kleinen Tischlampe mit grünem Schirm über seinen Büchern brütete.

Sembritzki hatte sich mit Adam erst am späten Nachmittag verabredet. Adam hatte auf einer Grossgaststätte bestanden, wo man nicht so auffiel, und so betrat denn Sembritzki gegen vier Uhr den Augustiner Bierkeller. Er hätte es sich denken können, dass Adam mindestens eine Viertelstunde vor ihm ankommen würde, dass er das Territorium erkunden und auf mögliche Observanten hin überprüfen würde. Er sass an der Wand mit den maritimen Muschelintarsien und blickte scheinbar gleichgültig in den Saal. Vor ihm auf dem Tisch stand eine Mass Bier und, halb ausgebreitet, die Süddeutsche Zeitung. Regungslos erwartete er Sembritzki, der scheinbar suchend zwischen den Tischen herumging und dann endlich vor Adams Tisch stehen blieb.

«Ist hier noch ein Platz frei?», fragte er und lächelte Adam freundlich an.

«Bitte», gab dieser zurück, und Sembritzki erschrak, als er die Kälte bemerkte, die in Adams Blick lag.

Sembritzki bestellte ebenfalls ein Bier und lehnte sich dann zurück. Adam trug eine sandfarbene Kordhose und ein beiges Flanellhemd. Im Hemdausschnitt steckte seine Sonnenbrille. Sein braunes Tweedjackett hing über der Stuhllehne. Er sah müde aus, und die hellen Augen blickten aus bläulichen Höhlen. Er trug das grau-schwarze Haar noch kürzer als beim letzten Mal, und Sembritzki ärgerte sich, dass er bei der letzten Begegnung nicht auf das kleine Loch in Adams linkem Ohrläppchen geachtet hatte.

«Ich hätte es mir denken können, Sembritzki», sagte

Adam endlich und zeigte seine beiden leicht auseinanderstehenden Schaufelzähne. Es sah so aus, als ob ein Hund, der sich bedroht fühlte, leicht die Lefzen anhöbe.

Sembritzki antwortete nicht. Er nahm einen Schluck aus dem Humpen, den ihm die schwarz-weiss gekleidete Kellnerin hingestellt hatte, und wischte sich betont langsam mit dem Handrücken den Schaum von den Lippen.

«Einstudierte Bewegungen?», brummte Adam verächtlich und nahm seinerseits einen Schluck. Auch er wischte sich jetzt den Schaum mit dem Handrücken von den Lippen.

«Was hätten Sie sich denken können?», fragte Sembritzki endlich und steckte sich einen Zigarillo zwischen die Lippen.

Aber jetzt liess sich Adam Zeit. Gemächlich und umständlich klaubte er einen Tabakbeutel aus der Tasche und krümelte seinen Pfeifenkopf voll, drückte den Tabak mit dem Zeigefinger zusammen, baute eine zweite Schicht darüber, stopfte noch einmal und sog dann versuchsweise ein, zwei Mal. Dann legte er die Pfeife auf den Tisch und schaute Sembritzki unter schweren Augenlidern hindurch an.

«Dass Sie es mit Erpressung versuchen würden!»

«*Sie* gebrauchen das Wort, nicht ich, Herr Adam.»

Sembritzki fuhr mit dem Zeigefinger über den beschlagenen Humpen.

«Ist der Untersuchungsausschuss im Fall Milena Davis–Staatssekretär schon zusammengetreten?», fragte er, ohne Adam dabei anzuschauen.

«Gestern», gab dieser zurück, steckte die Pfeife in den Mund und zündete sie endlich an.

«Und?», fragte Sembritzki weiter.

«Wenig Chancen für den Staatssekretär, sich aus der Affäre ziehen zu können.»

«Eben.» Sembritzki hob den Blick und schaute den andern prüfend an.

«Eben?» Adams Augenbrauen bildeten einen hohen Rundbogen.

«Warum haben Sie dem Untersuchungsausschuss nicht mitgeteilt, dass nicht der Staatssekretär, sondern Sie die Nacht mit Milena Davis verbracht haben?»

«Hätte ich das tun sollen?», fragte Adam, und zum ersten Mal erschien so etwas wie ein Lächeln auf seinem Gesicht, auch wenn da Trauer und Spott im Ausdruck kaum auseinanderzuhalten waren.

«Warum haben Sie die Nacht mit Milena Davis verbracht?», fragte Sembritzki. Er ärgerte sich über dieses beschissene Spiel, das er da spielte, und ärgerte sich auch darüber, dass der andere noch mitspielte, obschon er seit Sembritzkis Brief ja schon mindestens andeutungsweise wissen musste, worauf dieser hinauswollte. Mindestens war der Name Elisabeth Wagner im Brief gefallen, und Adam hatte keinen Grund anzunehmen, dass Sembritzki nicht im Bild darüber war, was alles sich hinter diesem Namen verbarg.

«Ist Milena Davis als Frau nicht Grund genug?», fragte Adam und versuchte erneut ein spöttisches Lächeln.

Sembritzki nickte.

«Milena wäre Grund genug, wenn Ihnen etwas an Frauen liegt, Herr Adam.»

Adams Augen wurden ganz klein, und er zog heftig an seiner Pfeife. Der Rauch kam in Wolken zurück und nebelte Sembritzki ein.

«Sie sind also fleissig gewesen, Herr Sembritzki!»

Sembritzki nickte.

«Ich habe mich in Ihrer Vergangenheit umgesehen, Herr Adam.»

«Nicht nur sie. Das hat der Verfassungsschutz ebenfalls getan, und das gründlicher als Sie!»

Glaubte Adam tatsächlich, dass ihm Sembritzki einen Schlupfwinkel offen liess, oder wollte er nur herausfinden, was Sembritzki wirklich wusste?

«Ich habe in Ihrer Vergangenheit Schatten aufgescheucht, denen Sie nicht mehr begegnen möchten, so nehme ich an.»

«Elisabeth Wagner!»

Adam versuchte sich in einem Lachen, aber seine Stimme sackte durch, und er begann zu husten.

«Elisabeth Wagner», wiederholte Sembritzki und biss seinen Zigarillo durch.

«Ich war mit ihr verlobt!»

«Warum kommen Sie auch bei mir mit dieser Geschichte?»

«Es ist die offizielle Geschichte, Sembritzki, und ich habe keinen Grund, sie zu variieren.»

Sembritzki zog einen neuen Zigarillo aus der Schachtel.

«Die MAD-Geschichte ist fad. Es gibt eine viel prickelndere Version.»

«Ach?», sagte Adam und hielt Sembritzkis Blick stand.

«Spielen Sie nicht mehr Verstecken, Herr Adam. Ich weiss, warum Sie im Haus von Frau Wagner verkehrten.»

«Bitte», sagte Adam gleichmütig.

«Brauchen Sie denn Beweise, handfeste Beweise, bis Sie bereit sind, mit sich reden zu lassen?»

Einen kurzen Augenblick lang schien Adam verwirrt, dann aber fasste er sich schnell wieder.

«Erpressung?», fragte er mit einem verächtlichen Lächeln. Sembritzki schüttelte den Kopf.

«Erpressung hat viele Gesichter.»

«Wie sieht das Gesicht aus, das Sie aufsetzen, Herr Sembritzki?»

«Ich schlage Ihnen einen kleinen Spaziergang vor.»

«Bitte, wie Sie wollen. Und wo ist unser gemeinsames Ziel, Herr Sembritzki?»

«Das gemeinsame Ziel?» Sembritzki biss seinen zweiten Zigarillo durch und liess ihn achtlos auf den Fussboden fallen. «Das gemeinsame Ziel ist Gegenstand unseres Handels, Herr Adam.»

«Ich dachte, Sie haben ein konkretes Ziel im Auge, was unseren beabsichtigten Spaziergang betrifft.»

«Türkenstrasse.»

«Ach», sagte Adam nur. Kein Muskel zuckte in seinem Gesicht.

«Elisabeth Wagner!», doppelte Sembritzki nach.

Wieder reagierte Adam überhaupt nicht.

«Ich verstehe, Sie haben es auf eine Konfrontation abgesehen?», sagte er endlich und klopfte seine Pfeife aus. Dann strich er sich langsam ein Streichholz an und hielt es lange über den Pfeifenkopf.

«Gehen wir!», sagte Sembritzki, warf ein paar Münzen auf den Tisch und schob seinen Stuhl zurück.

Sie gingen schweigend nebeneinander zum nächsten Taxistandplatz, wobei Adam sich unauffällig immer wieder umsah.

Und weil Adam gewissenhaft die Umgebung auf etwaige Verfolger hin prüfte, konnte es Sembritzki sich erlauben, sich betont entspannt und unaufmerksam zu geben. Was ihn wunderte, war die Tatsache, dass Adam, sobald sie im Taxi sassen, seine Nervosität verlor, und je näher sie Elisabeth Wagners Wohnung kamen, desto entspannter wirkte er. Hatte er wirklich nichts zu befürchten oder war seine Ruhe nur gespielt? Als sie dann endlich vor der Wohnungstüre standen und Sembritzki den Klingelknopf gedrückt hatte, schien ein ganz leises Lächeln um Adams Mundwinkel zu spielen. Sembritzki klingelte ein zweites Mal.

«Frau Wagner scheint abwesend zu sein», sagte Adam und schaute Sembritzki spöttisch an.

«Abgereist nehme ich an», gab Sembritzki zur Antwort und verzog seine Lippen zu einem schiefen Grinsen.

«Abgereist. Sehr wahrscheinlich, Herr Sembritzki!»

«Ich nehme auch an zu wissen, wohin!»

«Ach?»

Adam kniff die Lippen zusammen und sah Sembritzki aufmerksam an.

«DDR!»

Das Reiseziel, das Sembritzki genannt hatte, war wie ein Peitschenknallen gekommen, dreimal, kurz, schmerzhaft. Adam zuckte ganz leicht zusammen.

«Ach!», sagte er noch einmal, aber diesmal klang es gepresst und weniger laut als beim ersten Mal.

«Freiwillig?»

«Das fragen Sie mich?», fragte Adam. «Frau Wagner ist nicht da. Damit entbehrt wohl unser Gespräch jeder Grundlage.»

Adam wandte sich der Treppe zu, und während er den ersten Schritt tat, hatte Sembritzki hinter seinem Rücken mit jenem Schlüssel, den er bei seinem letzten Besuch hatte mitlaufen lassen, die Wohnungstüre geöffnet. Adam hörte das Geräusch, als Sembritzki den Schlüssel drehte und die Türe aufstiess. Er blieb stehen, ohne sich umzuwenden.

«Da handelt es sich wohl um einen Akt von Hausfriedensbruch!», sagte er förmlich, und wandte sich dann langsam Sembritzki zu.

«Wie Sie sehen, hat mir Frau Wagner vor ihrer Abreise einen Schlüssel anvertraut», log Sembritzki und hielt den Schlüssel auf der flachen Hand. Adam ging jetzt scheinbar fest entschlossen auf die Tür zu und stiess dabei Sembritzki unsanft beiseite. Er tat zwei Schritte in den Flur hinein und blieb dann plötzlich stehen. Sembritzki sah von hinten, wie er seine Fäuste ballte und seine Schultern sich hoben. Eine Weile stand er so verkrampft da, dann wich seine Anspannung langsam, und er wandte sich Sembritzki zu.

«Frau Wagner ist fort, Sembritzki. Da hilft alles nichts, kein Schlüssel und keiner Ihrer schmutzigen Tricks.»

Sembritzki schaute über Adams Schultern in das Wohnzimmer hinein, das genauso auf ihn wirkte wie damals in der Nacht, nur schien es aufgeräumter, vom letzten Leben verlassen, das es damals doch noch ausgefüllt hatte. Der Tisch war leer gefegt. Im Büchergestell fehlten vielleicht drei, vier Bücher, und Sembritzki konnte sich beim Blick durch die offene Schlafzimmertür davon überzeugen, dass da kein überstürzter Aufbruch stattgefunden hatte. Das Bett war gemacht, nur der weisse Spiegelschrank stand offen, und Sembritzki sah die grossen Lücken zwischen den aufgehängten Kleidern und auf den Wäschestapeln. Doch Adam hatte eine andere Blickrichtung als Sembritzki. Er schaute nach rechts durch eine zweite Türe, die vom Wohnzimmer in einen Raum führte, in dem nur eine breite, mit einer rotgrün karierten Wolldecke geschützte Couch, ein Biedermeierschrank und ein Schreibtisch standen, auf dem in einem silbernen Rähmchen das Foto eines blonden jungen Mannes zu sehen war. «Herr Wagner», sagte Sembritzki leise, der Adams Blicken gefolgt war. Aber wenn er jetzt gehofft hatte, Adam aus der Fassung zu bringen, so hatte er sich getäuscht. Adam nickte nur leicht und ging dann zum Fenster, wo er eine Weile abwesend hinausschaute und sich dann langsam umdrehte.

Sembritzki konnte die Züge des Mannes, der vor dem weissen Tüllvorhang stand, das weisse Licht des späten Nachmittags im Rücken, nicht deutlich sehen.

«Sprechen Sie, Sembritzki», sagte er heiser und holte seine Pfeife aus der Tasche, sog probeweise daran, steckte sie dann aber sofort wieder ein. Er hatte so viel Kaltblütigkeit bewahrt, dass er gleich realisierte, dass sein Pfeifenrauch so schnell sich hier nicht verflüchtigen würde, jedenfalls nicht schnell genug, wenn die Polizei Nachforschungen nach einer verschwundenen Frau Wagner anstellen sollte.

«Wann ist die HVA zum ersten Mal an Sie herangetreten, Herr Adam?»

«Die Antwort auf eine solche Frage müssen Sie sich schon selber geben, Herr Sembritzki. Sie können doch nicht annehmen, dass ich auf ein solches Spiel eingehe?»

«Es ist ein Spiel, Adam. Ja. Aber ich spiele nicht allein. Auch Sie spielen, und es kommt jetzt nur darauf an, wer die besseren Karten hat.»

«Wie hoch ist der Einsatz?», fragte Adam kalt.

«Deutschland», sagte Sembritzki, und weil er fühlte, wie pathetisch es tönte, nahm er seine Stimme sofort ganz weit zurück, sodass Adam wohl eher erraten als verstehen konnte, was da gesagt wurde.

«Das ist keine verbindliche Grösse!»

«Ist Ihr Leben eine verbindliche Grösse? Oder Milenas Leben?», fragte Sembritzki leise.

«Es kommt darauf an.»

«Milena hat für die HVA gearbeitet. Und das haben Sie gewusst.»

«Was wollen Sie mir unterschieben, Sembritzki? Wenn ich

selbst ein HVA-Agent wäre, wäre es sehr unwahrscheinlich, dass ich davon Kenntnis gehabt hätte, dass Milena Davis ebenfalls für die HVA arbeitet. Sie wissen doch genau, dass ein Spion nie etwas von der Anwerbung eines andern erfahren sollte, mit dem er nicht direkt zu tun hat. Dies aus Gründen der Abschottung, Herr Sembritzki.» Adam hatte den letzten Satz betont schulmeisterlich ausgesprochen, so als ob er Sembritzki mit diesem Ton zu kränken versuchte.

«Es gibt Fälle, in denen diese Gesetze der Abschottung gebrochen werden, Herr Adam», gab Sembritzki ebenso gestelzt zurück. «Nehmen wir an, die HVA hätte auf irgendeine Weise Wind vom Vorhaben des BND oder BND-naher Kreise erfahren, den Staatssekretär durch eine inszenierte intime Begegnung mit einer HVA-Spionin zu kompromittieren. Wenn nicht genügend Zeit blieb, andere Massnahmen zu ergreifen, um die Begegnung zu verhindern, und wenn Frau Davis nicht das Kaliber einer Topagentin hatte, mindestens nicht in den Augen der HVA, und man nicht direkt mit ihr Kontakt aufnehmen wollte oder konnte, hat man einfach den Umweg über einen Mann mit höherem Kompetenzgrad und vielleicht grösserer Erfahrung gesucht, um das Unheil abzuwenden. Man hat diesen Mann darüber informiert, dass Milena daran gehindert werden müsse, mit dem Staatssekretär ins Bett zu steigen, ohne dass er seine Identität preisgeben dürfe. Es genügte, dass er von ihrer Tätigkeit wusste. Die gegenseitige Preisgabe der wahren Identität hätte den Risikofaktor nur erhöht.»

Sembritzki setzte sich an den Tisch und schaute Adam gespannt an.

«Eine einleuchtende Theorie, Sembritzki», sagte Adam, dessen Gesichtszüge in der nun langsam eindringenden Dämmerung immer mehr verschwammen.

«Sie wissen, dass der Staatssekretär nur dann eine Chance hat, seinen Rücktritt zu verhindern – im besten Fall – wenn Sie bereit sind, öffentlich auszusagen, dass Sie die Nacht mit Milena Davis verbracht haben.»

«Das ist richtig», sagte Adam ruhig.

«Und warum tun Sie es dann nicht?», fragte Sembritzki ebenso ruhig.

«Weil dann wohl meine Karriere zu Ende wäre.»

«Was zählt mehr, die Karriere eines Staatssekretärs oder die eines Beamten im Auswärtigen Amt?»

«Eine rhetorische Frage, Herr Sembritzki. Jeder ist sich selbst der Nächste.»

«Es geht hier wohl nicht nur um Personen!»

«Wollen Sie noch einmal Deutschland in die Waagschale werfen?», fragte Adam spöttisch.

«Das Wort nicht, aber den Begriff vielleicht!»

«Damit haben Sie bei mir keine Chance, Sembritzki.»

«Das sind Ihre Worte als Staatsangestellter?»

Adam nickte. «Ich habe nichts für Pathos übrig. Das ist alles. Ich bin Realist.»

«Und trotzdem haben Sie sich auf ein Abenteuer mit Milena Davis eingelassen.»

«Realismus schliesst das Abenteuer nicht aus.»

«Es war also ein blosses Abenteuer?»

«Milena Davis ist eine anziehende Frau.»

Sembritzki stand auf, ging zur Türe und schaltete die Deckenbeleuchtung an. Er hatte genug von dieser Herumspielerei.

«Sie wiederholen sich. Kommen wir zurück auf Ihre Vergangenheit, Herr Adam», sagte er förmlich.

«Ich weiss nicht, warum ich es mir gefallen lassen muss, von Ihnen verhört zu werden. Weder sind Sie ein MAD-

Beamter, noch vom Bundesamt für Verfassungsschutz, noch ein mit entsprechenden Machtbefugnissen ausgestatteter BND-Angestellter.»

«Ich will Sie nicht verhören, um Sie an den Galgen zu bringen», sagte Sembritzki und merkte, wie er sich schon wieder in der Wortwahl vergriffen hatte. «Ich will nichts weiter als mit Ihnen einen Handel abschliessen, Adam!»

«Und worin besteht die Ware?»

«Das habe ich Ihnen schon vorhin gesagt. Es geht um Sie. Sie erklären vor dem Untersuchungsausschuss, der sich mit dem Staatssekretär befasst, dass Sie und nicht er die Nacht mit Milena verbracht haben, und …»

Sembritzki machte den Satz nicht zu Ende.

«Und?», fragte Adam, doch Sembritzki spürte, dass es Adam Mühe kostete, nachzuhaken. Er fürchtete sich vor der Antwort.

«… und ich verzichte darauf, Sie als DDR-Spion zu denunzieren.»

«Schon wieder die alte Leier, Sembritzki. Sie können mir nichts beweisen. Was wollen Sie denn?»

«Was hindert Sie denn, öffentlich zuzugeben, dass Sie die Nacht mit Milena verbracht haben?»

«Ich sagte es Ihnen schon. Ich hänge an meinem Posten.»

«Es war ein Auftrag, Adam! Und Sie wissen genau, dass Sie in der Klemme sitzen. Sie und Ihre Auftraggeber in der HVA. Wie lange dauert es, bis man wieder einen Spion so nahe an den Zentren der bundesrepublikanischen Macht platziert hat?»

Adam schwieg.

«Man hat viel in Ihre Karriere investiert, Adam. Und man hat sich Zeit gelassen. Viel Zeit. Wahrscheinlich hat man Sie schon kurz nach dem Abitur ins Auge gefasst. Sie waren ein glänzender Schüler mit einem blendenden Abgangszeugnis. Und sie führten einen makellosen Lebenswandel. Keine Mädchen, sozusagen nichts.»

Sembritzki schwieg. Adam ging zur Türe und löschte das Licht wieder. Dann kam er zum Tisch zurück und setzte sich.

«Weiter!», sagte er ruhig.

«Man hat Sie als Perspektivagent ins Auge gefasst, Ihr ganzer Lebenslauf wurde durchleuchtet, von der HVA auf Schwachstellen abgeklopft. Und dann einmal müssen Ihre Observanten diese Schwachstelle entdeckt haben. Einmal! Und das war schon zu viel!»

Adam schwieg. Seine beiden Hände lagen nebeneinander ganz flach auf dem Tisch, so, als ob er im nächsten Moment auf Befehl die eine oder die andere Hand in die Höhe heben wollte, um seinem Inquisitor zu zeigen, dass darunter nichts verborgen läge. Aber er bewegte seine Hände nicht.

«Und dann inszenierte man die scheinbar zufällige Begegnung mit Wagner. Jetzt bewegen wir uns schon auf sichererem Grund. Das lässt sich datieren. September 1975. Sie hatten damals Ihr Studium bereits abgeschlossen und waren nach einer Referendarzeit in den Staatsdienst eingetreten. Eine Karriere ohne Makel, wie gesagt. Wagner machte Sie mit seiner Schwester Elisabeth bekannt. Damit haben Sie Ihrer Beziehung, die sich langsam entwickelte, gegen aussen den Anstrich der Legalität gegeben. Elisabeth Wagner war nichts weiter als Strohfrau, und weil sie ihren Bruder abgöttisch liebte und auch seine homosexuellen Neigungen durchaus akzeptierte, war sie bereit, offiziell als Ihre Verlobte aufzutreten.»

«Elisabeth Wagner ist Ihre Kronzeugin, Sembritzki», sagte jetzt Adam – diesmal war kein Spott in seiner Stimme –,

«Elisabeth Wagner jedoch ist verschwunden.»

«Zwei Dinge hat Elisabeth Wagner nicht gewusst», fuhr Sembritzki unbeirrt weiter. «Dass ihr Bruder ein ausgebildeter HVA-Agent war. Die HVA hat Wagner gänzlich abgeschottet, auch von seinen engsten Angehörigen. Sie hat ihn vor Jahren schon gerade wegen seiner homosexuellen Neigungen in Kontakt mit einem speziell ausgebildeten HVA-Agenten gebracht. Dabei wurde ein Abhängigkeitsverhältnis gezüchtet, aus dem Wagner nicht mehr herausfand und das so weit ging, dass er unter dem Einfluss dieses Führungsoffiziers langsam zu einem fähigen HVA-Agenten wurde, der dann vor allem in seiner Funktion als ‹Verführer› geeigneter Zielobjekte und als Kurier tätig wurde.»

«Spekulationen!», murmelte Adam und nahm seine Hände vom Tisch. Wieder einmal griff er nach seiner Pfeife, wieder sog er zwei-, dreimal daran, und wieder versorgte er sie mit einer resignierten Bewegung in der Jacketttasche.

Sembritzki nickte.

«Ja, vieles ist nur Spekulation, weil mir und meinem Kollegen, der mir bei meinen Recherchen hilft, die Zeit fehlte, präzise Daten ausfindig zu machen und die Biografie Ihres – toten – Freundes zu rekonstruieren. Aber warum sollten meine Vermutungen nicht zutreffen, Adam? Wir kennen doch beide den Laden. Wir wissen doch, wie so etwas läuft.»

«Sie haben keine Beweise, Sembritzki!», sagte Adam leise.

Sembritzki zuckte mit den Schultern. Er stand auf, ging zur kleinen Bar und schenkte zwei Whiskys ein.

«Pur», sagte er noch und setzte sich wieder an den Tisch.

«Und warum hat der Verfassungsschutz von all dem, was Sie mir unterschieben, nichts gewusst, Sembritzki?», fragte Adam und nahm einen Schluck.

«Weil Sie drei Ihre Rollen perfekt gespielt haben. Offiziell sind Sie überall mit Elisabeth Wagner aufgetreten und haben sie als Ihre Verlobte sogar in die Bonner Gesellschaft eingeführt. Und weil Elisabeth Wagner nicht wusste, dass ihr Bruder im Auftrag der HVA auf Sie angesetzt war, spielte sie ihre Rolle auch perfekt.»

«Aber das beantwortet meine Frage noch immer nicht, warum dann deutsche Abwehrstellen nichts von meiner angeblich homosexuellen Veranlagung gemerkt haben.»

«Ich sagte schon, Ihre Tarnung war perfekt. Und als dann Wagner offiziell verunglückte, seine Schwester die Verlobung löste, waren Sie so in Abhängigkeit von der HVA geraten, dass Sie nicht mehr aussteigen konnten und dafür besorgt sein mussten, Ihre homoerotischen Neigungen mit aufwendigen Damenbekanntschaften zuzudecken.»

Adam schwieg. Er trank sein Glas leer, ging zur kleinen Bar hinüber, schenkte sich erneut ein und blieb dann, mit dem Rücken gegen das Büchergestell, stehen.

«Man hat Wagner ganz einfach abgezogen. Offiziell galt der begeisterte Berggänger als vermisst. Inoffiziell wurde er in die DDR geholt.»

«Das ist nicht wahr», keuchte Adam. «Sie lügen, Sembritzki.»

«Ich spreche nur das aus, was Sie im Grunde genommen immer gewusst, sich aber nicht eingestanden haben. Wagner lebt! Und die HVA hat Sie seither völlig in der Hand. Sie waren auf der Karriereleiter schon zu weit nach oben geklettert. Sie hatten der HVA schon zu viele Informationen zugespielt. Sie konnten nicht mehr aussteigen.»

Adam ging langsam zum Fenster und schaute auf die Strasse hinunter. Es war jetzt beinahe ganz dunkel geworden, und Sembritzki sah nur noch Adams Umrisse.

«Der HVA ist es bis anhin nur gelungen, Sekretärinnen im Auswärtigen Amt für sich zu rekrutieren. Sie sind ein viel gewichtigerer Posten. Über Sie kam man an ungefilterte Informationen über NATO-Tagungen, Manöverberichte, über Truppenübungen, Lageberichte des BND, Unterlagen über das Chiffrierwesen im Bonner Aussenministerium oder an NATO-Planungen für den Berlin-Alarm heran.»

«Grund genug, mich nicht zu opfern. Geben Sie auf, Sembritzki. Sie haben keine Chance!»

Adam hatte sich wieder Sembritzki zugewandt, stand, das Glas in der Hand, leicht gebeugt da.

«Sie sind schwul und damit ein Risikofaktor, wenn das im Auswärtigen Amt publik wird.»

«Sie haben keine Beweise. Niemand, der mir das beweisen kann.»

«Beweisen?» Sembritzki schüttelte ganz leicht den Kopf. «Milena Davis!»

Adam machte einen Schritt auf Sembritzki zu.

«Milena Davis? Ich habe ihr keinen Anlass gegeben, etwas Derartiges zu vermuten.»

«Eben», sagte Sembritzki leise. «Nur vergessen Sie, dass Frauen ein ganz spezielles Sensorium für Schwule haben. Männer sind diesbezüglich viel argloser.»

«Die Davis als Agentin hätte niemals einen andern Agenten verraten!»

«Sie hat Sie nicht verraten, Adam. Nur vergessen Sie etwas! Sie haben nicht mit meiner Eifersucht gerechnet. Diese Nacht damals in Bern hat mich aufgeschreckt. Und bevor Milena Davis unterzutauchen versuchte, hat sie mir einen Hinweis auf Ihre Veranlagung zugespielt. Eine Art Testament. Eine Sentimentalität vielleicht, um mir eine intakte Erinnerung zurückzulassen. Was weiss ich!»

«Man wird einer DDR-Agentin nicht glauben, wenn Sie gegen mich aussagt.»

«Vielleicht wird man mir glauben, Adam!»

«Spekulationen genügen nicht. Schimmlige Liebesgeschichten ebenso wenig. Sentimentalität ist hier nicht gefragt, das wissen Sie genau.»

«Ihre Leute von der HVA haben Elisabeth Wagner aus der Schusslinie gezogen, nachdem Sie sie alarmiert haben. Sicher hat man ihr gesagt, ihr Bruder sei damals nicht verunglückt, sondern lebe in der DDR. So war es nicht schwer, Elisabeth Wagner dazu zu bewegen, in die DDR zu kommen. Illegal. Heimlich. Und da man ihr eröffnete, dass ihr geliebter Bruder für die DDR spioniert hatte, musste sie sich mit dieser stillen Art der Übersiedlung wohl einverstanden erklären.»

War jetzt alles gesagt? Es schien so. Adam trank sein Glas leer und lehnte sich zurück. Sembritzki leerte sein Glas ebenfalls, aber er blieb gespannt. Noch war der Fall Adam nicht gelaufen.

«Und nun?», fragte Adam endlich.

«Nun?», fragte Sembritzki zurück und beugte sich nach vorn.

«Immer wieder dasselbe! Entlasten Sie den Staatssekretär, nichts weiter!»

«Nichts weiter?» Adam lachte laut heraus.

«Für die Konsequenzen bin ich nicht verantwortlich. Die HVA wird ihren Topspion im Auswärtigen Amt einbüssen. Dafür haben mindestens jene DDR-Kreise, die an einer Annäherung interessiert sind, die Garantie der Fortsetzung dieser Ausgleichspolitik, die unter anderem vom diskreditierten Staatssekretär ausgeht.»

«Und wer sagt Ihnen, dass die HVA an diesem Ausgleich überhaupt interessiert ist?»

«Die HVA kaum, aber vielleicht ein paar anonyme Funktionäre im Hintergrund.»

«Sicher aber nicht der Kreml. Und somit nicht der KGB», sagte Adam. «Nein, Sembritzki. Ich denke nicht daran. Ein Indizienprozess, nichts weiter. Kein einziger Beweis. Die zweideutigen Aussagen einer gefassten Agentin, die sich reinzuwaschen versucht. Eine Biografie eines Karrieremannes, die nirgendwo Anlass zu Misstrauen gibt. Und eine verschwundene Kronzeugin. Das ist alles, Sembritzki. Indizien, aber kein einziger Beweis!»

«Sie täuschen sich, Adam. Es gibt einen Beweis», sagte jetzt Sembritzki ganz leise, sodass Adam sich angestrengt nach vorn beugte, um seinen Gegner verstehen zu können. In diesem Augenblick schob ihm Sembritzki ein Stück Papier zu, stand schnell auf, ging zur Tür und knipste die Deckenbeleuchtung an. Er blieb, die Hände in den Jackettaschen, neben der Türe stehen und beobachtete Adam gespannt.

Eine ganze Weile stierte Adam atemlos und angestrengt auf das Papier, das vor ihm auf dem Tisch lag.

«Woher haben Sie diesen Brief?», fragte er endlich, ohne aufzusehen. Seine Stimme zitterte.

«Ich beantworte keine Fragen, Herr Adam. Ich stelle jetzt nur noch Forderungen. Wie Sie sehen, handelt es sich um die Kopie eines Briefes, den Sie Ihrem Freund Wagner geschrieben haben.»

«Sie hat doch alle Briefe vernichtet! Ich war dabei. Ich habe gesehen, wie sie sie ins Kaminfeuer geworfen hat!»

«Alle, bis auf einen! Elisabeth Wagner war zwar naiv und vertrauensselig, aber doch nicht naiv genug. Oder ganz einfach: Sie wollte sich eine Erinnerung an ihren Bruder zurückbehalten.»

«Der Brief beweist gar nichts, Sembritzki. Da ist von Freundschaft die Rede.»

«Etwas mehr als nur Freundschaft, Herr Adam. Die Terminologie, die nur Liebende benützen. Und von Ihnen signiert.»

«Vielleicht ein Beweis dafür, dass ich diesen Mann wirklich geliebt habe. Mehr nicht!»

Sembritzki fühlte zum ersten Mal so etwas wie Mitleid mit Adam in sich aufsteigen, der in einem letzten, verzweifelten Anlauf eine brutal abgewürgte Liebe und gleichzeitig eine hell strahlende Karriere zu retten versuchte.

«Es gibt da einen Satz, Adam. Einen einzigen. Wollen Sie ihn hören?»

Adam schwieg.

«Schick mir Dichtung oder Prosa, Kikerikiii.»

Sembritzki hatte laut und klar gesprochen, so wie ein Schüler vor versammelter Klasse ein Gedicht rezitiert.

«Was soll das? Das ist ein Zitat aus einem Briefwechsel zwischen Federico Garcia Lorca und seinem Dichterfreund Jorge Guillén.»

Sembritzki nickte.

«Ich weiss. Aber dieser Satz, aus dem Zusammenhang gerissen, ergibt keinen Sinn in diesem Brief. Und darum ist er mir auch aufgefallen.»

Sembritzki machte eine Pause, aber Adam schwieg.

«Ein Code, Adam. Und nicht einmal ein so vertrackter, dass er in der Dechiffrierabteilung des BND nicht innert Kürze geknackt werden könnte.»

Lange sass Adam mit gesenktem Kopf da, erst dann gab er sich einen Ruck, machte eine Bewegung mit seiner Rechten ...

«Nein, Adam», sagte jetzt Sembritzki ruhig. «Aus derartigen Abhängigkeiten schiesst man sich nicht einfach frei!»

Adam starrte überrascht auf den Blauschwarz glänzenden Lauf der Walther-Pistole, die auf ihn gerichtet war. Sembritzki machte einen schnellen Schritt auf Adam zu, griff in dessen linke Brusttasche und liess die kleine Beretta in seinem Jackett verschwinden. Gleichzeitig steckte er seine Pistole wieder ein.

«Sie werden aussagen, Adam!»

«Die HVA wird mich daran hindern, Sembritzki.»

«Die HVA hat keine andere Wahl!»

«Ein Deal?», fragte Adam und blickte Sembritzki unsicher an.

«Ein Deal, ja. Bei annehmbaren Bedingungen.»

«Was für Bedingungen?»

«Bedingungen, die auch die HVA akzeptieren können muss. Sie sagen aus, und ich werde Ihre Identität als DDR-Spion nicht aufdecken!»

Adam schwieg. Er schaute Sembritzki überrascht an.

«Man wird Sie so oder so aus Ihrer Position im Auswärtigen Amt entfernen, Adam. Das Zusammensein mit Milena Davis kompromittiert auch Sie. Nur nicht in demselben Mass wie den Staatssekretär.»

«Wohin soll ich?», fragte Adam.

«Das ist nicht meine Sache. Als Politiker oder politischer Funktionär sind Sie erledigt.»

«Ich will nicht in die DDR!», sagte Adam bitter.

«Keiner schickt Sie!»

«Was bleibt mir?»

Sembritzki schwieg. Er setzte sich wieder an den Tisch und blickte lange auf die Briefkopie vor sich.

«Anhand von Zeugen können Sie beweisen, dass Sie die besagte Nacht mit Milena verbracht haben», sagte er endlich. «Es gibt sicher in den Bars zwischen Biel und Bern und in dem besagten Hotel, wo Sie zusammen die Nacht verbracht haben, Leute, die sich an Sie und Milena Davis erinnern. Nennen Sie diese Örtlichkeiten vor dem Untersuchungsausschuss! Und lassen Sie sich ein Motiv einfallen! – Milena ist eine Frau und somit Motiv genug. Vielleicht nicht für Sie, aber darum kümmert sich wohl keiner.»

«Sie auch nicht?», fragte Adam.

«Wenn Sie aussagen, werde ich schweigen!»

Adam ging wieder zum Fenster und schaute lange auf die Türkenstrasse hinunter. Sembritzki steckte Adams Brief wieder ein, diese Zeilen aus einer weit zurückliegenden Zeit, die jetzt mit einem Mal wieder zum Leben erweckt worden war.

«Kommen Sie!»

Adam wandte sich langsam um und stand jetzt als kompakte Silhouette vor dem Fensterausschnitt, die Hände in den Taschen vergraben.

«Der Fall Milena Davis ist abgeschlossen?»

War es eine Frage oder eine blosse Aussage? Sembritzki ahnte das Fragezeichen am Schluss von Adams Worten nur.

«Für Sie ist er abgeschlossen, Herr Adam.»

«Für Sie nicht, Herr Sembritzki?»

Sembritzki schwieg. Er fühlte den kantigen Türpfosten im Rücken und presste seinen Körper immer stärker gegen das Holz, als müsste er durch den so erzeugten Schmerz einen anderen Schmerz unterdrücken, der in ihm herumwühlte.

«Liebe», sagte Adam. Er sprach dasselbe Wort aus wie Bartels in der vergangenen Nacht, nur klang es bei ihm anders; weicher, tiefer und ohne diesen verächtlichen Beigeschmack. «Liebe ist ein Motiv, Sembritzki.»

Sembritzki schwieg.

Adam ging an ihm vorbei zur Türe; Sembritzki spürte nur noch die rasche Berührung durch Adams Ärmel, dann stand er wohl noch eine Viertelstunde lang gegen den Türpfosten gelehnt, bis er endlich Elisabeth Wagners Wohnung verliess. Den Schlüssel warf er draussen in einen Abfalleimer. Langsam ging er durch die Nacht zurück zu Bartels Buchhandlung.

22. Kapitel

Am andern Abend erst sass Sembritzki wieder in seiner Studierstube über der Aare. Noch immer drehten sich Bartels Warnsätze in seinem Kopf: «Die HVA muss jetzt in Aktion treten!», hatte er immer wieder gesagt. «Wenn Adam aussagt, marschieren Wolfs Leute!»

«Wohin marschieren sie?», hatte Sembritzki gefragt. Aber Bartels hatte nur mit den Schultern gezuckt. Der KGB habe dabei wohl auch noch ein Wörtchen mitzureden. Denn letztlich sei die DDR doch nichts anderes als eine Kolonie der UdSSR und Honecker nur Statthalter von Kremls Gnaden.

«Du vergisst die Bestrebungen in der DDR, sich aus den Blöcken herauszulösen, Bartels», hatte Sembritzki erwidert. «Und da gibt es sicher in Regierungskreisen Leute, die lieber einen kanzlernahen Spion opfern, um dafür die mehr oder weniger geheimen Bemühungen zwischen DDR und Bundesrepublik, die darauf hinzielen, sich beidseitig aus den Blöcken abzusetzen, weiterhin zu garantieren.»

«Ein Topspion gegen Ausgleich», hatte Bartels gemeckert. Das sei ein schlechtes Geschäft. Auch wenn man so den Staatssekretär und durch ihn ein paar Ausgleichsköpfe im AA rette, sei es im Sinne einer Blockstrategie sicher nicht einleuchtend, Adam zu opfern.

Er habe ihn in der Hand, hatte darauf Sembritzki erwidert. Wenn Adam nicht aussage, liefere er ihn einfach indirekt ans Messer, indem er seine ganze Biografie aufdecke. Schliesslich habe er doch Beweise in Form eines Briefes.

Als Sembritzki so argumentierte, hatte Bartels noch einmal laut herausgelacht. Ob Sembritzki lebensmüde sei, hatte er gefragt. Er sei jetzt Zielscheibe, und er, Bartels, wette keinen Pfennig mehr auf seinen Kopf.

Er wisse sich zu wehren, hatte Sembritzki ohne grosse Überzeugung erwidert. Und zuerst müsse sich einer finden, der ihn einfach so über den Haufen schiesse.

«Diese Naivität!»

Bartels hatte nur mitleidig den Kopf geschüttelt.

«Es hat sich ja längst einer gefunden, Sembritzki. Einer, der gar keine andere Wahl hat als in einem Kamikaze-Unternehmen Sembritzki hochgehen zu lassen!»

Sembritzki hatte Bartels nur ungläubig angestarrt.

Er hatte den Namen des Mannes, auf den Bartels anspielte, nicht auszusprechen gewagt. Natürlich konnte man Adam jetzt die Daumenschrauben anlegen. Entweder brachte er selbst den Mann zur Strecke, der ihn zur Strecke gebracht hatte, oder er war endgültig erledigt.

«Du hast einen Fehler gemacht, Sembritzki!», hatte Bartels endlich gesagt. «Du hättest zusammen mit Adam vor den Untersuchungsausschuss treten müssen. Du hättest ihn nicht einfach abziehen lassen sollen, nur um selbst nicht mit hineingezogen zu werden. Deine Spiele im Hintergrund zahlen sich diesmal nicht aus!»

Sembritzki hatte lange geschwiegen, bevor er sein letztes und wahrscheinlich auch triftigstes Argument vorgebracht hatte. «Du vergisst eines, Bartels», hatte er gesagt. «Im Augenblick, wo ich mich exponiere, lassen auch die Kreise in unserm Land ihre Hunde von der Kette, jene Kreise, die nichts von Ausgleich halten. Und dann bin ich der doppelt Gejagte.»

Darauf hatte Bartels nichts mehr erwidert. Er hatte auch nicht gefragt, wer denn diese Kreise repräsentiere.

Sembritzki musste untertauchen. Aber wo? Und sollte er

jetzt einfach den Fall Milena Davis einen Fall bleiben lassen? Begraben, vergessen?

«… *Einige Gefechte hast du mitgefochten, Freund und Feind dabei unglücklich gemacht, (…) bist schon dabei ein Invalide geworden, einer von denen, die zu zittern anfangen, wenn sie eine Kinderpistole sehn und nun, nun plötzlich ist es dir so als seiest du einberufen zu dem grossen welterlösenden Kampf.*»

Als die Dämmerung Bern langsam einlullte und sich die Marronidüfte unter den Arkaden auflösten und der kalten Feuchtigkeit Platz machten, die aus den Ritzen und Gräben kroch und sich selbst unter den Lauben einzunisten begann, machte sich Sembritzki auf. Er brachte einen vollgepackten Koffer zum Bahnhof, wo er ihn in einem Schliessfach versorgte. Dann nahm er ein Taxi zur Allmend. Das erste Mal seit Langem setzte Sembritzki wieder einen Fuss auf diesen erinnerungsschweren Boden, wo er früher sein Pferd Welf geritten hatte und wo andere Botschaftsangehörige ihre Hunde spazieren zu führen pflegten. Er brauchte nicht lange zu warten. Gegen sieben sah er den blauen VW Polo im Schein der Strassenlaternen zwischen den Häusern auftauchen. Zwei Minuten später sprang der Rauhaardackel aus der geöffneten Autotüre, und gleich darauf erschien auch sie: die Sekretärin des Botschafters.

Wenn sie überrascht war, dass Sembritzki plötzlich aus dem Schatten auf sie zutrat, so liess sie es sich jedenfalls nicht anmerken. Der Hund seinerseits zeigte sich ausgesprochen erfreut, seinen alten Bekannten, den er zwar früher nur hoch zu Ross getroffen hatte, wiederzusehen.

«Herr Sembritzki», sagte die Frau und schlug den Kragen ihrer Pelzjacke hoch. Ihr Atem schoss in einer weissen Wolke auf ihn zu und stieg unmittelbar vor seinem Gesicht steil in die Höhe.

«Guten Abend», murmelte er und machte eine leichte Verbeugung.

«Kein Zufall?», fragte sie und hob einen Stein vom Boden auf, den sie dem ungeduldig hechelnden Hund in die Wiese hinein warf.

«Kein Zufall. Darf ich Sie ein wenig begleiten?»

«Geleitschutz», sagte sie lächelnd und ging Sembritzki auf den schmalen verschlungenen Pfaden voran, auf denen auch schweizerische Armeefahrzeuge tagsüber ihre Runden zogen.

«Was wollen Sie, Herr Sembritzki?», fragte sie endlich und knüpfte das grosse braun-ockergelbe Tuch unter dem Kinn fester.

«Denken Sie, dass mir der Botschafter behilflich sein würde?»

«Geld? Karriere?»

«Nein. Kein Geld und keine Karrierespritze. Informationen. Recherchen.»

Die Frau stand brüsk still und drehte sich um. Sembritzki, der dicht hinter ihr gegangen war, prallte beinahe mit ihr zusammen.

«Was wollen Sie wissen, Herr Sembritzki?»

«Der junge Barth wurde kürzlich ermordet. Ein Botschaftsangestellter!»

«Ich weiss.» Sie nickte und schlug die Füsse aneinander. Es war feucht und kühl geworden.

«Jemand von unserer Botschaft hat Barth ermordet oder mindestens den Auftrag dazu gegeben.»

Die Frau schwieg. Sembritzki spürte ihre Erregung.

«Das ist eine ungeheuerliche Beschuldigung, Herr Sembritzki», sagte sie endlich. «Namen haben Sie wohl auch parat.»

«Einen Namen. Ja. – Körner. Horst Körner!»

«Das ist unmöglich!», sagte sie schnell. «Körner ist kein Mörder. Dazu hat er zu viel Kultur.»

Darauf antwortete Sembritzki nichts. Ihm war nicht klar, was diese Frau unter Kultur verstand. Seit Jahren war sie engste Mitarbeiterin seiner Exzellenz, und auf der ganzen Botschaft gab es wohl, abgesehen von der Frau des Diplomaten, niemanden, der so gut über alles Bescheid wusste, was diesen Mann privat beschäftigte. Niemand kannte seine Neigungen, seine Überlegungen, seine Motive besser als diese schweigsame Frau.

«Hat sich Barth niemals dem Botschafter anvertraut?», fragte Sembritzki.

«Ich verstehe Sie nicht», antwortete sie unbeteiligt, obwohl sie genau wissen musste, worauf er hinauswollte.

«Barth muss sich bedroht gefühlt haben.»

«Wie kommen Sie darauf?»

Noch immer klang ihre Stimme teilnahmslos.

«Die Ermordung kam nicht aus heiterem Himmel!»

Sie drehte sich um und ging weiter. Sembritzki folgte ihr und fühlte, wie sich die Feuchtigkeit des Grases langsam durch seine Schuhsohlen frass und seine Hosenbeine immer schwerer wurden vor Nässe.

«Was hat der Botschafter gewusst?», bohrte Sembritzki weiter.

«Wollen Sie den Botschafter in Ihre trüben Geschäfte hineinziehen, Herr Sembritzki?»

«Ich will ihn in nichts hineinziehen, ich will nur seine Unterstützung.»

«Und wie stellen Sie sich das vor?», fragte sie, ohne zurückzublicken. Sie bückte sich erneut und warf ein Stück Holz, über das sie gestolpert war, hinaus in die Dämmerung, aus der ein freudiges Bellen zurückkam. Sembritzki hakte nach, lauter als zuvor.

«Was hat sich in Barths Unterlagen in der Botschaft an Materialien gefunden? An Dokumenten, Briefen, Berichten?»

«Sie haben kein Recht, diese Frage zu stellen, Herr Sembritzki», sagte sie förmlich und blieb wieder stehen.

«Fragen stellen kann jeder. Nur Antworten zu erhalten ist Glückssache», gab Sembritzki zurück, fasste sie an den Schultern und drehte sie langsam um. «Kommen Sie, Brigitte! Ich will keine Inhalte hören, wenn Sie nicht über Ihren Schatten springen können. Ich will nur wissen, ob unter seinen Akten irgendetwas war, was Ihre Aufmerksamkeit erregt hat.»

«Wie soll ich das wissen, Konrad?», fragte sie und schob seine Hände sacht von ihren Schultern.

«Sie wissen doch alles in diesem Haus!»

«Das Wissen des Botschafters ist entscheidend.»

«Was weiss der Botschafter?»

Der Dackel legte freudig winselnd seine hölzerne Beute zu ihren Füssen und schaute erwartungsvoll zu den beiden auf. Sembritzki bückte sich und schleuderte das Holz, so weit er konnte in die Wiese hinaus.

«Lassen Sie den Botschafter in Ruhe, Konrad. Es ist seine letzte Aufgabe vor seinem Rücktritt. Der Mann ist krank. Ich will, dass er einen ehrenvollen Abgang hat.»

«Was verstehen Sie unter einem ehrenvollen Abgang, Brigitte?», fragte Sembritzki bitter.

Sie starrte auf den Boden.

«Ein Abgang ohne Aufhebens», sagte sie endlich. «Ein Abgang ohne Verwicklungen, ohne Skandale, ohne Intrigen, ohne Korruption, ohne ...»

«Das genügt», unterbrach sie Sembritzki brüsk. «Ich habe schon verstanden. All das, wovon der Botschafter bewahrt werden soll, spielt sich hier ab, hier und anderswo, nehme ich an.»

«Das ist Politik. Das ist eben Politik», sagte sie leise, als ob sie sich dieser Erklärung schämte, was sie wahrscheinlich auch tat. «Gehen wir zurück!»

Sie ging an Sembritzki vorbei, und ihre Gestalt löste sich langsam im aufsteigenden Nebel auf. Noch einmal hörte er das Gebell ihres Hundes, dann wurde eine Autotüre zugeschlagen, der Motor ihres Wagens sprang an, und er stand allein in der Stille.

«Es ist schwer, die Wahrheit zu sagen, denn es gibt zwar nur eine, aber sie ist lebendig und hat daher ein lebendig wechselndes Gesicht», hatte Kafka geschrieben.

Welche Wahrheit würde ihm sein Freimaurerfreund vorsetzen, dem Sembritzkis letzter Besuch vor seinem Versuch, unterzutauchen, galt?

Sembritzki schien es, als ob sein Besuch erwartet worden wäre. Aber aus dem Gesicht des Arztes konnte er nicht Freude über das Wiedersehen lesen, als er den eleganten Salon betrat, wo von Zeit zu Zeit intime Musikabende stattzufinden pflegten. Diesmal blieb der schwarz glänzende Flügel geschlossen, und Roland beabsichtigte nicht, Sembritzki musikalisch zu beglücken.

«Du kommst ungelegen, Konrad», sagte er endlich, als er die Tür seines Studierzimmers hinter sich zugezogen hatte.

«Ich weiss», antwortete Sembritzki und starrte auf die zahlreichen Freimaurerrequisiten, die überall im Raum verteilt waren. Auf dem wuchtigen Mahagonischreibtisch war neben einer kleinen, dreieckigen Tischuhr, deren Zeiger eine Auswahl von Freimaurermotiven anstelle von Zahlen bestrich, ein Aschenbecher mit einem Zirkel und einem Winkelmass zu sehen, ein Brieföffner mit kunstvoll gestalteter Klinge sowie eine kleine silberne Schnupftabakdose, auf der Mond, Sterne und Sonne eingraviert waren.

«Warum kommst du dann?», fragte der Arzt. «Ich erwarte Besuch!»

«Ich bin nicht eingeladen?», fragte Sembritzki lächelnd und griff nach dem Brieföffner.

«Was willst du?»

Sembritzkis Gastgeber hatte offensichtlich nicht die Absicht, sich auf ein längeres Gespräch einzulassen.

«Nur zwei Dinge noch, Roland. Dann bist du mich los.»

«Ich habe alles gesagt, Konrad. Und ich beabsichtige nicht, meine Loge weiterhin zum Spielplatz deiner Verdächtigungen zu machen. Geh, Sembritzki!»

«Zwei Dinge», sagte Sembritzki beharrlich.

Der Arzt nahm Sembritzki das Briefmesser mit einer brüsken Bewegung weg und starrte ihn dann wortlos an.

«Ich nehme an, du kannst nicht einmal mehr eine Zahl hören, ohne sie sofort im Sinne eurer Symbolik zu deuten.»

Der Arzt schwieg weiter. Er hatte sich jetzt hinter den wuchtigen Schreibtisch gesetzt, machte aber keine Anstalten, auch seinem ungebetenen Gast einen Stuhl anzubieten.

«Zahlen symbolisieren Ideen, nicht wahr? Gerade Zahlen bedeuten das männliche Prinzip, ungerade Zahlen das weibliche. Und die Zwei ist das Symbol der Polaritäten, so wie die beiden Säulen am Eingang eurer Tempel.»

«Du hast dich informiert?», fragte der Arzt erstaunt.

«Ja, ich versuche, in diesen Zirkel einzudringen. Wenn ich imstande bin, diesen Code zu lesen und zu dechiffrieren, verliere ich die Angst. Erst wenn ich hinter die Maske sehe, fühle ich mich frei von Furcht.»

«Du wirst nie bei der letzten Maske ankommen, Sembritzki. Du nicht. Wenn du ein Rätsel gelöst hast, triffst du gleich auf das nächste. Und wenn du glaubst, einen Freimaurercode geknackt zu haben, dann stellst du fest, dass hinter diesem Code ein neuer auftaucht, und dann wieder einer. Nein, Sembritzki! Dieser Weg ist zu lang und zu verschlungen! Und einer von draussen hat keine Chance, teilzuhaben. Du wirst die Angst niemals verlieren. Niemals! Du bist ihr ewiger Gefangener, weil du ein Fremder bleiben musst. Alle Zweifler sind Fremde, Konrad!»

Der Freimaurer hatte sich erhoben, stützte seine Arme auf der mit einer olivgrünen ledernen Schreibunterlage geschützten Tischfläche ab und starrte Sembritzki jetzt, wie festgefroren in dieser Rednerpose, mit flackerndem Blick an.

«Andere sind in euren Kreis eingedrungen, Roland», murmelte Sembritzki nach einer scheinbar unendlich langen Zeit der Stille, in der nur das klickende Ticken der kleinen dreieckigen Tischuhr zu hören war.

«Das ist unmöglich!»

«Sie benutzen euren Code, um im Schutz eurer Organisation ungestört Informationen austauschen zu können.»

«Ich glaube das einfach nicht!»

Der Arzt hatte sich wieder hingesetzt und starrte auf die olivgrüne Schreibunterlage.

«Aber du hast doch auch deine Zweifel, Roland. Du hast Zweifel, ich sehe es dir an.»

«Einmal nur, Konrad. Ein einziges Mal war ich verunsichert.»

«Und wann war das?» Sembritzki stand jetzt ganz nahe auf der andern Seite des Schreibtischs und blickte auf seinen Gastgeber hinab, der aber nur leise den Kopf schüttelte.

«Nein», sagte er leise. Und dann noch einmal: «Nein».

«Du hast dich nicht getäuscht!», beharrte Sembritzki.
«Was war es, das dich stutzig gemacht hat?»

«Der Griff», flüsterte der Mann am Schreibtisch und formte dazu eigenartige Figuren mit seinen Fingern.

«Der Griff?», fragte Sembritzki und verfolgte die Bewegung der Finger auf dem Schreibtisch.

«Ich habe dir von den Erkennungszeichen der Freimaurer erzählt. Es gibt symbolische Gesten, die aus den Gebräuchen der wandernden Bauhandwerker abzuleiten sind. Brüder erkannten sich an der Art, wie sie sich die Hand gaben, oder an einem gewissen Schrittritual, wenn sie einander begegneten.»

«Und?», fragte Sembritzki gespannt.

Aber der andere schüttelte abwehrend den Kopf.

«Schritt und Griff sind der Schweigepflicht unterstellt. Ich kann dir keine Auskunft geben, Konrad.»

«Was ist dir aufgefallen, Roland? Versuche, dich zu erinnern!»

«Ich erinnere mich ja. Dieser Mann, von dem du immer wieder gesprochen hast, dieser Oskar Roland …!»

Der Arzt brach plötzlich ab.

«Er hat nicht denselben Griff benutzt, meinst du! Oder einen andern Schritt!»

«So ganz eindeutig lässt sich das nicht sagen. Er hat wohl denselben Griff benutzt, der in unserer Loge üblich ist, aber da kam eine ganz kleine Irritation dazu, etwas, was nicht eigentlich dazugehörte.»

«Du meinst, wenn dieser Mann mir die Hand gegeben hätte, wäre ich nicht stutzig geworden.»

«Genau so ist es. Du musst wissen, dass sich ein Logenbruder, wenn er dir begegnet, schon durch seinen Schritt, wie er auf dich zugeht, zu erkennen gibt. In diesem Augenblick wird jeder Freimaurer aufmerksam. Er registriert das Schrittritual, das einem Uneingeweihten nicht auffällt, weil er gar nicht darauf achtet. Und der Griff, der Händedruck ist dann nur noch die Bestätigung dessen, was man durch den Schritt bereits geahnt hat.»

«Eine Art stummes Losungswort?», fragte Sembritzki.

«Das ist deine Terminologie, Konrad.»

«Und Rolands Schrittritual hat es damals, als du ihm zum ersten Mal begegnet bist, gestimmt?»

Der Arzt nickte.

«Nicht aber der Griff.»

«Doch, ich sagte dir ja schon. Der Griff hat gestimmt, bis auf eine kleine Variation.»

«Was für eine Variation, Roland?» Wieder beugte sich Sembritzki nach vorn und schaute Roland beinahe flehend an.

«Ich kann dir diese Variante nicht preisgeben, ohne gleichzeitig den Griff zu verraten, durch den wir uns erkennen.»

«Keine Worte, Roland. Gib mir die Hand. Mehr will ich nicht.»

«Du hast hier keinen Zutritt!»

«Du musst mich hineinlassen, Roland, wenn du die andern, die da ebenso wenig hineingehören, eliminieren willst!»

«Du bist ein Fremder, Sembritzki!», flüsterte er.

«Gib mir die Hand! Ich bitte dich. Gib mir nur einen ganz kleinen Teil von dem, was dir als Ganzes gehört. Lass mich eintreten, nichts weiter. Bis zur Schwelle wenigstens!»

Sembritzki streckte die Hand aus und sah, wie der andere lange und angestrengt darauf starrte. Zuerst auf die Hand, dann auf deren Schatten auf der olivgrünen Schreibunterlage.

«So geht es nicht», murmelte er endlich, schob seinen Stuhl zurück und stand auf. Er ging um den Schreibtisch herum zur Türe, blieb dort eine Weile, mit dem Rücken gegen Sembritzki, nachdenklich stehen und drehte sich dann langsam um. Er hatte die Augen geschlossen, öffnete sie jetzt und schaute Sembritzki mit einem Blick an, der von einer Wärme erfüllt war, die ihn deshalb irritierte, weil er vorher die feindselige Haltung gespürt hatte, die von seinem Gastgeber ausgegangen war.

«Konrad Sembritzki», sagte der Arzt jetzt mit leiser, aber klarer Stimme, tat einen kleinen Schritt zur Seite und dann zwei Schritte schräg auf Sembritzki zu. Dann blieb er einen kurzen Augenblick bewegungslos stehen und hob dann endlich die rechte Hand, umfasste Sembritzkis Finger leicht schräg, und dann spürte dieser, wie der kleine Finger des Freimaurers dreimal leicht, schnell und nervös gegen seinen eigenen kleinen Finger stiess. Jetzt liessen beide ihren Arm sinken und schauten einander schweigend an.

«Das ist euer Griff und Schritt?», fragte Sembritzki endlich leise.

«Nein! So ist mir dieser Oskar Roland begegnet. Mehr brauchst du nicht zu wissen!»

«Du gibst mir also nur die Mittel des Eindringlings in die Hand, nicht aber die wahren Erkennungszeichen?»

«Nein. Niemals. Aber wenn es diesem Eindringling gelungen ist, uns zu täuschen, muss es auch dir gelingen, jeden Logenbruder zu täuschen, mindestens beim ersten Mal.»

«Das heisst, Oskar Roland hat diesen Griff nur beim ersten Mal angewendet, um herauszufinden, wo seine ihm unbekannten Vertrauten in der Loge sitzen?»

«Ich nehme es an!»

«Und bei einem zweiten Mal, wenn der Mann, den er gegrüsst hat, auf seinen spezifischen Griff nicht reagiert hat, hat er sich genauso verhalten wie ihr alle. Er hat euer Erkennungszeichen sozusagen deckungsgleich benützt?»

«Ich weiss es nicht, aber ich denke, dass es so war. Denn nach diesem ersten Mal hat Oskar Roland mich nie mehr auf diese Weise begrüsst, sondern mit dem korrekten Griff.»

«Dreimal flatterte der kleine Finger.»

«Suche nichts hinter dieser Zahl, Sembritzki. Dreimal kann alles und nichts bedeuten. Da können Altersjahre damit gemeint sein, das Dreieck, Leitersprossen, das Licht, Kleinodien, Lichter, Punkte, Rosen, Säulen.»

Sembritzki starrte nachdenklich auf die verschlungenen Ornamente im kostbaren Teppich.

«Mehr willst du mir nicht sagen?»

Der Arzt schüttelte den Kopf.

«Ich habe dir schon zu viel gesagt. Ich bin nicht dein Pate, und du bist nicht mein Bruder, der am Tempel der Menschlichkeit mitbaut.»

«Der Tempel der Menschlichkeit», murmelte Sembritzki und streckte dem Freimaurer seine Hand hin, wobei er genau jenen Griff benützte, den er zuvor gespürt hatte.

«Leb wohl, Konrad», sagte der Freimaurer und zog seine Hand schnell wieder zurück. «Da ist nur noch eines, was ich dir mitgeben möchte.»

«Ja?», fragte Sembritzki schnell und tat einen Schritt auf den Arzt zu, der sich abgewandt hatte und wieder hinter den Schreibtisch getreten war. Eine Weile kramte dieser scheinbar suchend in seiner Schreibtischschublade herum, obwohl er das, was er suchte, längst gefunden zu haben schien.

«Hier, Barths Vermächtnis», sagte er mit einem dünnen Lächeln.

«Was?», rief Sembritzki laut – sehr laut.

«Nimm das nicht wörtlich. Konrad. Barth hat ein paar Unterlagen bei uns deponiert, die auf irgendeine Weise mit unserer Loge zu tun haben. Da finden sich Adressen von Mitgliedern, eine Liste mit allen Abkürzungen, dann ein maurerisches Liederbuch, das jene Lieder enthält, die anlässlich der Tafelloge gesungen werden, und sonst noch ein paar Unterlagen, die auf die Statuten unserer Loge Bezug nehmen.»

Sembritzki starrte auf das kleine schwarze Mäppchen mit den Freimaurerinsignien.

«Das gibst du mir?», fragte er verwundert.

«Was soll ich damit, Konrad?»

«Du bist misstrauisch. Du traust dem Inhalt dieses Mäppchens nicht.»

«Stell mir keine Fragen mehr. Geh, und versuche nie mehr, in diesen Kreis einzudringen. Nie mehr! Dir fehlt all das, was den Gesellen oder den Meister ausmacht! Du bleibst ein ewig Suchender!»

«Und du meinst, dass ich nie in den Kreis jener vordringen werde, die man als Eingeweihte bezeichnet?», fragte Sembritzki lächelnd und griff nach dem schwarzen Mäppchen.

«Nie. Es werden bei der Ballotage immer mehr schwarze als weisse Kugeln sein. Vielleicht wird bei jedem Versuch eine schwarze Kugel weniger sein, aber nie wird es zu einem hell leuchtenden Resultat kommen.»

Sembritzki zuckte scheinbar gleichgültig mit den Schultern. Und wenn ihm auch alles suspekt war, was seine Individualität beschnitt, alle Formen von Bruderschaften, Vereinen oder auch nur Interessengemeinschaften, so traf ihn dieses eindeutige Verdikt des Freimaurers doch tief. Er würde ein ewig Suchender bleiben und nie Aufnahme in einer Gemeinschaft finden, und sei sie auch noch so klein. Er dachte an Milena und an Kafkas ominösen Satz, der ihre Beziehung charakterisierte: «Von der Unmöglichkeit zu zweit.»

«Leb wohl», sagte er nun förmlich zu Roland und verbeugte sich leicht vor dem Mann, der sich ihm immer mehr zu entziehen schien. Hinter dem Schreibtisch stand nicht der Arzt, der seine Lunge in- und auswendig kannte, nicht jemand, den man, wenn auch ohne Überzeugung, als Freund bezeichnen konnte, nur weil eben Freundschaft sich nicht in einer Formel festhalten liess, nein, dort stand einer, der sich gleichsam zum Richter über sein Leben aufgeschwungen hatte.

23. Kapitel

Eine Stunde später sass Sembritzki wieder im Zug. Doch diesmal ging es nordwärts. Die Angelegenheit musste zum Abschluss gebracht werden. Ob sich bereits ein paar Spürhunde auf seine Fährte gesetzt hatten, konnte Sembritzki nicht sicher ausmachen. Zwar hatte er eine ganze Reihe von Umwegen absolviert, hatte Volten geschlagen, sogar mehrmals das Transportmittel gewechselt, war von der Strassenbahn ins Taxi, vom Taxi in den Bus umgestiegen, und doch konnte er so sicher nicht verhindern, dass jene, die daran interessiert waren, ihn nicht aus den Augen zu verlieren, vorsorglich auch im Berner Hauptbahnhof ihre Aufpasser postiert hatten. Er wurde so lange in Ruhe gelassen, bis man wusste, was er im Schilde führte.

«Adam hat sich dem Untersuchungsausschuss noch nicht gestellt!»

Diesen Satz nahm er mit sich in die lange Nacht. Kurz vor seiner Abfahrt hatte er von der Hauptpost aus Bartels angerufen, der ihm diese Mitteilung gemacht hatte. Adam hatte sich noch nicht gestellt.

Basel, Köln, Dortmund, Münster.

Sembritzki war es, als ob Jahre zwischen seiner letzten Bahnfahrt nach Westfalen und seinem jetzigen Versuch lägen, den alten Barth noch einmal zu treffen, um ihn zu einer festen Grösse in seinem Plan zu machen. Diesmal liess sich Sembritzki Zeit. Er tauchte in der Altstadt von Münster unter, liess sich dann im Taxi zum Universitätsgelände fahren, wo er seine Spuren endgültig zu verwischen hoffte. Auf einem Motorrad, das er sich dann bei seinem Buchhändlerfreund auslieh, fuhr er gegen zwei Uhr Richtung Billerbeck.

Er war jetzt sicher, alle möglichen Verfolger abgeschüttelt zu haben, denn in dieser flachen Landschaft war es schwierig, sich unbemerkt an seine Fersen zu heften.

Sembritzki sah das alte Kötterhaus schon von Weitem. Als er vor dem Haus anhielt, war da etwas, das ihn irritierte: Der grosse schwarze Mercedes vor dem Eingang hatte ein Bonner Kennzeichen.

Sembritzki bockte seine Maschine im Schutz eines kleinen, halb verfallenen Geräteschuppens auf, der sich am nördlichen Ende von Barths Grundstück befand. Er wartete, eine, zwei Stunden. Erst gegen halb fünf öffnete sich die Eingangstüre, und ein untersetzter Mann in dunkelblauem Regenmantel erschien, gefolgt vom alten Barth, der auch diesmal seinen moosgrünen Anzug trug. Verwundert registrierte Sembritzki die Andeutung einer Umarmung, als sich die beiden Männer voneinander verabschiedeten. Der Fahrer des Mercedes, der während der ganzen Wartezeit lesend hinter dem Steuer gesessen hatte, öffnete den Schlag, der Mann stieg ein, hob noch einmal kurz die Hand zum Abschiedsgruss, und schon fuhr der Wagen majestätisch davon. Sembritzki wartete noch fünf Minuten, bis er an der grünen, geflochtenen Kordel zog, mit der sich der Klöppel in der Kuhglocke neben der Eingangstüre in Bewegung setzen liess.

«Sie?», fragte der alte Barth verwundert, als er Sembritzki vor sich sah.

«Darf ich hereinkommen?»

Barth trat einen Schritt zur Seite, und Sembritzki fand sich wieder in diesem langen düsteren Flur, an dessen Wänden die Namenszüge versunkener Grössen der Weltbühne verewigt waren. Barth öffnete wie letztes Mal die Tür zu jenem ehrwürdigen Raum, wo Sembritzki den verschlungenen Lebenslauf des alten Brandenburgers erfahren hatte. Und wieder setzte sich Sembritzki auf den hochlehnigen, mit ockerfarbenem Tuch bespannten Stuhl neben dem Fenster, während sich Barth an seinen Platz hinter dem schweren Schreibtisch aus Eichenholz zurückzog.

«Verzeihen Sie, Herr Barth, ich wusste nicht, dass Sie Besuch haben, sonst ...»

Sembritzki machte den Satz nicht zu Ende, sondern sah den alten Mann erwartungsvoll an.

«Ach!», winkte Barth ab. «Ein Routinebesuch sozusagen. Mein Schwager.»

Sembritzki wurde aufmerksam.

«Bonner Kennzeichen», sagte er trocken.

«Mein Schwager gehört dem Verteidigungsministerium an.»

«Angehören?», lächelte Sembritzki, dem diese starre Formulierung auffiel.

«Von einer gewissen Stufe an ist man nicht mehr Angestellter, Herr Sembritzki. Da gehört man dazu.»

«Ihr Schwager war auch Brandenburger, wie Sie?»

Barth schüttelte den Kopf.

«Er war zwar Berufsoffizier, aber ganz offiziell, und darum fiel es ihm nach dem Krieg auch nicht schwer, bald bei der Bundeswehr unterzukommen. Abgesehen davon, dass Familien mit Stammbaum irgendwie unbeschadeter als gewöhnlich Sterbliche aus der ganzen grossen Säuberung hervorgingen.»

«Routinebesuch sagen Sie?»

«Ist das ein Verhör, Herr Sembritzki?»

Barth kniff seine beinahe lidlosen Augen zusammen.

«Verzeihen Sie, Herr Barth. Neugierde, nichts weiter.»

«Routinebesuch. Seit meine Frau, seine Schwester, tot ist,

kommt er zwar weniger oft als vorher, aber trotzdem noch ab und zu hierher, wenn er in der Nähe zu tun hat. Aber das wollten Sie wohl von mir nicht hören, Herr Sembritzki. – Warum sind Sie noch einmal hergekommen? Können Sie mir den Namen des Mörders meines Sohnes nennen?» Sembritzki schüttelte den Kopf.

«Lassen Sie mir noch ein paar Tage Zeit, Herr Barth.»

«Sie haben eine Spur?»

Sembritzki nickte.

«Und vielleicht können Sie mir dabei behilflich sein», sagte Sembritzki, stand auf, ging zum Schreibtisch und legte Barth das schwarze Mäppchen mit den Freimaurerinsignien auf den Tisch, das ihm der Berner Arzt mitgegeben hatte.

«Was ist das?», fragte Barth und drehte das Mäppchen nach allen Seiten.

«Sagen Ihnen die Insignien nichts?»

«Ist das eine Frage, die man einem alten Freimaurer stellt?»

«Das Mäppchen gehörte Ihrem Sohn, Herr Barth.»

Der Alte schaute überrascht auf. Er presste seine Lippen fest aufeinander, und seine Finger verkrallten sich in das schwarze Leder.

«Briefe?», fragte er mit heiserer Stimme.

«Schauen Sie selbst nach, Herr Barth. Es sind keine Briefe, nur Listen, Freimaurersymbole, was weiss ich.»

Barth tastete mit zitternder Hand nach der kleinen Kette seiner Schreibtischlampe und zog daran. Dann öffnete er langsam und beinahe feierlich den Verschluss der Tasche und legte dann den Inhalt auf den Tisch. Zuerst blätterte er im Liederbuch, dann in der Adressliste, und endlich starrte er lange angestrengt auf jenes mit Bostitch zusammengeheftete Bündel von Papieren, das die zahlreichen Abkürzungen von Freimaurerbegriffen und -symbolen enthielt.

«Mehr habe ich nicht», sagte jetzt Sembritzki und hoffte so, den alten Mann endlich zum Reden zu bringen. Aber Barth schwieg weiter und starrte kopfschüttelnd auf das Papierbündel. Langsam blätterte er Seite für Seite durch und dann wieder zurück. Endlich begann er wieder von vorn und hielt dann irgendwo plötzlich inne.

«Freimaurersymbole und -begriffe, ja.»

Er schaute auf, nahm aber überhaupt keine Notiz von seinem Gast, sondern sein Blick ging durch das Fenster hindurch, hinaus in die düstere grünblaue Ebene.

«Was irritiert Sie, Herr Barth?», fragte Sembritzki.

Barths Blick kam langsam zurück.

«Ich bin mir noch nicht ganz sicher. Irgendetwas stimmt nicht in dieser Liste.»

«Sie sind Freimaurer», sagte Sembritzki.

«Gewesen», korrigierte Barth brüsk.

«Stört Sie etwas an der Liste aus Ihrer Perspektive als Freimaurer?», fuhr Sembritzki unbeirrt fort, «oder müsste auch ich stutzig werden, wenn ich die Liste durchsehe?»

«Ich glaube nicht. Es muss etwas mit der Freimaurerei zu tun haben. Lassen Sie mir Zeit, Herr Sembritzki. Ich bringe Ihnen eine Flasche von dem alten Bordeaux und ziehe mich für eine Stunde zurück. Schauen Sie sich um. Lesen Sie oder denken Sie ganz einfach nach.»

Der alte Brandenburger klemmte das schwarze Mäppchen, in dem jetzt alle Papiere wieder eingeordnet waren, unter den Arm, ging hinaus, kam mit einer Flasche Wein, einem Korkenzieher und einem fein geschliffenen Glas zurück und verschwand dann wortlos wieder. Beinahe zwei Stunden sass Sembritzki im nur spärlich beleuchteten Raum. Zwischenhinein war er eingeschlummert, hatte dann wieder zum Glas gegriffen und den schweren Bordeaux auf der Zunge kreisen lassen, bis Barth zurückgekehrt war.

«Ich habe die ganze Liste mit den Symbolen und Freimaurerbegriffen genau durchgesehen», sagte er, als er seinen alten Platz hinter dem Schreibtisch wieder eingenommen hatte.

«Und haben Sie etwas entdeckt?», fragte Sembritzki gespannt. Die Müdigkeit war von ihm abgefallen, und der Wein hatte ihn in eine angenehme Stimmung versetzt.

«Bei den einzelnen Symbolen und Begriffen ist mir nichts aufgefallen, wenigstens in der kurzen Zeit, in der ich mich damit befasst habe. Nur an einer Stelle wurde ich stutzig.» Sembritzki sass kerzengerade auf seinem Stuhl.

«Kommen Sie, Herr Sembritzki, ich zeige Ihnen, was mir auffiel!»

Sein knochiger Zeigefinger wies auf eine Folge von Abkürzungen.

«Hier», sagte er mit anklagendem Ton.

«Vereinigte Grosslogen von Deutschland – Bruderschaft der deutschen Freimaurer», las Sembritzki mit lauter Stimme. Er sah Barth fragend an. «Und?»

«Lesen Sie die Abkürzung!», befahl Barth.

«GL FM», las Sembritzki gehorsam.

«Da liegt der Fehler. Es heisst nicht GL FM, sondern richtig muss die Abkürzung GLL FO lauten!»

«Sie meinen, da hat sich jemand vertan?»

Barth schüttelte den Kopf.

«Das habe ich anfangs auch gedacht. Aber es ist nicht der einzige Fehler in dieser Liste.»

«Fünf Grosslogen oder Obedienzen stehen unter einer gemeinsamen Ordnung», las Sembritzki wieder mit lauter Stimme. «Was stimmt da nicht?»

«Das stimmt alles, nur die Fortsetzung ist fragwürdig. Da werden diese fünf Grosslogen aufgezählt. Die alten Freien und angenommenen Maurer von Deutschland (FMD, 1900, Frankfurt) steht da zum Beispiel. Erstens lautet die Abkürzung in Wirklichkeit AFAM und zweitens ist diese Loge seit 1958 Mitglied der Grossloge von Deutschland. Dasselbe gilt für die American-Canadian Grosse Landesloge, die mit AC abgekürzt ist, was nicht zutrifft. Ebenso wenig das Gründungsjahr 1972. Auch stimmen weder Jahreszahl noch Abkürzung bei der englischsprachigen ‹The Grand Land Lodge of British Freemasons in Germany› mit Sitz in Düsseldorf, für die Grosse Landesloge der Freimaurer von Deutschland in Berlin und die Grosse National-Mutterloge ‹Zu den drei Weltkugeln› in Berlin.»

«Und?», fragte Sembritzki und sah Barth erwartungsvoll an.

«Und?», gab dieser zurück. «Ich weiss nicht, was diese Abweichungen bedeuten. Aber sie haben eine Bedeutung, das steht für mich fest. Da ist ein System dahinter, denn auch die Überprüfung anderer bundesdeutscher Logen ergab, dass in manchen Fällen Abkürzung und Jahreszahlen nicht stimmen. Was dabei auffallend ist: Immer, wenn die Initialen falsch sind, stimmt auch die Jahreszahl der Gründung nicht. Zudem sind Logen aufgeführt, die gar nicht existieren, so soll es in Bonn beispielsweise zehn Bruderschaften geben.»

«Was schliessen Sie daraus?»

Barth schüttelte resigniert den Kopf.

«Ich schliesse nichts, noch nichts, Herr Sembritzki. Solange ich nicht weiss, in welche Richtung ich suchen muss, kann ich mir auch gar nichts vorstellen.»

«Sie schliessen also den Zufall aus, dass es sich hier einfach um eine fehlerhafte Liste handeln könnte?»

«Da spielte nicht Nachlässigkeit eine Rolle, sondern ganz bewusste Absicht. Da ist ein System dahinter, das ich noch nicht durchschaue.»

«Werden Sie es herausfinden?», fragte Sembritzki und schaute den alten Mann prüfend an. Er hatte das Gefühl, dass Barth bereits einen Verdacht hatte, aber irgendetwas schien ihn daran zu hindern, diesen Verdacht auszusprechen.

«Lassen Sie mir Zeit!»

Sembritzki nickte und stand auf.

«Kommen Sie zurück?», fragte Barth und erhob sich ebenfalls.

Er beugte sich über die Lampe mit dem grünen Schirm, deren gedämpftes Licht sein Gesicht zur furchterregenden Totenmaske werden liess.

«Ich komme zurück. Morgen oder übermorgen!»

Barth nickte und streckte ihm über dem Schreibtisch seine knochige Hand entgegen.

Sembritzki fuhr auf seinem geliehenen Motorrad durch die Nacht. Es war neblig und kalt. Da er keine Motorradausrüstung besass, ratterte er, eingehüllt in seine grüne Lederjacke, einen wollenen gelben Schal vor Nase und Mund gebunden, die Schirmmütze tief ins Gesicht gezogen, eher gemächlich auf Nebenstrassen in südlicher Richtung. Er vermied die verwirrlichen Autobahnringe an Kölns Peripherie und kam so erst spät in der Nacht in Euskirchen an.

Euskirchen war eine trübselige Kreisstadt von kaum 50 000 Einwohnern, mitten in einer konturlosen Landschaft. Die wohl einzige Sehenswürdigkeit in diesem Ort war, neben der neuen hochmodernen Funkkaserne am nördlichen Stadtrand, die Pfarrkirche St. Martin, die auf eine wenigstens sechshundertjährige Geschichte zurückblicken konnte.

Doch Sembritzki stand in dieser Nacht der Sinn weder nach Geschichte noch nach Kultur. Er war müde und durchgefroren und sehnte sich nach einem Bett. Das Hotel «Strang» am Bahnhof sah zwar von aussen nicht gerade einladend aus. Es stand wie aus der trüben Häuserzeile ausgeschnitten und erinnerte mit seiner nackten Brandmauer auf der einen Seite an eine Kulissenstadt hollywoodschen Zuschnitts. Doch im Innern fühlte sich Sembritzki wohl und geborgen, und er fiel denn auch gleich in einen tiefen Schlaf, von dem er sich erst spät am andern Vormittag, gewaltsam beinahe, befreien konnte.

Gegen Mittag fuhr er zum östlichen Stadtrand. Die weissen Gebäude der Bundeswehrkaserne sah er schon von Weitem. «Generalmajor Freiherr von Gersdorff-Kaserne» stand in steinernen Buchstaben auf der Mauer links vom Eingang. Im Augenblick, als Sembritzki seine Maschine etwa hundert Meter vom Eingang entfernt in der Nähe einer Tankstelle aufgebockt hatte, verliess ein Konvoi von schmutziggrünen Mercedestransportern das weitläufige Kasernenareal und verschwand endlich ganz weit hinten am tief hängenden grauen Horizont in der topfebenen Landschaft. Dann war es wieder eine Weile still. Der Wachsoldat stand gelangweilt in seinem schwarz-rot-goldenen Häuschen, und sein Kollege im flachen Gebäude mit der Glasfront, rechts vom eisernen Tor, blätterte in irgendwelchen Papieren. Gegen ein Uhr kam der Konvoi zurück. Die blauen Signalflaggen auf dem vordern linken Kotflügel hingen feuchtschwer herunter. Ein hellblauer BMW, in welchem ein Offizier sass, fuhr dem Konvoi voran. Der Soldat im Schilderhäuschen salutierte.

Sembritzki schlenderte in die Stadt zurück. Vor ihm gingen vier Offiziere, junge Oberleutnants. Vor einem rotschwarzen Klinkerhaus, über dem protzig der Namenszug «Royal» angebracht war, blieben sie stehen. Eine Weile schienen sie den Inhalt der Speisekarte zu diskutieren. Drei von ihnen setzten ihren Weg fort, während der Vierte um die Ecke das kleine Lokal betrat, das offensichtlich auch zum «Royal» gehörte. Zwei Minuten später sass Sembritzki neben dem Offizier an einem der kleinen Tischchen, auf dem ein schweres Whiskyglas stand. Der Mann hatte kurz den Kopf gedreht, als Sembritzki in der Türe erschien und dann ein paar Schritte in den Raum hinein tat.

«Darf ich?», hatte er gefragt und hatte sich, ohne eine Antwort abzuwarten, an den Tisch des Offiziers gesetzt.

«Jägerbataillon 532?», fragte er, als der Kellner ihm einen Campari hingestellt hatte.

«Neugierig?», fragte der Offizier gelangweilt und nippte an seinem Glas.

«Irgendwie muss man ja ein Gespräch beginnen.»

«Man muss überhaupt nicht», erwiderte der andere und stellte sein Glas hart auf den Tisch. Der Whisky schaukelte sanft im Glas. Die Eisstücke klirrten.

Sembritzki lächelte vor sich hin. Seine Finger schlugen einen schnellen Wirbel auf das Glas. Er wartete ab. Vielleicht hatte er einen Zufallstreffer gelandet, und dann würde der Offizier jetzt die Initiative ergreifen. Sembritzki wusste, dass er vom andern ganz genau beobachtet worden war, als er das Lokal betreten und jene Schrittkombination eingebaut hatte, die ihm sein Berner Freimaurerfreund verraten hatte.

«Darf ich Ihnen noch einen Whisky offerieren?», fragte Sembritzki endlich und schaute den Offizier von der Seite an.

«Ich pflege von Unbekannten keinen Whisky anzunehmen», gab der Gefragte zurück.

«Dem kann man abhelfen. Mein Name ist Ernst Pollak», sagte Sembritzki und streckte dem Offizier seine Hand entgegen. Er hatte sich dabei etwas vorgebeugt und wartete gespannt auf die Reaktion.

«Oberleutnant Karl Klages», antwortete der endlich und ergriff zögernd Sembritzkis Hand. Sembritzki hielt sie einen Augenblick länger als nötig umfasst, liess seinen kleinen Finger dreimal stossen und hob dann seinem neuen Bekannten das Campariglas entgegen. Entweder war Sembritzki zum ersten Mal dem Zufall sozusagen körpernah begegnet oder die Wahrscheinlichkeit war eben gross, dass sich unter den Offizieren der Generalmajor Freiherr von Gersdorff-Kaserne mehr als nur einer befand, der auf diesen fingierten Freimaurergriff reagierte.

«Kein Zufall, dass Sie da sind?», fragte Klages endlich und hob seinerseits sein Glas.

«Kein Zufall, Herr Oberleutnant», gab Sembritzki zurück.

«Ich verfolge den Fall Barth!»

Der andere nickte abwesend.

«Barth? Ja. Ich weiss. Eine unangenehme Geschichte für uns!»

«Das war doch sicher vor Ihrer Zeit, Herr Oberleutnant?»

«MAD, Verfassungsschutz und Bundesnachrichtendienst haben uns durchleuchtet deswegen.»

«Gründlich?», fragte Sembritzki lächelnd.

Klages verzog sein Gesicht.

«Das fragen Sie mich? So gründlich, wie es angezeigt schien.»

«Wie verstehe ich denn das?», fragte Sembritzki und

ertappte sich dabei, dass er eine Redewendung Milenas benutzte.

«Sie wissen über Barths Karriere Bescheid?», sagte Klages verwundert.

«Wie sollte ich nicht? Wozu dieses Misstrauen? Sie haben mir anfangs keine Fragen gestellt.»

«Sie wissen warum! Sie kennen Schritt und Griff!»

Sembritzki nickte.

«Warum sind Sie hergekommen, Herr Pollak?»

«Der Fall Barth ist nicht geklärt!»

«Das sagen Sie?»

Klages schaute Sembritzki überrascht an.

«Das sage nicht nur ich, das sagt auch Erhard Reusser!»

«Sie kennen Reusser?»

«Ich kenne Reusser. Ich kenne Roland», sagte Sembritzki aufs Geratewohl, aber mit dem zweiten Namen hatte er kein Glück.

«Roland?» Klages zuckte mit den Schultern.

«Wer kannte Barth genauer?»

Klages dachte nach.

«Fragen Sie einen von denen, die schon lange dabei sind. Einen der Hörsaaloffiziere zum Beispiel.»

«Barth gehörte zum PSV?»

«Das wissen Sie doch, Pollak! Er hat hier die Schule für psychologische Verteidigung absolviert.»

«Als Zivilist?»

«Fragen Sie nicht mich. Ich sagte es schon. Wenn Sie unbedingt mehr wissen wollen, halten Sie sich an den Hörsaaloffizier!»

«Und wer ist das?»

«Major Forster zum Beispiel.»

«Und wo finde ich den?»

Klages zeigte über die Strasse zu einer Zeile von verschiedenfarbigen Häusern.

«Er wohnt dort drüben im rosafarbenen Haus!»

«Danke, Herr Oberleutnant», sagte Sembritzki förmlich und stand auf.

«Der Fall Barth hat Staub aufgewirbelt. Wir müssen sehen, wie wir das wieder in den Griff bekommen», fügte er noch bei und verliess das Lokal. Aber er ging nicht gleich auf das rosarote Haus zu. Solange ihn Klages im Blickfeld hatte, wollte er keine Spuren hinterlassen. Er schlenderte zurück zur Kaserne. Eine halbe Stunde beobachtete er im Schutz einer Mauer den Kaserneneingang.

Links vom Eingang war auf zwei Sockeln eine hohe Tafel mit den Kennzeichen des Jägerbataillons 532 und darunter schwarz-rot-golden das Feldartilleriebataillon 535. Und als Sembritzki auf diese Insignien starrte, wurde ihm bewusst, wie krampfhaft sich die Bundeswehr einerseits von der unrühmlichen Vergangenheit abzulösen versuchte, und andererseits alles unternahm, um so etwas wie Tradition in eine Truppe zu bringen, die sozusagen aus dem Nichts, aus Trümmern, auf einem Friedhof, neu erstanden war.

Die beiden goldenen Türme mit dem geöffneten Fallgitter auf rotem Grund waren versteinerte Reste aus einer versunkenen, kaiserlichen Zeit, schlugen eine Brücke zurück in ruhmreichere Jahre, als Soldatentum noch fest in der Gesellschaft verankert gewesen war. Und diese Rettungsversuche traditioneller Werte spiegelten sich auch im Namen der Euskircher Kaserne: Mit Generalmajor Freiherr von Gersdorff hatte man sogar einen Mann mobilisiert, der zwar einer alten preussisch-schlesischen Offiziersfamilie entstammte, der aber sonst kaum je durch ausserordentliche Taten aufgefallen war. Gersdorff hatte im Zweiten Weltkrieg als Abwehroffizier unter Canaris gedient, nachdem er vorher als IC, als Stellvertreter des kommandierenden Generals, Feindaufklärung betrieben und sich auf psychologische Abwehr spezialisiert hatte.

Wieder verliessen jetzt drei Daimler-Benz-LKW das Areal. Dann war es wieder still, und ein uninformierter Betrachter wäre nie auf den Gedanken gekommen, dass die Euskircher Kaserne, die ja schon im Zweiten Weltkrieg belegt gewesen war, einen Sollbestand von 14 000 Mann hatte, der allerdings in sogenannt friedlichen Zeiten kaum je erreicht wurde.

Gegen zwei Uhr verliess ein Offizier im Majorsrang das Kasernenareal. Sembritzki glaubte, auf dem karmesinroten Barett das Feldzeichen der Fernaufklärung erkannt zu haben: ein herabstürzender Adler zwischen zwei Flaggen und eine Anzahl von Pfeilen. Da standen die Flaggen für Panzeraufklärung, der Adler symbolisierte die Fernaufklärung und die blitzenden Pfeile die Stossrichtung, die bis über den Ural hinausreichen sollte.

Sembritzki schaute dem Mann nach, der langsam die Strasse Richtung Stadt hinaufging und dann in der Kurve verschwand. Das rosarote Haus hatte er nicht betreten.

Wieder eine halbe Stunde später verliess erneut ein Konvoi mit Lastern das Kasernenareal. Diesmal sassen Soldaten auf der Brücke, und Sembritzki konnte an ihrem Gepäck erkennen, dass es sich um Fallschirmjäger handelte.

Bald darauf fuhr der hellblaue BMW in dieselbe Richtung.

Sembritzki folgte ihm auf seinem Motorrad, als das Auto plötzlich in nördlicher Richtung abschwenkte und auf den Hügelzug zuhielt, der ganz weit hinten am Horizont als blaugrauer Rücken, wie ein gestrandeter Wal, in der flachen

Landschaft lag. Hoher Venn! Was für eine Übertreibung dachte Sembritzki, als er sich dem Hügelzug näherte. Der BMW wurde jetzt immer langsamer, als er am Fuss des Hohen Venn angekommen, parallel dazu in östlicher Richtung weiterfuhr. Als der Wagen in der Nähe einer Häusergruppe anhielt, brachte auch Sembritzki seine Maschine unter einer Baumgruppe zum Stehen. Durch seinen Feldstecher beobachtete er den Mann im Ledermantel, der jetzt ausstieg und seinerseits einen Feldstecher aus einem ledernen Futteral holte. Aber er richtete ihn nicht auf Sembritzki, sondern suchte damit den Himmel im Osten ab. Sembritzki konnte ganz deutlich die drei silbernen Sterne auf den Achselpatten erkennen. Und dann hörte er auch schon das Geräusch des Flugzeugs, lange bevor es am bleiernen Himmel auftauchte und ganz plötzlich eine ganze Kette von käferartigen Gestalten ausspuckte, die eine Weile scheinbar haltlos in den Wolken hingen und dann von einem auseinanderberstenden Fallschirm mit einem Ruck aufgefangen und zur Raison gebracht wurden. Einer, zwei, drei, einundzwanzig Soldaten verliessen den Himmel und verkrochen sich irgendwo zwischen Bäumen und Feldern, aus denen mit einem Male verloren ein paar einzelne Schüsse bellten. Dann war es still. Der Oberst schien genug gesehen zu haben. Er bestieg wieder sein Fahrzeug und fuhr in die Richtung, aus der die Schüsse zu hören gewesen waren.

Sembritzki kehrte nach Euskirchen zurück. Er bockte seine Maschine wieder in der Nähe der Autowerkstätte auf und ging dann zu Fuss stadtwärts, bis dorthin, wo ihm am Vormittag Oberleutnant Klages das rosarote Haus des sogenannten Hörsaaloffiziers gezeigt hatte, dieses Mannes, der seine Karriere in der Bundeswehr sozusagen als Ausbilder beschloss, der es zwar bis zum Major gebracht hatte, aber kaum weitere Aufstiegsmöglichkeiten vor sich sah. Sembritzki kannte diese Sorte von Offizieren nur zu gut, diese resignierten Männer, die es müde geworden waren, von Kaserne zu Kaserne zu wechseln, aus Sicherheitsgründen die Nächte immer in den Kasernen zu verbringen, während zu Hause die Frau sich um die Kinder kümmerte und dem abwesenden Gatten nachts kaum noch nachtrauerte.

«Darf ich mit Ihrem Mann sprechen?», fragte Sembritzki, als die Haustüre des rosafarbenen Hauses sich öffnete und eine schwarzhaarige Frau in rotem Pullover und schwarzer Cordhose ihn fragend betrachtete.

«Darf ich fragen, wer …?»

Sie machte den Satz nicht zu Ende. Nur die steile Falte über der Nasenwurzel grub sich tiefer in die weisse Haut.

«Konrad Sembritzki aus Pullach. Ich komme in einer dienstlichen Angelegenheit.»

«Warum melden Sie sich nicht in der Kaserne, Herr Sembritzki? Mein Mann mag es nicht, wenn Privatleben und Dienst vermischt sind.»

«Ich möchte nicht, dass offizielle Stellen auf dieses Gespräch aufmerksam werden, Frau Forster. Bitte lassen Sie mich eintreten!»

Die Frau war irritiert. Und Sembritzki konnte die plötzliche Angst spüren, die sie gepackt hatte. Diese Frau war es gewohnt, dass ihr Leben immer wieder empfindlich gestört wurde.

«Bitte!», sagte sie resigniert. «Aber es wird noch eine Weile dauern.»

Sie ging voran durch einen engen Flur, in dem Windjacken von Jugendlichen und Lumbers hingen. Aber nirgends war ein Armeekleidungsstück zu sehen. Auch das Wohnzimmer zeigte keine Spuren eines militärisch ausgerichteten

Bewohners. Im Gegenteil. Da hingen eine ganze Menge farbiger Landschaftsfotografien, Seeansichten, Inseln, Dünen, aber auch Gebirgszüge, richtige Felsen mit Schnee und Eis, Bild gewordene Sehnsucht von Menschen, die in einer konturlosen Gegend wohnten. Die Möbel waren aus hellem Holz, wirkten nordisch, einfach, und die Stühle waren mit blau-weissen flachen Kissen bezogen.

«Setzen Sie sich, Herr Sembritzki», sagte die Frau und schaute ihn etwas hilflos an. Anscheinend wusste sie nicht, was sie mit ihm anfangen sollte, bis ihr Mann nach Hause kam.

«Tee?»

«Ja, bitte!»

Sembritzki lehnte sich zurück. Er fühlte sich hier wohl. Zum ersten Mal seit langer Zeit kroch ein Gefühl der Geborgenheit in ihm hoch, und er genoss darum diesen kurzen Augenblick des Atemholens doppelt.

«Du hast dich müde gemacht mit der Menge deiner Pläne... Jesaja, 47,13» war mit blaugrünen Buchstaben auf eine leinene Decke gestickt, die vor ihm auf dem Tisch lag, wo jetzt auch ein Topf mit würzigem Tee dampfte. Sembritzki sass in sich zusammengesunken da, die warme Tasse zwischen zum Kelch geformten Händen. Er war allein in der eindämmernden Wohnstube. Draussen hörte er ab und zu Stimmen von jungen Menschen. Lachen stieg auf, dann die quirlende Antwort wie eine Koloratur. Er sass als Fremder im Haus einer lebendigen Familie, und niemand kümmerte sich um ihn. Er war Zuschauer, Zuhörer. Mehr nicht.

«Herr Sembritzki?»

Sembritzki hatte den Mann nicht kommen hören, der jetzt in der Wohnzimmertüre stand und mit der rechten Hand zum Lichtschalter griff.

«Major Forster?», fragte Sembritzki und blinzelte irritiert ins Licht.

«Forster! Ohne Major!», betonte der gross gewachsene blonde Mann mit dem schmalen Gesicht und der Stirnglatze. «Ich nehme an, das ist ein privater Besuch.»

Sembritzki erhob sich mühsam und tat einen Schritt auf den Major zu, der in seinem weinroten Pullover und der dunkelblauen Tweedhose ganz zivil wirkte.

«Gewissermassen privat, Herr Forster», sagte Sembritzki, und seine Stimme klang ungewöhnlich laut. Es gelang ihm nicht, die Schwelle, die Geborgenheit und fragende Helle trennte, gleichsam fliessend zu bewältigen.

«In welcher Sache?»

Forster zeigte auf Sembritzkis Stuhl und setzte sich dann selbst in einen zweiten Sessel, der etwas im Schatten einer Yuccapalme stand.

«In der Sache Wolfram Barth.»

Sembritzki fühlte das Misstrauen beinahe körperlich, das von Forster ausging, als er diesen Namen hörte.

«Sie sind vom MAD?»

Sembritzki schüttelte den Kopf. «BND.»

«Ach?», sagte Forster nur, und der Anflug eines verächtlichen Lächelns kräuselte seine Lippen.

«Sie haben ihn gekannt?», fragte Sembritzki.

«Ist das ein Verhör, Herr Sembritzki? Was wollen Sie? Sie dringen in meine Privatwohnung ein und stellen mir Fragen, die ich bereits dienstlich mehrfach beantwortet habe. Ich habe zum Fall Barth nichts mehr zu sagen!»

«Ich bin nicht dienstlich hier, Herr Forster!»

Forster war aufgestanden und ging im Wohnzimmer auf und ab, wobei er sich immer wieder an den eng stehenden Möbeln stiess.

«Warum sind Sie also hier?», fragte er dann endlich und blieb nahe vor Sembritzki stehen, dem es in dieser Situation gar nicht wohl war.

«Weil ich die Hintergründe von Barths Tod aufdecken möchte!», antwortete er, schob seinen Stuhl zurück und stand jetzt kaum einen halben Meter von Forster entfernt, starrte in dieses müde Gesicht mit den hellgrauen wachsamen Augen.

«Die Hintergründe!» Forster lachte wieder verächtlich. «Wir alle wollen die Hintergründe aufdecken! Was soll das, Herr Sembritzki?»

«Sie sind verbittert, Herr Forster!»

«Was hat das mit Barths Tod zu tun?»

«Nichts mit Barths Tod, aber mit Ihnen! Ich führe keine Untersuchung, Herr Forster. Ich bin nur hier, um Barths Leben zu ergründen!»

«Ergründen Sie seinen Tod!»

«Erst das Leben, das er führte, macht mir seinen Tod verständlich!»

«Warum? Was bewegt Sie dazu, diesem verqueren halb zivilen, halb militärischen Leben nachzuspüren?»

Forster hatte sich wieder gesetzt, nachdem er eine Flasche Gin und zwei Gläser aus einem Schränkchen geholt hatte.

«Barths Vater will wissen, warum sein Sohn gestorben ist!»

«Warum fragen Sie mich, Herr Sembritzki. Ich habe ihn nicht umgebracht. Ich nicht!»

«Das weiss ich. Wer denn?»

Forster schwieg lange. Er stierte in sein Glas, das er ganz nahe vors Gesicht hielt.

«Warum sollte ausgerechnet ich das Ihnen sagen, Herr Sembritzki? Ich kenne Sie nicht!»

«Eben. Gerade darum, Herr Forster. Sie kennen mich nicht. Ich komme, ich gehe. Ende! Sie werden nie wieder von mir hören!»

Forster starrte noch immer in sein Glas und seine Stimme tönte hohl, als er wieder zu sprechen anfing.

«Barth ist ein Opfer dieses unseligen Geistes geworden, der zum Teil hier gezüchtet wird.»

Sembritzki schaute überrascht auf, sagte aber kein Wort.

«Sie wissen, was psychologische Verteidigung bedeutet, Herr Sembritzki?»

«So ungefähr.»

«Die PSV hat den Auftrag, bei der Abwehr äusserer Störungen durch beruhigende und psychologische Massnahmen mitzuwirken. Dass dabei nicht nur der potenzielle Aggressor, sondern auch die eigene Bevölkerung Zielgruppe der PSV sein kann, liegt auf der Hand.»

Sembritzki nickte.

«Eine potente Mannschaft», sagte er nicht ohne Spott.

«Allerdings.» Forster schien Sembritzkis Einwurf nicht hören zu wollen. «Wir haben einen PSV-eigenen Druckereizug für die Herstellung von Flugblättern, eine Stabs- und Versorgungskompanie, eine Rundfunkkompanie, zwei Lautsprecherkompanien und natürlich auch einen Ballonzug.»

«Ihr untersteht dem Territorialkommando Süd in Heidelberg?»

Forster blickte irritiert auf.

«Sie wissen Bescheid?»

«Ein bisschen schon. Zum Beispiel weiss ich, dass ihr imstande seid, in den drei Ostsprachen Russisch, Polnisch und Tschechisch ein 24-Stunden-Radioprogramm auszustrahlen. Und ich weiss, dass eure Lautsprecherkompanien mit Störmanövern aus der Konserve Verwirrung beim Gegner provozieren können. Sie können Hubschrauber-, Panzer- und Schanzgeräusche ab Tonband in die Landschaft schicken.»

Forster kniff die Lippen zusammen. Langsam schenkte er sich Gin nach und drehte dann nachdenklich das Glas zwischen den Fingern.

«Sie sind ein sogenannter Hörsaaloffizier?», fragte Sembritzki.

«Vollberuflicher Ausbilder im PSV. Einer von denen, der seine Kinder immer wieder auf andern Internaten unterbringen muss, weil er denkt, Karriere sei doch noch möglich, totaler Einsatz an verschiedenen Orten lohne sich. Einer, der es noch immer auf sich nimmt, in der Familie sozusagen nur die Rolle eines Gastes zu spielen, der auftaucht und wieder geht. Ein gern gesehener Gast, weiter nichts. Und der all das immer noch auf sich nimmt, obwohl er weiss, dass der militärische Grad eines Majors Endstation ist.»

«Gehen alle Offiziere hier durch Ihre Lehrgänge, Herr Forster?»

«Alle? Genug! Offiziere, Unteroffiziere und auch Zivilisten.»

Sembritzki nickte. Er wusste, dass die BND-Leute hier einen vierwöchigen Kursus absolvierten und dabei nicht in der Kaserne wohnten, sondern ausserhalb in getarnter Funktion logierten.

«Wir haben eine ganze Menge von Journalisten, Reportern, Redakteuren, die hier ausgebildet werden und dann wieder in ihren angestammten Medien untertauchen.»

«Aber nicht Wolfram Barth.»

«Barth war Offizier. Er besuchte meine Lehrgänge in Uniform.»

«Und er unterschied sich in nichts von seinen Kameraden?»

Forster schüttelte den Kopf.

«Da unterscheidet sich sozusagen keiner vom andern, Herr Sembritzki.»

«Deutsche über einen Leisten geschlagen?»

«Deutsche?», fragte Forster langsam. «Was heisst da schon Deutsche? Die Bundeswehr ist nicht ein gesamtdeutscher Verein, Herr Sembritzki!»

«Da werden Männer zu Soldaten gemacht? So meinen Sie es!»

Forster nickte. «Sie sagen es. Hier werden Fremdenlegionäre gezüchtet!»

Forster begleitete seine Worte mit einem hässlichen Lachen.

«Wie meinen Sie das?»

«Hier werden Eroberer aufgebaut!»

«Ich verstehe Sie noch immer nicht, Herr Forster!»

«Nein, Sie können mich nicht verstehen, weil Sie einer sind, der auf dieser Seite aufgewachsen ist und immer hier lebte!»

«Man heisst nicht Sembritzki, wenn man auf dieser Seite gross geworden ist, Herr Major. Ich bin älter als Sie. Und ich komme von drüben.»

«Meine Wurzeln liegen in Schlesien! Ihre wohl irgendwo in Ostpreussen! Warum verstehen Sie mich denn nicht?»

Sembritzki schwieg. Milena kam von weit her zurück, kaum mehr als ein Schatten.

Forster schaute Sembritzki verwundert an, der mit geschlossenen Augen auf seinem Stuhl sass und nichts mehr wahrzunehmen schien.

«Was ist mit Ihnen, Herr Sembritzki? Fühlen Sie sich nicht wohl?»

Sembritzki öffnete langsam die Augen und schüttelte den Kopf.

«Ich höre Ihnen zu, das ist alles!»

«Sie hören mir zu, aber Sie verstehen kein Wort! So ist es doch!»

«Doch, ich habe schon verstanden, Herr Forster. Sie meinen, dass hier Eroberer gezüchtet werden, und nicht Menschen.»

«Ich meine, wenn ich es überspitzt formulieren darf, dass hier Soldaten gezüchtet werden, die gleichsam unsere amputierte Hälfte zurückerobern sollen, anstatt dorthin zurückzufinden!»

«Sie meinen das nicht wirklich, was Sie hier sagen, Herr Forster!»

«Ich meine es nicht wörtlich, aber im übertragenen Sinne! Das sind doch alles Fremde in einer ihnen fremd gewordenen Heimat, Sembritzki!»

Ein vielleicht siebzehnjähriges Mädchen öffnete die Türe, streckte seinen langmähnigen Kopf herein und zog dann die Türe wieder behutsam ins Schloss. Sembritzki steckte sich einen Zigarillo in den Mund und wehrte lächelnd ab, als ihm Forster Feuer geben wollte.

«Und an diesem Soldatenbild basteln Sie mit, Herr Major», sagte er endlich.

«Nein. Ich nicht. Ich vermittle lediglich Fachwissen, keine Ideologie!»

«Wer denn?», fragte Sembritzki und er spürte, wie nahe er plötzlich jener Antwort kam, der er schon so lange nachhorchte.

«Der stellvertretende Leiter der PSV.»

«Ein Brigadegeneral?»

Forster schüttelte den Kopf.

«Nein, sein Stellvertreter. Im Rang eines Obersten, wenn er auch genau gleich bezahlt wird wie ein Brigadegeneral.»

«Der Mann fährt einen blauen BMW?»

«BMW, Mercedes, ja, blau manchmal. Aus Sicherheitsgründen wechselt er zwei bis drei Mal pro Woche Fahrzeug und Nummernschilder.»

«Hohe Sicherheitsstufe?»

Forster nickte.

«Schliesslich hat der Mann auch Einsicht in alle Personalakten der Absolventen der PSV.»

«Und nach welchen Gesichtspunkten werden die Absolventen der PSV ausgewählt?», fragte Sembritzki gespannt und liess seinen Zigarillo von einem Mundwinkel zum andern wandern.

«Sie wissen, dass die Personalakte jedes Offiziersanwärters in Köln geführt wird, beim Truppenamt. Dort werden alle Unterlagen ausgewertet, und dort wird auch bereits eine Auswahl getroffen, dort werden Leute, die noch keine Ahnung haben, wie ihre Karriere verlaufen wird, auf eine bestimmte Richtung festgelegt.»

«Und bei dieser Auswahl ist der Oberst mitbeteiligt?»

Forster nickte.

«Der Mann weiss ganz genau, was für Leute er in seinen Kursen wünscht.»

«Kein Entkommen?», fragte Sembritzki lächelnd, obwohl ihm kalt war.

«Nein. Jeden Tag geht über jeden einzelnen Offiziersschüler ein Bericht von der PSV zum MAD, wo diese Berichte dann ausgewertet werden.»

«Barth hat diese Auslese überstanden?»

«Barth war ein Musterschüler, Herr Sembritzki! Für höchste Aufgaben vorgesehen!»

«Von wem?»

«Warum fragen Sie? Ich sagte, wo die Auswahl getroffen wird. Und ich sagte Ihnen auch, dass einer, der durch diese Schule gegangen ist, niemals mehr austreten kann.»

«Barth hat es versucht?»

Forster zuckte die Schultern.

«Ich weiss es nicht! Aber es ist naheliegend!»

«Und Barth wurde zur Rechenschaft gezogen?»

«Auch das weiss ich nicht. Aber auch das ist anzunehmen!»

«Von wo gehen die Befehle zu einer solchen Exekution aus?»

«Sie vergreifen sich in der Terminologie, Herr Sembritzki. Niemand spricht von Exekution. Barth ist einem Mordanschlag zum Opfer gefallen. Keine erkennbaren Spuren!»

Sembritzki wiegte seinen Kopf langsam hin und her.

«Ich weiss nicht, Herr Forster. Da waren Spuren! Ein Maurerfäustel als Tatwaffe. Ein Akazienzweig auf der Leiche und in seiner Wohnung eine gebrochene Rose!»

Forster schüttelte den Kopf.

«Damit kann ich nichts anfangen, Herr Sembritzki. Höchstens mit den Rosen, aber Rosenbeete vor dem Haus sind ja wohl kein Hinweis!»

«Bei wem? Beim stellvertretenden Schulleiter?»

Forster nickte.

«Etwas ist mir unterdessen klar geworden, Herr Forster. Jede nicht ausschliesslich zweckgerichtete Vereinigung hat gewisse Riten. Mystifikationen sind ein Teil ihrer Gemeinsamkeiten. Überall, wo Ideologie hineinspielt, gibt es auch nach aussen drängende Zeichen, die dazu dienen, sich untereinander zu erkennen. Das ist allen Geheimbünden gemeinsam.»

«Die PSV ist kein Geheimbund, Herr Sembritzki!»

«Das meine ich auch nicht, und ich unterstelle auch der PSV nicht, dass sie die Leute in dieser Hinsicht ausbildet. Aber ich bin überzeugt, dass sich innerhalb der grossen Anzahl von Absolventen eine Gruppe formiert hat, die ganz eigene Ziele verfolgt, Ziele, die ihren Ursprung in dieser Schule selbst haben.»

Forster schien nicht überrascht zu sein, er schaute Sembritzki nur nachdenklich an. Dann nickte er langsam und nachdrücklich mit dem Kopf.

«Sie meinen, dass hier gewissermassen das Operationszentrum einer paramilitärischen Gruppierung ist, deren Netz über die ganze Bundesrepublik gelegt ist?»

«Über die Bundesrepublik und über andere Länder. Auch über die Schweiz, wo Barth umgekommen ist!»

«Wer also?»

Sembritzki schaute Forster lange an. Irgendetwas sperrte sich in seinem Innern dagegen, den Namen zu nennen, der ihm so geläufig war.

«Kennen Sie einen Mann namens Körner?»

«Horst Körner?»

Sembritzki nickte.

«Ich weiss nicht, wo er jetzt lebt. Aber Körner hat ebenfalls die PSV absolviert. Und ich weiss auch, dass er noch immer Kontakt zu Euskirchen pflegt, obwohl ich nicht weiss, wo er jetzt ist.»

«Körner wohnt in Bern. Er arbeitet dort auf unserer Botschaft.»

«Körner ist kein Mörder! Hier werden keine Mörder ausgebildet, Herr Sembritzki!»

Forster hatte sich erhoben. Er sprach jetzt sehr laut. Die Türe öffnete sich wieder, Frau Forster schaute erschrocken ihren Mann an. Aber Sembritzki schüttelte nur leicht den Kopf, worauf sich die Türe wieder schloss.

«Ich habe nie behauptet, dass hier Mörder ausgebildet werden, Herr Forster. Aber hoch qualifizierte Fachleute, Logistiker, Psychologen und Rhetoriker. Vielleicht ist Körner in diesem Zirkel so etwas wie ein Führungsoffizier!»

«Zirkel? Zirkel sagen Sie?» fragte Forster erstaunt.

«Oder vielleicht ein Zirkel im Zirkel.»

Forster nickte, aber nicht, um Sembritzkis Aussage zu bestätigen, sondern eher ganz für sich.

«Vielleicht haben Sie recht, Sembritzki», sagte er endlich.

«Ich habe ja auch schon Anzeichen für diese Gruppenbildungen bei den Offizieren festgestellt.»

«Verkehren der Oberst, der Leiter der PSV und die Soldaten im Club Royal?», fragte Sembritzki unvermittelt.

«Einige, ja. Der Oberst ist unter ihnen. Aber der Club ist nicht ein ausgesprochener Offizierstreff.»

«Wie kommt man rein?»

«Indem man sich telefonisch anmeldet.»

«Wird der Oberst heute Abend dort sein?»

«Möglich, wenn er nicht über die Zeit hinaus mit taktischen Problemen im Zusammenhang mit unseren augenblicklich stattfindenden Übungen befasst ist.»

«Fallschirmeinsätze?»

«Sie haben spioniert, nicht wahr?», sagte der Major mit einem müden Lächeln. «Heute sind die Jungs wirklich abgesprungen. Morgen und übermorgen finden dieselben Übungen trocken statt, das heisst, wir supponieren den Fall, dass sich eine Fallschirmjägereinheit verflogen hat und irgendwo im Hohen Venn gelandet ist. Die Versuche, sich wieder zu orientieren und aus Feindgebiet abzusetzen, sind heute und die ganze Woche Ziel dieser Lektion, die im Rahmen der

PSV-Ausbildung stattfindet.»

«Der stellvertretende Schulleiter als Übungskoordinator?» Forster nickte.

«Er sucht die versprengte Einheit auf und veranstaltet an Ort und Stelle taktische und theoretische Übungen.»

Sembritzki stand auf.

«Sind Sie heute Abend im Club Royal?»

«Sollte ich?»

Sembritzki nickte.

«Ja. Und sei es auch nur darum, um einer gewissen Öffentlichkeit sozusagen vorzuführen, dass wir uns noch nie im Leben gesehen, geschweige denn gesprochen haben.»

Sembritzki drückte dem Major die Hand und liess sich dann von ihm zum Hinterausgang führen.

Zwei Stunden später sass er im Club Royal hinter einem saftigen Filetsteak «Casanova» und schaute immer wieder hinüber zum lodernden Kamin, wo ein Koch in weissem Anzug und steifer hoher Mütze, flankiert von kerzentragenden, rundlich-kindlichen Gipsengeln, eine Lammkeule mit verschiedenen Gewürzen garnierte. Forster sass in Uniform zusammen mit zwei andern Offizieren in Sembritzkis Nähe, der ebenfalls nicht ganz allein war, ein älteres Ehepaar hatte sich zu ihm gesellt. Gegen neun Uhr erst erschien der Oberst, elegant in seinem silbergrauen Rock und der schwarzen Hose. Das dunkelrote Barett mit dem silbernen Zeichen der PSV, zwei Balken, die von rechts unten nach links oben führen und in der Gegenrichtung von einem Pfeil geschnitten werden, trug er in der Hand. Er wurde von einer eher fülligen Dame um die vierzig herum begleitet und von einem weiteren Offizier mit Hauptmannsgrad. Sembritzki starrte auf das silberne Zeichen auf dem Barett des Offiziers. Erst jetzt fiel ihm auf, dass man mit ein wenig Fantasie Pfeil und Balken als zwei Zirkel ansehen konnte, deren Scheitel identisch war.

Die Gespräche im Raum wurden halblaut geführt, nur der Oberst, dem Sembritzkis besondere Aufmerksamkeit galt, brach die vornehme Atmosphäre mit seinem kehligen Lachen, das Sembritzki jedes Mal zusammenfahren liess. Als der Oberst sich Lachs als Vorspeise servieren liess, nahm Sembritzki seinen letzten Schluck. Langsam liess er den Beaujolais durch die Kehle rinnen, dann stand er auf, wobei er, scheinbar wie aus Versehen, sein Glas umstiess, das klirrend gegen die Flasche stiess und zerbrach.

Forster schaute erstaunt auf, senkte aber sofort wieder den Blick, während der Oberst Sembritzki aufmerksam beobachtete, der jetzt langsam, leicht schwankend und eine eigenartige Arabeske in seine Schrittkombinationen einbauend, auf dessen Tisch zuging.

«Ernst Pollak», sagte er mit schwerer Zunge, als er vor dem Tisch des PSV-Offiziers angekommen war, und er streckte seine Hand aus. Doch der Mann reagierte nicht. Sembritzki starrte auf seine Glatze, auf der ein paar wenige schwarze Härchen im Licht flimmerten.

«Was wollen Sie?», fragte er und schaute Sembritzki misstrauisch an.

«Ein Interview, Herr Oberst!»

«Sie sind Journalist?»

«Ernst Pollak von der WAZ!»

«Ich gebe keine Interviews, schon gar nicht hier!»

«Wo denn?»

«Wenden Sie sich an meinen Adjutanten, Herr Pollak!»

«Ein Presseoffizier?»

«Ja! Im Übrigen, ich habe Ihren Namen noch nie gehört!»

«Ich bin neu hier. War vorher Auslandkorrespondent in Beirut und Kairo.»

Wenn der Oberst noch immer misstrauisch war, liess er es sich jedenfalls nicht anmerken. Er wandte sich ab und liess Sembritzki einfach stehen.

«Wann?», hakte Sembritzki nach.

«Wenn Sie wieder nüchtern sind, Mann!»

«Morgen?»

«Vielleicht morgen!»

«Versprochen?»

Sembritzki streckte noch einmal die Hand aus, die der Oberst mit einer Reflexbewegung ergriff, und – auch dies ein Reflex – Sembritzkis dreimaliges Stossen mit dem kleinen Finger erwiderte. Dann zog er seine Hand schnell zurück und schaute Sembritzki erstaunt an, der sich aber schon abgewandt und den Raum verlassen hatte.

Der Oberst hatte auf seinen Griff reagiert, spontan, ohne es wirklich zu wollen. Mehr brauchte Sembritzki im Augenblick nicht zu wissen. Am selben Abend noch rief Sembritzki den alten Barth an. Obwohl dieser darauf drängte, dass ihm Sembritzki all das, was er in Euskirchen erfahren hatte, sofort und auf der Stelle weitergebe, hielt sich Sembritzki zurück. Die fiebrige Ungeduld des alten Brandenburgers beunruhigte ihn. Sie konnte die Pläne gefährden, die in Sembritzkis Kopf immer mehr Gestalt annahmen.

«Nur eines, Sembritzki», keuchte Barth in den Hörer, bevor das Gespräch zu Ende war. «Haben Sie den Mann gefunden, der für den Tod meines Sohnes verantwortlich ist?»

Sembritzki schwieg.

«Hallo, Sembritzki? Sind Sie noch dran?», drängte Barth.

«Ich habe ihn gefunden, Herr Barth.»

«Wer?», bellte dieser in den Hörer. «Nennen Sie mir einen Namen!»

«Keinen Namen, Herr Barth! Alle weiteren Informationen erhalten Sie mündlich. Im Austausch gegen Ihre Informationen!»

«Was für Informationen?», fragte Barth abweisend.

«Sie wissen doch genau, was ich meine! Was ist mit der Liste? Was bedeuten die Abkürzungen und Zahlen?»

«Ich bin noch nicht so weit, Sembritzki. Aber ich habe eine Spur!»

«Sie wissen Bescheid, Herr Barth. Informationen gegen Informationen!»

«Wo?», knurrte Barth.

«Wo Sie wollen! Irgendwo zwischen Köln und Münster!»

«Irgendwo zwischen Köln und Münster?», wiederholte Barth verwundert, und nach einer Weile, als Sembritzki bereits glaubte, der Brandenburger hätte aufgehängt: «Ich brauche Zeit!»

«Warum brauchen Sie Zeit?», fragte Sembritzki.

«Keine Fragen, Sembritzki. Geben Sie mir einen Tag. Morgen Abend treffen wir uns. In Altenberg. 20 Uhr. Beim Chor der Klosterkirche.»

Barth hatte aufgehängt, bevor Sembritzki nachfragen konnte. Als er das Postgebäude verliess, sah er den dunkelblauen Ford Taunus wieder. Er war auf der Gegenseite geparkt. Niemand sass hinter dem Steuer, und so machte Sembritzki ein paar Schritte auf den Wagen zu, um das Kennzeichen abzulesen. Eine Kölner Nummer! Da es sich jedoch eindeutig um einen Mietwagen handelte, liess sich damit kaum sehr viel anfangen, und Sembritzki hatte auch keine Lust, sich, unter welchen Vorwänden auch immer, bei der Leihfirma nach dem augenblicklichen Mieter zu erkundigen, umso mehr, als ein professioneller Verfolger ohnehin nicht seinen richtigen Namen hinterlassen würde. Sembritzki ging über die Strasse ins Hotel zurück und brütete die halbe Nacht über einer Karte, auf der Euskirchen und dessen nähere und weitere Umgebung aufgezeichnet waren. Sembritzki zog Linien mit blauer, roter und grüner Farbe. Er versah einzelne Punkte auf der Karte mit Zahlen, die er dann auf ein Blatt Papier übertrug, das er mit zusätzlichen Zahlen, Uhrzeiten, bekritzelte. Früh am andern Morgen sass er schon auf seinem Motorrad und fuhr aus der Stadt hinaus. Es war ein heller, blaukalter Spätherbsttag. Wiesen und Felder bildeten hellbraune und ockerfarbene geometrische Figuren. Aus den umgepflügten Äckern stiegen grauweisse Schwaden. Weit hinten im Dunst wölbte sich der Hohe Venn. Sembritzki verliess die Hauptstrasse und holperte über einen gefrorenen Feldweg auf ein kleines Gehölz zu, das etwas erhöht diese kahl gefressene Landschaft gleichsam krönte. Gegen acht Uhr sah er einen kleinen Konvoi von Militärlastern über die Hauptstrasse rollen und dann weiter östlich ebenfalls in einen Feldweg ausscheren. Der Konvoi hielt auf ein kleines Gehöft zu, das zwischen einer Koppel von fast kahlen Ahornbäumen halb versteckt lag. Sembritzki liess das Fernglas sinken, als elf Soldaten im Kampfanzug von den Ladebrücken der Laster sprangen und in der Scheune verschwanden. Ein paar Minuten später waren die schwankenden Ungetüme auf Rädern wieder aus Sembritzkis Blickfeld verschwunden. Er schaute auf die Uhr, warf dann einen kurzen Blick auf die Karte, die vor ihm auf der Erde lag, und steckte einen Zigarillo zwischen die Lippen. Er wartete im Schatten des kleinen Gehölzes. Nach einer halben Stunde griff er wieder zum Feldstecher und suchte die Landschaft zu seinen Füssen ab. Im Westen tauchte jetzt auf der Landstrasse ein grauer Mercedes auf, der in mässigem Tempo daherkam und am genau gleichen Ort, wie der Konvoi zuvor abschwenkte und zum kleinen Gehöft fuhr, wo die Männer im Kampfanzug verschwunden waren. Lange hielt Sembritzki sein Glas auf den hochgewachsenen Mann im Ledermantel gerichtet, der dem Auto entstieg, sich kurz umsah und dann ebenfalls in der Scheune verschwand. Für den Augenblick hatte Sembritzki genug gesehen. Er bestieg sein Motorrad und fuhr gegen Westen. Noch dreimal ging er an diesem Tag in Stellung, und jedes Mal galt seine Aufmerksamkeit dem grauen Mercedes. Gegen sechs Uhr brauste er über die Autobahn in Richtung Köln, umfuhr die rheinische Metropole an ihrer westlichen Peripherie und weiter ging es über Remscheid, Wuppertal nach Nordosten. In Burscheid verliess er die Autobahn und fuhr dann auf der Strasse langsam nach Altenberg. In unmittelbarer Nähe des «Bergischen Dorns», wie die Altenberger Klosterkirche auch genannt wird, stieg er von seiner Maschine, ging dann zu Fuss um den hohen Bau herum und begab sich erst im Nordosten in den Schatten dieser altehrwürdigen Zisterzienserkirche. Es war erst sieben Uhr. Er hatte also noch eine Stunde Zeit, bis Barth eintreffen würde. Sembritzki hasste es, als Zweiter an einem Treffpunkt aufzukreuzen. Er hasste es, beobachtet zu werden, und wenn es sich einrichten liess, bestand er auf dem Vorteil, den ein zeitiges Eintreffen bot.

Warum brauchte Barth so lange Zeit, um hierherzukommen? Was führte er im Schild? Und wie viel von seiner Kaltblütigkeit und Geistesgegenwart hatte er aus seinen Kriegsjahren noch in diese Zeit hineingerettet, wo fantasiereiche Einzelkämpfer von seinem Schlag nichts mehr verloren hatten? Leute wie Barth nicht und vielleicht auch nicht solche wie Sembritzki!

Es war halb acht. Sembritzki stand frierend, aber unbeweglich zwischen zwei schlanken Chorpfeilern und wartete. Er würde die Schritte des andern hören, und so blieb ihm genug Zeit, sich auf die Begegnung einzustellen. Um Viertel vor acht war Barth noch immer nicht erschienen. Und als es endlich vom kleinen Turm aus acht Mal hell schlug, machte Sembritzki einen Schritt aus dem Schatten heraus. In diesem Augenblick spürte er in seinem Rücken eine Bewegung, sah, ohne sich umzudrehen, aus den Augenwinkeln den hohen Schatten, der plötzlich hart neben ihm einfiel, und hörte auch schon Barths leise Stimme neben seinem rechten Ohr.

«Sie hätten früher kommen müssen, um mich zu überraschen, Herr Sembritzki.»

Langsam drehte sich Sembritzki um und starrte beschämt auf Barth, der nur als Umriss zu erkennen war und der sich jetzt ein ganz klein wenig vorbeugte, sodass Sembritzki sein Gesicht erkennen konnte.

«Kommen Sie in den Schatten», flüsterte Barth und zog Sembritzki in die Nische zwischen den Chorpfeilern.

Wenn Sembritzki beschämt war, von einem alten Mann sozusagen kalt erwischt worden zu sein, zeigte er es mindestens nicht. Ihn ärgerte es einerseits, Barth unterschätzt zu haben, andrerseits beruhigte es ihn.

«Nun?», fragte Barth leise, und Sembritzki roch den feinen Duft von Cognac. Barth hatte eine altbewährte Methode benutzt, um sich während der langen Wartezeit warmzuhalten.

«Nun?», gab Sembritzki ebenso leise zurück, um Zeit zu gewinnen.

«Wer ist der Mann?»

«Was bedeuten die Abkürzungen und Zahlen auf der Liste?», fragte Sembritzki stur.

«Namen einer Anzahl von Persönlichkeiten aus Politik und auch aus militärischen Kreisen», antwortete Barth. «Genügt das als Antwort?»

«Nein!»

«Was wollen Sie denn noch, Sembritzki, bis Sie mir den Mörder meines Sohnes nennen?»

«Ich will die Namen. Ich will eine Liste von Namen!»

«Sie werden Ihre Liste bekommen», sagte Barth lauter als vorher.

Sembritzki spürte die Ungeduld in Barths Stimme.

«Und ich will wissen, was die Zahlen bedeuten!»

«Das weiss ich nicht, Sembritzki. Ich kann nur die Initialen identifizieren.»

«Heisst das, Sie können die Namen herausfinden? Haben Sie denn die Namen noch nicht?»

«Ich brauche mehr Zeit», antwortete Barth ausweichend. «Auf der Liste stehen mindestens sechzig Namen. Und alle beziehen sich auf Persönlichkeiten, die in gewissen Städten der Bundesrepublik und des Auslands leben. Sie erinnern sich! Es sind eine Reihe von Adressen bundesdeutscher und ausländischer Freimaurerlogen festgehalten. Die Städtenamen stehen für den Wohnort einer Person, die mit jenen Initialen bezeichnet ist, die in Wirklichkeit nicht der in Freimaurerkreisen gebräuchlichen Abkürzung entsprechen.»

«Sie haben die Adress- und Telefonbücher gecheckt?»

«Ja. Und die Liste von Bundestagsabgeordneten und Parteigrössen.»

«Und?»

«Ich sagte es Ihnen schon: viel Prominenz darunter und manch einer, von dem man nicht glaubte, dass er in einem Atemzug mit anderen Persönlichkeiten genannt werden könnte, die sich auch auf dieser Liste befinden.»

«Nennen Sie mir Namen!», sagte Sembritzki rau und stiess Barth an.

«Nachher!»

«Nachher?», fragte Sembritzki, obwohl er wusste, was Barth mit diesem einzigen Wort meinte.

«Sobald Sie mir selbst einen Namen nennen, Sembritzki!»

«Ich nenne Ihnen den Namen, wenn Sie mir die Liste zurückgeben!»

«Sie haben sicher ein Doppel!»

«Ich habe kein Doppel, Herr Barth, das wissen Sie genau. Ich mache keine Doppel von privaten Unterlagen!»

«Heuchler!», lachte Barth leise und zog sich ganz in die Nische zurück.

«Wie Sie wollen, Herr Barth. Es war ein Fehler, keine Kopie zu machen. Aber ich habe Ihnen vertraut.»

«Sie können mir immer noch vertrauen, Sembritzki!»

«Wie meinen Sie das?»

«So, wie Sie es verstehen! Geben Sie mir *den* Namen!»

«Namen gegen Namen!»

Sembritzki reagierte zu spät. Seine beiden Hände hingen herunter, als er Barths Pistolenlauf an seinen Rippen spürte.

«Tut mir leid, Herr Sembritzki», sagte er förmlich. «Ein einseitiges Geschäft, ich weiss.»

«Sie werden nicht schiessen, Herr Barth», antwortete Sembritzki und wandte sich Barth halbwegs zu, sodass der Pistolenlauf schräg auf seinen Magen zielte. Sembritzkis Stimme klang heiser, und er ärgerte sich darüber.

«Sie täuschen sich, Sembritzki», murmelte Barth. «Ich habe nichts zu verlieren, nur zu gewinnen. Mir liegt an meinem Leben so wenig wie an Ihrem.»

«Was haben Sie vor, Barth?»

«Sie wissen genau, was ich vorhabe. Ich bin ein Teil Ihres

Planes, Sembritzki. Das stimmt. Aber Sie sind genauso ein Teil meines Planes geworden. Geben Sie mir den Namen und den Lageplan, den Sie ausgearbeitet haben.»

«Was für einen Lageplan?»

«Ach, Sembritzki! Ich kenne Sie doch und Ihren Hang zur improvisierten Perfektion.»

Barths knochige Hand fuhr unter Sembritzkis Jackett und kam mit der Landkarte, einer Personenbeschreibung und dem Zeitplan zurück. Als die Hand zum zweiten Mal zugriff, war Sembritzki auch seine Walther-Pistole los. Gleichgültig schaute er zu, wie Barth das Magazin öffnete, eine Patrone nach der andern herausspringen und auf den Boden fallen liess. Beide horchten sie dem metallischen Aufschlag nach. Als die sechste Patrone fiel, hoffte Sembritzki noch, dass Barth nicht mit einer siebten im Lauf rechnete. Aber da hatte er sich im alten Brandenburger getäuscht, der genau wusste, wie viele Geschosse aus einer Walther PPK zu erwarten waren.

«Gut gemacht, Herr Barth», sagte Sembritzki mit ironischem Lächeln. Aber auf einen solchen Kommentar hatte Barth keine Antwort übrig. Mit einem kleinen meckernden Lachen warf er Sembritzkis Pistole über die niedrige Hecke hinaus in die feuchtglänzende Wiese. Dann schritt er weit ausholend davon. Doch bevor er hinter dem Eckpfeiler des Kirchenchors verschwand, blieb er noch einmal stehen und wandte sich um.

«Es tut mir leid, Sembritzki.»

«Sie sind in meiner Schuld, Barth. Vergessen Sie das nicht!»

Barth antwortete nicht. Er zog die Liste aus der Brusttasche und hielt sie eine Weile in die Höhe.

«Ich lasse Sie nicht aus den Augen, bis Sie bezahlt haben, Barth!»

«Sie sind nicht mein einziger Gläubiger, Sembritzki!», tönte es aus dem Dunkel, dann war Barth verschwunden. Sembritzki horchte den Schritten nach, bis sie verklungen waren. Als er auf den Knien rutschend mühsam die Patronen seiner Walther ertastete und dann draussen in der Wiese mit dem Ärmel die nasse Pistole trocken rieb, war ihm, als ob irgendwo zu seiner Rechten das klopfende Geräusch eines Traktors die Nacht aufbräche.

24. Kapitel

Als Sembritzki seine Maschine in Euskirchen vor dem Hotel
«Strang» aufbockte, sah er wieder den blauen Ford Taunus,
der auf der andern Strassenseite, beim Bahnhof drüben
geparkt war.

Es war wirklich Adam, der im Restaurant des Hotels sass.
Er hatte sich in eine der Nischen der Türe gegenüber zurückgezogen und blätterte in einer Zeitschrift.

«Hallo Sembritzki», sagte er halblaut und nahm die Pfeife
aus dem Mund.

Sembritzki nickte ratlos und setzte sich vorn ans Fenster
hinter die aufgebauten Grünpflanzen, unter denen sich auch
eine immergrüne Geranie aus Plastik befand. Adam erhob
sich, nahm sein Glas Bier in die Hand und kam zu Sembritzki hinüber. Er war heute sehr sportlich angezogen, trug
einen dunkelblauen Pullover und eine graue Cordhose.

«Was wollen Sie, Herr Adam?», fragte Sembritzki leise.
«Haben Sie sich gestellt?»

Adam schüttelte den Kopf. Der junge Wirt trat an Sembritzkis Tisch und fragte nach dessen Wünschen. Sembritzki bestellte ein Bier und wartete dann, bis der Wirt wieder
hinter dem Tresen verschwunden war.

«Was wollen Sie, Adam?», fragte er noch einmal.

«Ich will einen Handel abschliessen.»

Die Finger seiner rechten Hand trommelten nervös auf
das gelbe Tischtuch.

«Wir haben bereits einen Handel abgeschlossen. Sie stellen sich dem Untersuchungsausschuss, und ich verzichte
darauf, Sie als DDR-Spion zu denunzieren.»

«Ich will den Brief zurück, Sembritzki!»

Sembritzki sah die kleinen Schweissperlen auf Adams Stirn.

«Erst wenn Sie sich gestellt haben. So war unsere Abmachung! Worauf warten Sie denn noch?»

«Sie warten doch auch, Sembritzki! Und ich weiss auch, worauf Sie warten!»

Sembritzki beugte sich vor und fixierte sein Gegenüber wütend.

«Ihre Leute scheinen gute Arbeit geleistet zu haben», sagte er bitter.

«Sie sind hinter der Liste her!»

«Woher wissen Sie das?»

«Weil ich weiss, dass es diese Liste gibt. Und weil wir selbst schon lange nach ihr suchen.»

«Ich habe die Liste nicht mehr», sagte Sembritzki gleichgültig.

«Ich weiss. Sie haben sie dem alten Barth zur Dechiffrierung gegeben.»

«Sie sind gut informiert.»

«Barth wollte nicht mit den Namen herausrücken!»

«Wie recht Sie haben!»

Sembritzki war aufgestanden. Eine unerklärliche Unruhe hatte ihn gepackt. Er fühlte, wie nahe er seinem Ziel war, und doch wusste er immer noch nicht, worin eigentlich sein Ziel bestand. «Ins Ziel gelangt man nur traumwandlerisch und niemals auf den Hauptstrassen.» Diesen Satz hatte Sembritzki einmal irgendwo gelesen, und er kam ihm jetzt wieder in den Sinn. Geleitet von Gefühlen und nicht vom Intellekt. Milena als strahlende Erscheinung in weiter Ferne, und Sembritzki spürte, dass diese ferne Milena nicht am Ende seiner irrenden Wanderung stand, dass dort nicht der Endpunkt seiner Reise, sondern wieder der Anfangspunkt war.

Eine Frage der Perspektive, aber Sembritzki gelang es nicht, den positiven Gesichtspunkt zu wählen: Ausgangspunkt und Endpunkt blieben identisch.

«Es ist so wie, wenn man in die Hölle hinunterschauen würde und der unten ruft zu einem herauf und erklärt einem sein Leben und wie er es sich dort eingerichtet hat. Zuerst bratet er in diesem Kessel und dann in jenem und dann setzt er sich in die Ecke, um ein wenig auszudampfen.»

Der todkranke Seydlitz hatte ihn mit einem Buch zu seinem Willensvollstrecker gemacht und gleichzeitig zum Sklaven dieser Gedanken eines traurigen Mannes, der sich mit seiner ganzen verzweifelten Schwäche Sembritzkis bemächtigt hatte.

«Was liegt mir an der Liste, Adam?», fragte Sembritzki endlich, als er wieder zur Ruhe gekommen war.

«Die Erinnerung an Milena ist nicht genug als Motiv.»

«Ich will diese Welt nicht verändern, Adam. Ich nicht! Ihr seid die grossen Revolutionäre!»

«Wir?», sagte Adam leise und liess ein hartes, kurzes Lachen hören.

«Mir liegt nichts an dieser Liste», fuhr Sembritzki unbeirrt fort. «Und ihr wollt sie ja doch nur benützen, die Fragwürdigkeit unseres Systems zur Schau zu stellen!»

«Die Liste gegen den Brief!»

Sembritzki lachte laut heraus.

«Sie verteilen das Fell des Bären, bevor er erlegt ist!»

«Sembritzki», Adam schaute ihn beschwörend an. «Sie haben gar keine Ahnung, wie brisant diese Liste ist!»

«Packen Sie aus», sagte dieser gleichmütig.

Adam sog heftig an seiner Pfeife: «Informationen gegen den Brief!», sagte er noch einmal gepresst.

«Woher haben Sie diese Informationen, wenn Sie doch die

Liste nicht besitzen?»

«Sie vergessen, dass Sie mich als Spion sozusagen entlarvt haben, Sembritzki!», lächelte Adam, aber dieses Lächeln wirkte weder ironisch noch spöttisch. Es war voller Müdigkeit und Trauer. «Ich habe zahlreiche Informationen gesammelt. Ich hatte Zugang zu Dokumenten und verschaffte mir ab und zu auch Zugang zu rein privaten Unterlagen. Ich weiss in groben Zügen, was auf der Liste steht. Zum Teil könnte ich Ihnen Namen nennen.»

«Und die Zahlen?», fragte Sembritzki gespannt.

«Ich weiss, was die Jahreszahlen bedeuten!»

«So sagen Sie es!»

Adam schüttelte den Kopf.

«Informationen gegen den Brief, Sembritzki!»

Sembritzki schaute den andern lange und nachdenklich an.

«Die HVA will Sie loskaufen, Adam!»

Adam sog wieder heftig an seiner Pfeife.

«Zum Teufel, Adam! Was ist denn wichtiger? Dass ich einen DDR-Spion im Auswärtigen Amt demaskiere oder Missstände im eigenen Staat aufdecke?»

Adam antwortete nicht. Er hatte die Ellbogen auf die Knie gestützt und stierte vor sich hin.

«Ihnen ist Milena wichtig», sagte er endlich leise und schaute auf.

Sembritzki zuckte die Schultern.

«Sie gehen auf den Handel ein? Der Brief gegen Informationen über die Liste.»

Sembritzki zögerte.

«Warum sollte ich diese Informationen nicht auch von Barth erhalten, Adam?»

«Weil Barth nicht weiss, was die Jahreszahlen bedeuten

und weil auf dieser Liste ein Name steht, den Barth nur ungern preisgeben wird!»

«Was für ein Name? Und woher wissen Sie all das?»

«Der Name seines Schwagers!»

Sembritzki starrte Adam verwundert an. Er erinnerte sich an den schwarzen Mercedes vor Barths Klinkerhaus und dachte daran, dass der Bruder von Barths verstorbener Frau ein bestandenes Mitglied des Verteidigungsministeriums war.

«Woher wissen Sie das?», fragte Sembritzki noch einmal.

«Ich sagte es schon, ich habe mir Einblick in private Unterlagen von verschiedenen Ministern und Beamten verschafft. Barths Schwager steht auch auf der Liste, glauben Sie mir!»

«Barth wird also mit der Liste nicht herausrücken. Nicht freiwillig!»

«Wir werden Sie ihm abjagen, Sembritzki!»

«Nein!»

«Nein? Sie wollen die Liste nicht?»

«Ich verzichte nicht auf diese Liste. Unser Handel ist perfekt, Adam, aber ich muss Barth noch mindestens einen Tag lang an langer Leine lassen!»

«Ach hören Sie doch schon auf, Sembritzki. Sie wollen Milena rächen, nichts weiter! Und Barth ist Ihr Instrument!»

Sembritzki antwortete nicht. Er steckte sich einen Zigarillo in den Mund und kaute nervös darauf herum.

«Milena ist für Sie nichts anderes als eine fixe Idee!»

«Jeder hat seine fixen Ideen, Adam. Meine heisst Milena, die Ihre Harry Wagner!»

Es war jetzt still im Raum. Man hörte nur das feine knisternde Geräusch, das aus Adams Pfeifenkopf kam. Und dann endlich vernahm Adam das Rascheln von Papier, als

Sembritzki in seine Brusttasche griff und den Brief hervorzog.

Adam starrte mit aufgerissenen Augen auf das zitternde Stück Papier.

«Ein Deal», sagte Sembritzki mit hintergründigem Lächeln.

«Was für ein Deal, Sembritzki?», fragte Adam und nahm einen hastigen Schluck.

«Sobald Barth mir die Liste gibt, gebe ich Ihnen den Brief!»

«Und wie wollen Sie an die Liste kommen?»

«Indem wir sie dem alten Barth abnehmen.»

«Barth ist untergetaucht, das wissen Sie genau!»

«Barth wird wieder auftauchen», gab Sembritzki gleichmütig zurück und leerte sein Glas in einem Zug.

«Barth wird die Liste nicht einfach so ausliefern, Sembritzki! Und Sie wissen, warum!»

«Das ist der Tag der grossen Geschäfte, Adam. Ich habe auch mit Barth ein Geschäft abgeschlossen. Er wird sich an die Bedingungen halten!»

«Und wie sehen *unsere* Bedingungen aus?»

«Wir deponieren diesen Brief beim Wirt, zusammen mit einem Schreiben, in welchem ich mich verpflichte, Ihnen diesen Brief auszuliefern, wenn wir mit einer bestimmten Liste, die ich hier beschreibe, zurückkommen.»

«Welche Garantie habe ich, dass der Brief auch wirklich ausgehändigt wird? Dass Sie mich nicht austricksen?»

«Sie haben mein Wort: Brief gegen Liste!»

«Und wer garantiert mir, dass Sie keine Kopie dieses Briefes besitzen?»

«Ich habe keine Kopie, Adam. Das müssen Sie mir einfach glauben. Ich bestimme die Spielregeln, weil ich die besseren Karten habe.»

«Mein Pfand ist Barth, Sembritzki, ein einseitiger Handel!»

«Wollen Sie ihn eingehen oder nicht?»

«Habe ich denn eine andere Wahl?»

«Ach wissen Sie, mein Lieber, Ihre Kollegen von der HVA werden schon dafür sorgen, dass uns Barth nicht entwischt. Das Interesse, Ihre Anonymität im Auswärtigen Amt zu wahren, rechtfertigt jedes Opfer, nicht wahr?»

Sembritzki schrieb ein paar Zeilen auf ein Stück Papier, die Adam einsah und mit denen er sich einverstanden erklärte. Sembritzki unterschrieb, aber Adam setzte nur seine verschnörkelten Initialen darunter und begleitete dann Sembritzki zum Tresen, wo sie einen Umschlag verlangten und das Schreiben dem Wirt zu treuen Händen übergaben.

Der Duft von Adams Tabak hing noch immer schwer und herbsüss in der Luft, als sie wieder ihre alten Plätze am Fenster einnahmen.

«Nun?»

Sembritzki sah Adam erwartungsvoll an, der umständlich eine neue Pfeife stopfte.

«Was bedeuten die Jahreszahlen? – Geldsummen?»

Adam schüttelte den Kopf.

«Mit Geld hat das Ganze wohl zu tun. Aber die Zahlen in Zusammenhang mit den Initialen sind nichts anderes als die Zahlen von Nummernkonti.»

«Was?»

Sembritzki liess den Bierteller mit der Aufschrift «Gilden Kölsch», mit dem er herumgespielt hatte, brüsk fallen und starrte Adam ungläubig an.

«Auf Schweizer Banken?»

Adam nickte. «Bern!»

«Bern? – Bern ist die Drehscheibe des Ganzen?»

«Was die Zahlungen betrifft.»

Sembritzki klaubte einen neuen Zigarillo aus der Schachtel und starrte eine Weile nachdenklich auf die silberglänzende Aluhülle, auf der Churchills bärbeissiger Kopf abgebildet war.

«Schmiergelder?», fragte er endlich.

«Schmiergelder!» Adam nickte. Er hatte seine Brille ausgezogen und auf den Tisch gelegt. Ohne Brille sah er irgendwie wehrlos und sehr jung aus.

«Wer bezahlt diese Schmiergelder und wofür?»

«Allach!»

Dick wie ein Luftballon schwebte dieses ominöse Wort im Raum.

«Allach?», murmelte Sembritzki kopfschüttelnd.

In Allach hatte es begonnen. Mit Kunst sozusagen. Und am Ende stand Korruption und sogar Mord. Aber noch sah Sembritzki die Zusammenhänge nicht.

«In Allach wird der Kampfpanzer Leopard hergestellt.»

«Ich weiss», sagte Sembritzki.

«Und in Allach soll eine riesige nationale Rüstungszentrale aufgebaut werden.»

«Auch das weiss ich. Die gewaltige Allianz aller bundesdeutschen Industriegiganten steht vor der Tür!»

«Nicht nur der Leopard käme dann aus dieser Küche, sondern auch Raketen, Tornado-Flugzeuge und Hubschrauber.»

«Was für ein Geschäft», murmelte Sembritzki.

«Aber nur dann, wenn die Geschäftsaussichten gutstehen. Wenn die Bundeswehr und auch interessierte NATO-Staaten definitiv zu Kunden werden.»

«Ich verstehe. Dieses Projekt verträgt sich mit gewissen

Strömungen nicht, die auf Abrüstung und Ost-West-Ausgleich hinarbeiten.»

Adam nickte.

«Und sicher auch nicht mit den Versuchen verschiedener politischer Gruppierungen hier und auch in der DDR, die beiden Deutschland aus den Blöcken herauszulösen.»

Sembritzki hob sein Bierglas.

«Die Abrüstungs- und Ausgleichsfeinde haben sich formiert. Hier die Politiker und da die militärischen Ideologen. Auf der einen Seite die Männer, die politischen Einfluss ausüben, auf der andern die Militärs, die die Logistik liefern, die ihre Leute in allen wichtigen Positionen im BND, dem Verfassungsschutz, dem MAD und in diplomatischen Vertretungen platzieren.»

«Und dahinter die Industrie, die mit Zahlungen nachhilft und den Kreis dieser ominösen Bruderschaft immer mehr anwachsen lässt.»

«Mit Geld im Rücken lassen sich politische Entscheidungen eher beeinflussen», sagte Adam spöttisch.

Sembritzki dachte an Oskar Roland, der sozusagen als Kurier zwischen den einzelnen Lagern hin- und herpendelte, der überall in den Freimaurerlogen mindestens einen gut getarnten Kontaktmann hatte, der von aussen seine Fäden spann und auch dafür besorgt war, dass die möglichen Kandidaten in den verschiedenen Städten zu ihrem Geld kamen. Abzuholen in Bern!

Und er dachte an den resignierten Hörsaaloffizier Major Forster, der in seiner Funktion als PSV-Ausbilder am Rand eines Zirkels operierte, der immer hermetischer wurde.

«Bestechung!», murmelte Sembritzki verächtlich.

Adam lachte.

«Spenden nennt man das, Herr Sembritzki. Das Wort

Bestechung hat im Wörterbuch dieser Leute keinen Platz. Es gibt in der Bundesrepublik und in andern Ländern mehr als nur eine Gesellschaft, die alle Ansätze zur Entspannung zu torpedieren versucht. Und das ganz offiziell. Eingetragen als gemeinnütziges und förderungswürdiges Unternehmen. Dem Finanzamt wohlbekannt, könnte man sagen. Und deshalb sind diese Gesellschaften auch berechtigt, abzugsfähige Spesenquittungen auszustellen. Das ist das eine. Von Bestechung ist hier offiziell keine Rede, Herr Sembritzki!»

«Wenn aber die Namen auf Barths Liste publik werden, wenn die Liste als Beweismittel vorgelegt wird, muss sich ein Untersuchungsausschuss mit der Sache befassen. Das meinen Sie!»

Adam nickte und zündete sich mit zitternder Hand die Pfeife an, die während des Gesprächs ausgegangen war.

«Das Papier ist brisant», keuchte er zwischen zwei Zügen, «das weiss die HVA schon lange. Nur ist es uns bis dahin nicht gelungen, die Beweise in die Hand zu kriegen.»

«Und jetzt, wo die HVA so nahe dran ist, verzichtet sie auf die Liste?» Sembritzki lachte verächtlich und biss seinen Zigarillo durch.

«Die HVA kann es sich nicht leisten, mich zu opfern!»

Sembritzkis Lachen wurde lauter, sodass der Wirt hinter dem Tresen erstaunt aufsah.

«Sie haben mich gelegt, Adam. Die HVA behält ihren Spion im Auswärtigen Amt, und ich sorge dafür, dass die Liste mit den Namen der bestochenen Politiker publik wird. Dass die ganze Chose auffliegt, wäre ja auch in eurem Interesse!»

«Und in Ihrem, Sembritzki!»

«Bin ich denn der Retter unseres Vaterlandes?», fragte er spöttisch.

«Wissen Sie, wie viele Mitglieder von Vertriebenenverbänden und nicht formierten Emigrantenkreisen mit Geldern geködert werden, die ebenfalls aus Allach kommen?»

«Ködern Sie mich nicht mit dem Namen Milena! Letztlich entscheidet bei mir nie das Gefühl, sondern nur der Verstand!»

«Warum lassen Sie denn Barth frei herumlaufen? Warum benützen Sie den alten Mann nur als Werkzeug? Um Milena zu rächen?»

«Gehen Sie, Adam!», schrie Sembritzki. Er war aufgestanden und stand mit geballten Fäusten vor jenem Mann, der sein Gegner war und den er doch nicht zu hassen imstande war.

«Ich gehe», sagte Adam ruhig, klopfte seine Pfeife aus, setzte die Brille auf und ging langsam zur Tür.

Sembritzki sass noch lange am Fenster und dachte nach.

«Menschen haben mich kaum jemals betrogen, aber Briefe immer, und zwar auch hier nicht fremde, sondern meine eigenen. Es ist in meinem Fall ein besonderes Unglück, von dem ich nicht weiter reden will, aber gleichzeitig auch ein allgemeines. Die leichte Möglichkeit des Briefeschreibens muss – bloss theoretisch angesehen – eine schreckliche Zerrüttung in die Seele gebracht haben. Es ist ja ein Verkehr mit Gespenstern, und zwar nicht nur mit dem Gespenst des Adressaten, sondern auch mit dem eigenen Gespenst, das sich einem unter der Hand in dem Brief, den man schreibt, entwickelt oder gar in einer Folge von Briefen, wo ein Brief den andern erhärtet und sich auf ihn als Zeugen berufen kann. Wie kam man nur auf den Gedanken, dass Menschen durch Briefe miteinander verkehren können! Man kann an einen fernen Menschen denken, und man kann einen nahen Menschen fassen, alles andere geht über Menschenkraft. Briefe schreiben aber heisst, sich vor den

Gespenstern entblössen, worauf sie gierig warten. Geschriebene Küsse kommen nicht an ihren Ort, sondern werden von den Gespenstern auf dem Wege ausgetrunken.»

In dieser Nacht schlief Sembritzki tief und traumlos.

25. Kapitel

Der nächste Morgen war grau und neblig. Sembritzki fuhr erst spät los, kurvte auf seinem Motorrad scheinbar ziellos durch die Landschaft, immer diskret beschattet von einem blauen Ford Taunus. Und zweimal streifte ihn der Schatten eines Bundeswehrhelikopters. Barth war und blieb verschwunden. Einmal nur war es Sembritzki, als ob er die hohe Gestalt des alten Brandenburgers, einen Handwagen hinter sich herziehend, zu einem abgelegenen Bauernhof habe gehen sehen. Doch er konnte sich auch getäuscht haben. Der Mann war wie ein Bauer gekleidet gewesen und hatte einen viel gebeugteren Gang gehabt als Barth. Am späteren Nachmittag, als die Bäume scheinbar wurzellos im Nebel hingen, war Sembritzki ein roter Traktor aufgefallen, der halb versteckt hinter aufgeschichteten Stämmen in einer Waldlichtung gestanden hatte. Doch die Kennzeichen stammten aus der Region, und auch sonst war an dem Gefährt nichts Auffälliges, ausser dass es in Sembritzki Erinnerungen an seinen Abgang bei Barth wachrief. Zwar kannte Sembritzki Barths Pläne nicht, doch konnte er davon ausgehen, dass er sich auf die Daten abstützen würde, die Sembritzki recherchiert hatte und die so eindeutig formuliert waren, dass Barth für seine geplante Aktion nicht viel Spielraum blieb.

Immer wieder hatte Sembritzki auf seinen Fahrten durch die Gegend Adam zu Gesicht bekommen, der sich augenscheinlich bemühte, Sembritzki nicht aus den Augen zu verlieren; den Kragen seines jagdgrünen Lodenmantels hochgeschlagen, stapfte er durch die trübe Landschaft. Sonst aber war alles wie ausgestorben. Die Ruhe vor dem Sturm beherrschte Barths Jagdgebiet der Schnee-Eifel, und es war offensichtlich, dass Adams Komplizen, wo immer sie sich auch versteckt halten mochten, über Barths Vorbereitungsprogramm nicht im Bild waren. Es blieb ihnen nichts anderes übrig, als sich an Sembritzkis Fersen zu heften, von dem sie annehmen mussten, dass er über Barths Absichten Bescheid wusste. Und irgendwo hatte sicher auch der BND seine Leute platziert. Es war lächerlich anzunehmen, dass Pullach in diesem Spiel nicht mindestens in der Rolle des Beobachters mitmixte.

So verging der Tag, und nichts hatte sich getan.

Sembritzki verliess nach einer Portion Sauerbraten und zwei Bier noch einmal das Hotel «Strang» und schlenderte durch die tote Stadt. Als in Forsters Haus das Licht erlosch, kehrte auch er in sein Hotelzimmer zurück. Aber in dieser Nacht fand er keinen Schlaf. Kafka hatte ihn erneut eingeholt. Diesmal jedoch war es nicht dieser Abgesandte des sterbenden Seydlitz persönlich, der sich seiner Gedanken bemächtigte, sondern jene Frau, die der todkranke Dichter mit geschriebenen Worten an sich zu binden versucht hatte.

«Habt ihr einen Menschen betrachtet, der schläft?» las Sembritzki in einem von Milena Jesenská verfassten Feuilleton. *«Um wie viel schrecklicher als ein Toter! Voller Gedanken, Wünsche, Sehnsüchte, voller List der Mensch, der schläft. Niemand weiss, was in ihm vorgeht. Er atmet und weiss selbst nicht, was in ihm vorgeht, wie er aufwachen, was morgen geschehen wird.»*

Der Morgen meldete sich mit Regen. Ein heftiger Westwind hatte den Nebel in alle Richtungen zerzaust. Einzelne Fetzen hingen wie aufgespiesst hoch in den nackten Baumkronen. Es war wärmer geworden.

Sembritzki verliess das Hotel wie vor zwei Tagen gegen

acht Uhr. Draussen sass schon der Mann im grünen Regen-mantel am Steuer des blauen Ford. Auf der andern Seite war ein Motorrad aufgebockt. Hinter dem beige-orangen Bus beim Bahnhof trat ein Mann in schwarz-weissem Leder-kombi hervor, unter dem Arm einen gelben Helm. «Länger startklar – Hoppeler Batterien» stand mit aggressiven Buch-staben auf einer Reklametafel, die seitlich am Bus befestigt war. Jetzt tauchte auch Adam auf. Er verliess das Postgebäu-de und überquerte den Platz vor dem Bahnhof. Wieder trug er seinen grünen Lodenmantel, doch hatte er sich noch eine blaue Wollmütze über den Kopf gezogen.

Sembritzki bestieg seine Maschine und fuhr los, eskor-tiert vom blauen Taunus und dem Motorrad, auf dem Adam jetzt auf dem Beifahrersitz Platz genommen hatte. Sembritz-ki zog seine Mütze tief ins Gesicht, um seine Augen vor dem schräg einfallenden Regen zu schützen. Der Hohe Venn wurde von tief hängenden Wolken eingehüllt. Völlig durch-froren und durchnässt langte Sembritzki am Fusse des Hügelzuges an. Er war froh, dass er jetzt, als er in den Feld-weg einbog, langsamer fahren konnte. Das Wasser spritzte hoch auf, als er durch die zahlreichen Lachen holperte, und er schaffte es auf dieser rutschigen Unterlage nicht, bis hin-auf zum kleinen Gehölz zu fahren, von wo aus er die Land-schaft übersehen konnte. Durch seinen Feldstecher beob-achtete er den blauen Ford, der unten, dort, wo der Feldweg in die Landstrasse mündete, anhielt, dann aber bis zu einem verfallenen Schuppen weiterfuhr. Der Gedanke, dass jemand das mitten auf dem Feldweg aufgebockte Motorrad entdec-ken und in einen Zusammenhang mit dem Geschehen bringen könnte, das, so hoffte Sembritzki, bald vor seinen Augen abrollen würde, beunruhigte ihn. Darum schob er es keuchend hinauf zum Waldrand und dann noch ein gutes

Stück in den Wald hinein, wo er es unter Laub und Ästen versteckte. Dann kehrte er wieder zum Waldrand zurück und richtete seinen Feldstecher auf die Landstrasse. Er sah das Motorrad mit Adam auf dem Beifahrersitz auf einem Feldweg, der parallel zu demjenigen, den Sembritzki benützt hatte, den Hügel hinaufführte. Der Fahrer bekundete Mühe, das angeschlagene Tempo zu halten. Die Maschine kam auf der feuchten Unterlage ins Rutschen, Adam stieg ab, und während der Fahrer das Motorrad wendete und wieder auf die Landstrasse zuhielt, erklomm Adam den Abhang mühsam zu Fuss. Unten bog das Motorrad in die Landstrasse ein und brauste in westlicher Richtung davon.

Sembritzki wartete.

Im Augenblick, als der kleine graugrüne Konvoi im Osten auftauchte, hörte er, wie jemand in seinem Rücken durch den Wald ging. Zweige knackten, Laub raschelte. Der Konvoi schwenkte wie beim letzten Mal zum kleinen Gehöft ab. Sembritzki wandte sich um und sah zwischen den Stämmen Adams grünen Lodenmantel. Langsam steckte er sich einen Zigarillo zwischen die Lippen. Er hatte seinen Blick wieder auf die Landschaft zu seinen Füssen gerichtet und nahm von Adam keine Notiz.

«Ich lasse Sie nicht aus den Augen, Sembritzki!»

Adam sprach leise. Die fallenden Regentropfen tönten übermässig laut im kahlen Gehölz. Zwei Krähen stürzten sich aus dem tiefen Himmel auf einen gepflügten Acker. Sonst tat sich nichts. Irgendwo schlug eine Kirchturmglocke neun Mal. Ein Flugzeug brummte unsichtbar über den Wolken.

Adam sah den roten Traktor zuerst.

«Dort!», flüsterte er in Sembritzkis Rücken und zeigte über dessen Schulter nach Osten. Sein Atem ging stossweise.

Jetzt hörte auch Sembritzki das Tuckern des Motors. Wie ein roter Käfer kroch das Gefährt durch die graubraune Landschaft. Der Mann am Steuer trug einen gelben Umhang, so wie ihn Bauarbeiter bei schlechtem Wetter bei sich haben. Das Gefährt kam näher, und Sembritzki konnte durch sein Glas beinahe das Gesicht des Fahrers erkennen, als ihm ein Windstoss die tief hängende Krempe der Kopfbedeckung hochriss.

Doch schon griff der Fahrer nach seinem gelben Südwester und zog die Krempe wieder nach unten.

«Was hat er vor?», flüsterte Adam.

Sembritzki zuckte mit den Schultern.

«Ich weiss es nicht. Er wird irgendwo in Stellung gehen.»

«Auf wen wartet er?»

Sembritzki schwieg.

Der Traktor war auf der Hauptstrasse angelangt und fuhr noch etwa zwanzig Meter in östlicher Richtung. Jetzt hielt der Fahrer an und kletterte vom hohen Sitz, der noch eine Weile wie ein rotes, teuflisches Insekt im Regen auf und ab wippte. Erst jetzt entdeckte Sembritzki eine Art von Werkzeugkiste, die mit Stricken vorn am Traktor befestigt war.

Durch den Feldstecher konnte er auch einen grünen Draht erkennen, der aus der Kiste herauswuchs, dann seitlich der Motorhaube entlanglief und irgendwo beim Lenkrad verschwand.

«Perfekt», murmelte Sembritzki und liess für einen Augenblick seinen Feldstecher sinken. War es ein Gefühl des Triumphs, das in ihm hochstieg? War es Stolz?

«Was hat er vor, Sembritzki?», fragte Adam wieder.

Gespannt starrten beide auf den Fahrer, der einmal um den Traktor herumgegangen war und sich dann wartend dagenlehnte.

«Geh doch endlich!», flüsterte Sembritzki.

Er hatte in der Ferne einen silberfarbenen BMW erspäht, der in ruhiger Fahrt auf den Traktor zuhielt.

«Fahr los!», sagte Sembritzki noch einmal beschwörend.

«Was hat der Mann vor?»

Adam wiederholte immer wieder dieselben Worte.

«Er wird sich zurückziehen und die Bombe mit Fernzündung auslösen!»

«Wenn er es auf diesen BMW abgesehen hat, ist es jetzt zu spät!», flüsterte Adam, obwohl man seine Stimme ganz sicher nicht dort unten auf der Landstrasse hätte hören können.

«Ja, dazu ist es zu spät», antwortete Sembritzki, und seine Stimme klang kalt und abweisend.

Adam hatte Sembritzkis rechten Oberarm umfasst. Der Traktorfahrer kletterte langsam auf seinen Sitz und fuhr auch schon auf der Landstrasse dem BMW entgegen. Er hielt sich korrekt auf der rechten Seite, doch im Augenblick, als die beiden Fahrzeuge vielleicht noch zwanzig Meter voneinander entfernt waren, schrie Adam auf.

«Nein!» Und dann noch einmal «Nein!»

Er hielt sich beide Hände schützend vor die Augen und konnte so nicht sehen, wie der Fahrer, der seinen Traktor unmittelbar, bevor er den BMW kreuzte, nach links gerissen hatte, frontal mit diesem zusammenkrachte.

Die Explosion war fürchterlich. Die Druckwelle wallte wie eine warme Wand den Hang hinauf und schob Sembritzki ein Stück weit nach hinten. Drei, vier schneeweisse Blitze stiessen ihre Spitzen in die wie Kulissen herunterhängenden Wolken und versanken in einem grollenden Theaterhimmel.

«Ja», sagte Sembritzki nur leise und starrte noch immer

auf das lodernde Schauspiel, sah jetzt schwefelgelben, dann kohlschwarzen Rauch in quirlenden Wolken aufsteigen.

Überall lagen verbogene und halb geschmolzene Blechteile herum, und eine Radfelge torkelte in den Strassengraben. Eine brennende Gestalt wurde vom rot lodernden Feuer ausgestossen und zerfiel als glühende Pyramide mitten auf der Strasse.

«Ja», sagte Sembritzki noch einmal, und so etwas wie Befriedigung nahm von ihm Besitz. Und als Adam endlich wieder die Hände vom Gesicht nahm, zuerst auf die Unglücksstelle und dann auf Sembritzkis Gesicht starrte, sah er, wie dieser lächelte.

«Barth ist tot!», keuchte Adam.

Sembritzki nickte.

«Der Oberst ist auch tot», sagte er, ohne auch nur einen Funken von Gefühl in der Stimme.

«Die Liste!»

Adam hatte Sembritzki an den Schultern gepackt und schüttelte ihn verzweifelt hin und her.

«Die Liste!», schrie er noch einmal.

«Vergessen Sie die Liste, Adam! Es war eine Liste unter vielen. Mehr nicht. Eine einzige Liste nur! Und wir wollten doch allen Listen dieser verdammten Welt auf die Spur kommen!»

Unten rasten jetzt drei Motorräder zur Unglücksstelle. Soldaten schwärmten aus. Polizeisirenen heulten auf, ein Helikopter tauchte am Horizont auf.

«Sembritzki!», sagte Adam beschwörend.

«Barth hat seinen Sohn verloren. Und dann hat er seinen Schwager verloren, der sich von jenen bezahlen liess, die zu den Mördern seines Sohnes gehören. Hätte er mir die Liste gegeben, hätte er den Ruf seiner Frau zerstört! So viel Ehrverlust kann keiner verkraften, ein Brandenburger schon gar nicht!»

«Sie haben es immer gewusst, dass sich Barth in die Luft sprengen würde! Sie selbst haben dieses Kamikaze-Unternehmen eingefädelt!»

«Stellen Sie sich, Adam!», sagte Sembritzki ruhig und trat einen Schritt zurück.

«Ihnen ging es nur immer um Milena! Sie wollten Milena rächen!»

«Der Mann, der das ganze Komplott geplant und durchgeführt hat, ist tot. Der Mann, der Milenas Leben zerstört hat. Barths Leben und Ihres, Adam!»

Adam schaute Sembritzki verächtlich an.

«Ach, Sembritzki! Das Ganze ist doch nur die lächerliche Rache eines Mannes, der zu lieben glaubte. Und Sie haben sich an mir für eine Nacht gerächt, die niemals war!»

«Stellen Sie sich, Adam», sagte Sembritzki noch einmal leise.

Und dann ging er, ohne sich umzusehen, immer tiefer in den Wald hinein.

Liebe Frau Milena,

Ich bin noch immer hier, fahre aber in 2, 3 Tagen nach Hause, es ist zu teuer, zu schlaflos udgl. sonst freilich über alle Massen schön. Was weitere Reisen betrifft, so bin ich vielleicht durch diese eine etwas reisefähiger geworden, selbst wenn es sich darum handeln sollte, noch eine halbe Stunde weiter von Prag zu fahren. Nur fürchte ich erstens die Kosten – hier ist es so teuer, dass man nur die letzten Tage vor dem Tod hier verbringen dürfte, es bleibt dann nichts übrig – und zweitens fürchte ich – zweitens – Himmel und Hölle. Abgesehen davon steht mir die Welt offen.

Vier Tage nach dem Attentat stellte sich Adam dem Untersuchungsausschuss und entlastete so den Staatssekretär. Seine Identität als DDR-Spion gab er dabei nicht preis.

Am selben Tag verkaufte Sembritzki einem österreichischen Antiquar eine kostbare Landkarte: die Cosmographie des Claudius Ptolemäus. Totis – Partis – Hebitae – Cognitae –. Sembritzki brauchte Geld, um seine Reisen zu finanzieren.

Von Bartels vernahm Sembritzki drei Tage später, dass Adam tot in seinem Auto gefunden worden war. Er hatte Abgase ins Wageninnere geleitet. Selbstmord war wahrscheinlich, aber nicht bewiesen. Reusser, so hatte Bartels weiter berichtet, habe seinen Dienst beim BND quittiert.

Reusser und Sembritzki! Ein Gefühl von Verbundenheit mit dem abgehalfterten BND-Mann stieg schnell in ihm hoch und erlosch auch gleich wieder. Beide hatten sie auf ihre Weise ihre Pflicht getan, zwei Figuren in der undurchschaubaren Strategie des Bundesnachrichtendienstes.

Zur selben Zeit wurde Wolf von Seydlitz aus dem Koblenzer Militärkrankenhaus entlassen und in ein Rehabilitationszentrum eingeliefert.

Im Dezember reichte der Staatssekretär aus Gesundheitsgründen seinen Rücktritt ein. Dem Gesuch wurde stattgegeben.

Liebe Frau Milena,

das muss ich gestehn, dass ich einmal jemanden sehr beneidet habe, weil er geliebt war, in guter Hut, behütet von Verstand und Kraft, und friedlich unter Blumen lag. Ich bin mit dem Neid immer bei der Hand.

Ich danke HHK auch diesmal für seine Hilfe bei meiner Arbeit an diesem Buch. Ferner geht mein Dank an meinen Berner Kollegen Alexander Heimann, der mir seinen Kommissär Ramseier aus dem Kriminalroman «Bellevue» für eine kurze Episode ausgeliehen hat.

Peter Zeindler im Friedrich Reinhardt Verlag

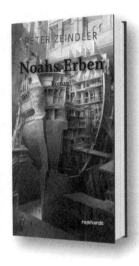

Der Kunstmaler Karl Wagner hat sich im Verlauf seines Lebens zu einem genialen Kopisten entwickelt, der sich immer wieder in anderen künstlerischen Identitäten auslebt und so immer mehr zu seinem eigenen schöpferischen Ich auf Distanz geht. Ausgelöst durch eine Wiederbegegnung mit einem alten Schulkollegen beginnen sich die Grenzen zwischen Vergangenheit und Gegenwart, Realität und Fiktion zu verwischen. Dies zwingt den desorientierten Protagonisten zu einem ultimativen Befreiungsschlag.

Peter Zeindler
Noahs Erben
260 Seiten,
gebunden mit Schutzumschlag
CHF 34.80
ISBN 978-3-7245-1854-9

Der Kunsthistoriker Benjamin Lorant lebt als Publizist in Genf. 2008 nimmt ein Unbekannter mit Namen Petrow Kontakt zu ihm auf, offenbar informiert darüber, dass er vor 20 Jahren seine Identität gewechselt hat und als Agent des DDR-Geheimdienstes in Genf zum Einsatz hätte kommen sollen. Da dieser Auftrag in die Zeit des Mauerfalls fiel, kam Lorant, geborener Johann Blume aus Leipzig, nicht mehr zum Einsatz und blieb Gefangener seiner falschen Biografie. Petrow benützt dieses Wissen, um ihn zu erpressen. Lorant begibt sich daraufhin auf eine gefährliche Reise zurück in seine DDR-Vergangenheit.

Peter Zeindler
Urknall
304 Seiten,
gebunden mit Schutzumschlag
CHF 34.80
ISBN 978-3-7245-1700-9

Weitere Krimis im Friedrich Reinhardt Verlag

Die Enkelin des Staatsanwalts wurde entführt. Kommissär Ferrari und seine Kollegin stossen bei ihren Ermittlungen auf zwei Mörder, die ihm kürzlich gedroht hatten. Ferrari würde die Verbrecher am liebsten in die Mangel nehmen, wäre da nicht das Verbot des Staatsanwalts, sich in die Ermittlung einer anderen Abteilung einzumischen.

Anne Gold
Die Tränen der Justitia
320 Seiten,
gebunden mit Schutzumschlag
CHF 29.80
ISBN 978-3-7245-1930-0

Das Schweigen der Tukane
352 Seiten, gebunden mit Schutzumschlag
CHF 29.80, ISBN 978-3-7245-1850-1

Das Auge des Sehers
368 Seiten, gebunden mit Schutzumschlag
CHF 29.80, ISBN 978-3-7245-1763-4

Helvetias Traum vom Glück
320 Seiten, gebunden mit Schutzumschlag
CHF 29.80, ISBN 978-3-7245-1680-4

Und der Basilisk weinte
316 Seiten, gebunden mit Schutzumschlag
CHF 29.80, ISBN 978-3-7245-1610-1

Und der Basilisk weinte (Taschenbuch)
316 Seiten, kartoniert
CHF 14.80, ISBN 978-3-7245-1882-2

Requiem für einen Rockstar
280 Seiten, gebunden mit Schutzumschlag
CHF 29.80, ISBN 978-3-7245-1538-8

Requiem für einen Rockstar (Taschenbuch)
280 Seiten, kartoniert
CHF 14.80, ISBN 978-3-7245-1794-8

Spiel mit dem Tod
288 Seiten, gebunden mit Schutzumschlag
CHF 29.80, ISBN 978-3-7245-1471-8

Spiel mit dem Tod (Taschenbuch)
288 Seiten, kartoniert
CHF 14.80, ISBN 978-3-7245-1762-7

Tod auf der Fähre
212 Seiten, gebunden mit Schutzumschlag
CHF 29.80, ISBN 978-3-7245-1433-6

Tod auf der Fähre (Taschenbuch)
212 Seiten, kartoniert
CHF 14.80, ISBN 978-3-7245-1691-0